탁류

오늘의 한국문학 11

탁류

초판 인쇄 2018년 2월 5일
초판 발행 2018년 2월 15일

지은이_채만식
펴낸이_한봉숙
펴낸곳_푸른사상사

등록_제2-2876호
주소_경기도 파주시 회동길 337-16(서패동 470-6)
대표전화_031) 955-9111-2 / 팩시밀리_031) 955-9114
메일_prun21c@hanmail.net
홈페이지_www.prun21c.com
ISBN 979-11-308-1257-1 03810

정가 21,000원

이 도서의 국립중앙도서관 출판예정도서목록(CIP)은 서지정보유통지원시스템
홈페이지(http://seoji.nl.go.kr)와 국가자료공동목록시스템(http://www.nl.go.kr/kolisnet)에서
이용하실 수 있습니다.(CIP제어번호 : CIP2018003076)

오늘의 한국문학 11

탁류

채만식 장편소설

〈오늘의 한국문학〉을 펴내며

한국의 근대문학이 한 세기를 넘어섰다. 개화의 이상과 환상, 식민 지배하의 삶의 질곡, 전쟁과 분단, 민주화의 출범과 군부독재의 출현, 그리고 산업화와 세계화를 지향하는 오늘에 이르기까지의 한국의 근현대사는 인류의 한 세기가 감당할 수 있는 역사적 사건의 많은 유형들을 그대로 담고 있다.

지난 한 세기 동안의 우리의 문학은 이러한 격변의 세월들과 밀접한 관련을 맺고 있다. 문학은 한 개인의 삶의 실존의 기록이면서 동시에 그 사회의 모습을 여러 형태로 반영하고 있으며, 우리는 따라서 한국 근현대사의 좌절과 희망을 정면으로 끌어안은 이들 작품들에게서 개인의 삶과 사회의 관계에 대한 새로운 인식, 문학과 사회의 독자성과 상호성에 대한 의미 있는 현상들과 만나게 된다. 그리하여 이제는 근대문학 한 세기의 축적 앞에서 그동안의 문학적 유산을 다시 검토하고 앞으로 우리가 참여하지 않으면 안 될 문학적 전통을 창조적으로 계승하기 위한 독서와 비평의 담론들을 마련해야 할 때이다.

모든 역사가 새롭게 해석되는 현재의 관점이듯 문학 텍스트 역시 새롭게 해석되는 오늘의 의미이다. 따라서 〈오늘의 한국문학〉은 과거에 무수히 간행되었던 한국문학에 대한 정리와 평가의 방식을 새롭게, 그리고 비판적으로 받아들여야 할 것이다.

따라서 우리는 이 전집에서 무엇보다도 새로운 작가와 텍스트들의 발굴에 주력하였다. 아울러 본 전집이 채택한 작가 작품들의 선정과 배열 방식은 과거의 우리 문학에 대한 관습적 이해와 독서 방식에 대한 반성과 함께 신선한 해석적 관점들을 제공해줄 것이다. 특히 서사문학의 본령인 중 · 장편소설들에 주목하여 이 작품들에 대한 오늘의 의미와 당대적 가치를 되묻고자 하였다. 따라서 이 전집은 교양으로서의 한국문학, 혹은 연구대상으로서의 한국문학 모두에게 유용하게 활용될 수 있을 것이다. 총 50~60권의 분량으로 1차(1906~1930년대)와 2차(1930~1970년대), 3차(1970~2000년대)로 나누어 출간할 예정이다.

〈오늘의 한국문학〉 편집위원 서종택 안남일 윤애경 박형서

차례

일러두기

1. 1937년 10월부터 1938년 5월에 걸쳐 『조선일보』에 연재한 『탁류』를 원텍스트로 삼았다.
2. 원문의 오자(誤字)와 오식(誤植)은 수정하고 띄어쓰기와 맞춤법, 외래어 표기는 되도록 현대의 어문 규정을 기준으로 하였다.
3. 연재본에 회차 번호가 바르게 매겨지지 않은 곳은 맞는 번호로 고쳐 매기고 주석을 달았다.
4. 생각이나 강조 등은 ' '로, 대화문은 " "로 표시하고, 편지글, 시, 노래 등은 인용문으로 처리하였다.

인간기념물(人間記念物)

1

금강(錦江)…….

이 강은 지도를 펴놓고 앉아 가만히 들여다보노라면 물줄기가 중동께서 남북으로 납작하니 째져가지고는 한강(漢江)이나 영산강(榮山江)도 그렇기는 하지만 그것이 아주 재미있게 벌어져 있음을 알 수가 있다. 한번 비행기라도 타고 강줄기를 따라가면서 내려다보면 그럼직할 것이다.

저 준험한 소백산맥(小白山脈)이 제주도(濟州島)를 건너다보고 뜀을 뛸 듯이 전라도의 뒷데수기[1]를 급하게 달리다가 우뚝…… 또 한 번 우뚝…… 높이 솟구친 갈재(蘆嶺)와 지리산(智異山)의 두 산의 산협 물을 받아가지고 장수(長水)로 진안(鎭安)으로 무주(茂朱)로 이렇게 역류하는 게 금강의 남쪽 줄기다. 그놈이 영동(永同) 근처에서는 다시 추풍령(秋風嶺)과 속리산(俗離山)의 물까지 받으면서 서북(西北)으로 좌향을 돌려 충청좌우도(忠淸左右道)의 접경을 흘러간다.

그리고 북쪽 줄기는.

좀 단순해서, 차령산맥(車嶺山脈)이 꼬리를 감추려고 하는 경기(京畿) 충청(忠淸)의 접경 진천(鎭川) 근처에서 청주(淸州)를 바라보고 가느다랗게 흘러 내려오다가 조치원(鳥致院)을 지나면 거기서 비로소 오래 두고 서로 찾던 남쪽 줄기와 마주 만난다.

이렇게 어렵사리 서로 만나 한데 합수친[2] 한 줄기 물은 게서부터 고개를 서남으로 돌려 공주(公州)를 끼고 계룡산(鷄龍山)을 바라보면서 우줄거리고 부여(扶余)로…… 부여를 한 바퀴 휘돌려다가는 급히 남으로 꺾여 단숨에 논메(論山) 강경(江景)이까지 들어닫는다.

여기까지가 백마강(白馬江)이라고 이를테면 금강의 색동이다. 여자로 치면 흐린 세태에 찌들지 아니한 처녀 적이라고 하겠다.

백마강은 공주 곰나루(熊津)에서부터 시작하여 백제(百濟) 흥망의 꿈 자취를 더듬어 흐른다. 풍월도 좋거니와 물도 맑다.

그러나 그것도 부여 전후가 한참이지, 강경이에 다다르면 장꾼들의 흥정하는 소리와 생선 비린내에, 고요하던 수면의 꿈은 깨어진다. 물은 탁하다.

예서부터가 옳게 금강이다. 향은 서서남(西西南)으로 빗밋이[3] 충청 전라 양도의 접경을 골 타고 흐른다.

이로부터서 물은 조수(潮水)까지 섭슬려[4] 더욱 흐리나 그득하니 벅차고 강 너비가 훨씬 퍼진 게 제법 양양하다.[5]

이름난 강경벌은 이 물로 해서 아무 때고 갈증을 잊고 촉촉하다.

낙동강이니 한강이니 하는 다른 강들처럼 해마다 무서운 물난리를 휘몰아 때리지 아니해서 좋다. 하기야 가끔 홍수가 나기도 하지만.

이렇게 에두르고 휘돌아 멀리 흘러온 물이 마침내 황해(黃海) 바다에다가 깨어진 꿈이고 무엇이고 탁류째 얼러 좌르르 쏟아져버리면서 강은 다하고 강이 다하는 남쪽 언덕으로 대처(大處=市街地) 하나가 올라앉았다.

이것이 군산(群山)이라는 항구요, 이야기는 예서부터 실마리가 풀린다.

그러나 항구라서 하룻밤 맺은 정을 떼치고 간다는 마도로스의 정담이나, 정든 사람을 태우고 멀리 떠나는 배 꽁무니에, 물결만 남은 바다를 바라보면서 갈매기로 더불어 운다는 여인네의 그런 슬퍼도 달콤한 얘기는 못 된다.

벗어붙이고 농사면 농사 노동이면 노동을 해먹고 사는 사람들과 마찬가지로, '오늘'이 아득하기는 일반이로되 그러나 그런 사람들과도 또 달라 '명일(明

日)'이 없는 사람들, 이런 사람들은 어디고 수두룩해서 이곳에도 많이 있다.

정 주사(丁主事)도 갈 데 없이 그런 사람이다.

정 주사는 시방 미두[6]장(米豆場=米穀取引所=期米市場) 앞 큰길 한복판에서, 다 같은 '하바꾼(절[節]치기꾼)'[7]이로되 나이 배젊은[8] 애송이한테 멱살을 당시랗게[9] 따잡혀[10]가지고는 죽을 봉욕을 보는 참이다.

시간은 오후 2시 반 후장(後場)의 대판시세(大阪時勢) 이절(二節)[11]이 들어오고 나서요, 절기는 바로 5월 초승.

싸움은 퍽 단출하다. 안면 있는 사람들이 없는 배 아니지만, 누구 하나 나서서 말리지도 아니한다.

지나가던 상점의 심부름꾼 아이 하나가 자전거를 반만 내려, 오도카니 바라보고 있는 것이 그림의 첨경(添景) 같아 더욱 호젓하다.

휘둘리는 정 주사의 머리에서 낡은 맥고모자[12]가 필경 떨어져 마침 부는 바람에 길바닥을 대그르르 굴러간다. 미두장 정문 앞 사람 무더기 속에서 웃음소리가 와아 하고 터져 나온다.

2

미두장은 군산의 심장이고 전주통(全州通)이니 본정통(本町通)이니 해안통(海岸通)이니 하는 폭넓은 길들은 대동맥이다. 이 대동맥 군데군데는 심장 가까이 여러 은행들이 서로 호응하듯 옹위하고 있고 심장 바로 전후좌우에는 수많은 중매점(仲買店)들이 전화 줄로 거미줄을 쳐놓고 앉아 있다.

정 주사는 자리하고도 이런 자리에서 봉변을 당하는 참이다.

그러나 미두장 앞에서 일어난 싸움이란 빤히 속을 알조[13]다. 그런 싸움은 하루에도 한두 패씩은 으레껏 얼려 붙는다.

소위 '총을 놓았다[14]'는 것인데, 밑천이 없이 안면만 여겨 돈을 걸지 않고 '하바'를 하다가 지고서는 돈을 못 내게 되면, 그래 내라거니 없다거니 하느라고 시비가 되고 툭탁 치고받기도 한다. 촌이라면 앞뒷집 수탉끼리 암컷 샘에

후두둑후두둑 하는 닭싸움만치나 예삿일이다.

그런 때문에 아무리 이런 큰길 바닥에서 의관깨나 한 사람들끼리 멱살을 움켜잡고 얼러붙은 싸움이라도 그리 할 일이 없어 심심한 사람이나 아니면 구경꾼도 별반 없다.

다 알고 지내는 같은 하바꾼들은 그것을 뜯어말리기는커녕 중매점 정문 앞으로 미두장 처마 밑으로, 넌지시 비켜서서, 흰머리가 희끗희끗 장근[15] 50의 중늙은이 정 주사가 자식뻘밖에 안 되는 애송이한테 그런 해거[16]를 당하는 것을 되레 고소하다고 빈정거리기만 한다.

— 밑천도 없어가지고 구성없이[17] 덤벼들어 남 골탕먹이기 일쑤더니, 그저 잘꾸사니[18]야!……

— 정 주산지 고무래 주산지 이제는 제발 시장 근처에 오지 말래요.

— 저 영감님 저러다가는 생죽음하겠어!

— 어쩔라고들 저래!

— 두어두게. 제 일들 제가 알아서 할 테지. 때[19] 가면 둘 다 콩밥인걸.

정 주사는 멱살을 잡은 애송이의 팔목에 대롱대롱 매달려 발돋움을 친다. 목을 졸려서 얼굴빛이 검푸르게 죽었다. 숨이 막혀 캑캑한다.

낡은 맥고모자는 아까 벌써 길바닥에 굴러 떨어졌고 당목 홑두루마기는 안팎 옷고름이 뜯어져서 잡아낚는 대로 펄럭거린다.

"여보게 이 사람, 여보게……."

"보긴 무얼 보라구 그래? 보아야 그 상판이 그 상판이지 별것 있나? 잔말 말구 돈이나 내요."

"글쎄 여보게. 이건 너무 창피하잖은가! 이걸 놓고 조용조용 이야기를 하세그려, 응? 이건 놓게."

"흥? 놓아주면 뺑소니칠 령[20]으루? 어림없어. 돈 내요. 안 내면 깝대기를 벳겨놀 테니……."

"글쎄 이 사람아, 이런다구 없는 돈이 어디서 솟아나나?"

"요-런 얌체 빠진 작자 같으니라구! 왜 그럼 돈두 없으면서 덤볐어? 덤비기를……. 그랬다가 요행 바루 맞으면 올가미 없는 개장수를 할 령으루 그랬지? 그리구 고 꼴에 허욕은 담뿍 나서, 머? 50전이야 차마 하겠나?…… 1원은 해야지? ……고런 어디서……. 아이구! 그저 요걸 그저…….”

애송이는 뺨을 한 대 갈길듯이 멱살 잡지 아니한 바른편 팔을 번쩍 쳐들어, 넓죽하니 손바닥을 펴가지고 얼러멘다. 정 주사는 그것을 피하려고 고개를 오믈뜨리면서 엉겁결에 손을 내민다.

그 꼴이 하도 궁상스럽대서 하하아 웃음소리가 사방으로 터져 나온다.

그때 마침 ××은행(銀行) 군산지점(群山支店)의 당좌계(當座係)의 행원 고태수(高泰洙)가, 잠깐 다니러 왔는지 맨머리로 귀 위에 철필대를 꽂고, 슬리퍼를 끌면서 미두장 앞을 지나다가 싸움 얼린 것을 보더니 멈칫 발길을 멈춘다. 그러자 또 미두장 안에서는 중매점 '마루강(丸江)'의 '바다지(場立)[21]'로 있는 곱사[22] 형보(張亨甫)가 끼웃이 내어다보다가 태수가 온 것을 보고 메기같이 째진 입으로 히죽히죽 웃는다.

“자네 장래 장인 방금 죽네 방금 죽어. 어여 쫓아가서 말리게. 괜—히 소복입구 장가들게 되리! 어여 가서 뜯어말리라니깐 그래!”

모여 섰던 사람들은 태수를 아는 사람이고 모르는 사람이고 모두 돌려다보면서 빙긋빙긋 웃는다.

태수는 형보더러 눈을 흘기면서도 함께 웃는다. 그는 형보 말대로 싸움을 말려주고는 싶어도 형보가 방정맞게 여럿이 듣는 데서 그런 말을 중얼거리기 때문에 차마 열적어[23] 못 하고 망설였다. 그러나 망설이기는 잠깐이요 형보한테 힐끔 웃어 보이면서 싸움 얼린 길 가운데로 슬리퍼를 직직 끌고 건너간다.

3

“이건 무얼 이래요! 점잖찮게시리……. 이거 놓으시오.”

태수는 정 주사의 멱살을 잡은 애송이의 팔목을 말하는 말조보다는 우악스럽게 흩트려 쥔다.

정 주사는 점직해서[24] 안 돌아가는 고개를 억지로 돌리고 애송이는 좀 머쓱하기는 하면서도 멱살은 놓지 않고 경우를 따지려 든다.

"아—니 이런 경우가 어디 있어요? 나이깨나 좋이 먹어가지구는……."

"노라면 놓아요!"

버럭 소리를 지르면서 태수는 쥐었던 애송이의 팔목을 잡아낚는다.

"……잘잘못은 뉘게 있든지…… 그래 댁은 부모도 없수? 젊은 친구가 나이 자신 분한테 이런 행패를 하게……."

나무라면서 거듭떠보는 태수의 눈살은 졸연찮게 팽팽하다.

애송이는 할 수 없이 멱살을 놓고 물러선다.

"그렇지만 경우가 그렇잖거든요!"

"경우가 무슨 빌어먹을 경우람? 누구는 그 속 모르는 줄 아우? 하바하다가 총 놨다구 그러지? ……여보, 그렇게 억울하구, 경우가 밝구 하거든 애여[25] 경찰서로 가서 받아달래구려."

"허어참!"

애송이는 더 성구지[26] 못하고 돌아서서 미두장 정문께로 가면서 혼자 무어라고 두런두런한다.

정 주사는 검다 희단 말이 없이 모자를 집어 들고 건너편의 중매점 앞으로 간다. 중매점 문 앞에 두엇이나 모여 섰던 하바꾼들은 정 주사의 낯꽃[27]이 하도 암담한 것을 보고 입때[28]까지 조롱하던 눈치를 얼핏 숨긴다.

"담배 있거들랑 한 개 주게!"

정 주사는 누구한테라 없이 손을 내밀면서 한데를 바라보고 우두커니 한숨을 내쉰다.

여느 때 같으면,

"담배 맡겼수?"

하고 조롱을 하지, 단번에는 안 줄 것이지만, 그중 하나가 아무 말도 없이 마코[29] 한 개를 꺼내어준다.

정 주사는 담배를 받아 붙여 물고 연기째 길게 한숨을 내뿜으면서 넋을 놓고 먼 하늘을 바라본다.

초라한 행색이다.

광대뼈가 툭 불거지고 훌쭉 빠진 볼은 배가 불러도 시장만 해 보인다. 기름기 없는 얼굴에는 5월의 맑은 날에도 그늘이 졌다. 분명찮은 눈을 노상 두고 깜작깜작거린다. 그것이 더 꼴이 궁상스럽다.

못생긴 노랑 수염이 몇 날 안 되게 시늉만 자랐다. 그거나마 정 주사는 버릇으로 자주 쓰다듬는다.

정 주사가 낙명[30]이 되어 한숨만 거듭 쉬고 서서 있는 것이 그대로 보기에 딱했던지 마코를 선심 쓰던 하바꾼이 부드러운 말로 위로를 한다.

"어서 댁으루 가시오. 다 이런 데 발을 들여놓자면 그런 창피 저런 창피 보기가 예사지요. 저 옷고름이랑 저렇게 뜯어져서 못쓰겠소. 어서 댁으루 가시오."

정 주사는 대답은 아니하나 비로소 정신이 들어 모양 창피하게 된 두루마기 꼴을 내려다본다. 옆에서 위로하던 하바꾼이 한 번 더 선심을 내어 중매점 안으로 들어가더니 핀을 얻어가지고 나와서 두루마기 고름 뜯어진 것을 제 손으로 찍어매준다.

미두장 정문 옆으로 비켜서서 형보와 무슨 이야기를 하느라고 고개를 맞대고 있던 태수가 정 주사가 서 있는 앞을 지나면서 일부러 외면을 해준다. 정 주사도 외면을 한다.

태수가 저만큼 멀리 갔을 때에 정 주사는 비로소,

"으-흠."

가래 끓는 목 가다듬을 한 번 하더니 ◇◇은행이 있는 데께로 천천히 걸어간다.

다섯 자가 될락 말락한 키에 가슴을 딱 버티고 한 팔만 뒷짐을 지고, 그리고 짝 바라진 여덟팔자걸음으로 아장아장 걸어가는 맵시란, 시체에는 보기 드문 맵시다.

푸른 지붕을 이고 섰는 △△은행 앞까지 가면 거기서 길은 네거리가 된다. 이 네거리에서 정 주사는 바른편으로 꺾이어 동녕고개 쪽으로 해서, 자기 집

'둔뱀이'로 가야 할 것이지만 그러지를 않고 왼편으로 돌아, 선창께로 가고 있다.

뒤에서 보고 있던 하바꾼이 빈정거리는 말인지 걱정하는 말인지 혼잣말로

"저 영감 자살하구 싶은가 봐? 그러길래 집으루 안 가고 선창으루 나가지?"

하고 웃으면서 돌아선다.

4

앞뒷동이 뚝 잘려서 도무지 어떻게 할 도리가 없는 게 정 주사네다. 그러나마 식구가 자그마치 여섯.

스물한 살 먹은 맏딸 초봉(初鳳)이를 우두머리로 열일곱 살 먹은 작은딸 계봉(桂鳳)이, 그다음으로 큰아들 형주(炯柱) 이 애가 열네 살이요 훨씬 떨어져서 여섯 살 먹은 막내둥이 병주(炳柱) 이렇게 사남매에 정 주사 자기네 내외해서 옹근[31] 여섯 식구다.

이 여섯 식구가 아이들까지도 입은 벌써 자랄 대로 다 자라 누구 할 것 없이 한 그릇 밥을 남기지 아니한다.

그러니 한 달에 쌀 오 통[32] 한 가마로는 모자라고 소불하[33] 엿 말[34]은 들어야 한다.

또 나무도 사 때야 하지 아무리 가난하기로 등짐장수처럼 길가에서 솥단지 밥을 해 먹는 바 아니니, 소금만 해서 먹을 수는 없고, 하다못해 콩나물 1전어치나 새우젓 꽁댕이라도 사 먹어야지, 옷감도 더러는 끊어야 하지, 집세도 치러야 하지.

그런 데다가 정 주사의 부인 유 씨(兪氏)라는 이가 자녀들에 대한 승벽[35]이 유난스러워 머리를 싸매어가면서 공부를 시키는 참이다. 그래서 맏딸 초봉이는 보통학교를 마친 뒤에 사립으로 된 4년제의 S여학교를 다녀 작년 봄에 졸업을 했고 계봉이는 지금 그 S여학교 3학년에 다니는 중이고 형주가 명년 봄이면 보통학교를 마치는데 저는 이제 서울로 가서 어느 상급학교에 다니겠노

라고 지금부터 조르고 있고 한데 그러고도 유 씨는 막내둥이 병주를 지난 4월에 유치원에 들여보내지 못한 것이 못내 원통해서 요새로도 생각만 나면 남편한테 그것을 뇌사린다.[36]

이러한 적지 아니한 세간살이언만 정 주사는 가장으로 앉아서 벌어들인다는 것이 가용의 10분 1도 대지 못한다.

일찍이 정 주사는 겨우 굶지 아니하는 부모의 덕에 선비네 집안의 가도대로 하늘 천 따아지의 천자를 비롯하여 사서니 삼경이니 다 읽었다. 그러고 나서 세태가 바뀌니 '신학문'도 해야 한다고 보통학교도 졸업은 했다.

정 주사의 선친은 이만큼 '남부끄럽지 않게' 아들을 공부를 시켰다. 그러나 조업[37]은 짙은[38]것이 없었다. 그것도 있기만 있었다면야 달리 뜯길 데가 없으니 고스란히 정 주사에게로 물려 내려왔겠지만 별로 유난한 것이 없었다. 지금으로부터 열두 해 전 정 주사가 강 건너 서천(舒川) 땅에서 이곳 군산으로 이사를 해올 때에 그의 선대의 유산이라고는 선산(先山) 한 필에, 논 4천 평과, 집 한 채, 그것뿐이었었다. 그때에 정 주사는 그것을 선산까지 일광지지[39]만 남기고, 모조리 팔아서 빚을 가리고 나니까, 겨우 이곳 군산으로 와서 8백 원짜리 집 한 채를 장만할 밑천밖에 아니 되었었다.

정 주사의 선친은 그래도 생전시에 생각하기를 아들을 그만큼이나 흡족하게 '신구학문'을 겸해 가르쳤으니 선비의 집 자손으로 어디 내놓아도 낯 깎일 일이 없으리라고 안심을 했고 돌아갈 때에도 편안히 눈을 감았다.

미상불 24, 5년 전 일한합방 바로 그 뒤만 해도 한 문장이나 읽었으면 4년짜리 보통학교만 마치고도 군서기(郡雇員) 노릇은 넉넉히 해 먹을 때다.

그래서 정 주사도 그렇게 했다. 스물세 살에 그곳 군청에 들어가서 서른다섯까지 옹근 열세 해를 '군서기'를 다녔다. 그러나 열세 해 만에 도태를 당하던 그날까지 별수 없는 고원이었었다. 아무리 연조가 오래여서 사무에 능해도 이력 없는 한낱 고원이 본관이 되고 무슨 계(係)의 주임이 되고 마지막 서무주임을 거쳐 군수가 되고 이렇게 승차를 하기는 용이찮은 노릇이다. 정 주사쯤의 주변[40]으로는 거의 절대로 가망 없을 일이다.

그래 정 주사는 청춘을 그렇게 늙힌 덕에 노후(老朽)라는 반갑잖은 이름으로 도태를 당하고 말았다. 그러고 보니 처진 것은 누구 없이 월급쟁이한테는 두억신같이 붙댕기는 빚(負債)뿐이었었다.

그 통에 정 주사는 화도 나고 해서 새로운 생화[41]도 얻을 겸 얼마 아니 되는 전장을 팔아 빚을 가리고 이 군산으로 떠나왔던 것이요 그것이 꼭 열두 해 전의 일이다.

군산으로 건너와서는 은행을 시초로 미두중매점이며 회사 같은 데를 7년 동안 두고 서너 군데나 드나들었다. 그러다가 마침내 정말 노후물의 처접을 타고[42] 영영 월급 세민층에서나마 굴러떨어지고 만 것이 지금으로부터 다섯 해 전이다.

그런 뒤로는 미두꾼으로 미두꾼에서 다시 하바꾼으로—.

5

5월의 하늘은 티끌도 없다. 오후 한나절이 겨웠건만 햇볕은 늙지 아니할 듯이 유창하다.

훤하게 터진 강심[43]에서는 싫지 않게 바람이 불어온다. 5월의 바람이라도 강바람이 되어서 훈훈하기보다 선선하다.

날이 한가한 것과는 딴판으로 선창은 분주하다.

크고 작은 목선들이 저마다, 높고 낮은 돛대를 웅긋중긋 떠받고 물이 아니 보이게 선창가로 빽빽이 들이밀렸다. 칠산 바다[44]에서 잡아가지고 들어온 젓조기가 한창이다. 은빛인 듯 신선하게 번적이는 준치도 푼다.

배마다 셈 세는 소리 아니면, 닻 감는 소리로 사공들이 아우성을 친다. 지게 진 짐꾼들과 광주리를 인 아낙네들이 장 속같이 분주하다.

강안(江岸)으로 뻗친 찻길에서는 꽁지 빠진 참새같이 몽창한 기관차가, 경망스럽게 달려 다니면서 빽—빽 성급한 소리를 지른다. 그러면 멀찍이 강심에서는 커—다랗게 드러누운 기선이 가끔 가다가 우웅 하고 내숭스럽게 대답을 한다.

준설선이 저보다도 큰 크레인을 무겁게 들먹거리면서 시커먼 개흙을 파 올린다.

마도로스의 정취는 없어도 항구는 분주하다.

정 주사는 이런 번잡도 잊은 듯이 강가로 다가서서 초라한 수염을 바람에 나부끼고 있다.

강심으로 똑딱선[45]이 통통거리면서 떠온다. 강 건너로 아물거리는 고향을 바라보고 섰던 정 주사는 눈이 똑딱선을 따른다. 그는 열두 해 전 용댕(龍塘)에서 가권을 데리고 저렇게 똑딱선으로 건너오던 일이 우연히 생각이 났다. 그래도 그때는 지금보다야 나았느니라 하니 옛날이 그리웠다. 그의 기름기 없는 눈시울에는 눈물이 고였다.

정 주사가 미두의 속을 알리는 중매점의 사무를 보아주던 때부터지만 그것을 손대기는 훨씬 뒤의 일이다.

그가 처음 군산으로 올 때만 해도 집은 내 것이었다. 아이들이래야 셋이라지만 다 어리고 또 그런대로 월급도 받거니와 집을 사고 남은 돈이 돈 백 원이나 수중에 있어 그다지 군졸하게[46] 지내지는 아니했었다.

그러던 것이 한 해 두 해 지내느라니까 아이들은 자라고 학비까지 해서 용은 더 드는데 직업을 바꿀 때마다 월급은 줄고, 그러는 동안에 오늘이 어제보다 못한 줄은 모르겠어도 금년이 작년만 못하고 작년이 재작년만 못한 것은 완구히[47] 눈에 띄어 살림은 차차 꿀려 들어가기 시작했다. 그러다가 푸달진 월급 자리나마 영영 떨어지고 나니 손에 기름은 말랐는데 식구는 우구르으하고 7, 8년 월급 상사로 역시 빚밖에 남은 것이 없었다.

정 주사는 두루두루 생각했으나 별수가 없고 그때는 벌써 은행에 저당 들어간 집을 팔아 은행 빚을 추린 후에 나머지 한 3백 원이나 손에 쥐었다. 이때부터 정 주사는 미두를 하기 시작했다.

미두를 시작하고 보니 바로 맞는 때도 있고 빗맞는 때도 있으나 바로 맞아 이문을 보는 돈은 먹고사느라고 없어지고 빗맞을 때에는 살 돈이 떨어져 나가곤 했었다.

그래서 제주말(濟州馬)이 제 갈기를 뜯어 먹는다는 푼수로 이태 동안에 정 주사의 본전 3백 원은 스실사실[48] 다 밭아버리고[49] 말았다. 그러나 3백 원 밑천을 가지고 이태 동안이나 갉아먹고 살아온 것은 헤펐다느니보다도 정 주사의 담보[50] 작고 큰돈 탐내지 아니한 규모 덕이다.

밑천이 없어진 뒤로는 전날 미두장에서 사귄 친구라든지 혹은 고향에서 미두를 하러 온 친구가 소위 미두장 인심이라는 것으로 쌀이나 한 백 석, 50원 증금(証金)[51]으로 붙여주면 그것을 가지고 약삭빨리 요리조리 돌려놓아가면서 한 달이고 두 달이고 매일 돈 원씩 2, 3원씩 따먹다가 급기야는 밑천을 떼이고 물러서고 이렇게 하기를 한 1년이나 그렁저렁 지내왔다.

그런 뒤에 오늘 이때까지 꼬박 이태 동안은 그것도 사람이 궁기[52]가 드니까 그렇겠지만 어느 누구 인사말로라도 쌀 한번 부처주마는 친구 없고 해서 마치 무능한 고관 퇴물이 ××원으로 몰려가듯이, 밑천 마른 정 주사는, 그들의 숙명적 코스대로 하바꾼으로 굴러떨어져 미두쟁이의 한심한 여운(余韻)을 읊고 지내는 판이다.

그러나 많고 적고 간에 그것도 노름인데 그러니 하는 족족 먹으란 법은 없다. 부인 유 씨의 바느질삯 들어온 것을 한 1원이고 옭아내든지 미두장에서 어릿어릿하다가 안면 있는 친구한테 개평으로 1, 2원이고 얻든지 하면 좀이 쑤셔서도 하바를 하기는 하는데, 그놈이 운수가 좋아도 세 번에 한 번쯤은 빗맞아서 액색한[53] 그 밑천을 홀랑 들어먹고 만다. 노름이라는 것은 잃는 것이 밑천이요 그러니까 잃을 줄 알면서도 하는 것이 미두꾼의 담보란다.

6

하바를 할 밑천이 없으면 혹은 개평이라도 뜯어 밑천을 할까 하고 미두장에를 간다. 그렇지 않더라도 안 먹으면 먹고 싶은 담배나 아편의 인에 몰리듯이 미두장에를 가보기라도 아니하고는 궁금해서 못 배긴다.

정 주사도 어제오늘은 달랑 돈 10전이 없으면서 그래도 요행수를 바라고 아침부터 부옇게 달려 나와 비잉빙 돌고 있었다.

그러나 수가 있을 턱이 없고

"에라! 살판이다."

고 전에 하던 버릇을 다시 내어 그야말로 올가미 없는 개장수를 한번 하잤던 것이 계란에도 뼈가 있더라고 고놈 꼭 생하게만 된 후장이절(後場二節)[54]의 대판시세[55]가 옜다 보란 듯이 떨어져서 마침내 그 봉욕을 다 보게까지 되었던 것이다.

정 주사는 마침 만조가 되어 축제[56] 밑에서 넘실거리는 강물을 내려다본다.

그는 죽지만 아니할 테 같으면 지금 그대로 두루마기를 둘러쓰고 물로 뛰어들어 자살이라도 하고 싶었다.

젊은 녀석한테 대로상에서 멱살을 따잡혀 들을 소리 못 들을 소리 다 듣고 망신을 한 것이야 물론 창피다. 그러나 그러한 창피까지 보게 된 이 지경이니 장차 어떻게 해야 살아가느냐 하는 것이, 창피고 체면이고 다 접어놓고 앞을 서는 걱정이다.

'어린 자식들을 데리고 어떻게 살아가나?'

이것은 아무리 되씹어도 별 뾰족한 수가 없고 죽어 없어져서, 만사를 보지 않고 듣지 않고 생각지 아니하는 도리뿐이다.

미상불 그래서 정 주사는 막막할 때면,

"죽고 싶다."

"죽어버리자."

이렇게 벼른다. 그러나 막상, 죽자고 들면 죽을 수가 없고, 다만 죽자고 든 것만이 마치 염불이나 기도처럼 위안과 단념을 시켜준다. 이러한 묘미를 터득한 정 주사는 그래서 이제는 죽고 싶어 하는 행투가 생겼다.

정 주사는 흥분했던 것이 사그라지니 그제야, 내가 왜 청승맞게 강변에 나와서 이러고 섰을고 하는 싱거운 생각에 발길을 슬며시 돌이켰다.

그러나 이제 갈 데라야 좋으나 그르나 집뿐인데, 집안일을 생각하면 다시 걸음이 내키지 아니했다.

어제저녁에 싸라기 한 되로 콩나물죽을 쑤어 먹고는 오늘 아침은 판판 굶었다. 지금 집으로 간댔자 처자들의 시장한 얼굴들이 그래도 행여 하고 남편이요 부친인 자기를 기다리고 있을 것이다. 다만 17전짜리 현미 싸라기 한 되라도 팔아가지고 가면 들어가는 사람이나 기다리는 식구들이나 기운이 나련만 그것조차 마련할 도리가 없다.

정 주사는 ○○은행 모퉁이까지 나와서 미두장께를 무심코 돌려다보다가 얼핏 외면을 한다.

"내가 네깟 놈의 데를 다시는 발걸음인들 하나 보아라!"

누가 굳이 오라꼬마는 그는 이렇게 혼자라도 앙심이나 먹어야 조금 속이 후련해진다. 이것은 이번이 처음이 아니다.

그저 가끔 밑천 없이 하바를 하다가 도화를 부르고는[57] 젊은 사람들한테 여지없이 핀잔을 먹고 그 밖에도 별별 창피가 비일비재다.

그래서 작년 가을에는 내가 이럴 일이 아니라 차라리 벗어 붙이고 노동을 해 먹는 게 옳겠다고 크게 용단을 내어 선창으로 나와서 짐을 져본 일이 있었다.

그러나 체면이라는 것 때문에 기껏 용기를 내어가지고 덤벼든 막벌이 노동도 반나절을 못 하고 작파해버렸다. 힘이 당해낼 수가 없었던 것이다. 그는 그 반나절 동안 배에서 선창으로 퍼 올리는 짐을 지다가 거반 죽어가지고 집으로 돌아가서는 그길로 몸살이 나서 10여 일이나 갱신[58] 못 하고 앓았다. 집안에서들은 그저 몸살이 났나 보다 걱정이나 했지, 그날 그러한 기막힌 내평[59]이 있었다는 것은 종시 알지 못했다.

그런 다음부터 정 주사는 막벌이 노동을 해 먹을 생각은 다시는 생심도 못 했다. 못 하고 그저 창피하나 따나 벌이야 있으나 없으나 종시 미두장의 방퉁이꾼[60]으로 지냈고 양식을 구하지 못하는 날은 처자식들을 데리고 앉아 굶고 이랬다.

입만 가졌지 손발이 없는 사람…… 이것이 정 주사다.

진도라고 하는 섬에서 나는 개(珍島犬) 하며 금강산의 만물상이며 삼청동 숲 속에서 울고 노는 새들이며 이런 산수고 생물이고 간에 천연으로 묘하게 생긴 것이면 '천연기념물(天然紀念物)'이라고 한다.

그럴 바이면 입만 가졌지 수족이 없는 사람 정 주사도 기념물 속에 들기는 드는데 그러나 사람은 사람이니까 '천연기념물'은 못 되고 그러면 '인간기념물'이겠다.

7

정 주사는 내키지 아니하는 걸음을 천천히 걸어 전주통(全州通)이라고 부르는 동녕고개를 지나 경찰서 앞 네거리에 이르렀다. 거기서 그는 잠깐 망설였다. 탑삭부리 한 참봉(韓參奉)네 집 싸전가게[61]를 피하자면 좀 돌더라도 신흥동(新興洞)으로 둘러 가야 한다.

그러나 묵은 쌀값을 졸릴까 봐서 길을 피해 가고 싶은 그는 도리어 약차하면 졸릴 셈을 하고라도 눈치를 보아 외상 쌀이나 더 달래보겠다는 뱃심도 났다.

정 주사는 요새 정거장으로부터 시작되어 새로 난 소화통이라는 큰길을 동쪽으로 한참 내려가다가 바른손 편으로 꺾이어 개복동(開福洞) 복판으로 들어섰다.

예서부터가 조선 사람들이 모여 사는 곳이다.

지금은 개복동과 연접된 구복동(九福洞)을 한데 버무려가지고 산상정(山上町)이니 개운정(開運町)이니 하는 하이칼라 이름을 지었지만, 예나 시방이나 동리의 모양다리는 그냥 그 대중이고 조금도 '개운(開運)'은 되지 아니했다. 그저 복판에 포도장치(鋪道粧置)도 아니한 15칸짜리 토막길이 있고 길 좌우로 연달아, 평지가 있는 둥 마는 둥하다가 그대로 사뭇 언덕비탈이다.

그러나 언덕비탈의 언덕은 눈으로는 보이지 아니한다. 급하게 경사진 언덕비탈에 게딱지 같은 초가집이며, 낡은 생철집[62] 오막살이들이, 손바닥만 한 빈틈도 남기지 아니하고 콩나물 기르듯 다닥다닥 주워 박혀, 언덕이나라 짐작이나 되지 언덕은 보이지 아니한다.

이 개복동서 그 너머 둔뱀이(屯栗里)로 넘어가는 고개를 콩나물고개라고 하는데, 실없이 제격에 맞는 이름이다.

개복동, 구복동, 둔뱀이, 그리고 이편으로 뚝 떨어져 정거장 뒤에 있는 '스래(京浦里)', 이러한 몇 곳이 군산의 인구 7만 명 가운데 6만도 넘는 조선 사람들의 거의 대부분이 어깨를 비비면서 옴닥옴닥 모여 사는 곳이다. 면적으로 치면 군산부의 몇십분지 1도 못 되는 땅이다.

그뿐만 아니라 정리된 시구(市區)라든지 근대식 건물로든지 사회시설이나 위생시설로든지, 제법 문화도시의 모습을 차리고 있는 본정통이나, 전주통이나, 공원 밑 일대나, 또 넌지시 월명산(月明山) 아래로 자리를 잡고 있는 주택지대나, 이런 데다가 빗대면 개복동이니 둔뱀이니 하는 한 세기나 뒤져 보인다. 한 세기라니 인제 한 세기가 지난 뒤라도 이 사람들이 제법 고만큼이나 문화다운 살림을 하게 되리라 싶지 않다.

개복동 복판으로 들어서서 콩나물고개까지 거진 당도한 정 주사는 길 옆 왼편 쪽으로 있는 탑삭부리 한 참봉네 싸전가게를 넌지시 들여다본다. 애초에 눈치를 보자는 것이요 아직도 쌀 외상을 더 달라고 하리라는 다구진 마음은 못 먹었기 때문에 사리는 양이다.

"정 주사 안녕하시우?"

탑삭부리 한 참봉은 마침 쌀을 팔러 온 아이한테 봉지쌀 한 납대기[63]를 되어 주느라고 구부리고 있다가 힐끔 돌려다보고 인사를 한다 – 는 것이 탑삭부리 수염에 푹 파묻힌 입에서 말이 한 개씩 따로따로 떨어져 나온다.

"네, 재미 좋으시우? 한 참봉……."

정 주사는 기왕 눈에 뜨인 길이라 가게 안으로 들어섰다.

정 주사는 이 싸전과 그 주인을 볼 때마다 샘이 나고 심정이 상한다. 정 주사가 처음 군산으로 와서 '큰샘거리(大井洞)'서 살 때에 탑삭부리네는 바로 그 건너편에다가 쌀, 보리, 잡곡 같은 것을 동냥해온 것처럼 조금씩 벌여놓고 오도카니 앉아 낱되질[64]을 하고 있었다. 거래는 그때부터 생겼다.

그런데 그러던 것이 소리도 없이 바스락바스락 일어나더니 작년 봄에는 지금 이 자리에다가 가게와 살림집을 안팎으로 덩시렇게 지어놓고 겸해서 전화까지 때르릉때르릉 걸어놓고 아주 한다 하는 대상이 되었다. 자기 말로도 한 1, 2만 원 잡았다고 하니까 내숭꾸러기라 3, 4만 원 좋이 잡았으리라고 정 주사는 생각했다.

털보 한 서방 혹은 탑삭부리 한 서방이 '한 참봉'으로 승차한 것도 돈을 그렇게 잡은 덕에 부지중 남이 올려 앉혀준 첩지 없는 참봉이다.

이렇게 겨우 10여 년지간에 남은 팔자를 고치리만큼 잘되었는데 자기의 몰락된 것을 생각하면 나도 차라리 그때부터 7, 8백 원 그 밑천으로 장사나 했더라면 하는 후회가 들어 그래 샘이 나고 심정이 상하던 것이다.

정 주사는 나도 장사를 했었으면 꼭 수를 잡았으리라고 믿지, 어려서부터 상고판[65]으로 돌아다닌 사람과 걸상을 타고 앉아 붓대만 놀리던 '서방님'이 판이 다르다는 것은 생각하려고도 아니했다.

8

"시장에서 나오시는군? 그래 오늘은……."

탑삭부리 한 참봉은 방금 되어 준 쌀값 받은 돈을 가게 방문턱 안에 있는 나무 궤짝 구멍으로 잘그랑 집어넣고, 손바닥을 탁탁 털면서 돌아선다. 이 사람은 돈은 모았어도 손금고 한 개 사는 법 없고 처음 장사 시작할 때에 쓰던 나무 궤짝을, 손때가 새까맣게 오른 채 그대로 쓰고 있다. 그놈을 가지고 돈을 모았대서 복궤라고 되레 자랑을 한다.

"……오늘은 재수가 좋아서 우리 집 묵은셈이나 좀 해주게 되셨수?"

"재순지 무엇인지 말두 마시우. 거 원 기가 맥혀!"

정 주사는 눈을 연신 깜작깜작하면서 아까 당한 일을 무심코 탄식한다.

"왜? ……또 빗맞았어?"

"전 백 환이나 날린걸!"

정 주사는 속으로 아뿔싸! 하고 슬금 이렇게 둘러댄다. 그는 지금도 늘, 몇

백 석씩 쌀을 붙여두고 미두를 하는 듯이 탑삭부리 한 참봉을 속여온다. 그래야만 다 체면이 차려진다는 것이다.

"허어! 그렇게 육장[66] 손해만 보아서 됐수!"

한 참봉은 탑삭부리 수염 속에가 내숭이 들어서 정 주사의 형편이며 속을 빤히 알면서도 짐짓 속아주는 것이다. 알고서 말로만 속는 담에야 해될 것이 없는 줄을 그는 잘 아는 사람이다.

그럴 뿐 아니라 정 주사와는 10년 넘겨서의 거래에 작년치 쌀 한 가마니 값과 또 금년 음력 정초에 준 쌀 두 말 값이 밀렸다고 그것을 양박스럽게[67] 조를 수는 없는 자리다.[68] 그래서 실상인즉 잘렸니라고 속으로 기역자를 그어놓은 판이요, 다만 장사하는 사람의 투로, 지날 결에 말이나 한 번씩 비쳐보는 것이다. 그렇게 하면 묵은 것은 받지 못하더라도 다시는 더 외상을 달래지 못하는 이익이 있다.

"거 참! ……그놈이 바루 맞기만 했으면 나두 셈평[69]을 펴구 한 참봉 묵은 셈조[70]두 닦어드리구 했을 텐데……."

정 주사는 입맛을 다시고 눈을 깜작거고 하다가 다시,

"……가만 계시우. 내 오래잖어서 다 치러지리다……. 설마 잊지야 않을 테니 아무 염려 마시구."

정 주사는 언제고 외상값 이야기면 첫마디가 떨어지기가 무섭게 지레 겁이 나서 미리 방패막이를 하느라고 애를 쓴다. 그는 갚을 돈이 없어 미안하다거나 걱정이기보다도 위선 졸리기가 괜히 무색해서 못 견디는 사람이다.

"원, 요새 같을래서는 도무지, 세상이 귀찮어서……. 그놈 글쎄 번번이 시세가 빗맞아가지구는 낭패를 보구 하니! 그러찮어두 자식들은 많구 살림은 옹색한데……."

"허! 정 주사는 그래두 걱정 없으슈. 자손이 다 번족하겠다 무슨 걱정이겠수?"

"말두 마시우. 가난한 사람이 자식만 많으면 소용 있나요? 차라리 없는 게 팔자가 편하지."

"그런 말씀 마슈. 나는 돈냥 있는 것두 다 싫으니 자식이나 한 개 두었으면 좋겠습디다."

"아니야. 거 애여 자식 많이 둘 게 아닙디다."

"사람이 자손 재미두 없이 무슨 맛으로 산단 말씀이오?"

"건 속 모르는 말씀……."

"거 참 모르는 말씀을 하시는군! 정 주사두 지금 자손이 하나두 없어보시우."

"허허, 한 참봉두 가난은 한데 쓸데없이 자식만 우쿠르르해보시우."

둘이는 제각기 제게는 옳은 말이다. 그러나 제각기 저편이 하는 말은 속 답답한 소리다.

탑삭부리 한 참봉은 나이 40이 넘어 50줄에 앉았으되 자녀간 혈육이 없다.

그는 그래서 돈 아까운 줄도 모르고 2, 3년 이짝 첩을 얻어 치가를 하고 자주 갈아세우고 해보아도 나이 점점 늙기만 하지 이내 눈먼 딸자식 하나 낳지 못했다.

"어디, 오래간만에 한 수 배워보실려우?"

마침 심부름 나갔던 가게 아이가 돌아오는 것을 보고 우두커니 먼 산을 바라보던 탑삭부리 한 참봉이 정 주사더러 장기를 청한다.

"참 한 참봉 그새 수나 좀 늘었수?"

정 주사는 그렇잖아도 장기나 두던 끝에 어물쩍하고 쌀 외상을 달래려고 먼저 청하려던 참이다.

"정 주사 장기야 하두 시원찮어서 원……."

"죽은 차(車) 물러달라구 떼나 쓰지 마시우."

둘이는 이렇게 서로 장담을 하면서 앞서거니 뒤서거니 가겟방으로 들어간다. 그러자 안채로 난 널문을 열고 안주인 김 씨(金氏)가 곱게 단장을 한 얼굴을 들이민다.

9

"아이! 정 주사 오셨군요!"

김 씨는 눈이 먼저 웃으면서, 야불야불하니[71] 예쁘장스럽게 생긴 온 얼굴에 웃음을 흩뜨린다.

"네, 안녕하십니까?……"

정 주사도 웃는 낯으로 인사를 하면서 곱게 다듬은 모시 진솔[72]로 위아래를 날아갈 듯이 차리고 나선 김 씨를 건너다본다. 그는 남편보다 나이 훨씬 처져 서른 살이 갓 넘었다. 그런 데다가 얼굴 바탕이며 몸매가 예쁘장스럽고, 맵시도 있거니와 아기를 낳지 아니해서 그런지, 나이보다도 훨씬 앳되어, 고작 스물사오 세밖에는 아니 되어 보인다. 몸치장도 거기에 맞게 잘한다.

그래서 겉늙고 탑삭부리 진 남편과 대놓고 보면 며느리나, 소실 푼수밖에 아니 된다.

"애기 어머니두 안녕하세요?…… 그러구 참……."

김 씨는 생각이 문득 나서 가겟방 앞으로 다가 들어온다.

"……댁에 큰애기가 아이구 어쩌면 그새 그렇게 아담스럽구 예뻐졌어요! 내 정 주사를 뵈면 추앙을 좀 해드리려던 참인데……"

"거 무얼 그저……."

정 주사는 속으로 좋기는 해도 점직해서 어물어물한다.

"글쎄 허기야 그 애기가 저어 초봉이던가? 응 그래 초봉이야 어렸을 때두 예쁘기는 했지만 어느 결에 그렇게 곱게 피구 그랬어요? 나는 요전번에 이 앞으로 지나면서 인사를 하는데 첨은 깜박 몰라보았군요! 거저 다독다독해주구 싶게 예뻐요! …… 내가 아들이 있다면 글쎄 어거지루 빼앗어다가라두 며느리를 삼겠어! 호호."

명랑하게 쌔불거리고 웃고 하는 데 끌려 탑삭부리 한 참봉도 정 주사도 따라 웃는다.

"그러니 진작 아이를 하나 낳았으면 좋았지?"

탑삭부리 한 참봉이 한참 웃고 나서 장기를 골라놓으면서 농담 섞어 아내를 구슬린다.

"진작 아니라 시집오던 날루 낳어두 고작 열댓 살밖에 안 되겠수. 저어 초봉이가 올해 몇 살이지요? 스무 살? 그렇지요?"

"스물한 살이랍니다! 거 키만 엄부렁하니[73] 컸지 원 미거해서[74]……."

정 주사는 대답을 하면서 탑삭부리 한 참봉의 곰방대에다가 방바닥에 놓인 쌈지에서 담배를 재어 붙여 문다.

"아이! 나는 꼭 샘이 나서 죽겠어! 다른 집 사남매 오남매보다 더 욕심이 나요!"

"정 주사 조심하슈. 저 여편네가 저러다가는 댁의 딸애기 훔쳐 오겠수, 흐흐흐흐."

"허허허허."

"훔쳐올 수만 있다면 훔쳐라두 오겠어요 정말이지."

"정 그러시다면야 못 본 체할 테니 훔쳐 오십시오그려? 허허."

"호호 그렇지만 그건 다 농담의 말씀이구. 내가 어디 좋은 신랑을 하나 골라서 중매를 서드려야겠어요."

"제발 좀 그래주십시오. 집안이 형세는 달리는데 점점 나이는 들어가구 그래 우리 마누라허구 앉으면 그렇지 않어두 그런 걱정을 한답니다."

"아이 그러시다뿐이겠어요! ……과년한 규수를 둔 댁에서야 내남없이 다 그렇지요. 그럼 내가, 이건 지날 말루가 아니라, 그 애기한테 꼭 맞을 신랑감 하나 골라볼게요?"

"저 여편네 큰일났군……."

장기를 딱딱 골라놓고 앉았던 탑삭부리 한 참봉이 한마디 거단는다.

"……중매 잘못 서면 뺨이 세 대야."

"그 대신 잘 서면 술이 석 잔이라우."

"그런가? 그럼 술이 생기거들랑 날 주구, 뺨은 이녁[75]이 맞구 그러지, 응?"

"술두 뺨두 다 당신이 차지하시우. 나는 덮어놓구 중매만 잘 설 테니…….

글쎄 이 일은 다른 중매하구는 달라요. 내가 규수를 좋게 보구 반해서, 호호 정말 반했다우, 그래서, 자청해설랑 중매를 서는 거니까, 그렇잖어요? 정 주사."

"허허, 그거야 원 어찌 되어서 서는 중매든 간에, 쓸 만한 자리나 하나 골라 주시오."

"자아, 그 이야기는 그만 했으면 됐으니 인제는 어서 장기나 둡시다. 두시오 먼저."

탑삭부리 한 참봉이 다시 장기판으로 다가앉아 재촉을 한다.

"저이는 장기라면 사족을 못 써요! 나 잠깐 나갔다 와요. 정 주사 그럼 노시다 가시구 그건 그렇게 알구 계셔요?"

"네, 믿구 기다리지요."

"거 참 나갈 길이거든 장으루 들러서 도미라두 한 마리 사다가 찜을 하든지 해서 고 서방 먹게 해주구려? 요새 찬이 좀 어설픈 모양이더군그래?"

탑삭부리 한 참봉은 벌써 정신은 장기판에 가서 있고 입만 놀린다. 고 서방이란 이 집에 하숙을 하고 있는 ××은행의 태수 말이다. 정 주사는 도미찜 소리에 침이 꼴깍 넘어가고, 시장기가 새로 들었다.

생활(生活) 제1과

1

정거장에서 들어오다가 영정(榮町)으로 갈려 드는 세거리 바른편 귀퉁이에 있는 제중당(濟衆堂)이라는 양약국이다.

차려놓은 품새야 대처면 아무 데고 흔히 있는 평범한 양약국이요 규모도 그다지 크지는 못하다. 그러나 제중당이라고 하는 간판은, 주인이요 약제사요 촌사람의 웬만한 병론(病論)[76]이면 척척 의사질까지 해내는, 박제호(朴濟浩)의 그 말대가리같이 기다란 얼굴과 30부터 대머리가 홀러덩 벗어져서, 가뜩이나 긴 얼굴을 겁나게 더 길어 보이게 하는 대머리와 데데데데하기는 해도 입담이 좋은 구변과 그 데데거리는 말끝마다 빠지지 아니하는 군가락[77]

"제기랄 것!"

소리와 팥을 가지고 앉아서라도 콩이라고 남을 삶아 넘기는 떡심[78]과…… 이러한 것이 10년 이짝 이 군산 바닥에는 사람의 얼굴로 치면 마치 큼직한 점이 박혔다든가 핼끔한 애꾸눈이처럼 특수하게 인상이 깔린 그러한 인물이요 그러한 가게다.

가게에는 지금 제호의 기다란 얼굴은 보이지 않고 초봉이가 혼자 테이블을 차고앉아서 낡은 부인잡지를 들여다보고 있다. 바로 그의 부친 정 주사가 미두장 앞에서 멱살잡이를 당하고 탑삭부리 한 참봉네 싸전으로 가서 딸의 혼인 중매 이야기를 듣고 있는 한 날이다. 그래서 초봉이도 지금 시장하다. 그는 시장도 하거니와 집안일이 마음에 걸려 진득이 있을 수가 없다. 이제 돈이 변통되지 못하면 어찌하나 싶어 초조하던 것이다.

그래서 그는 잊고 앉아 절로 시간이 가게 하느라고 잡지의 소설 한 대문을 읽는 시늉을 하기는 하나 마음대로 정신이 쏠려지지를 아니한다.

기둥에 걸린 둥근 괘종이 네 시를 친다.

마침 헙수룩하게 생긴 촌사람 하나가 철 이른 대패밥모자[79]를 벗으면서 끼웃이 들어선다.

"어서 오십시오."

초봉이는 사뿐 일어나 진열장 뒤로 다가 나온다. 가게 사람이 손님을 맞이하는 여느 인사지만 말소리가 무척 사근사근하면서도 끝이 애조를 머금고 무령하게[80] 사그라지는 그의 말소리가 약 사러 들어선 촌사람의 주의를 끌어 더욱 어릿거리게 한다.

초봉이의 그처럼 끝이 힘없이 스러지는 연삽한[81] 말소리와 그리고 귀가 너무 작은 것을 그의 부친 정 주사는 그것이 단명(短命)할 상이라고 늘 혀를 차곤 한다.

말소리가 그럴 뿐 아니라 얼굴 생김새도 복성스런 구석이 없고 청초하기만 한 것이 어디라 없이 비극적이다.

티끌 없이 해맑은 바탕에 오뚝 날이 선 코가 위선 눈에 뜨인다. 갸름한 하장[82]이 아래로 좁아 내려가다가 두 볼에서 급하다 할 만치 빨았다.

눈은 둥근 눈이지만 눈초리가 째지다가 남은 게 있어 길어 보이고 거기에 무엇인지 비밀이 잠긴 것 같다.

윤곽과 바탕이 이러니 자연 선도 가늘어서 들국화답게 초초하다. 그래서 보는 사람으로 하여금 웬일인지 위태위태하여 부지중 안타까운 마음이 나게 한다.

이와 같이 말하자면 청승스러운 얼굴이나 그런 흠을 많이 가려주는 것이 그의 입과 턱이다.

조그맣게 그려진 입은 오긋하니 동근 주걱턱과 아울러 여느 때도 예쁘거니와 무심코 해죽이 웃을 때면 아담스런 교태가 아낌없이 드러난다.

그는 의복이야 노상 헙수룩한 검정 치마에 흰 저고리를 받쳐 입고 다니지만 나이가 그럴 나이라 굵지 아니한 몸집이 얼굴과 한가지로 알맞게 살이 오르고 피어나 미상불 화장품 장수까지 겸하는 양약국에는 썩 좋은 간판감이다.

올 2월, 초봉이가 제중당에 나와 있으면서부터 보통 약도 약이려니와 젊은 서방님네가 사지 않아도 괜찮은 것이면서 항용 살 수 있는 물건으로 화장품이며 인단[83] 카올[84] 이런 것은 전보다 3곱 4곱이나 더 팔렸다.

주인 제호는 그러한 잇속을 알아차리고 초봉이를 소중하게 다루기도 하려니와 또 고향이 같은 서천이요 교분까지 있던 친구 정영배=정 주사의 자녀라는 체면으로라도 함부로 할 수는 없는 처지다.

그러나 그런 관계나 저런 타산보다도 예쁘게 생긴 초봉이를 제호는 예뻐한다.

2

일곱 살 먹은 어린아이가 다리를 삐었다고 마치 병원에 온 것처럼이나 병론을 하는 촌사람한테, 20전짜리 옥도정기[85] 한 병을 팔고 나니 가게는 다시 빈다. 늘 두고 보아도 장날이나 아니고서는, 네 시 요맘때면 언제든지 손님의 발이 뜬다.

초봉이는 도로 테이블 앞으로 가서 잡지장을 뒤지기도 대견하고 해서, 뒤 약장에 등을 기대고 우두커니 바깥을 내어다본다.

그는 혹시 모친이 올까 하고 아침에 가게에 나오던 길로 기다렸고 지금도 기다린다. 아침을 못 해 먹었으니 그새라도 혹시, 양식이 생겨서 밥을 해 먹었으면 알뜰한 모친이라 점심을 내오는 체하고 벤또[86]에다가 밥을 담아다 주었을 것이다.

그러나 이제껏 소식이 없는 것을 보면, 그대로 굶고 있기가 십상이다.

초봉이 제 한입이야 시장한 깐으로 하면 그래서 먹자고 들면, 가게에 전화도 있고 하니 매식집에서 무엇이든지 청해다가 먹을 수는 있다.

그러나 그는 집안이 모조리 굶고 앉았는데 저 혼자만 음식을 사 먹을 생각은 엄두도 나지 아니했다. 모친이 밥을 내오기를 기다리는 것도 집에서 밥을 먹었기를 바라는 생각이다.

초봉이가 언제고 진심으로 바라는 것은 어떻게 하면 늙어가는 부모며 어린 동생들을 굶지 않게 헐벗지 않게, 그리고 기운을 펴고 지내게 할 수 있을까 하는 것이다.

그러나 그가 받는 월급은 고작 20원이다. 모친의 바느질삯까지 쳐야 도통 30원이나 35원밖에는 아니 된다. 그러니 늘 몰리고 몰려가다가 할 수 없이 굶는다.

추레한 부친의 몰골, 바느질로 허리가 굽은 모친, 배고파서 비실비실하는 동생들의 애처로운 꼴, 이런 것을 생각하고 눈앞에 그려보고 하면 저절로 눈갓이 따가워진다.

아까 옥도정기 한 병을 팔고 받은 10전박이 두 푼이 손에 쥐어진 채 잘랑잘랑한다.

늘 집에서 밥을 굶은 때 가게에 나와서 물건을 판 돈이라도 돈을 손에 쥐어 보면 생각이 나듯이 이 돈 20전이나마도 집에 보내줄 수 있는 내 것이라면 오죽이나 좋을까 싶어 한숨이 내쉬어진다.

그는 지금 만일 계봉이든지 형주든지 동생이 배고파하는 얼굴로 시름없이 가게를 찾아온다면 뒷일을 생각하지 않고 손에 쥔 20전을 선뜻 주어 보낼 것이다. 그런 생각이 나던 참이라 그는 혹시 동생들이 어찌하다가 가게 앞으로 지나가지나 아니하나 하고 오고 가는 아이들을 유심히 보기도 한다.

물론 그렇게 할 수 있다면 애여 집으로 보내주기라도 할 도리를 생각하겠지만 그러나 거기까지는 남의 것을 제 마음대로 손댈 기운이 나지 아니한다.

초봉이가 이렇게 실심해서 섰노라니까 길 건너편 샛골목에서 행화가 나오더니 해죽이 웃고 가게로 들어선다.

"혼자 계시는구만? ……쥔 나리는 어데 갔능교?"

"네, 어서 오세요. 벌써 아침나절에 나가시더니 입때……."

초봉이도 손님이라기보다 동무답게 마음을 놓고 웃는 낯으로 반겨 맞는다.

본시야 초봉이가 기생을 안다거나 사귄다거나 할 일이 있었을꼬마는 가게에서 일을 보자니까 자연 그러한 여자들도 손님으로 접대를 하게 되고, 그러는 동안에 그가 단골손님이면 낯도 익히게 된다.

행화도 처음 가게에 나오던 때부터 정해놓고 며칠만큼씩, 가루우유를 사 가고 가끔 화장품도 사 가고 전화도 빌려 쓰고 했는데, 그럴 때면 주인 제호가, 행화 행화 하면서 이야기나 농담도 하고 하는 바람에 초봉이도 자연 그의 이름까지 알게 된 것이다.

초봉이는 몇몇 단골로 다니는 기생 가운데, 이 행화를 퍽 좋아한다. 그것은 행화가 얼굴이 도람직하니[87], 코언저리로 기미가 살풋 앉은 것까지도 귀인성[88]이 있고, 말소리가 영남 사투리로 구수한 것도 마음에 들지만 다른 기생들처럼 생김새나 하는 짓이나가, 빤질거리지 않고 숫두룸한[89] 게 실없이 좋았다.

행화도 초봉이의 아담스러운 자태나 말소리 그것이 바로 맘씨인 것같이 사근사근한 말소리에 마음이 끌려 볼일을 보러 가게에 나오든지 또 가게 앞으로 지날 때라도 위정[90] 들러서 잠시잠시 한담 같은 것을 하기를 즐겨 한다.

초봉이는 기생이 비록 천하다고 하지만 한편으로는 여자로서 버젓하게 독립한 생활을 할 뿐 아니라 한 집안을 꾸리어나간다는 것만은 족히 부러운 일이라고 적지 않은 호의를 가졌고 따라서 그들의 생활 내면이 어떠한 것인가 하는 호기심도 자연 가지게 되었다.

3

"우유는 참 누구 멕이느라구 늘 사 가세요?"

초봉이는 행화가 달라는 대로 가루우유를 한 통, 요새 새로 온 놈으로 골라 주면서 지날 말같이 물어보았다.

"예? 누구 멕이는가고?……"

행화는 우유 통을 받아서 도로 초봉이한테 쳐들어 보이면서 장난꾼이같이 웃는다.

"……우리 아들 멕이지…… 우리 아들, 하하하."

"아들? 아들이 있어요?"

초봉이는 기생이 아들이 있다는 것이 놀라웠으나 되물어놓고 생각하니 기생이니까 되레 일찍이 아이를 두는 것이 그럴듯하다고 이번에는 고개를 끄덕거렸다.

"와? 기생이 아들 있다니 이상해서? 하하하. 기생이길래 아들, 딸, 낳기 더 좋지요? 서방이가 수두룩한걸, 하하하."

초봉이는 말이 그렇게 노골적으로 나가니까, 얼굴이 화틋하기는 하나 따라서 웃는다.

"아이! 어짜문 저 입하구, 턱하구가 저리두 예쁘노! ……다른 데도 예쁘지만. 예? 올게(올에) 몇 살이지요?"

"스물한 살."

"아이고! 나는 열아홉이나, 내 동갑으루 봤더니……."

"몇인데요? 스물?"

"예."

"네? 그런데 아들을 낳았어?"

"하하하, 내 속였소. 우리 아들이 아니라, 내 동생이라요."

"동생! ……어쩌문!"

초봉이는 탄복을 한다. 기생이면 호화롭기나 하고, 천한 것으로만 알던 초봉이도, 기생에게서 그러한 인정을 볼 수 있는 것이, 놀라웠다. 그래서 행화가 다시 한 번 치어다보였다.

치어다보면서 곰곰이 생각하니, 인정이야 일반일 것이니 그렇다 하겠지만,

천한 기생이라면서 어린 몸으로 그만큼 집안을 꾸려나간다는 것이 초봉이 자신에 비해서 사람이 장해 보였다.

마침 제약실에서 안으로 난 문이 열리더니 제호의 부인 윤희(允姬)가 나오는 것을 보고 행화는 눈을 째긋하면서 씽―하니 가버린다.

"아직 안 오셨어?"

윤희는 가시같이 앙상한 얼굴을 기다란 모가지로 기웃거리면서 나온다.

"……어디 가 무얼 허구 입때 아니 오는 거야! 사람 속상해 죽겠네! 자동차에 치여 죽었나? 또 계집 집에 가서 자빠졌나?"

모진 히스테리에는 교양 받은 것도 약효가 없다.

10년 전 제호는 어느 제약회사에 취직을 하고 있었고, 윤희는 ××여자전문학교에 다닐 때에 이미 처자가 있고 나이 열한 살이나 맏인 제호와 윤희는 연애가 어울려서 제호는 본처를 이혼하고 윤희는 개업할 자금을 내놓고 두 사람은 결혼을 했었다. 그러나 달콤하던 것은 그 돈을 밑천 삼아 이 군산으로 내려와 제중당을 시작하던 그 당시 2, 3년뿐이요, 지금은 윤희한테는 가시 같은 히스테리가 남았을 뿐이요, 제호한테는 윤희가 죽기라도 했으면 하는 성가신 생각밖에 남아 있지 아니하다.

그러한 판에 초봉이가 여점원 겸 사무원으로 와서 있는 담부터는 윤희의 신경은 더욱 날카로워지고 범사에 초봉이 일을 가지고 남편을 달달 볶아대었다.

초봉이도 그러한 눈치를 잘 안다. 그래서 그는 털털하고도 시원스러운 제호한테는 딱 미더움이 생겨 장차 몇 해고 제약사의 시험을 칠 수 있는 정도에 이르는 날까지 붙어 있을 생각이 있었고 또 그리할 결심이었지만 요새 와서는 윤희로 해서 늘 불안이 생기고 이러다가는 장래가 길지 못할 것 같아 낙심이 되기도 했다.

"그래 어디 갔는지 몰라?"

윤희는 제 속을 못 삭여 색색하고 섰다가 초봉이더러 볼썽사납게 묻는다.

"모르겠어요. 어디 가시면 가신다구 말씀을 하셔야지요?"

초봉이는 괜한 일에 화풀이를 받기가 억울하나 그렇다고 마주 성글 수도 없는 노릇이라 순탄히 대답을 한다.

마침 전화가 때르르 하고 운다. 윤희는 괜히 질겁하게 놀랐다가,

"집에 전화거든 날 주어."

하면서 전화통을 떼어 드는 초봉이에게로 다가선다.

초봉이는 들은 체 않고 전화를 받는다.

"네에, 제중당입니다."

"……."

"네? 네, ××은행에 계신……."

"……."

"고태수 씨요?"

4

"××은행 고태수 아시지요?"

저편에서는 상냥하게 되물어준다.

"네, 압니다."

초봉이는 ××은행에서 고태수라는 사람이 늘 약이며 화장품 같은 것을 전화로 주문을 해 가기 때문에 그 사람이나 얼굴은 몰라도 ××은행에 다니는 고태수라는 성명을 알 수가 있다.

그러나 저편의 태수는 전화로 주문을 해 가기도 하지만 대개는 제가 가게에 와서 사 간 적이 많았기 때문에 그것만 여겨 '실물'인 고태수를 아느냐고 물은 것이요 안다니까 역시 그 '실물'인 고태수를 안다는 말로 알아듣게 되었다.

"저어, 향수 좋은 것 있어요?"

저편에서는 '있어요?'라고까지 말이 더 친숙해진다.

"네, 향수요? 여러 가지 있습니다. 어느 것을 찾으시는지……."

"그저 좋은 것이면 아무거라두 좋습니다. 오리지나루[91] 같은 거……."

"네, 오리지날이요? 있습니다. 그렇지만 그건 썩 좋지는 못한데요? 보통 많이들 쓰시기는 하지만……."

"네, 아, 그런가요? 그러면……."

저편에서는 이렇게 당황해하다가 다시,

"그러면 오리지나루가 아니라, 무얼 좋은 걸루 한 가지 골라주시지요."

"그러시면 헤리오도로프[92]를 쓰시지요? 그것두 썩 고급품은 아니지만 그래두……."

"네네, 그럼 그걸 한 병 지금 곧 좀 보내주실까요?"

"네, 보내드리겠습니다. ××은행 고태수 씨라구 하셨지요?"

이것을 다시 묻는 것은 저편에서 적지 않게 실망할 소리다. 그래서 네, 하는 저편의 대답은 대번 떨떠름해졌지만 초봉이야 그런 기맥을 알 턱이 없다.

"그런데, 참……."

초봉이가 깜박 생각이 나서 전화통으로 파고든다.

"……지금 배달하는 아이가 마침 나가고 없어서 바루는 못 보내드리겠는데요? 좀 늦어두 괜찮을까요?"

"아, 그러세요? 그러면……."

하고 잠시 침음[93]하다가,

"……그러면 내가 오래 기다릴 수는 없으니까, 이렇게 해주시지요? 내 하숙집으루 좀 보내주세요. 아이를 시켜서 보내면 내가 없더라두 받아두구 대금두 치러줄 겝니다."

"그럼 그렇게 하세요. 댁이 어디신가요?"

"바루 저 개복동서 둔뱀이루 넘어가자면 고개까지 다 못 가서 있는 한 참봉네 싸전집입니다. 찾기 쉽습니다."

"네에네, 거기시면 잘 압니다. 그러면 글루 보내드리겠습니다."

초봉이는 전화를 끊고 돌아서면서 그 사람이 그 사람이었구만 하는 짐작이 들어 고개를 끄덕거렸다. 집에서 누구한테선가, 탑삭부리 한 참봉네 집에 어느 은행에 다니는 사람이 하숙을 하고 있다는 말을 귓결에 들은 적이 있었던 것이다.

초봉이는 아직도 그대로 지켜 섰는 윤희한테 또 승강이를 받기가 싫어서 분주한 체 헬리오트로프 한 병 있는 것을 진열장에서 꺼내다가 싸개지로 싸고 다시 전표를 쓰고 막 그러고 나니까 전화가 온다.

윤희는 이번에도 제호의 전화거든 저를 달라고 따라온다.

초봉이는 대답을 하는 둥 마는 둥 수화기를 떼어 들고,

"네, 제중당입니다."

한다.

"……."

초봉이는 저편에서 오는 소리를 듣고 눈과 입가로 미소가 떠오르면서 귀밑이 금시로 빨개진다.

"초봉이어요."

초봉이는 매달리듯 전화통으로 다가들면서 무심결에 뒤를 돌려다본다. 그것을 눈여겨보고 있던 윤희는 대번 눈에서 쌍심지가 뻗쳐 나온다.

"비껴나 이것!"

소리 무섭게 초봉이를 떠다박지르고 수화기를 채어다가 귀에 댄다.

"여보! 이건 어떻게 하는 셈이요? 응?"

윤희는 다짜고짜로 전화통에다가 대고 악을 쓴다.

"네!"

저편에서는 얼띤 목소리가 분명하지 않게 들려온다.

"네ㅡ 라께 다 무엇이 말라죽은 거야? 왜 남은 기다리다가 애가 말라 죽게 하면서, 전방에 있는 계집애만 데리구 전화질만 하구 있는 거야? 이놈의 전방에다가 불을 싸놓는 꼴을 보구 말 테야? 응? 이, 천하에 행사가 개차반 같은 위인 같으니라고……."

더 잇대고 해 퍼부을 것이지만 숨이 차서, 잠깐 말이 끊긴다. 그사이를 타서 저편의 말소리가 비로소 들려온다.

5

"네? 왜 그러세요? 누구신데 무슨 일루 그러세요?"

비록 전화의 수화기로 들려올망정 코에 걸리는 듯한 베이스 음성으로 뜸직뜸직 저력 있게 울리는 이 말소리는 데데거리고 급한 제호의 말소리와는 얼토당토 않다.

"무엇이 어째?"

윤희는 번연히 남편 제호가 아닌 것을 역력히 알아챘으면서 상관 않고, 대고 멋스린다.[94]

윤희는 먼저는 저편이 제혼 줄 알고, 그래서 제호한테 초봉이가 전화를 받으면서 그런 아양을 떨고 하니까 화가 난 데다가 강짜에 눈까지 뒤집혀, 그 거조를 한 것인데 저편이 제호가 아니고 생판 딴사람이고 보매, 이번에는 그것이 되레 부아가 났다.

"……당신이 그럼 박제호 아니란 말이요?"

윤희는 여전히 서슬 있게 딱딱거리기는 해도 어쩔 줄을 모르고 쩔쩔맨다.

돌려다보니, 나서서 일을 모피해주어야[95] 할 초봉이는, 모른 체하고 외면을 하고 있다. 그것이 속이 지려 터지게 밉다.

"여보세요……."

저편에서는 밉광머리스럽게, 성도 아니 내고 좋은 말로 차근차근 대답을 한다.

"……나는 박제호 씨 아닙니다. 남승재(南勝在)라는 사람입니다. 여기는 금호병원(錦湖病院)인데요, 여기 조수루 있는 사람입니다."

윤희한테는 그것이 골을 올려주느라고 일부러 깍듯이 공순한 체하는 것 같았다.

이 무색한 꼴을 어떻게 건사할 길이 없다. 그저 덮어놓고 기승을 피우는 게 차라리 속이라도 시원할 일이다.

"원 참!"

윤희는 수화기를 내동댕이치고 물러서서, 초봉이를 잡도리를 한다.

"아니거든 아니라구 진즉 말을 해주어야지!"

초봉이는 더 참을 수가 없어서 마주 퀄퀄하게[96] 해대주려고 고개를 번쩍 들었으나, 말은 목 안에서 잠겨버리고 청하지 아니한 눈물만 솟아, 글썽거린다.

"……전방에 두어둘 제는 치레뿐으루[97] 두어두었나? 무어야 대체? 모른 체하구 서서 남을 망신을 주구……. 전화나 가지구서 희학질[98]이나 하면 제일인가?"

이 말을 하면서 윤희는 초봉이가 아까 전화통 앞에서 아양을 부리던 양을 다시 생각하고 그러자니까 문득, 실로 문득, 초봉이가 정말로 제호한테도 전화를 받을 때나 단둘이서 있을 때면 그렇게 하려니, 그래서 제호를 후리려고 하고, 제호는 그것이 좋아서 침을 게제제—흘리면서 헤헤—헤헤— 하려니 이러한 짐작이 선뜻 머리에 떠올랐다.

그것은 분명, 갈 데 없이 분명 그러리라고 생각이 되면서, 윤희는 몸이 바르르 떨리고 부지중 이가 뽀드득 갈렸다. 이때에 초봉이가 만일 조그만치만 더 윤희의 부아를 돋구어주었다면, 윤희는 그냥 달려들어, 초봉이의 얄밉디 얄밉게스리 예쁜 입과 턱을 싹싹 할퀴고 물어뜯고 해주었을 것이다.

마침 배달 나갔던 아이가 자전거를 타고 돌아와 전방 안의 살기등등한 것을 보고, 지레 겁을 내어 비실비실 들어선다.

"선생님 어디 간지 몰라?"

윤희는 아이를 보고 버럭 소리를 지른다.

"몰라요, 어디 가신지……."

아이는 행여 노염을 살세라 조심해서 대답을 한다.

"두구 보자! 모두들……."

윤희는 혼잣말같이 이렇게 씹어뱉고는, 통통거리고 제약실로 해서 안채로 들어가버린다.

한편 구석에 가서 가만히 박혀 섰던 아이가 그제야 윤희의 등 뒤에다가 혀를 날름하면서 초봉이한테 연신 눈을 찌긋째긋한다.

초봉이는 본 체도 않는다. 그는 윤희와 마주 해보지 못하고 병신스럽게 당하기만 하던 일이 분해서 견딜 수가 없다.

하기야 지지 않고 같이 들어서 다투는 날이면 자연 주객이 갈리게 될지도 모르고, 그러는 날이면 다시 직업을 얻기도 만만치 않거니와 얻어진대도 지금같이 장래 보기로는 쉽지 아니할 것이다.

그뿐 아니라 오늘이라도 이 집을 그만두면 매삭 20원이나마 벌이가 끊기니 집안이 그만큼 더 어려울 테요 하니 웬만하면 짐짓이라도 져주는 게 뒷일이 각다분하지 아니할 형편이다. 그러나 그런 타산이야 흥분되기 전 말이요, 일을 잡치고 난 뒤에 가서

"참았더라면 좋았을 것을……."

할 후회거리지, 당장은 꼿꼿한 배알이 없는 것도 아니다.

"오늘부터라도 그만두면 그만이지……."

무럭무럭 치닫는 부아에 이렇게쯤 다구진 마음을 먹을 수까지도 있다. 그래서 어엿하게 고개를 쳐들고 활활 해 부딪쳐주려고까지 별렀었다.

그러나 그는 그리하지를 못했다.

6

초봉이는 비단 오늘 일뿐 아니라 크고 작은 일이고 간에 누구한테든지 저 하고 싶은 대로 고집을 세운다든가 속에 있는 말을 조백 있게[99] 해대지를 못한다. 속이야 다 우렁잇속[100]같이 있으면서 말을 하려고 하면 가령 그것이 억울하다든지 분한 경우에 기운이 겉으로 시원시원하게 내뿜기지를 않고 속으로만 수그러들어 목이 잠기고 눈물이 앞을 선다. 흥분이 심하면 심할수록에 그것이 더하다.

오늘 일만 해도 그는 윤희한테 무슨 정가 막힐[101] 일이 있었던 것도 아니요, 버젓하게 다 해댈 말이 있는 것을 말은 막히고 나오지 않고, 남 보기에는 무슨 죄나 저지른 것같이 울기부터 한 것이다.

전화통에는, 윤희가 내동댕이친 채로 수화기가 디룽디룽 매달려 있다.

그러거나 말거나, 다른 전화 같으면 심술로라도 내버려두겠지만, 혹시 승재가 그대로 기다리고 있을까 민망해서 얼핏 수화기를 올려 들었다.

"여보세요."

잠긴 목을 가다듬어 겨우 소리를 내니까,

"거 웬 난리가……."

하고 승재의 대답이 바로 들린다.

"아니에요. 여기 아주머니가, 아저씨한테서 온 전환 줄 알구 그랬어요."

"흐응! 거 대단하군."

초봉이는, 금시 노염이 사그라지고, 그 대신 입과 눈이 아까처럼 혼자 웃는다.

"……저어, 로지농 칼슘 있지요?"

"네, 있어요, 보내드려요?"

"한 곽만……."

"네에, 지금 곧 보내드릴게요."

"그럼 한 곽만……."

초봉이는 전화가 끊기는 소리를 듣고도, 그대로 한참이나 섰다가 겨우 돌아선다.

그는 무어라고 아무 이야기라도 좋으니 좀 더 이야기를 하고 싶었다. 그럴 바이면 이편에서 전화를 걸 수도 있고 또 전화가 끝치기 전에 이야기를 할 것이지만 그러나 그저 이야기가 하고 싶었지 그게 무슨 이야긴지는 모른다. 그래서 언제고 전화가 끝치고 나서야 저 혼자만 섭섭해한다.

초봉이는 실상 승재와 한 지붕 밑에서 살고 있다. 승재가 초봉이네 집 아랫방을 서로 얻어서 밤저녁에 거처를 하는 것이다.

그러니까 둘이는 아침저녁으로 얼굴을 대하는 터에 밖에 나와서 전화를 가지고 무슨 이야기를 해야만 할 며리[102]는 없다. 집에서 부모네가 그것을 간섭하거나 하는 것도 아니다.

그러나 둘이는 집에서는 사세부득이한 것 말고는 서로 말이 없이 지낸다.

둘이 다 숫보기라 그렇다.

그러나 지금 초봉이더러,

"너 승재한테 맘이 있는 게로구나?"

이렇게 물으면 초봉이는 아니라고 기를 쓰고 얼굴이 붉어질 것이다.

뒤바꾸어 승재더러 그 말을 물어도 역시 그럴 것이다.

이것은 그들이 거짓말을 하는 것이 아니라 사실로 그들은 그들 자신의 마음을 모르기 때문이다.

초봉이는 로지농 칼슘 한 곽을 꺼내다가 전표를 써서 먼저 준비해놓은 태수의 것까지 아이를 주어 배달을 하라고 태수의 것은 이러저러한 데 있는 그의 하숙집으로 갖다 주라고 이르니까 아이는 연신 빈들빈들 초봉이의 얼굴을 쳐다보면서,

"고 상이요? ××은행 고 상이요……."

해쌓는 것이 눈치가 이상했다.

"너 왜 그러니? 그이가 무얼 어쨌니?"

초봉이는 속은 몰라도 무심결에 따라 웃으면서 물어보았다.

"아니에요, 히히……."

"저 애가 왜 저럴까?"

"아니에요. 고 상이 어쩌려구 오늘은 자기가 안 오구서 이렇게 배달을 시키니깐 말예요. 헤헤헤헤."

"누군데 저 애가 왜 저래?"

"아-주, 조상두(초봉이) 시치미를 뚜욱 따요!"

"저 애 좀 봐요! ……내가 무얼 시치미를 딴다구 그러니?"

"그럼 안 따요? 사흘에 한 번씩은 꼭 가게에 와서 무엇이구 사가는 고 상을 조 상이 몰라요? 다 알면서……."

"그래두 나는 모르는 걸 어떡허니? 하고많은 손님을 누가 일일이 다 낯을 익혀둔다더냐?"

“그래두 고 상은 특별히 다르답니다. 누구 때문에 육장 와서 쓸 데두 없는 것을 사 가는데요?”

“그걸 내가 어떻게 아니?”

“모르기는 왜 몰라요! 다 조 상 얼굴 볼려구 그러는데.”

“저 애가!”

초봉이는 비로소 눈치를 채고서 얼굴이 화틋거려 고개를 돌렸다.

7

초봉이는 그렇게 듣고 생각해보니까 아닌 게 아니라 낯을 암직한 여러 손님 가운데 하나 아리송하니 얼굴이 머리에 떠올랐다.

후리후리한 몸에 차악 맞는 양복을 입고 갸름한 얼굴이 해맑고, 코가 준수하고 윗입술을 간드러지게 벌려 방긋 웃고 그래서 섬뻑 고임성 있이 생기기는 생겼어도 눈이 오긋한 매눈에 눈자가 몹시 표독스러워 보이는…… 그 사람이 그러면 ××은행에 다니는, 그리고 탑삭부리 한 참봉네 집에 기식을 하고 있다는 또 그리고 배달하는 아이 말대로 초봉이 저를 보려고 자주 물건을 사러 가게에 온다는 그 사람인 게로구나 하는 짐작이 들어섰다.

초봉이는 이러한 속을 알았으나 그야 사람 나름이어서 그러한 경우에 여자다운 자존심으로 느긋이 기뻐하는 사람도 있겠지만 그는 그러기보다도 생김새랄지 지금의 처지랄지가 승재 편이 고태수라는 그 사람만 못한 것을 승재를 위해서 고태수에게 시기와 반감이 났다.

승재는 장차에야 버젓한 의사가 될 사람이지만 지금은 겨우 남의 병원의 조수요 고태수는 당장 한 사람 몫을 하고 있는 은행원이다.

생김새도 승재가 못생긴 것은 아니나 고태수가 미남자 본으로 매력이 있다.

승재는 고태수의 조화된 데 비해서 아무렇게나 생긴 사람이다.

키가 훨씬 더 크고 몸도 크고 어깨통이 떠억 벌어졌다.

얼굴은 두툼하니 넓죽하고 이마도 퍽 넓다. 그래서 실직하고[103] 무게는 있어 보여도 매초롬한 고운 태는 찾으려도 없다.

얼굴은 눈퉁이며 눈이며 코 입 이런 것들이 제자리는 제자리라도 너무 울퉁불퉁하게 솟을 놈 솟고 박힐 놈 박히고 해서 조각적이기는 해도 고태수라는 사람처럼 그린 듯 곱지가 못하다. 다만 그의 눈만은 고태수의 눈과는 비교도 안되게 좋다. 어느 산중에 있는 깊은 호수같이 맑고도 고요하다.

이 눈으로 해서 승재의 야성적인 얼굴이 순탄하게 조화가 된다.

처음 고태수라는 사람의 얼굴과 승재의 얼굴과를 빗대보는 데서 출발한 초봉이는 승재의 모습을 타고 올라앉아 말 탄 양반 훨훨 소 탄 양반 끄덕끄덕을 하고 싶은 어깨통, 이편이 몸뚱이를 가져다가 콱 가슴에 부딪뜨리면 바위같이 맞힐 듯싶은 건장한 몸뚱이, 후덕하게 뚜렷한 얼굴과 넓은 이마 그리고 그런 중에도 맑고 고요한 눈, 이렇게 하나씩 하나씩도 생각해보고 다시 전체로도 생각해보고 하노라니까 고태수라는 사람은 잠시 잊혀지고 승재가 이 세상에 있음이 차악 안심이 되었다.

처지를 대놓고 보아도 둘러서서 생각할 수가 있다.

승재는 작년 10월에 서울 가서 치르고 온 의사 시험에 반은 넘겨 패스가 되었다니까 그리고 금년 10월 시험이나, 늦어도 명년 5월 시험까지 한 번 아니면 두 번만 더 치르면 전 과목이 패스가 되어 옹근 의사가 될 수 있다. 그러니까 그럴 날이면 한낱 은행원쯤 부럽지 아니하다.

여기까지 생각하던 초봉이는 한숨을 호― 내쉬면서 가슴 위에 무심코 손을 댄다.

그것도 또한 안심이 되는 것이다. 그러나 안심은 안심이고 따로 한번 머릿속에 박혀진 고태수의 영상은 싫기는 하면서도 종시 사라지질 않는다.

그것은 그의 곱다란 얼굴과 좋은 몸맵시를 궁하고 보잘것없는 승재의 옆으로 들이대면서 자아 어떠하우 하고 비교해보라는 것만 같았다.

짜증이 났다. 고태수한테 눈을 흘겨주었다. 그러나 빈들빈들 웃기만 하지 물러가려고 하지 않는다.

초봉이가 이렇게 등이 담뿍 달아서 정신을 놓고 우두커니 섰노라니까 주인

제호가 털털거리고 돌아온다.

"어허, 이거 우리 초봉이가 혼자서 수고하는군. 제기랄 것."

그는 기다란 얼굴로 싱글벙글 웃으면서 수선을 피운다.

"……초봉이 혼자서 수고를 했어. 이놈은 어디 갔나? 이놈은? 옳지, 배달 나간 거로구만? 그렇지? 어-후-후-덥다. 인제는 제법 덥단 말이야, 제기랄 것."

한편 떠들면서 좋아하는 양이 단단히 좋은 일이 있는 눈치다.

초봉이도 그에 섭슬려 웃으면서, 손가방을 받아준다.

"응? 그래, 저리 좀 내던져주어. 건데 초봉이가 자꾸만 예뻐져서 저거 야단났군! 야단났어! 허허허허, 제기랄 것. 멀, 예쁘면 좋지, 허허허허. 건데 말이야, 응, 지금 아주 대대적으루 좋은 일이 좋은 일이 생겼단 말이야, 대대적으루, 응? 그러구 우리 초봉이한테두 대대적으루 좋은 일이구, 허허허하. 제기랄 것, 이제는 되었다."

8

제호는 언제고 그렇지만 오늘은 유독 더 정신을 못 차리게 혼자 찧고 까불고 하면서 북새[104]를 놓는다.

초봉이는 대체 좋은 일이라면서 저렇게 떠들어대니 무얼 가지고 저러나 싶어 속으로 적잖이 궁금했다.

제호는 초봉이가 앉은 테이블 앞에 걸상에 가서 털신 걸터앉아 모자를 벗어가지고 번질번질한 대머리째 얼러 부채질을 한다.

그러다가 두리번두리번하더니 초봉이가 가방을 들고 섰는 것을 보고…….

"응, 거기 있군! 나는 또 어디다가 내버리고 왔다구. 제기랄 것, 거 잘 좀 갖다가 제약실 안에 두어요……."

아까는 내던지라더니 인제는 또 잘 갖다 두라고 한다.

"……그 속에 좋은 게 들었단 말이야, 그 속에……. 오늘 아주 대성공이야,

대성공. 건데 초봉이두 좋은 일이 있어. 지금, 지금 이야기할까? 가만 있자. 나 담배 한 대 피우고, 응? 아뿔싸! 담배가 없군, 이놈은 어디 갔나? 옳아, 배달 나갔지, 제기랄 것. 빙수 한 그릇 먹었으면 좋겠다. 지금 빙수 팔까? 아직 없겠지?"

"글쎄요……."

"없을 거야, 없어. 제기랄 것, 이게 다 여편네 잘못 만난 놈의 고생이야. 아, 이런 때 척 밀수[105]나 한 그릇 타다가 주구 하면 오죽 좋아? 밤낮 그놈의 히스테리만 부리지 말구, 응? 그렇잖아? 허허, 제기랄 것."

"아주머니가 참 퍽 기다리셨어요!"

"아뿔싸!"

제호는 무릎을 칠 듯이 깨우치고는 잠시 멍－하다가 데수기를 긁는다.

"……이거 야단났군! 오늘 두 시에 동부인합시구 제 동무네 친정집 환갑잔치에 가기루 했었는데……. 그만 깜박 잊었지! 안 잊었어두 보던 일이야 제쳐놓구 오지는 못했겠지만. 그래 나와서 뭐래지?"

"머, 별루……."

초봉이는 소경사를 다 이야기할까 하다가 그만두었다.

"재랄하잖어?"

"두 번이나 나오셔서 아저씨 아니 오셨느냐구……."

"아니야, 분명 재랄을 했을 거야, 분명. 그래 재랄을 하다가 혼자 간 모양이군. 그러니 이거 야단났지! 그놈의 성화를 어떻게 받나! 제기랄 것, 돈 백 원만 얻어줄게 누구 그놈의 여편네 좀 물어 가는 사람 없나? 허허, 제기랄 것."

"아저씨두 숭헌 소리는 퍽 허시네!"

"아니야, 정말이야. 초봉이일랑 이제 시집가거든 애여 남편 그렇게 달달 볶지 말라구. 거 아주 못써. 그놈의 여편네가 좀 그러지를 아니했으면 내가 벌써 20년 전에 10만 원 하나는 모았을 거야."

"아저씨두! 두 분 결혼하신 지가 10년 남짓하시다면서 그러세요?"

"아하하하, 참 그렇던가? 내가 정신이 없군. 그건 그런데 초봉이두 알지만,

에–거 여편네 히스테리 아주 골머리가 흔들려! 거 어떻게 이혼을 해버리든지 해야지 못 견디겠어. 아무것두 안 되겠어."

"괜히 그러세요!"

"아니, 자유 결혼이니까 이혼두 자유야. 거 새끼두 못 낳구 히스테리만 부리는 여편네 무엇에다가 쓰노!"

"그렇지만 아주머니가 보시기엔 아저씨한테 더 잘못이 많답니다."

"잘못? 응, 더러 있지. 오입한다구, 그리구 제 히스테리에 맞춰주지 않는다구. 그러니깐 갈려야지? 잘잘못이야 뉘게 있든간 둘이서 같이 살 수가 없으니까 갈려야 할 게 아냐? ……그렇잖어?"

"저는 모르겠어요."

초봉이는 제호의 이야기에 끌려 대꾸는 하고 있어도 지금 딴 궁리가 나서 건성이다.

그는 제호한테 청할 말이 있어서 윤희 못지않게 제호가 돌아오기를 기다리고 있었다.

그러나 막상 제호가 돌아오고 해서 얼굴을 대하고 보니 언제나 마찬가지로 섬뻑 말이 나오지를 아니한다.

그는 실상 아까 아침나절에 이야기를 했어야 할 테였었다. 그러나 벼르기만 하고 말이 차마 아니 나와서 주춤주춤하는 동안에 제호는 부르르 나가버렸었다. 그래서 후회를 하고 종일토록 까맣게 기다리고 있던 참이다.

그래 인제 그가 돌아왔으니 말을 내어야 할 것이지만 말은 나와지지 아니하고, 그러면 그만두자 하니 오늘 굶고 있는 것을 어떻게 하며 오늘이 이러하니 내일을 또, 그 다음 날을 돈이 생길 때까지는 굶어야 할 테니 기가 막힐 일이다.

9

"아저씨, 저어……."

초봉이가 겨우 쥐어짜듯이, 강단을 내어 이렇게 말부리를 따놓고 눈치를 보느라고 고개를 쳐드니까 제호는 없는 담뱃갑을 찾느라고 이 포켓 저 포켓 부산하게 뒤지다가,

"응?"

하면서 얼굴을 올리킨다.

"……이놈의 담배가 그렇게 하나두 없담, 제기랄 것. 그래, 무어 할 얘기 있어? 응, 무어?"

"네……."

"그래, 무슨 이야기야?"

"말씀하기가 미안해서……."

미안한 것뿐이 아니지만 사실 미안하기도 퍽 미안하다.

지난달 그믐을 가까스로 넘어 초하룻날 하루만 겨우 지내고 난 이달 초이튿날 가게에 나오기가 무섭게 오늘처럼 기운을 짜내어 돈 10원을 이달 월급 턱으로 선대 받아 간 것이 열흘도 다 못 된다. 그랬는데 그런 때문에 이제 찾을 것이라야 겨우 10원밖에 남지 아니했고, 월급날이라고 정한 스무닷샛날이 되기도 전에 또 선대를 해달라고 하게 되니 가령 저편에서야 괜찮아한다지만 초봉이로 앉아서는 말을 내기가 좀 연찮은 일인 것이다.

초봉이가 말을 운만 따놓고 그다음 말을 못 하니까 제호는 벌써 짐작을 하고,

"허허! 사람두 원!…… 알었어, 알었어!"

하면서 흠선하게 받아준다.

"……돈이 쓸 데가 있단 말이지?…… 그걸 무얼 말 좀 하기를 그렇게 어려워하누? 사람두 어디서 원……."

"그래두 미안하잖어요?"

"미안은 무엇이 미안? 미안하기루 들면, 내가 되레 미안하지……. 친구 자녀 데려다가 두구서는 월급두 변변히 못 주어서 늘 옹색하게 하니까 안 그래? 그렇지? 허허 제기랄 것, 그래 얼마나 쓸 테야? 날더러 일일이 달라구 해서는

무얼 하나? 거기 있을 테니 좀 꺼내다 쓰구 장부에 올려나 놓지. 그래, 거기 손금고에서 꺼내 써요, 응? 아뿔싸! 열쇠를 내가 가지구 나갔었지……. 정신없어 야단났군! 제기랄 것."

제호는 포켓에서 열쇠 꾸러미를 꺼내어 테이블 위에 놓인 손금고를 방울소리 울리면서 찰크당 열어젖힌다.

초봉이는 두고 보면 두고 볼수록 소탈하고 시원스러운 제호가 사람이 좋았고, 비록 본이야 남이지만, 그러한 아저씨를 둔 것이 기뻤다. 만일 제호가 정말로, 외가로든지 친으로든지 간에 아저씨가 된다면, 더욱 마음 든든하고 미더울 것 같았다.

이렇게 초봉이가 보기에는 좋은 사람인 것을, 대체 그 부부간이라는 게 무엇이길래 윤희는 육장 두고 제호를 못살게시리 달달 볶아대는지 그 속을 알 수가 없었다.

"……그래 얼마나? 5원? 10원?"

제호는 1원, 5원, 10원 이렇게 세 가지 지전을 따로따로 집어 들고 세면서 묻는다.

"글쎄요……."

초봉이는 기왕이니 10원 다 탔으면 좋겠으나, 그역 말이 나오지 아니한다.

"저런, 사람두! 돈 쓸 사람이 얼마 쓸지를 몰라? 허허 제기랄 것. 자 10원. 기왕이면 모개지게[106] 한꺼번에!"

초봉이는 비로소 안도의 한숨이 쉬어지려고 하는 것을 속으로 삼키고, 파르스름하니 안길 성[107] 있게 침착한 색채가 나는 10원짜리를 받아 쥐었다.

돈을 받아 쥔 손바닥의 촉감도 여느 때 물건을 팔았을 때에는 다 같은 10원짜리라도 그런 줄을 모르겠는데 이렇게 어렵사리 제 몫으로 받아 쥐는 10원짜리의 촉감은, 그놈이 빳빳하면서도 자별히 보드라웠다.

돈을 탔으니 인제는 집으로 갈 일이 시각이 바쁘다. 그러나 아직 겨우 네 시 반…… 돌아갈 시간 여섯 시까지에는 한 시간 반이나 남아 있다.

어떻게 하나? 탈을 하고, 오늘은 일찍 돌아가나? 좀 더 있다가 배달하는 아이가 돌아오면 집으로 보내주나? 이런 때에 동생들이라도 누구 왔으면 좋겠지만 올 리가 없는 것이다.

제호는 제약실로 들어가 앉아서 손가방을 열어놓고 무엇인지 서류를 뒤적거린다. 그것을 보니, 아까 제호가 들어서던 길로 벙실벙실하면서 좋은 일이 있다고 초봉이한테도 좋은 일이 있다고 수선을 피우던 일이 생각났다.

그날그날의 생활이 막막하고, 앞뒤 통이 막힌 때에는 빈말로나마 좋은 일이 생긴다는 말을 들으면 반가운 법이다. 초봉이도 그래서 대체 무엇인고하고 이편에서 물어라도 보고 싶게 차차 궁금증이 나기 시작했다.

10

제호는 서류를 한 번 주욱 훑어보더니 다시 차곡차곡 챙겨서 제약실 안에 있는 금고를 열고 소중하게 건사를 하고 도로 마루로 나온다.

"그런데 이제 참 초봉이한테 얘기를 좀 해야지, 제기랄 것."

제호는 테이블 앞 의자에 가 걸터앉는다.

"……나 이 전방 이것 팔았지, 헤헤. 팔어두 아주 잘 판걸, 제기랄 것."

"네?"

초봉이는 속으로 이 일을 어쩌나! 하면서 놀라지 않을 수가 없다.

그러나 제호는 보니 벙실벙실 웃기만 한다.

"왜 그렇게 놀래나? 어허허허, 놀랠 것 없어, 걱정 말어요."

초봉이는 걱정 말라는 말이 안심도 되거니와 일변 생각하면 주인이 갈린다고 점원까지 갈릴 리야 없는 것이니 초봉이에게 그다지 위협이 되지 아니할 것인데 지레 놀란 것이 무색했다.

"……되레 더 잘된 셈이야, 초봉이한테두 인제 좋은 일이 생길 기회가 많을 테니까."

"누가 샀는데요?"

"그런 말이 아니야. 초봉이두 나하구 같이 서울루 가요."

"서울루 가요?"

초봉이는 알 듯하고도 모를 소리여서 뚜렛뚜렛한다.

"응, 서울루."

"어떻게?"

"어떻게라니 차 타구 가지? 걸어가잴까 봐서? 허허허허, 제기랄 것."

"그래두 전 무슨 말씀인지 못 알아듣겠어요."

"모를 건 무엇 있나? 서울루 가서 지금 여기서처럼 일을 보아주면 되지."

"네에!"

초봉이는 겨우 알아듣고 절로 고개가 끄덕거려진다.

"이제 알겠지? 그래, 서울루 가요. 서울루 가면 내 정식으루 월급두 나우 주지. 그때는 지금 같은 이런 여점원이 아니라 사무원이야 사무원. 그리구 나는 척, 응, 지배인 나으립시구, 허허허허. 박제호가 이제는 선영 명당 바람이 나나 부다, 제기랄 것."

"무얼 시작하시는데?"

"제약회사야 제약회사. 이거 봐요, 내가 벌써 몇 해 전부터두 그걸 하나 할령으루 별렀단 말이야. 그거 참 하기만 하면 도무지 어수룩하기가 짝이 없거든. 글쎄 30전이나 50전 들여서 약을 만들어가지구는 뭐, 어쩌구 어쩌구 하다구 풍을 쳐서 커어다랗게 신문에다가 광고를 내면 말이야, 10원씩 내구 사다 먹어요! 10원씩 내구. 제깐놈들이 쥐뿔두 뭐 약이 어쩐지 아나 뭐. 그래 열 곱 스무 곱 남아요. 10년 안에 30만 원 이상 벌어놀 테야, 30만 원."

"어쩌면!"

"그럴듯하지? 거봐요. 그래서 이번에 그걸 하기루 돈 낼 사람이 나섰단 말이야. 그자가 4만 원 내놓구, 내가 2만 원 내놓구, 주식회사 무슨 제약회사라구 쓱, 응…… 자본금은 30만 원이구, 사장에 아무개요, 지배인에 박제호요, 제기랄 것. 그러느라구 이것두 판 거야. 팔아두 숫지게[108] 팔았지. 2천 원 들여서 설비해놓구, 10년 동안 전 만 원이나 모으구, 그리구 나서 5천 원 받았으니, 허허허허, 제기랄 것. 세상이 아직두 모두 어수룩하단 말이야, 어수룩해.

이걸 5천 원에 사는 놈이 있지를 않나, 3, 40전짜리 약을 만들어서 광고를 크게 내면, 즈이가 광고비까지 약값에다가 껴서 내구 좋다구 사다 먹지를 않나. 그러니 장사해 먹는 이놈이 손복할[109] 지경이지. 생각하면 벼락을 맞을 일이야. 허허허허, 제기랄 것."

초봉이는 흐무진[110] 것 같기는 해도, 어수선해서 무엇이 무엇인지 속을 알 수가 없다.

"그건 그렇구. 그래 그러니 초봉이두 날 따라서 서울루 같이 가요. 글쎄 저렇게 예쁘구 좋게 생긴 아가씨가 이따위 군산 바닥에 있어야 바랄 게 있나? 서울루 가야 다 좋은 신랑감두 생기구 하지, 허허. 그리구 아버지가 혹시 반대하신다면 내 쫓아가서 우겨제치지 않으리? 만약 어머니 아버지가 서울 보내기 안심이 아니 된다면, 머 내가 우리 집에다 맡아두잖으리? 그러니, 이따가 집에 가거들랑 어머니 아버지한테 위선 말씀을 해요. 그리구 가게 되면 이달 보름 안으루 가야 할 테니까 그리 알구, 응?"

"네에."

초봉이는 승낙하는 요량으로 대답을 했다. 사실로 그는 어느 모로 따지고 보든지 제호를 따라 서울로 가게 되는 것이 기쁜 일이었었다.

11

제호는, 그렇다. 방금 한 말대로, 여러 해 두고 벼르던 기회를 만나 그야말로 평생 팔자를 고칠 커다란 연극을 한바탕 꾸미게 되니 엉덩이가 절로 들썩거리게 만족한 판이다.

그러니 얼굴 묘하게 생긴 계집애 하나쯤 그리 대사가 아니다.

만일 초봉이로 해서 일에 걸리적거림이 있다든가 또 그게 이미 손아귀에 들어온 것이라더라도 일을 하는 데 필요만 하다면 뱉어 내놓기를 주저하지 아니할 경우요 그럼직한 위인이다. 그러나 초봉이와 일과는 아무런 상극도 되지 아니한다. 그럴 뿐 아니라, 초봉이는 제호한테 웃음을 비쳐주는 꽃이다.

제호는 아내에게 늘 볶여 지내기만 하지 가정에 대한 낙이라고는 없다. 그러한 그에게, 예쁜 초봉이를 손 닿는 데 두어두고 시시로 바라보는 것은 큰 위안거리가 아닐 수 없다.

그는 안면 있는 친구의 자녀라는 것이며, 나이 갑절이나 층이 져서 자식뻘밖에 아니 된다는 것이며, 아내의 감시며, 그리고 무엇보다도 초봉이가 미혼처녀라는 것 때문에 그의 욕망은 행동으로 발전을 못 하고 견제가 되어왔던 것이다. 일반으로 중년에 들어선 기혼 남자는 그가 패를 차고 나선 호색한이 아니면 미혼 처녀에게 대해서 강렬한 호기심을 가지는 한편 일종 강박관념에 가까운 조심성이 큰 힘이 되어 그들을 억눌러버리는 수가 많다. 제호도 역시 그러했다.

그러나 그는 초봉이를 놓치고 싶지는 아니했다.

여섯 시가 되기를 기다려 초봉이는 가게를 나섰다. 오후의 유장한 해가 서편으로 기울고, 중천은 한빛으로 푸르다. 너무 맑고 푸른 것이 되레 그대로 두기가 아깝고, 흰 구름 조각 한두 장쯤 깔아놓았으면 좋을 것 같다.

아침에도 그랬고 어제 그저께부터도 그랬지만 정거장 둘레의 포플러 숲과 그 건너편의 낮은 산이 처음 보는 것같이 연푸른 초록으로 훤하게 피어오른다.

어디 포근포근한 잔디밭이라도 있으면 포근히 좀 주저앉아 놀고 싶어지는 것을, 그러한 유유한 마음과는 딴판으로 초봉이는 종종걸음을 쳐서 제일보통학교 앞을 지나 집이 있는 둔뱀이로 가고 있다.

학교 마당에서는 아이들이 몇만 놀고 있다. 초봉이는 형주가 혹시 그 속에 섞여 있나 하고 철사 울타리 안으로 눈여겨 들여다보기는 했으나 있지 아니했다.

머리 위로 솟은 아카시아나무에서 달콤한 꽃향내가 번져 내린다. 초봉이는 끌리듯 고개를 쳐들고 높다랗게 조랑조랑 매달린 아카시아 꽃송이를 올려다보면서 절로 미소를 드러낸다.

조금 아까만 해도 초봉이는 이러한 마음의 여유는 없었다. 그러나 지금은 양식 걱정 같은 것은 다 어디로 가고 꽃향기에 마음 놓고 웃을 수가 있다.

제호를 따라 서울로 가기로 아주 마음에 작정을 했다. 모친은 그러라고 할 것이고, 좀 반대한다면 부친이겠는데, 잘 이야기를 하고 또 모친과 제호가 우측 좌측 하면 역시 승낙을 할 것이다.

제호가 아까, 마지막 한 40원 주겠댔으니까, 우연만하면[111] 30원은 집으로 내려 보낼 수가 있고, 또 종차 형편을 보아 집안이 통 서울로 이사를 해갈 수도 있다.

그래서 서울, 늘 가고 싶던 서울로 가서 살 수가 있다.

서울은 4년급 때 수학여행으로 한 번 구경을 가기는 했었다. 그러나 그렇게 지날 결에 한 번 구경한 것으로는 초봉이가 품고 있는 서울의 환상을 씻지 못했다. 그는 서울이면, 그때에 본 것보다는 더 아름답고, 더 연연함이 있으려니 지금도 생각하고 있다.

그래서 인제 서울로 가서 살면 좋으리라고, 무엇이 어떻게 좋으리라는 것은 모르고 그저, 좋으리라고만 기뻐했다.

하기야 그렇게 기쁘다가도 윤희를 생각하면 이건 일이 모두 와해되나 싶어 낙심이 되었다. 낙심이 되어 그것을 어떻게 하나 하고 궁리도 해보았으나, 윤희가 방해를 놓으면 별수 없이 못 가고 말 것 같았다. 그래 답답하고 하니까, 무얼 그것도 제호가 좋도록 다 이러고저러고 해서 역시 따라가게 되겠지 하고 일부러 저를 안심시켰다.

또 한 가지, 승재와 한 집 안에서 살지 못하게 될 것, 이것이 여간만 섭섭한 게 아니다.

그러나 이것도 좋도록 마음을 돌릴 수가 있다. 승재는 시험을 보느라고 서울을 다닐 터이니까 그때에 만날 수가 있을 것이고, 그러는 동안에는 지금의 전화 대신 편지나 서로 하면서 지내고, 그러노라면 승재도 종차 서울로 올라오겠거니 해서 역시 안심이다.

이렇게 범사가 다 마음먹은 대로만 되게 될 것을 기대하였다. 초봉이는 머리 위로 향기를 뿜는 아카시아나무를 올려다보고는 방싯 웃는다.

신판(新版) 흥보전(興甫傳)

1[112]

일곱 시가 거진 되어서 정 주사는 탑삭부리 한 참봉네 싸전가게를 나섰다.

장기는 세 판을 두어 두 판은 이기고 한 판은 졌으니까, 삼판양승으로 정 주사가 개선가를 불렀다.

그러나 장기는 이겼어도, 배는 부르지 않았다.

또 마지막에 탑삭부리 한 참봉의 차(車) 죽은 것을 물러주지 않아서, 그래 비위를 질러놓기 때문에 쌀 외상 달란 말도 하지 못했다.

정 주사는 정말로 꼬르륵 소리가 나는 배를 허리띠를 졸라매면서 천천히 콩나물고개로 걸어가고 있다.

그는 싸전집 아낙 김 씨가 하던 말을 되생각하면서, 그가 꼭 그렇게 좋은 신랑감을 골라 중매를 서주리라고 믿었다. 위선 배야 고프고 당장 저녁거리야 없을망정 그것 하나만은 퍽 든든했다.

그러면 기왕이니 내일이라도 혼담이 어울리어, 이달 안으로라도 혼인을 해 치웠으면 좋을 성싶었다.

그러기로 들면 적으나마 혼수비를 무엇으로 대며, 또 초봉이가 지금 다달이 20원씩이나 물어 들이는 그것마저 끊길 테니 이래저래 두루 걱정이다.

그러나 그렇다고 딸자식이 나이 벌써 스물한 살인데 계집애로 늙히자고 우두커니 두어둘 수는 없는 노릇이다. 아무 때 당해도 한 번은 당할 일이니 늦게 한다고 어디서 돈이 솟아날 바 없고 하니, 그저 일찍이 서둘러 하는 게 차라리 가든한 일이다.

'그러고 혹시 또…….'

이러한 생각이 문득 났다.

그것이 점잖은 터에 자청해서 말을 낼 수는 없지만, 저쪽 신랑 편에서 혼수 비용 전부를 대어 혼인을 하겠다고 할는지도 모른다는 것이다.

좀 창피한 일이다. 그러나 어쩔 수 없는 형편이다.

"원 어디 그럴 법이야 있나!"

이렇게쯤 중매 서는 사람한테든지 혹은 직접 신랑 편 사람한테든지, 낯닦음으로 사양을 해보다가 못 이기는 체하고 그렇게 하면 실없이 괜찮을 노릇이다.

그렇게 슬슬 얼버무려 혼인을 하고, 혼인을 하고 나서는 그 애가 신랑이 어찌 속이 트인 사람이고, 돈냥이나 제 손으로다 주무르는 형편이면, 척 몇백 원이고 몇천 원이고 돌려주면서

"아 거 생화도 없이 놀고 하시느니 이걸로 무슨 장사라도 소일삼아 해보시지요?"

할 수도 노상 없지는 아니할 것이다. 워너니[113] 그 애가 초봉이가 그렇잖은 아이니까, 제 남편더러 그렇게 해달라고 할 법하기도 한 일이다.

그래 그러거들랑 짐짓,

"원! 그게 될 말이냐!"

고,

"그래서야 내가 돈에 욕기가 나서 혼인을 한 것이 되지 않느냐?"

고 준절히 어르다가 그래도 저희들하며 옆에 사람들이 무얼 그러느냐고 권면을 할 테니까 못 이기는 체하고 그 돈을 받아서 한 밑천 삼아 장사라도 하면 미상불 셈평을 펼 수가 있기는 있을 것이다.

정 주사의 이 공상은 그놈이 바로 희망으로 변하고, 희망은 희망이 간절한

만큼 다시 확신으로 굳어버렸다.

개복동보다 더하게 언덕비탈로 제비집 같은 오막살이집들이 달라붙었고, 올라가는 좁다란 골목길은 코를 다치게 경사가 급하다.

'흙구더기'까지 맞닿았던 수만 평의 논은 자취도 없어지고 그 자리에 집이 들어앉고 그 한복판으로 이 근처의 집 꼬락서니와는 째지도 않게 넓은 길이 질펀히 뻗어 들어왔다. 그놈을 등 너머 신흥동으로 뽑으려고 둔뱀이 밑구멍에 굴을 뚫을 계획이라는데 정 주사네 집은 바로 그 위에 가서 올라앉게 되었다. 그래 정 주사는 그놈이 혹시 무너져서 집이 퐁당 빠지기나 하는 날이면 집이야 남의 셋집이니 상관없지만 집안의 사람이 큰일이라고 슬며시 걱정되는 때도 있다. 그러나 오늘같이 몹시 시장하거나 기분이 좋지 아니할 때에 나는 걱정은 아니다.

정 주사는 집 가까이 와서 비로소, 번화할 초봉이의 혼인과 및 그 결과 대신 오도카니 굶고 있을 집안 식구들을 생각하고 맥이 탁 풀렸다.

그러나 그는 지쳐둔 일각대문[114]을 힘없이 밀고 들어서다가 뜻 아니한 광경을 보았다. 초봉이가 부엌에서 밥을, 죽도 아니요 적실히 밥을, 푸고 있고 계봉이는 밥그릇을 마루로 나르고 있던 것이다.

오늘은 정 주사한테 액일도 되지만 좋은 일도 없지는 아니한 날이다.

2

밥이야 어인 밥이 되었든, 정 주사는 밥을 보니 얌체 없는 배가 연신 꼬르륵거리고 오목가슴이 잡아 훑듯이 쓰리다. 어금니에서는 어서 들어오라고 신침이 흥건히 흘러 입으로 그득 고인다.

대문 소리에 계봉이가 돌려다보더니,

"아이, 아버지 들어오시네……."

해뜩 웃으면서 방으로 대고,

"……병주야 병주야, 아버지 오셨다, 아버지 오셨어."

하고 소리를 친다.

계봉이의 데수기에서는 몽창하게 자른 '뽑' 단발이, 몸을 흔드는 대로 까불까불한다. 정 주사는 이 까부는 단발과 깡뚱한 통치마 밑으로 퉁퉁한 맨다리가 드러나 보이는 것이 언제고 눈에 뜨일 때마다 마땅치가 못해서 상을 찌푸린다.

초봉이가 밥을 푸다 말고 부엌문으로 내어다보면서,

"아버지 시장하시잖으세요!"

하고 반가워하다가 부친의 초라한 안색에 얼굴을 흐린다.

정 주사는 눈을 깜작거리면서

"오냐, 괜찮다."

대답을 하고 대뜰로 올라서는데 미닫이를 열어놓은 안방에서 막내둥이 병주가 뛰어나온다.

"아버지, 이잉."

노상 흘려두는 콧물에 방금 울다가 그쳤는지 눈물 콧물을 왼 얼굴에 쥐어바르고 어리광으로 울상을 하면서 달려들어 부친에게 안긴다.

"오냐, 병주가 또 울구 떼썼구나?"

정 주사는 손가락으로 병주의 콧물을 훑으려다가 닿는 대로 마룻전에 씻어버린다. 병주는 아직 얼굴에 남아 있는 놈을 부친의 알량한 단벌 두루마기에다가 문대면서 냅다 주워섬긴다.

"아버지 아버지. 내 양복하구, 내 모자하구, 내 구두하구, 내 자전거 하구, 또 또 빠나나하구……."

이렇게 정신없이 한참 외우다가 비로소,

"……히잉, 안 사 왔구만, 히잉."

하고 떼를 쓰려고 한다.

"오냐 오냐, 오늘은 돈이 안 생겨서 못 사 왔으니 내일은 꼭 사다 주마. 자, 방으로 들어가자, 우리 병주가 착해."

달래면서 병주를 안고 안방으로 들어가고, 건넌방에서 숙제를 하는지, 엎드려 있는 형주는 그제야 고개만 내밀다가 만다.

방에서는 부인 유 씨가 서향한 뒷문 바투 앉아서 돋보기 너머로 바느질을 하느라고 고부라졌다.

유 씨는 아직 그럴 나이도 아니면서 눈이 어두워 돋보기가 아니고는 바느질을 한 코도 뜨지 못한다.

"시장한데 어딜 그러구 돌아다니시우?……"

유 씨는 올려다보지도 아니하고 앉은 자리만 따들싹하는[115] 시늉을 한다. 어디라니, 번연히 미두장에 갔다가 오는 줄 몰라서 하는 말은 아니다.

"그건 웬 거요?"

정 주사는 초봉이가 또 월급을 선대 받아 왔으리라고는 생각을 할 수가 없고, 지금 유 씨가 만지고 있는 이 바느질이 들어오니까 그놈 바느질삯을 미리 받아다가 밥을 하느니라고 짐작했다.

"내가 해 입구 시집갈려구 끊어 왔수."

유 씨는 웃지도 않고 이런 실없는 소리를 한다.

"저 봐라, 병주야……."

정 주사는 두루마기를 벗으면서, 다리에 매달려서 이짐[116]을 부리는 병주더러,

"……네가 말을 아니 듣구 그러니깐 엄마가 시집가버린단다."

"아니야, 거짓부렁이야. 내 양복하구, 내 모자하구, 내 구두하구, 내 자전거하구, 그리구 빠나나랑, 얼음사탕이랑, 사다 준다구 하구 거짓부렁이만 하구, 히잉."

"내일은 정말 사다 주마."

"시타, 이잉, 또 거짓부렁할려구. 밤낮 거짓부렁만 하구……."

병주는 앉는 부친의 무릎으로 기어올라 아래턱의 노랑 수염을 흐트려 쥐고 잡아 흔든다.

"아프다! 이 자식아!"

정 주사는 턱을 내밀고 엄살을 한다.

"내일은 꼭 사다 주마, 꼭."

"거짓부렁이야."

"거짓부렁 않구 꼭 사다 주어."

정 주사는 속으로 너를 위해서라도 네 큰누이의 혼인이 그렇게 얼려야겠다고, 절절히 생각을 더했다.

"제호가 서울루 간답디다."

유 씨는 초봉이한테서 이야기를 먼저 들었었다. 그리고 모녀 간에는 벌써 합의가 되었었다.

"제호가? 서울루?……"

하면서 정 주사는 놀란다.

"……어째, 무슨 일루?"

"서울로 가서 크게 장사를 시작한다구. 가게두 벌써 팔았답디다. 그러구 우리 초봉이더러두 서울루 같이 가잔다구 한다우."

"초봉이더러?"

이렇게 되짚어 묻는 말의 운이 벌써 마땅치 않다는 것은 분명하다.

3

"서울루 가면 월급두 한 40원씩 주구 하구, 또 객지루 혼자 내보내기가 집에서 맘이 뇌지 않는다면, 자기네 집에서 같이 데리구 있겠단다구."

"거, 안 될 말……."

정 주사는 아까 생각하던 대로 초봉이를 그렇게 좋게 혼인을 할 요량이요 그것을 믿기 때문에 그런 소리는 다 귀에 들어오지 아니한다.

"……월급은 40원은 말구 4백 원을 준다기루서니 또 아무리 아는 친구 집에 둔다기루서니, 장성한 계집애 자식을 어디 그렇게 함부로 내놓는 법이 있소? 나는 지금 예서 거기 다니는 것두 마땅찮은데……."

이 말은 노상 공연한 구실만은 아니다. 정 주사는 마음먹는 혼인도 혼인이려니와, 가령 그것이 아니더라도 섬뻑 서울까지 보내기를 많이 주저할 사람이다.

"그래두 내 요량 같아서는 따라 보내는 게 좋을 것 같습니다. 집에다 두어서는 무얼 하겠수? 육장 굶기나 하구."

"그러니 어서 마땅한 자리를 골라서 여워버려야지."

"말은 좋수!……"

유 씨는 시쁘다는 듯이 돋보기 너머로 남편을 넘겨다본다.

"……하루 한 끼 먹기두 어려운 집구석에서 무슨 수루 혼인을 해요?"

"그렇다구 계집애루 늙히나?"

"누가 계집애루 늙힌다우? 그렇게 가서 있으면 제가 버는 것을 모아서라두 시집을 갈 밑천은 장만할 것이구, 또 제호 손에서 치어나면, 아따 무엇이라든지 시험을 보아서 장래 벌이두 잘 하게 되구 한다니까, 두루두루 좋은 거린데 왜 덮어놓구 막기만 하시우?"

"세상일이 다 그렇게 맘먹은 대루만 되구 탈이 없으면야 무슨 걱정이야?"

"맘먹은 대루 안 될 것은 무엇 있수? 대체 10년이나 없는 살림에 애탄가탄[117] 공부를 시켰으니, 그런 보람이 있게 해야지, 어쩌자구 가난해빠진 집구석에다가 붙들어만 두려 들어요? 당신은 의관하구 다니면서 치마 입은 날만큼두 개명은 못 했습니다."

"그런 개명 부럽잖아. 여편네가 얼개명한 건 되레 못쓰는 법이야."

필경 티격태격하면서, 보낸다거니 아니 보낸다거니 서로 우겨댄다.

오늘뿐 아니라 언제고, 일이 이렇게든지 저렇게든지 끝장이 날 때까지는 둘이 다 지지 아니하고 고집을 세우게 될 것이다. 그러나 이 부부가 의견이 달라가지고 서로 우기다가 필경 가서 누가 지느냐 하면 언제든지 남편 정 주사가 지고 만다.

그러니까 이번 일도 만일 달리 마새[118]가 생기지만 아니하면 초봉이는 마음먹은 대로 제호를 따라 서울로 가게 될 터이다.

초봉이는 계봉이의 밥까지 수북하게 다 푸고 나서, 마지막으로 제 몫을 바라진 양재기에다가 반이나 될랑 말랑 하게 주걱데기를 딱 긁어 붙이고 솥에 다 숭늉을 붓는다.

계봉이는 주걱데기를 시쁘게 집어 들면서,

"아이개개! 요게 겨우 언니 밥이야?"

하고 엄살을 한다. 아이가 아직 철은 아니 나고 꾀만 들어서, 그게 혹시 제목이 될까 봐 지레 방패막이를 하는 것이다.

초봉이는 그렇다고 대답을 해주고 부뚜막에서 일어나다가,

"너 아버지 진지랑 모두 뚜껑 덮었니?"

"지금 잡술 걸 뚜껑은 덮어선 무얼 해? 자, 인제는 국두 펴요."

"국은 불을 더 때야겠다. 아직 덜 끓었어. 나가서 뚜껑 찾아서 잘 덮어 놓아라, 굳잖게."

초봉이는 물렸던 장작개비를 도로 지피고 불을 사른다.

"아이, 배고파 죽겠구먼. 언니두 배고프지?"

"나는 괜찮어."

"멀, 배고프문서두…… 언니 이따가 내 밥 같이 먹어, 응?"

"그래, 걱정 마라. 나는 누룽지두 훑어다 먹구 할 테니깐 네나 많이 먹구 배고프다구 하지 말어."

"그럼 머 인제 어머니가, 이년, 네 언니는 주걱데기하구, 누룽지만 멕이구 너는 혼자서 옹근 사발엣밥 차구 앉어 고질고질[119] 처먹구 있니? 이렇게 욕허게? 아이 참, 어머닌 나는 밉구, 언니만 이쁜가 봐?"

"계집애가 별 소리를 다 하네!"

초봉이는 웃으면서 눈을 흘긴다. 계봉이는 하하 웃고 부엌에서 뛰어나와 방으로 들어간다.

초봉이는 아궁이 앞에 앉아 지금 방에서 어머니와 아버지가 하고 있는 그 이야기가 어떻게 되어가는고 해서 궁금히 생각을 하고 있는데, 삐그덕 중문 소리에 연달아 뚜벅뚜벅 무거운 구두 소리가 들린다. 초봉이는 보지 않고도 그것이 승재의 발자국 소린 줄을 안다.

4

초봉이는 승재와 얼굴이 마주쳤다. 승재는 여느 때 같으면 히죽이 웃으면서 그냥 아랫방으로 갔을 것이지만 오늘은 할 말이 있는지 양복저고리 포켓에 손을 넣고 무엇을 찾으면서 주춤주춤한다.

초봉이는 그만하고 고개는 돌이켰어도 승재가 말을 해주기를 기다렸다. 그랬으면 초봉이도 그 말끝에 연달아 아까 가게에서 풍파가 났던 이야기도 하고 하면 재미가 있을 성싶었다.

그러나 둘이는 내외를 한다거나 누가 금하는 바는 아니지만, 딱 마주쳐서 어쩔 수 없는 때나 아니고는 섬뻑 말이 나오지 아니한다. 그들은 처음부터 그렇게 버릇이 되었다. 가령 승재가 안에 기별할 말이 있다든지, 안에서 초봉이가 승재한테 무엇 내보낼 것이 있다든지 하면, 직접 승재가 초봉이한테, 또는 초봉이가 승재한테 해도 관계치야 않겠지만, 손아래로 아이들이 있기 때문에, 다만 숭늉 한 그릇을 청한다거나 내보내거나 하는 데도 자연 아이들을 부르고 아이들을 시키고 해서, 그게 버릇이 되었던 것이다.

승재가 방을 세로 얻어 든 것이 작년 세안[120]이라 하지만, 그러기 때문에 둘이는 제법,

"나 승잽니다."

"초봉이요."

이만큼이라도 말을 주고받기라도 하기는 금년 2월 초봉이가 제중당에 나가있으면서부터다.

초봉이가 기다리다 못해, 그것도 잠깐이지만, 도로 고개를 돌리니까, 승재는 되레 무렴[121]한 듯이 벌씬 웃고 얼른 아랫방께로 걸어간다.

초봉이는 승재가, 대체 무슨 말을 하려다 못 하고 저러나 싶어, 그의 하던 양이 우습기도 하거니와 한편 궁금도 했다.

안방에서는…….

내외간의 우김질은, 아이들이 초봉이만 부엌에 있고 다 몰려드는 바람에

흐지부지 중판을 매었다.[122]

식구들은 모두 말은 아니해도, 밥상이 어서 들어왔으면 하는 눈치다.

계봉이는 모친이 주름을 잡고 있는 남색 벰베르크[123] 교직 치마를 몇 번째 만져보다가는 놓고 놓았다가는 만져보고 한다.

그러다가 마침내 어리광하듯,

"어머니, 나두 이런 치마 하나 해주."

말은 해놓고도 고개를 오므라뜨리고 배식이 웃는다.

"속없는 계집애 년!"

유 씨는 돋보기 너머로 눈을 흘기다가 생각이 나서,

"너는 네 형 혼자만 맡겨놓구, 이렇게 퐁당 들어앉어서 그런 속없는 소리만 하구 있니?"

"다 된걸, 머……."

계봉이는 무렴해서 치마 만지던 손을 끌어들인다.

"국두 덜 끓었는데 다 돼? 본초 없는[124] 것!"

계봉이는 식 식하고 윗목으로 가서 돌아앉아버린다.

"요년, 냉큼 일어나서 나가보지 못하느냐?"

"어이구 어머니두……. 어머닌 내가 미워 죽겠나 봐?"

계봉이는 볼때기를 축 처뜨리고 울먹울먹하면서 발꿈치를 콩콩 구르고 마루로 나와 부엌으로 내려간다.

계봉이는 성질도 그렇거니와 생김새도 형 초봉이와는 아주 딴판이다.

계봉이는 몸집이고 얼굴이고 늘품[125]이 있다. 아무 데고 살이 있어서 북실북실하니 탐스럽다. 코가 벌심한 것은 사람이 좋아 보이나, 볼때기가 처진 것은 심술이 들었다. 눈과 이마도 뚜렷하니 어둡지가 아니하다. 그러한 중에도 제일 좋은 것은 그의 입이다.

마음을 탁 놓고 하하 웃을 때면, 떠억 벌린 입으로 잘지 아니한 앞니가 하얗게 드러나기까지 하여 보는 사람도 속이 시원하다.

초봉이의 웃는 입은 스러질 듯이 미묘하게 아담스럽지만 계봉이의 웃음은 훤하니 터져 나간 바다와 같이 개방적이요 남성적이다.

계봉이는 아직 활짝 피지는 아니했다. 그러나 오래잖아 초봉이의 남화(南畵)답게 곱기만 한 얼굴보다 훨씬 선이 굵고 실팍한 여성미를 약속하고 있다.

이 집안의 사남매는 계봉이와 형주와 병주가 한 모습이요 초봉이가 돌씨[126] 같이 혼자 딴판이다. 그러나 그 두 모습이 다 같이 정 주사나 유 씨의 모습이 아니다. 초봉이는 부계(父系)의 조부를, 계봉이와 형주 병주는 모계(母系)로 외탁을 했다.

초봉이는 부뚜막에 구부리고 서서 국을 푸다가 계봉이가 나오니까 돌려다보다가,

"왜 또 뚜했니[127]?"

하고 웃는다.

"나는 머 어디서 얻어다 길렀다나? 자꾸만 구박만 주구."

계봉이는 주루루를 하고 서서 두런두런 두런거린다. 초봉이는 그 꼴이 하도 우스워서 손을 멈추고 자지러지게 웃는다.

5

"깍쟁이가 왜 자꾸만 웃구 있어! 남 약 올라 죽겠는데."

계봉이는 소갈찌를 제 형한테 부리려고 한다.

"저 계집애가 왜 저래? 내가 무어랬니?……"

초봉이는 나무라려다가 다시 좋은 말로,

"……이짐 쓰지 말구 어여 아버지 진지상 가지구 들어가. 시장하시겠다. 너두 배고프다면서 밥 먹구."

초봉이는 부친과 병주와 맞상을 본 데다가 국을 큰 놈 작은 놈 한 그릇씩 올려놓고 그 나머지 세 오뉘와 모친이 먹을 국은 큰 양재기에다가 한데 퍼서 딴 상에 올려놓는다. 따로따로 국을 푸재도 입보다 그릇이 수효가 모자란다.

밥상에는 시커멓게 빛이 변한 짠 무김치 한 접시와 간장에 국뿐이다. 철 늦

은 아욱국이기는 하지만 된장기를 한 구수한 냄새가 위선 시장한 배들을 회동하게 한다.

계봉이는 다른 때 같으면 아직 더 고집을 쓰겠지만 제가 원체 시장한 판이라 직수굿하고[128] 부친의 밥상을 방으로 날라다 놓고 다시 나온다.

그동안에 초봉이는 승재 방으로 들여보낼 자리끼[129] 숭늉을 해가지고 서서 망설인다.

진즉부터 초봉이는 밤저녁으로 승재가 물이 먹고 싶어도 조심이 되어 물을 청하지 못할 줄을 알고, 언제든지 제가 저녁밥을 짓게 되는 날이면 이렇게 자리끼 숭늉을 해서 들여보내곤 했다.

오늘도 숭늉을 해 들고 기왕이니, 어디 든 길에 내 손으로 내다 주어볼까 하고 벼르는 참인데 마침 계봉이가 도로 부엌으로 나오니까, 장난을 하려다가 들킨 아이들처럼 무렴해서 얼핏, 계봉이더러 갖다 주라고, 내맡긴다.

"싫어!"

계봉이는 아직도 심술 났던 것이 덜 풀렸다.

"싫기는 왜 싫어? 남 밤중에 목마른 때 먹으라구 숭늉 한 그릇씩 해다 주면 좋잖니?"

"좋으면 나두 좋아? 언니나 좋지……."

"머?"

초봉이는 소스라치게 놀라 무어라고 말을 할 줄도 모르고 기색이 당황하다.

"하하하, 하하하하……."

계봉이는 언제 속이 났더냐는 듯이 풀어져가지고 웃어젖힌다.

"……내가 옳게 알아맞혔지? 저 얼굴 빨개지는 것 좀 봐요."

"저 애가!"

"암만 그래두 나는 못 속인다누, 하하하하. 자아, 그럼 내가 메신저 노릇을 해주지……."

계봉이는 자리끼 숭늉을 받아 들면서,

"……그렇지만 조심해야 해. 혹시 내가 남 서방을 태클할는지두 모르니깐,

응? 언니.”

“너 이렇게 까불 테냐?”

나무라면서 초봉이가 때릴 듯이 으르니까, 계봉이는 해뜩 돌아서서 아랫방께로 달아나느라고, 질름질름 숭늉을 반이나 흘린다.

초봉이는 나머지 밥상을 집어 들고 뒤를 돌려다보면서 안방으로 들어간다.

계봉이는 아랫방 문 앞으로 가더니 일부러 사나이 목소리로,

“헴, 남 군?”

하고 부른다.

“게 누구?”

하는 승재의 대답 소리를 듣고 계봉이는 미닫이를 열어 젖힌다.

승재는 아까 돌아올 때의 차림새 그대로, 책상 앞에 가 앉아 책을 보다가 고개를 돌려 히죽 웃는다.

돌아올 때의 차림새라고 했지만 극히 간단해서 위아랫막이[130]를 검정 서지로 만든 쓰메에리[131] 양복이다.

이놈에다가 낡은 소프트[132]를 머리에 얹었으면 장재동(藏財洞)에 있는 병원과 이곳 거처하는 초봉이네 집을 오고 가고 하는 도중에 있을 때요, 모자를 아니 쓴 때는 제 방에 앉아 공부를 하는 때요 그 위에다가 흰 가운(진찰복)을 걸친 때는 병원에서 의사 노릇을 하는 때요, 또 한 가지, 게다가 낡아빠진 왕진 가방을 들었을 때는 근동(近洞)의 가난한 집에 병을 보아주러 무료 왕진의 청을 받고 가는 때다.

작년 겨울 승재가 이 방을 세 얻어 든 뒤로 심동에 헌 외투 하나를 덧입은 것 외에는 그의 모습이 변할 수 없듯이 그놈 검정 서지의 쓰메에리 양복도 반년이 지난 오늘까지 한 번도 변한 적이 없다. 그래서 대체 날이 더우면 저 사람이 무슨 옷을 입고 나설 텐고? 이것이 다른 사람들도 다른 사람이거니와 초봉이한테도 재미스런 궁금거리다.

그러나 그렇다고 승재라는 사람이 상식적 생활을 한 고패[133] 딛고 넘어서서 탈속(脫俗)이 되었다거나 달리 무슨 괴벽이 있어서 그러냐 하면 실상 그런 것

은 아니다. 오히려 제 몸 감당도 할 줄 모르는 탁객(濁客)[134]이다.

그러한 데다가 그는 또 가난하다.

6

승재는 본시 서울 태생이었었고, 다섯 살에 고아가 된 것을 그의 외가 편으로 일가가 된다면 되고 아니 된다면 안 되는 어느 개업의(開業醫)가 마지못해서 거두어 길렀다.

아이가 생김새와는 달리 재주가 있고 배우고 싶어 하는 정성이 있음을 본 그 의사는 반은 동정심에서 반은 어떻게 되나 하는 호기심에서 승재를 보통학교로부터 중등학교까지 졸업을 시켰다.

승재는 학교에 다니는 한편 주인의 진찰실과 제약실에서 자라다시피 했고 더욱 그가 중등학교의 상급 학년 때부터는 그 이상의 상급 학교는 바랄 수 없음을 각오하고, 정성껏 진찰실의 실제 공부를 전심했다.

그리고 중학을 마친 뒤에는 이어 3년 동안을 꼬박 주인의 조수 노릇 하면서 의사시험을 치를 준비를 했다.

그리하는 동안에, 주인과는 미운 정 고운 정 다 들어, 주인도 승재를 어떻게 해서든지 시험에 잘 패스가 되어 의사면허 한 장은 얻도록 해주려고 여러 가지로 지도와 편의를 보아주었다. 그러나 그는 그 뜻을 이루지 못한 채, 승재를 그의 동창이요 이 군산서 금호의원을 개업하고 있는 윤달식(尹達植)이라는 의사에게 천거하는 소개장 한 장만 남겨놓고 저세상 사람이 되어버렸다.

이것이 승재가 이 군산으로 굴러 들어오게 된 기구한 인연이다.

승재가 금호의원으로 와서 있기는 재작년 정월이요. 그동안 그는 작년 5월과 10월에 두 번 시험을 쳐서 반 넘겨 패스를 했다.

인제 남은 것은 제1부의 생리(生理) 해부(解剖)와 제2부의 병리(病理) 산부인과(産婦人科)와 제3부의 임상(臨床)과 이 다섯 가지 과목뿐이다. 이 중에서도 임상에는 충분한 자신이 있기 때문에 일부러 뒤로 미룬 것이요 그 나머지만 준비가 덜 된 것인데, 어쨌거나 금년 10월이나 명년 5월 아니면 10월까지에 시험을 치르기만 하면 넉넉 다 패스가 되게 되었다.

승재가 군산으로 와서 있으면서부터는 시험 준비의 진보가 더디어졌다. 매삭 40원의 월급에 매달려 그만큼 일을 해주어야 하기 때문이다.

애초에 금호의원의 주인 의사 윤달식은 승재의 임상이 능란한 데 안심하고 거의 병원을 내맡기다시피 했다.

숙식(宿食)도 전부 병원에 달려 있는 자기 집에서 하게 했다. 그러고 보니 밤에 오는 환자와 입원 환자 때문에 승재는 공부를 할 시간이 없었다.

달식이도 죽은 친구의 부탁까지 받은 터라 미안히 여겨 승재더러 따로 방을 얻어가지고서 밤저녁의 거처 겸 조용히 공부를 하라고 여유를 주었다. 그래서 승재는 작년 봄부터 그렇게 했고 그러던 끝에 작년 겨울에는 방을 옮기게 된 계제에 이 초봉이네 집으로 우연히 오게 된 것이다.

그러나 승재는 하필 병원에서 거처하기 때문에만 시험 준비가 더디었던 것은 아니다.

"좀 더디면 어떨라구."

이런 늘어진 배포로 그는 시험 준비를 해야 할 의학서류 같은 것은 제쳐놓고, 자연과학서류에 재미를 붙여 그 방면의 것을 많이 읽곤 했다. 그래서 그가 거처하고 있는 이 방에도, 책상 하나, 행담[135] 하나, 이부자리 한 채, 이 밖에는 아무것도 없는 허술한 방이지만, 한편 벽으로 천장 닿게 쌓인 것은 책뿐이요, 그중에도 3분지 2 이상이 자연과학서류다.

그뿐 아니라 조용히 들어앉아 공부를 하겠다고 따로 거처를 잡고 나온 그는 도리어 일거리 하나를 더 장만했다.

동리에 병자가 있어 병원에도 다니지 못하고 하는 사람인 줄 알면 그는 약도 지어주고 다니면서 치료도 해준다. 그것이 소문이 나가지고 이 근처의 일관에서는 제깍하면 제 집의 촉탁 의사나 불러대듯이, 오밤중이고 새벽이고 상관없이 불러댄다. 그래서 시간도 시간이려니와 그 수응[136]을 하느라고 매삭 돈 10원씩이나 제 돈을 들인다.

월급 40원을 받아서 그중 10원은 그렇게 쓰고 20원이나는 책값으로 쓰고 나머지 10원을 가지고 방세 4원과 한 달 동안 제 용돈을 쓴다. 한 달 동안의 용돈이라지만, 쓴 막걸리 한 잔 사 먹는 법 없고 담배도 피울 줄 모르고 내의도 제 손으로 주물러 입으니까 목간 값이나 이발 값이 고작이요, 그래서 처지는 놈은 책값으로 넘어가지 않으면 요새 몇 달째는 초봉이네 집에 방세를 미리 들여보내느라고 새어버린다.

그렇게 가난은 하되 가난 이외의 것을 모르니까, 그는 태평이다. 그는 제가 의사 시험에 패스가 되어 의사 면허를 얻게 될 것을 유유하게 믿는다. 자연과학의 힘을 믿는다. 그리고 가난한 사람들의 병을 낫게 해주어 성한 사람이 되게 하는 것을 재미있어한다.

7

"덩치는 덜신 커가지구……."

계봉이는 승재가 언제나 마찬가지로 입은 다문 채 코를 벌심하고 눈으로만 웃고 있으니까 마구 대고 놀려먹는다.

"……웃는 풍신[137]이 그게 무어람! 그건 소가 웃는 거지 사람이 웃는 거야?"

승재는 계봉이의 하는 양이 도리어 귀엽다고 여전히 눈으로만 순하디순하게 웃고 있다.

"저거 봐요! 그래두 말을 아니 듣구 그래! 아 글쎄 기왕 웃으려거든 하하하하 이렇게 웃든지 어허허허 이렇게 웃든지 응? 입을 떠억 벌리구 맘을 터억 놓구서 한바탕 웃는 게 아니라, 그건 뭐야! 흠- 이렇게 입을 갖다가 따악 봉해놓구 앉아서 코하구 눈하구 웃는 시늉만 하구. 엥! 그 청년 못쓰겠군. 거 좀 속이 시원하게 한번 웃어젖히지 못해!"

"인제 차차 웃지."

승재는 수염 끝이 비죽비죽 솟은 턱을 손바닥으로 쓱쓱 문댄다.

"인제라께 언제야? 남 서방 손자가 지금 남 서방처럼 턱밑에 그런 수염이

나면? 그때 말이지? 하하하하."

계봉이의 웃는 것을 보고 승재는 아닌 게 아니라 너는 퍽 시원스럽게 웃는다고 생각했다.

계봉이는 겨우 웃음을 그치고 자리끼 숭늉을 문턱 안으로 들여놓아준다.

"자아 숭늉이오. 그런데 이건 거저 숭늉은 숭늉이지만 이만저만치 않은 생명수요. 알아듣겠지? 그 말뜻을, 응?"

승재는 얼굴이 붉어지고 점직해서 히죽히죽 웃기만 한다.

"하ㅡ 저 청년이 왜 저렇게 무렴해하꼬? 무 캐먹다가 들켰나?"

계봉이는 마치 동물원에 간 어린아이들이 곰을 놀려먹듯 한다. 그는 지금 배가 고프지만 아니했으면 얼마든지 더 장난을 하겠지만, 그만하고 돌아선다.

마악 돌아서니까 승재가

"저 나 좀……."

하고 부른다.

"무슨 할 말이 있는고?"

"응, 저녁 해 먹었지?"

승재는 아까 마당에서 하듯이 양복저고리 포켓 속에 손을 넣고 무엇을 부스럭부스럭 찾으면서 어렵사리 묻는다.

"저녁? 응, 해서 지금들 먹는 참이오. 그래서 본인두 어서 들어가서 밥을 자셔야지 생리학적 기본 요구가 대단히 절박하오."

"저어, 이거 갖다가……."

우물우물하더니 승재는 지전 한 장, 5원짜리 한 장을 꺼내준다.

"……어머니나 아버지 드려요. 아침나절에 좀 변통해 보내드릴려고 했지만 늦었습니다구."

계봉이는 승재가 오늘도 아침에 밥을 못 하는 눈치를 알고 가서 더구나 방세가 밀리기는커녕 이달 5월치까지 지나간 4월달에 들어왔는데 또 이렇게 돈을 내놓는 것인 줄 잘 알고 있다.

계봉이는 승재의 그렇듯 덕 있는 마음자리가 고맙고 고마울 뿐 아니라 이

상스럽게 기뻤다. 그러나 그러면서도 한편으로는 얼굴이 꼿꼿하게 들려지지 아니할 것같이 무색하기도 했다.

"이게 어인 돈이고?"

계봉이는[138] 돈을 받는 대신 뒷짐을 돌려지고 짐짓 더 장난하듯이 준절히 묻는다.

"그냥 거저……."

"그냥 그저라니? 방세가 이다지 많을 리는 없을 것이고……."

"방세구 무엇이구 거저 옹색하신데 쓰시라구……."

계봉이는, 속이야 진즉 알았으면서 인제 알았다는 듯이, 고개를 두어 번 까댁까댁하더니

"나는 이 돈 받을 수 없소."

하고 입술을 꽉 다문다. 장난엣 말로 듣기에는 음성이 너무 강경했다.

승재는 의아해서 계봉이의 얼굴을 짯짯이 건너다본다. 미상불, 여전한 장난꾸러기 얼굴 그대로는 그대로지만 그러한 중에도 어디라 없이 기색이 달라지고, 일종 도고한[139] 빛이 드러나 있음을 보았다.

승재는 분명히 단정하기는 어려우나 혹시 자기의 뜻을 무슨 불순한 사심으로 오해를 받은 것이 아닌가 하는 생각도 들었다. 그렇게 생각하고 보니 비록 마음이야 결백하지만 일이 좀 창피한 것도 같았다.

"왜?"

승재는 속은 그쯤 동요가 되었어도 좋은 낯으로 천연덕스럽게 물어본다.

"위선(僞善)의 일면이 자선(慈善)이니까."

계봉이는 인제는 웃지도 아니하고 이런 말을 한다.

그러나 계봉이는 사실로 승재가 위선의 짓을 한다고 여겨서 그런 것이 아니다. 그는 다만 아까부터 제 무렴에 지쳐서 심술을 좀 쓰고 싶은 판인데, 그러자 전에 어느 잡지에서 본 그 말 한 구절이 마침 생각이 나니까 생각난 대로 그냥 써먹은 것이다.

애꿎이 혼이 나기는 승재다.

8

승재는 마치 어른한테 꾸지람을 듣고 있는 아이같이 큰 눈을 끄먹끄먹하고 있다가

"자선이구 무엇이구 누가 그래서 그랬나? 머…… 나는 그저 허물없는 것만 여겨서 그냥……."

말도 똑똑히 못 하고 비실비실한다.

"그렇지만 말이야……."

하면서 의젓하게 다시 책을 잡는 계봉이는, 아이를 나무라는 어른 같다.

"……자선이나 동정 같은 것은 받는 사람의 프라이드를 상해주는 경우두 있는 법이거든."

"나두 별수 없이 다 같은 가난한 사람인걸?"

"하하하하, 아하하하……."

계봉이는 허리를 잡고 웃어젖힌다.

"……하하하하, 저 눈 좀 봐요. 얼음판에 미끄러진 황소 눈이라더니, 글쎄 저 눈 좀 봐요. 하하하하."

계봉이는 아까부터 승재가 무렴해서 어쩔 줄을 모르고 쩔쩔매는 꼴이 우스워서 못 견디겠는 것을, 겨우 참고 그가 하는 양을 좀 더 보고 있던 참인데, 인제는 터져 올라오는 웃음을 어떻게 걷잡을 수가 없었다.

친하다고 하면 친하다고 할 수도 있지만, 그런 만큼 또 체면의 어려움도 없지 않다.

그러한 승재한테 늘 이렇게 한 팔을 꺾이는 듯한 가난, 가난이라고 막연하게보다도 밥을 굶고 늘어지는 액색한 꼬락서니를 들키곤 하는 것이 무색했었다.

그러나 그 복수는 인제는 말 두 마디로 지나치게 충분했다.

"위선의 일면이 자선이니까."

라고 또

"자선이나 동정 같은 것은 받는 사람의 프라이드를 상해주는 경우도 있다."

고 어엿이 말을 한 것이 통쾌했다. 그러나 그것은 오기나 앙심은 아니다. 저 혼자 속이 따로 있어서 단지 그것을 통쾌해한 것이다. 그러고 나니 마음은 풀렸는데 승재의 하는 양이 못 견디게 우스워 사심 없는 웃음만 터져 나왔다. 계봉이가 웃는 것을 보고 승재는 비로소 안심을 했으나 꾀에 넘어가 그처럼 쩔쩔맨 것이 다시 점직했다.

"원, 사람두……. 나는 정말 노여워서 그런 줄 알구 깜짝 놀랐지."

"하하아 그렇지만 꼭 장난으루만 그린 건 아니우, 괜히."

"네, 잘 알았습니다."

"그런데……."

하고 계봉이는 문제 된 10원짜리 지전을 내려다본다. 아무리 웃고 말았다고는 하지만 그대로 집어 들고 들어가기가 좀 안되었다. 그러나 그렇다고 아니 가지고 가기는 더 안되었다. 할 수 없이 그는 돈을 집어 들었다.

"그럼 이건 어머니한테 갖다 드릴게요."

하고 고개를 까댁하면서 돌아서서 가는 계봉이를 승재는 다시 바라다본다.

엄부렁하니 큰 깐으로는 철이 아니 나서 늘 까불기나 하고, 할 말 못 할 말 함부로 들이대고 하기나 하고, 동생들과 다툼질이나 하고, 이러한 털팽이[140] 요심술꾸러기로만 계봉이를 여겨온 승재는 오늘이야 계봉이[141]가 엉뚱하게 속이 깊고 깊은 속을 곧잘 표시할 수 있는 지혜와 영리함이 있음을 알았다.

그것은 계봉이도 마찬가지로 승재를 다르게 보았다. 그래서 둘이는 마음이 훨씬 더 소통이 되고 친하게 되었다.

한밥[142]이 잡힌 누에가 통으로 주는 뽕잎을 가로 타고 기운차게 긁어 먹는 식성처럼 안방에서는 다섯 식구가 제각기 한 그릇 밥에 국을 차지하고 앉아 째금째금 후루룩후루룩 한참 맛있게 밥을 먹고 있다. 모처럼 얻어걸린 밥이니 그렇지 아니할 수도 없다.

"계봉이는 어디 갔느냐?"

그래도 여럿이 먹다가 하나가 죽을 지경은 아니었던지, 정 주사가 이편 밥상을 건너다보고 찾는다.

"아랫방에 자리끼 숭늉 내다 주러 갔어요."

초봉이가, 역시 이 애는 무얼 하느라고 이리 더딘고 궁금해하면서 대답을 한다.

"가서 또 쌔왈거리구 까부느라구 그러지, 그년이……."

유 씨는 계봉이 제 말마따나 어디라 없이 계봉이가 미운 게 사실이어서, 은연중 말이 곱지 않게 나오는 때가 많다.

"거 왜 너는 왜 밥을 반 그릇만 가지구 그러느냐? 밥이 모자라는 거로구나?"

정 주사가 초봉이의 밥그릇을 넘겨보다가 걱정을 한다.

"……그렇거들랑 이 밥 더 갖다가 먹어라."

하고 밥상 옆에 옹근 채 내려놓은 병주의 밥그릇을 집어 든다. 제 밥은 아껴 놓고 부친의 밥을 뺏어 먹고 있던 병주는 밥 먹던 숟갈을 둘러메면서 발버둥을 친다.

9

"어머니 어머니……."

거푸 부르면서 그제야 계봉이가 식구들이 밥을 먹고 있는 안방으로 달려든다.

"……저어, 나, 돈 50전만 주면, 돈 5원 어머니 디리지?"

식구들은 그게 웬 소린지 몰라 밥을 씹던 채 숟갈로 밥을 뜨던 채, 혹은 밥숟갈이 입으로 들어가다 말고, 모두 뚜렛뚜렛하면서 계봉이를 치어다본다.

조금 만에 유 씨가 눈을 흘기면서,

"네년이 돈이 5원이 있으면, 나는 백 원이 있겠다."

하고 시뻐한다.

"정말? 내가 5원을 내놀게 어머닌 백 원을 내놓을 테유?"

"저년이 한참 까부는구만?…… 남 서방이 들여보내는 돈일 테지, 제가 어디서 돈이 생겨."

"해해해애. 자요, 5원……. 인제는 어머니두 백 원 내놓으시우."

기연가미연가하고 있던 식구들은 모두 놀란다. 초봉이는 비로소 아까 승재가 마당에서 포켓에 손을 넣고, 무슨 말을 할 듯이 우물우물하던 속을 알았다.

"이년아, 이게 네 돈이야? 제가 남의 돈을 가지구 생색을 내려 들어!"

유 씨는 연신 타박을 준다.

"그래두 내가 퇴짜를 놨어 보우! 괜히……."

계봉이는 지지 않고 앙알거리면서 밥상 한 모서리로 앉는다.

"그년이 점점 더 희떠운 소리만 하구 있어! 왜 남이 맘먹구 주는 돈을 마다구 해?"

"아무려나 거 그 사람이 웬 돈을 그렇게……."

정 주사가 한마디 걱정을 한다.

"아침에 밥 못 해 먹은 줄을 알았던 게지요 머."

"그러니 말이야. 방세두 이달 치를 지난달에 벌써 내잖었수? 그런 걸……."

"하기야 나두 하느니 그 걱정이오."

"거 원 그 사람두 넉넉지는 못한가 부던데 내가 그렇게 신세를 져서 원……."

정 주사는 쓰지 아니한 입맛을 쓰게 다신다.

병주가 돈과 부친의 얼굴을 번갈아가면서,

"아버지 아버지……."

불러놓고는 냅다 내 양복 이하로 속사포 놓듯 주워 퀸다.

"……내 양복하구, 내 모자하구, 내 구두하구, 내 자전거하구, 그리구 빠나나랑 미깡이랑 사주어 잉? 아버지."

"저 애는 밤낮 그런 것만 사달래요……."

이번에는 형주가 뚜우해서 나선다.

"……남 월사금도 못 타게. 어머니 나 지난달 치하구 이달 치하구 월사금……. 그리구 산술 공책하구."

"깍쟁이! 망할 자식……."

밥 먹던 숟갈을 들어메면서 병주가 도전을 한다.

"왜 날더러 깍쟁이래? 이따가 너 죽어봐. 수원 깍쟁이 같으니라고."

"저놈!"

정 주사가 막내둥이의 편역[143]을 들어 형주를 꾸짖는다. 막내둥이의 편역이 아니라도, 정 주사는 유 씨가 계봉이를 괜히 미워하듯이 형주를 미워한다.

"어머니, 나 월사금 주어야지, 머 나두 몰라."

"이 애야 월사금은 너만 밀렸니? 나두 두 달치 밀렸다. ……어머니 아따 월사금은 그믐께 주구, 나 위선 50전만 주우? 우리 회람문고(回覽文庫)[144] 지난달 회비 주게."

"월사금이 제일이지 그까짓 게 제일인가 머."

"월사금은 이 녀석아 좀 늦게 주어두 괜찮허."

"이잉, 깍쟁이."

"아버지 아버지, 내 양복하구, 내 모자하구, 내 구두하구, 빠나나랑, 사다 주어 응? 자전거랑."

"오냐 오냐 허허!"

정 주사는 무연히 탄식을 하면서 한다는 말이…….

"……꼭 흥부 자식들이다, 흥부 자식들이야. 거 장가 들여달라구 조르는 놈만 없구나?"

"그리구 당신은 꼭 흥부 같구요?"

"왜 내가 흥부야? 새수빠진[145] 소리만 하구 있네."

"누가 당신 속 모르는 줄 아시우?"

"내가 어째서?"

"어쩌기는 무얼 어째요? 이놈에서 1원허구 6전만 발라서 위선 담배 한 갑 사 피우구, 1원은 두었다가 미두장에 갈 밑천을 하려면서……."

"허허."

정 주사는 속을 보인 것이 무렴해서 웃음으로 얼버무린다.

"……기왕 그런 줄 아니 그럼 1원하구 6전만 주구려. 허허."

생애(生涯)는 방안지(方眼紙)라

1

조금치라도 관계나 관심을 가진 사람은 '시장(市場)'이라고 부르고, 속한(俗漢)은 미두쟁이라고 부르고 그러고, 간판은 '군산미곡취인소(群山米穀取引所)'라고 써 붙인 이 공인도박장(公認賭博場). 집이야 낡은 목제의 이층으로 협수룩하니 보잘것이 없어도 이곳이 군산의 심장인 데는 갈데없다.

여기는 치외법권이 있는 도박꾼의 공동조계(共同租界)[146]요, 인색한 몬테카를로다. 그러나 몬테카를로 같은 곳에서는, 노름을 하다가 돈을 몽땅 잃어버리면 제 대가리에다 대고 한방 탕― 쏘는 육혈포[147] 소리로 제 생애의 3천 미터 출발신호를 삼는 사람이 많다는데, 미두장에서는 아무리 약삭빠른 전 재산을 톨톨 털어 바쳤어도 누구 목 한번 매고 늘어지는 법은 없으니, 그런 것을 조선 사람은 점잖아서 그런다고 자랑한다더라.

군산 미두장에서 피를 구경하기는 꼭 한 번, 그것도 자살은 아니다. 에피소드는 이렇다. 연전에 아랫녘(全南) 어디서라던지 논을 잡히고 집을 팔고 한 돈을 만 원가량 뭉뚱그려 전대에 넣어 허리에 차고, 허위단심[148] 군산 미두장을 찾아온 영감님 하나가 있었다.

영감님은 미두란 어떻게 하는 것인지 통 몰랐고 그저, 미두를 하면 돈을 딴다니까, 그래 미두를 해서 돈을 따려고 그렇게 왔던 것이다.

영감님은 그 돈 만 원을 송두리째 어느 중매점에다 맡겨놓고, 미두 공부를 기역 니은(米豆學ABC)부터 배워가면서 미두를 했다.

손바닥이 엎어졌다 젖혀졌다 하고 방안지(方眼紙)의 괘선이 올라갔다 내려왔다 하는 동안에 돈 만 원은 어느 귀신이 잡아간 줄도 모르게 다 죽어버렸다.

영감님은 여관의 밥값은 밀렸고, 고향으로 돌아갈 (면목은 몰라도) 찻삯이 없었다.

중매점에서 보기에 딱했던지 여비나 하라고 돈 30원을 주었다. 영감님은 그 돈 30원을 받아 쥐었다. 물끄러미 내려다보더니 휘유— 한숨을 쉬었다. 한숨 끝에 피를 토하고 쓰러졌다. 쓰러지면서 죽었다.

이것이 군산 미두장을 피로써 적신 '귀중한' 재료다.

그랬지 아무리 돈을 잃어 바가지를 차게 되었어도 겨우 선창께로 어슬렁어슬렁 걸어나가서 강물에다가 눈물이나 몇 방울 떨어뜨리는 게 고작이다. 금강은 백제 망하는 날부터 숙명적으로 눈물을 받아먹으란 팔자던 모양이다.

미상불 미두쟁이가 울기들은 잘한다.

옛날에 축현역(杻峴驛=지금은 上仁川驛) 앞에 있던 연못은 미두쟁이의 눈물로 물이 고였다고 한다.

망건 쓰고 귀 안 뺀 촌샌님들이, 도무지 어쩐 영문인 줄 모르게 살림이 요모조모로 오그라드니까 초조한 끝에 허욕이 난다. 그러고 보면 요새로 친다면 백백교(白白敎)[149] 들이켜서는 보천교(普天敎)[150] 같은 협잡배에 귀의해서 마지막 남은 전장을 올려 바치든지 좀 똑똑하다는 축이 일확만금의 큰 뜻을 품고 인천으로 온다. 와서 개개 밑천을 홀라당 불어버리고 맨손으로 돌아선다.

그들이야 항우[151] 같은 장수가 아닌지라, 강동(江東) 아닌 고향으로 돌아갈 면목은 있지만, 오강(烏江) 아닌 축현역에 당도하면 그래도 비회[152]가 솟아난다. 그래 차 시간도 기다릴 겸 연못가로 나와 앉아 눈물을 흘린다. 한 사람이 그래, 두 사람이 그래, 열 사람 백 사람 천 사람이 몇 해를 두고 그렇게 눈물을 뿌리니까, 연못의 물은 벙벙하게 찼다는 김삿갓 같은 이야기다.

오늘이 5월로 들어 두 번째의 월요일이다. 소위 납회(納會)가 지난 첫 장이니까 다소 긴장이 되는 게 일례지만 절기가 절기인 만큼 이 군산 미두장도 쓸쓸하다. 큰 매매라는 것이 기껏해야 5백 석 천 석짜리요 모두 백 석 2백 석짜리의 '마바라(잔챙이 미두꾼)'들만 엉켜 옴닥옴닥한다. 쌀값의 최고 최저 가격을 통제해서 꽉 잡아 비끄러놓기 때문에 아무리 날고뛰어도 별로 뾰족한 수가 없고, 다직해서[153] 여름의 농황(農況)을 좌우하는 '천기시세(天氣相場)' 때와 그 밖에 이백십일(二百十日)[154]이나 특별한 정변(政變)이나 연전의 동경대진재[155] 같은 천변지이(天變地異)나, 이러한 때라야 그래도 폭넓은 진동(大幅振動)이 있고 그래서 매매도 활기가 있지 여느 때는 구멍가게의 반찬거리 흥정을 하는 푼수밖에 아니 된다.

그러니까 투기꾼(投機師)은 신문기자가 살인강도나 옛날 같으면 권총 사건 같은 것이 생겨나기를 바라듯이, 김만경평야의 익은 볏목에 우박이 쏟아지기를 바라고, 대판이나 경성이 지함(地陷)[156]으로 들어 빠지기를 기다린다.

2

후장삼절(後場三節)…….

아래층의 홀로 된 '바다지석(場立席)'에는 각기 중매점으로부터 온 두 사람씩의 '바다지(場立=仲買店의 市場代理人)'들과 '조쓰게(場附)'라고 역시 중매점에서 한 사람씩 온 서두리꾼[157]들까지, 한 30명이나 마침 대기하듯 모여 섰다.

같은 아래층을 목책으로 바다지석과 사이를 막은 '갸쿠다마리(待合室)'에는 손님들이 한 백 명가량이나 되게 기다리고 있다.

이 사람들이, 그중에는 구경꾼이나 하바꾼들도 섞이기는 했지만 거지반 미두 손님들이다.

일부러 골라다 놓은 듯이 형형색색이다. 조선 옷 양복, 콩소매 달린 옷, 늙은이 젊은이, 큰 키 작은 키, 수염 난 사람 이발 아니한 사람, 잘생긴 얼굴 못생긴 얼굴, 이러하되 그들 한 사람 한 사람이 제가끔 한 사람 몫의 한 사람씩인 '저'

들이요, 제가끔 김가, 이가, 나카무라, 최가 등속이다.

본래 오오데(大手)라고, 몇천 석, 몇만 석씩 크게 하는 축들은 제 집에다 전화를 매놓고 앉아 시세를 연신 알아보아가면서 5천 석을 방해라 만 석을 사라, 이렇게 해먹지 그들 자신이 미두장에 나오는 법이 없다.

으레 미두장의 갸쿠다마리에 주욱 모여 서는 건 하바꾼과 구경꾼과 백 석 2백 석을 붙여놓고 일정(一丁=一錢) 이정(二丁=二錢)의 고하를 눈 뒤집어써가면서 밝히는 마바라들이다.

그러나 이 마바라들이야말로 하바꾼들과 한가지로 미두전장(米豆戰場)의 백전노졸들이다.

그들은 대개가 10년 20년 시세표(市勢表)의 고하를 그리는 괘선(罫線)을 따라 방안지의 생애(方眼紙의 生涯)를 걸어오는 동안, 수만 금 수십만 금 잡았다가 놓쳤다가 하며 무수한 번복을 거쳐 필경은 오늘날의 한심한 마바라나 그보다 더 못한 하바꾼으로 영락한 사람들이다.

그런 만큼 그들은 미두쟁이의 골이 박혀 시세를 보는 눈이 날카롭고 담보는 크건만, 돈 떨어지자 입맛이 난다는 푼수로 부러진 창대를 가지고는 백전노졸도 큰 싸움에 나서지는 못한다.

후장삼절을 알리느라고 갤러리로 된 이층의 다카바(高場)에서 따악 딱 따악 하는 딱따기 소리가 나더니 '당한(當限)[158]'이라고 쓴 패가 나와 붙는다.

이것이 소집 나팔이다.

딱따기 소리에 응하여 바다지들은 반사적으로 일제히 다카바를 올려다보고는 이어 장내를 휘휘 둘러본다. 그들은 직업적으로 약간 긴장하는 둥 마는 둥하다가 도로 타기만만하다.[159]

갸쿠다마리에서는 적이 긴장이 되어 모두들 바다지한테로 시선을 보내나 바다지들 사이에는 종시 매매가 생기지 아니한다. 또 손님들 편에서도 아무 동요가 일어나지 아니한다.

바다지석과 갸쿠다마리 사이의 목책 위에 놓인 각 중매점의 전화들만 끊일 새 없이 쟁그럽게 울고 그것을 받아내느라고 조쓰게들만 분주하다.

갤러리의 한편 구석으로 자리를 잡고 있는 통신사(通信社) 사람들은 전화통에 목을 매달고 각처에서 들어오는 시세를 받느라고 또 한편으로 그놈을 흑판에다가 분글씨로 써서 내거느라고 여념이 없다.

다카바에는 딱따기꾼 외에 두 사람의 다카바(高場=書記)가 테이블을 차고 앉아 마침 기록을 하려고 바다지들을 내려다보고 있다.

'당한'에는 바다지들의 아무런 제스처, 즉 매매의 도전(賣買挑戰)이 없어, 소위 데키모(出來不申)이라고 매매가 없고 말았다.

다카바에서는 다시 딱따기가 울고 '중한(中限)[160]' 패로 갈려 붙는다.

이에 응하여 선뜻 한 사람의 바다지가 손을 번쩍 쳐들면서

"센고쿠 야로-."

소리를 친다. 그러나 이 사람이 쳐든 손은 아무렇게나 쳐든 것 같아도 기묘복잡하다.

엄지손가락과 식지는 접어두고 중지와 무명지와 새끼손가락 세 개만 펴서 손바닥은 바깥으로 둘렀다.

마치 벙어리가 에스페란토를 지껄인 것 같은데 그것을 번역하면 이렇다.

끝에로 손가락 세 개를 편 것은 삼(三)이라는 뜻으로 3전(三錢)이란 말이고, 손바닥을 바깥으로 두른 것은 팔겠다는 말이고

"센고쿠 야로-"

는

"쌀 천 석을 팔겠다."

는 말이다.

그러니까 즉

"쌀 천 석을 3전(錢=三拾圓三錢)씩에 팔겠다."

이런 말이다.

이 매매가 성립이 되자면 누구나 사고 싶은 다른 바다지가 응하고 나서야 한다.

3

장내는 조금 동요가 되다가 다시 조용하고 갸쿠다마리에서는 담배 연기만 풀신풀신 올라온다.

30원 3전이라는 시세에 바다지나 손님들이나 다 같이

"흥! 누가 그걸……."

하는 듯이 맹숭맹숭하다.

그래서 '시테나시(仕手無)[161]'라는 걸로 '중한'은 매매가 성립이 되지 못했다.

본시 한산한 시기에는 '당한'과 '중한'에는 매매가 별반 없는 법인데, 더구나 시세가 저조(低調)여서 '매방(買方=사는 편)'이 경계를 하는 판이라 전절(前節=二節)보다 2전(二錢)이나 비싼 30원 3전에 팔겠다니까 그놈에 응할 사람이 없을 것도 당연한 일이다.

세 번째 딱따기가 울고 '선한(先限)[162]' 패로 갈려 붙는다. 마침 기다리고 있던 듯이 갸쿠다마리에서 손님 하나가 바다지 한 사람을 끼웃끼웃 찾아 불러내어다가는 목책 너머로 소곤소곤 귓속말한다.

바다지는 연신 고개를 까닥까닥하면서 말을 듣는 한편, 손에 들고 있는 금절표(金切表)를 활활 넘기고 들여다본다.

마침내 바다지는 돌아서면서 엄지손가락 식지 중지의 세 손가락을 펴서 손바닥을 밖으로 쳐들고

"고햐쿠 야로—."

소리를 친다. 이것은 8전(八錢=二十九圓 九十八錢)에 5백 석을 팔겠다는 말인데, 그 말이 떨어지자 장내는 더럭 흥분이 된다.

1초를 지체하지 아니하고 저편으로부터 다른 바다지가 팔을 쳐들어 안으로 두르고

"돗다—."

소리를 지른다. 그놈을 사겠다는 말이다.

이어서 여기저기서 '얏다', '돗다' 소리와 동시에 팔이 쑥쑥 올라오고 소리

는 한데 뭉켜 왕왕거리는 아우성으로 변한다.

손과 손들은 공중에서 서로 잡혀진다. 커다란 혼잡이다.

바다지석은 흥분 속에서 들끓는다. 다카바들은 눈을 매눈같이 휘두르면서 손을 재게 놀려 기록을 한다.

바다지와 다카바는 매매를 하느라고 흥분이 되고 이편 갸쿠다마리는 시세 때문에 흥분이 되었다.

그도 그럼직한 일이다.

오늘 아침 '전장요리쓰키(前場寄付)[163]' 30원 12전으로 장이 서가지고는 '전장도메(前場止)[164]' 홑 9전, '후장요리쓰끼(後場寄付)[165]' 홑 7이 2전에 가서 5정(五丁 : 5전)[166]이 더 떨어져 홑 2전이 되더니, 삼절에는 마침내 그처럼 30원대를 무너뜨리고 8전(29원 98전)으로 또다시 5정이 떨어졌다.

현물이 품귀(品貴)요, 정미도 값이 생해서 기미(期米)도 일반으로 오르게만 된 형세건만, 도리어 이렇게 떨어지기만 하니까, '쓰요키(强派)[167]' 들한테는 여간만 큰 타격이 아니다.

만일 이대로 떨어져가기로 들면 '후장도메(後場止)'까지에는 다시 4, 5정은 더 떨어지고 말 것 같다. 그러면 도통 20정이 오늘 하루에 떨어진 셈이다.

표준미가(標準米価) 이후 하루 동안에 백 정이니 2, 3백 정이니 하는 등락은 이미 옛날의 꿈이요 진폭이 빈약한 오늘날, 더구나 한산한 이 시기에 하루 20정의 변동은 넉넉히 흥분거리가 될 수 없다.

갸쿠다마리의 얼굴들은 대번 금을 그은 듯이 두 갈래로 갈려버린다.

판 사람들은 턱을 내밀고 만족해하고 산 사람들은 턱을 오므려 시치름하고, 이것은 천하에도 두 가지밖에는 더 없는 노름꾼의 표정이다.

이처럼 시세가 내리쏟자 태수의 친구요 중매점 마루강(丸江)의 바다지 형보는 팽팽한 이맛살을 찌푸리면서 손에 쥔 금절표를 활활 넘겨본다.

사각 안에다가 영서로 K 자를 넣은 것이 태수의 마크다.

60원 증금(證金)으로 6백 원에 천 석을 산 것인데 이제 앞으로 10정(十丁=十錢)만 더 떨어져서 29원 88전까지 가면 증금으로 들여놓은 6백 원은 수수료까지 쳐서 한 푼 남지 아니하고 '아시(證金不足)[168]'이다.

형보는 잠깐 망설이다가 곱사등을 내두르고 아그죽아그죽 전화통 앞으로 가더니 옆에 사람들의 눈치를 슬슬 살펴가면서 ××은행 군산지점의 전화를 부른다. 태수한테 기별을 해주려는 것이다.

그러나 만일 한낱 행원으로 미두를 한다는 소문이 퍼지게 되고 보면, 더구나 모범 행원이라는 고태수로 그런 눈치를 은행에서 알게 되는 날이면 일이 맹랑되게 될 테니까, 이러한 전화는 걸고 받고 하기가 조심이 된다.

4

××은행 군산지점 당좌계[169]의 창구멍(窓口) 안에 앉은 고태수, 그는 어젯밤 밤을 새워 술을 먹은 작취[170]로 골머리가 띵하니 아프고 속이 메스꺼운 것을 겨우 참고 시간 되기만 기다린다.

세 시 전이니 아직도 한 시간이 더 남았다.

팔걸이 시계를 연신 들여다보고는 하품을 씹어 삼키는데 마침 급사 아이가 와서 전화가 왔다고 알려준다.

태수가 전화통 옆으로 가서

"하이(네에)."

하고 나른하게 대답을 하니까

"낼세, 내야."

하는 게 묻지 아니해도 형보다. 태수는 혹시 시세가 올랐다는 기별이 없으면 하고 은근히 바랐다.

"왜 그래?"

"빼게졌네 빼게졌어."

30원대(三十圓臺)가 무너졌다는 말이다.

태수는 맥이 풀려

"음-."

하고 분명치 않은 소리만 낸다. 무어라고 형편을 물어보고 싶지만 옆에서 상관이며 동료들이 듣는 데라, 어물어물밖에 못 한다.

"8전인데 여보게……."

형보가 딱 바라진 음성으로 이기죽이기죽 이야기를 한다.

"……8전인데 끊어버리세?"

"글쎄……."

"글쎄구 무엇이구 이대루 10정만 더 떨어지면 아시야 아시. 알아들어? 왜 정신을 못 차리구 이래?"

"그렇지만 인제 와서야 머……."

태수는 지금 그것을 끊는대도 돈이라야 50원밖에 남지 아니하는 것을 그러구 저러구 하기가 마음 내키지도 아니했다.

애초에 돈 천 원이나 먹을까 하고 그래서 위선 발등에 내리는 불이나 꺼볼까 하고 시세가 마침 좋은 것 같아서 그랬던 것인데 천 원을 먹기는 고사하고 본전 6백 원이 다 달아난 판이니 깨끗이 밑창을 보게 두어둘 것이지 그까짓것 꼬랑지로 처진 50원쯤 대수가 아니다.

"그리지 말게. 소바(投機=米豆)란 그렇게 하는 법이 아니네…… 그러니 내가 시키는 대루."

형보가 이렇게 타이르는 말을 태수는 가로막는다.

"긴 소리 듣기 싫어. 그만해두구 내가 어제 맡긴 것 있지?"

"있지."

형보는 어제저녁때 태수한테서 액면 2백 원짜리 소절수[171] 한 장을 맡았었다. 진출인은 백석(白石)이라고 하는 고리대금업자요 은행은 태수가 있는 ××은행 군산지점이다. 형보는 가끔 태수한테서 이러한 부탁을 받는다.

"그걸 오늘 지금 좀 그렇게 해주게."

"내일 해달라더니?"

"아니야 오늘."

태수는 전화를 끊고 도로 제자리로 돌아와서 털신 걸터앉는다. 그는 인제는 마지막 여망이 그쳐버리고 어찌할 도리가 없다.

바로 10여 일 전 일이었었다. 그날 태수는 형보가 있는 중매점 마루강에다가 60원 중금으로 6백 원을 내고 쌀 천 석을 나리유키(成行)[172]로 부치었었다.

그날이 마침 토요일인데 전장요리쓰끼 30원 17전으로, 장이 서가지고는 이절에 29전, 삼절에 36전, 사절에 40전 이렇게 폭폭 솟아올랐다.

이 기별을 받은 태수는 마침 기회가 좋은 듯싶어 다음 오절에 사달라고 일렀다. 전화를 걸어주던 형보는 위태하다고 말렸으나, 태수의 생각에는 그놈이 그대로 1원대를 무찌르고 앞으로도 백 정은 무난하리라는 자신이 들었었다. 그때에 날이 한참 가물었기 때문에 모낼 시기를 앞두고 그것이 다소 강재(强材)[173]가 아닌 것은 아니었으나, 매우 속된 관찰이요, 더욱이 백 정이 오를 것을 예상한 것은 터무니없는 수작이었었다.

태수는 은행 전화라 자세하게 이야기할 수도 없거니와 또 그럴 필요도 없어 그냥 시키는 대로나 해달라고 형보를 지천[174]을 했었다.

한 30분 지나서 형보가 또 전화를 걸고

"오절에 45전에 샀더니 육절에 4정이 또 올라 49전일세. 그렇지만 나는 모르니 알아차려서 하게."

하면서 여전히 뒤를 내었다.

그날 한 시까지 은행 일을 마치고 나와서 알아보니까 그놈 육절의 49전을 절정으로 시세는 도로 떨어져 전장도메 46전이었다, 그래도 태수는 약간의 반동이거니 하고 안심을 했었다.

그러나 그 뒤로 시세는 태수를 조롱하듯이, 조촘조촘 떨어지다가 오늘 와서는 마침내 30원대를 무너뜨리고 아시란 말까지 나게 되었다.

5

은행 시간이 거진 촉하게 되어서 웬 낯모를 사람이 아까 형보와 이야기하던 소절수를 가지고 돈을 찾으러 왔다. 형보는 태수의 이 심부름을 가끔 해주기는 해도, 뒷일을 새려, 언제든지 한 다리를 더 놓지 제가 직접 오는 법이 없다.

태수는 들이미는 대로 소절수를 받아 장부에 기입을 하고 현금계로 넘긴다. 필적이며 그 밖에 조사 대조해볼 것을 조사 대조할 것도 없이, 그것은 태수 제 손으로 만들어낸, 백석(白石)이의 소절수인 것이다.

이어 시간이 다 되자, 태수는 사무상 앞을 대강 걷어치우고 은행을 나섰다. 그는 걱정에 애를 못 삭여 짜증이 났다. 누가 보면 어디 몸이 아프냐고 물을 만큼, 이맛살을 잔뜩 찌푸리고 몸에 풀기[175]가 없다.

그러나 그는 무엇이고 오래 생각하거나 걱정을 하지 아니한다. 또 그랬자 별수가 없는 줄을 그는 잘 알고 있다.

그는 혼잣말로 씹어뱉는다.

"걱정하면 소용 있나? 약차하거든 죽어버리면 그만이지!"

그는 일을 저지른 뒤로 요즈음 와서는 늘 이렇게 마음을 먹는다. 그러고 나면 걱정이 되고 속 답답하던 것이 후련해진다.

일을 저질렀다는 것은 다름이 아니라, 항용 있는 재정의 파탈로 남의 돈에 손을 댄 것이다.

그는 작년 봄 경성에 있는 본점으로부터 이곳 군산지점으로 전근해오면서부터 주색에 침혹하기를[176] 시작했다.

그는 얼굴 생긴 것도 위선 매초롬한 게 그렇거니와, 은연중에 그가 서울서 전문학교를 졸업했고, 집안은 천여 석 추수를 하는 과부의 외아들이고, 놀기 심심하니까 은행에를 들어갔던 것이 이곳 지점에까지 전근이 되어 내려온 것이라고, 이러한 소문이 떠돌았었고, 그런데 미상불 그러한 집 자제로 그러한 사람임직하게 그의 노는 본새도 질탕하고, 돈 아까운 줄은 몰라 보였다.

그러한 결과, 반년 남짓해서 60원의 월급으로는 엄두도 나지 않게 빚이 모가지까지 찼다.

이러한 억색한 경우를 임시로 메꾸기에, 태수의 컨디션은 안팎으로 좋았다.

지점장의 신임은 두텁고, 은행 내정에는 통달했는데 앉은 자리가 당좌계다.

그래서 작년 겨울 백석이라는 대금업자의 소절수를 만들어 쓰는 것으로부터 그는 '사기'와 '횡령'이라는 것의 첫출발을 삼았다.

큰 대금업자랄지, 그 밖에 예금한 금액이 많고 은행으로 들이고 내고 하기를 자주 하는 예금주(預金主)들은, 그러하기 때문에, 액면이 많지 아니한 위조 소절수가 자기네 모르게 몇 장 은행으로 들어가서 '조지리(帳尻 : 總計 對照)[177]'가 맞지 않더라도 수월하게 눈에 띄지는 아니한다. 그러니까 그러한 위조 소절수가 은행에 들어오더라도 그게 위조인지 아닌지를 밝혀야 할 당좌계에서 그대로 써서 넘기기만 하면 일은 위선 무사하다. 태수는 그 짓을 시작했던 것이다.

그는 은행에서 소절수첩을 빼내 오고, 백석이의 도장을 그대로 새기고 글씨를 본받아 백석이 자신이 발행한 소절수와 언뜻 달라 보이지 아니한 것을 만들기에 그리 힘들지 아니했다.

그놈을 믿는 친구라는 형보더러 찾아달라고 맡기고 그러면 형보는 다시 다른 사람을 시켜 은행으로 찾으러 보낸다. 은행에서는 태수가 그것을 어엿이 받아 장부에 기입을 해서 현금계로 넘기고 현금계에서는, 아무 의심도 없이 돈을 내어주고 그 돈이 조금 후에는 형보의 손을 거쳐 태수에게로 돌아 들어오고 이것이다.

그가 처음에 그렇게 소절수 위조를 해서 쓸 때에는, 손이 떨리고 며칠 동안은 가슴이 두근거리고 했으나, 차차 맛을 들이고 단련이 되면서부터는 돈 아쉰 때면 제법 제 소절수를 발행하듯이 척척 써먹었다.

또 범위도 넓혀, 역시 예금이 많고 거래가 잦은 '농산흥업회사'와 '마루나'라고 하는 큰 중매점까지 세 군데 치를 두고 그 짓을 계속했다. 그래서 작년 세안부터 지금까지 반년 동안 백석이 것이 1천 8백 원, 농산흥업회사 치가 7백 원, 마루나 중매점 치가 오늘 것까지 8백 원, 모두 합하면 3천 3백 원이다.

이 3천 3백 원은 형보가 심부름을 해줄 때마다 얼마씩 떼어 쓴 4, 5백 원과, 요릿집과 기생한테 준 행하[178]와 미두 밑천으로 다 먹혀버린 것이다.

이래놓았으니, 늘 살얼음을 밟는 것같이 마음이 위태위태한 판인데, 지나간 4월 초승부터 그 백석이와 은행 사이에 사소한 일로 갈등이 나가지고, 백석이가 다른 은행으로 거래를 옮기리 어쩌리하는 소문이 들리었다. 그러는 날이면 예금한 것을 한꺼번에 모조리 찾아갈 것이요 따라서 태수가 손댄 1천 8백 원이 비는 게 드러날 것이다. 동시에 그날이 태수는 끝장을 보는 날이다.

6

태수는 어디로 도망을 가거나, 또 늘 입버릇같이 뇌던 자살을 하거나, 두 가지 외에는 별수가 없었다.

소문대로 그가 천여 석 추수를 하는 과부의 외아들이기만 하다면야 모면할 도리가 없지도 않다. 그러나 그것은 백제[179] 낭설이다.

그의 편모(偏母)는 지금 서울 아현(阿峴) 구석의 남의 단칸 셋방에서 아들 태수가 매삭 15원씩 보내주는 것으로 연명을 해가고 있다.

태수의 모친은 중년 과부로 남의 집 안잠을 살고 바느질품 빨래품을 팔아가면서 소중한 외아들 태수를 근근이 보통학교까지는 졸업시켰었다.

샘 같아서는 그 이상 더 높은 학교라도 들여보냈겠지만 늙어가는 과부의 맨손으로는 힘이 자랄 수가 없고, 그래 태수는 보통학교를 마치던 길로 ××은행의 급사로 뽑혀 들어갔다.

그는 낮으로는 심부름을 하고, 밤으로는 다른 부지런한 동무 아이들이 하듯이 야학을 다녀, 을종(乙種)[180] 상업학교 하나를 졸업했다.

아이가 위선 외모가 똑똑하고 하는 짓이 영리하고 그런 데다가 을종이나마 학교의 이력과 여러 해 은행에서 치어난 경력과 또 소속한 과장의 눈에 고인 덕으로 스물한 살 되던 해엔 승차해서 행원이 되었다.

본점에서 꼬박 2년 동안 지냈다. 그동안 태수를 총애하던 과장(그는 男×家이었었다)은 태수가 소위 '급사아가리(使童出身)'라서 아무래도 다른 동료들한테 한풀 꺾이는 것을 액색히 여기고 기회를 보다가 계제를 만나 작년 봄에 이 군산지점으로 전근을 시켜주었다.

태수도 서울 본점에 있을 동안은 탈잡을[181] 데 없는 모범 행원이었었다. 사무에는 작숙하고, 사람됨이 영리하고, 젊은 사람답지 않게 주색을 삼가고.

그러나 주색을 삼간 것은 그가 급사로 지내던 타성으로 조심이 되어 그런 것이지 삼가고 싶어 그런 것은 아니다. 그랬길래 그가 이 군산지점으로 내려와서 기를 탁 펴고 지내게 되자, 지금까지는 금해졌던 흥미의 대상인 유흥과 계집이 '상해(上海)'와 같이 개방되어 있는 그 속으로 맨 먼저 끌려 들어간 것이다. 그는 마치 아이들이 못 보던 사탕을 손에 닿는 대로 쥐어 먹듯이 거듬거듬[182] 집어먹었다.

믿는 외아들 태수가 이 지경이 된 줄은 모르고 그의 모친은 그가 이제는 어서 바삐 장가나 들어 살림이나 시작하면 그를 따라와서 얼마 남지 아니한 여생을 편안히 보내려니 지금도 매일같이 그것만 기다리고 있다. 태수는 지난 4월에 그처럼 사세가 절박해오자 두루 생각 끝에 마루나의 6백 원 소절수를 또 만들어 그 돈으로 미두를 해본 것이다.

전에도 가끔 한 5백 석이고 3백 석이고 미두를 했고, 그래서 번번이 손을 보았지만, 천 석은 처음이다.

그는 그놈에서 돈 천 원이나 먹으면 어떻게 백석이 것 1천 8백 원을 채워 가지고 백석이한테 가서 무릎을 꿇고 사정을 하든지, 본점에 있는 그 과장이라도 청해다가 백석이를 위무해서 일을 모면하려던 그런 계획이었었다.

그러나 그 돈 천 원이 생기기는 고사하고 밑천 6백 원까지 물고 달아났으니 게도 잡지 못하고 구럭까지 놓친 셈이다.

오직 백석이가 말썽 부리던 것이 너끔하고[183] 그래 다른 은행으로 거래를 옮기는 눈치가 보이지 아니하는 것이 천만다행이다. 그러나 그것도 위선 위급을 면한 것이지, 아무래도 받아놓은 밥상인 것을 언제 어느 구석에서 일이 뒤집혀 날지 하루 한 시인들 앞일을 안심할 수가 없다. 그렇지만 또

"죽어버리면 고만이지."

이렇게만 생각하면 순간순간은 아무것이고 무섭지도 아니하고 근심도 놓여 버린다.

태수는 은행에서 나와서, 어디로 갈까 하고 잠깐 망설였다. 이런 때는 어디 조용한 데 가령 서울 같으면 찻집 같은 데로 가서 혼자 우두커니 시간 가는 줄 모르게 앉아 있었으면 좋을 것 같았다. 그렇게 생각하니 서울서는 별반 다녀 보지 못한 찻집이 불현듯이 그리웠다.

그러나 이곳에는 그런 기분이 나는 순수한 찻집이 없으니까 소용없는 말이고 그냥 선창이나 공원으로 거닐까 생각해보았으나 그것은 어제 밤을 새워 술을 먹은 몸이 고단해서 내키지가 아니했다. 그러다가 마침 제중당으로 초봉이나 만나보러 갈까 해보았다. 어제 낮에 들렀더니 요전번 전화할 때의 말대로 알기는 알겠는지 얼굴이 발개가지면서 대응하는 게 달랐고 그것이 태수한테는 퍽 유쾌했다.

7

태수는 초봉이를 두고 생각하면 절로 입이 벙싯벙싯 벌어진다. 그는 초봉이가 이 세상에 있다는 것, 그것 하나만도 견딜 수 없이 기쁘다.

그는 어떻게 해서든지 초봉이와 결혼이나 해서 단 하루나 이틀이라도 좋으니 재미를 보기가 마지막 소원이요, 그런 다음에는 세상 아무래도 미련이 없을 것 같았다.

이런 생각을 하면서 절로 발길은 정거장 쪽으로 떼어놓였다.

그러나 바로 어제 들러서 은단이야 포마드야를 더검더검[184] 사 왔는데, 오늘 또 채신머리 없이 가고 보면 초봉이라도 속을 들여다보고 추근추근하다고 불쾌하게 여길 듯싶었다.

태수는 섭섭하나마 가던 발길을 돌려 개복동으로 들어섰다.

개복동 초입에 있는 행화의 집은 아무라도 오라는 듯이 대문이 활짝 열려 있다. 태수는 대문을 들어서면서, 지금 초봉이한테를 이렇게 임의롭게 다녔으면 작히나 좋으려니 했다.

안방에서는 행화가 흥얼거리는 목소리로,

"해느은 지-이이이고-."

하면서 귀곡성을 질러,

"……저문 날인데 편지 일장이 돈절이로구나-아-."

없는 시름이라도 절로 솟아나게 끝을 하염없이 흐린다.

"좋다-."

하는 건 형보다. 먼저 와서 기다리고 있는 것이다. 두 사람은 별로 장소를 달리 약속하지 아니했으면 요새는 여기서 만날 줄 알고 있다.

신발 소리에 행화가 꺄웃하고 내어다보다가 웃으면서, 흐르는 옷 허리를 걷어잡고 마루로 나선다.

태수가 방으로 들어서니까, 형보는 아랫목 보료 위에 사방침[185]을 얕게 베고 누운 채,

"인제 오나?"

하고 고개만 드는 시늉하다가 만다.

"날이 좋은데……. 은적사(恩積寺)나 나갈까 부다."

태수는 모자를 쓴 채로 방 가운데 털씬 주저앉으면서 이런 말을 한다. 그는 문득 말을 해놓고 보니, 미상불 절에라도 나가서 다 잊고 떵청거려가며 노는 게 좋고, 또 그 밖에는 이 울적한 심사를 어찌할 수 없을 것 같았다.

"거 좋지."

하고 형보가 맞장구를 친다. 그러나 태수는 그냥 우두커니 앉았다가,

"몇 전 도메?"

냐고 묻는다. 단념은 했어도, 그래도 조금 남은 미련이 있어 그놈이 잊자고 해도 강박관념같이 주의를 끄는 것이다.

"9전(九錢)……. 6전까지 갔다가 9전 도메."

태수는 다시 말이 없다. 형보는 귀밑까지 째진 입에 담배 꽂은 상아 빨

주리[186]를 옆으로 물고 누워 태수의 숙인 이마를 올려다본다. 그의 퀭하니 광채 있는 눈은 크기도 간장 종지 한 개만큼씩은 하다.

이 사람을 목간탕에서 보면 더욱 기괴하다.

고릴라의 뒷다리인 듯싶게 오금이 굽고 발이 밖으로 벌어진 두 다리 위에, 그놈 등 뒤로 혹이 달린 짧은 동체(胴體)가 붙어 있고 다시 그 위로 모가지는 있는 둥 마는 둥, 중대가리로 박박 깎은 박통만 한 큰 머리가 괴상한 얼굴을 해가지고는 척 올라앉은 양은 하릴없이 세계 풍속 사진 같은 데 있는 아메리카 인디언의 토템이다.

그는 체격과 얼굴이 그렇기 때문에 나이는 지금 30이로되 40도 더 넘어 보인다. 부모 처자도 없고 인천이며 서울이며 안동현이며, 이런 투기 시장으로 굴러다니다가 태수보다 조금 앞서 군산으로 왔었다. 두 사람이 알기는 서울서부터지만 이렇게 단짝이 되기는 태수가 군산으로 내려와 오입판에 첫발을 들여놓을 때에 병정[187]을 서주면서부터다.

그러나 태수는 형보를 미덥고 절친한 친구로 여기지 결코 병정으로 여기지는 아니한다. 그래서 그는 의리를 세울 각오까지도 있다. 형보도 표면으로만은 그러하다. 그래서 노상 태수의 일을 걱정하고 충고를 하는 체한다.

남녀 세 사람은 형보와 행화까지 태수의 침울해지려는 기분에 섭슬려 한동안 말이 없다가 형보가 갑자기,

"그런데 여보게 태수……."

하고 발딱 일어나 도사리고 앉는다.

"좋은 수가 하나 있기는 있는데 자네 내가 시키는 대루 하려나?"

"수? 수라니?"

남의 돈 범포[188] 낸 그 일에 대한 것인 줄 태수는 알아도, 뭐 그저 수라께 강낭 옥수수겠지 지레짐작을 하고 내켜하지 아니한다.

8

"자네는 대체 어쩔 셈인가?"

형보는 수가 있다는 제 계획을 이야기하기 전에, 위선 이렇게 따지고 든다.

"어쩔 셈이구 무엇이구 아무 도리두 없지 머……."

태수는 두 팔을 뒤로 짚고 퍼근히 다리를 뻗고 앉아 담배만 풀신풀신 피운다.

"그러면 나 하라는 대루 하게."

"어떻게?"

"지금 백석이까지……."

이렇게 말하는데, 태수가 눈을 끔적끔적한다. 형보는 알아차리고 행화를 돌려다보다가,

"행화, 미안하지만 건넌방으루 잠깐 가서 있게 그려나?"

하니까 경대 앞에서 심심파적으로 눈썹을 다스리고 있던 행화가 세수 수건을 집어 들고 일어선다.

"나두 세수하러 나갈랴던 참이오. 와? 무슨 수가 생기오?"

"응, 단단히 수가 생기네."

"야, 오래간만에 장 주사 덕분에 술 한 잔 얻어묵나 부다. 이제 수 생기거든 아예 내 모가치[189] 잊지 마소, 예?"

"아무렴. 내가 잊어버리더래두 다 이 고 주사가 있는데."

"아무려나 내는 모르겠다. 수나 드북하니 잡소들……."

행화는 우스개 섞어 이런 소리를 하고 마루로 나간다.

"그래, 그 세 군데니 말이야……."

형보는 소곤소곤 이야기를 다시 내놓는다.

"……세 군데서 3천 환씩 한 만 환가량만 뽑아내게?"

태수는 벌써 고개를 흔들고 시원찮아하다가……

"만 원을 가지구 어떻게 하게?"

"응, 그놈 만 원을 가지구 나하구 둘이서 서울루 가거든. 자네 혼자 가기 적

적하거들랑 저 애 행화나 데리구."

"흥!"

"아핫다! 지레 그러지를 말구 끝까지 들어봐요. 그렇게 서울루 가서 자네는 문 밖의 아무 데나 깊숙이 들어앉아 있으란 말이야, 3년 아니면 다직해야 4년……."

"공금 횡령 해가지구 도망갔다가 잽히지 않는 놈 못 보았네. 제기, 상해나 북경 같은 데루 뛰었다두 잽혀와서 콩밥을 먹는데, 황차 서울!"

"그야 저 하기 나름이지. 조심을 아니하니깐 붙잽히지. 죽은 듯이 들어앉아만 있으면 10년 가두 일 없어요."

태수는 말이 없이 혼자서 고개만 가로흔든다. 그는 잡히고 아니 잡히고 간에 하루 이틀도 아니요 3, 4년을 그처럼 답답하게 처박혀서 숨어 지낸다는 것은 생각만 해도 진저리가 날 일이다.

돈을 마음대로 쓰고, 돌아다니면서 즐겁게 노는, 그런 움직이는 생활이 아니고는 차라리 죽음만도 못 여긴다. 그러니까 그는 일이 탄로 나는 마당에 이르러서도, 자살로써 감옥 가기를 피하려는 각오를 하고 있는 것이다.

이러한 속은 모르고 형보는 연신 제 계획을 설명한다.

"그러니까 아무 염려 말구, 한 3년 그렇게 참구 있으면, 그동안 나는 그놈만 환을 가지구 앉어서 쓱 돈 장수를 한단 말이야."

"돈 장수라니?"

"응, 돈 장수. 수형[190] 할인 떼어먹는 것 말이야. 아주 자세한 것은 종차 이야기하겠지만, 그렇게 만 원을 가지구 종로 바닥에 앉어서 재빠르게만 납뛰면[191] 3, 4년 안에 한 4, 5만 원쯤은 넉넉잡네."

"허황한 소리!"

"이건 속두 모르구 이래! 해만 보아요. 그래서 한 4, 5만 환 잽히거들랑 그때는 자네가 자포[192] 낸 본전 1만 3천 환을 가지구 도루 와서, 자, 돈을 가져왔으니 용서해주시오 한단 말이야. 비는 장수 목 벨 수 없더라구, 그렇게 돈을 물어내놓구 빌면 징역은 면할 테니깐. 그러구 나서는 그 돈 나머지를 가지구 자네하구 나하구 다시 장사를 하면 어엿하잖어? 어때?"

"글쎄. 그것두 자네가 친구를 생각하는 맘으루 그러는 것이니 고맙기는 고마워이. 그러니 종차 생각해보세마는……."

"자네가 그렇게 내 속을 알아주니 말이지. 그게 내한테두 여간만 위태한 것이 아닐세! 잘못하다가는 나두 콩밥이 아닌가? 그렇지만 자네가 하두 사정이 딱하니깐 친구루 앉어 그냥 보구 있을 수가 없구 해서 그러는 것이지. 그러니까 자네두 생각하려니와 내 일을 내가 생각해서라두 여간만 조심할 바가 아니어든……."

그러나 형보는 태수를 위해서 그런다는 것은 생판 입에 붙은 말이요 또 만 원을 그렇게 둘러빼어[193] 준대도 지금 이야기한 대로 행할 배짱은 아니다.

9

형보는 늘 두 가지의 엉뚱한 계획을 품고 지낸다.

첫째, 그는 제가 제 손수 무슨 농간을 부리든지, 혹은 누구를 등골을 쳐서든지, 좌우간 군산을 떠나 북쪽으로 국경을 벗어날 그 시간 동안만 무사할 돈이면 돈 만 원이고 2, 3만 원이고 상말로 임금 마누라가 망건 사러 가는 돈이라도 덮어놓고 들고 뛸 작정이다.

뛰어서는 북경으로 가서 당대 세월 좋은 금제품밀수(禁制品密輸)를 해먹든지, 훨씬 더 내려앉아 상해로 가서 계집장수나 술장수나, 또 두 가지를 겸쳐 해먹으려는 것이다.

그는 재작년 겨울 이 군산으로 오기 전에 한 반년 동안이나 상해로 북경으로 돌아다닌 일이 있었고, 그래서 이 '영업 목록'은 그때에 얻은 '현지지식(現地知識)'이다.

그래서 그는 어떻게 하면 돈 만 원이나 올가미를 씌울꼬 육장 그 궁리를 하는 참이다.

또 한 가지는, 그처럼 형무소가 덜미를 쫓아다니는 위태한 것이 아니라, 썩

합법적 수단인데,

눈치를 보아 어수룩한 미두 손님 하나를 친하든지 얽어삶든지 해서 계제를 보아 쌀을 한 5백 석이고 천 석이고 붙여달라고 한다. 아직도 미두장 인심이란 어수룩한 데가 있어서 그게 노상 그럴 수 없으란 법은 없다.

그렇게 쌀을 붙여주면 그놈을 시세 보아가면서 눈치 빠르게 요리 되작 조리 되작 되작거린다.[194] 만일 운이 트이기만 하려 들면 한 1, 2년 그렇게 주무르는 동안에 돈이나 한 5, 6천 원 만들기는 그다지 어려운 노릇이 아니다.

그놈이 그처럼 여의해서 2, 3년 내에 5, 6천 원이 되거들랑 그때는 미두장에서 손을 싹싹 씻고 서울로 올라간다. 올라가서 그놈을 밑천삼아 1, 2백 원, 2, 3백 원, 기껏해야 4, 5백 원짜리로 이렇게 잔머리만 골라 '수형 할인'을 떼어먹는다. 이것도 착실히만 하면 한 10년 후에 가서 몇만 원 잡을 수가 있다. 몇만 원 가졌으면 족과평생[195]이다.

그래야지 만일 미두장에서만 어물어물하고 있다가는 피천[196] 한 푼 못 잡고 근처에 수두룩한 하바꾼 신세가 되기 마침이다.

이렇게 그는 투기사답지 아니하게 염량[197]을 차리고, 그러한 두 가지 계획을 품고서 늘 기회를 엿보던 차에 언덕이야시피 다들린 게 태수의 일이다.

그는 태수가 만일 말을 들어 돈을 만 원이고 둘러빼어만 주면 태수야 어떻게 되거나 말거나 저 혼자서 그 돈을 쥐고 간다 보아라 북경 상해 등지로 내뺄 뱃심이다.

그래 사뭇 침이 넘어가게 구미가 당기는 판이라 벼르고 있다가 쓱 말을 내니까 이건 도무지 들어먹지 아니하고 좋은 말로 어물쩍하려고 든다.

그래 그는 속으로는 태수가 까죽이고 싶게 미워서 견딜 수가 없다.

'요놈의 새끼, 네가 영영 내 말을 아니 들어만 보아라. 아무 때나 한번 골탕을 먹여줄 테니. 징역 가기 전에 한 번.'

형보는 속으로 이런 앙심을 먹었다.

이야기가 흐지부지해서 둘이는 시무룩하고 앉았는데,

"천 냥 만 냥 다 했소?"

하고 얼굴을 씻으면서 방으로 들어온다.

"다 했다네."

"어찌 밍숭밍숭한 게 술 얻어묵을 것 같잖다."

행화는 경대 앞으로 앉아 단장을 시작한다.

"어디 지회 받았나?"

"아니."

"그런데 웬 세수를 벌써?"

"이것두 영업인데…… 이렇게 마침 채리고 있다가 인력거가 오면 힝 하니 쫒아가야지? 그래야 한 푼이라두 더 벌지."

"치를 떠는구나!"

말을 하다가 형보가 그 말끝에 생각이 나서,

"그런데 여보게 태수, 저것은 어떡하려나?"

하고 묻는다. 쌀 붙인 것 말이다.

"내버려두지 머."

태수는 담배만 피우고 앉았다가 겨우 봉한 입같이 떨어진다.

"내버려두다니? 5, 60원은 돈 아닌가? 그러느니 그걸 차라리 나를 주게! 잘 되작거려서 담뱃값이나 뜯어 쓸라네."

"아이 제발 그러게그려!"

태수는 성가신 듯이 얼핏 승낙을 한다. 그는 꺼림칙하게 꼬리를 물려놓고서 아주 끊어버리기도 싫고 그런 것을 형보가 이렇다거니 저렇다거니 조르니까 머릿살이 아프게 귀찮았던 것이다.

그러나 태수나 형보나 다같이, 그놈 끄트머리가 그 이튿날부터 크게 조화를 부릴 줄은 꿈에도 생각을 하지 못했었다.

10

"고마워이!"

형보는 태수의 승낙을 받고 싱글벙글 좋아한다. 어쩌면 내일로 닥쳐오는 그 쌀 천 석의 운명을 미리 짐작하고서 좋아하는 것같이도 되었다.

아닌 게 아니라, 그러니까 노름이란 도깨비 살림[198]이라지만, 그놈이 바로 그 다음 날 가서 형보가 미처 끊을 겨를도 없이 한목 30정(三十丁=三十錢)이 푹 올라간 것이며, 그것을 형보가 계제 좋다고 잡아끊었다가 그놈으로 들거리[199]를 삼아 다시 쌀을 몇백 석 붙여놓고 요리조리 되작거려서 반년 후에는 돈 천 원이나 잡은 것이며, 다시 1년 남짓해서는 형보의 포부대로 5, 6천 원의 밑천을 장만한 것이며, 이러한 것은 태수는 물론 형보도 그 당장에야 상상도 못 했던 일이다.

형보는 그 이튿날 바로 시세가 그처럼 30정이나 올라서 우선 백 원 가까운 이익을 보았다는 것이며 그 뒤로도 부엉이살림같이 그것이 늘어간다는 것을 태수한테는 꽉 숨겨버렸었다.

그러나 아무튼 그것은 그날이 밝는 그 다음 날부터의 일이지, 이 당장에서 형보가 그것을 미리 짐작하고 그래 좋아하는 것은 아니다. 혹시 귀신이 씌어 대었다는 말이나 거기에 맞을는지. 그래서 형보는 저도 모르고 그처럼 좋아한 것인지는 모른다.

형보는 끙 하고 쪼그리고 앉으면서,

"세사는 여반장이요, 생애는 방안지라(世事如反掌, 生涯方眼紙)![200]" 고 미두꾼들이 좋은 때고 나쁠 때고 두고 쓰는 문자를 한바탕 부르다가 갑자기,

"아차! 내가 깜박 잊었군!"

하더니, 추욱 처진 조끼 호주머니에서 불룩한 하도롱 봉투[201] 하나를 꺼내어 태수에게로 던진다. 아까 은행에서 찾아온 돈 2백 원이다.

"……거기 그대루 다 있네."

그는 잊었던 것이 아니라, 그대로 제한테 두어두고 눈치를 보아 몇십 원 꺼낸 뒤에 태수를 주려고 그랬던 것이지만, 인제는 미두하던 끄트머리를 얻어 가졌으니 이 돈에까지 손을 대기가 미안했던 것이다.

태수는 형보가 미리서 손을 대지 아니하고 그대로 고스란히 두었다가 주는

것이 도리어 희한했으나 말없이 받아 봉투를 찢는다.

돌아앉아서 단장을 하던 행화는, 태수가 너무 말이 없이 시춤하고만[202] 있으니까, 그것이 그다지 걱정이야 되지 않지만 궁금하지 않은 것도 아니라 심심 끝에,

"보이소 고 주사 예?"

하고 말을 청한다.

"응?"

태수는 행화한테 주려고 돈 백 원을 따로 세면서 건성으로 대답을 한다. 그는 한 일주일 전에 오입을 하고 이내 다니면서도 아직 인사를 치르지 못했었다.

"글쎄 고 주사아."

"왜 그래?"

"와 그르키 코가 쑤욱 빠졌소? 예? 물 건너 첩 장인 죽었소?"

"망할 것!"

"아니 첩 장인이면……."

하고 형보가 나선다.

"……첩 장인이면 행화 아버지?"

"우리 아배는 벌써 옛날에 옛날에 천당 갔소."

"기생 아범두 천당 가나?"

"모르지…… 그래두 갔길래 편지가 왔지?"

"그건 지옥에서 온 걸 잘못 보았다."

"아니 천당이던데? 아이고 몇 번지락 했더라?…… 번지두 쓰구 천당 하나님 방(方)이라 했던데?"

"아니야 그건 지옥에서 문초 받으러 잠깐 불려갔던 길일세."

"여보게 행화……."

하고 태수가 갑자기 행화에게로 돌아앉는다.

"……자네 그럼 나하구 천당 좀 갈까?"

"천당요? 갑시다."

"정말?"

"자네 그러다가는 천당은 못 가구 지옥으루 따라가네."

형보가 쐐기를 트는데, 행화는 그대로 시치미를 떼고,

"정말 아니고? 금세라두 갑시다."

행화나 형보나 다 농담이다. 그러나 농담 아닌 것이 태수다.

태수는 행화의 얼굴을 끄윽 들여다본다. 여느 때에도 독해 보이는 그의 눈자는 매섭게 광채가 났다.

그는 지금 들여다보고 있는, 행화의 얼굴에서 행화의 얼굴을 보는 게 아니라 초봉이의 얼굴을 보고 있다.

그는 여자와 둘이서 천당을 간다는 말에서, '정사(情死)'라는 것을 암시를 얻었고, 그놈이 다시,

'초봉이와 정사…….'

한다는 데까지 벌어져나간 것이다.

문득 생각한 것이나 그는 무릎이라도 탁 치고 싶게 신기했고, 장차 그리 할 것이 통쾌했다.

11

태수는 마침내 혼자서 싱긋 웃더니 와락 토하듯이,

"에라 모르겠다!"

소리를 치면서 벌떡 일어선다. 형보와 행화는 질겁하게 놀라서 태수를 올려다본다.

"……자아, 일어들 나게. 자동차 불러 타구 소풍 삼아 은적사(恩積寺)루 놀러 가세."

"은적사 좋지!"

형보는 선뜻 맞장구를 치고, 태수는 손에 세어 쥐고 있던 돈 백 원을 그제

야 생각이 나서, 행화의 치마폭에다가 떨어뜨려준다.

"어서 얼핏 옷 갈아입어."

"아이갸! 이리 급해서!"

행화는 돈에는 주의도 하지 아니하고 입술에다가 루주 칠만 한다.

"빨리 빨리."

"서두는 게 오늘 밤에 또 울어두었다, 고 주사!"

"미쳤나! 내가 울기는 왜 울어?"

"말두 마이소. 대체 그 초봉이라는 게 뉘꼬? 예? 장 주사, 장 주사는 알지요?"

"알기는 아는데 나두 상판대기는 아직 못 봤네."

행화는 제중당에 있는 그 여자가 초봉인 줄은 모른다. 그는 어느 기생으로만 알고 있다.

"오늘 좀 불러봤으면 좋겠다. 대체 어느 기생이길래 고 주사가 그리 미망이 져서 울고불고 그 야단을 하노?"

"허허허허."

형보는 행화가 초봉이를 이름이 그럴듯하니까 기생인 줄만 알고 그러는 것이 우스워서, 껄껄거리고 웃는다. 태수도 쓰디쓰게 웃고 섰다.

"예? 고 주사 난두 기생이니 오입쟁이로 내 혼자만 차지하자꼬마는, 그러니 강짜를 하는 게 아니라 고 주사가 구만 미망이 져서 날로 붙잡고 초봉이-초봉이 카문서 우니 말이요……."

"잔말 말아."

"앙이다. 그러니 오늘은 어데 어떻기 생긴 기생인지 좀 구경이나 합시다. 예?"

"까불지 말래두 그래!"

"하! 내 이십 평생에 까분단 말이사 첨 듣소 예? 고 주사, 오늘 데리고 같이 갑시다. 어느 권반이오?"

"기생 아니야. 괜히 그런 소리 하다가는……."

"하아! 기생 아니고, 그럼 신흥동(新興洞=遊廓) 갈보라요?"

"이 자식!"

태수가 때릴 듯이 엄포를 하니까 행화는 까알깔 웃으면서 방구석으로 피해 달아난다.

"잘한다. 잘한다."

형보가 좋아서 제풀에 곱사춤을 춘다.

형보의 몫으로 기생 하나 더 불러 네 남녀가 탄 자동차는 길로 먼지를 하나 가득 풍기면서 공원 밑 터널을 빠져 '불이촌(不二村)[203]' 앞을 달린다.

바른편으로는 바다에 가까운 하구의 벅찬 강물에 돛단배들이 담숭담숭 떠 있고 강 건너 충청도 땅의 암암한 연산(連山)들 봉우리 너머로는 5월의 창궁이 맑게 기울어져 있다.

곱게 내리는 햇빛에 강 위의 배들이고, 들판의 사람들이고 모두 움직이건만 조는 것 같다.

태수는 그러한 풍광보다 이 길이 공동묘지로도 가는 길이거니 생각하며 나도 인제 오래지 않아 죽으면 그때는 영구차(靈柩車)에 실리어 이 길을 이렇게 달리겠거니, 그리고 오늘처럼 돌아오지 못하고 빈 영구차만이 이 길을 돌아오겠거니 생각하며 눈갓이 맵고 비회가 돌았다.

그러나 만일 초봉이와 같이 죽어 같이 나가고 같이 못 돌아온다면, 퍽도 좋을 것 같았다.

그들은 은적사로 나가서 술 섞어 저녁을 먹고 훨씬 저문 뒤에 시내로 들어왔다. 시내로 들어와서는 다시 요릿집에 들어앉아 자정 후 두 시가 지나도록 술을 먹고서야 파하고 헤어졌다.

태수는 술을 많이 먹느라고 먹었어도 종시 취하지는 못하고 맹숭맹숭했다. 몸만 솜 피듯 지쳤다.

그는 자동차를 타고 오다가 개복동 어귀 행화 집 앞에서 행화와 갈렸다. 행화는 기왕 늦었으니 제 집으로 들어가자고 권했고, 태수도 그러고는 싶었으나 좋게 뿌리쳤다. 그는 너무 여러 날 바깥 잠만 자고 제 방을 비워두어서는 아니 될 '의무' 한 가지가 있다.

태수는 바깥주인 탑삭부리 한 참봉이 차라리 첩의 집에 가지 아니하고 큰 집에서 자고 있기나 했으면 되레 다행이겠다고 생각하면서, 지쳐만 둔 대문을 살그머니 여닫았다. 그는 마당을 무사히 지나 뜰아랫방인 제 방으로 들어갔다. 그러나 마악 양복저고리를 벗었을 때에 신발 끄는 소리와 연달아 방문이 열리고 안주인 김 씨가 말없이 들어서더니, 그저 불문곡직하고 위선 태수에게로 와락 달려들어 그의 팔을 덥석 물고 늘어진다.

아씨 행장기(行狀記)

1

김 씨가 이럴 때는 탑삭부리 한 참봉은 첩의 집에 가고 없는 게 분명하다. 줄 맞은 병정이라 태수는 마음 놓고,

"아이구 아얏."

허겁스럽게 소리를 지르면서 방구석께로 피해 들어간다.

김 씨는 물었던 것을 놓치고서 새액색 기어들고, 태수는 방구석에 박혀 서서 두 손을 내밀어 김 씨를 바워낸다.[204]

"다시는 안 그럴게, 다시는……."

태수는 어리광을 떨면서 빌고 김 씨는 약 올랐던 것이 사그라지기 전에 웃음이 나오려고 해서 그걸 억지로 참을 겸 입을 따악 벌리고 연신 덤벼든다.

"아— 안 돼. 아— 안 돼."

"다시는 안 그러께요. 그저 다시는 안 그래요!"

태수는 지친 몸을 지탱하다 못해 펄신 주저앉아서 두 손바닥을 싹싹 비빈다.

김 씨는 태수가 그러면 그럴수록 꼭 한 번만 더 물고 싶어 죽겠다. 인제는 밉살머리스러워서 그런 게 아니라 예뻐서 물고 싶다.

김 씨는 물기를 무척 좋아한다. 그는 태수가 미워도 물고, 예뻐도 문다. 물

어도 그냥 질근질근 무는 것이 아니라 사정없이 아드득 물어 뗀다. 이렇게 물어 떼는 맛이란 잇념[205] 속이 근질근질, 몸이 금시로 노그라지는 것 같아 세상에도 꼭 둘째가게 좋지, 셋째는 가지 아니한다.

그 덕에 태수는 양편 팔로, 어깨로, 젖가슴으로, 사뭇 이빨 자국투성이다.

처음 시초는, 소리를 내어 티격태격하기가 조심이 되니까, 소리 안 나는 싸움을 하느라고 물고 물리고 했던 것인데 지금 와서는 그것이 둘 사이에 없지 못할 요긴한 애무(愛撫)가 되고 말았다. 무는 김 씨는 말할 것도 없거니와 물리는 태수도 아프기야 아프지만 그놈 살이 떨어질 듯이 아픈 맛이란 약간 안마(按摩) 못지아니하게 시원했다.

김 씨는 태수가 젊고 다 그 밖에도 여러 가지로 좋은 데가 있어서 좋아하는 것이지만, 이렇게 물어 뗄 수 있는 것이 더욱 좋았다.

그는, 언젠가 남편이 첩의 집에 가지 아니하고 큰집에서 같이 자던 날 밤인데, 아쉰 깐에 태수한테 하던 버릇만 여겨, 그다지 기름지지도 못한 남편의 젖가슴을 덤숙 물어 떼었다.

탑삭부리 한 참봉은 경풍하게[206] 놀라,

"아니 이 여편네가 이건 미쳤나!"

소리 지르면서 김 씨의 볼때기를 쥐어 박질렀다. 그런 뒤로부터는 김 씨는 남편과 잘 때면 조심을 하느라고 애를 썼다.

김 씨는 종시 입을 따악 벌리면서,

"아— 한 번만 더 물자. 아—."

하고 태수 앞으로 고개를 파고든다.

"아퍼 죽겠구만!"

태수는 먼저 물린 데를 만지면 짐짓 뚜우하고 두런거린다.

"그래두……. 그새 죄지은 벌루다가. 아— 한 번만 더. 아—."

"싫어."

"요것아!"

물기도 이골이 나서 어느 결에 들어 덤볐는지, 태수의 어깨를 덤숙 물고 몸을 바르르 떤다. 으응 소리가 징그럽다.

"아이구우! 이놈의 늙은이가 인제는 날 영영 죽이네에!"

태수는 방바닥에 나동그라져 우는 시늉을 하면서 물린 어깨를 손바닥으로 비빈다.

"아프냐."

김 씨는 좋아서 태수의 얼굴을 갸웃이 들여다보다가 그의 머리를 안아 올려 무릎에 베개해준다.

"응, 아퍼 죽겠어!"

"아이 가엾어라, 내 새끼. 자아 그럼 쎄쎄 – 해줄게!"

김 씨는 태수의 어깨를 손바닥으로 착착 비비면서.

"쎄쎄 쎄쎄 – 까치야 까치야, 우리 애기 생일날…… 아이 술 냄새야! 술을 또 많이 먹었구나?"

"응 아주 많이……."

"왜 그렇게 술을 몹시 먹구 다니니! 그다지 일러두……."

"속이 상해서……."

"속이 왜 상하구, 또 속상한다구 술만 먹구 다녀서야 쓰니? 몸에 해롭기만 하지. 무엇 밀수(蜜水)나 좀 타다 주까?"

태수는 고개만 살래살래 흔들고 눈을 스르르 감는다. 얼굴에는 수심이 가득하다. 태수의 얼굴을 내려다보던 김 씨는 역시, 태수만 못지않게 얼굴에 수심이 드러난다.

"아무래두…… 아무래두……."

김 씨는 가볍게 한숨을 내쉬면서 탄식하듯 혼잣말을 한다.

"……너를 장가나 들여서 맘을 잡게 해야 할까 부다."

"장가? 홍! 장가……."

태수는 시뻐둥하게 제 자신보고 이런 조소를 하다가 다시 혼잣말로 중얼거린다.

"혹시 우리 초봉이라면?……"

"그건 안 될 말이다!"

김 씨는 지금까지 추렷하던[207] 것과는 딴판으로 표독스럽게 잡아뗀다.

2

"대체 어째서 초봉이라면 그렇게 치를 떨우?……"

태수는 결이 나서 벌떡 일어나 앉아 눈을 흘긴다.

"……초봉이가 당신네 신주단지요?"

"네게는 과분해."

김 씨는 아까 낯꽃 변했던 것을, 태수한테 띄지 않고 얼핏 고쳐, 천연스럽게 대답을 한다.

"내 오기루라두, 기어코 초봉이하구 결혼하구래야 말걸……."

태수는 씹어뱉으면서 아무 데나 도로 쓰러진다.

"내가 방해를 놀아두?"

"원 그게 무슨 놈의 갈쿠리 같은 심청[208]이람?…… 그래, 우리가 언제까지구 이렇게 지내다가는 못쓰겠으니 갈려야 하겠다구, 또 날더러 맘을 잡으라구, 다 그렇게 하자면 역시 장가를 들어야 하겠다구, 뉘 입으루 내논 말이야? 내가 장가를 가겠다면 중매 이하루 갖은 뒷수발 다 들어주겠다구는 뉘 입으로 한 말이야?"

"그래 글쎄. 내가 중매까지 서구, 말끔 대서어 장가를 들여줄 테야."

"그런데 왜 내가 좋다는 초봉이는 방해를 놀려구 들어?"

"초봉인 안 된다. 네게루 가면 그 애가 불쌍해. 천하 건달 부랑자한테루 그 애가 시집을 가서 팔자를 그르친대서야 될 말이냐?"

"별 오라질 소리 다 하네!"

태수는 골딱지[209]가 나서 벽을 안고 돌아누워버린다.

태수는 그래서 골을 내는 것이지마는 김 씨는 김 씨대로 노여움이 없지 못하다. 노여움 끝에는 자연 일의 시초가 여자답게 뉘우쳐지기도 한다.

태수가 여관에서 묵다가 아는 사람의 발연을 얻어 이 집으로 하숙을 잡아 들기는 작년 여름이다. 제 밥술이나 먹는 탑삭부리 한 참봉네가 무슨 우난 이문을 보자는 것도 아니요 기왕 뜰아랫방이 비어 있으니 비어 내던져 두느니보다 점잖은 손님이라도 치고 싶다고 김 씨가 이웃에 말을 했던 것이 계제에 염집을 구하던 태수한테까지 발이 닿았던 것이다.

본시야 서로 코가 어디 붙었는지도 모를 생판 남이었지만, 한번 주객이 되고 보매 둘 사이는 매달 25원이라는 밥값을 주고받는다는 거래를 떠나 서로 마음이 소통되게코롬, 사정이 마침 맞았다.

태수는 생김새도 밉지 않거니와 성품도 사근사근하니 정이 붙게 하는 데가 있어 탑삭부리 한 참봉더러도 아저씨 아저씨 하고 정말 일가뻘이나 되는 조카처럼 따르고 더러는 맛 좋은 정종병도 차고 들어와 적적한 밥상머리에 앉아 반주도 권해주고 하는 짓이 밉지 않게 굴었다.

탑삭부리 한 참봉은 그것도 자식 없는 사람의 약한 인정이라, 태수가 그래주는 것이 적잖이 위로가 되고 그러는 동안에 정이 들어, 지금 와서는 어느 때는 태수가 꼭 자기의 자식이나 친조카같이 생각되는 때도 있다. 그래서 그는 늘 태수의 밥상 같은 것에도 마음을 쓰고 아내더러, 도미를 사다가 찜을 해주라고까지 하게끔 된 것이다.

"모르는 건 놈팽이뿐.

이라는, 물 건너 속담도 있거니와 물론 그는 지금 아내와 태수 둘이서 그런 짓을 하고 지내는 줄은 꿈에도 모르고 있다.

여자라는 것은 무슨 정이고 간에 정이 들기가 남자보다 연한 편이다.

김 씨는 태수가 아주머니 아주머니 하면서 상냥하게 굴고 하는 서슬에 그가 주인 정해 온 지 석 달이 못 되어서, 남편이 1년 가까이 된 요새 겨우 태수한테 든 정 그만큼 도타운 정이 그때에 벌써 들었었다. 김 씨는 그래서 그때부터 태수를 조카같이 오랍동생같이 나이를 상관 않고 자식같이 귀여워했고, 귀여워하기를 남편 한 참봉만 못지않게 귀여워했다.

그러나 둘의 정은 그놈에서 멎지를 아니하고 한 고패를 넘고 말았다.

작년 시월 초승, 음력으로 보름께였던지, 달이 휘영청 밝고 제법 산들거리는 게 젊은 사람은 객회[210]가 남직한 밤이었었다.

그날 밤 태수는 주인집의 저녁밥도 비워 때리고 요릿집에서 놀다가 자정이 지나서야 돌아오는 길이었다.

술이야 얼근했지만 밤이 그렇게 마음 촐촐하게 하는 밤이니, 다니는 기생집도 있고 한 터에, 그냥 돌아오지는 아니했겠지만, 어찌어찌하다가 서로 엇갈리고 헷갈리고 해서 할 수 없이 혼자 동떨어진 셈이었었다.

그는 술을 먹고 늦게 돌아왔다가 탑삭부리 한 참봉한테 띄면 으렛건 붙잡혀 앉아 술을 먹지 말라는 둥 사내가 어찌 몇 잔 술이야 아니 먹으랴마는 노상 두고 과음하면 해로운 법이라는 둥 이런 잔소리를 듣곤 했기 때문에 성가시어 살며시 제 방으로 들어가려고 했었다.

3

태수는 그래서 사뿐사뿐 마당을 가로질러 뜰아랫방으로 가노라니까 안방에서

"고 서방이우?"

하는 김 씨의 소리에 연달아 앞 미닫이가 열렸다.

"네. 여태 안 주무세요?"

태수는 할 수 없이 안방 대뜰로 올라섰다. 김 씨는 흐트러진 풀머리[211]에 엷은 자릿적삼[212]으로 앞을 여미면서 내다보던 것이다.

남편의 마음이 변한 것이야 아니지만, 그래도 시앗[213]을 본 젊은 여인이라 더위 끝에 산산히 스미는 야기(夜氣)에 잠을 설치고 마음이 싱숭거려 이리저리 몸을 뒤치고 있던 참이다.

"늦었구려? 저녁은 어떻게 했수? 자셔야지?"

"저녁 먹었어요. 아저씨는 주무세요?"

"저 집에 가셨지."

"하하하, 나는 글쎄 술을 한 잔 먹었길래, 아저씨한테 들킬까 봐서 그대루 슬쩍 들어가버릴 령으루 그랬지요. 하하하, 그럼 좀 놀다가 자야지."

태수는 아무 거리낌 없이 마루로 해서 안방으로 성큼 들어섰다.

이거야 탑삭부리 한 참봉이 있건 없건, 밤이고 낮이고 안방에 들어가서 놀고 누워 뒹굴고 하던 참이라, 이날 밤이라고 그것을 허물할 바는 아니다.

그러나 이날 밤사 말고, 태수는 김 씨의 잠자리에서 나온 그 흐트러진 자태에, 전에 없던 흥이 일었다.

흥이 일자 그는 최후의 것까지를 분명하게 계획한 것은 물론 아니나, 그저 그놈 일은 흥을 조금만 더 키워서 자극을 맛보아보고 싶었다.

이 심정은 김 씨도 일반이다. 그는 태수가 그대로 돌아서서 제 방으로 가려고 했더라면 놀다가 가라고 위정 불러들였을 판이다.

태수가 윗미닫이로 해서 그렇게 들어서니까 김 씨는

"아이구머니!"

질겁을 하면서, 그러나 엄살을 하는 깐으로는 서서히 자줏빛 누비처네[214]를 끌어다가 홑껍데기 하나만 입은 아랫도리를 가리고 앉는다.

"미안합니다! 나는 아직 눕잖으신 줄 알았지."

태수가 도로 나올 듯이 주춤주춤하니까 김 씨는 붙잡아 앉히기라도 할 것같이 반색을 한다.

"아니야 괜찮아. 일루 앉어요. 어떤가! 머 늙은 사람이. 자아 앉어요."

둘이는 태수가 술 먹은 이야기를 몇 마디 주고받고 하다가 말거리가 심심해졌다. 전에는 이런 일은 없었다.

"고 서방두 인제는……."

어색하리만치 잠시 말이 없다가 김 씨가 겨우 이야깃거리를 찾아내었다.

"……장가를 들어서 살림을 해예지! 늘 이렇게 지내노라니 고생 아니우? 적적하구."

"아주머니두. 색시가 있어야지 장가를 가지요?"

"원 참! 고 서방 같은 이가 색시가 없어서 장가를 못 들어? 과년한 색시들이 사뭇 시렁가래다가 목을 맬 텐데, 호호."

"아니에요, 정말 하나두 걸리는 게 없어요. 이러다간 총각귀신 못 면할까 봐요."

"숭한 소리두 퍽두 허구 있네! 고 서방이 장가를 가구만 싶다면야 내 중매 안 서주리?"

"정말이요?"

"그래!"

"거참 한자리 좋은 데 좀 알아보아주시우. 내 술은 석 잔 말구 삼백 잔이라두 내께."

"그래요. 그렇지만 인제 고 서방이 장가를 들면 따루 살림을 날 테니 우리 내외는 섭섭해서 어떡허나? 호호, 우리 욕심만 채려서 그런 말을 다 하구 있어요! 하하하아!"

"허허 정 그러시다면 그대루 저 뜰아랫방에서 살림을 하지요 허허."

"호호."

김 씨는 간드러지게 웃다가, 낯빛을 고치고 곰곰이,

"아이! 나두 고 서방 같은 아들이나 하나 두었으면 오죽이나……."

면서 한숨을 내어쉰다.

"인제 애기 나실걸 멀, 저렇게 젊으신데."

"내가 젊어?"

김 씨는 짐짓 눈을 흘기다가 다시 고개를 흔든다.

"내야 늙구 젊구 간에 안 돼."

"왜요?"

"우리 집 영감님이 아주 제바리[215]야! 그새 첩을 몇씩 갈아 들여두 아이를 못 낳는 걸 좀 보지?"

"하긴 그래요. 남자가 그래서 아이를 못 낳기두 해요."

"그러니 우리 집안은 자손 보기는 영 글렀지! 젠장맞을, 여편네 혼자서 애기 낳는 재주 없나!"

하고 김 씨는 해쭉 웃고, 태수도 마주 히죽이 웃는다.

4

김 씨는 아이를 낳지 못해서 슬하가 적막하기도 하거니와 장래가 또한 걱정이다.

만일 김 씨 자기가 영영 아이를 낳지 못하고, 그 대신 첩의 몸에서 무엇이 되었든지 간에 하나 낳는 날이면, 남편의 정이며 또 재산은 그 아이와 그 아이의 어미한테로 달칵 넘어갈 것이다.

그러는 날이면 김 씨는 팔자가 간데없을 판이다. 그래서 연전부터 그는 남편한테 돈을 한 3백 원이나 얻어가지고 그것을 따로 자기 몫을 삼아 사사 전당도 잡고, 5푼 변 돈놓이도 해서, 지금은 돈 천 원이나 쥐고 주무르는데, 이것은 장차 그렇게 될 날을 혹시 염려하고, 즉 말하자면 늙은 날의 지팡이를 장만하는 셈이다.

이러한 불안이 있으니까 김 씨는 자기 몸에서 아이를 낳기를 간절히 바란다. 그는 그가 한 말대로 여자 혼자서 아이를 낳을 수가 있다면 그 수가 무엇이 되었든지 간에 가리지 아니할 만큼 간절히 아이를 바란다.

그러나 그렇다고 다른 남자에게 정조를 개방하리라는 생각이 미리 앞을 섰다거나 그런 것은 아니다. 그것은 옳고 그른 시비보다도 우선 그러한 생각이 나지를 아니했었다.

태수와 사이의 갈피가 시끄럽게 엉키는 요새 와서 김 씨는 '자식이나 하나 보잤던 것이!' 이런 넋두리를 혼자 앉아 가끔 하곤 한다. 그러나 그것은 거짓말이다.

그가 태수와 그렇게 된 그 이튿날부터도 아기를 바랐고 지금도 바라는 것은 사실이다. 그러나 그는 아기를 바라느라고 태수와 그렇게 한 것은 아니다. 기왕 그리 되었으니 아기나 하나 낳았으면 좋겠다는 것이 정말이다.

탑삭부리 한 참봉은 비록 자손을 보겠다고 첩을 얻고 지내지만 마음으로는 아내 김 씨한테 노상 민망해한다. 15년 동안이나 쓴맛 단맛 같이 맛보아가면서 동고동락으로 늙어온 아내다. 자식을 낳지 못하는 것 하나가 흠이지 정이야 깊을 대로 깊고 해서 소중한 생애의 길동무이다.

그렇지만 한 참봉은 김 씨보다 나이 열세 살이나 더해서 이미 늙발[216]에 들어앉았다.

그러한 데다 한 달이면 3, 4일만 빼놓고 육장 첩의 집에 가서 잠자리를 하곤 하니 가령 마음은 변하지 아니했다 하더라도 옛날같이 다 구격이 맞는 남편이 될 수는 없었다.

한편 김 씨도 남편이 마음이 변하지 아니했고 미더워하며 소중히 여겨주는 줄은 잘 알고 있었다. 또 김 씨 자신도 그렇게 오래오래 같이 살아온 남편에 대해서 정도 깊거니와 의리도 큼을 모르는 바 아니었었다.

그런지라 그는 그 남편이 갑자기 싫어졌다거나 그래서 배반할 생각이 들었다거나 한 것은 아니었었다.

단지 그것은 그것이고, 이것은 따로 이것이라 시장하기도 한데 냉면도 구미가 당긴 그런 셈속이었었다.

그럼직도 한 것이 김 씨는 젊었다. 나이보다는 또 더 젊었다. 그런데 바로 눈앞에서 알찐거리는 태수는 늘 아주머니 아주머니 하면서 곧잘 보비위[217]를 해주고 허물없는 게 오랍동생같이 조카같이 자식같이 따르는 귀동이다. 그러니까 호락호락하기도 하다.

이 만만하게 다룰 수 있는 귀동이는 그러나 또 보매도 씩씩한 젊은 사내다. 셰퍼드답게 세찬 매력을 가졌다.

30을 갓 넘은 시앗을 본 여인의 바로 무릎 앞에 가서, 그놈 셰퍼드가 초가을의 산산한 야기(夜氣)에 포옹이 그리운 밤과 한 가지로, 쭈그리고 앉아 있는 게 이 밤의 풍경이다.

피가 뜨겁게 머리로 치밀고 숨이 차왔다. 마침 땡땡 하면서 마루에서 두 시를 쳤다.

시계 소리에 태수는 그만하고 일어설까 했으나 엉덩이가 떨어지지를 않았다. 이 흥을 이대로 깨뜨리기가 섭섭했던 것이다.

"고 서방, 우리 화투나 칠까?"

김 씨가 떨리는 음성을 캐액캑 가다듬어 겨우 말을 한다.

"칩시다."

태수는 선선히 대답을 하고 일어서더니, 잘 아는 장롱 서랍을 뒤져 화투 목을 꺼내다가 착착 치면서 김 씨 앞으로 바투 다가앉았다.

"고 서방 고단할걸?"

"아니, 괜찮어요."

"그러면 '놉빼꾸[218]' 한판만…… 그런데 내기야?"

"좋지요. 무슨 내기를 할까요?"

"글쎄? 무슨 내기가 좋을꼬? 고 서방이 정하우."

"나는 아무래두 좋아요. 아주머니 하자는 대루 할 테니까 맘대루 정하시우."

5

"무슨 내기가 좋을지 나두 모르겠어! 고 서방이 정해요."

"그럼 팔 맞기?"

"숭거워!"

"그럼 무얼 하나!"

"아이! 정하구 해예지."

김 씨는 태수가 내미는 화투를 상보기[219]로 떼어보면서 앞 상을 뗀다. 태수도 떼어본다.

"내가 선이로군. 그럼 이렇게 합시다? 이기는 사람이 시키는 대루 내기 시행을 하기루?"

"그래그래, 그럼 그렇게 해요. 무얼 시키든지 꼭 시키는 대루 하기야? 고 서방 또 도화 부르면 안 돼?"

"염려 마시우. 아주머니나 떼쓰지 말구 꼭 시행하시우."

토닥토닥 화투를 치기 시작은 했으나 둘이는 다 화투에는 하나도 정신이 없다. 싫증이 나서 홍싸리로 흑싸리를 먹어 오기도 하고 '시마'를 빼놓고 세기도 하고.

누가 이기고 누가 져도 상관없을 것이지만, 그래도 승부는 나서 태수가 졌다.

"자아, 인제는 졌으니 내기 시행해요."

"하지요. 무어든지 시키시오."

"가만있자……. 무얼 시키나?"

"무어든지……."

"무엇이 좋으꼬?"

김 씨는 까막까막 생각하는 체하다가

"아이구 나는 모르겠다!"

하고 드러누워버렸다.

"싱겁네!"

"그럼 말이야 응?……"

김 씨는 도로 벌떡 일어나더니 얼른 태수의 귀때기를 잡아다가 입에 대면서,

"저어 나 응? 애기 하나만……."

하고 한편 팔로 태수의 어깨를 안았다.

그날 밤 그렇게 해서 그렇게 된 뒤로부터 둘이는 그대로 눌러 오늘날까지 지내왔다. 여덟 달이니 장근 1년이다.

탑삭부리 한 참봉이야 늘 그렇게 첩의 집에 가서 자곤 하니까, 태수가 달리 오입을 하느라고 바깥 잠을 자는 날만 빼면, 그래서 한 달 두고 스무날은 둘이의 세상이다.

식모나 심부름하는 계집아이도 돈이며 옷감이며 다 후히 얻어먹는 게 있어 밤이면 태수를 바깥주인 대접을 할 줄로 알게쯤 되었기 때문에 둘이는 아주

탁 터놓고 지낼 수가 있다.

그것은 마치 탑삭부리 한 참봉이 첩을 얻어두고 어엿이 다니는 것처럼 김 씨도 태수를 남첩(男妾)으로 집 안에다가 두어두고 재미를 보았다.

태수가 작년 여름에 이 집으로 주인을 잡고 올 때는 인조견 이부자리 한 벌과 낡은 트렁크 한 개와 행담 한 개와 도통 그것뿐이었었다.

그러던 것이 김 씨와 그렇게 되던 사흘 만에는 단박 푹신푹신한 진짜 비단 이부자리에 방석까지 껴서 들여놓이고, 연달아 양복장이야 책상이야 요강 재떨이 체경 이런 것으로 그의 방은 혼란스럽게 꾸며졌다.

그 밖에 철철이 갈아입을 조선 옷이며, 보약이며, 심지어 담배까지 해태표로만 통으로 두고 피웠다.

이러한 것들은 김 씨가 자기 돈을 들여서 해주되 남편한테는 눈치로든지 말로든지 태수가 돈을 내놓아 그 부탁으로 심부름을 해주는 체하기를 잊지 아니하였다.

밥값은 처음 25원에 정한 것을 5원씩 더 내서 30원씩이라는 핑계로 언제나 떡 벌어졌다. 그러나 태수는 처음 석 달 동안만 25원씩 밥값을 치렀지 그 뒤로는 피차에 낼 생각도 받을 생각도 하지를 아니했다.

그동안 김 씨는 남편이 어느 첩한테서 긴치 않게 전염을 받은 △△을 나누어 가졌다가, 그놈을 다시 태수한테 모종해주었다.

그 덕에 태수는 단단히 고생을 했고 치료는 했어도 뿌리는 빠지지 아니하고 만성이 되어 요새도 술을 과히 먹거나 실섭[220]을 하면 도로 도져서 병원 출입을 해야 한다.

태수는 화투의 승부로 그날 밤에 짊어진 내기 시행을 그중 한 대목은 아직도 시행하지 못했다. 웬일인지, 김 씨는 포태(胞胎)하는 기색이 보이지 아니했다.

"나는 아마 팔자가 그런가 봐!"

김 씨는 생각이 나면 태수를 붙잡고 불평 삼아 탄식 삼아 노상 이렇게 뇌살거린다.[221]

그 대신 둘이 사이의 정은 수월찮이 깊었다.

태수는 한편으로 호화스러운 맛에 전과 다름없이 기생 오입도 하고 지내고 또 요새 와서는 초봉이한테 정신이 쏠려 그와 결혼을 하려고 애를 쓰기는 해도 그런 것과는 달리 김 씨와 사이에 소위 색정이라는 것이 깊이 들었다. 김 씨는 태수보다도 더했다.

그러나 아무리 정이 들고 서로 좋고 해도 애초부터 아무 때고 갈려야 한다는 말 없는 조건이 붙은 둘 사이의 관계다.

6

김 씨는 한편으로 영리하기도 한 여자다. 그는 한때의 손짭손[222]으로 일생을 그르칠 생각은 없었다.

만일 태수와 이렇게 더 오래 두고 지내다가는 필경 파탈이 생겨 큰 풍파가 일어나고야 말 것을 그는 잘 알고 있다.

그래서 그는 지나간 3월부터는 인제 웬만큼 해두고 태수와 갈릴 궁리를 하기 시작했다.

하기야 태수와 갈릴 일을 생각하면 생각만 해도 섭섭하기란 다시없었다. 또 기왕 내친걸음이니, 바라던 자식이나 하나 뺄 때까지 그렁저렁 밀어 가고도 싶었다.

그러나 올 3월, 그때만 해도 벌써 배가 맞아 지낸 지가 반년인데, 반년이나 두고 그렇게 지냈어도 가져지지 아니하는 아이가 앞으로 더 지낸다고 가져질 것 같지도 아니했다. 그뿐 아니라 남편을 더 오래 속일수록 위험은 더 많이, 그리고 더 가까이 박두해오게 된다. 한번 이렇게 위험을 느끼고 나매 그는 그새까지는 어쩌면 그렇듯 마음을 턱 놓고 지냈던가 싶고 자꾸만 초조와 불안이 생기었다.

그러나 앞으로 위험이 없고 그래서 태수를 한평생 옆에 두고 지내고 이리하지 못할 바면 역시 선뜻 떨어지는 게 수라고 생각했었다. 그러나 생각만 그렇지 생각 먹은 대로 되지는 아니하니까 그러면 생으로 잡아떼느니보다 태수를 장가를 들여 할 수 없이 떨어지도록 하는 도리밖에 없다고 드디어, 태수를 장가 들일 결심을 했었다.

그래서 태수더러 그 이야기를 하고 그렇게 하자고 하니까 태수는 갈리는 거야 형편대로 할 것이지만 장가는 갈 생각이 없다고 내내 콧방귀를 뀌어왔었다. 그래서 하루 이틀 그대로 두고 미룩미룩[223] 밀어왔었는데 하루는 이런 일이 있었다.

4월 바로 초승이니까 달포 전인데…….

태수가 오후에 은행에서 돌아와 바깥 싸전가게에 나가서 탑삭부리 한 참봉과 한담을 하고 있노라니까 웬 여학생인지, 차림새는 초라해도 얼굴이며 몸맵시가 단박 눈에 안기는, 그런 여학생 하나가 가게 앞으로 지나가고 있었다. 태수는 그 여학생의 차림새가 너무 조촐하고, 더욱 트레머리[224]에 통치마는 입었어도, 고무신에 버선을 신은 것이, 혹시 공장이나 정미소에 다니는 여직공인가도 싶었다.

그렇다면 더욱 인물이 아깝다고, 그래서 태수는 황홀하게 그를 바라보는 참인데, 마침 그는 탑삭부리 한 참봉한테 나붓이 허리를 굽혀 인사를 하는 것이었다.

그가 초봉이었었다.

"어 — 아버지 안녕하시구?"

탑삭부리 한 참봉은 이렇게 아주 친숙히 인사 대답을 했다. 초봉이는

"네."

하는 대답은 들리는 둥 마는 둥했지만 방긋이 웃는 입을 보고 태수는 더욱 흠탄했다.

초봉이가 지나치기가 무섭게 태수는 탑삭부리 한 참봉더러,

"거 누구여요?"

하고 급하게 물었다.

"왜?"

한 참봉은 히죽이 웃는다.

"……저 너머 둔뱀이 사는 우리 아는 사람의 딸인데……. 학교 졸업하구는 지금 저기 제중당이라는 양약국에 다닌다지? 그래 맘에 들어?"

그는 연신 수염 속에서 내숭스럽게 웃는다.

"아니여요, 거저—."

태수는 너무 덤빈 것이 점직해서 데수기를 긁었다.

"흠— 맘에 드는 모양이군그래?…… 워너니 똑똑하게는 생겼지. 정 맘에 들거들랑 집엣 사람더러 중매를 서달라지? 저 너머 둔뱀이 정 주사네 맏딸 초봉이라면 나보담 더 잘 알 테니……."

"아니에요, 아저씬 괜히—."

그날 밤부터 태수는 그새까지 시뻐하던 장가를 들겠다고 그러니 초봉이한테 중매를 서달라고 김 씨를 졸랐다.

김 씨는 초봉이라는 말에 단박 질투가 복받쳐 올라 눈이 뒤집히는 것을 어찌하지 못했다.

그는 이미 자기가 자청해서 태수더러 결혼을 하라고 했고, 겸하여 자기가 나서서 규수를 골라 뒤받이[225]를 시켜줄 결심까지 하고 있었으면서, 그러면서도 마음이 편하고 질투가 나지 아니한 것은 그 여자가 누구인 줄 알지를 못했고 따라서 눈에 보이지 아니했기 때문이다.

그러나 그 예쁘디예쁜 초봉이가 현재 김 씨 자기의 애물인 태수를 장차 차지하게 될 것을 실제로 생각할 때에는 치가 부르르 떨리고 초봉이가 예쁘면 예쁠수록 더 얄미웠다. 그러한 속을 두어두고 그는 태수더러는 초봉이가 태수한테는 과분하다는 핑계를 해가면서 그의 소청을 들어주지 않으려고 드는 것이다.

그러나 그는 마침내 마음을 돌리고 들었다.

조그마한 사업(事業)

1

언덕 비탈을 의지 삼아 오막살이들이 생선 비늘같이 들어박힌 개복동, 그중에서도 상상꼭대기에 올라앉은 어느 토담집. 방이라야 안방 하나 건넌방 하나 단 두 개뿐인 것을 명님(明姙)이네가 도통 5원에 집주인한테서 세를 얻어가지고, 건넌방은 따로 '먹곰보' 네한테 2원씩 받고 세를 내주었다.

대지가 일곱 평 네 홉[226]이니 안방 세 식구, 건넌방 세 식구, 도합 여섯 사람에 일곱 평 네 홉이다.

건넌방에는 지금 먹곰보도 없고 그의 아낙도 없고, 아랫목에서는 제 돌쟁이 어린것이 앓아 누웠고, 윗목에서는 경쟁이[227]가 경을 읽고 앉았다.

방 안은 불을 퍼질렀기 때문에, 퀴퀴한 빈취(貧臭)[228]가 더운 기운에 섞여 물큰 치닫는다.

어린것은 오랜 백일해로 가시같이 살이 받고,[229] 얼굴은 양춧빛이다. 그런 것이 입술만 유표하게 새까맣게 탔다. 폐렴을 덧들였던 것이다.

눈 따악 감은 얼굴이며 꼼짝 아니하는 손에는 벌써 사색(死色)이 내려덮었다. 목숨은, 발딱발딱 가쁜 숨을 쉬는마다 달싹거리는, 숨통에만 겨우 걸려 있다. 몇 분도 아니요, 초(秒)를 가지고 기다릴 생명이다.

경쟁이는 갓을 쓰고 두루마기를 입고 윗목 벽을 향하여 경상 앞에 초연히 발을 개키고 앉아 경만 읽는다.

경상으로 준비한 모서리 빠진 소반 위에는 밥이 한 그릇에 콩나물 한 접시, 밤 대추 곶감을 얼러서 한 접시, 북어가 세 마리 이렇게 음식이요, 돈이 1원짜리 지전으로 두 장, 쌀이 두 되는 실히 되겠고, 소지(燒紙)[230]감으로 접은 백지가 석 장, 1전짜리 양초에 불을 켜서 꽂아놓은 사기접시, 그리고 소반 옆으로는 얼멍얼멍한 짚신이 세 켤레, 대범 이와 같이 차려놓았다. 병신한테 붙어 있는 귀신더러 이 음식을 먹고 이 짚신을 신고 이 돈으로 노수[231]를 해서 딴 데로 떠나라는 것이다.

이렇게 차려놓은 경상 앞에 가서 경쟁이는 의판을 정제하고 북을 차고 앉아 경을 읽는데…….

북을 얕게 동당동당 동당동당 울리면서 청도 북대로 고저와 박자를 맞추어 나직하고 느릿느릿,

"해－동 조－선 전라－북도 군산부－산상－정 권 씨－댁……."

운운하고 경문을 한참 외운다. 그러다가 일단 목소리를 엄숙히 하더니,

"오방신자앙－."

을 불러놓고는 이어, 북도 빨리 청도 빨리 귀신이란 귀신은 있는 대로 수없이 불러댄다. 개명을 톡톡히 한 경쟁이던지 심지어

"한강철교 연애하다가 빠져 죽은 귀신."

까지 불러댄다.

대체 그렇게 숱해 많은 귀신들이 겨우 그 앞에 차려놓은 것만 가지고 나누어 먹자면 대가리가 터지게 싸움이 날 텐데, 본시 귀신이란 형체가 보이지 아니하는 것이라 그런지 즈이끼리 오쟁이를 뜯는[232] 꼴은 볼 수 없다.

아무튼 그렇게 귀신 대중(大衆)을 불러놓더니 경쟁이는 갑자기 북소리와 목청을 맹렬하게 높여, 그러느라고 발 개킨 엉덩이를 들썩들썩하고 팔을 번쩍번쩍 쳐들면서 꾸짖어 가로되,

"너 이 귀신들, 빨리 운감[233]을 하고 당장에 물러가야 망정이지 그러지 아니하면 신장을 시켜 잡아다가 천리 바다 만리 바다 쫓아 보내되 평생을 국내

장내도 못 맡게 할 테다."
고 냅다 풍우를 몰아치듯 추상같은 호령을 한다.

이렇게 한 대문을 읽고 나서 다시 처음부터 시작하려고 하는데 마침 먹곰보네 아낙이 숨이 턱밑까지 차서 허얼헐 판자문 안으로 들어선다.

그의 뒤에서는 승재가 낡은 왕진가방을 안고 따라 들어오고 또 그 뒤에는 명님이가 따라섰다.

주인과 승재가 방으로 들어서도 경쟁이는 모른 채 그냥 앉아 경만 읽는다.

먹곰보네 아낙은 방으로 들어오기가 무섭게 어린것의 얼굴 위에 엎드려 끌어안을 듯이

"아가아, 업동아!"
하고 부른다.

어린것한테서는 싸늘하니 아무런 반응도 없다. 눈을 떠본다든지 입술을 따들싹거린다든지 하다못해 손끝을 바르르 떤다든지.

승재는 대번 보고서 짐작은 했지만 아무려나 온 길이니 청진기를 꺼내서 귀에 걸고 다가앉으려니까, 먹곰보네 아낙은

"아이구머니 이것이 죽었어!"
울상으로 소리를 지른다.

승재가 어린것의 앙상한 가슴을 헤치고 청진기로 들어보니까 가느다랗게 담 끓는 소리만 들리는 둥 마는 둥, 맥은 아주 끊기고 말았다. 그는 청진기를 떼고 물러앉았다.

2

"아직 살었나 봐요!……"

먹곰보네 아낙은 어린것의 가슴에 손을 대보다가 아직 따뜻한 온기가 있으니까, 그것이 되레 안타까워 미칠 듯이 뛴다.

"네? 아직 살었나 봐요? 어서 얼른 좀…… 아가 업동아 업동아 엄마 왔다.

엄마, 젖 먹어라. 아이구 이걸 어떡해요. 어서 손 좀 대주세요!"

"소용없어요, 벌써 숨이 졌는걸……."

승재는 죽은 자식을 놓고 상성할[234] 듯 애달파하는 어머니의 불쌍한 깐으로는, 소용이야 물론 없을 것이지만 당장이나마 속이라도 시원하라고 강심제 한 대쯤 주사를 놓아주고 싶지 않은 것도 아니다. 그러나 우선 인정에 못 이겨 그랬다가는 뒤에 말썽이 요란할 것이니 차라리 눈을 지그려 감고 모른 체하느니만 같지 못하다고 생각했다.

처음 한동안 승재는 부르는 대로 불려가서 아무리 목숨이 경각에 달린 병자라도 가족들이 붙잡고 매달리면 효과야 있건 없건 구급 주사를 놓아 주곤 했었다. 그러나 대개가 시기를 놓친 병자들이라 살아나지를 못하고 주사 기운이 없어지면 죽고 마는데, 그럴라 치면 개개 주사가 생사람을 잡았다고 승재를 칭원[235]하고 심한 사람들은 승재에게로 쫓아와서 부르대기[236]까지 했었다.

그러던 끝에 달포 전에는 필경 멱살을 따들려 경찰서까지 간 일이 있었다.

그때 승재는 유치장에서 하룻밤을 자고, 이튿날 병원 주인인 달식이의 운동으로 놓여 나오기는 했으나, 석방이 아니라 불구속(不拘束) 취조라는 것이었었다.

그 뒤에 일은 아주 무사했으나 그 일을 겪고 나서부터 승재는, 인제 의사면허를 얻기까지는 되도록 절망 상태인 듯싶은 병자한테는 가기를 피하고, 혹시 마지못해 불려가기는 가더라도, 애여 함부로 손은 대지 아니할 작정을 했었다.

그러던 터인데, 오늘도 병원에서 일곱 시나 되어 돌아오니까, 명님이가 먹곰보네 아낙과 같이 와서 기다리고 있었다. 명님이는 집을 가르쳐주느라고 같이 왔던 것이다.

승재는 먹곰보네 아낙한테 아이가 백일해 끝에 한 사날 전부터 딴 증세가 생겨가지고 보채더니, 이제는 마디숨을 쉬고 담이 끓는다는 말을 듣고 벌써 일이 그른 줄을 알았다. 그래서 따라오지 아니할 것이지만 울상으로 사정사정하는 바람에 무어라고 꾀를 쓰지 못하고 와보기는 와보았던 것이다.

와서 보니 경을 읽고 있는 꼴이 이맛살이 찌푸려지는데 아이는 벌써 죽었고 해서 만일 경을 읽힐 정성으로 이틀만 미리 닦아 서둘렀어도 이 가엾은 생명을 건질 수가 있었을 것을 하고 생각하며 자식을 죽이고 애처로워하는 어머니가 불쌍하다가도 슬며시 골딱지가 났다.

먹곱보네 아낙은 또다시 어린것의 시체에다가 손을 대보고 부르고 하다가

"그래두 저 – 거시기……."

하면서 승재한테 사정을 한다.

"……주사라든지 하는 침을 놓으면 살아난다는데요?"

"인제는 소용없어요"

"그래두 남들은 그렇게 해서 죽은 것을 살렸다구 그러던데요? 제발 좀 살려 주세요! 이걸 죽이다니 아구머니 이걸 죽이다니! 네?…… 제발 좀……."

"소용 없대두 그래요!……"

승재는 듣는 사람이 깜짝 놀라게 볼멕은 소리[237]로 지천을 한다.

"……왜 진즉 나한테루 오든지 하지는 않구서 이게 무어요? 자식을 생으로 죽여놓구는……. 이제는 편작[238]이라두 못 살려놓아요!"

승재는 이렇게 해 부딪고, 왕진가방을 집어 들고 마루로 나왔다.

먹곰보네 아낙은 어린것의 시체를 걷어안고, 울음 섞어 넋두리를 시작한다.

경은 여전히 그대로 읽는다. 먹곰보네 아낙은 겨우 경 읽는 소리를 알아듣고,

"그년의 경인지 기급할 것인지 그만두어요!"

소리를 친다.

"네?"

경쟁이는 선뜻 경 읽던 것을 멈추고 대답을 한다. 그렇게 선뜻 알아듣는 것을 보면 사람이 드나들어도 모른 체 일심으로 경을 읽던 것은 실상 건성이요, 속은 말짱했던 모양이다.

"그만두라면 그만두지요……."

하면서 끙— 하고 부채를 놓더니 혼자 두런두런 돈을 비롯하여 소반에 차려 놓은 것을 견대에다가 주워 담는다.

"죽는 것두 다 제 명이지요, 인력으루 하나요. 끙—."

"오라지는 건 어떻구? 왜 제 명대루 죽을 것이면 경을 읽으면 꼭 낫는다구는 했어?"

이렇게 악을 쓰는 소리를 등 뒤로 들으면서 승재는 침울하게 그 집 문간을 나섰다.

3

승재는 효험이야 있거나 말거나 간에 또 뒷일이야 아무렇든 간에 자식을 잃고 애통하는 어머니를 위로하는 뜻으로 소원하는 주사라도 한 대나마 놓아주는 시늉을 하지는 않고 되레 타박을 준 것이 후회가 났다.

이 사람들도 자식을 위해서 애쓰는 정성은 매일반이다. 결과야 물론 소중한 자식을 죽이고 살리고 하는 것을 좌우하게 되지마는 그야 무지한 탓이지 소홀해서 그런 것은 아니다.

그러고 보니 가난과 한가지로 무지도 그 사람들을 불행하게 하는 큰 원인이요 그래서 그 사람들에게는 양식과 동시에 지식도 필요하다고 승재는 절절히 깨달았다.

네 살에 고아가 되어 생판 남과도 진배없는 친척에게 거두어 길리웠으니 역경이라면 크게 역경이다. 그러나 역경은 역경이면서도 그의 지나오던 자취에는 일변 단순함이 없지 아니하였었다.

그는 세상이라는 것을 볼 기회가 별반 없었다. 인간의 복잡하게 얽히는 생활도 그다지 구경하지 못했다.

그는 다만 병원에 앉아 검온기(檢溫器)[239]를 통해서, 맥박(脈搏)의 수효나 청진기(聽診器)를 통해서, 뢴트겐(X光線)이나 타진(打診)을 통해서, 주사기를 들고 처방전을 들고 카르테를 들고 다만 병든 인생만을 대해왔었다.

그래서 그는 병이라는 것이, 인생의 생활과 행복의 대적임을 알았었다. 그러나 그의 인생이라는 것은 아무런 분별도 없는 막연한 덩치였었다.

그러다가 그가 군산으로 와서 있으면서부터는 좀 더 분간 있게 인생을 보게 되었다.

서울의 옛 주인에게 있을 때에는 치료비 없이 왔다가 도로 쫓겨가는 병자들을 그리 보지 못했었다. 그러나 이 군산의 금호의원으로 와서는 그러한 병자들을 가끔 보았다.

승재는 울기까지 한 적이 있었다. 병이 큰 고통인데, 그것을 치료하지도 못하는 사람들의 불행을 인간 세상의 한구석에는 이러한 불행이 있음을 그는 통분히 여기기까지 했었다.

그러던 끝에 하루는 설하선염(舌下腺炎)[240]으로 턱과 얼굴이 팅팅 부은 소녀 하나가 부친인 듯싶은 중년의 노동자와 같이 병원의 수부에 와서 치료비가 얼마나 들겠냐고 물어보더니 10원이 넘겨먹겠다니까 다시 두말없이 실심하고 돌아서는 것을 승재는 보았다. 그들이 지금의 명님이와 그의 부친 양 서방이었었다.

승재는 그들이 다른 돈 없이 온 병자들처럼 돈이 없으니 그냥 치료를 해달라거나 이다음에 벌어서 갚겠다거나 이렇게 조르지도 사정도 못 하고 겨우 얼마나 들겠느냐고 물어만 보고서 큰돈 10원이 넘겠다고 하니까 낙심이 되어 추렷이 돌아가는 양이 더욱이나 가엾어 그대로 보고 있을 수가 없었다. 승재는 병원 문 밖으로 그들을 따라 나와 집이 어디냐고 번지와 골목을 잘 알아두었다.

저녁때 승재는 위선 병원에 있는 기구 중에서 간단한 수술기구와 약품 같은 것을 빌려가지고, 명님이네 집을 찾아가서 수술을 해주었다.

그는 마침 병원에서의 거처를 그만두고, 방을 얻어 따로 있기 시작한 때였기 때문에 밤저녁의 행동은 자유로웠다. 그래서 그는 계제에 결심을 하고 왕진기구 일습[241]과 약품을 장만해가지고 본격적으로 '야간개업(夜間開業)'을 시작했던 것이다. 물론 치료비나 약값은 받지 아니하고. 그래서 오늘날까지 그는 비교적 그의 조그마한 사업에 대한 비판을 가질 기회도 없고 다만 만족했었는데 지금 먹곰보네 집에서 그 일을 당하고 나서는 다소간 우울하지 아니할 수 없이 되었다. 그가 보기에는 그들이 그처럼 무지한 이상 가령 돈이 있고 문전마다 병원이 한 개씩 있더라도 그들은 완전하게 병을 정복하지 못하리라 싶었다.

그러니 역시 그들은 지식이 필요한데 그러나 그 일을 생각하면 창창해서 손도 댈 수 없을 것 같았다.[242]

승재가 풀이 죽어서 문간으로 나가니까 명님이가 문 밖에서 기다리고 있다.

"여기 있었니?……"

승재는 마음이 산란한 중에도 그 애가 귀여워 상냥하게 웃는다.

"……둘러봐두 없길래 어디루 갔나? 했지……. 어머니랑 아버지랑 다 안 계시더구나?"

"네에."

명님이는 배시시 웃으면서 손을 내민다.

"인 주세요. 제가 들어다디리께……."

명님이는 지금 저한테 끔찍이 고맙고, 또 노상 상냥하게 구는 이 '남 서방 어른' 저의 집에 왔는데 아무것도 대접도 못 하고 하는 것이 부끄럽고 민망한 참이라 가방이라도 들어다주겠다는 마음이다.

4

승재는 명님이의 그러한 속을 알고 괜찮다고 말리다가 제가 하고 싶어 하는 대로 가방을 들려주었다.

"그럼 저 아래까지만……."

"네에."

명님이는 좋아하면서 앞을 서서 찰래찰래 내려간다.

"아버지는 일 나가셨니?"

"네."

"어머니는?"

"빨래해주러 갔어요."

"그럼 요샌 굶지 않겠군?"

"네. 아침에는 밥 해 먹구, 저녁에는 죽 쑤어 먹구 그래요.

"으응, 그나마라두…… 그렇지만 점심은?"

"안 먹어요. 그렇지만 먹구 싶잖아요."

아이가 눈치가 빨라서 승재가 그다음에 물을 말까지 지레 대답을 한다.

"먹구 싶잖을 리가 있나? 배고프지? 요새 해가 퍽 긴데……."

"그래두 배는 안 고파요."

"명님이 좋아하는 청국만두 사주까? 시켜 보내주까?"

"아이 싫어요! 괜찮아요……."

명님이는 깜짝 반색을 하면서 가던 길을 멈추고 돌아선다.

승재는 전엣 일이 문득 생각나서 중국만두라고 했던 것이다. 승재가 처음 명님이네 집을 찾아가서 수술을 해주고 그 뒤에도 매일 다니면서 심을 갈아 박아주곤 했는데 거진 다 나아갈 때쯤 된 어느 날인가는 그 애가 중국만두가 먹고 싶다고 저의 부모를 조르다가 지천을 듣는 것을 보았다. 어린아이요 또 살앓이[243]를 하던 끝이라 입이 궁금해서 무엇이고 두루 먹고 싶을 무렵이었었다.

승재는 그것을 보고 나와 중국요릿집에 부탁해서 만두를 세 그릇 시켜 보내주었다. 그러고 나서 그 이튿날 또 가니까 명님이네 부모의 치하도 치하려니와 명님이가 좋아하는 양은 절로 미소가 나오게 했었다.

명님이는 제 병이 아주 나은 뒤로부터는 가끔가끔 승재를 찾아와서 무엇 내의고 양말 자배기[244]고 벗어놓은 것이 있으면 조르다시피 빼앗어다가는 저의 모녀가 잘 빨아서 꿰맬 데 꿰매고 기울 데 기워서 차곡차곡 챙겨 가져다주곤 한다. 이것이 명님이네 식구가 승재를 위하여 애써줄 수 있는 다만 한 가지 정성이다.

그러한 근경[245]인 줄 아는 승재는 차차 그것을 기쁘게 받고, 그 대신 간혹 명님이네 집에 들렀다가 끼니를 끓이지 못하고 있는 눈치가 보이면 다만 양식 한 되 두 되 값이라도 내놓고 오기를 재미삼아 했다. 승재가 끊어다 주는 노오란 저고리나 새파란 치마도 명님이는 더러 입었다.

승재는 명님이가 명님이답게 귀여우니까 귀여워하기도 하는 것이지만, 명님이는 일변 승재의 기쁨이기도 하다.

그것은 승재의 그 '조그마한 사업'의 맨 처음의 환자가 명님이었던 때문이다. 승재는 병원에서 많은 사람을 치료해주었고 그중에는 생사가 아득한 중병 환자를 잘 서둘러 살려내기도 한두 번이 아니었었다. 그러나 그다지 중병도 아니요 수술하기도 수나로운[246] 명님이의 설하선염을 수술해주던 때 그리고 그것이 잘 나았을 때 그때의 기쁨이란 도저히 다른 때 다른 환자의 치료에서는 맛볼 수 없이 컸었다.

그렇게 명님이는 승재의 기쁨이기는 하지만 한편 또 슬픔이기도 하다.

명님이네 부모가 명님이를 기생집의 수양녀로 주려고 하는 것을 승재는 알고 있다.

승재는 명님이가 장차에 매녀(賣女)의 몸이 될 일을 생각하면 마치 친구의 동생이나가 그러한 구렁으로 굴러들어가는 것같이 슬프고 안타까워했다. 그래서 승재는 명님이를 만나면 그 일을 안 뒤로는 겉으로 기쁨이 솟아나서 웃는 한편 속에서는 그 기쁨 못지않게 설움이 서리곤 한다.

이러한 관계로 해서 명님이는 승재의 외로운 감에 대하여뿐 아니라 그가 인생을 살피는 한 개의 표본이었고 세상을 들여다보는 거울이었었다. 그것은 그새까지도 그러했거니와 이 앞으로도 그러할 형편이다.

승재는 앞서서 비탈길을 내려가는 명님이의 뒤태를 눈여겨보면서 무심코 한숨을 내쉬었다.

벌써 열세 살…….

그의 등 뒤에서는 유난히 긴 머리가 치렁거려 제법 계집애 꼴이 박혀 보인다.

승재는 이 애가 이렇게 매초롬하니 장성하는 것이 답답하기까지 했다.

"명님아?"

부르는 소리에 명님이는 대답 대신 해뜩 돌려다본다.

"요새두 어머니 아버지가 저어, 거시기 음— 그 집으루 가라구 그러시니?"

승재는 좀 거북해하면서 떠듬떠듬 물어본다. '그 집'이란 팔려갈 기생집 말이다.

5

"네."

명님이는 무렴해서 고개를 숙이고 조그맣게 대답한다.

"흐응, 그래서?"

"지가 싫다구 그랬지요, 머……."

"그래두 자꾸만 가라구 그러시던?"

"그럼 쬐꼼 더 크거든 가라구 그래요."

"그럼 명님인 어머니 젖을 먹구 싶어서 싫다구 했나?"

"아녜요!……"

명님이는 승재가 혹시 농담으로 그러는 줄 알고 부끄러워한다.

"……저를 놀리시려구 그리시느만, 머……."

"아냐, 놀리는 게 아니야."

"그렇지만 머, 어머니 보구 싶어서 남의 집에 어떻게 가서 있나요?"

"그럼 더 자라면 어머니 보구 싶잖은가?"

"그렇다구 그러던데요? 어머니두 그러시구 아버지두 그러시구…… 그러니깐 인제 쬐꼼 더 자라거든 가라구."

"흐응, 더 자라거든!"

승재는 한눈을 팔면서 혼잣말하듯이 중얼거린다.

승재는 촌사람들이 도야지 새끼나 송아지 새끼를 팔래도 아직 어리고 젖이 떨어지지 아니해서 어미를 찾고 소리를 지르니까 아직 좀 더 자라게 두어두고 기다리는 것 같은 그러한 정상을 명님이네 집에다 빗대어 생각을 했다.

도야지 새끼나 혹은 송아지 새끼나 그놈이 조금만 더 자라 제풀로 뛰어다니면서 밥도 먹고 꼴도 먹고 그래 젖이 떨어지면 장에 내다가 팔려니 하고 기다리는 촌사람이나, 일변 딸자식이 조금 더 철이 들어서 부모도 그리워 않고 그동안에 가슴도 좀 더 볼록해지고 키도 좀 더 자라고 하면 기생집에다가 수양딸로 팔아먹으려니 하고 매일같이 고대고대 기다리고 있는 명님이네 부모나, 별반 다를 게 없다고 생각이 들었다.

그는 사뭇 불쾌해서 무심결에 캐액 하고 침을 뱉었다.

그러나 이어 그들, 양순하디양순한 명님이네 부모의 얼굴을 생각하면 그렇게 반감도 가져지지 않았다.

승재는 명님이를 돌려보내고 콩나물고개로 해서 초봉이네 집으로 돌아왔다.

안방에서는 마침 저녁들을 먹는지 대그락거리는 수저 소리가 들리고, 승재 방에는 자리끼 숭늉이 문턱 안에 들여놓여 있었다.

이 한 그릇 자리끼 숭늉은 계봉이가 귀띔해준 뒤로부터 그가 한 말마따나 소중한 생명수다.

그는 갈증도 나지 아니했었지만 물을 한 모금 후루루 들이마셨다. 그는 물을 마신 것이나 그것이 아니요 초봉이로 연하야 가득 넘치는 행복을 들이마시는 것 같았다.

이튿날 아침.

진즉부터 일어나 책상 앞에 앉아서 『성층권의 연구(成層圈의 硏究)』라고 하는 신간을 읽고 있던 승재는 사발시계[247]가 저그럭저그럭 가다가 일곱 시 반이 되자 읽던 책을 그대로 펴놓은 채 일어섰다. 일곱 시 반은 그의 병원 출근 시간이다. 인제 가서 소쇄[248]를 하고 조반을 먹고 나면 여덟 시 반, 여덟 시 반부터는 진찰실에 나가 앉아야 한다.

그래 버릇대로 낡은 소프트를 내려 쓰고 툇마루로 나앉아 구두를 신노라니까 문간 밖에선지 왁자아하니 사람 떠드는 소리가 들렸다.

그러거나 말거나 승재는 구두를 신고 마당 가운데로 걸어 나가는데 지쳐둔 일각문을 와락 열어젖히면서 '먹곰보'가 문간 안으로 쑥 들어선다.

승재는 대번 이건 또 말썽이 생겼구나 생각하고 주춤하니 멈춰 섰다. 그는 명님이네 집에를 그렇게 자주 다니기 때문에 먹곰보의 얼굴을 익히 안다.

술속[249] 사납고, 싸움 잘하기로 호가 난[250] 줄도 잘 안다. 그는 그래서 더욱이나 뜨윽했다.

먹곰보의 뒤에는 그의 아낙이 따랐고 먹곰보가 떠드는 바람에 지나가던 사람도 두엇이나 일각문으로 끼웃이 들여다본다.

먹곰보는 승재를 보자마자

"이놈, 너 잘 만났다!"

외치면서 눈을 부라리고 쏜살같이 달려들어 승재의 멱살을 당시랗게 훔켜잡는다.

세모지게 부릅뜬 눈하며 본시 검은 데다가 술기와 흥분으로 검붉어 무른 대춧빛으로 질린 곰보 얼굴을 휘젓고 들이덤비는 양은 우선 흉하기 다시없었다.

놀란 것은 승재다. 그는 설마 이렇게야 함부로 다그슬 줄은 몰랐기 때문에 어마지두[251] 쩔쩔맸다. 그러자 그것도 일순간이요 먹곰보는 멱살을 훔켜쥐기가 무섭게,

"이놈!"

소리와 얼러 철컥 뺨을 한 대 올려붙인다.

승재는 아프기보다도 정신이 얼떨떨해서 더욱 당황한다.

6

계봉이가 학교에 가느라고 책보를 안고 대뜰로 내려서다가 질겁하게 놀라

"아이구머니! 저를 어째!"

소리를 외친다. 안방에서 식구들이 우— 하고 몰려나온다.

"그래 이놈……."

땅땅 어르면서 먹곰보는 수죄(數罪)[252]를 한다.

"……네가 이놈, 침대롱깨나 가지면 김 생원 박 생원 한다더라구, 그래, 네가 의술깨나 한다는 놈이 남의 어린 자식이 방금 죽는 것을 보구서두 약 한 봉지 써주지를 않구 침 한 대만 놓아달라구 애걸복걸을 했어두 그냥 말었다니…… 그래서 필경 내 자식을 죽여놓아?…… 이놈!"

이를 부드득 갈면서 승재의 맷집 좋은 따귀를 재차 본새 있게 올려붙인다.

승재는 하도 어이가 없어 말도 못 하고 뻐언하니 마주 보기만 한다. 그는 뺨을 맞아 아픈 것보다도 얼굴로 물큰물큰 뿜기는 술 냄새에 비위가 뒤집혀 견딜 수가 없다.

먹곰보네 아낙이 슬금슬금 들어와서 남편의 팔을 잡고 좋은 말로 하지 왜 이러느냐고 말리는 시늉을 한다. 그러기는 해도 승재가 얻어맞는 것이 고소한 눈치다. 뒤늦게 정 주사가 신발을 끌고 허둥지둥 내려오면서

"원 이게 웬 행패란 말인고! 이 손! 이걸 놓지 못할 텐가!"

하고 호령호령한다.

먹곰보는 힐끔 돌려다보더니 꾀죄한 정 주사의 풍신이 눈에도 차지 않는다는 듯이 위아래로 마스르면서[253] 씹어뱉는다.

"이건 왜 나서서 이 모양이야? 꼴같잖게……."

유 씨와 초봉이는 벌벌 떨고만 섰고, 계봉이는 휘휘 둘러보다가 부엌으로 뛰어 들어간다.

"이놈, 경찰서루 가자. 너 같은 놈은 단단히 법을 좀 가르쳐야 한다."

먹곰보는 을러대면서 멱살을 잡은 채로 잡아 낚아챈다. 그럴 때에 퍽 소리와 같이 장작개비가 먹곰보의 옆구리를 후려갈긴다. 계봉이가 그러고 있다. 그는 이를 악물고 재차 후려갈기려다가 부친한테 떠밀려 물러선다.

지나가던 사람이 여럿 문간으로 끼웃거리다가 몇은 마당으로 들어서서 구경을 한다.

정 주사는 연신 호통만 하고 섰고, 계봉이는 분에 못 이겨 새액색 하면서

발을 구른다.

승재는 뒤를 돌려다보면서 누구한테라 없이,

"헤-참."

하고 점직해서 웃더니, 먹곰보가 멱살을 잡고 버팅긴 팔목을 훔켜쥐고 잡아 비튼다.

다 같은 장정이라도 승재 편이 원력이 솟고 그런 데다가 먹곰보는 술이 취해놓아서 그다지 용을 쓰지 못한다.

승재는 부챗살같이 손가락이 쫙 펴서 비틀린 먹곰보의 팔목과 얼굴을 번갈아 보다가 그의 아낙한테로 밀어젖히면서,

"데리구 가우. 내가 죽였소? 당신네가 죽였지……."

두런두런하고 물러선다.

"오냐, 이놈 보자, 적반하장(賊反荷杖)두 유분수가 있지, 이놈 네가 되레 사람을 치구……."

먹곰보가 이렇게 왜장을 치면서[254] 비틀거리고 도로 덤벼드는 것을 그의 아낙이 뒤에서 허리를 그러안고 늘어진다. 그러자 마침 양 서방이 명님이를 뒤세우고 헐러덕벌러덕 달려들더니,

"이 사람이 환장을 했나? 이건 어디라구……."

나무라면서 사정없이 떠밀어 데친다.

"아, 형님……."

"형님이구 지랄이구 저리 물러서! 당장 집으루 가."

양 서방은 먹곰보를 한 번 떠밀어 내던지고, 승재 앞으로 가까이 와서 술 먹은 개라니 저 녀석이 지금 자식을 죽이고 환장을 해서 그러니까 참고 탄하지 말라고 사정을 한다. 승재가 멱살잡이에 따귀까지 두 대 얻어맞은 줄은 모르는 판속이다.

승재는 별말 안 하고 어서 데리고 가라고 흔연히 대답을 한다.

먹곰보는 더 덤비려고는 아니하고 몸을 휘청거리면서 승재더러 욕만 해 퍼붓는다.

"이놈아, 네가 명색 의술을 한다는 놈이 그래 이놈 내 자식이 죽는 것을 보고두 모른 체해야 옳아? 그러구서 왜 진즉 뵈잖었냐구 내 여편네에게 호령을 해? 이놈 당장 목을 쓸어 죽일 놈. 이놈. 이노옴! 내 자식 내놔라. 이놈."

"업동 아버진 괜히 생떼를 써요……."

명님이가 얼굴이 새빨개가지고 나서서 여러 사람더러 들으라는 듯이 먹곰보를 몰아세운다.

"……다 죽어서 아주 숨도 안 쉬구 그랬어요. 그런 걸 주사를 놓는다구 죽은 애기가 살아나요? 괜히 죽은 송장한테 주사를 놨다가 정말 죽였다구 애먼 소리 듣게요?…… 생으로 어거지를 쓰면 본 사람두 없나요. 머……."

7

정 주사는 대개 그러한 곡절이려니 짐작도 했지만, 명님이가 앙알앙알 앙알거리는 말을 듣고 나서는 쾌히 속은 알았다. 속을 알고 보니 먹곰보가 더욱이 괘씸했다.

그러나 그보다 더 괘씸하기는, 아까 자기를 보고 군욕질을 하던 것이다.

그래 생각한즉 분하기도 하고 계제에 먹곰보가 이제는 한풀 죽었기 때문에 기운이 불끈 솟았다.

"거 고얀 손이로군!……"

정 주사는 아까 짓밟힌 위신을 회복하기 위하여 위엄을 갖추어 준절히 꾸짖는다.

"……그게 그 사람이 돈을 받구서 하는 일도 아니요 다 동정심으루 그러는 것인데 그러니 가서 보아준 것만이라두 감사할 것이지. 그래 오죽 잘 알아보구서 손두 대지 아니했으리라구…… 네끼 고얀 손 같으니라고! 아무리 무지막지한 모산지배[255]기로서니 어디 그럴 법이 있나!"

여기까지 꾸중을 하는 동안에 정 주사는 긴 기침도 여러 번했고 눈은 수없이 깜짝거렸다.

승재와 양 서방은 한편으로 비켜서서 승재는 어제 겪은 일을, 양 서방은 먹곰보가 아이를 낳아서는 잃고 낳아서는 잃고 하다가 40이 넘어 마지막같이 또 하나 낳아가지고 금이야 옥이야 하던 참인데 그렇게 죽이고 보니 눈이 뒤집히는데 간밤에 그의 아낙이 말을 잘못 쏘삭여서 그래 더구나 환장지경이 된 것이라고 서로 이야기를 하고 있다.

먹곰보는 인제는 기운을 차리지도 못하고 땅바닥에 퍼근히 주저앉아 무어라고 게걸거리기만 한다.

정 주사는 이어서 승재가 그동안 역시 이러한 일로 여러 번 봉변을 했고 급기야 한 번은 경찰서에 붙잡혀가기까지 했었으나 다 옳은 일을 한 짓이기 때문에 무사히 놓여나왔다고 구경꾼들더러 들으라는 듯이 주욱 설명을 한다.

그러고는 다시 한바탕 먹곰보를 꾸짖는다.

"너 이 손, 그 사람이 맘이 끔찍이 양순했기 망정이지 만일 조금만 무엇 한 사람이면 자네가 당장 죽을 거조를 당했을 테야. 내라두 한 나이나 덜 먹었으면 자네를 잡어 엎어놓고 물볼기를 30도는 치구래야 말았지. 다시는 그런 버릇을 하지 못하게…… 어디 그럴 법이 있나! 고얀 손 같으니라고. 냉큼 물러가지 못해?"

마지막 정 주사는 꽤 많은 노랑 수염을 거스르면서 소리를 꽥 지른다.

그러나 그의 호령은 역시 큰 효험이 없고 먹곰보네 아낙과 양 서방이 양편에서 부축하다시피 겨우 일각대문 밖으로 '고얀 손'을 끌고 나간다.

초봉이는 비로소 안심을 하고 절로 가슴을 만지는데 계봉이는 부친의 말마따나 잡아놓고 물볼기를 때리는 것이 아니라 그대로 좋게 돌려보내니까 그만 악이 바싹 났다.

"저 녀석을! 저 녀석을 거저……."

그는 안달을 하더니 장작개비를 도로 둘러메고 나선다.

"이년!"

정 주사는 장작개비를 빼앗아 부엌으로 들여뜨리면서…….

"……계집애 년이 배운 데 없이, 거 무슨 상스러운 짓인고!"

"그래두 그 녀석을……. 그 녀석이 우리 남 서방을……."

계봉이는 쫑알거리다가 분을 참지 못해서 발을 동동 구르더니, 금시로 굵다란 눈물이 방울방울 떨어진다. 그러다가 승재가 뻐언하고 서서 있는 앞으로 우루루 달려가서는 두 주먹을 발끈 쥐고, 마치 다듬이질을 하듯이, 승재의 복장을 동당동당 두들기면서,

"바보! 남 서방 바보야. 그깟 녀석한테 따귀를 두 번씩이나 맞구서두 왜 잠자쿠 있어?…… 왜 그래? 왜 그래?…… 이잉, 나는 몰라! 나는……."

하다가 마지막 쌀쌀 몸부림을 친다.

정 주사와 유 씨는 서로 치어다보고 피식 웃어 버린다. 초봉이는 가슴속이 뿌듯하고 감격해서 눈물이 솟아 고개를 숙인다. 승재도 감격했다. 그는 계봉이의 하는 양이 꼭 친누이동생같이 고마워 등이라도 다독다독해주고 싶었다.

"괜찮아요. 좀 맞으면 어떤가? 나 아프잖아. 어여 학교 가요, 응?"

"누가 아퍼서 말인가! 머……."

계봉이는 주먹으로 눈물을 씻으면서 타박을 준다. 미상불 아프지 않다고 달래기에는 계봉이는 '애기'가 너무 크다.

천냥만냥(千兩萬兩)

1 [256]

"내가 네깐놈의 데를 다시는 발걸음인들 하나 보아라."

정 주사가 제 무렴에 삐쳐, 미두장께로 대고 눈을 흘기면서 이런 배 찬 소리를 한 것도 실상은 그 당장뿐이요 바로 그 이튿날도 갔었고 그 뒤에도 매일 가서 하바도 하고 어칠비칠하기도 했고 그러고 오늘도 역시 미두장에서 돌아오는 길에 지금 탑삭부리 한 참봉네 싸전가게에 들른 참이다.

탑삭부리 한 참봉네 싸전가게야 쌀 외상을 달라고 혀 짧은 소리나 하려면 몰라도 묵은셈을 졸릴까 무서워 길을 돌아서까지 다니지만 오늘은 위정 마음먹고 들렀던 것이다.

초봉이는 내일 모레면 서울로 간다고 모녀가 들어서 옷을 새로 하네 어쩌네 사뭇 서둘고 있다. 그거야 가장이요 부친 된 사람의 위엄으로 가지 못하게 막자면 못 할 것은 없다(……고 정 주사는 생각한다). 그러나 그러고저러고 하느니보다 혼처나 어디 좋은 자리가 선뜻 나서서 말이 오락가락하면, 그것을 핑계 삼아 서울도 가지 못하게 하련과, 무엇보다도 어서어서 혼인을 했으면 일이 두루 십상일 듯싶었다.

그런데 요전 탑삭부리 한 참봉네 아낙이 지금도 발을 벗고 중매를 서겠다고 서둘렀으니 무슨 기미가 있어도 있을 것이다.

어디 오늘은 눈치나 좀 보아야지 이렇게 염량을 하고 쓱 들러 보았더니 아니나 다를까…….

김 씨는 가게에 있다가 반겨하면서 낮에 자기가 정 주사네 집에까지 넘어가서 유 씨만 만나 위선 대강 이야기는 했고 그래도 미흡한 것 같아 이렇게 정 주사가 지나가기를 지키고 있었노라고 말을 하고는 이어 혼담을 내놓던 것이다.

정 주사는 처음 ××은행 군산지점의 고태수라는 말을 듣고 며칠 전 미두장 앞에서 봉변을 할 때에 그 사람이 내달아 말려주던 일이 생각나서 혼자 얼굴이 붉으려고 했다. 그러나 한편 사람의 인연이라는 것이 이러한 것이로구나 하는 신기한 생각도 없지 아니했다.

"글쎄 그이가요!"

김 씨가 다시 참새같이 재잘거리기 시작한다.

"……근 1년 짝이나 우리 집에서 기식을 하구 있지만 두구 보면 볼수록 얌전해요. 요새 젊은이하구는 그런 이가 있기두 쉽잖을 거예요!"

"네. 내가 보기에두 과히 사람이 상스럽지는 않을 것 같군요."

정 주사는 태수의 차악 눈에 안기는 모습을 다시 한 번 머릿속에 그려보면서 만족을 느꼈다.

"그이 말두 그래요. 정 아무개 씨라구 그러니까 아 그러냐구. 그 어른 같으면 인사는 못 있었어두 가끔 뵈어서 안면은 익혀 안다구."

"그러나저러나 거, 근지(根地)[257]가 어떤지?"

"원이 서울 사람이래요. 과부댁 외아들인데, 양반이구. 그래서 지금두 자기네 본댁에서는 솟을대문을 달구, 안팎으루 종을 부리면서 이 애 여봐라— 하구 그런대요, 재산두 벼 천이나 하구. 그래서 그이가 월급 받는 것은 담뱃값이나 하지 다달이 자기네 본댁에서 돈을 타다 쓰군 해요. 그건 나두 가끔 각지편지(爲替書留)[258]가 오는 것을 보니까요. 그러구 은행에 다니는 것두, 인제 크게 무엇을 시작하려구 일 배우기 겸 소일 삼아서 그러는 거래요. 이런 이야기야 그이가 어디 자기 입으루 하나요? 그이 친구한테 들은 말이지."

"나이는 몇이라지요? 스물육칠 세 됐지요?"

"스물여섯, 그러니깐 갑진 을사, 을사생(乙巳生)이지요. 재작년 봄에 경성서 전문대학교를 졸업하구, 서울 그 은행에 들어갔다가 작년에 일루 전근이 돼서 내려왔대요."

"네에!"

정 주사는 잠깐 딴생각을 하느라고 건성으로 대답을 한다.

대체 그만큼 기구가 좋은 집안의 자제로 어찌 스물여섯이나 먹도록 장가를 가지 아니했나? 혹시 요새 젊은 아이들이 항용 그러듯이 제 집에 구식 본처를 두어두고, 또는 이혼을 하고, 다시 신식 결혼을 하려고 하는 것은 아닌가?

이러한 미심스러운 생각이 났던 것이다. 그래서 어떻게 그것을 좀 파고 물어보고도 싶었다.

그러나 그는 얼핏 그만두었다. 그는 혹시라도 그것이 사실이기를 저어하여 물어보기가 겁이 났던 것이다.

그래서 그는 짐짓

"아무런들 그럴 일이야 할라구. 그럴 리야 없겠지……."

이렇게 씻어 덮어버렸다. 그래도 마음 한 귀퉁이에서 찜찜해하니까, 그는 다시 다독거렸다.

"아무리 허물없는 중매애비한테기로니, 그런 말을 까집어놓고 묻는 법이야 있나?…… 차차 달리 알아볼지언정."

2

"글쎄요, 원……."

하고 정 주사는 마침내 자기의 의견을 대답한다.

그는 고태수라는 사람이 외양이 그만큼 똑똑하고 또 지금 듣자니 학식이며 문벌이며 다 상당하니까 그 말을 믿기는 하겠다, 따라서 자기도 가합하다고 생각한다, 그러나…….

"그러나 아시다시피 내 집 형편이 너무 구차해서 그런 좋은 혼처가 있어두 섬뻑 엄두가 나지를 않습니다그려! 허허……."

노상 엄살이 아니라 그는 이 말 한마디는 아니할 수가 없었다. 그러나 김 씨는 그 말을 척 받아서 시원하게 풀어 넘긴다.

"네에. 내 그러잖어두 그 말씀을 지금 하려던 참이에요. 그건 아무 염려 마세요. 벌써 내가 정 주사 댁 형편 이야길 대강 했더니 그러냐구 그러면 어려운 댁에 괴롬 끼칠 것 없이 자기가 말끔 다 대서 하겠다구 그래요. 그런 걸 보아두 사람이 영리하구 주변성이 있잖아요? 호호."

"허허, 그렇지만 어디 그러는 수야 있나요? 아녈 말루 내가 몇 끼 밥을 굶구서 혼수를 마련할 값이……."

정 주사는 속으로는 희한하고도 느긋해서 입이 저절로 흐물흐물할 지경이다.

"원! 정 주사도 별스런 체면을 다 채리시려 드셔!"

김 씨는 이렇게 반색을 하면서 그런 걱정은 조금치도 하지 말라고 다시금 주욱 설명을 늘어놓는다.

결혼식은 예배당이나 공회당에 가서 신식으로 할 테니까 또 혼인 잔치도 요릿집에 가서 할 테니까 집에서는 국수장국 한 그릇 말지 않아도 된다. 그런 것뿐 아니라 태수의 말이 자기의 모친은 규수고 결혼식이고 전부 다 네 맘대로 골라서 성롓날이나 기별하면 그날 보러 내려오겠다고 한다고 한다. 부잣집 과부의 외아들인 만큼 어려서부터 저 하고 싶은 대로 하게 했고 그래서 혼인까지도 상관을 않고 제 마음대로 하게 하는 것이다. 그래서 태수는 이제 혼인을 하게 되면 아저씨(탑삭부리 한 참봉)와 아주머니(김 씨)한테 범사를 맡길 테니 잘 알아서 해달라고 부탁을 해오던 참이다. 그러니 혼인을 하게 되면, 범절은 우리 두 집안이 상의껏 치르게 될 것이다. 한즉 퍽 순평하지 아니하냐.

"그러고……."

김 씨는 이야기하던 목소리를 낮추어 더욱 의논성 있게 이런 말을 한다.

"……이것은 내가 지금 말씀 아니해두 차차 아시겠지만 기왕이니 들어나 두세요. 그이가요, 그 말두 혼수 비용을 자기가 말끔 대서 하겠다는 그 말끝에 한 말인데…… 아 그 댁이 지내시기가 그렇게 어렵다니 참 안되었다구. 더구나 정 주사 어른이 별반 생화두 없으시다니 그래서 쓰겠냐구 걱정을 해요. 그런 걱정을 하던 끝에 그러면 자기가 이제 혼인이나 치르구 나서 형편을 보아 장사나 하시라구 얼마간 밑천을 돌라드리겠다구 그리겠지요! 글쎄 젊은이가 어쩌면 그렇게 마음 쓰는 것이 오밀조밀합니까? 원……."

이 말을 듣는 정 주사는 혼자 속으로 참고 천연덕스럽게 있기가 어려울 만큼 마음이 굼실거렸다.

저편 짝에서 한동안 쌀을 파느라고 분주히 서둘던 탑삭부리 한 참봉이 가게가 너끔하니까 손바닥을 탁탁 털면서 이편으로 가까이 온다.

"정 주사, 그 혼인 꼭 하시우. 내가 보기에두 사람은 쓸 만합디다……. 술잔 먹기는 하나 봅디다마는……."

탑삭부리 한 참봉은 태수가 장가를 간다니까 그를 귀여워하는 마음으로 마치 며느리나 보게 되는 것같이 좋아서 하는 말을 말이나 고정한 치가 되어 사실대로 내놓고 권하는 것이다

"그이가 무슨 술을 먹는다구 그래요!"

김 씨는 기를 쓰고 나서서 남편을 지천을 한다.

"허어! 왜 저러꼬?"

"극성없는 소릴 하니깐 그러지요."

"먹는 건 먹는다구 해야 하는 법이야. 또 젊은 사람이 술을 좀 먹기로서니 그게 대순가?…… 정 주사는 그런 것은 가리잖는 분네야. 그렇지 않수? 정 주사……."

"허허."

"아니에요, 정 주사. 그이는 별루 술 먹잖어요. 나는 먹는 데 못 보았어요."

"아따, 그거야 먹으나 아니 먹으나……."

"그래두 안 먹는걸요!"

"나는 보니까 먹던데?"

"언제 먹어요?"

"요 전날 밤에두 장재동 골목에서 취한 걸 본걸?"

3

정 주사는 실로 실로 그렇다. 태수가 술은 백 동이를 먹어도 괜찮다고 생각하면서 탑삭부리 한 참봉네 싸전가게를 나섰다.

그는 김 씨더러 집에 돌아가서 잘 상의도 하고 또 아무려나 당자인 초봉이 제 의견도 물어보고, 그런 뒤에 다 가합하다면 곧 기별을 해주마고 대답은 해두었다.

그러나 그런 건 인사 삼아 한 말이지 아무래도 상관없다.

그 당장에서 정혼을 해도 좋았다

미상불 그는 선 자리에서, 여보 일 잘되었소, 자— 그 혼인 합시다. 사주단자에 택일(擇日)까지 아주 합시다. 책력 이리 가져오시오, 이렇게 쾌히 요정을 지어버리고[259] 싶기까지 했었다.

아무것도 주저하거나 질릴 것이 없다. 김 씨가 그러는데 자기 부인 유 씨도 이야기를 다 듣고 나서 가합한 양으로 말을 하더라니까 그러면 되었고 당자되는 초봉이가 혹시 어떨는지 모르지만 가령 제가 약간 싫은 일이라도 그 애는 부모가 시키는 노릇이면 다 그대로 좇는 아이니까 또한 성가실 일이 없을 테다.

그러나마 사람 변변치 못한 것을 제 배필로 골랐을 제 말이지 고태수 그 사람이 오죽 도저한가![260] 도리어 과한 편이지.

이 고태수가 사람 도저하다는 것은 그러나 최후에 가서 얻은 인식(認識)이다.

처음 김 씨가 혼담을 내놓았을 때에 정 주사의 머릿속에 그려지는 태수의 모습은 그리 투철한 인물이 아니고 매우 희미한 영상(映像)이었었다.

그렇던 것이 김 씨가 이야기를 한 가지씩 한 가지씩 해가는 대로 차차 선명하게 미화(美化)되어가기 시작했었다.

그것은 마치 캔버스 위에서 화필(畫筆)이 노는 대로[261] 그림의 선과 색채가 한 군데씩 두 군데씩 차차로 차차로 뚜렷해지다가 마침내 훤하게 나타나는 것과 같았다.

정 주사의 머릿속에서 변화를 일으키기 시작한 태수의 영상은 그가 전문학교를 졸업했다는 데 이르러서 완전히 선명해졌었고 다시 정 주사한테 장사할 밑천을 대준다는 데서 완전히 미화가 되어버렸었다.

그래서 필경은 대체 이렇게 맞춤감으로 생긴 사윗감이 어디 가서 다른 집 몰래 파묻혔다가 대령하듯이 펄쩍 뛰어나왔는고 하고, 고개가 절로 끄덕끄덕 해졌다.

그는 이 혼인을 하기로 마음에 작정을 하고 나서는 한번 돌이켜 마치 시관(試官)[262]이 주필을 들고 글을 꼲듯이[263] 사윗감인 태수를 꼲았다.

그는 그저 모조리 관주[264]를 주어 내려갔다.

태수의 눈찌가 좀 불량해 보이는 것이랄지 사람이 반지빠르고[265] 건방져 보이는 것이랄지 더욱 무엇보다도 마음 찜찜한 구석은 그가 조건 붙은 새장가를 들려고 하는 것이 아닌가 해서 미심다운 것, 이런 것들은 모르는 체하고 슬슬 넘겨버렸다.

학과 시험 잘못 치른 놈이 선생 술대접하고 일공공(滿點) 맞듯이 태수도 지리 관주를 맡았다.

이렇게 해서 관주를 주어놓고는 정 주사는 어떻게 해서 맞은 관주라는 것은 상관 않고 사윗감이 관주를 맞은 것만을 기뻐했다.

아들아이가 여느 때에 공부를 잘 못하는 줄을 알건만 통신부의 성적이 좋으면 기뻐하는 게 부모다. 이거야 선량한 어리석음이라고나 하겠지만 정 주사가 하는 것은 그러한 인정이라 하기도 어렵다.

아무튼 그래서 정 주사는 지금 크게 만족하여가지고 콩나물고개를 넘어가고 있다.

그는 바로 며칠 전에 이 콩나물고개를 이렇게 넘어가면서 초봉이의 혼인과 및 그 결과에 대해서 공상을 하던 그대로 모든 일이 맞아떨어진 것을 하늘이 씌어대는 노릇이기도 한 듯싶어 못내 희한했고 일이 그렇게 희한한 만큼 기쁨도 생각하면 할수록 더 커갔다.

"자아, 그래서 돈이 생기면."

이렇게 궁리를 하면서, 정 주사는 천천히 집을 향하고 걸어간다.

대체 얼마나 돌라주려는고? 한 5, 6백 원?…… 5, 6백 원 가지고야 넘고 처져서 할 게 마땅할지. 아마 돈 천 원은 둘라주겠지. 혹시 몇천 원 척 내놓을지도 모르고.

한데, 무슨 장사를 시작한다?…… 싸전? 포목전? 잡화전?…… 그런 것은 이문이 박해서 할 것이 아니고…….

가만히 미두를 몇 번 해보아? 그래서 쉽게 한밑천 잡어?

에잉! 그건 못쓰지. 그랬다가 만약 실수나 하고 보면, 체면도 아니련과 모처럼 잡은 들거린데 방정을 떨어서야…….

그러면 무얼 해야만 하기도 수나롭고, 이문도 박하지 않고 두루 괜찮을꼬?

4

저녁을 먹고 나서…….

초봉이는 가게 일로 아직 아니 왔고, 계봉이와 형주는 건넌방으로 쫓고 병주는 저녁 숟갈을[266] 놓던 길로 떨어져 자고, 지금 정 주사는 내외가 단둘이 앉아 초봉이의 혼담 상의에 고부라졌다.

"나두 한 참봉네 집에서 두어 번이나 보기는 했수마는……."

유 씨는 삯바느질로 하는 생수[267] 깨끼적삼[268]을 동정을 달아 가지고 마침 인두를 뽑아 들면서, 이런 말을 문득 비집어 낸다.

"……외양두 다 똑똑하구 하기는 헌데, 어찌 눈찌가 좀 독해 뵙디다?"

"아니야, 거 그 사람의 눈이 독한 눈이 아니야. 그러구 저러구 간에, 여보 그렇게까지 흠을 잡아내려서야 사윗감을 깎아 맞춰야 하게?"

정 주사는 발을 따악 개키고 몸뚱이를 좌우로 흔들흔들, 양말 벗어던진 발샅[269]을 오비작오비작 후비고 앉아서 누구와 구늬나 하는 듯이 눈은 연신 깜작거리면서, 천연덕스럽게 태수를 싸고돈다.

"글쎄, 나두 그것이 무슨 대단한 흠이라는 것이 아니라 그렇단 말이지요. 머…… 아무튼지 사람은 그만하면 괜찮겠습디다."

"괜찮구말구! 그만하면…… 그런데 거 그 사람이 술을 좀 먹는 모양이야?"

이번에는 정 주사가 탈을 잡는다. 그런즉 유 씨가 차례돌림이나 하듯이 그것을 발명한다.[270]

"당신두 원 별소리를 다 하시우. 시체 젊은 애들 치구 술잔 안 먹는 사람이 백에 하나나 있습디까? 젊은 기운이구 허니 술 좀 먹는 것두 괜찮아요! 많이 먹어야 낭패지……."

"것두 미상불 그렇기는 그래……. 사내자식이 너무 괴타분한 것보담은 술잔 먹구 다 그러는데 세상 조화를 부리구 하는 법이니까."

"거 보시우……."

유 씨는 돋보기 너머로 남편을 흘끗 넘겨다보면서 한바탕 구박을 준다.

"……당신두 인제야 그런 줄 아시우? 세상에 당신같이 고착지근한[271] 이가 어디 있습디까? 담보 있게 술 한잔 먹어볼 생각 못 해보구, 남의 계집 외입 한 번 못 해보구, 그래 평생을 고렇게 늘 잔망스럽게 살아왔으니 어떻수? 말래가 요지경이 아니우?"

정 주사는 할 말이 없으니까 한바탕 꺼얼껄 웃더니 입때 발샅 후비던 손가락을 올려다가 못생긴 코밑 수염을 양편으로 싸악싹 꼬아 올린다. 암만 그래도 그놈이 카이젤 수염[272]은 되지 않고 죽지가 처진다.

"아, 그런데 말이야…… 그 애가……."

정 주사는 무렴 끝에 서시렁구용하고[273] 이야기를 내놓는다. 그는 벌써 태수를 '그 애'라고 애칭(愛稱)을 한다.

"……글쎄 우리 초봉이를 벌써 지난 초봄부터 알았다는구려? 그래가지구서는 저 혼자만 등이 달아서 머 여간 아니었다더군그래! 허허."

"시체 사람들은 다 그렇게 연애를 해야만 장가를 온다우. 우리 애가, 너무 내차기만 하구 그래서 남의 집 젊은 사람이라면 눈두 거듭떠보지를 않지만……. 그러나저러나 간에 나는 그 사람 자기네 집에서, 어쩌면 그렇게 통히 당자한테 내맽기구 맘대루 하게 한다니 그 속 모르겠습디다. 신식이요 개명한 집안이면 다 그렇기는 하답디다마는……."

"아 여보, 그럴 게 아니요? 과부의 외아들이겠다, 제 집안이 넉넉하겠다하니 자연 조동[274]으루 자랐을 것이요 그래서 입때까지 장가두 들지 않구 있었던 게 아니요? 그러니까 장가를 가더래두 제 맘대루 골라서 제 맘대루 갈려구 할 것이고 제집에서두 기왕 그래오던 것이니 모르겠다, 다 네 마음대루 해라, 맘대루 해서 하루바삐 장가나 가거라, 이럴 게 아니요? 사리가 그러잖우?"

두 내외는 태수의 위인이랄지 또 혼인하기에 꺼림칙한 점이랄지 우선 말내기를 저어했고 혹시 말이 나오더라도, 서로 그것을 싸고돌고 안고 도느라고 애를 썼다. 마치 자리 잡은 부스럼이나 동티나는 터줏대감 건드리기를 무서워하듯 했다.

그들은 진실로 이러하다. 그들은 딸자식 하나를 희생을 시켜서 나머지 권솔이 목구멍을 도모하겠다는 계책을 적극적으로 세우고 행하고 할 담보는 없다. 가령 돈 있는 사람을 물색해 내서 첩으로 준다든지 심하면 기생으로 내앉히거나 청루(靑樓)[275]에다가 팔거나 한다든지 그렇게 하지는 못한다.

비록 낡은 것이나마 교양이라는 것이 있어서 타성적으로 그놈한테 압제를 받기 때문이다.

5

교양이 압제를 주니 동물적으로 솔직하지 못하고 인간답게 교활하다.

그래서 정 주사네는 지금 태수와 이 혼인을 하면, 집안이 셈평을 펴게 되겠다는 계제를 당하여, 한걸음 넌지시 물러서서 자, 이 혼인의 결과가 딸자식의 장래를 불행하게 하지나 아니할까? 하는 의구를 일으켜가지고 그 의구가 완전히 풀리어 안심이 되도록 천착을 해보기를, 그들은 짐짓 피하고 각기 제 마음을 속인다. 제 마음을 속이는 동시에 혹시 남편이, 또는 아내가, 신랑 될 사람의 흠집을 따들고 나서서, 캐려고 할까 봐 실로 전전긍긍하기를 마지아니했었다.

그래서 사리고 조심하고 한 덕으로 내외의 의견은 잘 맞아떨어졌다.

정 주사는 아랫동리의 약국으로 마을을 내려가려고 벗었던 양말을 도로 집어 신으면서 유 씨더러 초봉이가 오거든 위선 서울은 절대로 보내지 않을 테니 그리 알고, 겸하여 이러저러한 곳에 혼처가 나섰으니 네 의향이 어떠하냐고, 물어보라는 말을 당부한다.

"성현두 다 세속을 좇는다는데, 그렇게 제 의향을 물어보는 게 신식이라면서?"

정 주사는 맨 끝에 이런 소리를 하면서 대님을 다 매고 일어선다.

"그럼, 절더러 물어 보아서 제가 싫다면 이 혼인 작파하실려우?"

유 씨는 그저 지날 말같이 웃음엣 말같이 한 말이지만, 은연중에 남편을 꼬집는 말이다. 그러나 그것은 일변 유 씨가 자기 자신한테도 조지는 말이다.

"제가 무얼 알아서 싫구 말구 할 게 있나? 어미 애비가 어련히 알아서 다 제 배필 골랐으리라구……."

"그런 걸 제 뜻을 물어보랄 것은 무엇 있소?"

"대체 여편네하구는 잔소리라니! 글쎄 물어보아서 저두 좋아하면 더할 나위 없을 것이고 만약에 언짢아하거들랑 알아듣도록 깨우쳐 이르지?"

"그걸 글쎄 낸들 어련히 알구 할까 봐서 그러시우? 잔소리는 먼저 해놓구 설랑……. 어여 갈 데나 가시우."

정 주사는 핀잔을 먹고서 나갔다.

마침 대문에는 소리가 들렸다. 유 씨는 초봉이가 들어오나 하고 귀를 기울였으나 마당에서 남편과 인사를 하는 게 승재의 음성이다.

'오오, 승재가……'

유 씨는 새삼스럽게 승재한테 주의가 가던 것이다. 그럴 내력이 없지도 않다.

유 씨는 실상인즉 진즉부터 초봉이가 승재한테 범연치 않은 기색을 눈치채고 있었다.

그래서 꼭이 그래서뿐만 아니지만 그첨저첨해서, 그는 승재를 맏사윗감으로 치고 두루 염량을 해왔었다.

말이 많지 않고 보매는 무뚝뚝한 것 같아도 맘이 끔찍이 유순하고 인정이 있는 것이 무엇보다도 유 씨의 마음에 들었다.

한번 척 그렇게 마음에 들고 나니 그 담엣 것은 다 저절로 그대로 따라갔다.

그의 듬쑥한 성미는 사람이 무게가 있는 것같이 미더운 구석이 있어 보였다.

그가 지금은 다 그렇게 궁하게 지내지만, 듣자니 늘잡아서 내년 가을이면 옹근 의사가 된다고 한다.

의사가 되기만 되는 날이면 돈도 벌고 해서 거드럭거리고 지낼 거야 묻지 아니해도 빤히 알 일이다.

그러니 그때 가서는 마음 턱 놓고 딸을 줄 수가 있다. 하기야 한 가지 마음 걸리는 데가 없지도 아니했다.

승재는 부모도 없고 친척도 없이 무 대가리같이 굴러다니는 사람이다. 도대체 근지가 어떠한지 알 수가 없다.

옥에 티라고나 할까. 이것 한 가지가 유 씨의 승재에게 대한 불만이었었다.

그러나 궁하면 통한다는 묘리대로 그것 또한 변법이 없으리라는 법은 없었다.

'지금 세상에 근지가 무슨 아랑곳 있나?'

'양반은 어디 있으며, 상놈이 어디 있어?'

'저 하나 잘나고 돈만 있으면 그게 양반이지.'

이렇게 유 씨는 자기의 편리를 위하여 승재의 근지 분명치 못한 것을 관대하게 처분을 내렸다.

그러나 그렇다고 명년 가을에 승재가 의사가 되기를 기다려 그를 사위를 삼겠다고 작정을 한 것은 아니다. 역시 사윗감으로 눈여겨두었을 따름이다.

6

유 씨는 그러했지만 정 주사는 결단코 그렇지 아니했었다. 그는 승재 따위는 애초에 마음도 먹지 아니했다.

하기야 승재가 생김새와는 달라 인정이 있고 행동거지가 조신한 것은 정 주사 자신도 두고 겪어보는 터라 모르는 바는 아니다.

그러나 당장 눈앞에 보이는 초라한 승재, 그가 의사가 되어가지고 돈도 많이 벌고 의표[276]도 훤치르르하고 이렇게 환골탈태해서 척 정 주사의 눈앞에 현신을 한다면 그때에야 물론 정 주사의 생각도 달라질 터이지만 지금 앉아서는 문제도 되지 아니한다. 그는 유 씨처럼 승재가 일후 잘되게 되는 날을 미리 생각해보려고도 아니한다.

그러니까 만약 초봉이가 승재한테 다른 기색이 있는 눈치를 안다거나 또 유 씨라도 승재를 가지고, 자, 약시[277] 이만저만하고 이만저만해서 나는 승재를 초봉이의 배필로 마땅하다고 생각하는데 당신은 어떻게 생각하시오. 이렇게 상의를 한다면 정 주사는 마구 훌훌 뛸 것이다.

대체 어디서 굴러먹던 뉘 집 뼈다귄지도 모르는 천민(賤民)을 가지고 어엿한 내 집 자식과 혼인을 하다니 그런 해괴망측한 소리가 있더란 말이냐고, 그 노랑 수염을 연신 꼬아 추키면서 냅다 냉갈령[278]을 놓았을 것이다. 그 끝에 유 씨한테 듭신[279] 지천을 먹기도 하겠지만.

아무튼 그래서 유 씨는 남편의 그러한 심정을 잘 아는지라 애여 말눈치도 보이지 않고 그저 그쯤 혼자 속치부[280]만 해두고 오늘날까지 지내왔었다.

그러자 오늘 고태수라는 신랑감이 나타났다. 태수는 외양이 눈에 차악 고이기도 하려니와 선뜻 마음에 드는 이바지를 가지고서 나타났다.

유 씨는 태수의 외양과 들이미는 이바지에 흠탄해서 여태까지 유념해 두고 지내던 승재는 미처 생각할 겨를도 없이 태수 하나만 가지고 성큼 작정을 해버렸던 것이다. 태수는 혼자 가서 첫째를 한 셈이다.

유 씨는 그렇게 작정을 하고 나서 그러고도 종시 승재라는 존재는 잊어버리고 있는데, 마침 승재의 음성이 들리니까 비로소 주의가 갔던 것이다.

유 씨는 인제서야 승재를 태수와 대놓고 생각을 해본다. 그러나 그것은 마치 쌍으로 선 무지개처럼, 빛이 곱고 선명하니 가깝게 있는 며느리 무지개는 태수요, 뒤로 넌지시 있어 희미한 시어머니 무지개는 승재로 보였다.

태수가 그처럼 솟아 보이는 것을 보고, 유 씨는 만족해서 혼자 웃었다.

그러나 일변, 그만큼 무던하다고 본 승재를 그대로 놓치게 되는가 생각하면 적이 아깝기도 했다.

이 아깝다는 생각에는, 그보다 앞서서 욕심 하나가 돋쳐 나왔었다. 그는 승재를 그냥 놓아버릴 게 아니라 작은딸 계봉이의 배필로 붙잡아두고 싶었다.

지금 스물다섯 살이라니까 계봉이와는 나이 좀 층이 지기는 해도, 여덟 해쯤 그리 대사가 아니다. 그러니 아무래도 승재는 그 요량으로 유념해두고서 후기를 보는 게 좋겠다고 유 씨는 하룻밤에 한자리에 앉아 큰사위 작은사위를 다 골라 세웠다.

아홉 시나 되었음직해서 초봉이가 돌아왔다.

유 씨는 들어오는 초봉이의 얼굴을 보자마자,

"너 어디 아프냐?"

하고 놀라지 않을 수가 없었다. 눈이 폭 갈리고 해쓱한 얼굴이며 더구나 핏기 없는 입술이 결코 심상치가 않았다.

"아니."

초봉이는 대답은 해도 아니라고 하는 말소리에 신명이 하나도 없고 방으로 들어서자 접질리듯 주저앉는 몸짓에도 완구히 맥이 없어 보인다.

유 씨는 바느질하던 것도 내려놓고 성화가 나서 딸을 들여다본다.

"아니라께? 응? 저녁은 아까 형주가 날라 갔지? 먹었니?"

"네."

"그럼 늦게 일을 해서, 시장해서 그러니?"

"아니."

"그럼 왜 신색이 저러냐?…… 어디가 아픈 게루구나? 분명히 아픈 게야……."

"아이, 어머니두……"

초봉이는 강잉해서[281] 웃으려고 하는 모양이나, 웃는다는 게 웃는 것 같지도 않다.

"……내가 어쨌다구 그러시우? 나는 아무렇지두 않은데."

"아무렇지도 않은 게 다 무어냐? 사람이 마치 중병 치르구 난 것처럼, 신색이 틀렸는걸……. 응? 어디가 아파서 그러느냐?"

"아프기는 어디가 아푸? 아무렇지두 않다니까……."

초봉이는 성가신 듯이 이마를 가늘게 찌푸린다.

7

초봉이는 아까 아침에 나갈 때만 해도 넘치게 명랑했었다.

오늘은 저녁때부터 새 주인한테 가게를 아주 넘겨주고 내일 하루 쉬고 나면 모레는 밤차로 서울로 간다고 아이가 본시 진중하니까 사뭇 쌔왈거리지는 아니했어도 혼자 속으로 좋아서 못 견디어하는 눈치는 완연했었다.

그는 그새도 늘 어머니만 믿으니 어쨌든지 아버지가 못 가게 막지 못하도록 가로맡아주어야 한다고 모녀가 마주 앉기만 하면 뒤를 누를 겸 신신당부를 했고 오늘 아침에 나갈 적에도 모친을 가만히 부엌으로 불러내어 그 말을 하면서 모친이 염려 말라고 해주니까 그저 입이 벙싯벙싯하는 것을 손등으로 가리고 돌아서서 나갔었다.

그랬는데 지금 저녁에는 갑자기 신색이 말이 아니게 틀려가지고 맥이 없이 들어오니까, 유 씨는 처음에는 정말 몸이 아파서 그러는가 하고 애가 쓰여서 그렇게 성화를 한 것이다.

그러나 차차 보니 제 말대로 역시 몸이 아픈 것은 아니고, 무엇을 걱정하는 것 같은 낙담한 것 같은 그런 기색이었었다.

그러면 가려던 서울을 못 가게 되어서 그런 것이나 아닌가. 물론 집안엣 일은 제가 그새 벌써 알았을 이치가 없고, 그렇다면 달리 무슨 곡절이 생긴 것이구나. 대체 어째서 그랬는고. 유 씨는 이렇게 두루 생각을 해보느라고 잠잠히 손끝의 바늘만 놀리고 있다.

초봉이는 잠자코 한동안 말이 없이 앉았다가 문득

"어머니, 나 서울 못 가게 되었다우!"

하는 게 마치 성가신 남의 말을 겨우 전달하듯 한다.

유 씨는 속으로는 혼자, 그저 그런 것 같더라니 하고서

"으응? 왜?"

짐짓 놀라 묻는다, 그는 짐짓 놀라는 체했지 속으로는 그거 일이 십상 잘되었다고 마음이 놓였다.

유 씨는 방금 오늘 아침까지도 딸더러 부친이 막는 것은 가로맡을 테니 염려 말라고 장담을 하면서 서울로 가라고 해왔었다.

그러던 것을 그날 하루가 다 못 가서 같은 그 입을 가지고 이 애 너 서울 못 간다, 이 말을 하기는 아무리 모녀지간이요 또 갑자기 좋은 혼처가 나선 때문이라지만 그래도 낯간지러운 노릇이었었다.

그런데 계제에 제가 먼저 서울로 가지 못하게 되었다고 하니까 유 씨는 이런 다행할 도리가 어디 있으랴 싶었다.

초봉이는 제가 한 말이고 모친이 묻는 말이고를 다 잊어버린 듯이 우두커니 앉아 있다가 역시 내키지 않게 대답을 한다.

"아저씨가 오지 말래요."

"아저씨? 제호 말이지?"

"네에."

"왜? 어째서?"

물어도 초봉이는 고개를 숙이고 대답이 없다.

"아니, 글쎄……."

유 씨는 사뭇 서슬을 내어 성구려 든다.

"제가 자청을 해서 가자구 하구는 이제는 오지 말라다니 무슨 놈의 변덕이야! 그런 실없는 일이 어디 있다더냐?"

물론 이편은 지금 인간대사 혼인을 하게 된 고로 그렇지 않아도 일을 파의시켜야 할 판이었고 그러니 절로 파의가 된 것이 다행이기도 하고 하지만 그건 그것이고 이건 이것이지 도무지 경우가 그른 짓이다.

일껏 제 입으로 가자고 가자고 해서 다 말 짜듯이[282] 짜놓고는, 이제 비스감히 오지 말라고 한다니, 그래서 남의 집 어린 자식을 저렇게 신명이 떨어져 얼굴이 죽을상이 되게 하다니…….

요행 보내지 않기로 조금 전에 작정을 했기에 망정이지 그렇지 아니했다면 유 씨는 단박 두 주먹을 불끈 쥐고 쫓아가서 속이라도 시원하게 시비를 가리려 들 그의 승벽이다.

사실 그는 당장에 초봉이가 가엾은 깐으로는 그대로 부르르 달려가서 제호의 턱밑에다 주먹을 들이대고, 자, 무슨 일로 그랬습나? 그런 경우가 어디 있습나? 그만두소, 그까짓 놈의 서울 안 보내도 좋습네, 보아란 듯이 버젓한 신랑감을 골라서 혼인을 하겠습네, 이렇게 콧구멍이 빠언하도록 몰아세워주고 싶기도 했다.

"글쎄 우리를 만만히 보구서 그러는 게 아니냐?…… 대체 어째서 가자구 했다가 인제는 오지 말란다더냐? 답답하다. 속이나 좀 알자꾸나?"

유 씨는 참고 그만두지 그럴 일이 아니라고 속을 돌린 뒤에 초봉이더러 이렇게 물어본다,

초봉이는 곧은 대답을 않고 있다가,

"나도 모르겠어요……. 그냥 오지 말라구 그리니까."

하면서 종시 말하기를 사린다.

그는 아까 저녁때 그 일을 모친한테고 남한테고 제 낯이 오히려 따가워서 말하기조차 창피했다.

8

저녁때 다섯 시가 얼마 지나서다.

바쁜 일이 없어도 바쁘게 돌아다니는 제호지만 요새 며칠은 정말 바빠서 오늘도 아침부터 몇 번째 그 긴 얼굴을 쳐들고 분주히 드나들던 끝에 잠깐 앉아 쉬려니까 안에서 윤희가 채어 들여갔다.

제호가 안으로 가고 조금 있더니 큰 소리가 들렸다.

이틀에 한 번쯤은 내외간에 싸움을 하는 줄을 아니까, 초봉이는 그저 또 싸움을 하는 것이겠지 하고 귀여겨듣지도 않았다.

그런데 어느 말끝에 윤희가,

"그래 기어코 그 계집애를 데리구 갈 테란 말이야?"

쟁그럽게 악을 쓰는 목소리가 마치 초봉이더러도 들으라는 듯이 역력히 들려 나왔다. 초봉이는 귀가 번쩍 띄었다.

"글쎄 데리구 가면 어째서 그러는 거야?"

이것은 약간 거칠게 나오는 제호의 음성이다.

"어째서라니? 내가 그 속 모를까 봐서?"

"속은 무슨 속이란 말이야?"

"말은 못 하나? 계집애가 밴조고롬하게[283] 생겼으니깐 음충맞게[284] 딴 배짱이 있어가지구설랑……."

이렇게 들려 나오는 윤희의 말에 초봉이는 얼굴이 화틋 달아올랐다. 그는 마침 배달하는 아이도 없이 혼자 가게에 앉아 있으면서도 고개가 절로 수그러졌다.

그는 깨끗한 처녀의 마음자리에 진흙을 끼얹은 것 같아 일변 분하기도 했다.

"나잇값이나 좀 해요!……"

제호가 나무라듯 비웃듯 씹어뱉는다.

"……인제는 그만하면 철두 들 때두 됐는데 왜 점점 갈수록 고 모양이야……. 원 내가 아무리 계집에 걸신이 들렸기루서니, 그래, 나이 자식 연갑이구 더구나 믿거라 하구 갖다 맽기는 친구 자식한테 손을 댈까 봐서? 원 히스테리두 분수가 있구 강짜두 턱이 있어야지!"

"아이구! 저 팡우리구멍[285] 같은 아가리루 말은 이기죽이기죽 잘두 하네!…… 아무러튼 말루만 이러네 저러네 해야 소용 없구, 자, 데리구 갈 테야? 안 데리구 갈 테야?"

윤희가 조곤조곤 이렇게 다지니까 제호는,

"데리구 갈 테야-!"

하고 버럭 소리를 지른다.

"정말?"

"그래."

"그럼 나두 나 하구 싶은 대루 할 테야."

윤희의 한결 더 독살스러운 소리가 들리고 잠깐 다시 윤희가…….

"자, 이거 알지? 이건 빙초산이구, 이건 ××가리(××加里)…… 빙초산은 위선 그 계집애 낯바닥에다가 끼얹어주구, 그러구 나서 ××가릴랑은 내가 먹구…… 어때? 그랬으면 시원 상쾌하겠지?"

빙초산을 그 계집애 얼굴에다가 끼얹는다는 소리가 들릴 때 초봉이는 오싹 소름이 끼치고 수족이 떨렸다.

이어서 안에서는 쾅당거리는 소리, 외치는 소리가 들리고 그 소리가 가게께로 가까워질 때에는 초봉이는 벌써 길로 뛰어나왔다.

그는 길로 뛰어나오기는 했어도 어마지두 어떻게 할지 분간이 선뜻 나지 않아서 주춤주춤하는데 제호가 양편 손에 약병 하나씩을 갈라 들고 씨근버근[286] 가게로 나왔다.

안에서는 윤희가 아이고 대고 목을 놓고 울음을 울고, 제호는 두리번거리다가 길 가운데 가 서서 있는 초봉이더러 들어오라고 손짓을 하면서 기다란 얼굴을 끄덕거린다.

초봉이는 서먹서먹하기는 해도 가게로 들어왔다.

"이런 제기랄 것……."

제호는 들고 나왔다가 테이블 위에 놓은, 빙초산과 ××가리 병을 도로 집어 들고 들여다보면서 투덜거린다.

"……글쎄, 그놈의 여편네가 이건 어느 결에 도둑질을 해다 두었담? 거참…… 하마터라면 큰일 날 뻔했지? 제기랄 것……. 이거 아무래두 내가 ××가리라두 집어먹구 죽어버려야 할까 봐! 건데 초봉이……."

이렇게 불러놓고도 그는 난처해하다가 겨우 말을 잇는다.

"……이거 참 미안하게 됐는데 말이야, 응? 저어, 이번에 말이야, 서울 같이 못 가게 될까 봐? 그러니 집에 있으라구. 집에 있으면, 내 언제 올라오라구 기별하께, 응? 초봉인 다 내 사정 알아줄 테니까 하는 말이니……. 제기랄 것, 이놈의 세상."

제호는 초봉이의 대답을 차마 듣기가 미안한 듯이 말만 해놓고는 얼핏 약병을 들고 일어서서 '극약 독약'이라고 쓴 약장 문을 열어젖힌다.

9

그렇게 된 일이고 보매 초봉이는 그 곡절을 차마 이야기하기가 낯이 뜨거웠던 것이다.

"그러구 저러구 간에……."

유 씨는 더 캐어물으려고 하지 않고 그쯤서 요정을 지어 말을 한다.

"……잘되었다, 그까짓 데 서울은 간들 실상 무엇이 두드러진 무에 있겠니? 아주 잊어버려라, 그리구 시집이나 가거라."

초봉이는 끝엣 말은 심상하게 귀 넘겨들었다.

전에도 양친이 늘 마주 앉기만 하면, 초봉이가 듣는 데고 안 듣는 데고, 어서 시집을 보내야겠다거니 너무 늦어가서 걱정이라거니, 이런 이야기를 하곤 했기 때문에 오늘 저녁에도 그런 말인 줄만 알았던 것이다.

한편 유 씨는 오늘 저녁에 그 말을 할까 그만둘까 망설이던 참이다.

가려던 서울을 못 가고, 저렇게 풀이 죽어 만사에 경황이 없어하는데 혼인 이야기란 어찌 생각하면 새수빠진 듯하기도 했다.

그러나 일변 생각하면 그 애가 그럴수록이 혼인이 어울린 이야기를 해주어서 거기에다가 마음을 돌리고 다른 것은 잊어버리도록 하는 것도 계제에 좋을 성싶었다.

그래 우선 그렇게 운만 따놓고는 어떻게 할꼬 하고 다시 한 번 궁리를 하는데 건넌방에 있던 계봉이가 건너와서 살며시 들어앉는다.

그는 오늘 초저녁부터 눈치들이 이상하고 하니까 필경 형의 혼인 이야기겠지 하고 궁금증이 나서 건너는 왔어도 도로 쫓아 보낼까 봐

"나두 바느질 좀 배워예지……."

하고 눈치를 말긋말긋 여살핀다.[287] 유 씨는 돋보기 너머로 눈을 한참이나 흘기더니,

"여우 같은 년! 무척 바느질이 배우구 싶겠다? 그러다가 짜장 사람 되게?"

"어이구, 어머니두!…… 바느질 못 한다구 시집갔다가 쫓겨오면 어머니는 속이 시원하겠수?"

"말이나 못 하나? 저년은 주둥아리만 알루 까놓았어!"

"해해, 그래두 어머니 딸은 어머니 딸이지이?"

"내 속에서 네년 같은 왜장녀[288]가 어떻게 생겨났는지 나두 모르겠다!"

"그렇지만 어머니, 나는 나 같은 훌륭한 딸이 어떻게 우리 어머니 뱃속에서 나왔는고? 그게 이상한걸?"

"저년이 얄래져서[289] 한참 까불구 있구만!…… 그렇게 까불구 분주하게 굴려거든 저 방으루 건너가."

"네에. 거저 다소곳이 앉아서 어머니 바느질하시는 것만 보겠습니다."

유 씨는 계봉이를 지천은 해도 그 애가 건너와서 분배를 놓고[290] 나니까 초봉이와 단둘이 앉아 있을 때보다 숨쉬기가 가벼운 것 같고 그래서 이야기를 하기도 훨씬 수나로울 듯싶었다.

"이 애야 초봉아?"

유 씨는 음성에 정과 점잔을 다 갖추어 부르면서 잠깐 고개를 들어본다.

초봉이는 모친이 무슨 긴한 이야기가 있길래 음성까지 가다듬어가지고 그러는고 해서 마주 고개를 쳐든다.

"……너두 벌써 나이가 스물한 살이니……."

유 씨는 이렇게 서두를 내놓고는, 이어서 하는 말이…….

"흰말[291]이 아니라, 우리가 고향에서 그래두 조석 걱정은 아니하고 살던 그때 같은 처지라면이야 너를 나이 스물한 살이나 먹두룩 두어두었을 것이며 또 너를 내놓아서 그 푸달진 돈벌이를 시키느라고 오늘처럼 박제호 따위가 우리를 호락호락하게 보고서 그런 경우 빠진 짓을 하게 하긴들 했겠느냐. 그게 다 집안이 치패해서[292] 궁하게 살자니까 범사가 그 지경이로구나."

유 씨는 이러한 말 말고도 별별 잔사설, 별별 구누름[293]을 다 늘어놓고는 급기야, 그러니 네 나이 한 나이라도 더 들기 전에 마땅한 혼처가 있으면 하루바삐 혼인을 해야 하겠다고, 너의 부친과 앉으면 그 걱정을 하는 참이다, 고 겨우 지루한 서론을 끝마친다.

그러고 나서는 또다시 음성을 이번에는 썩 의논성 있게 끊어가지고

"너, 혹시 저 너머 한 참봉네 싸전집 말이다. 그 집에 기식하구 있는 고태수라는 사람, 저 아따 ××은행소 다닌다는 사람 말이다, 그 사람 더러 본 적 있느냐?"

하면서 고개를 쳐든다.

초봉이는 고태수라는 이름을 듣자 아! 기어코 여기까지 바싹 들이대고 육박을 했구나! 하면서 몸을 떨었다.

그동안 초봉이는 고태수라는 사람의 세찬 정기가 미묘하게도 심장 가운데로 뚫고 들어오는 것을 막으면 밀리면 실로 악전고투를 해왔었다.

10

고태수라는 사람의 얼굴을 알아내고, 동시에 그가 이러저러한 속이 있다는

것을 알던 그날부터 초봉이의 가슴에는 저도 모르게 동요가 시작되었었다.

초봉이가 맨 처음 그날 태수의 모습을 머릿속에 그려보다가 승재와 비교해서 승재가 그만 못하니까 그것을 시기하여 태수한테 반감이 생긴 것 그것이 벌써 일 심상치 아니할 시초였었다.

그 뒤로 늘 태수는 초봉이의 머릿속에 가서 승재의 옆에 가 차악 붙어가지고는 초봉이가 아무리 눈치를 해도 찰거머리같이 떨어지지를 아니했다.

초봉이는 승재를 자꾸만 추켜 앉히고 싸고돌고 해도 그럴수록 태수는 자꾸만 더 무겁게 파고들었다.

태수는 마치 색채 강렬한 꽃이나, 독한 향수처럼 초봉이를 사뭇 자극시켰다. 초봉이는 눈이 아프고 콧속이 아파서 그 꽃을 아니 보려고 그 향내를 아니 맡으려고 고개를 살래살래 내저었으나, 큰 운명인 것처럼 그것을 피할 수가 없었다.

피하재도 피해지지는 않고, 그래서 그는 필경 제 마음이 울고 싶게 짜증이 났었다.

그러나 다만 한 가지, 오래잖아 서울로 가는 날이면 그것도 활활 털어지고, 마음 가뜬하겠지, 이렇게 믿고 일변 안심도 했었다.

그런데 서울을 가지 못하게 된 것도 큰 기쁨을 놓쳐 낙심인데 고태수라니!

그것은 물론 고태수와 결혼을 하라는 그 뜻인데, 그러나 그것은 어머니의 입에서 나오는 빈말이 아니라, 고태수 그 사람의 무서운 육박이었었다.

초봉이는 모친이 말을 묻는 것도 잊어버리고, 저 혼자서 지금 고태수라는 사람이 던지는 그물에 옭히어 옴나위하지도[294] 못하고, 그러고도 방그레니 웃으면서 태수한테 손을 내미는 제 자신을 바라보다가 깜박 정신이 들어 다시금 몸을 바르르 떤다.

유 씨는 딸의 대답을 기다리지 않고 이어서

"그 사람 말이 너를 잘 안다구 그리구 너두 자기를 알 것이라구 그러더란다."

이렇게 이야기를 또 내놓는데 계봉이가 말허리를 가로 타고 한마디 참견을 한다.

"으응, 그 사람?…… 나두 더러 보았지……. 그런데 어찌 너무 말쑥한 것 같애? 사람이……."

"네년이 무얼 안다구, 주제넘게 그래? 잠자코 있지는 않구서……. 그래 느이 아버지두 그러시구 또 내가 보기두 사람이 퍽 깨끗하구 똑똑해 뵈더라. 나이는 올해 스물여섯이구, 서울서 멋? 전문대학교를 졸업했다구?"

계봉이는 그냥 듣고 있자니까 제 낯이 간지러워서 견딜 수가 없었다.

"어머니두! 전문대학교가 어디 있다우? 전문학교면 전문학교구 대학이면 대학교이지."

"이년아 그럼, 더 높은 학관 게로구나!"

"어이구 어머니두! 혼인하기두 전에 지레들 흠탄해가지군. 난 고런 사내 얄밉더라."

"저년이!"

유 씨는 돋보기 너머로 눈을 흘기기는 해도, 속으로 일변 걸리는 데가 없지 못했다.

초봉이는 종시 고개를 떨어뜨리고 있고 유 씨는 계봉이한테 흘기던 눈을 그대로 초봉이에게로 돌려 한번 힐끗 기색을 살핀 뒤에 다시…….

"태수는 고향이 서울이요 양반의 집 과부의 외아들이요 재산은 천 석 추수나 하고 지금 은행에 다니는 것은 장차 무슨 큰 경륜이 있어 일을 배울 겸 그리하는 것이요 결혼식은 이제 예배당에나 공회당에 가서 신식으로 할 테고 잔치는 돈을 많이 들여 요릿집에 가서 할 테고 우리 집이 가난해서 마음은 있어도 혼인할 엄두를 못 낸다니까 그렇잖아도 혼수며 비용을 전부 자기네가 대줄 요량을 하고 있단다고 하고, 그러니 털어놓고 말이지, 지금 이 지경이 된 우리한테 당자가 그만큼 잘나고 집안이 좋고, 그 밖에 여러 가지로 구격이 맞은 그런 혼처가 좀처럼 생기기가 어려운 노릇인데 그게 다 연분이라는 것이니라. 그래서 느이 아버지와 내가 잘 상의를 해보고 나서 이 혼인을 하기로 아주 작정을 했다. 그러니 너도 그렇게 알고 있거라. 느이 아버지는 너의 의향을 물어보라고 하시지만 너도 노상 그 사람을 모르는 바 아니니 물어보나마나 네 맘에도 들 것이다…….”

이렇게 유 씨는 이야기를 마치고 잠긴 숨을 내쉬면서 고개를 들어 딸의 기색을 엿본다. 모친의 여러 가지 설명으로 해서 초봉이의 머릿속에 들어 있던 태수의 영상은, 더할 나위도 없이 찬란해가지고 승재의 희미한 영상을 압박했다. 초봉이는 그것이 안타까워 몸부림을 치면서

'나두 몰라요!'

라고 포악이라도 하고 싶었다.

11

세 모녀가 잠시 말이 없이 잠잠하고 있다가 유 씨가 다시 무슨 말을 하려고 하는데 계봉이가 얼른 나선다. 그는 형한테 의미 있는 눈을 찌긋째긋하면서

"언니, 참 잘됐구려? 그만하면 오케이(OK)지 무얼 생각하구 있어?…… 하하. 우리 언니가 이제는 '다마노코시[295]'를 타게 됐단 말이지! 하하."

그는 언중유언[296]의 말로 짓궂게 놀려댄다.

초봉이는 눈을 한번 흘겨주고는 다시 고개를 숙이고 말이 없다.

"언니, 내일 아침부터는 밥 내가 하께, 응? 해해. 척 이렇게 써비스를 해야 한단 말이야. 그 대신 언니 인제 결혼을 하구 나서 서울루 가게 되거들랑 나 공부 좀 시켜주어야 해? 응?"

"……."

"아이, 왜 대답을 아니 해? 난 많이두 안 바라구, 자그만치 의학전문이나 약학전문 하나만 마쳐주면 그만이야."

계봉이는 이 자리에서는 형을 놀리느라고 농담삼아 하는 말이지만, 그가 의학전문이나 약학전문을 다녀 한 개 버젓한 기술자가 되고 싶어 하는 것은 노상 두고 하던 말이요 진정이었었다.

"원, 같잖은 년이!"

유 씨가 또 눈을 흘긴다.

"왜? 어머니두 참!"

"이년아, 네 따위가 공부는 더 해서는 무얼 하니? 사람 의젓잖은 것 공부시키기 공력만 아깝지!"

"어이구, 어머니두…… 그래두 나는 언니 덕 좀 볼걸……. 어머니 아버지두 이제 부자 사위한테 단단히 덕을 보게 될 건데, 머."

"저년을 주둥아리를……."

유 씨는 속이 뜨끔해서 기색이 좋잖아가지고 계봉이를 때릴 듯이 벼른다.

"안 그러께, 어머니! 다시는 안 그러께. 그렇지만 어머니, 조사나 잘 좀 해보았수?"

"아 이년아, 조사가 무슨 조사야?"

"그 사람이 부자요, 다 양반이요, 그리구 어머니 말대루 전문대학교를 졸업하구, 그리구 또……."

"그년이 곤달걀 지구 성 밑엔 못 가겠네![297]"

"하하하아…… 그럼 언니가 곤달걀 푼수밖에 안 되나?"

"저년을 거저!…… 아 이 계집애야, 느이 아버지하면 내면 다 오죽 알아서 할라구 네년이 나서서 건방지게 쏘옥쏙 참견을 하려 들어?"

"네에, 네. 그러시다면야……. 나두 다 언니를 생각해서 그런 거랍니다."

"이년아, 고양이 쥐 생각이라구나 해라!"

"네에, 언니가 아까는 곤달걀이라더니, 이제는 또 쥐라니요? 오늘 저녁에 울 언니가 둔갑을 많이 하는군!"

"저년을! 네 요년……."

유 씨는 아주 화가 나서 옆에 놓았던 침척[298]을 집어 드니까 계봉이는 얼른 일어나 마루로 해서 건넌방으로 달아난다.

"이년 인제 보아라. 등줄기에서 노린내가 나게시리 늑신 두들겨줄 테니…… 사람 못된 년……."

유 씨는 이렇게 욕은 해도 계봉이가 건넌방으로 가고 없는 것은 다행했다.

그는 지금 마지막으로 초봉이한테 하려는 그 말은 '여우 같은 그년' 계봉이가 있는 데서는 하고 싶지 않았다. 종차 초봉이가 계봉이한테 그런 이야기를 다 하게 될 줄은 모르고서,

유 씨는 부아를 삭이느라고 한동안 잠자코 바느질만 하다가 목소리를 훨씬 보드랍게

"그리구 이런 말이야 아직 네한테까지 할 건 없지만……."

이런 서두를 내놓은 뒤에,

그 사람이 이렇게 하기로 한다더라. 혼수며 비용을 자기가 말끔 대서 하기두 하련과 또 우리가 이렇게 간구하게[299] 지낸다니까, 원 그래서야 어디 쓰겠냐구 그럼 인제 혼수나 치르구 나서 자기가 돈을 몇천 환이구(유 씨는 몇천 환이라고 분명히 말했다) 대어드리께 느이 아버지더러 무어 점잖은 장사나 해보시란다구 그런다더구나. 그러니 너라두 혹시 에미 애비가 사위 덕에 호강을 할려구 딸자식을 부둥부둥 우겨서 부잣집으로 떠실어 보낼려구 하지나 아니하나 싶어 어찌 생각이 들는지는 모르겠다마는 설마한들 백만금을 준다기로서니 당자 되는 사람이 흠이 있다든지 또 꺼림칙한 구석이 있다면야 마른 하늘에서 벼락을 맞은 일이지 어쩌면 너를 그런 데루다 이 에미 애비가 보낼 생각인들 하겠느냐? 그저 첫째로는 너를 위해서 하는 혼인이요, 그래 네가 가서 고생 아니하고 호강으로 살기도 하련과 또 그 사람이 밑천이라도 대주어서 장사라두 하면 그게 그다지 나쁠 일이야 없지 않느냐?……

유 씨는 바늘귀를 꿰는 체하고 잠깐 말을 멈추고 딸의 기색을 살핀다.

12

"글쎄 이 애야!……"

유 씨는 이윽고 다시 바늘을 놀리려면서 하는 말이다.

"……너두 노상 그런 걱정을 하지만, 느이 아버지 말이다. 그게 하구 다니는 꼬락서니가 그게 사람 꼬락서니더냐? 이 전날 저녁에두 글쎄 두루매기 고

름이 뜯어진 걸 다시 달아달라구 내놓더구나! 아마 누구한테 멱살잡이를 당한 눈치더라. 말은 아니해두. 아이구 그 빈차리[300]같이 배싹 야위어 가지군 소갈 데 말 갈 데 아니 가는 데 없이 다니면서 할 짓 못할 짓 다 하구, 그런 봉욕이나 당하고, 그러면서두 한푼이라두 물어다가 어린 자식들 먹여살리겠다구. 휘유— 생각하면 눈물이 난다!"

눈물이 난다는 유 씨는 그냥 맹숭맹숭하고, 초봉이가 고개를 숙인 채 눈물이 좌르르 쏟아진다. 그것은 부친을 가엾어하는 눈물이기도 할 것이다. 그러나 온전히 그것만은 아니다.

그는 모친에게서 결혼을 하고 나면 태수가 장사 밑천으로 돈을 몇천 원 대어주어서 부친이 장사 같은 것을 하게 한다는 그 말을 듣고는 와락 태수한테 기울어져버렸다.

그거야 태수가 미리 그의 마음을 동요시키지 아니했더라도 그러한 조건이면 여부 없이 응낙을 할 초봉이다.

그래서 그는 단박 이 결혼을 하기로 마음을 작정했다.

작정을 하고 나니 가뜬하기는 해도 일변 승재에 대해서 원 그동안 이렇게도 마음이 갔던가 하고 놀랄 만치 무거운 미련이 생겼다.

그래저래해서 적이 감회도 나고 계제에 부친의 그런 가엾은 꼴을 생각하매 불쌍하기도 하고 그러나 그러한 부친과 이러한 집안을 위하여 저를 희생한다는 것이 감격하기도 하고 이처럼 여러 가지 미묘한 감정에서 우러나온 눈물이다.

닷새가 지나, 오늘은 양편이 탑삭부리 한 참봉네 안방에 모여서 초봉이와 태수가 경사로이 약혼을 하는 날이다.

태수 편에서는 다 그럴 내평이 있어 혼인을 급히 몰아친 것이요 정 주사 편에서도 역시 하루바삐 '장사'를 할 밑천을 얻고 싶어서 그저 하자는 대로 응응 하고 따라가던 것이다.

신부 편에서는 규수 초봉이와 정 주사와 형주가 오고 신랑 편에서는 태수가 그의 가장 친하다는 친구 형보를 청했고 탑삭부리 한 참봉네 내외는 주인 겸 신랑 편이다.

다섯 시에 모이자고 했는데 여섯 시에야 수효가 정한 대로 다 들어섰다.

형보는 오늘 이 자리에서 비로소 보는 초봉이를 보고 깜짝 놀랐다. 그는 속으로 절절히 탄복하면서

'아, 요놈이!'

이렇게 샘을 내어 태수를 다시 보았다.

형보의 눈에 보인 대로 말하면 초봉이는 청초하기 초승의 반달 같고 연연하기 동풍에 세류 같다. 그래서 형보가 초봉이를 탐내는 품은 태수가 초봉이한테 반한 것보다 훨씬 더했다.

'고걸, 고걸 그저, 손아귀에다가 꽉 훑으려 쥐고서 아드득 베어 물었으면……. 고것 비린내두 안 나겠다!'

형보는 정말로 침이 꿀꺽 하고 삼켜졌다.

'고것 오래잖아 콩밥 먹을 놈 주긴 아깝다! 아까워, 참으로 아까워!'

형보는 퀭하니 생겨가지고는 요기(妖氣)조차 뻗치는 눈망울을 굴려 초봉이와 태수를 번갈아 본다.

그는 지금부터 제가 슬그머니 뒤로 나서서 태수의 밑천을 들추어내어 이 혼인이 파의가 되도록 훼방을 놀아볼까 하는 생각을 곰곰이 해보기 시작했다.

마침 음식 분별[301]이 다 되었던지 그새 안방과 부엌으로 팔락거리고 드나들던 김 씨가 행주치마에 가뜬한 맵시로 앞 쌍창을 크게 열더니 방 안을 한 번 휘휘 둘러본다. 음식상을 어떻게 들여놓을꼬 생각하는 참이다.

태수가 약혼반지 곽을 꺼내 주먹에 숨겨 쥐고 김 씨한테 흔들어 보인다.

약혼을 한다고 모여 앉기는 했어도 무엇을 어떻게 해야 약혼인지 알 사람도 없거니와 분별을 할 사람도 없어 음식상이 들어오도록 약혼반지는 태수의 포켓 속에 제풀로 들어 있었다.

그도 그럴 것이 가령 결혼식이라면 명망가라는 사람을 청해 오든지 목사를 청해 오든지 했겠지만 그럼 약혼식이니 명망가의 다음가는 사람이나 부목사

를 청해올 것이냐 하면 그건 그럴 수야 없는 것이다.

그래서 일은 좀 싱겁고 맹랑했었다.

13

일이 그렇게 맹랑했기 때문에 꾼들이 모여 앉은 지 한 시간이로되 초봉이는 너무 오랫동안 고개를 숙이고 앉았기 때문에 충혈이 되어서 얼굴이 아팠고 형주는 장난을 못 해서 좀이 쑤시고 태수는 장인영감이 될 정 주사의 앞이라 담배를 못 피워 입 안이 텁텁했고 정 주사는 이제 혀가 갈라질 줄도 모르고 귀한 해태표를 연신 갈아 피우면서 탑삭부리 한 참봉더러 옛날 우리나라 사신이 상국(上國=宋, 明)에 갔다가 글재주와 꾀로써 거기 사람들을 혼내주었다는 이야기를 하고 있으되 자리가 자리인 만큼 탑삭부리 한 참봉이 거 묵은셈 조간을…… 이런 소리를 하지 못하는 그 속이 고소했고 탑삭부리 한 참봉은 이렇게 심심하게 앉아 있으니 아이놈한테 맡겨놓고 들어온 가게나 나가보든지, 정 주사와 장기를 한판 두든지 하고 싶고 김 씨는 아랫목에 태수와 나란히 앉아 있는 초봉이를 보니 일찍이 내가 태수와 누웠던 자리에 인제는 네가 앉아 있구나 하는 감개도 없지 못했으나 안팎으로 드나들기에 정신이 없었고 그리고 형보는…….

형보는 처음에는 와락 이 혼인을 훼방을 놀아볼까 하는 궁리도 해보았지만, 훼방을 놀기가 어려운 것이 아니라 그게 도리어 자는 호랑이 불침 놓는 짓이겠어서 생각을 돌려먹었다.

그럴 것이 만일 태수와 파혼이 되고 보면, '이 계집애'는 도로 처녀로 제 부모 밑에 안겨 있을 테니까 장차 어느 놈 딴 놈의 것이 될지언정 형보 제가 손을 대기는 제 처지로든지 연줄로든지 어느 모로든지 지난한 일이다. 그러나 태수와 그대로 결혼을 하고 보면 얼마든지 기회도 있고, 조화도 부릴 수가 있다.

'오냐, 위선 너희끼리 시집가고 장가들고 해라. 해놓고 나서 서서히 보자.'

형보는 이렇게 아주 늦추 잡도리를 했다. 그는 꼭 이 처녀라야만 한다는 것은 아니다.

그래 그는 시치미를 잡아떼고 앉아서 들은 풍월로 강 건너 장항(長項)이 축항까지 되면 크게 발전이 될 테고 그러는 날이면 이쪽 군산이 망하게 된다고 태수한테 그런 이야기를 하고 앉았고 모두 이렇게 갑갑하기 아니면 심심한 참이었었다.

그래도 김 씨는 처음부터 나서서 좌석도 분별하고 이야기도 붙이고 말하자면 서두리꾼 노릇을 하노라고 했는데 반지 조건은 깜박 잊고 드나들기만 했었다. 그런데 그놈 반지가,

"여보, 나도 한몫 봅시다!"

하는 듯이 척 나오고 보니 김 씨는 어찌할 바를 몰라 주춤주춤한다. 그러나 오래 망설이지 않고 척척 걸어 들어와서 반지 곽을 받아가지고 반지를 꺼내더니,

"아따, 아무려면 어떨라구!"

이런 혼잣말을 여럿이 알아듣게 중얼거리면서 이어 그 '아무래도 괜찮을 일'을 해낸다. 그는 우선 반지를 높이 들고 좌중을 향해 요술꾼 맵시로,

"자아, 이게 약혼반지요."

이렇게 통고를 한 뒤에,

"내가 끼워줍니다!"

고 선언을 하더니 초봉이의 왼손을 잡아 쳐들어 무명지 손가락에다가 쏘옥 반지를 끼워준다.

새빨간 루비를 박은 몸 가느다란 18금 반지가 초봉이의 희고 조그마한 손에 잘 어울린다.

초봉이의 손은, 일제히 그리로 쏠려가지고 제가끔 감회가 다르게 바라보는 열두 개의 눈앞에서 바르르 가늘게 떨린다.

김 씨는 반지를 끼워주고 나니 그래도 원 약혼이라는 게 이렇게 싱거울 법이 있으랴 싶어 잡았던 초봉이의 손목을 그대로 번쩍 쳐들면서

"자아, 인제는 약혼이 다 됐어요!"

하고 좌중을 둘러본다. 권투장에서 심판이 이긴 선수한테 하는 짓 같다.

이렇게 해서 약혼이 되고 이튿날 아침에 정 주사네 집에서는 태수의 기별이라고 탑삭부리 한 참봉네가 보내는 돈 2백 원에다가 간단한 옷감이 들어 있는 혼시함(婚時函)을 받았다.

그래서 오늘부터 이 집은 그래서 단박 더운 김이 치닫게 우꾼우꾼한다. 식구들은 초봉이만 빼놓고 누구 하나 싱글벙글 웃기 아니면 빙긋이라도 아니 웃는 사람은 없다.

바느질이 바쁘게 되었다. 혼인날은 엿새 남았는데 옷은 신부 것을 말고라도 집안 식구가 말끔 한 벌씩 새로 해 입어야 하겠으니 여간만 아니다.

그래서 저녁부터는 그새까지는 남의 삯바느질을 하던 이 집에서 되레 삯바느질꾼을 불러오고 재봉틀을 세 얻어 온다 광목을 찢어라 솜을 두어라 모시를 다둬라, 이렇게 야단법석으로 바느질을 몰아친다.

그리고 계봉이는 아랫방 문 앞에 서서 승재더러 닭 쫓던 개는 지붕이나 치어다보라고 지천을 하고 있다.

외나무다리에서

1

계봉이는 형 초봉이가 승재를 떼쳐놓고 달리 결혼을 하는 것이 그다지 달갑지 않았다.

더구나 형과 결혼을 하게 된 그 사람 고태수한테는 웬일인지 좋게 생각이 가지 아니했다.

그러면서도 그는 승재가 저 혼자 외따로 떨어진 것이 안심이 되었다.

그러나 그렇게 마음이 터억 놓이는 한편 그것과는 따로 승재가 불쌍하기도 했다. 제 애인이 시집을 가게 되어 약혼까지 다 해놓고 그래서 지금 안에서는 혼인 바느질로 생 법석인데 이건 그런 줄도 모르고 여전히 아랫방 구석에 가 그냥 앉아 있다니…….

계봉이는 승재가 불쌍하기도 하거니와, 제일에 민망해서 그대로 두고 볼 수가 없었다. 그런 깐으로는 차라리 어디로 없어지고 혼인 준비에 꼴을 보이지 아니했으면 싶기도 했었다. 그래서 아무튼 혼인하는 이야기는 뀡겨주기라도 하려고, 책을 빌리러 나온 체하고 이런 이야기 저런 이야기 하면서 위선 정말 모르고 있나 혹시 알고도 위인이 내숭꾸러기라 짐짓 모른 체하고 있나 그 눈치를 떠보았다. 그랬더니 역시 아무것도 모르고 깜깜속이다.

그래 계봉이는 슬금 이런 말을 해보았다.

아 참, 우리 언니가 이번 스무사흗날 ××은행에 다니는 고태수라는 사람과 공회당에서 결혼식을 하게 되었는데 그날은 병원을 하루 쉬고라도 꼭 참례를 해야 한다…… 고.

그러니까 승재는 대번 알아보게 흠칫 놀라더니 이어 곧 시침해가지고 대답이 아 그러냐고 그날 형편 보아서 그렇게 해도 좋지야고 하는 것이 아주 조금도 무엇한 내색이 없고 천연덕스러웠다.

계봉이는 승재가 좀 더 놀라기도 하고 당황해하기도 하고 실망 낙담도 하고 이랬으면 동정하는 마음도 더하려니와 쌩기는 맛도 팽팽해서 괜찮았을 텐데 이건 도무지 밍밍한게 싱겁기란 다시없었다.

그러고 보니 불쌍하기는 열두째요 밉살머리스런 생각에 여지껏 시치미를 떼고 얌전 부리던 것도 그만 걷어치우고 닭 쫓던 개는 지붕이나 치어다보라면서 사뭇 잡도리를 하고 있는 참이다.

"아이구! 어쩌믄 조렇게두……."

계봉이는 손가락질을 하면서 혀를 끌끌 차다가,

"……그래, 애인이 딴 데루 시집을 가는 줄두 모르구 저렇게 끄먹끄먹[302] 앉아 있더란 말이야? 흘게 빠지게[303]……."

이렇게 몰아세워도 승재는 종시 아무렇지도 않은 듯이 히죽이 웃으면서 한마디

"모르면 어떻나, 머."

"모르면 어떻다니? 그게 말이라구 하구 있어?"

"몰라두 할 수 없구, 알아두 할 수 없지."

사실 승재는 몰라도 할 수 없거니와 알았더라도 무얼 어떻게 할 주변이 없는 사람이다.

초봉이와 둘이서 터놓고 연애를 했던 것도 아니요 결혼을 하자는 약속 같은 것이 있었던 것도 아니다. 그러니 설사 그랬다손 치더라도 저편이 변심이 되었다거나, 혹은 달리 무슨 사정이 있어서 그리하는 것일 터인즉 승재로 앉아서야 별수가 없을 것이어늘 하물며 조금 열쩍지근했다면 했다고 할 수 있

지만 아무렇지도 않았다면 역시 아무렇지도 않았다고 할 수 있는 그들의 사이리요.

하기야 승재도 우렁잇속 같은 속은 있어서 비록 겉으로 내색은 아니할망정 지금 여러 가지로 감정이 착잡하게 움직이지 아니하는 것은 아니다.

애초에 방을 세 얻어서 오니까 나이 든 안집 딸이 즉 초봉이가 첩경 눈에 고였고 그 뒤로 차차 두고 보니까 눈 한번 거듭뜨는 것이며 얼굴 한번 돌이키는 것이랄지 또 어찌어찌하다 지나가는 것처럼 한두 마디씩 하는 말이라든지 그밖에 무엇이고 유상무상 간에 범연한 게 없이 특별한 관심과 호의를 보이는 것 같았고 그것이 초봉이만 그러는 것이 아니라 승재 자신도 초봉이한테 그래지는 것을 그는 이윽고 알게 되었었다.

그런데 금년 2월부터는 초봉이가 제중당에 가서 있게 되고 마침맞게 제중당은 금호의원에 약품을 대는 집이라 약을 주문하는 간단한 전활망정 하루에 한두 번쯤은 초봉이와 이야기를 하곤 하는 것이 승재 저도 모르게 즐거운 일과였었다.

그랬는데 며칠 전에는 웬 사람이 찾아와서 제중당을 자기가 맡아 하게 되었으니 앞으로도 전대로 거래를 시켜달라고 인사를 하고 그래 전화를 걸어보니까 초봉이는 나오지 아니하고 해서 적이 속으로 섭섭하던 참이다.

2

승재가 계봉이한테 그 이야기를 듣고 처음 흠칫해서 놀랐다가 이어 바로 천연해가지고 아무렇지도 아니한 체한 것은 그가 무슨 초인(超人)다운 의지력이나 성자(聖者)다운 도량을 갖추고 있어서 그런 것은 아니다.

그는 한 개 범상한 사람이다. 그저 성질이 유달리 듬쑥할 뿐이지 주변성이 없는 것이며 다부지게 저라는 것을 내세우지 못하고 일에 겁(怯=內性) 먼저 내는 것 같은 것은 오히려 범인 이하다. 이 전날 먹곰보한테 그런 해거를 당하고도 꿈적 못한 것은 예수 같은 인자가 아니라 사람이 물러서 그런 것이다.

그가 계봉이더러,

"괜찮아요. 좀 맞으면 어떤가?……"

이렇게 좋게 말을 한 것은 무렴 끝에 한 변명이다. 그랬으니까 그는 이어서,

"……나 아프지 않어……."

라는 말도 나오게 된 것이다.

이러한 성미라 그는 초봉이가 결혼을 한다는 말을 듣고 놀라기는 했으나, 이어서 선뜻 생각나는 것은 아뿔싸! 내가 속이 없었구나 하는 생각이었었다.

초봉이는 그저 심상하고, 다만 사람됨이 상냥해서 보이기를 그렇게 보였지 실상인즉 아무렇지도 않았던 것이다, 사실 캐고 보면 이렇다고 증빙을 잡을 거리도 없지 아니하냐, 요전날 저녁에 계봉이가 자리끼 숭늉을 가지고 나와서 쌔왈거린 말도 괜히 놀리느라고 한 소리가 아니면 저도 잘못 짐작을 하고서 그런 것일 게다, 글쎄 그런 것을 나 혼자만 좋아서 물색없이 거들대다니! 그러고 그가 결혼을 한다니까 놀라다니! 아이 점직해라!……

이렇게까지 생각하기에 그는 몇 초의 시간도 필요하지 아니했다.

그처럼 점직한 생각에, 무렴을 끄느라고 그는 초봉이한테 아무렇지도 아니했고 따라서 지금도 자아, 이렇다…… 는 듯이 시치미를 뚜욱 뗐던 것이다.

그러나 사람의 마음이란 제멋대로 여러 구멍이 뚫린 것이라 그런지 그날 밤 승재는 흥분이 되어가지고 꼬박 밤을 밝혔다.

그는 마음이 차악 가라앉아야만 이치로 보아 당연한 일인데 그러기는커녕 대체 이게 웬일인고 하고 놀라리만치 초봉이한테 미련이 생겨났다. 그뿐 아니라 초봉이를 차지할 고태수라는 미지의 인물에게 맹렬한 질투를 느꼈다.

이튿날 아침 훤하니 날이 밝은 마당으로 나섰을 때에 그는 누가 등 뒤에서 손가락질이나 하는 것 같아 도망하듯 문간 밖으로 나왔다. 다시는 얼굴을 들고 이 집에는 들어서지 못할 듯싶었다.

그는 뚜벅뚜벅 비탈길을 내려오면서 생각했다.

그러면 어디 딴 데로 방을 구해서 옮아가는 게 좋겠다. 물론 갑자기 이사를 한다면 초봉이는 물론 온 집안 식구가 다 눈치를 챌 것이고 그래서 용렬한 사

내자식이라고 흉을 볼 것이다. 그러니 그도 난처하다. 그렇지만 그게 난처하다고 그냥 눌러 있자니 그건 더 못 할 노릇이다. 역시 모른 체하고 옮아버리는 게 마음 편할 도리다…… 고.

승재는 이렇게 작정을 하고서 병원에 당도하던 길로 아범(人力車꾼)을 시켜 병원 근처로 몇 집을 위선 돌아다녀보게 했다.

마침 병원에서 정거장 쪽으로 얼마 가노라면 '스래(京浦里)'로부터 들어오는 큰길과 네거리가 된 바른편 모퉁이에 영감네 내외가 벌여놓고 앉은 고무신가게가 있고 그 안으로 3조짜리 다다미방[304] 하나가 빈 게 있어 그놈을 쉽사리 빌릴 수가 있게 되었다.

방은 뒤로 구석지게 붙었고 따로 쪽대문이 있어서 주인네와는 상관없이 출입을 할 수 있게 되었다. 그래서 밤에 조용히 앉아 공부를 한다든지 불려 다닌다든지 하기에 십상인 품이 되레 초봉이네 아랫방보다 마음에 들었다.

오후 네 시가 좀 지나서 승재는 새로 얻은 방을 닦달을 해놓으려고 나서다가 마침 환자가 왔기 때문에 그냥 붙잡혔다. 환자는 새로 온 사람인데 새로 오는 환자는 주인 달식이가 초진을 하는 시늉을 하지만 왕진을 나갔든지 해서 없으면 승재가 그냥 진찰을 한다.

승재는 벗었던 가운을 도로 걸치고 진찰실 한 옆으로 차려놓은 진찰탁(診察卓) 옆에 걸터앉아 카르테를 내놓고 철필에 잉크를 찍었다.

환자는 무릎이 서로 닿을 만큼 그의 옆에 가 둥근 걸상을 타고 앉았다. 승재는 그러나 노상 하는 노릇이라, 위선 환자한테는 별반 주의도 하지 아니하고 고개를 숙인 채 철필 끝을 내려다보면서,

"성함이 누구십니까?"

이렇게 직업적으로 물었다. 그러나 그 환자가

"네, 고태수라고 합니다."

하는 대답은 전기로 지진 것처럼 승재를 놀래주었다. 그는 고개를 번쩍 쳐들고 뚫어져라 태수의 얼굴을 들여다본다.

3

'으응! 이 사람이 바로 그 사람이라!'

승재는 두근거리는 가슴을 겨우 진정하고 이런 막연한 생각을 하면서 속으로 고개를 끄덕거렸다. 그는 이렇게 뜻밖에 고태수라는 그 사람과 섬뻑 만나놓으니 미처 무엇이 어떻다고 할 수가 없고 어안이 벙벙할 따름이었다.

그는 제 직업도 잊어버리고, 그대로 태수의 얼굴을 들여다보고 있다.

해맑은 얼굴이 갸름하되 홀쭉하지 아니하고 볼때기가 도독한 것이며 이목구비가 모두 골라서 미남자로 생긴 태수의 모습사리가 단박 판에 새긴 부각(浮刻)처럼 똑똑하게 인상이 박혔다. 승재는 웬일인지 반가운 것 같으면서도 해사하니 예쁘게 생긴 태수의 얼굴을 무엇으로 으깨려주고 싶은 충동을 느꼈다.

'흐응! 네가 고태수라…….'

재우쳐 이렇게 속으로 외었다.

이처럼 불쾌하리만치 얼굴을 들여다보면서 기색이 심상치 아니한 승재의 태도에 태수는 이마를 찡그리고 낯꽃이 좋잖아진다.

"왜? 나를 아십니까?"

"네, 아 아니요!"

승재는 비로소 정신이 들어 당황히 고개를 숙이고 펜을 놀린다.

태수는 이 괴한(怪漢)이 여간만 불쾌한 게 아니다.

그는 며칠 전부터 △△이 도졌고 그래서 그새 줄곧 병원에를 다녔는데 그게 한번 도지면 좀처럼 낫지 아니하는 줄 번연히 알면서도 첫째는 아파서 견딜 수가 없고 또 혼인날도 며칠 남지 아니했기 때문에 혹시 무슨 별 도리라도 있을까 싶어 마침 병원이 지금까지 다니던 그의 단골 병원보다 낫다는 소문이 있고 하니까 오늘은 시험 삼아 이 금호의원으로 와본 것이다.

그러나 와서 보니까 병을 보아주겠다고 척 나서는 위인이 위선 정나미가 떨어졌다. 태수가 보기에는 의사라고 하기보다는 기껏해야 약제사요, 그렇잖으면 병원 고쓰카이[305] 푼수밖에는 아니 되었다. 더구나 체격이며 얼굴 생김새는 몸에다가 돈을 지니고 호젓한 데서 만날까 무서웠다. 승재를 본 첫인상은 이러했다.

그래서 태수는 속이 찝찝한 판인데 성명을 대주니까 게다가 귀인성 없이 남의 얼굴을 그처럼 뚫어지게 치어다보는 데는, 의사고 무엇이고 한바탕 들이대주고 싶게 심정이 상했다.

승재는 그대로 고개를 숙인 채 연령 주소 직업을 물어서 일일이 제자리에 쓰더니,

"어디가 편찮으십니까?"

하면서 철필을 놓고 회전의자를 빙그르르 돌려 마주 앉는다.

그는 이 고태수가 대체 무슨 병을 앓는지 보아한즉 신색도 나쁘지 않은데 그러면 성병(性病)이나 아닌가하는 짐작이 들었다.

"△△인데요……."

태수는 불쾌하던 끝이나 울며 겨자 먹기로 오히려 점직해하면서 대답을 한다. 처음도 아니요 또 의사 앞에서라지만 젊은 여자인 간호부까지 대령하고 있는 데서 부끄럼을 타는 불결한 병을 말하기가 거북하기는 누구나 마찬가지로 창피했던 것이다.

"△△?"

승재는 짐작한 바이지만 의사답지 않게 소리를 지른다. 그는 의사라는 것은 제쳐놓고

'아니, 며칠 안이면 초봉이와 결혼을 할, 고태수 네가 △△을 앓다니!'

이래서 놀라는 것이다. 그렇지만 태수야 그런 속을 알 턱이 없는 것이고 그는 그대로 비위가 상해서 이 작자가 대관절 웬 작자길래 이다지 싱거운 가 했다.

승재는 이윽고 다시 의사 노릇을 하느라고

"언제부터 편찮으십니까?"

손을 내밀면서 묻는다.

"병이 생기기는 벌써 작년 가을인데 치료해서 낫긴 나았어요. 그랬는데 자꾸만 도지구 도지구해서……."

"근치가 되지를 않았던 게지요. 그런 것을 조심을 안 하시니까……. 그러시면 안 됩니다! 조심을 하셔야지."

승재는 제 요량만 여겨 지금 초봉이의 남편 될 사람더러 충고를 하는 맥이다. 태수는 그따위 참견을 받기가 아니꼬웠지마는 절에 간 색시라

"글쎄요, 그런 줄이야 다 알지만 자연……."

이렇게 어물어물거리다가

"……그런데 좀 급한 사정이 있는데요. 인제 한 4, 5일 동안에 치료가 안 될까요?"

승재는 속으로,

'네가 이 녀석 단단히 급했구나.'

생각을 하니 원수를 잡아다가 발밑에 꿇어앉힌 것처럼 기광[306]이 나는 것 같았다.

4

"거 안 될 겁니다……."

하면서 승재는 커다랗게 고개를 흔들다가,

"……아무튼 진찰을 해보아야 하겠지만 아주 초기라두 어려울 텐데 만성이면 더구나……."

"그래두 사정이 퍽 절박해서 그럽니다. 그래 상의를 해볼 겸 또……."

"그런데 무슨 일이십니까? 여행을 하시나요? 여행 같으면 그 병엔 더구나 해롭습니다."

승재는 짐짓 이렇게 제딴에는 태수를 놓고 구슬리는 요량이다.

"아닙니다. 여행이 아니라……."

"그럼?"

승재는 심술궂게 추궁을 하고 태수는 주저주저하다가,

"결혼을 하게 됐답니다, 헤."

하면서 빙긋 웃는다.

"결혼!!"

승재는 허겁스럽게 소리를 지르면서 놀라는 시늉을 한다.

"……결혼을 하시다니! 건 안 됩니다. 차라리 혼인날을 넌지시 물리십시오."

이 말은 의사로서 당연한 권고다. 그러나 승재는 결코 태수를 위해서 권고하자는 의향이 아니다. 차라리 태수를 구박을 주고 싶어서 하는 말이요, 그보다도 더 그래저래하다가 이 혼인이 파혼이 되었으면 좋겠다는 뜻이 있어서 하는 말이다.

그러나 태수는 또 고개를 쌀쌀 흔든다. 그는 혼인을 물리라다니 천만에 당찮은 소리라고 생각했던 것이다.

"그럴 수는 없습니다. 절대루."

"그래두 그래서는 안 됩니다. 첫째 환자 되는 당자한테두 해롭구 또 부인한테두……."

승재는 여기까지 말을 하노라니까 그만

'아이구우!'

소리쳐 부르짖고 싶었다.

그는 초봉이가 이자에게 짓밟혀 더러운 △△까지 전염 받을 일을 생각하니 방금 신성(神性)이나 모독되는 것 같아서 사뭇 열이 치달았다. 그는 결이 나는 깐으로 하면 그저 주먹을 들어 이자를 대가리에서부터 짓바수어놓고 싶었다.

눈치를 먹는 줄도 모르고 태수는 앉아서 조른다.

"그러니까 그걸 상의하는 게 아닙니까? 근치되는 거야 종차 하더라두 위선 임시루 아프지나 않구 또 전염이나 아니 되두룩…… 가령 농이 멎게 한다든지."

"물론 그렇게 소망대루 해드렸으면야 생각두 날 것이구 해서 두루 좋겠지만……."

승재는 입맛을 다신다. 그는 태수가 미운 것으로만 하면 이 녀석아 잔말 말라고, 따귀라도 한 대 때려서 내쫓기라도 하겠지만, 초봉이를 생각할진대 역시 울며 겨자 먹기로 제 있는 힘과 재주를 다 들여, 태수가 청한 말대로 응급 방편이라도 써보는 게 옳을까 싶었다.

한편 태수는 도로 심정이 상해서 눈살이 팽팽하다. 대체 의사라는 위인이 처음부터 보기 싫게 굴어 비위를 거스르더니 내내 비쌔는[307] 꼴이 뇌꼴스럽고 해서, 그만두고 갈 생각이 났다.

그는 지금 이 칼날 위에 올라선 판에 △△쯤 앓는다고 또 초봉이한테 전염이 되는 게 안되었다고, 그걸 치료하려고 아등바등 애를 쓰는 제 자신이 우스웠다.

'세상살이 마지막 날을 날 받아놓다시피 했으면서…… 초봉이두 그러구…….'

이렇게 약 오른 생각이 들면서 태수는 이제 한 번만 더 비싸게 굴면, 벌떡 일어나 나가버리려니 하고 별렀다.

"좌우간……."

하고 일어서면서 승재는 과단 있이 말을 한다.

"……해볼 대루는 힘껏 다 해보아드리지요. 그리구 나서 원……."

승재가 일어서니까 간호부는 벌써 알아차리고서 50체체(50CC)[308]짜리 주사기를 핀셋으로 집어 들고 주사 준비를 시작한다.

그것을 보면 승재는,

"주사를 먼저?…… 균을 검사할 텐데?…… 머, 주사를 먼저 놓아두 좋겠지……."

이렇게 갈팡질팡하다가 현미경의 초자판(硝子板)[309]을 꺼내가지고 태수한테로 도로 온다.

간호부는 옥같이 맑은 트리파플라빈[310] 주사액을 솜씨 있게 주사기에다가 켜 올리고 있다.

주사액을 켜 올리는 것을 바라보고 있던 승재는 양미간을 이상하게 찌푸리면서 필요 이상으로 그것을 노려본다.

방금 그의 머릿속에는 한 가지 생각이 번개같이 떠올랐던 것이다. 주사기가 준 암시다.

"저 주사액에다가 ××××를 몇 그램 섞으면……."

이렇게 생각할 때에 그의 발아래에는 사지를 뒤틀고 죽어 나가동그라지는 태수의 꼴이 역력히 보였다.

5

승재는 저도 모를 사이에 얼굴이며 온 전신이 팽팽하리만치 긴장이 되가지고 우뚝 서서 있다가 간호부가 준비된 주사기를 손에 들려줄 때에 비로소 정신이 들었다.

그는 주사기를 받아 들고 태수의 걷어 올린 팔을 내려다본다. 파르스름한 정맥이 여물게 톡톡 배어진 통통한 팔이다. 살결이 유난스럽게 희다.

이 팔이 가서 초봉이의 조붓한 어깨를 휘감는 양이 선연히 눈에 밟혔다. 그렇게 생각을 하고서 들여다보는 태수의 팔은 마치 굵다란 뱀같이 징그러워 소름이 끼쳤다. 승재는 눈을 감았다. 눈을 감은 길에 주사침을 태수의 팔에다 아무데나 푹 찌르고 싶었다. 아파서 깡충 뛰라고. 그랬으면 무척 고소할 것 같았다.

알코올 솜으로 자리를 닦아놓고 기다리다 못해 간호부가 찔벅거리는[311] 데 승재는 정신이 들어서 가까스로 주사를 놓아주었다. 주사를 놓아준 뒤에 현미경 검사를 하려고 농(膿)을 초자판에다가 받았다. 실상 현미경 검사야 해보나마나 빠안한 것이지만 그러니까 그것은 환자를 위해서 그런다느니 보다 자우리 병원에서는 이만큼 면밀하고 친절하오 하고 내세우는 병원 간판이다.

승재는 농을 받은 유리 조각을 알코올 불에 구워서 메틸렌브라운으로 착색을 해가지고 현미경을 9백 배(倍)로 맞추어 들여다본다.

초점을 맞추어가는 대로 파르스름하게 나타나는 신장형(腎臟型)의 반점은 갈데없이 △균(菌)이다.

승재는 오도카니 앉았는 태수를 손짓해서 현미경을 들여다보게 하고 옆으로 비켜선다.

"보입니까? 콩팥같이 생기구 파르스름한 거……."

"안 보이는데요……. 아니 무엇이 보이기는 보이는 것 같은데……."

"이러면?"

승재는 초점을 다시 조절해준다.

"응응, 네네, 보입니다. 똑똑하게 보입니다. 하하! 그러니깐 이게 빠꾸테리얀가요?"

태수는 신기해하면서 박테리아냐고 묻는다.

승재는 실소하려다 말고

"그렇지요, 박테리아는 박테리아죠. 그게 △△균입니다."

"하하! 이게 그거로군요!"

태수는 한참이나 더 현미경을 들여다보다가 이윽고 고개를 든다. 그는 현미경을 이렇게 들여다보기는 고사하고, 현미경을 구경도 못 한 사람이라, 두루 희한했던 것이다.

"하하! 그렇구만요……"

태수는 현미경 옆에 가 붙어서서 고개를 갸웃갸웃하다가 밑천이 드러나는 줄을 모르고

"그럼 이게 한 10배나 되나요? 바꾸테리아는 퍽 작은 건데……."

이렇게 아는 체를 한다.

승재는 속으로,

'아니, 이 사람이!'

하고 놀랐다.

"그게 9백 배랍니다."

"9백 배? 아이구! 9백 배…… 하하, 네…… 아 원, 고게……."

태수는 연신 신기해하다가 도로 현미경을 들여다본다. 승재는 태수가, 밉기는 하면서도 그의 하는 양이 어쩌면 어린아이처럼 단순한 것 같아 한편 귀

엽다 하는 생각도 들었다.

그러나 이 귀엽다는 생각은 지금 불시로 난 것이 아니요 태수가 초봉이를 빼앗아가는 사람이어서 미운 생각이 무럭 치달을 때 그때에 벌써 그 미운 생각과 같은 순간에 배태가 되었던 것이다. 초봉이를 빼앗아가는 사람이니까 밉지만 그러나 초봉이의 배필이 될 사람이니까 일변 귀엽던 것이다.

이 귀여운 생각은 그러나 미운 생각이 너무 강렬했기 때문에 껴눌려 있었고 그랬다가 인제야 비로소 대수롭지 아니한 일에 기회를 얻어 의식 위에 떠오를 수가 있었다.

그러기 때문에 귀엽다는 생각은 순간 만에 사라지지를 아니하고, 도리어 무럭무럭 자라났다. 승재는 이 모순된 두 개의 감정에 휘달려 형용 없는 몸부림만 치게 되었다.

망연히 서서 있던 승재는 태수가 다시 현미경을 들여다보는 동안 진찰실 한 옆에 들여 세운 책상에서 금자박이[312]의 술 두꺼운 책 한 권을 꺼내다가 활활 넘겨 이편 진찰 탁자 위에 펴놓는다. △균이 현미경에 원색대로 삽화(挿畵)가 있는 대목이다.

이윽고 태수가 이편으로 오기를 기다려, 승재는 펴놓았던 책의 삽화를 짚어가면서, △균의 형상부터 시작하여, 그 성장이며 전염 경로, 잠복, 활동, 번식, 그리고 병리와 △△이 전신과 부부생활과 제2세에 미치는 해독이며, 마지막 치료와 섭생에 대한 설명을 아주 자세하게 들려준다.

태수는 승재가 다시 한 번 치어다보았다.

6[313]

태수는 승재의 설명을 듣고 나니까 모두 그럴듯했다. 그새까지 다니던 먼저 병원에서는 처음 가던 길로 펌프질(沃度銀注入)이나 해주고 주사나 꾹꾹 찔러주고 했을 뿐 현미경 같은 것은 보여주지도 않았는데, 자 이 병원에는 오니까 의사 첫것이 생기기는 고쓰카이나 도둑놈 같고 불쾌하게는 굴었어도 척 현미경을 보여준다. 여러 가지로 자상 분명하게 설명을 해준다, 그러는 동안에 차차 인간도 차차 양순해 보이고 해서 태수가 또 뒤가 없는 사람이라 '박사'나 되는 것같이 신뢰하는 마음이 들었다.

승재는 처방을 쓰고 있다.

가루약을 쓰고 그다음에 물약을 쓰노라니까, 그놈에다가 ××가리(××加里)를 한 그램만(아니 반 그램만도 족하다) 넣고 싶었다. 그랬으면 오늘 저녁에 식후 두 시간이 지나 물약을 먹으면 대번 경련이 일어나고 숨쉬기가 힘이 들어 허얼헐 하고 시큼한 냄새가 나고 두 눈이 퀭해지고 맥이 추욱 처졌다가 3분이 다 못해서 숨이 딸꾹…….

승재는 그러한 장면을 연상하느라고 잠시 우두커니 앉아 있다가 어깨를 으쓱하면서 도로 철필을 놀린다.

마지막에,

'물 백 그램.'

이라고 쓰고 나니까 그 위에 조금 빈 데다가 자꾸만

'××가리 한 그램'

이라고 쓰고 싶어 철필 끝이 옴질옴질한다.

'약제사가 보구서 무어랄고?'

'미쳤다구 야단이 나겠지?'

'약제사가 마침 없었으면 좋겠는데…….'

'가만있자, 내일 어디…….'

승재는 이렇게 자문자답을 하면서 내일 보자고 한다. 그러나 그는 오늘 약제사가 없었으면 좋았을 게 아니라 그 반대로 약제사가 있는 것이 다행스러웠다.

처방을 다 쓰고 나서 승재는 태수한테 여러 가지로 주의를 시켰다. 혼인 전날까지 매일 다니면서 주사를 맞고 약을 정성 들여서 먹고 찜질을 하고 주색이나 그런 것은 일체로 끊고 자극되는 음식이며 과한 운동도 하지 말고, 그렇게 치료와 조섭을 잘하면 혹시 나을는지도 모른다. 그러나 농은 멎더라도 △

사(△絲)는 그대로 나오는 법이니까 전염이 된다. 그러니 맨 마지막 날 보아서 무슨 변법이라두 구처해줄 테니 위선 그리 알고 있거라. 결혼하는 여자한테 전염을 시켜서는 단연 안 된다. 그것은 죄 없는 여자한테 적악[314]일 뿐 아니라 생겨나는 자손에게까지도 죄를 짓는 것이다…… 고.

이렇게 순순히 타이르고 있노라니까 승재는 어쩌면 친동생을 훈계나 하는 듯이 다정했다. 그것은 태수가 나이는 한 살 맏이라도 앳되고, 승재가 훨씬 노숙해서 그냥 보기에도 승재는 침착한 게 손윗사람 같고, 태수는 어린 수하 사람 같았다.

승재는 태수를 돌려보내고 나서, 오늘 새로 얻은 방을 닦달하려고 비와 털이개와 걸레 등속을 찾아 가지고 그 집으로 갔다.

그는 인제는 태수까지 알았는데, 태수를 저만 알고 시치미를 뚝 떼었으니, 만일 내일이라도 태수가 약혼까지 했다니까 혹시 초봉이네 집에를 온다든지 해서 섬뻑 만나고 보면 그런 무색할 도리가 없을 것이요, 그런즉 기왕 방까지 구해둔 바에 오늘 저녁으로 이사를 하는 것이 옳겠다고 생각했다.

승재는 숱한 먼지를 뒤집어써가면서 다다미야, 오시이레[315]야, 방 안을 말끔하게 털어내고 씻어내고 한 뒤에, 다시 병원에 들러 아범더러 끌구루마꾼을 하나 얻어 보내달라는 부탁을 해놓고는 둠뱀이로 넘어갔다.

꼭대기까지 올라가서 초봉이네 집 문간 안으로 들어서려니까 어쩐지 등갈이 나가지고 오랫동안 발을 끊었던 집에 찾아오는 것처럼 서먹서먹했다.

그러려니 하고 보아서 그런지, 집 안은 안팎이 모두 어디라 없이 두선거리고 들뜬 것 같았다.

부엌에서 계봉이가 웬 낯모를 아낙네와 밥을 하느라고 수선을 피우다가 승재를 보더니 해죽 웃는다.

조금만 웃는 웃음이라도 시원하니 사심이 없고 그러고 어떻게 보면 그 웃음이

'어제저녁에 그렇게 몰아세우기는 했어도 다 공중[316] 그런 것이고, 자, 나는 이렇게 반가워하우.'

이런 말을 하는 상도 싶었다.

아무튼 승재는 계봉이가 웃고 맞이해주는 것이 새삼스럽게 반가웠다. 그러나 이어 곧 오늘이 마지막이요, 인제는 꼬옥 누이동생같이 여기던 너를 귀여워하고 응석을 받아주고 하기도 오늘이 마지막이거니 생각하매, 차마 어떻게 떠나랴 싶어 마음은 방금 내려 덮는 황혼과 같이 추렷했다.

7

승재는 초봉이가 눈에 띄지 않는 것이 궁금했다. 그래 마당 가운데를 지나면서 이리저리 고개를 돌려보았으나 안방이고 건넌방이고 문은 다 열렸어도 밉게 생긴 아낙네들만 들끓지 초봉이는 보이지 않았다.

그러면 혹시 태수와 공원 같은 데로 단둘이 산보를 나가지 아니했나 하는 생각이 문득 들면서 시기가 불끈 치달아 올랐다.

그는 오늘 태수를 조쳤더라면 좋았을걸 싶었다.

승재가 방으로 들어가서 우선 책들을 차곡차곡 내려놓고 한 덩이씩 한 덩이씩 따로 동여매고 있노라니까 계봉이가 나왔다. 계봉이는 무심코 나왔었는데 방 안이 야단법석이니까

"아이구머니!…… 아니 이게 웬일이야?"

하면서 여간만 놀라지 않는다.

"……왜 책을 그렇게 비끄러매우? 이사하우?"

"응."

"응?"

"무어가?"

"아니, 글쎄……."

계봉이는 잠시 복잡한 표정으로, 방 안과 승재를 번갈아 보다가 마침내 웃음을 드러낸다.

"올라잇, 남 서방 부라보!……"

계봉이는 좋아서 연신 고개를 끄덕끄덕한다. 그러나 승재는 어째서 하는 말인지를 몰라 뻐언하고 바라보기만 한다.

"이거 봐요 남 서방, 나두 남 서방이 차라리 어디루 이사나 해갔으면 좋겠다구, 것두 남 서방을 위해서 말이우, 그랬는데 이렇게 이사를 하니깐, 그래서 잘했다는 거라우. 알어듣겠수?"

승재는 알아듣기만 한 것이 아니라, 너는 역시 영리한 아이라고 생각하면서 고개를 끄덕거렸다.

"그러구우, 어디루 가는지 집만 아르켜주어요. 그럼 내가 이제 찾아갈게……. 할 이야기가 있으니까."

승재는 종이에다가 새로 방을 얻은 집 번지를 쓰고 길목이며 드나드는 문까지 가르쳐주었다.

그리고 이 앞으로 급한 병자가 있는 집에서 부르러 오곤 할 테니 그대로 잘 좀 가르쳐주라는 부탁을 했다.

"그럼 내일이라두 찾아가께? 여섯 시쯤, 응?……"

계봉이는 승재가 주소 적어주는 종이쪽을 받아 들고 한 번 훑어보더니 허리춤에다 건사를 한다.

"……우리 남 서방 우-라- 하하하하…… 내일 기다리우?"

계봉이는 승재가 저희 집에 그대로 끄먹끄먹 앉아 있지 않게 된 것이 좋기도 했거니와 그보다도 승재가 딴 데 가서 있으면 놀러 다니기가 임의로울 테니까 그래서 더 좋아했다.

이튿날 아침 승재는 병원에 가던 길로 독약 ××××을 조그마한 병에 다가 갈라 넣어 포켓 속에 건사해두고 태수가 오기를 기다렸다. 오더라도 저녁때나 올 줄 알면서 그는 아침부터 그 저녁때를 기다린 것이다. 그러나 열한 시쯤 해서는 독약 병을 치워버렸다. 그러나 또 한 시에는 다시 장만했고 세 시에는 또 치워버리고서 짜증이 나서 안절부절 하다가 네 시 치는 소리가 들리니까 또 장만을 해두었다. 이번에는 포켓 속에서 건사하지 않고 진찰실 안의 약병들 틈에가다 끼워두었다.

네 시 반쯤 되니까 태수가, 윗입술을 한편만 벌려 간드러지게 웃으면서 진찰실로 들어왔다.

승재는 반가워서 웃고 맞이했다. 그는 어쩐지 태수를 보니까 반갑기도 했던 것이다.

"그래, 밤새 좀 어떠십니까?"

승재는 태수가 앞에 와서 앉기를 기다려 의사 된 도리와 습관으로 인사를 한다.

"네, 머 별루 모르겠어요."

"그럴 겝니다, 아직……. 그렇지만 더하지만 않으면 차차 나아갈 테니까요."

이야기를 하고 있는데 간호부가 주사를 준비하려고 한다. 승재는 미리 생각해두었던 주사액을 주문하라고, 만일 제중당에 없다 하거든 다른 데라도 물어보아서 가져오게 하라고 간호부를 저편 전화 있는 낭하로 쫓아 보냈다. 그것은, △△에 놓는 주사는 주사라도 피하주사(皮下注射)요 효력도 신통치 않아, 근자에는 잘 쓰지 않기 때문에 도리어 구하기가 어려운 약이다. 승재는 그것을 알고 시킨 것이다.

간호부를 쫓아냈으니 이 방에는 승재와 또 꼭 필요한 인간 태수와 단 두 사람뿐이다. 2분이나 3분이면 넉넉히 조처를 댈 판이다. 승재는 마침내 일어섰다.

그는 이 제웅[317]이 아무 속도 모르고, 속을 모를 뿐 아니라, 오히려 타악 믿고서 순탄히 앉아 있는 것이 귀여웠다.

8

승재는 간호부가 꺼내놓고 나간 주사기를 집어 바른손에 들고 트리파플라빈의 예쁘장스럽게 생긴 유리 단지를, 줄로 꼭대기를 쓸어 따낸 뒤에, 주사액을 주사기에다가 다 켜 올렸다.

그리고 나서 다시 약병 틈에다 숨겨두었던 ××××병을 찾아내어 병마개를 뽑았다. 바른손에 들고 있는 주사기의 침 끝을 숙여 병속에 잠그고 왼손으로는 약병을 잡고 기울인다. 주사기의 속대를 천천히 잡아당긴다. 약은 병 속에서 줄어든다. 주사기에는 한 체체(1CC) 두 체체(2CC) 셋 넷 다섯 솟아오른다. 24체체(24CC)를 가리킬 때에 주사침을 꺼내 든다.

침 끝에서는 가느다란 물방울이 신경 날카롭게 바르르 떨면서 한 방울 두 방울 떨어진다.

승재는 준비가 다 된 주사기를 멀찍이 쳐들고 서서 한참이나 바라본다.

태수는 승재가 돌아서서 무엇을 하고 있는지 그의 커다란 윗도리가 가리어 보이지도 아니했거니와 도시에 거기에는 주의도 하지 않고 무심히 앉아 기다리고 있다.

승재는 고개만 돌려 오도카니 앉아 있는 태수를 바라다본다. 그리고 주사기를 건너다보고는 또 태수를 돌려다보고 하면서

'이놈을 척 고놈 새파란 정맥에다가 쪼옥 들이밀면…….'

'일은 다 된다. 발버둥을 치고 나가동그라져서…… 그리고 얼마 있다가 딸꼭.'

'응…….'

승재가 선뜻 돌아서서 제 옆으로 오니까 보고 태수는 와이셔츠 소매를 걷어 팔을 내놓는다.

승재는 왼손에 쥐고 온 알코올 솜으로 팔 안 고분댕이를 싹싹 씻는다.

"주먹을 쥐십시오."

이르고는 주사기를 뉘어 침 끝을 볼록 솟은 정맥 위에다 누르는 듯 갖다 댄다. 침 끝에서 약물이 배어 나와 살에 번진다.

인제는 푹 찔렀다가 속대를 뒤로 뽑는 듯하면 검붉은 핏기가 주사기 안으로 배어든다. 그럴 때에 속대를 진득이 밀기 시작하면 그만이다.

승재는 바늘 끝으로 핏대를 누른 채 그대로 잠시 멈추고 있다.

그는 지금 사람을 죽이려는 바로 그 찰나에 있다. 그러나 그의 얼굴에는 긴

장은 되었다면 되었다고 하겠지만 털끝만큼한 살기도 보이지 아니한다. 오히려 싱겁다고 할 만큼 아무렇지도 아니하다.

그는 마침내 바늘 끝으로 핏대를 꿰뚫고 독약을 밀어넣는 게 아니라 피쓱 냉소를 하고 허리를 펴면서 돌아선다.

태수는 왜 이러는고 싶어 빼언하니 승재의 등 뒤를 바라다보고 있고 승재는 주사기의 속대를 눌러 약을 내뿜는다. 은침 같은 물줄기가 뻗어 나와 리놀륨[318] 위에 의미 없는 곡선을 그려놓는다.

승재는 애초부터 태수를 죽이고도 싶었고, 그래서 죽여 보려고 한 것이지 아주

'죽인다.'

이렇게 작정하지는 않았었다. 그는 신경(神經)의 유희를 하고 싶었다.

죽이고 살리는 최후의 경계선(境界線) 그것은 오블라토[319]와 같이 얇은 한 겹 사이다. 이 얇은 한 겹의 이쪽을 향하여 독약을 준비하고, 그놈을 주사기에 켜 올리고, 그놈을 쳐들고서 제웅의 얼굴과 번갈아 치어다보고 마침내는 혈관에다 갖다 대고 푹 찌를 듯이 벼르고, 여기까지 그는 천연덕스럽게 해왔다.

거기까지가 목적지다. 그러니까 그는 얼굴에 살기도 드러나지 않았다. 다만 신경의 긴장이 유쾌했을 따름이다.

승재는 주사액이 상한 것 같아서 그랬다고 하니까 태수는 그대로 속았다.

승재가 다시 새 주사기를 꺼내다가 새 주사액을 따서 주사를 놓아주니까 태수는 이런 것도 다 이 병원이 세밀하고 친절해서 그런 거니 생각하고 무척 좋아한다.

태수는 주사를 다 맞고 나가다가 돌아서더니,

"그날 참 과히 바쁘시잖거든 잠깐 와주시지요?"

하면서 혼인날 손님으로 청한다. 승재는 뜨악해서 데수기가 긁히려고 했다.

"글쎄요, 원 늘 바빠서……."

"바쁘시기야 하시겠지만 멀요, 잠깐 그저…… 하기야 결혼식이라구 하는 흉내만 낼 테니까 오시라구 하기두 부끄럽습니다마는…… 아무튼 인제 청첩

두 보내드리겠지만 되도록 구경이나 와주세요. 퍽 영광으로 알겠습니다."

조르는 것이 졸연찮은 눈치여서 승재는 그날 마침 바쁘지 아니하면 가겠노라고 어물어물 해두었다.

승재는 여섯 시가 되기를 까맣게 기다려 병원을 나와서 어젯밤 새로 든 집으로 가다가, 집 모퉁이 가게 앞에서 두리번거리고 있는 계봉이를 만났다.

9

"남 서방!"

"계봉이!"

둘이는 서로 이렇게 부르면서 마주 웃는다. 그들은 오랜만에 만나는 것같이 반가웠다.

그러나 겨우 어젯밤에 갈리고 났으니 무슨 곡진한 인사야 할 말이 없다.

"그래……."

"응……."

둘이는 웃으면서 이런 아무 뜻 없는 말을 할 뿐이다.

"잘 왔군!"

"해애."

"들어가자구."

"응."

둘이는 앞서거니 뒤서거니 하면서 지쳐둔 쪽대문을 열고 좁은 처마 밑을 한참 지나 승재의 방에 당도했다.

"일루 오니까 이렇게 성가시어서……."

승재는 계봉이를 돌려다보고 웃으면서 방문에 채운 자물쇠를 연다.

계봉이는 방으로 따라 들어와서 앉을 생각도 미처 하지 못하고 방 안을 휘휘 둘러본다. 책은 벌써 전대로 책장 속에다 챙겨 넣었고, 또 몇 가지 안 되는 홀아비 세간이지만 책상 외에는 구접지근한[320] 것들을 다 오시이레 속에다가 몰아넣었기 때문에 계봉이 저의 집에 있을 때보다 방 안이 한결 조촐해 보였다.

방 안이 그렇게 침착할 뿐 아니라, 그새까지 어른들이 있고 해서 부지중 조심이 되던 저의 집이 아니고 이렇게 단출하게 승재와 만날 수 있는 것이 좋기도 했다. 그러나 어쩐지 조심이 되던 저의 집에서보다 도리어 임의롭지가 않고 무엇인지 모를 어려움이 있는 것 같아 장히 거북스러웠다.

왜 그럴까 하고 그는 생각해보았으나 아무 그럴 일이 없는데 그래지는 것이 이상하기만 했다.

"왜 이렇게 섰어…… 좀 앉지는 않구……."

승재가 재촉하는 말을 듣고서야 계봉이는 겨우 배시시 웃으면서 아무 데나 섰던 자리에 그대로 주저앉았다.

승재는 계봉이가 이렇게 온 것이 반갑고 다 기쁘기는 해도 별반 할 이야기는 없다.

그야말로 시사를 말한다든지 학문을 논한다든지야 말도 아니 될 처지요 그렇다면 집안 이야기를 묻는 것밖에 없는데 집안 이야기도 할 거리라고는 초봉이의 혼인에 대한 것뿐인 걸 이편이 불쑥 꺼낼 수는 없는 것이다.

그러나마 계봉이가 그전처럼 농담을 한다든지 원 까불어댄다든지 그랬으면 자연 무엇이고 간에 말거리도 생기고 이 서먹서먹한 기운도 스러질 텐데 그 애 역시 가끔 무료하게 미소나 할 뿐이고 얌전을 빼뜨리고 있어서 여간 거북스럽지가 않다.

"무어 과실이나 좀 사다가 둘 것을……."

한참 만에 승재는 이런 말을 중얼거리고 일어섰다. 겸사겸사해서 무엇 입놀릴 것을 사 오는 게 좋겠다고 생각했던 것이다.

"……나 잠깐 다녀올게, 곧……."

"무어?…… 무얼 사 오려구?…… 아니야, 난 먹구 싶잖어요!"

계봉이는 부여잡을 듯이 마주 일어선다.

"먹구 싶지 않어두 내가 사주는 거니, 좀 먹으면 좋잖어? 그래야 착하지."

승재가 없는 주변으로 이렇게 먼저 농을 건네니까, 계봉이도 그제서야 제

본색을 조금 내어놓는다.

"누구를 마구 위협하려 드나?"

"하하, 그럼 잘못됐게?…… 그런데 계봉이가 밤새 갑자기 얌전해진 것 같으니, 거 웬일이야?"

"하하하, 남 서방 보기에 그런 것 같수?"

"응."

"아이 어쩌나!…… 글쎄 내가 생각해두 웬일인지 그런 것 같아서 지금……."

"허어! 정말 그렇다면 야단났게?"

"심술하구는! 남이 얌전해져서 야단이 나요?"

"응."

"어째서?"

"그럴 일이 있어……."

"무엇이?"

"나는 얌전한 계봉이보다 까불구…… 아니 까불구가 아니라 장난하구 응석 부리구 그러는 계봉이가 좋아서."

"그럼 나는 머, 밤낮 어린 애기구 말괄량이구 그러라구?"

계봉이는, 승재가 생각하기에는 속을 알 수 없이 뾰롱한다.

"애기가 좋잖어?"

"좋긴 무에 좋아? 어른들하구 축에도 못 끼는걸……."

"어른이 좋은 게 아니야……. 그러지 말구 이거 봐, 계봉이……."

잠깐 말을 멈추고서 망설이다가 어렵사리……

"……계봉이 우리 누이동생이나 되라구."

"누이동생? 오빠 누이?……"

하면서 좋아할 듯하다가 갑자기,

"……싫다누!"

하고 잡아뗀다.

10

"싫어!"

생각지 않은 무렴을 본 승재는 얼굴이 붉는다.

계봉이는 그렇잖아도 상관없는 것을 너무 표독스럽게 내쏜 것이 미안해서 배시시 웃는다.

"응, 저어……."

"왜 싫으꼬?"

"거저……."

"거저두 있나? 이유가 있어야지."

"이유? 이유……. 이유는…… 없어 없어."

"없을 리가 있나? 아마 계봉이는 남 서방이 싫은 게지? 그러니까 누이동생 내기두 싫다구 하지?"

"누가 남 서방이 싫어서 그러나? 머……."

"멀, 싫으니깐 그러지."

"아니야."

"아니야."

"아니래두, 자꾸만!…… 남 속두 모르구서!"

계봉이는 암상[321]이 나서 타박을 준다. 승재는 다시는 꼼짝도 못 하고 슬며시 나가버린다.

그는 거리로 나와서도 계봉이가 소갈찌를 내면서

"남의 속도 모르시구……."

그런다고 쏘아붙이던 말이 귓바퀴에 뱅뱅 돌고 사라지지 않았다. 그는 겁이 나는 것 같았다.

철없이 까불고 농담을 함부로 하고 이런 응석받이 계봉이가 그는 그가 말한 대로 좋았다. 친누이동생같이 사랑스러웠다. 그리고 그대로 길이 사랑하고 싶었다.

그러나 그것을 싫다고 하면서 그 이상의 짓을 암시하는 계봉이를 비로소 보고 나니 인제 나이 겨우 열일곱에 그처럼 조숙한 소녀던가 싶어 곰곰이 생각할수록 놀라웠다. 그것은 여전히 승재 저는 어른이고 불장난을 하려고 하는 어린아이를 걱정하는 놀람이다.

그의 눈, 한껏 이지적이면서도 어디라 없이 정열이 흠뻑 담겨 있어 어느 때는 사뭇 불안해 보이는 계봉이의 눈, 그 속에 탈이 붙었다고 승재는 생각했다. 그렇게 생각하매 그는 다시는 계봉이와 똑바로 마주 보지 못할 것 같았다.

승재는 과실과 과자를 조금씩 사가지고 들어왔다.

계봉이는 아까 일은 잊어버린 듯이 그런 눈치도 안 보였다. 승재는 그것이 도리어 다행스러웠다.

"안 먹으면 또 위협을 할 테니까……."

이런 소리를 해가면서 계봉이는 꾸러미를 제가 풀어놓고 과실을 벗긴다.

"그런데 참……."

계봉이는 과자 하나를 입에다 집어넣고 씹으면서……

"남 서방, 그새 퍽 궁금했지?"

"궁금?"

승재는 나쓰미칸[322]을 먹느라고 눈을 실실 감다가 고개를 든다.

"응, 언니 혼인하는 거……."

"으응, 멀 거저……."

"아니야, 퍽 궁금했을 거야. 그래서 내가 속사정 이야기나 다 해주려고 하던 참인데……."

"모르면 어떤가?"

"글쎄 몰라두 괜찮다면 그만이지만 이거 봐요 언니두 남 서방을 잊지는 못한다구……."

"그럴 리가 있나!"

승재는 고개를 흔들면서도 속으로는

'아! 그랬나?'

싶어 무척 반가웠다.

"아니야 정말이야……."

계봉이는 위선 그날 밤 초봉이와 같이 앉아 모친한테 듣던 이야기를 그대로 다 되풀이해서 옮겨놓는다.

승재는 이야기를 듣는 동안에 태수가 집안이 양반 집안에 재산이 있고, 전문학교까지 졸업을 한 얌전한 청년이라니까, 그러면 정 주사네 내외며 당자인 초봉이며, 다 그러한 문벌이랄지 재산이랄지 학식이랄지 그런 것에 혹해서 혼인을 하는 것인 줄을 알았다.

그것을 알고 나니 승재는 먼저 초봉이가 저를 잊지는 못한다고 한다는 그 말을 듣고서 슬프게 반갑던 생각은 어디로 없어져버리고 앙앙하여[323] 마음이 좋지 아니했다.

그는 『장한몽(長恨夢)』의 수일(洙一)이만큼은 못했어도 승재는 아니 초봉이를 야속하게 여겼다. 동시에 태수한테는 훨씬 강렬한 질투가 타올랐다.

태수가 그처럼 미우니까 없는 흠도 잡아내고 싶을 판이다.

그런데 오늘 일을 생각해보자면 가령 좋게 눌러보자고 해도 태수가 전문학교를 졸업했다는 말은 협잡인 것 같았다.

중등학교만 옳게 다녔어도 새삼스럽게 현미경을 요술주머니처럼 신통해할 리도 없고, 또 현미경 검사를 하는 세균을 10배(十倍)냐고 묻는 것은 전문학교를 마친 사람의 상식이 아니다.

그러니 아무래도 무슨 경우가 붙었든지 붙었을 게 협잡인 듯싶었다.

11

그것뿐이 아니다. 얌전한 사람이라면서 처신이 조신하달 것 같으면 △△ 같은 성병(性病)을 얻어 걸렸을 리도 없으려니와 한때의 실수로 그랬다하더라도 조섭에 조심을 해서 곧 나았을 것이지 도로 도지고 도지고 할 리가 없는 것이다. 분명 주색 같은 데 침혹하는 게 분명하다.

그러고 보니, 문벌이 좋고 재산이 있고 하다는 것도 혹시 속임수가 아닐는지?

이렇게까지 생각을 한 승재는, 지금 당장이라도 정 주사를 찾아가서든지 제가 본 대로 사실과 소견을 털어놓고 이야기해서 파혼을 하게 할까 보다고 생각했다.

그러나 그는 일변 주저가 되고, 와락 용단이 나지 아니했다. 만일 제 짐작이 옳게 들어맞았더라도 그 혼인이 파혼까지 될는지 의문인데 항차 정 주사네가 다시 조사를 해보아 그것이 거짓말이 아니고 다 사실이라면 승재 저는 큰 망신을 당할 판이다. 아무래도 저놈이 색시를 빼앗기고는 시기가 나서 훼방을 놀려다가 저렇게 코를 떼였다고 욕을 하고 손가락질을 할 테니 그런 창피가 또 있으며 태수를 죽이려던 그 약으로 도리어 제가 죽어야 할 것이다.

그러나 그렇다고 아무리 보아도 미심스러운데 그것을 그냥 두고 보기도 역시 딱한 일이다.

이래서 승재는 머리가 혼란했는데 계봉이는 그런 속을 알 턱이 없고 제 이야기만 계속한다.

"그래서 난 그만 건넌방으로 쫓겨왔는데 그런데 말이지……."

계봉이는 여기서가 진짜 요긴한 대목이라는 듯이……

"……그담부턴 언니가 시춤하니 풀이 죽어가지구 혼자서 한숨을 들이쉬고 내쉬고 그리겠지?…… 나는 글쎄 그날 저녁에 언니가 그 자리에서 어머니한테 바로 승낙을 한 줄은 몰랐구려! 머, 어머니 아버지가 자기네끼리 다 작정을 해놓구서, 언니더러는 이러구 이러구 해서 다 그렇게 됐으니 너는 그리 알구 있으라구 이른 것이니까, 우리 언니 성질루 싫다구는 못 했겠지만……."

승재는 종시 묵묵히 앉아만 있고, 계봉이는 과자를 집어 먹느라고 잠깐 말을 끊었다가 다시……

"……그래 내가 하루는, 그러니까 그게 바루 약혼을 하던 그 전날 저녁이구려……. 언니더러 가만히 아 그렇게 맘에 없는 것을 아무리 어머니 아버지가 시키는 노릇이라도 싫다구서 내뻗으면 고만이지 왜 억지루 당하면서 그러느냐구 그러잖었수?…… 그랬더니 언니 말이 너는 속도 모르구서 무얼 그러느냐구, 내가 그 사람하고 결혼을 하면 인제 그 사람이 돈을 수천 원 장사 밑천으로 아버지한테 대준다고 하는데 내가 어떻게[324] 이 혼인을 마다구 하겠느냐구 그리겠지?…… 글쎄 그 말을 들으니까 어떻게 결이 나구, 모두 밉살머리던지 다 그냥 몰아세웠지……. 그래 이건 케케묵은 심청전을 읽구 있나? 장한몽 같은 잠꼬대를 하구 있나, 그게 어디 당한 소리냐구. 그러구 일부러 안방에서 어머니와 아버지두 들으시라구, 그럴 테면 애당초에 멋 하려 자식을 기르냐구, 저 거시기 도야지 새끼나 병아리 새끼를 인제 자라면 잡아먹을려구 기르는 거나 일반 아니구 무어냐구. 마구 왜장을 쳤더니, 아 언니가 손으루다 내 입을 틀어막구 꼬집구 그러겠지? 해해."

계봉이는 그날 밤의 일을 생각하고 재미가 나는지 웃어대면서 빨간 혓바닥을 날름날름한다.

승재는 한숨을 후― 하니 내쉬면서 앞 벽을 건너다본다. 그는 인제는 다시 초봉이한테 대한 노염이나 야속한 생각이 사라지고 초봉이가 갸륵하고 일변 측은해서 눈갓이 싸 하니 매워 올랐다.

그는 양 서방네가 딸 명님이를 기생집 수양딸로 팔아먹으려고 조금 더 자라기를 기다리는 것은 계봉이가 방금 저의 부모더러 말했다는 말대로 도야지 새끼나 병아리 새끼를 놓고서 자라기를 기다리는 거나 일반이라고 생각을 했었다.

그러나 명님이네의 일과 별로 다를 것이 없건만, 아니 따지고 보면 더 잔인하다고 할 수 있는 초봉이의 이번 혼인에 대해서는 어쩐 일인지 그렇게는 생각하지 아니했다.

그는 차라리 자비로운 초봉이가 한가운데 우렷이 나타나 있고 그 좌우 옆과 등 뒤로 그의 가족들의 불쌍한 얼굴이 초봉이의 후광(後光)을 받아 겨우 희미하게 보이는 그런 성화(聖畵)와 같은 그림이 연상되었다.

"아름다운 일이로군!"

승재는 감격하여서 저도 모르게 탄복하는 소리가 흘러져 나왔다.

행화(杏花)의 변(辯)[325]

1

승재는 그동안 야비하게, 태수한테 질투를 하고 심지어 죽이려고까지 한 것이 부끄러웠다.

그는 앞으로는 저도 마음을 깨끗이 가지고 아름다운 일, 거룩한 일을, 몸을 버려가면서라도 해야 하겠다고, 초봉이를 우러러보며 재삼 탄복을 했다.

"거룩한 일이야!"

승재가 다시 이렇게 중얼거리니까, 아까부터 경멸하듯 승재의 얼굴을 빤히 건너다보고 있던 계봉이가,

"쥐뿔은 어어떻구?"

하고 톡 쏘아준다.

"왜? 아름답구 거룩한 거 좋잖아?"

종시 혼잣말하듯 중얼거리는 승재가 계봉이는 얄미워서 견딜 수가 없다.

"그럼 남 서방두 인제 딸을 낳아서 장사 밑천 받구 시집보내겠구려!"

"허어! 나는 그런 것보다두 위선 초봉이 언니를 아름다운 마음을 가지구 하는 말인데……."

"아름다운 맘인가? 아주 케케묵은 생각이지."

"못써요! 아름다운 건 아름답게 보아 버릇해야 하는 법이야…… 초봉이 언

니 마음이 오죽 아름다워?"

"못나서 그래요!"

"저거! 하는 소리마다……."

"괜히 잠꼬대 같은 소리 하지 말아요, 혼내줄 테니까……."

"계봉이 못쓰겠어!"

"흥! 그래두 인제 두고 봐요."

"두고 보아야 머 응석받이?"

"암만 응석받이라두 나두 눈치는 다 있어요. 이봐요 남 서방, 이번에 우리 언니가 결혼을 해서 잘 산다구 치더래두 말이지, 맨 첨에 맘을 먹기를 장사 밑천 얻을 령으루다가 딸을 내놓는 맘자리가 그게 고약스럽잖우?…… 그러니깐 아무리 우리 부모라두 난 나쁘다고 할 말은 해요. 말이야 다 그럴듯하잖어? 사람이 잘나구 머, 똑똑하구, 전문대학교를, 하하하, 글쎄 우리 어머니가 전문대학교래요. 그래 내가 전문대학교가 어디 있냐구 핀잔을 주니까 하는 소리 좀 들어봐요. 아 이년아, 더 높은 학굔 게로구나……. 이러겠지? 하하하."

계봉이가 웃는 바람에 승재도 섭슬려서 웃는다.

"그래 글쎄, 그렇게 사람이 잘나구 어쩌구 저쩌구 해서 너를 위해서 첫째는 이 혼인을 하는 것이라구, 그러구 장사 밑천이야 다 여벌이 아니냐구 그러더라나?…… 아이구 그저 내가 그대루 앉았다가 그런 소리를 들었더라면 뾰죽하게 한바탕 몰아세우는걸."

계봉이는 평소에 괜히 저를 미워하는 모친한테 대한 울분을 푸는 것이다. 그는 제 동무들하고도 곧 잘 모친의 흉을 본다.

"그러면 말이지……."

승재는 계봉이가 어찌하나 보느라고 따져 묻는다.

"……자식이 부모를 위해서 희생하는 게 나쁘기루 치면 부모가 자식 때문에 자식을 모두 길러내느라구 고생하구 하면서 역시 희생하는 것도 마찬가지루 나쁜가?"

"아니."

"왜? 그건 어째서?"

"부모는 자식을 제가 독립해서 살아갈 수 있도록 길러내구 교육시키구 그럴 의무가 있으니까. 그러니까 희생을 해서라두 의무 시행을 해야 옳지……. 세납 못 바치면 집달리[326]가 솥단지나 숟갈 집어 가듯이……. 우리 집에서두 전에 한번 그 일 당한걸, 하하하."

승재는 인제 겨우 여학교 3년급에 다니는 열일곱 살배기 계집아이가 대체 어느 결에 어떻게 해서 그런 소리까지 할 줄 알게 되었나 싶어 아까 누이동생 정하기 싫다고 하던 때와는 의미가 다르나 역시 놀랍고 겁이 나는 것 같았다.

이튿날 승재는 태수의 △△을 혼인날까지 기어코 낫우어줄[327] 딴 도리가 없을까 하고 두루두루 궁리를 해보면서 혼자 애를 썼다. 그리고 앞으로는 태수를 결코 미워하지 아니하리라고 제 마음에 맹세를 했다.

그러나 막상 오후가 되어 태수가 처억 들어섰을 때는 승재의 마음의 맹세는 그다지 힘을 쓰지 못했다.

마음은 그렇게 동요가 되었어도 그는 그것을 억제해가면서 밤사이의 증세도 물어보고 술을 삼가고 음식을 자극성 없는 것으로 조심해서 가려 먹으라고, 신신당부를 했다.

태수는 치료를 받고 나와서 개복동 행화네 집으로 갔다. 언제나 마찬가지로 형보가 와서 아랫목 보료 위에 사방침을 베고 드러누웠고, 행화는 가야금을 심심 삼아 누르고 있다.

"자네, 집 장만했다면서? 방이 몇인가? 남는 게 있나?"

태수가 마루로 올라서노라니까 방에서 형보가 이런 소리를 먼저 한다. 형보는 태수가 결혼을 하고 살림을 차리면 비벼 뚫고 들어갈 요량을 대고 있는 참이다.

2

"염려 말게. 그렇잖어두, 다……."

대답을 하면서 태수는 위선 양복 윗저고리를 훌렁 벗어 들고 휘휘 둘러보더니, 행화가 차고 앉은 가야금 위에다 털썩 내던지고 모자는 행화의 머리에다가 푹 눌러 씌운다.

"와 이리 수선을 피우노?…… 남 안 가는 여학생 장가나 가길래 이라제?"

행화는 익살맞게 그대로 까딱 않고 앉아서 태수한테 눈을 흘긴다.

"하하하하, 그래그래, 내가 요새 대단히 유쾌해."

"참 볼 수 없다! 그 잘난 제미할 여학생 장가를 못 갈까 봐서 코가 내리 쉰댓자나 빠져갖고 댕길 때는 언제고, 저리 좋아서 야단스레 굴 때는 언제고!"

"하 이 사람 그렇잖겠나? 평생소원을 이뤘으니……. 그렇지만 염려 말게, 신정이 좋기루서니 구정이야 잊을 리가 있겠나?"

"아이가! 내 차 타고 서울로 가서 한강 철교에 자살을 할라 캤더니, 그럼 그말만 꼭 믿고 그만두오, 예?"

"아무렴, 그렇구말구. 다 염려 말래두 그래."

지금 행화는 농담을 농담으로 하고 있지만 태수는 진정을 농담으로 하고 있다.

그는 초봉이와 약혼을 한 그날부터는 근심과 우울을 요새 하늘처럼 말갛게 싹싹 씻어버렸다. 그새까지

'약차하거든 죽어버리면 그만이지.'

이렇게 그래도 한 가드락 깔고 넘어가던 것을 한걸음 더 나서서 아주 죽기로 작정을 했다.

초봉이와 결혼을 해서 마지막이요 또 제일 큰 원을 푼 뒤에는 단 하루만이라도 좋고 이틀만이라도 좋고 죽는 게 아무 여한이 없을 테라는 것이다.

그러니까 장차 어느 날일지는 몰라도 그날을 임하여 종용자약하게 죽음을 자취할 테요 그러나 그날이 오는 최후의 순간까지는 근심도 아니하고 걱정도

아니하고 이 세상을 즐겁게 지낼 요량이다.

그러려니까 되도록 많이 놀기도 하고 계집도 할 수 있으면 여럿을 두고 지내고 초봉이를 데리고 단꿈을 꿀 것은 물론이고, 그런데 즐겁고 유쾌하자면 몸에 고통이 없어야 한다. 그러니까 병원에를 다니면서 △△도 치료를 받고…….

이렇게 아주 무슨 의식을 하는데 순서를 짜놓은 것처럼 태수의 앞일도 예정을 세워놓아버렸다.

그는 그새까지는

'야차하거든 죽어버리면 그만이지.'

하기는 해도 위안은 순간적이요 애여 마음이 걸리더니 마침내,

'죽는다.'

고 작정을 해버리니까 도무지 아무것도 거리끼거나 겁날 것이 없었다.

그 덕에 그는 유쾌하고 명랑해졌다.

태수와 행화가 주거니 받거니 이야기를 하는 동안, 형보는 저 혼자 제 생각에 골몰해 있다. 그러다가 끙 하면서 일어나 앉더니 태수 앞에 놓인 해태 곽을 집어 한 대 붙여 물면서,

"그렇지만 행화가 말루는 아무렇지두 않은 체해두 속은 단단히 짠 모양이야?"

하고 한껏 달고 나선다.

"와?"

"아, 저렇게 예쁜 서방님을 뺏기니까……."

"하! 고 주사가 예쁘면 거저 예뻤나? 돈을 주니 예뻤제……."

"조건 농담을 해두 꼭 저 따위로 한단 말이야."

"와 농담고? 진정인데……."

"그래그래. 말이야말루 바른 말이다. 그런데, 아무튼 고 주사가 장가를 든다니깐 섭섭하긴 섭섭하기는 하지?"

"체! 고 주사가 장가 안 가구 있으면 언제 나한테 온다카나요? 내는 조강지

쳐 바라지도 않소."

"거저 저건 팔자에 타고난 화류계 것이야."

"아니, 장 주사두 철부지 소리를 하지 않소?……"

이렇게 성구는 행화는 그렇다고 흥분한 것은 아니나 농담하는 낯꽃은 아니다.

"……기생이면 기생같이 돈이나 벌구 다 그라지, 무얼 팔자 탄식을 하고 첩이 싫다구 남의 조강지처나 바라구 그러는 거 나는 구역이 나더라. 그리구 명색이 기생이 연애한다는 거 아이구 원 메스꺼워 못 보겠더라."

"아니, 기생이라구 연애하지 말라는 법 있나?"

형보는 제딴에 놀리는 양으로 자꾸 이렇게 말을 시킨다. 태수는 빙긋이 웃으면서 구경을 한다.

3

"기생이 연애가 다 무어꼬? 하는 년도 개잡년, 기생 년하고 연애하자고 미쳐 덤비는 놈팽이두 개잡놈이제."

행화는 의젓하게 처억척 받아넘긴다.

형보는 그만해두고 이번에는 태수가 나서서 말을 시킨다.

"어째서 그렇나?…… 이건 내가 되레 차 타구 서울로 올라가서 한강철교 자살을 하게 될까 보다? 응?…… 나는 그래두 여태 행화하구 연애를 하느니라 하구서 좋아했지."

"글쎄 고 주사나 내만 두구서 하는 말이 아니라. 기생이 무슨 연애를 하오? 예? 뭇놈들이 다루던 몸뚱이지…… △△이야 ○○이 시글시글해서 한쪽이 썩어 들어가지…… 그런 몸뚱이를 가지구 무슨 연애를 하오?"

"나는 그래두 행화한테 연애한걸?"

"말두 마소. 고 주사만 해두 나하구 살을 섞고 지내면서 달리 초봉이라 카는 색시하구, 연애를 해서 장가가지 않소? 그걸 내가 야속타는 게 아니라 그것만 봐도 기생하고는 연애가 안 된다는 걸 알 수 있지 않소?"

"그래두 나는 보니까……."

다시 형보가 말을 받아가지고 나선다.

"……기생들두 버젓하게 연애만 하더라."

"그건 연앤가? 활량[328]이 오입한 것이고 기생이 오입 받은 것이지……. 오입 길게 하는 걸 보고서 연애라카니 철부지 소리 아니오? 장 주사."

"저게 끄은히[329] 날더러 철부지래요! 허어 그거 참…… 그러나저러나 이 사람아 글쎄, 기생두 다 같은 사람이래서 연애를 해먹게 마련이구, 그래서 더러 연애를 하기루 하구 하는데 자네는 어찌 그리 연애하는 기생이라면 비상 속인가?"

"연애를 하면 다 사람질하나? 체! 요번에 저 앞에서는 개두 연애를 하던데?"

행화도 필경 진정을 농담 삼아 하고 있다.

태수는 형보와 어울려 한참이나 웃다가, 빈 담뱃갑을 집어보고는 돈을 꺼내면서 바깥을 끼웃끼웃 내다본다.

"와?"

"담배……."

"아무두 없는데!…… 피죵 피우소."

행화는 제 경대 서랍에서 담뱃갑을 꺼내다 놓는다.

"요전에, 계집아이 하나 데려온다던 건 어떻게 했나? 아직 안 데려왔나?"

태수는 심부름이 아쉽던 끝이라 문득 생각이 나서 물어본 것이다.

"계집애? 웬 계집애?"

하고 처음 듣는 형보가 묻는다.

"우리 딸 데려올라 했더니 아직 어려서 좀 더 자라게 두었소."

"딸? 인제 어린것이 딸이라니?"

"하아! 내 나이 환갑 아니오?"

"기생의 환갑?"

"뉘 환갑이거나 인제는 딸이나 길러야 늙발에 밥을 물어다가 먹여살리지?"

"아서라. 그래 남의 계집애 자식을 몇 푼 주구서 사다가는 등골을 뽑어먹으려구?……"

"등골은 와?…… 제두 좋구 나두 좋지."

"대체 몇 푼이나 주구서 사 오기루 했나?"

"하앗다, 장 주사는 푼돈 크게 쓰나 보지?…… 백 원짜리로 두 푼에 정했소. 정했다가 저두 마단다 하고, 나두 급하잖길래 후에 보자 했소. 속이 시원하오?"

양 서방네 딸 명님이의 이야기다. 그러나 태수고 형보고, 그들은 명님인 줄도 모르고 또 코가 어디 붙은 계집아인지 알 턱도 없던 것이다.

"집을 도배를 하나?……"

태수가 혼잣말로 중얼거리면서 방바닥에 놓인 양복저고리를 집어 들고 일어선다.

"……좀 가보아야겠군."

"어딘데?"

"그전 큰샘거리……. 자네두 같이 가세. 오늘 가서 집을 알아두었다가 도배 끝나거든 짐짝 떠 짊어지구 가서 있게."

"아니, 내가 먼저 집을 들어?"

형보는 두루마기를 내려 입으면서 속으로는 어찌하면 일이 이렇게 일이 구격이 맞게 맞아떨어지느냐고 좋아한다.

"식모는 벌써 집하구 한꺼번에 구해서 집을 맽겨두었는데 인제 살림을 들여놓자면 식모만 믿을 수가 없으니까 자네가 기왕 와서 있을 테고 하니 미리 오란 말이지."

"원 그렇다면 모르거니와……."

"행화두 미리서 집 알이 겸 가세그려?…… 아무래도 또 만나서 저녁이나 먹어야 할 테니까……."

이렇게 해서 셋은 집을 둘러보러 가고 그와 거의 같은 시각에서 조금 들이

켜 초봉이도 계봉이와 같이 그 집에를 가게 되었었다.

4

집은, 다른 서두리와 마찬가지로 탑삭부리 한 참봉네 아낙 김 씨가 나서서 얻어놓았다.

태수는 실상 돈만, 그 법식으로 소절수 농간을 해서 5백 원을 마련해다가 김 씨한테 맡겨놓고 기껏해야 청첩 박히는 것, 식장으로 쓸 공회당이며, 예식 집에 전화로 교섭하는 것, 요릿집에다가 음식 맞추는 것, 이런 것이나 노류장화로 슬슬 하고 있지 정작 힘 드는 일은 김 씨가 통 가로맡아서 하고 있다.

그러하되 그는 마치 며느리를 볼 아들의 혼인이나 당한 것처럼 팔을 걷어붙이고 나서서 일을 했다.

돈도 태수가 내놓은 5백 원은 거진 다 없어졌다. 정 주사네 집으로 현금이 2백 원에, 물건이 옷감이야 무어야 해서 5, 60원 어치가 가고, 다시 반지를 산다 신랑의 옷을 한다 집을 세로 얻는다 살림 제구를 장만한다…… 이래서 그 5백 원은 거진 다 없어진 것이다.

인제는 돈이 앞으로 얼마가 들든지 물어넣어야 할 판이다.

그러나 그는 그것도 아깝지 아니하고 도리어 그리할 수 있는 것이 기뻤다.

집을 얻어놓고, 그는 정 주사네 집에다가 기별을 했다. 새 집을 사려고 했었으나 마침 마음에 드는 집이 없어서 종차 새로 짓든지 사든지 하겠거니와 급한 대로 위선 셋집을 이러이러한 곳에다 얻어놓았다고 혹시 규수가 나올 길이 있거든 마음에 드는지 둘러나 보라고 태수의 전갈로 기별을 했었다.

그래 오늘 초봉이는 계봉이를 데리고 목간을 하러 나오는데, 모친이 기왕 나갔던 길이니 구경이나 하고 오라고 두 번이나 재우쳐 이르던 것이다.

초봉이는 보아도 그만 안 보아도 그만이라고 생각했지만 또 기별까지 왔고 모친도 보고 오라고 해싸니까 그런 것을 굳이 아니 보려고 할 것도 없겠다 싶어 목간을 하고 오는 길에 들러보았다.

새 길 소화통(昭和通)이 뻗어 나간 뒤곁으로 예전 '큰샘거리'의 복판께 가서 바로 길 옆에 나앉은 집이다.

밖에서 보기에도 추녀며 기둥이 낡지 아니한 것이 그리 묵은 집은 아니고 대문으로 들어서니까 장독대가 박힌 좁지 아니한 뜰 앞이 우선 시원스러웠다.

좌는 동향한 기역자요 대문을 들어서면 부엌이 마주 보이고 부엌에 연달아 안방이 달리고 마루와 건넌방이 왼편으로 꺾여 있다. 그리고 뜰아랫방은 부엌 바른편에 달렸다.

도배꾼이 셋이나 들끓고 방이며 마루며 마당이 안팎 없이 종이부스러기야 흙이야 너절하니 널려 있어 어설프기는 어설퍼도 집은 선뜻 초봉이의 마음에 들었다.

그것은 이 집이 그다지 훌륭한 집인 줄 알아서 그런 것이 아니라 지금 사는 둔뱀이 집에 빗대보면 훤하니 드높고 뚜렷한 게 속이 위선 시원하기 때문이다.

식모를 먼저 구해두기로 했다더니, 어디 갔는지 보이지 않고 건넌방에서 도배하던 사내들만 끼웃끼웃 내다본다.

초봉이는 그만하고 돌아서서 나올까 하는데 계봉이가,

"어쩌면! 꽃밭이 있어."

하고 마당 귀퉁이로 뛰어간다. 아닌 게 아니라, 전에 살던 사람의 애틋한 맘씨인 듯싶게 조그마한 화단이 무어져[330] 있고, 백일홍과 봉선화와 한련화가 모두 망울망울 망울이 맺었다. 코스모스도 서너 포기나 한창 자라고 있고, 화단 가장자리로는 채송화가 벌써 피었다가 반일(半日)이 지난 뒤라 시들었다.

화단은 그러나 주인 없이 집이 빈 동안에 거칠어졌다. 꽃 목이 꺾이기도 하고, 흉어운[331] 발자국에 밟히기도 했다. 저편 담 밑으로는 강아지꽃(아사가오[332]) 서너 포기가 올라갈 줄이 없어 땅바닥에서 넌출이 헤매고 있다.

초봉이는 마음 깐으로는 지금이라도 꽃들을 추어올리고, 강아지꽃도 줄을 매어주고 이렇게 다 손질을 하고 싶은 생각이 간절했으나 차마 못 하고 돌아섰다. 집을 들면 그 이튿날 바로 이 화단에 먼저 손을 대려니 생각했다.

그래 마침 돌아서는데 대문간에서 뚜벅뚜벅 요란스런 발자국 소리가 들리면서 사람들이 한 떼나 되는 듯싶게 몰려들었다.

태수가 행화와 나란히 서고 형보가 그 뒤를 따라 처억척 들어서는 것이다.

양편이 다 놀란 것은 말할 것도 없다.

초봉이는 고개를 푹 숙이고 계봉이는 덤덤하니 서 있고 형보는 히죽이 웃고 행화는 의아하고 태수는 어쩔 줄을 모르고 허둥지둥한다.

그는 뒤를 돌려다보다가 초봉이를 건너다보다가 데수기를 긁으려고 하다가 밭은기침을 하다가 벙끗 웃다가 하는 양이 차마 볼 수가 없다.

5

다섯 남녀의 마음은 다 제각기 다르게 동요가 되었다. 얼굴마다 또렷또렷하게 마음을 드러내놓는다.

초봉이는 행화가 웬일인고 싶어 이상하기도 했으나 그런 것을 생각해 볼 겨를이 없이 수줍은 게 앞서서 얼굴이 홍당무가 되어가지고 빗밋이 돌아서 서있다.

계봉이는 태수의 얼굴은 알아볼 수 있으나 형보를 보고 저건 어디서 저런 흉어운 게 있는고, 또 태수가 웬 기생을 데리고 다니는 게 필경 부랑자거니 하는 생각으로 불쾌한 기색이 선연히 드러난다.

형보는 고소해서 속으로,

'너 태수 요 녀석 거저 잘꾸사니야!'

'바짓가랑이가 조옴 켕기리!'

'조렇게 묘하게 생긴 계집애한테루 장가를 들랴면서 기생 년을 꿰어차고 다니니 하늘이 알아보실 일이지.'

'아무려나 초봉이 너는 내 것이니 그리 알어라, 흐흐.'

이렇게 좋아 죽는다.

행화는 초봉이가 초봉이인 줄도 모르거니와 그가 태수하고 결혼을 하게 된 '초봉이'라는 것도 모르지만 제중당에서 친한 그 색시가 와서 있으니까, 반갑기도 하고 이상하기도 하여 뽀르르하니 초봉이한테로 달려든다.

태수는 이리도 못 하고 저리도 못 하고 그러나 이렇고 저렇고 간에 무얼 어떻게 분간할 도리도 없어 필경 울상을 한다.

행화는 초봉이의 손목이라도 잡을 듯이 호들갑스럽게

"아이고! 오랜만이오."

하면서 초봉이의 숙인 얼굴을 들여다본다.

초봉이는 입이 안 떨어져서 인사 대답은 하지 못하고 눈으로만 반가워한다.

"건데, 웬일이오? 예?"

웬일이라니, 행화 네야말로 웬일이냐고 물어보고 싶은 말이다.

초봉이는 말은 못 하고 예쁘게 웃는 턱주가리만 손으로 만진다.

형보는 제가 나서야 할 때라고, 아기작아기작 세 여자가 서서 있는 옆으로 가까이 가더니,

"아, 두 분이 진즉 아십니까?"

하면서 고개를 뒤로 젖힌다.

"아이갸, 알구 말구요! 어떻게 친해졌는데요. 하하."

"원 그런 줄은 몰랐군 그래! ……허허허. 그런데 이 행화루 말하면 나하구 그저 참 그저 다 그렇습니다. 허허. 그리구 행화, 이 초봉 씨루 말하면 바루 저 고 주사하구 이번에 결혼하실, 응? 알겠지?"

"아이야! 원 어쩌면!"

행화는 신기하다고 연신 고개를 끄덕거리다가 태수를 돌려다보면서 의미 있이 웃는다.

"거 참, 두 분이 아신다니 나두 반갑습니다. 허허. 나는 이 사람하구 같이 어디를 좀 갔다 오느라고 이 앞으로 지나던 길인데 바루 문 앞에서 고 군을 만났어요."

이만하면 초봉이나 계봉이의 행화에게 대한 의혹은 넉넉 풀 수가 있다.

그러나 실상 초봉이는 그들이 행화를 데리고 온 것을 계봉이처럼 태수한테 다 치의[333]를 하거나 그래서 불쾌하게 여기거나 그러지는 않았고 좀 이상하게 보고 말았을 따름이다.

초봉이가 겨우 허리만 나붓 숙여 뉘게라 없이 인사를 하는 체하고 계봉이를 데리고 대문간으로 나가니까, 행화가 해뜩해뜩 태수를 돌려다보고 웃으면서 따라 나간다.

태수는 형보의 재치로 일이 무사하게 되어 가슴이 겨우 내려가는데 행화가 그러고 따라 나가니까 혹시 무슨 이야기나 할까 봐서 연신 눈을 흘긴다.

행화는 대문 바깥 문지방을 잡고 서서,

"잘 가시오, 예?…… 내 혼인날 국수 묵으로 가께요."

하고 작별을 한다. 초봉이는 눈에 반가운 웃음을 담아가지고 꼭 와달라는 뜻으로 말 없는 대답을 한다.

행화는 돌아서서 들어오지 아니하고 그대로 초봉이가 계봉이와 나란히 가고 있는 뒤태를 바라다본다.

그는 제중당 전방에서 처음 초봉이를 만나던 때부터 어디라 없이 마음이 끌려 좋게 여겼었다. 그래서 말하자면 털어놓고 친해지기보다 정이 먼저 갔었고 그런 때문에 인제 앞으로 훨씬 친숙하게 지낼 수가 있으리라고 생각했었다.

그랬는데 오늘 알고 본즉 그가 바로 태수의 아낙이 될 색시요 그래서 행화 저와는 서로 시앗이요 외동서[334]가 되게 된 것을 생각하니 이건 누가 미리서 이렇게 다 일을 꾸며놓았던 장난이 아닌가싶게 이 인연이 신기하고 재미가 있는 것 같았다.

그는 그저 일이 신통하기도 하고 재미나기도 하고 할 뿐이지 탑삭부리 한참봉네 아낙 김 씨처럼 태수를 놓고 초봉이를 생각하면서 투기하는 생각은 나지 않았다.

그는 차라리 초봉이가 가엾어 보였다.

6

행화는 보기에 태수가 있는 집 자제인 듯하기는 해도 그저 돈이나 있고 매촘하게 생기기나 했지 별수 없는 사내다.

그렇다고 그가 태수를 나쁘다고 생각하느냐 하면 그런 것도 아니다. 도대체 행화는 오입판에서 잠시 만나가지고 얼마간 지내는 터에 좋고 나쁘고가 없었다.

그처럼 두드러지게 좋아할 것도 없고 나빠 여길 것도 없고 그런즉 태수가 별수야 있거나 없거나 행화 저한테는 아무 아랑곳이 없었다.

그러나 마음에 정이 가려던 초봉이가 더구나 저렇게 손 댈까 무섭게 애틋한 처녀가 주색에 폭 빠져 허둥지둥하기나 하고 추접스런 △△이 부글부글 고이기나 하는 오입쟁이요 난봉이지 그저 별수가 없는 사내, 태수의 아낙이 된다는 것은 적잖이 애석한 노릇이라고 생각했다.

그러나 그렇게 애석한 노릇이라고 생각을 했을 그뿐이지, 그보다 더 별다른 무엇은 없다.

'그러거나 말거나 내가 알 턱이 있나!'

이렇게 쯧 하고 혀나 한 번 찼을 뿐이다.

드디어 태수와 초봉이의 결혼식은 별일 없이 끝났다. 아무 별일이 없이 지극히 원만하게 마쳤다.

다만 청하지 않은 아낙네들 구경꾼이 많이 와서 결혼식장의 번화와 폐를 한가지로 끼쳐준 대신, 온다던 태수의 모친이 오지 아니한 '사건'이 있었을 따름이다.

정 주사네는 사부인이 될 태수의 모친한테 아낌없는 경의를 준비해가지고 기다렸는데, 온다던 날짜인 결혼식 그 전날에 오지를 않았고, 결혼식장으로 전보만, 축전 틈에 끼어서 들이닿았다. 갑자기 병이 나서 내려오지 못한다는 것이다.

이것은 태수가 꾸민 야바위[335]다. 그는 결혼을 한다는 것조차 그 모친에게 알리지를 아니했었다. 전보는 서울서 그의 친구가 편지로 부탁을 받고 그대로 쳐준 것이다.

정 주사네는 사부인의 그러한 불의지변을 대단 심상(心傷)하였고, 속으로는 섭섭하였으나 그 때문에 결혼식이 한편이 이지러지거나 그러지는 아니했었다.

그날 승재도 참례를 했었다.

그는 마음을 아파하면서 아름다운 축하를 하기 위해 참례를 했던 것이다.

그러나 그는 다시 새로운 슬픔 한 가지를 안고 돌아오지 아니치 못했다. 초봉이가 슬퍼함을 보았기 때문이다.

흰 면사포에 흰 백합꽃이며 이런 것이 모두 초봉이의 슬픔을 소리 없는 노래를 슬피 부르는 것 같았다.

단을 향하여 고개를 깊이 떨어뜨리고 천천히 천천히 걸어 나가는 그 고요함이 어떻게도 슬프던지 승재는 지금 초봉이가 눈물을 흘리지 싶어 승재 저도 눈갓이 싸아하니 매웠다.

그는 제 마음에 슬픔이 가득했기 때문에 그러나 그것은 모르고서 초봉이가 슬퍼하느니라고 잘못 생각했다는 것은 깨닫지를 못했다.

사실 초봉이는 슬퍼하고 기뻐하고 할 경황이 없었다. 그는 아무 정신도 차리지 못했다.

그래서 아무튼 단지 거룩하고 아름답게만 여기던 초봉이가 그처럼 슬퍼하고 초봉이가 그러한 대신 그의 가족들의 얼굴에는 누구나 없이 만족과 기쁨이 벙싯벙싯 넘쳐흐르는 것을 볼 때에 승재의 머릿속의 성화와 같이 박혔던 그 그림은 아주 딴판으로 변하고 말았다.

즉 그림의 전면에는 가족들의 살지고 만족한 여러 얼굴이 웅기중기 훤하게 드러나 보이고 초봉이는 저편 뒤에 가서 보일락 말락 하게 추렷이 서서 있는 것이다.

승재는 그것을 차마 보지 아니하려고 눈을 스르르 감았다.

그러나 눈을 감으니까는 검은 옷을 입은 '희생의 주신'(犧牲의 主神)이 지팡막대로 길을 가로막으면서,

"나를 아르켜내야 이 길을 비켜주리라."

고 짓궂이 수염을 쓰다듬던 것이다.

승재는 식이 끝나기가 바쁘게 자리를 빠져나왔다. 피로연에는 애초부터 가지 아니할 요량이었지만, 더욱이나 경황이 없었다.

그날 바로 그 순간부터 승재는 마음 아름다운 초봉이를 거룩히 여겨 막연히 탄복하기보다도 슬픈 얼굴로 시집가던 초봉이를 슬퍼하는 마음이 더했다.

그리하는 한편 그는 이 앞으로 초봉이의 운명이 평탄하지가 못하고 불행스런 파란이 일어나지나 않을까 하는 막연한 불안이 어느 구석에선지 ㅁㅁ 스미듯 스며들어 그를 ㅁㅁ 시달려주었다.

태풍(颱風)

1

혼인한 지 열흘이 지나갔다. 절기는 6월로 접어들어 여름은 적이 완구해가기 시작했다. 그러나 아침은 아직도 좋다.

초봉이는 친가에 있을 때의 버릇대로 뚜우 길에 우는 첫 사이렌 소리에 맞추듯이 잠이 깨어 옷을 갈아입고 마루로 나왔다.

마루에 걸어놓은 괘종이 다섯 시를 친다. 날은 아직도 훤히 밝지 아니했으나 처마 너머로 올려다보이는 하늘은 맑다.

태수는 아직도 자고 있고 건넌방에서도 형보가 쿠욱 캐액 담을 뱉으려면 한 시간은 더 있어야 한다. 식모도 다섯 시 반이나 되어야 일어난다. 아직 문 앞 거리에서 잡소리도 들려오지 아니한다. 집안도 조용하다.

초봉이는 마루 앞 기둥에 기대서서 생각하는 것 없이 생각에 잠긴다. 그는 어제도 그랬고 그저께도 그랬고 바로 혼인을 하던 그 이튿날부터 그러했지만 오늘도 역시 같은 생각을 한다.

그는 태수와 결혼이라는 것을 하고, 그래서 양친이며 동생들은 집에 그대로 있는데 저 혼자 이렇게 이 집으로 와서 있고 남편이라고 하는 태수가 무얼 어쩌고저쩌고 하고 그 사람의 색시 노릇을 하고 이러는 것이 이상하기도 하고 이게 다 무엇인고 하면 일변 우습기도 했다.

그리고 무엇보다도 그는 나는 우리 어머니 아버지의 딸이요 계봉이의 언니요 형주와 병주의 누나요 그러한 초봉이지 이런 집에 와서 이러고 있는 것은 내가 하는 일이 아니다. 나는 통히 모르는 일이고 그래도 역연 내가 하는 일은 하는 일이라면 꿈일 것이다 하는 생각이 나곤 했다.

이것은 누구나 고이 자라던 처녀가 별반 연애를 했다고도 할 수 없는 남자와 결혼을 하고나서 시집살이고 단가살림이고를 바로 시작한 경우면 지금 초봉이와 같이 대게 낯가림을 하게 되는 것이다. 시급히 변한 새 생활에 심신이 다 터가 잡히지 못해서 그러는 예삿일이다.

초봉이는 오늘도 역시 잠이 깨자 여전히 모두 곧이들리지 않고 생소해서

'오늘도 이런가?'

하는 아주 가벼운 경이를 느꼈다. 그러나 이어 곧

'오늘도라니? 그럼 어디로 갔을까 봐?'

하고 제가 저더러 웃었다.

이렇게 하기는 오늘이 처음이다. 이것은 새로운 환경과 생활에 길들기 시작한 시초다.

그러나 그것은 역시 시초일 따름이고 그는 이어서 어제처럼 그리고 그전 날들처럼 두루 그런 생각을 하고 있다.

이렇게 그런 생각을 하고 있노라면 그것이 유쾌할 것이야 없는 일이지만 그렇다고 무슨 고민이 된다거나 그렇지는 않다.

그러나 문득 승재가 생각이 나면 그의 마음은 평온한 대로 있지를 못한다.

그는 지금도 승재가 아침이면 일곱 시 반에 뚜벅뚜벅 마당으로 걸어 나가고 저녁때면 그 모양으로 걸어 들어오고 방으로 들어가서는 찍소리 없이 책이나 보고 있고, 그리고 초봉이는 자리끼 숭늉을 만들어서 내어 보내주고 낮이면 전화로

'나 초봉이여요.'

'나 승잽니다.'

'무슨 무슨 주사 한 곽만……'

'네, 그럼 지금 곧…….'

이렇게 이야기를 하고 꼭 이러는 것 같기만 하다.

그래서 거기까지만 생각하면 초봉이는 저도 모르게 방그레니 웃어지고 기쁘다.

그러나 그것은 순간이요 이어 승재의 영상은 등을 지고 돌아서서 뚜벅뚜벅, 영원히 그렇게 뚜벅뚜벅 돌아서서 가고 있는 것같이 적막해 보였다. 이런 때면 그는 눈물이 핑하니 돌고 사뭇 소리를 외쳐

"날 좀 보아요오! 날 좀 보고 가세요."

하고 부르고 싶게 안타깝다.

이런 때면 그는 제 마음을 나무라기는 한다. 그는 기왕 어찌되었든지 한번 결혼을 한 바에야 지나간 일이나 지나간 사람은 다 잊어버리고서 이 환경에다가 만족한 마음으로 몸을 내맡기고 그럼으로써 여기서 앞날의 행복을 장만하겠다는 각오가 이미 서서 있다. 그리고 또한 변함이 없다.

그러나 역시 결혼을 하고난 지 얼마 안 되었던 탓이겠지만 승재를 생각하기만 하면 그는 그처럼 마음이 동요가 되곤 하는 것을 어찌하지 못했다.

더구나 승재를 두고서 일변으로 태수한테 다소 향의가 되었었다는 것은 승재한테 무슨 큰 죄나 지었던 것같이 마음이 아픈 비밀이었다.

그는 태수가 부친한테 장사 밑천을 대준다는 그 조건 때문에 아무래도 태수와 결혼은 하지 아니치 못하도록 일이 예전에 제풀로 작정이 되어 있었던 것이니 그러면 차라리 마음이나마 승재한테 고스란히 바치어야 할 것인데 그조차 못해준 것이 더욱 민망했다.

2

날은 차차로 차차로 밝아오는 것 같다가 삽시간에 아주 훤히 밝는다. 초봉이는 이끌리듯이 신발을 걸치고 마당으로 내려섰다.

요새로 들어 한낮이면 날씨가 제법 더워도 지금 아침은 가을같이 선들선들

하다. 가는 체로다가 받쳐두었던 듯이 공기가 맑다.

초봉이는 저도 모르게 가슴에 하나 가득 숨을 들이쉰다. 어찌나 상쾌한지 밤사이에 고단하던 것이 말끔 씻기는 것 같았다.

그는 하마 다섯 시 반인데 생각하고 식모를 깨우려다가 이런 시원함 속에서 그리고 심심치 않은 적막 속에서 조금만 더 혼자 있어보고 싶어 뜰아랫방께로 가다가 말고 하늘을 올려다보았다.

무심코 올려다본 것인데

"아이구 어쩌면!"

하면서 홀린 듯 황홀해한다.

하늘에는 복판께로만 조그마한 엷은 수묵색 구름 방울들이 망울망울 널려 있고 그놈 몽우리 끝이 제각기 볼그레하니 연분홍빛으로 곱게 물이 들어 있다.

하릴없이 금방 피려는 모란꽃 꽃방울이다. 그런데 그게 한두 개가 아니고 수없이 널려 있어 오후면 활짝 피게 된 모란 꽃밭같이 번화하다.

초봉이는 한참이나 고개 아픈 줄도 모르고 올려다보다가 문득 제 꽃밭이 생각이 나서 화단께로 뛰어간다.

화단은, 그가 혼인하기 전 집을 둘러보러 왔다가 보고서 염량한 대로 혼인한 그 이튿날부터 손에 흙을 묻혀가면서 추어주고 일으켜주고 했었다. 그리고도 매일 아침저녁으로 손질을 해주곤 하는 참이다.

촉촉한 아침 이슬에 젖은 꽃떨기들은 잎과 가지가 세차고 싱싱하다. 백일홍은 두어 놈이나 망울이 벌어지기 시작한다. 채송화는 땅바닥을 깔고 누워 분홍 노랭이 빨갱이 흰 놈 모두 알송달송 꽃이 피었다. 강아지꽃은 매어준 줄을 타고 저희끼리 겨룸이나 하는 듯이 기어 올라간다.

초봉이는 꽃포기마다 들여다보고 다니면서 밤사이의 인사나 하는 것같이 웃어 보인다. 그는 사람한테 생소한 정을 꽃한테다가 들이던 것이다.

초봉이는 화단 옆으로 놓여 있는 댓 개나 되는 빈 화분들을 보고

'오늘은 국화 모종을 잊지 말고 꼭 사다 달래야지.'

요량을 하고 돌아서는데 방에서 태수가 부르는 소리가 들렸다.

"여보오?"

태수는 제법 몇십 년 같이서 늙어온 영감이 마누라를 부르는 듯이 이렇게 부른다. 혼인하던 그날 저녁부터 그랬다.

태수가 초봉이를 예뻐하는 양은 형보더러 말하라면 눈꼴이 시어서 볼 수가 없다는 것이다.

그는 결혼을 했으니 어디 온천 같은 데로 신혼여행을 갔을 것이지만 만일 하루라도 제자리를 비워놓으면, 그동안 다른 동료가 대신 일을 맡아볼 것이요 그러노라면 일이 지레 탄로 나기가 쉬울 것 같아 혼인날 하루만 할 수 없이 겨우 빠지고는 바로 그 이튿날부터 출근을 했다.

지점장도 며칠 쉬라고 권고했으나 그는 은행 일에 충실한 체하고 물리쳤었다.

그러노라니 속으로야 적잖이 안타까웠고

'도적질이란 참으로 해먹기도 어렵거니와 그놈을 숨기기는 더 힘이 드는 게로구나!'

하고 탄식을 했다.

그러나 신혼여행은 가지 못했고 은행 일을 그대로 보기는 보면서라도 그는 신혼의 열흘 동안에 힘껏 마음을 들여서 재미있게 즐겁게 지내기를 잊지 아니했다.

그는 행화한테다 말을 한 대로 초봉이와 결혼을 하기는 하더라도 역시 전처럼 술도 먹고 행화한테도 다니고, 또 되도록이면 다른 기생도 더 오입을 하고 다 이럴 생각이었었다.

그러나 그는 결혼을 하고 나서는 그런 것을 하나도 시행하지 않았다.

술 한잔 먹으러 간 법 없고 행화 집에도 발길을 뚝 끊었다. 은행의 동료들이 붙잡고서, 장가 턱을 한잔 빼앗어 먹으려고 애를 썼어도 뱅돌뱅돌 피해버렸다. 그래서 동료들이며 술친구들은 결혼이 태수를 버려주었다고 바꼬아주었다.

그러거나 말거나 태수는 그저 은행에서 시간만 마치고 나면 곁눈질도 않고 씽하니 집으로 오곤 한다.

그러니 곯는 것은 형보다. 그는 태수가 술을 먹으러 다니지 아니하니까, 달리 술을 먹을 길은 없고 아주 초올출하다.

그는 전자에 태수가 돈 만 원을 빼돌려가지고 도망을 가자는 제 말을 들어주지 않은 것이 아직도 미운데 또 술을 사주지 않아서 한 가지 더 미움거리가 생겼다.

3

형보는 태수가 그래서 미울 뿐 아니라, 초봉이를 태수한테 맡겨 안방에서 그처럼 재미있게 놀라고 두어두고, 저는 건넌방 구석에 처박혀 앉아 그 꼴을 일일이 듣고 보고 하면서 견디어내기는 무척 힘이 들었다.

'조 예쁘게 생긴 조게, 갈데없이 내 것이 되기는 될 텐데…….'

그는 하루에도 몇 번씩 이런 생각을 하고 등이 달았다.

'저 원수가 어서어서 때에 가서, 콩밥을 먹어야 할 텐데…….'

이런 생각도, 따라서, 몇 번씩 한다.

만첩청산 늙은 범이 살진 암캐를 물어다 놓고 으르렁거리기만 한다더니, 형보는 눈앞에서 갖은 예쁜 짓을 다하면서 알찐거리는 '고것'을 이빨이 없어 먹지 못하고 어루는 게 아니라, 먼저부터 차고앉은 호랑이가 포수한테 불을 맞고 나동그라질 그때를 기다리는 참이다.

그런데 '원수 녀석' 태수는 곧 잘 때에 가지를 않고, 그러니 이렇게 밀려가다가는 1년이 갈지 이태 3년이 갈지, 어쩌면 장황할 상도 싶었다.

그러나 지금 하루가 여급한 것을 축 늘어지게 1년이고 이태고 밀어나가다니 도저히 안 될 말이다.

그렇다면 역시 형보 제 손으로 일을 뒤집어 엎어버리는 것이 좋을 게 아니냐는 생각도 해보았다.

2전짜리 엽서 한 장이면 그만이다. 은행으로든지 백석(白石)이나 다른 두

곳 중 어디든지, 사분이 이만저만하고 이만저만하니 조사를 해보아라, 이렇게 엽서에다가 써서 집어넣으면 그만이다. 태수 제야 아무 때 당해도 한 번 당하고 말게만 켯속[336]이 되어먹은 것, 그러니 내일 당해도 그만이요 모레 당해도 그만이요, 1년이나 이태 더 끌다가 당해도 매치일반일 노릇이다.

하기야 태수가 노상 입버릇같이, 죽어버리면 고만이지야고 했으니까, 정말 자살이라도 했으면 더할 나위 없이 좋은 일이다.

사실 그렇게만 하면야, 붙잡혀가서 콩밥이나 좀 먹고는 몇 해 후에 도로 나와가지고는 제 계집을 빼앗아갔느니 어쨌느니 하는 말썽도 씹히지 아니할 것이니 두 다리 쭈욱 뻗고 지낼 수가 있어서 좋다.

이렇게 생각을 하면 밀고질을 해서 일이 갑자기 탄로가 나고 그래 어마지두 감옥으로 잡혀가게 하느니보다는 차라리 태수 제가 제 마음이 내켜 자살을 하도록 하는 것이 좋을 듯싶었다.

애가 밭아서 못 견디라고 걱정이나 해주는 척 가끔 위협이나 슬금슬금해주고 그러는 동안에 어느 고패에 가서든지 일이 저절로 탄로가 나게 되면 그때는 태수 저도 미리서 눈치를 알아차리고 평소에 마음먹은 대로 자살을 할 여유가 있을 것이고…….

꼭 일은 이처럼 늦추 잡도리를 하는 편이 두루두루 좋겠는데 그러자니 꼭지가 물러 절로 떨어지라고 입만 떠억 벌리고 기다리는 맥이라 감질이 나서 견딜 수가 없다.

그는 그래서 이렇게 할까 저렇게 할까 질정[337]을 못하고 두루 망설이는 참이다.

태수는 형보의 그러한 험한 보짱이야 물론 알고 있을 턱이 없다. 그는 가끔 무서운 꿈은 꾸어도 깨고 나면 종시 명랑하고 유쾌하다.

오늘 아침에도 그는 자리 속에서 잠이 애벌만 깨어 눈이 실실 감겼지만, 초봉이가 보이지 아니하니까, 보고 싶어서

"여보오?"

하고 영감처럼 그렇게 구수하게 부르던 것이다.

초봉이는 대답을 하고 신발을 끌면서 올라와 방으로 들어왔다. 바깥은 훤해도 방 안은 아직 어슴츠레하다.

태수는 눈을 쥐어뜯고 초봉이를 올려다보면서 헤벌심 웃는다. 초봉이는 아직도 수줍음이 가시지 않아서, 태수와 얼굴이 마주치면 부끄럼을 타느라고 웃기 먼저 한다.

태수도 웃고, 초봉이도 웃고, 이렇게 하고 나면 태수는, 볼일은 만족히 끝난다. 눈앞에 초봉이가 보였고, 웃어주었고, 그래서 태수도 웃었고…….

"몇 시지?"

"다섯 시 반."

"밥 지우?"

"아니요, 아직……."

"헤헤."

초봉이는 벌써 열흘째나 두고 아침저녁으로 이렇게 속으니까 인제는 길이 들어서, 아주 그럴 것으로 알고 있다.

"저어 여보?"

초봉이가 마악 돌아서서 나오려고 하니까, 태수가 급히 부른다.

"……그러든 저 거시기, 한 천 원은 있어야겠지?"

태수는 밑도 끝도 없이 이런 말을 하고, 초봉이는 무슨 말인지 몰라서 뚜렛뚜렛한다.

"……아따, 집에 아버지, 저어 장사하실 것……."

4

초봉이는 비로소 그 말을 알아들었으나 그냥 웃기만 한다. 그는 때가 이르기도 했거니와 차마 입을 벌려 그런 말을 먼저 꺼낼 수는 없었어도 처분을 바라듯이 기다리고 있던 반가운 말은 반가운 말이다.

"일루 와서 좀 앉아요. 생각났던 길에 그거 상의나 합시다."

태수는 머리맡에 있는 담뱃갑을 집어다가 피워 물고서 베갯머리께로 오라고 손짓을 한다.

초봉이가 가서 앉으니까, 태수는 그의 무릎 위에다가 팔을 들어 얹는다.

"한 천 원은 있어야 할 것 같은데, 어떨꼬? 모자랄까?"

"글쎄……."

"글쎄라니! 우리 둘이서 상의를 해야지."

"그래두……."

초봉이는 사실 이래라저래라 하고 할 말도 없거니와 말을 하기가 거북했다.

애초에 그러한 조건으로 결혼을 했고 그랬대서 빚진 것이나 계약서나 쓴 것처럼 마주 그런 이야기를 하고 있자니 제 몸뚱이가 팔려온 것인가 싶어 창피하기도 했다.

또 천 원이라고는 하지만 천 원이라는 액수가 초봉이한테는 막연한 숫자라 그놈이 어느 정도의 돈이지 알 수가 없다.

그리고 또 전에 듣자니 몇천 원을 대주겠단다더니 태수는 지금 천 원이라고 하니까 그렇다고 여보 처음에는 몇천 원이라고 했다면서? 이렇게 따질 수도 없는 노릇이다.

그러니, 아무래도 돈을 천 원이고 혹은 그보다 더 많이고 간에 대어주기는 할 눈치인즉 그다음 일은 초봉이 저는 모른 체하고, 차라리 부친과 둘이서 상의하도록 하는 게 좋겠다고 생각했다.

태수는 처음 혼인 말을 건넬 때에야, 그놈에 혹하라고, 장사 밑천을 얼마간 대어주마 했던 것이지만, 지금 와서 생각해본즉 역시 그렇게 하는 것이 떳떳할 듯싶었다.

첫째 기왕 남의 돈에 손을 대어 죄를 지은 바니 돈이나 한 천 원 더 집어낸다더라도 결국 일반인데 결국 일반일 바이면 다른 일에나 뒤를 깨끗이 해두는 것이 떱뜻하거니 했다.

그리고 그렇게 해놓고 죽으면 제가 죽는 날 초봉이를 데리고 같이 죽지 못하더라도 초봉이는 그 끈으로 저의 부친을 의지 삼아 그다지 몹쓸 고생은 하지 않으려니 싶었다.

이것은 물론 일이 뒤집히는 마당이면 정 주사의 장사 밑천도 태수가 대어준 것이 탄로가 날 것이고, 따라서 도로 다 뺏기게 될 것이지만, 태수는 그것까지는 미처 생각을 못 했던 것이다.

"그래두가 무어야? 우리 둘이서 얘기를 해가지구……."

태수는 초봉이의 무릎을 잡아 흔든다.

"응? 그래야 할 거 아니야?"

"저는 모르겠어요."

초봉이는 피하듯 일어서서 뒷걸음질을 친다.

"이잉! 그럼 어떻게 해?"

"저어, 아버지하구…… 아버지하구나 상의해보세요."

"아, 아버지하구?…… 그건 나두 알지만 말이야……."

"그럼 됐지요, 머……."

"그래두 우리 아씨한테 한 번 상의는 해야지, 하하하하."

"몰라요!"

아씨란 말에 질겁해서 초봉이는 얼굴이 빨개진다.

"아하하하. 그럼 아씨 아닌가?"

"몰라요! 나는 나갈 테여요."

초봉이는 뒤로 미닫이를 열고 나가려다가……

"오늘은 국화 모종 꼭 사가지구 오세요?"

"국화 모종? 그래그래. 오늘은 꼭 사가지구 오께."

"다섯 포기만……."

"겨우?…… 한 여남은 포기 사다가 심지."

"화분이 다섯 개뿐인걸?"

"화분두 사지?"

이렇게 선선히 대답은 하면서도 태수는 누구더러 보라고 국화를 심으랴 싶어 아무 내평도 모르고 저렇게 좋아만 하는 초봉이가 불쌍했다.

초봉이가 부엌으로 내려간 뒤에 건넌방에서 형보가 잠이 깨었다는 통기를 하듯 쿠욱 캐액하고 담을 뱉더니,

"고 주사 기침하셨나?"

소리를 지른다. 일상 하는 짓이라 태수는

"어."

하고 궁상맞게 대답을 한다. 형보는 속으로

'이 녀석을 오늘은 좀…….'

이런 생각을 하면서 풀대님에 고의춤을 걷어 잡고 안방으로 건너온다.

5

태수는 회회 감기는 자줏빛 명주 처네를 걸친 채 팔을 내뻗고 기지개를 쓴다. 형보는 향내와 살냄새가 한데 섞여 취할 듯이 이상스럽게 물큰한 냄새에 코를 사냥개처럼 벌심거리면서 너푼 들어앉는다. 그는 이 냄새를 매일 아침 같이 맡곤 하는데, 그러노라면 초봉이의 몸뚱이가 연상이 되고 여간만 흥분이 되는 게 아니었었다. 그는 그래서, 별로 할 이야기가 없더라도, 아침이면 문을 많이 여닫아 그 냄새가 빠져버리기 전에, 안방으로 건너오곤 한다.

"나는 어제저녁에 신흥동(遊廓) 갔다 왔다, 제기."

"그러느라구 새벽에 들어왔네그려?…… 망할 것."

"왜 망할 것이야? 느이끼리 하두 지랄을 하구 그러니 견딜 수 있더냐? …… 늙두 젊두 않은 놈이 건넌방에가 처박혀서."

"……그랬으면 돈 안 들구 좋잖어? 하하하하."

"네라끼!"

"하하하하."

"허! 그거 참…… 그러나저러나 간에 여보게, 태수."

"응?"

"다 이건 아무도 아니 듣는 데니까 하는 말이지만 대체 어쩔 셈으루 자네는

이렇게 태평세월인가? 응?"

"무엇이?"

"못 알아들어?"

"으응…… 할 수 있나!"

태수는 이게 왜 방정맞게시리 식전 마수에 그따위 귀찮은 이야기는 내놓는고 하고 마음이 좋지 아니했다.

"할 수 있나라니? 그래, 날 잡아잡수 하구 그냥 앉아서 일을 당할 테란 말인가? ……이런 것두 다 친구지간에 그대루 보구 있기가 민망해서 하는 말일세마는."

"괜찮어, 일없어."

"일이 없어? 그러면 혹시 어떻게 모면할 도리를 채려놓았나? 그렇다면야 여북 좋겠나마는…… 그래 무슨 도리가 있어?"

"있다면 있구 없다면 없구."

태수는 이미 자살을 할 각오를 하고 있으니까 그래서 하는 말인데 형보는 그렇게 해석을 하지 아니했다.

어쩌면 무슨 도리가 있어 일을 모면하게 된 눈치인 듯싶기도 했다.

그랬다면 대체 어떻게 어디 가서 무슨 꿍꿍이속을 꾸몄는고? 하하 옳지 혹시 그랬는지도 모르겠군…….

형보는 탑삭부리 한 참봉네 아낙을 문득 생각했다. 그가 태수와 관계가 이만저만찮이 깊었던 것이며, 그런데 그가 돈을 많이 가지고 있다는 것도 형보는 잘 알고 있다.

그러니까 제 품안에 있던 태수를 제가 서둘러서 그처럼 장가까지 들여 줄 호기가 있는 여자니 제 돈 몇천 원을 착 내놓아 태수의 위급을 감장[338]시켜주었을는지 모른다.

형보는 이렇게 생각을 해보니 제 일이 그만 낭패가 되는구나 싶어 조바심이 났다.

그래 그는 겉으로 반가워하는 체하면서……

"야 이 사람아, 그렇게 어물어물하지 말구 이애기를 까놓구 하게그려? 응? 궁금해서 죽겠네, 응?"

사뭇 파고 묻는다. 그러나 태수는 종시 생둥생둥한다.

"무얼 그래? ……다급하면 죽어버리는 것두 수는 수가 아닌가?…… 쥐 잡는 약이 없나? 잠자는 약이 없나?…… 강물두 깊숙해서 좋구, 철둑두 선선해서 좋구."

"지랄 마라!…… 그러구 자살두 다 할 사람이 있지, 자네는 못 하네."

"흥! 당하면 못 하리?"

"그럴 테면 세상에 누렁 옷 입구 쇠사슬 차구 똥통 둘러메구서 징역살이할 놈 없게?…… 다 자살두 제가끔 못 하니까 그 고생 그 창피 당해가면서 징역을 살구 있지."

"듣기 싫어!"

태수는 버럭 소리를 친다. 그는 형보가 말하는 대로 제가 그렇게 누렁 옷을 입고 쇠사슬을 차고 똥통을 둘러메고 징역살이를 하고 있는 꼴이, 감옥의 붉은 벽돌담과 한가지로 눈앞에 선연히 보였던 것이다.

형보는 의심이 더럭 났으나, 더 물어보지는 못하고 속으로 저 혼자만 궁금했다.

태수는 조반을 먹고 아무렇지도 않게 은행에 출근을 했다. 그러나 아침에 형보가 지껄이던 소리가 자꾸만 생각이 나고, 그것이 마치 식전 마수에 까마귀 우는 소리를 들은 것처럼 꺼림칙했다.

그래서 온종일 마음이 좋지 않아 근래에 없이 이마를 찌푸리고 겨우 시간을 채웠는데, 네 시가 다 되어 2분밖에 남지 않았을 무렵에 농산흥업회사로부터 전화가 왔다.

농산흥업회사라면 태수가 위조한 소절수로 예금을 축내주고 있는 그 세 군데 중의 한 군데이다.

6

농산흥업회사에서 당좌계(當座係)에 있는 사람을 대어달라는 전화가 왔다고 급사가 알려줄 때에 태수는 반사적으로 흠칫 놀랐다. 피는 있는 대로 심장으로 내려가버리고 얼굴은 양촛빛같이 해쓱해지면서, 등과 이마에서는 식은 땀이 물을 뿜은 듯이 배어 올랐다.

그러나 이어서,

'오늘이로구나.'

이렇게 생각이라고 할지 속으로 부르짖었다고 할지 그러고 나니까 머리가 맑아지고 이상하게 마음이 가라앉았다. 진작부터 각오를 해내려온 때문에 그게 오히려 당연한 듯싶어서 그랬을 것이다.

"나를 찾어?"

태수는 일부러 장부 걷어 치우던 손을 멈추지 않고 아무렇지도 않게 급사더러 묻는다. 시간을 네 시에서 단 1분이라도 지나게 하느라고 일부러 충그리자는[339] 것이다.

"나를 찾더냐? 당좌계를 찾더냐?"

"당좌계를 대달라구요."

"うるさいな!(성가시게!) 시간두 다 된걸……. 왜 그런다던?"

"모르겠어요, 그냥 대달라니까요."

"가만있자……."

태수는 주춤하면서 시계가 네 시를 지나버리기를 기다려, 급사더러 수통의 냉수를 한 컵 길어오라고, 쫓아버리고는, 전화통을 집어 들었다.

"네에."

대답을 하니까 저편에서,

"여기는 흥업회산데요…… 우리 당좌에 조금 미상한[340] 데가 있어서요."

이렇게 시초를 잡는다.

태수는 속으로,

'역시 그렇겠지.'

하고 생각하면서 음성을 낮추어 아주 천연덕스럽게……

"네에? 아, 그러세요. 그런데 당좌 같으면 '가가리[341]'가 시간이 되어서 나가구 없습니다. 무슨 일이신지요, 웬만하면 내일 아침에 일찍……."

"네, 그래두 괜찮지만…… 그럼 지점장두 나가셨나요?"

"네."

"하하아!…… 그럼 내일 다시 걸겠습니다. 머 별일이야 없겠지만, 조금 미심한 데가 있어서 그러니까요."

전화 끊는 소리를 듣고 태수도 신호를 울리고서 돌아서려니까, 마침 맞게 급사가 냉수를 가져와 준다.

태수는 냉수 한 컵을 맛있게 들이켰다. 그리고는 제자리로 돌아와서 잠시 생각을 했다. 생각이란 다른 게 아니고, 지금부터 나가서 이러고 할 계획이다.

지금 나가서 '쥐 잡는 약'을 하나만 사가지고, 전처럼 과실과 과자를 사서 들고, 흔연히 집으로 돌아간다.

집에서는 초봉이가 웃으면서 맞아준다. 오후를, 초봉이를 데리고 재미있게 놀고, 저녁 후에는 잠깐 나온다. 행화네 집을 다녀서 김 씨를 찾아간다. 요행 탑삭부리가 없거들랑 두어 시간 구회를 풀어도 좋다. 그렇다. 신정이 구정만 못하다더니 역시 구정이 그립기는 한 것이로구나.

옳아! 우리가 서로 약속한 것도 있으니까 그러는 게 좋겠다. 만약 탑삭부리가 있으면? 그런 날이면 할 수 없지. 그저 혼인한 뒤에 처음이니까 수인사 겸 들른 체하고 돌아오지.

빌어먹을 것, 김 씨까지 행화까지 다 데리고 초봉이와 넷이서 죽었으면 좋겠다. 그렇게 했으면 통쾌는 할 테지만, 할 수 없고…….

김 씨한테 들렀다가 돌아오면서는 정종을 맛 좋은 놈을 한 병 사서 들고 집으로 온다. 초봉이더러는 안주를 장만하라고 시키고 그동안에 소절수를 농간하던 도장과 소절수첩을 없애 버린다. 없애나마나한 것이지만 기왕이니…….

그러고 나서 안주가 되거들랑 초봉이를 술상머리에 앉혀놓고 한잔 마신다.

초봉이도 먹인다. 열두 시까지만 그렇게 놀다가 자리에 눕는다. 세 시만 되거든 다시 일어난다. 일어나서 비로소 초봉이를 일으켜 앉히고 실토정[342] 이야기를 죄다 한다. 그러고 나서 같이 죽자고 한다.

초봉이가 싫다고 하면?

그러거들랑 네 속을 보느라고 그랬다고 웃으면서 안심을 시켜 잠이 들게 하지. 잠이 들거든 무어 허리띠 같은 것으로…….

아뿔싸! 영감님 장사 밑천을 마련해주지 못했지? 좀 안됐다. 돈 천 원이나 빼내서 주었더라면 좋았을 것을…… 조금만 돌이켜서 생각이 났어도 좋았지.

그러나 뭐, 이제는 할 수 없는 일이고…….

그러면 다 되었나?

아뿔싸! 이런! 어머니를…… 어머니를 어떻게 한다? 불쌍한 우리 어머니를…….

'나는 도적놈이요, 못된 놈이요. 그러고도 불효한 놈이다!'

이렇게 속으로 중얼거리면서 그는 한숨을 후― 하니 내쉬었다.

7

'쥐 잡는 약'을 사서 포켓 속에 건사한 태수는 그런 것은 남의 일같이 관심도 않고 과실 바구니와 과자 꾸러미를 양편 손에다 갈라 들고 허둥지둥 집으로 달려든다.

그는 대문 문턱을 넘어서기가 무섭게

"여보오?"

부르면서 얼굴에는 웃음이 하나 가득 흩어진다. 그는 오늘의 최후를 짐짓 무관심하려고 하는 것이 아니요 저절로 그래지는 것이다.

초봉이는 마침 마당에서 화분들을 벌여놓고 흙을 장만하느라고 손에 어린아이같이 흙칠을 하고 있었다. 형보도 옆에서 초봉이와 같이 흙을 주무르느라고 끙끙 하고 있다.

초봉이는 발딱 일어나 웃으면서 태수가 들고 온 과일 바구니와 과자 꾸러미를 받아다가 마루에 놓고 도로 내려온다.

"고 주사 오늘은 좀 늦으셨네그려?"

"자네 수고하네그려?"

태수는 그 옆으로 가서 무릎이 어깨까지 올라오게 쪼그리고 앉아 있는 형보를 들여다본다.

"수고랄 게 있나!…… 거 아주머니가 고운 손에다가 흙을 묻히구 그러시길래 내가 보기 민망해서 지금……."

"그럼 나두 해야지."

태수는 팔을 걷으면서 초봉이를 돌려다보고 벙긋 웃는다. 초봉이도 마주 웃다가 겨우 국화 모종이 생각났다. 그러나 안 사가지고 올 줄은 번연히 알면서도 흙이 대래대래 묻은 조그마한 손을 태수한테로 내민다.

"국화 모종……?"

"아뿔싸!"

태수는 무릎을 탁 치고 혀를 날름날름한다. 그는 그런 중에도 지금 제 앞에다가 내미는 초봉이의 손이 흙이 묻은 것까지도 어떻게나 예쁜지 형보만 없는 데면 조몰조몰 주물러주고 싶었다.

"깜박 잊었어! 어쩌나?"

"차라리 내한테 시키시지?"

형보가 저도 빠질세라고 한몫 거들고 나선다.

"……그 사람은 그런 심부름 시켜야 개울 건너가다가 잊어버린답니다."

"그럼 아재가 내일 나오시는 길에 사다 주세요."

아재란 건 물론 형보더러 하는 말인데, 태수가 그렇게 부르라고 시켰었다.

"아니야, 내일은 꼭 잊잖구서 사가지구 오께."

태수는 말을 하다가 허허 하고 웃어버린다.

"정치게 효도할려구 드네!"

"네라끼 망할 것!"

"너무 그러지들 말게. 자네들이 너무 정분이 좋은 걸 보면 나는 괜히 심정이 나곤 하데."

"아재두 살림하시지요."

"돈두 없거니와 여편네가 있나요? 어디."

"행화."

"행화?…… 허허허허, 어허허허허."

초봉이는 형보가 너무 웃으니까, 혹시 무슨 실수 될 말을 했나 싶어 귀밑이 빨개진다. 태수는 형보와 마주 보지 않으려고 슬쩍 돌아선다.

그때 마침 탑삭부리 한 참봉네 집에 있는 계집아이가 대문 안으로 갸웃이 들여다보면서 마당으로 들어선다.

"오, 너 왔니?"

태수는 김 씨가 저를 부르러 보냈나, 그렇다면 마침 잘되었다고 생각했다.

계집아이는 태수와 초봉이더러 인사를 하고 나서

"고 주사 나리, 저녁 잡숫고 잠깐 다녀가시래요…… 여쭐 말씀이 있다구요."

이런 전갈을 한다.

"오냐, 참봉 나리가 그러시던?"

"네에."

계집아이는 김 씨가 시킨 가늠이 있으니까 그대로 대답을 한다.

그래서 초봉이는 그저 그런가 보다고 심상히 여기고 말았을 뿐이지 깊이 유념도 하지 아니했다.

실상 또, 태수와 계집아이가 그렇게 꾸며대지를 아니했더라도 초봉이는, 그저 김 씨가 할 이야기가 있어서 잠깐 오라는 것이겠지 했을 것이지, 그 이상 달리는 새김질을 하거나 의심을 하거나 그럴 거리가 없었다.

그러나 형보는 눈치를 알아챘다.

그는, 오늘 저녁에 김 씨가 태수를 데려다가, 여러 날 동안 적조했던 구회도 풀려니와, 둘이는 분명히 태수가 돈 범포 낸 그 조건에 대해서, 뒷일 수습을 상의할 것이고, 혹은 김 씨가 그동안 돈 준비가 다 되었기 때문에, 몇천 원 착 태수의 손에 쥐어주기까지 할는지도 모르겠다고 생각을 했다. 형보는, 아까 아침에 태수가 수상한 눈치를 보이던 일을 생각하고서, 역시 그게 틀림없으리라고, 달리는 더 의심도 하려고 하지 아니했다.

'그렇다면…… 은?'

'밑질 건 없으니 콱 질러버려라.'

형보는 마침내 혼자 물어보고 혼자 대답하면서 연신 고개를 끄덕거렸다.

8

일곱 시가 조금 지나서 형보는 저녁을 먹던 길로 볼일이 있다고 휭허케 나가더니, 여덟 시가 채 못 되어서 도로 들어왔다. 여느 때 같으면 그는 태수가 초봉이와 같이 축음기를 틀어놓고 일변 먹어가며 재미나게 놀고 있으니까, 오라고 청을 하거나 말거나 안방으로 덤벙 들어앉아, 저도 한몫 끼었을 판이다.

그러나 그는 전에 없이 기분이 좋지 않다고, 건넌방으로 들어가더니 이내 불을 끄고 누워버렸다.

태수는 저녁을 먹으면서 초봉이더러 싸전집에 잠깐 들러보고 마침 또 서울서 친한 친구가 왔으니까 나갔던 길에 찾아보고 올 텐데 그러자면 자정이 지날지도 모르겠은즉 기다리지 말고 일찍 자라고 미리 일러두었었다.

그러고 나서 전대로 한참 재미나게 놀다가 아홉시 가 되는 것을 보고 유카타를 입은 채 게다를 끌고 집을 나섰다. 집을 나서면서 그는 저녁 먹을 때 초봉이더러 이르던 말을 한 번 더 이르기를 잊지 아니했다.

행화는 마침 놀음에 불려 나가고 집에 있지 아니했다. 태수는 그것이 도리어 잘되었다 싶었지 섭섭한 줄은 몰랐다. 그는 기다리고 있을 김 씨의 무르익은 애무(愛撫)가 차라리 마음 급했다.

그는 탑삭부리 한 참봉네 집까지 와서 위선 가게를 살펴보았다. 빈지[343]를 다 잠갔고, 빈지 틈바구니로 들여다보아도 깜깜하니 불이 켜져 있지 않다. 이만하면 가겟방에도 탑삭부리 한 참봉이 있지 아니한 것은 알조다.

그래서 안심을 하고 나니까, 그제야 저 하던 짓이 우스웠다.

'왜, 내가 이렇게 뒤를 낼꼬? 다 오죽 잘 알고서 데리러 보냈을까 봐…….'

그렇기는 하면서도 웬일인지 모르게 전처럼 마음이 터억 놓이지를 않고, 어느 한구석이 서먹서먹해지는 듯싶은 것을 어찌하지 못했다.

그러기 때문에 그는 안대문께로 돌아가서 지쳐둔 대문을 밀고 들어서서도

"혬, 아저씨 주무세요?"

이렇게 어엿이 기척을 내었다.

김 씨는 태수의 기척이 들리기가 무섭게 앞미닫이를 드르륵 열고 연둣빛 처네를 걸친 윗도리를 내어놓는다. 말은 없고 웃기만 한다.

태수는 그 맵시가 작년 초가을 맨 처음 그날 밤과 꼭 같다고 생각하면서 성큼 방으로 들어섰다.

김 씨는 그냥 웃으면서 옆에 와서 앉으라고 요 바닥을 도닥도닥 가리킨다.

태수는 그리로 가서 털 숭얼숭얼한 종아리를 드러내놓고 털신 주저앉는다. 그는 새삼스러운 긴장과 아울러 임의롭기 큰마누라한테 온 것 같으나 마음이 놓이기도 했다.

눈치 빠른 계집아이가 건넌방에서 나오더니, 대문을 잠그고 태수의 게다를 치워버린다.

"그래, 새로 장가간 재미 좋더냐?"

김 씨는 고개를 앞으로 내밀어 태수의 빙그레 웃고 있는 얼굴을 들여다보면서 아기 어르듯 한다.

"인제는 장가를 갔으니깐 어른인데, 그래두 이랬냐 저랬냐 해?"

"아이고 요것아!……"

하면서 김 씨는 태수의 볼때기를 잡아 흔들다가 그대로 끌어다가는 ×× ××.

"……장가들더니 재롱 늘었다!"

"헤헤."

"얼굴이 많이 상했구나? 젊은 것들 장가 들여주면 이래서 걱정이야!…… 그렇지만 너무 그러지 마라, 몸에 해롭다."

"보약이나 좀 지어 보내주지는 않구서……."

"오냐, 내가 날새 지어 보내주마. 그렇지만 좀 조심해야 한다. 그 애가 원 그렇게 예쁘더냐?"

"응."

"그렇지만 너 오늘 저녁은 내 것이다? 약속 알겠지? 한 달에 두 번은 내한테 오기루 한 거."

"응, 그렇지만 열두 시까지우."

"이건 누가 쫓겨가더냐?"

"그런데 참, 오늘 저녁에 탑삭부리가 없을 줄은 어떻게 미리 알구서?"

태수는 그것이 궁금했다. 그만큼 그는 차악 마음이 놓이지를 않던 것이다.

"그거? 그런 게 아니라 오늘이 생일이라나? 그리니깐 여느 때두 아니구 갈 건 빠안하잖니? 그래 나두 늦기 전에 미리서 다 요량을……."

"그런 건 글쎄, 난 미심쩍어서 가게를 다 들여다봤지! 헤헤."

"그런 걱정을랑 말구서 맘 놓구 다녀요, 내가 오죽 알아서 할까 봐?"

9

탑삭부리 한 참봉은 불도 켜지 못하고 가겟방에 웅크리고 누워서 지루한 시간을 기다린다.

작은집에서 열 시에 나왔으니까 하마 열한 시는 되었음직한데 종시 시계 치는 소리는 들리지 않는다.

그는 궁금하기도 하고 불안하기도 하고 또 어찌 생각하면 청승맞은 짓을 하고 있느니라 싶어서 우습기도 했다. 그러나 일변 겁이 나기도 했다. 그는 팔을 뻗쳐보았다. 머리맡에 놓아두었던 굵직한 다듬이 방치[344]가 손에 잡혔다.

조금 마음이 든든했다. 그는 아까 저녁 때 일곱 시가 조금 지났을 때에 이상한 전화 하나를 받았었다.

처음에는 거저 쌀을 보내 달라는 전화겠거니 하고

"네에."

무심히 대답을 하니까 저편에서는 딱 바라진 음성으로,

"여보십시오, 한 참봉이시지요?"

이렇게 묻는다.

"네에."

"확실히 한 참봉이시지요?"

"글쎄 그렇단 밖에요. ……뉘십니까?"

"네. 내가 누구라는 거야 아실 건 없습니다. 또 성명을 대드려두 모르실 게구……. 그렇지만 나는 한 참봉을 잘 아는 사람입니다."

"네에!"

탑삭부리 한 참봉은 겉목[345]을 질러 대답하면서 눈을 끄먹끄먹한다. 그는 선뜻 돈을 어디로 가져오라는 협박을 하는 게 아닌가 하고 가슴이 더럭 내려앉았던 것이다. 그러나 모르면 몰라도 협박 전화치고서 음성이 그다지 공순할 리야 없을 것 같았다. 또 그뿐 아니라 한참 당년에 ×××을 모집한다는 ××들이 사방에서 날뛰던 그런 때라면 몰라도 지금이야 그런 건 옛말이지 눈 씻고 보려야 없는 일이다.

"그러면 말씀하지요……."

하면서 저편에서 목을 가다듬더니……

"……다름이 아니라, 당장 오늘 저녁에 큰 재앙(災怏)이 한 가지 한 참봉 댁에 생기게 된 것을 알려드리려구 전화를 거는 겝니다."

"재애앙?"

"쉬이! 떠들지 말구……. 자, 자세히 들으십시오……. 아차! 지금 가게에 누구 다른 사람은 없습니까?"

"없지요."

"그럼 맘 놓구서 이야기를 하지요…… 한데 한 참봉 오늘 저녁에 작은댁에 가시지요?"

"네?"

"하하! 그렇게 놀라실 건 없습니다. 그런데 말씀이지요…… 저녁을 자시구 나서 가게를 들이시구, 그러구는 아주 천연스럽게 작은댁으루 일단 가십시오……. 댁의 하인이나 부인한테는 말루든지 눈치루든지, 작은댁에 꼭 가시는 체하셔야 하십니다, 아시겠지요?"

"네에."

"그래 그렇게 작은댁으루 가셨다가 말씀이지요, 열 시가 되거들랑 어딜 좀 다녀오시겠다고 하구 도루 큰댁으루 오십시오. 오시되 미리서 가게의 빈지문 하나를 안으루다가 걸지 말구서 고리를 벗겨놓았다가는 그리루 들어오시든지, 혹은 아니할 말루 담을 넘어서 들어오시든지 아무튼 쥐두 새두 모르게 들어오십니다……. 아시겠지요?"

"네에!"

"그렇게 살금 들어와서는 가겟방이 됐든지 광이 됐든지 숨도 크게 쉬지 말구서 열한 시 반까지만 기다립시오. 그랬다가 열한 시반쯤 되거들랑은 가만가만 발자국 소리두 내지 마시구 안으로 들어가십니다."

"그래서요?"

탑삭부리 한 참봉은 다뿍[346] 죄어가지고 재촉하듯이 그 다음을 묻는다.

"네에. 그래 그렇게 소리 없이 안으로 들어가설랑은 두말없이 그저 안방 문을 열어제치십시오. 그러면 다 아실 겝니다."

"아니, 여보시오……"

"글쎄 더 묻지 마십시오. 더는 묻지 마시구, 그렇게 하시려거든 해보시구 또 내 말이 곧이들리지 않거들랑 그만두시는 게구. 그러나 언제 후회랑은 하지 마십시오."

"글쎄 여보시오……"

"여러 말씀 하실 게 없습니다. 그러구 또 한 가지…… 나는 이 일에 대해서 아무 이해 상관이 있거나 그런 것은 아닙니다. 그건 참 어찌 생각 마십시오."

여기까지 말을 하고는 저편은 전화를 끊어버린다. 탑삭부리 한 참봉은 하도 어이가 없어서 멀거니 한참이나 전화통에다가 매달린 채 돌아설 줄을 모른다.

이것은 형보가 정거장 앞에 있는 자동 전화로 세 통화나 들여가면서 한 짓임은 물론이다.

10

탑삭부리 한 참봉은 겨우 수화기를 걸고 신호를 울려 전화를 끊고 돌아섰다.

그는 도무지 맹랑해서 어떻다고 이를 데가 없었다. 허황한 푼수로는 분명코 누구의 장난 같았다. 그러나 장난치고는 너무 심한 장난이기도 하지만 도대체 그러한 장난을 할 사람이 없다.

장난은 아니고, 그러면 혹시 작은 여편네가 어느 놈하고 배가 맞아서 오늘 저녁에 나를 따돌리려고 꾸며낸 흉계가 아닌 가 이런 생각이 먼저 들었다. 미상불 그럼직하기도 했다.

그러나 실상인즉 작은집에서는, 오늘이 제 생일이라서 제 동무들까지 몇을 청해다가 저녁을 먹고, 이미 밤새도록 놀아제칠 채비를 차리고 있다. 그래서 조금 전에도 일부러 어멈을 내려보내어, 제발 오늘은 가게를 일찍 들이고 올라오시라고 기별을 했던 참이다.

그러니 혹시 여느 때라면 몰라도, 오늘 저녁 일로는 작은집에다가 그러한 치의를 할 거리가 되지 못한다.

'그렇다면…… 은?'

이렇게 달리 생각을 하재도 달리는 알 수가 없다. 그러면서 일은 졸연치 아니한 듯하다. 그럴 것이 대체 어떻게 해서 내 집안의 내정이랄지 또 더구나 오는 밤에 작은집에 간다는 것은 아직 혼자만 염량을 하고 있는 터인데 그것을 알아내었느냐 하는 것이다.

귀신이 아니고는 그렇게 역력하게 알아내지는 못할 것 같다. 귀신이라고 생각을 한즉 어쩐지 몸이 으스스하고 뒤가 돌려다보여졌다.

하다못해서 그는

'에잉! 어느 미친놈이 미친 개소리를 한 걸 가지구…….'

이렇게 스스로 멋스려버렸다.

그러나 여덟 시쯤 되어 가게 문을 들일 때에는, 무엇에 끌리듯이, 그 괴상한 전화가 시킨 대로 하지 않을 수가 없어 빈지문 고리 하나를 벗겨놓아두었다.

그러고서 돈 궤짝은 안에다가 들여다두고 대문을 잘 신칙하란[347] 말을 이른 뒤에 작은집으로 갔다.

작은마누라를 비롯해 그의 동무인 기생이며 남의 소실들이며 말하자면 꽃밭에 들어앉은 맥이로되 그다지 흥도 나지 않고 술도 맛이 없었다. 그리고는,

'재앙'

이라고 쨍쨍 울리게 들리던 그 소리로만 연해 정신이 가지던 것이다.

열 시가 되자 그는 작은집을 나섰다. 모두들 섭섭해하고 붙잡고 하는 것을 '스래'에 갔다가 열두 시까지는 꼭 돌아오마고 그 대신 요새 미친개가 퍼져서 조심이 된다고 다듬이 방치를 한 개 들고 나섰다. 만약 수상한 눈치가 있는 놈이 어릿거리면 들고 바수기도 하려니와 몸을 튼튼히 하자던 것이다.

그는 누구한테 띄지 않으려고 조심조심 큰집으로 내려와서 위선 집 바깥을 휘익 한 바퀴 둘러보았다. 대문은 잠겼고 안에서는 아무 기척도 없고 집 바깥으로도 별반 수상한 기척이 보이지 않았다.

그는 다시 가게 앞으로 돌아 나와서 고리를 벗겨둔 빈지문을 살그머니 열고 들어섰다. 어둔 속에서 방금 무엇이 튀어나오는 것 같아 간이 콩 만했다.

겨우 어두운 속에서 더듬더듬 기다시피 가겟방으로 들어가니까 어쩐지 한숨이 내쉬어졌다.

그래서 눈을 끄먹끄먹 시간을 기다리고 있는 참이다.

그는 간이 지루하기도 하지만 기침도 나오려고 하고 몸뚱이가 괜히 군시럽

기도 하고 그러고 간절한 것은 담배가 먹고 싶어 견딜 수가 없다.

그는 만일 어느 놈이 정말로 장난을 한 짓이라면 지금쯤 내가 이런 청승을 부리고 있을 것을 생각하고 허리를 잡고 웃으리라 싶어서 일변 점직하기도 했다.

그는 차차 속이 불안해감을 따라 우스개가 되어도 좋으니 차라리 어느 녀석의 장난에 넘어간 것이기나 했으면 좋겠다고 생각도 했다.

그는 처음에 도적놈이 들어오는 것이 아닌가 하고 생각을 해보았었다.

그러나 가령 도적이라면 들어와도 가겟방으로 들어올 텐데 안방 문을 열어젖히라고 하니 그게 동이 닿지 않았다.

하기야 안방에도 마누라의 패물이며 돈냥 있기는 있지마는 그러나 그렇다면 안방을 지키라고 할지언정 아무도 몰래 숨었다가 열한 점 반에 가만가만 들어가서 안방 문을 열어젖히라니 이건 바로 샛서방을 잡는 법식이다.

'샛서방? 샛서방?…… 원 천만에 원…….'

그는 이런 것은 생각해보는 것조차 객쩍은 짓이라고 고개를 내저었다.

그러나 싫어도 역시 그것이 근리한[348] 짐작인 성싶었다. 늙은 남편, 첩 오입, 젊은 아내, 샛서방 모두 그럴듯했다.

그러나 그렇다면 '재앙'이란 말이 당치 않다.

11

가게에서 낡은 괘종이 씨르르윽 기침을 하더니 대앵 땡 열한 시를 친다.

'이제 겨우 열한 시!'

탑삭부리 한 참봉은 한숨을 내쉰다. 저놈이 인제도 반 시간을 더 가바면 까마득할 것 같다.

똑딱똑딱 하면서 시계는 한껏 늑장을 부린다.

방은 춥지야 않지만 까는 요도 없고 겨우 토막 하나를 베개 삼아 알구들[349]에가 누웠자니 차가워서 견딜 수가 없다.

기침이 터져 나오려는 것을 끄윽 삼켜버리니까 조금 있다가는 콧속이 근질근질하고 재채기가 나오려고 한다. 그놈만은 참는 재주가 없어, 입으로,

"처."

하고 쏟아버렸다. 감기가 드는 모양이다.

마음에 가까스로 30분이 되었거니 한 때에 그는 머리맡의 방치를 더듬어 집어 들고 푸시시 일어났다. 실상 열한 시에서 15분밖에 지나지 아니했었다.

그는 살금살금 가게 바닥으로 내려서서 신발은 신지 않고 우뚝 일어섰다. 가게 앞으로 사람 지나가는 발자국 소리만 들릴 뿐 아무 기척도 없다.

그는 방치를 바른손에다 단단히 훑으려 쥐고서 발 앞부리로 가만가만 걸어 안으로 난 판자문께로 다가섰다.

이놈이 소리가 나고라야 말리라고 걱정하면서 조금씩 조금씩 밀쳐보았다.

아니나 다를까, 처음에는 곧잘 말을 듣더니 필경 삐꺽 하면서 대답을 한다. 그는 놀라 손을 움츠리고 귀를 기울였다. 한참 기다려도 아무렇지도 않아서 그는 다시 문틈을 비집기 시작했다.

그놈을 몸뚱이 하나가 빠져나갈 만하게 여느라고 이마와 등에서는 땀이 배어 올랐다.

그는 위선 고개만 내놓고 휘휘 둘러보았다. 안방이고 건넌방이고, 다 불은 켰어도 짝 소리도 없다. 마당도 어둡기는 하나 별다른 기척이 없다.

그는 가슴이 두근거리는 것을 참고 마당으로 들어섰다. 또 한 번 휘휘 둘러보았다. 역시 아무렇지도 않다.

사풋사풋 안방 대뜰로 올라섰다. 희미한 속에서도 마누라의 하얀 고무신이 달랑 한 켤레 놓인 것이 보인다.

그는 마누라가 혼자서 외로이 고부라뜨리고 잠들어 있을 것을 문득 생각하고 미안한 끝에,

'아뿔싸! 이건 내가 도깨비한테 홀려가지고 괜한 청승을 부리는구나!'

싶어 혼자서도 낯이 부끄러웠다. 그래서 그는 도로 나가버릴까 해보았다.

그러나 기왕 이렇게까지 해놓고서 그냥 돌아서기는 싫었다. 그는 섬돌로

올라섰다.

기왕 내친걸음이니 영영 속는 셈치고 시키던 대로 다 해보아야 속이 후련하지 그렇잖고는 애여 꺼림칙할 것 같았다.

또 지금 나간댔자 잠그지 못하는 가게를 비워놓고서 작은집으로 갈 수가 없으니 가겟방에 누워 하룻밤 고생을 해야 하겠은즉, 그도 못 할 노릇이다.

그는 마침내 마루로 올라가서 윗미닫이의 문설주에 손끝을 대었다.

'두말없이 그저 안방 문을 열어젖히십시오!'

이렇게 하던 말이 역력히 귀에 울리면서 머리끝이 쭈뼛해졌다. 그는 무심결에 방치를 든 바른손 아귀에 힘을 주었다.

그는 자신이 의식치는 못했어도 몸과 마음이 다 같이 적을 노리는 자세였었다.

숨을 한 번 들이쉬고는 드르륵 문을 열었다. 문을 열면서 고개를 들이미는데 아랫목에는 뜻밖에요 동시에 당연한 광경이 벌어져 있다.

낭자하던 끝을 수습치 아니한 채 잠이 든 반나체(半裸体), 두 개의 다리와 다리, 팔과 팔…….

탑삭부리 한 참봉은 이것을 보고 이것을 알아내고 분노가 치밀어 오르고 이렇게 하기에는 백분지일초(百分之一秒)의 시간밖에는 필요치 아니했다.

고개를 들이미는데 그 광경이 보이자, 주춤하려다가 말고는,

"으응."

떠는 듯 소리를 외치면서, 손에 쥐었던 방치를 번쩍 쳐들고 벼락같이 달려들었다. 그 덤벼드는 위세란 선불을 맞은 멧도야지인가 싶게 맹렬하다.

그게 그런데, 숱한 수염이 곤두서고, 확 뒤집힌 눈에서는 불길이 뛰어나오는 얼굴이니 이 앞에서야 위선 떨지 아니하지 못하겠다.

피곤한 끝에 가냘피 들었던 잠이 먼저 깬 것이 김 씨다. 잠이 깨고 눈을 뜨는 그 순간 겁에 질리어 벌떡 일어나 앉았을 뿐이지 그 이상은 더 아무 동작도 가질 여유가 없었다.

한 초쯤 늦게 일어난 것으로 해서 태수는 겨우 머리칼 한 오라기만한 여유

를 얻기는 했다.

12

산이라도 떠받을 무서운 힘과 분노의 덩치가 바위 더미 쏠리듯 달려들어,

"이히년!"

하는 노호와 동시에 벼락 치듯,

"따악."

골통을 내리갈긴다.

김 씨의 골통이다.

"아이머닛!"

소리도 미처 다 지르지 못하고,

"캑!"

하면서 엎드러진다.

태수는 김 씨보다 아랫목으로 누워 있었고 또 1초만 더디게 일어난 것으로 해서 탑삭부리 한 참봉의 최초의 일격이 위선 김 씨의 머리 위로 내리는 그 순간을 탈 수가 있었다.

"따악."

하면서 방치가 김 씨의 머리로 내리치는 순간 태수는 나는 듯이 뛰어 열린 윗미닫이로 돌진을 했다. 그것이 만일 트랙에서라면 최단거리의 세계기록(世界記錄)을 깨트리고도 남을 초인적(超人的) 스타트라고 하겠다.

그렇게 돌진을 하여 탑삭부리 한 참봉의 살 밑을 빠지다시피 해가지고 마루로 솟쳐 나가는 태수는

"사람 살류우."

소리를 짜내듯 외쳤다. 몇 시간 뒤에는 자살을 할 그가 진실로 사람 살리라고 외쳤던 것이다. 그는 미처 그것을 생각할 겨를도 없었거니와 설사 생각했다 하더라도 역시 그와 같이 몸을 피할 것이요 사람 살리라고 외쳤을 것이다. 그

러나 그것은 또 이 창피한 죽음을 벗어나 명예로운 자유의 자살을 하려는 의사냐 하면 그런 것도 아니다. 오직 동물적 본능이다.

이어 등 뒤로부터 무거운

"이히놈!"

소리가 데수기를 바로 덮어 누를 때에 태수는 방에서 솟쳐 나오는 여세(余勢)로 몸을 바른편으로 돌려 마당으로 피할 여유를 갖지 못하고 그냥 다급하니까 건넌방 샛문을 향하고 돌진을 계속했다. 미닫이의 가느다랗고 성긴 문설주가 몸뚱이로 떠받으면 뚫어지리라는 것, 그리고 건넌방에는 사람이 있다는 것, 이 두 가지의 여망이 있었던 것이다. 그러나 건넌방 샛문을 옳게 떠받자면, 그래도 30도 가량은 바른편 쪽으로 몸을 더 틀었어야 할 것인데, 세찬 타성이 말을 듣지 아니했다. 그리하여 그는 건넌방 그 샛문의 왼편에 놓여 있는 뒤주 모서리를 번연히 제 눈으로 보면서도 어찌하지를 못하고 앙가슴으로다가 우지끈 들이받았다.

들이받히자

"아이쿠!"

소리를 지르면서 상반신이 앞으로 와락 앞으로 솟쳤다가는 이어 뒤로 쿵 마룻바닥에 주저앉는다.

이만만 했어도 태수는 집에다가 사다 둔 '쥐 잡는 약'을 오래잖아 쓰지 않을 수가 있었을 터인데 뒤미쳐

"이놈!"

소리와 얼러 방치는 그를 짓바순다.

"이놈!"

하고

"따악."

하면

"아이쿠!"

하고…….

"이놈!"

하고

"퍼억."

하면

"아이쿠!"

하고 그래서

"이놈!"

"따악, 퍼억."

"아이쿠!"

이 세 가지 소리가 수없이 되풀이를 한다.

건넌방에서는 식모와 계집아이가 문을 반만 열고 서서 연해 아이구머니 소리만 외친다.

안방의 그 이부자리 위에는 앞으로 엎어진 김 씨의 몸뚱이는 쭈욱 펴진 채 손끝과 발끝만 가느다랗게 바르르 떤다.

치달아 오르는 극도의 분노가 맺힌 최초의 일격은 그놈 하나로 능히 배반한 아내의 골통을 바숴뜨리기에 족했던 것이다.

피는 흥건히 흘러 즐거웠던 자리를 싱싱하게 물들였다.

문경새재 박달나무는 홍두깨 방망이로 다 나간다는 아리랑의 우상(偶像)은 그러나 가끔 피의 사자(使者) 노릇도 한다.

아닌밤중에 여자들의 부르짖는 비명과 남자의 거친 노호 소리는 지나가는 사람들의 주의를 끌었다.

처음이야 구경 삼아 한 사람이 모이고 두 사람이 모이고 이어서 셋 넷 이렇게 여럿이 모이자 그들은 집안의 형세가 졸연치 아니한 것을 알고는 단순한 구경꾼으로부터 한 걸음 더 나아갔다. 그들은 무언의 동맹을 맺었다. 잠긴 대문을 흔들었다. 마침내 소리를 쳤다.

대문이 요란히 흔들릴 때에야 탑삭부리 한 참봉은 비로소 정신이 들어 방치질을 멈췄다. 그리고는 또다시 정신이 나는 듯이 발아래에 나가동그라진 태수를 내려다본다.

13

태수는 모로 빗밋이 쓰러져서 꽁꽁 마디숨만 쉬고 있지 몸뚱이며 사지는 꼼짝도 하지 못한다. 얼굴로 유카타로 역시 피가 흥건히 흐르고 젖고 했다.

탑삭부리 한 참봉은 이상하다는 듯이 한참이나 태수의 그 꼴을 들여다보다가 몸을 돌이켜 우르르 안방으로 들어간다.

안방에 있는 김 씨의 몸뚱이는 인제는 손끝 발끝을 가늘게 떨던 것도 그만이요, 아주 시체다.

탑삭부리 한 참봉은 김 씨의 시체 옆으로 가까이 가서 이윽고 들여다보더니 눈을 점점 흡뜬다.

그는 단지,

'이렇게 되었나?'

하고 이상한 생각이 섬뻑 나던 것이다.

그는 눈앞에 송장이 두 개나 나동그라져 있고 그리고 제 손으로다가 죽이기는 죽였는데 그러나 지금 마음 같아서는 아무리 해도 제 자신이 저지를 수가 있는 짓 같지가 않았다.

그는 손에 쥐고 있던 피 묻은 방치를 슬며시 떨어뜨리고 넋이 나간 듯이 우두커니 서서 있다. 그리고 미구에 순사가 달려와서 고랑을 채울 때까지도 그렇게 서서 있었다.

한편 형보는…….

그처럼 전화로 탑삭부리 한 참봉한테 고자질을 하고는 시치미를 뚜욱 떼고 제 방으로 들어가서 드러누우니까 오래 끌던 일이 아무려나 이제는 끝장이 났다 싶어 속이 후련했다.

그는 안방에서 태수와 초봉이가 재미나게 놀고 있는 것을 귀로 들으면서

'오냐, 마지막이니, 맘껏 놀아라.'

하고 싱그레니 웃었다.

아홉 시가 되어 태수가 게다를 딸그락거리고 나가니까 그는

'이 녀석아, 그게 바루 감옥으로 난 길이다.'

하고 또 웃었다. 그는 태수가 인제부터 당할 일을 생각해보았다.

열한 시 반에 그렇게 척 안방 문을 열어젖히면, 뭐 꼼짝 못하고 붙잡히렷다. 붙잡히면 우악스럽게 생긴 그 털보가 그대로 두지는 아니할 것이고 늑신 두들겨줄 것이고 혹시 맞아 죽을지도 모른다. 대개 본부가 샛서방을 붙잡으면 죽이니까.

그러니 맞아 죽으면 더욱 다행이고, 그렇지 않더라도 파출소로 끌고 가렷다. 그래서 때려가 두어놓으면 며칠 후에는 은행일이 뒤집혀질 것이고.

이렇게 형보는 태수가 현장에서 잡히면 파출소로 잡혀갈 줄만 알고 있다.

또 그뿐 아니라 은행일이 뒤집어져서 취조를 받더라도 태수는 의리상 모든 것을 제가 혼자 둘러쓰지 결코 형보를 심부름 시켰다거나 돈을 갈라 썼다거나 그러한 것은 실토하지 아니할 테니까 형보 제 자신은 종시 무사할 줄만 믿고 있다.

이러한 것을 보아 형보는 악착하기는 해도 어리석지 영악스럽지는 못 한 편이다.

태수를 따라 나갔던 초봉이가 대문을 잠그고 들어오니까 형보는 어둔 속에서 싱글벙글 혼자 웃으면서 저 혼자 속으로 주거니 받거니 야단이다.

'이제는 네가 척 내 것이란 말이지?'

'아무렴, 그렇구말구.'

'그러면…… 언제부터 아주 내 것이 될 테랴?'

'글쎄?…… 언제 어떻게 먼저 손을 댈꼬?'

'언제? 이렇게? 그럴 건 무엇 있나! 바로 오늘 저녁으로 조처를 대어버리지. 그렇게 해서 인감증명을 내놓아야 딴 놈이 손도 못 대고 다…….'

'옳다, 그 말이 옳다. 언제라고 순리로 일이 되겠더냐? 다 억지를 부리구 그래야지.'

이러한 조리도 조리지만 그는 제 말대로 이미 제 것이 되어 있는 초봉이를 바로 안방에다가 두어두고 그냥은 견디기가 어려웠다.

그는 초봉이가 잠이 들기를 기다렸다. 시간을 기다리자니 무던히 지루하기는 했어도, 그는 끄윽 참고 기다렸다.

열 시가 지나고 다시 열한 시를 치는 소리가 들리자, 이만하면 초봉이가 잠도 들었으려니와 가령 태수가 오늘 밤에 무사해서 돌아온다더라도 한 시간은 여유가 있겠는즉 꼬옥 좋을 때라고 생각했다.

'불시로 돌아오면?…… 또 나중에 알고 지랄을 하면?'

'이놈! 끔쩍 마라, 이렇게 엄포를 해주지?…… 오늘 저녁에 무사히 돌아온대도 내일 아니면 모레는 때갈 텐데 머.'

이렇게 만사태평으로 유카타의 앞을 여미고 살그머니 문을 열었다. 조하다.

"아즈머니 주무시우?"

그는 막상 몰라 나직한 목소리로 불러보았다.

14

형보는 아무 대답이 없는 것을 보고 살금살금 걸어서, 안방 미닫이 앞으로 갔다.

귀를 기울여보았다. 고요한 방 안에서 확실히 잠든 숨소리가 사근사근 들려온다.

형보는 약간 가슴이 두근거리는 것을 어찌하지 못하고, 살그머니 미닫이를 열고는, 위선 고개만 들이밀었다.

30와트의 전등을 분홍 덮개로 가린 은근한 불 아래에, 흐트러진 타월 자리옷과 남색 제병[350] 처네 위에다가 아낌없이 내던진 하얀 너벅다리와, 머리칼이 몇 낱 흐트러져 내린 평화로운 잠든 얼굴, 이것을 구경하는 것만도 형보한테는 위선 중값이 나가는 향락이다.

초봉이는 초저녁에 태수가 나간 뒤로 바로 잠이 들었었다. 그는 오래간만에 혼자서 자리에 누우니까, 사지가 마음대로 뻗어지고 후텁지근하지 아니한 것이 어떻게나 편하든지 몰랐다. 그래서 그는 마음을 놓고 편안히 잠이 들었었다.

억척이요 얌전하다는 그의 모친 유 씨는 딸을 학교에 보내는 승벽은 있어도, 딸더러 시집을 가서 남편 없이 있을 때는 어떻게 하고 잠을 자야 한다는 것은 가르칠 줄을 몰랐었다.

형보는 한 번 싱긋 웃고는 방으로 들어서서 미닫이를 뒤로 소리 없이 닫았다.

초봉이가 잠이 깨서 앙탈을 하더라도 그것을 막이할 준비는 되어 있지만 그래도 그는 조심조심 걸어 내려가서 전등 스위치를 잡는다.

그는 아까운 듯이 잠깐 초봉이의 잠든 맵시를 내려다보다가는 딸깍 전등을 꺼버린다.

…………………………………………………………………………

초봉이가 경풍이 나게 놀라 몸을 뒤틀면서 소리를 지르려고 하니까 억센 손바닥이 입을 틀어막는다. 그리고는 누르듯 바로 귓바퀴에서 소리가 들린다.

"쉿! 떠들면 태수가 죽는다. 태수는 지금 싸전집에서 그 집 여편네하구 자구 있다. 내가 나가서 한마디만 쑤시면 태수는 남편 한가한테 맞아 죽는다. 태수를 죽이지 않으려면 꼼짝 말구 있어야 한다."

이 말이 곧이가 들리고 아니 들리고는 둘째로, 초봉이는 연거푸 놀라 정신이 아찔했다.

대체 이런 때에 어떻게 해야 하는 것인지 할 바를 몰랐다. 그는 문득

'어머니는 이런 것도 아시련만.'

이런 생각이 들었다.

아무리 용을 써도 일은 그른 줄 알지만 그는 몸을 뒤틀었다. 그러나 꼼짝할 수도 없다.

소리는 지르기가 무섭기도 하려니와 지르재도 입이 막혔다.

이럴 도리가 있을까 보냐고 안타깝다 못해 죽을힘을 다 들여가지고 몸을

비틀면서,

"으으."

소리를 치다가 그는 그대로 까무러쳐버렸다.

초봉이가 다시 정신이 들었을 때는 마침 열두 시를 쳤다. 그는 아까 일이 꿈결같이 아득하여 도무지 정말인가 싶지 아니했다.

그렇게 생각하면 제발 꿈이옵소사 하고 바라지지만 그러나 아득해서 그렇지 꿈은 아니요 어엿한 생시다.

그는 제 몸뚱이가 바로 순식간에 아주 씻지 못할 더러운 것이 되었다고 생각하니 태수한테 대한 죄스러운 생각이 맨 먼저 앞을 섰다.

'그러면 어떻게 하나?'

이렇게 저렇게 물을 때에 서슴지 않고 나오는 것은,

'죽어야지.'

하는 대답이다.

대체 그 일이 어찌어찌하니까 남편한테 죄스럽다거나 그러고 또 어찌어찌하니까 죽어야 한다는 이유는 알지도 못하거니와 생각해보려고도 아니했다.

이렇게 덮어놓고 하는 금새니까 그는 죽겠다는 결심도 주저 없이 선뜻 들어섰다.

죽을 결심을 하고 인제 죽느니라 생각하니 비로소 일 당한 것이 분하고 안타까워 눈물이 쏟아져 내렸다.

그는 분한 깐으로는 식칼이라도 가지고 건너가서 그 구렁이같이 징그럽고도 미운 형보를 숭덩숭덩 썰어 죽이고 그러고 죽어야 속이 후련할 것 같았다. 이가 보도독 갈렸다.

그는 옷을 주워 입고 일어나 앉았다. 뭇생각에 가슴이 벅찬다.

그는 일변 태수가 원망스럽기도 했다. 만약 형보가 하던 말이 정말이라면 어쩌자고 그런 짓을 하며 그러느라고 집을 비워놓았다가 이런 일을 당하게 하는고 싶었던 것이다.

그러나 다시금 생각하면 역시 형보가 능글능글하게 꾸며낸 것이겠지 그럴

리가 없을 것도 같았다.

그렇다면 더욱이나 무슨 얼굴로 남편을 대하랴 싶어 그는 남편이 돌아오기 전에 진즉 자결을 하는 것이 도리라고 마음이 조급해졌다.

15

대문 흔드는 소리에 초봉이는 반사적으로 벌떡 일어서기는 했어도, 남편을 대할 일이 겁이 질려 그대로 서서 망설였다. 가슴이 사뭇 맞방망이 치듯 두근거리고, 왜 얼핏 목을 매달든지 해서 죽어버리지는 않고, 주춤거렸던고 싶어 애가 잦았다.

그러자 대문을 흔드는 사이사이에

"여보, 문 좀 열어요!"

이렇게 외치는 소리가 수상함을 알았다. 그것은 아무래도 남편의 부르는 소리가 아닌 것 같았다.

대문 흔드는 소리와 부르는 소리는 차차 더 거칠어갔다. 초봉이는 의심이 더럭 나는 것을 겨우 억제하고, 가만가만 대문간으로 나왔다.

"누구세요?"

"이게 고태수 집이요?"

대문 밖에서 이렇게 묻는 소리는 말조가 순사 투요, 마침 철그럭 하는 칼 소리까지 들린다.

초봉이는, 그러면 남편이 정말 싸전집에를 갔다가, 무슨 일이 났는가? 어쩌다가 그랬는고? 형보가 그래놓고도 그동안에 나가서 일을 저질러놓았던 것인가? 혹은 미리서 다 그렇게 일을 꾸며놓고는 말로만 그랬는가? 그놈이 그 원수가…… 이렇게 형보한테 치가 떨렸다.

초봉이가 죽어가는 소리로

"네에, 그런데……."

하고 물으려니까 밖에서는

"그럼 문 좀 여시오."
하면서 철그럭 하고는 칼 소리가 다시 들린다. 칼 소리에 더욱이나 초봉이는 깜짝깜짝 놀라면서 대문을 열었다. 역시 거무스름하게 순사 하나가 섰다가
"고태수 집이라지요?"
하고 다지듯 묻는다.
"네,"
"고태수 집에 있소?"
"안 계신데요."
"응. 그럼 저 오늘 저녁에, 개복동 한 서방네 집에, 그 집 안집에 말이오, 간 일 있소?"
"네."
"응, 응."
순사는 다 알겠다는 듯이 고개를 끄덕거리더니
"……그럼 저 도립병원에 가보시우."
하고 돌아서려고 한다. 초봉이는 쏠리듯 대문 문턱 밖으로 나가면서 무슨 일이냐고 다급한 깐에 물어보려고 하는데 순사 뒤에 가려 섰던 탑삭부리 한 참봉네 집 계집아이가 그제서야 초봉이에게로 다가 나온다.
"오! 너 왔더냐? 그런데……?"
이렇게 숨차게 묻는 초봉이의 음성은 더욱 떨렸다. 그는 그러나 이판에 이 계집애나마 아는 인간을 만난 것이 반가웠다.
"이 댁 서방님이……."
계집아이는 말을 더 하지 못하고 비실비실 순사를 돌려다본다. 순사는 못 본 체하고 아주 돌아서서 철그럭철그럭 가고 있다.
"응, 그래서?"
"이 댁 서방님이……."
"응."
"저어, 아주 돌아가시게……."

"응??"

초봉이는 머릿속이 아찔해오고 이어 몸이 휘휘 둘리는 것을 겨우 대문 기둥에 기대어 쓰러지지만 아니했다.

"아, 웬일이여요?"

등 뒤에서 게다 끄는 소리가 딸그락거리더니 형보가 뛰어나온다. 그는 허둥지둥하기는 해도 아까 안방에서 건너간 뒤에 그때까지 잠을 자지 아니했고 그랬기 때문에 자초지종 이야기 소리를 다 듣고도 짐짓 그러는 것이다.

초봉이는 달려들어 뜯어를 먹든지 갈가리 사지를 찢어 죽이고 싶은 증오에 몸만 떨렸다.

"웬일이여요?"

형보는 초봉이더러 재우쳐 묻다가 두리번거리더니 계집아이를 들여다본다.

"너 왜 왔니?"

"이 댁 서방님이 돌아가시게 되어서 저어 병원으로……."

"머?? 건 웬 소리? 응?"

형보는 깡충 뛰면서 대문 밖으로 나선다.

'일은 미상불 잘되었다.'

그는 속으로 여간만 흡족한 게 아니다.

"……아니 대체 어쩌다가 그랬니?"

"이애, 너 나하구 병원에 같이 좀 가자꾸나."

초봉이가 계집아이더러 목마른 소리로 사정한다.

"저는 도루 집으루 가봐야겠어요. 우리 댁 아씨가…… 우리 댁 아씨는 아주 돌아가셨어요!"

"아이머니나!"

"무어야?"

형보와 초봉이는 다 같이 놀란다.

"느이 아씨까지? 허! 그거 참!"

형보가 이렇게 탄식을 하고 있는 동안 초봉이는 벌써 휭허케 큰길로 두달

음질을 치고 있다.

"그럼 너는 느이 집으루 가보아라. 이 댁 아씨는 내가 모시구 병원으루 갈 테니……."

형보는 계집아이더러 말을 이르고서 초봉이를 따라가느라고 유카타 자락을 펄럭거린다.

16

초봉이는 제가 병원에를 간다기보다 등 뒤에서 딸그락거리고 따라오는 형보한테 쫓기어 반달음질을 치던 것이다.

'이놈아, 이 천하에 무도한 놈아! 네가…….'

초봉이는 돌아서서 저주를 하고, 그의 죄상을 낱낱이 헤어가며 목청껏 외치고 싶었다. 그래서 길 가던 사람 잠자던 사람 할 것 없이 숱한 사람들 모이고 그 여러 사람들이 의분을 일으켜 형보를 죽도록 때려주고 걷어차고 했으면 속이 후련할 것 같았다.

게다를 신었어도 사내의 걸음이라 몇십 칸 가지 못해서 형보는 초봉이와 나란히 섰다.

"자동차라도 얻어 탑시다?"

형보는 지나가는 자동차라도 없는가 하고 앞뒤를 휘휘 둘러본다.

초봉이는 들은 체하지도 않고 씽씽 가기만 한다.

"허! 그거 원……."

형보는 따라오면서 혼잣말로 차탄을 하듯이 두런거린다.

"……원 그럴 도리가 있더람!…… 그거 원 참!…… 그래, 어쩐지 전에두 보기에 위태하더라니!…… 글쎄, 결혼두 하구 했으면서 그런 위태한 짓을 할 게 무어람? 사람이 좀 당돌해서. 당돌해서 필경 일을 저질렀어!"

실상 초봉이는 태수의 생명이 지금 어떻게 되었는지 애가 타기는 했어도 일변 어떻게 된 사맥[351]인지 그것이 궁금하지 않은 것은 아니다.

"그러나저러나 간에……."

형보는, 인제는 바로 대고 초봉이더러 이야기를 한다.

"……실상 알구 보면 고 군이 오래잖아서 아무래도 죽기는 죽을 사람이었으니까……."

'무어야?'

초봉이는 종시 못 들은 체하기는 해도 속으로는 대꾸를 한다.

"은행 돈을 수우수천 원을 범포를 냈어요. 남의 소절수를 위조해가지구설랑……."

'이 녀석이?'

"그래 그것이 오래잖아 탄로가 날 테니까, 그럴 날이면, 창피하게 징역살이를 하느니 죽어버린다구 그랬다우. 오늘 아침에두 당신 부엌에 내려간 새에 나하구 그런 얘기를 한걸?…… 행화두 태수가 죽는다는 소리는 육장 들었지? 행화두 실상은 태수가 상관하던 기생이라우."

'무엇이 어째?'

"저희 집이 재산가요 과부 외아들이요 전문학교 출신이요 그게 다 당신하구 결혼하려구 꾸며낸 야바위 속이더라우, 야바위 속…… 보통학교만 겨우 마치구서 서울 ××은행 본점 급사로 들어갔다가 10년 만에 행원이 된 사람이구……."

'무엇이 어째?'

"그리구 저이 집은 집두 터두 없어서 저이 어머니는 머 어디라든가 남의 셋방 한 칸을 얻어가지구 산답디다. 그날 혼인날 말이오, 내려오잖은 걸 보지? 내려오기는커녕 혼인한다는 기별두 않은걸!"

'흥!'

"이 군산 바닥에서는 그 사람네 본집이 어딘지 아는 사람이라구는 하나두 없어요. 당신한테두 아마 가르쳐주지 않었으리다."

'이 녀석아, 누가 네 소리를 곧이들어?'

초봉이는 이렇게 속으로 외쳤다. 그러나 형보가 미운 데다가 일이 안타까워서 그러는 것이지, 역시 형보의 말이 다 정말인 듯싶었다.

"그러니 말이오, 다 사실 내평이 그래서 당신두 억울하게 속아가지구 말하자면 신세를 망친 셈이 아니오?"

'무슨 상관이야?'

"그러니까 그저 지나간 일일랑 다 잊어버리구 맘을 가라앉히시우. 내가 있으니 장차에 살아갈 걱정은 하지 말구……."

'아니, 이 녀석이 가만 두어두니까, 점점…….'

초봉이는 형보가 인제는 바로 제 계집이 된 양으로 그렇게까지 말을 하니까 기가 막혀, 대체 어떻게 생긴 낯반대기로 그따위 수작을 하느냐고 냅다 침을 뱉어주고 싶었다.

"집두 기왕 얻어논 거요 살림두 그만큼 채린 것이니, 일부러 그걸 떠헤치구 다시 채릴려구 할 거야 무엇 있소?…… 되레 십상이지, 머……."

"듣기 싫어!"

초봉이는 참다못해 발을 구르면서 외쳤다. 그 끝에 그는,

'내가, 네 간은 내 먹자면 네 계집이라도 되어야 하겠지만 그럴 수가 없으니 차라리 안타깝다.'

고까지 부르짖고 싶었다.

형보는 그가 좀 더 영악스러웠다면 지금 이 경황 중에, 더구나 태수의 흠집을 들어내어가면서, 초봉이를 달래려 들지는 않았을 것이다.

대피선(待避線)

1

형보는 뒤에 처져서 순사가 묻는 대로 저 여자는 피해자 고태수의 아낙이요, 또 나는 한 집에서 지내는 그의 친군데 ― 하고 온 뜻을 설명하고 초봉이는 그대로 치료실 안으로 한 걸음 들여놓았다.

방금 맞은편에 있는 진찰대 옆에서는 간호부가 흰 홑이불로 태수의 몸뚱이를 머리까지 덮어씌우고 있을 때다.

그 흰 홑이불이 바로 죽음 그것을 암시하는 것 같아 초봉이는 머리끝이 쭈뼛하고 다리가 허든거렸다.

그는 무엇에 질리듯 더 들어서지 못하고 그 자리에 멈칫 멈춰 섰다.

마침 의사가 귀에서 청진기를 떼어 들고 돌아서면서 이편 쪽으로 걸상을 타고 앉은 경부보[352]더러 나른하게,

"もう, 駄目です(운명했습니다)."

란 말을 한다.

그러다가 마침 들어서는 초봉이를 힐끔 건너다보더니 이어 본 둥 만 둥 커다랗게 하품을 씹고 경부보는 직업에 익은 대로 초봉이의 위아래를 마슬러본다.

"고떼수…… 노, 오카미상요?"

"네."

초봉이의 대답은 절로 떨리면서 목 안으로 까라진다.

"우응……."

경부보는 고개를 끄덕끄더억하다가 턱으로 저편 침대께를 가리킨다.

초봉이는 머릿속이 무엇 두꺼운 헝겊으로 가린 것같이 멍하지, 차근차근 사려를 갖는다든가 할 수가 없었다.

경부보가 턱을 들어 가리키는 대로, 마치 최면술에 걸린 사람처럼, 휘청휘청 진찰대 옆으로 다가갔다.

간호부가 조용히 홑이불 자락을 걷고, 얼굴만 보여주면서 삼가로이 목례를 한다.

태수의 얼굴은, 왼편 이마가 으깨어지듯 터져 피가 번져 나왔고, 같은 왼편 광대뼈가 시퍼렇게 피멍이 져서 부풀어 올랐고, 머리는 피가 흘러내린 자국만 얼굴에 남았지 머리털이 있어서 상처는 보이지 않았다.

그러나 피 묻은 얼굴은 흉업게 뒤틀리고 눈과 입을 반만 감고 벌린 채, 숨이 져서 있는 꼴은 첫눈에 소름이 쭉 끼쳤다.

초봉이는 반사적으로 외면을 하려다가 뒤에서 보는 사람들을 여겨 못 하고, 두 손으로 얼굴을 싼다. 그리고는 그냥 접질리듯 무릎을 꿇고 진찰대 변두리에다가 고개를 파묻었다.

서러운 줄은 모르겠어도 눈물이 쏟아졌다. 눈물에 따라 어깨도 떨렸다.

이렇게 눈물이 먼저 나오고 어깨가 떨리고 해서 절로 울어지고, 울어지니까 비로소 서러워졌다.

무슨 설움인지 모르고서 울고 있는 동안에, 그제서야 이 설움 저 설움 설움이 솟아나고, 분한 일 안타까운 일 막막한 일이 모두 생각나고, 그래 끝이 없는 설움에 차차 더 섧게 울었다.

그것은, 제 설움이 하 망극하여 그렇겠지만, 그는 남편 태수를 슬퍼하는 정은 마음 어느 구석에도 돌지를 않았다. 보다도, 그는 그런 설움이야 없다는 조건조차도 몰랐다.

형보가 이것저것 주변을 부렸다. 자동차부에 전화를 걸어 집 근처까지는 가지도 못하는 자동차로 위선 둔뱀이의 정 주사네를 데리러 보낸 것도 그것이다.

그런 지 한 시간이 넘어서 복도를 우당퉁탕거리고 정 주사네 내외가 달려들었다.

초봉이는 그때까지도 진찰대 변두리에 엎드려 울고 있었다.

정 주사네 내외는 처음에는 사위 태수가 죽었다는 단지 그것만을 알았고 그래서 웬 영문인지를 몰라 어릿어릿했다.

형보가 시원시원하게 내달아서 제가 들은 대로 사실 경위를 설명해주고는 연달아 아까 초봉이를 쫓아 병원으로 오면서 하던 태수의 근지와 소절수 사건을 까집어내기를 잊지 않았다.

정 주사네 내외는 당장 눈앞에 태수가 송장이 되어 자빠졌다는 것 외에는 모두 반신반의했다. 아니 도리어 미더운 편으로 기울기는 하나, 이 혼인을 정할 때 장사 밑천에 홀리어 사위의 인물에 흐린 점이 있는 것도 모른 체하고 '관주'를 주어버린 자기네의 마음의 죄책을 얼마 동안만이라도 내뻗기 위하여, 위정 형보의 씨월거리는 소리를 곧이듣고 싶지가 않았던 것이다.

그러나 그러한 것은 아무튼 간에, '날아가버린 장사 밑천' 그것이 속절없어 태수의 죽음은 하늘이 무너지는 듯이 아뜩했다.

"허! 흉악한 일이로군!"

정 주사는 천장을 올려다보면서 이렇게 탄식했다. 그것은 사위가 죽은 데 대한, 따라서 딸의 신세를 생각하는, 장인이요, 아버지의 상심(傷心)이 맨판 아닌 것도 아니나, '날아가버린 장사 밑천'이 더 안타까워

"허! 허망헌 일이로군!"

이러고 싶은 심정이었었다.

2

이튿날 석양.

태수의 시체 해부한 것을 받아 내왔다.

해부를 한 결과 사인(死因)은 뇌진탕이요 그 외에 두개골 한 군데가 바스러지고 갈비뼈 네 대가 부러지고 한 것 말고, 대소 타박상이 스무 군데가 넘는다고 했다.

그리고 대소변을 지린 것 외에는 위장 계통에는 아무 이상의 흔적이 없다고 했다.

다음 날 장례를 준비하는 중에 경찰서에서 몰려나와 가택 수사를 했다. 은행의 소절수 사건이 뒤집혀졌던 것이다.

증거물로 태수가 미처 없애지 못한 도장이며 소절수첩이며 편지 같은 것을 압수해 갔다.

모든 것이 횅하니 드러났다.

다시 그 이튿날 소란한 중에서 태수의 시체는 공동묘지의 일광지지에다가 묻었다

관을 내리고 파 올린 붉은 황토를 덮어 봉분을 쌓고 제철이라서 푸르러 있는 떼를 입히고 하니 제물로 무덤이 되던 것이다.

초봉이는 이 흙내 씽씽하고 뗏장 꺼칠한 무덤을 남기고 내려오면서 그래도 끌리듯 뒤를 돌려다보다가 새로운 눈물을 잠잠히 흘리고 섰다.

낡고 새로운 무덤들 틈에 끼어 기우는 석양만 비낀 태수의 무덤, 이것이 저 가운데 여러 무덤과 한가지로 오늘 이 시각부터는 영영 무주총(無主塚)[353]이 되어버리거니 생각하매, 비로소 태수라는 인생이 불쌍했고 그래서 오늘 이 자리에서야 처음으로 태수의 불쌍함을 여겨 눈물이 흐르던 것이다.

그러나 그는 문득 내가 어쩌면 이 무덤을 벌초 한 번이나마 해주지 않을 걸로 미리 요량을 하고서 무주총일 것을 지레 슬퍼해주는고 생각하니, 내 마음의 너무도 박절함이 스스로 부끄러웠다.

회심 끝에 인제 날이 깊기 전에 꽃이라도 한 다발 갖다 놓아주고, 1년 한 차례 삯꾼을 사서 벌초라도 해주려니 하는 마음을 먹어 제게다가 사죄를 하고 다시 돌아섰다.

집이라고 돌아는 왔으나 휑뎅그렁하니 붙일성이 없었다. 마침 또 경찰서에 불려가느라고 장례에도 나오지 못했던 형보가 아기작거리고 들어서는 걸 보니 선뜩한 게 뱀이 살에 닿고 지나가는 것처럼 몸서리가 치었다.

형보는 그새 건넌방에 그대로 눌러 있었고 앞으로도 그럴 눈치였었다. 요행 유 씨와 형주가 밤에는 초봉이와 같이 자고 낮에는 온 식구가 다 모이고 그뿐 아니라 장례야 경찰서 일이야 해서 일과 인목이 분잡하기 때문에 다시 꿈쩍은 못 했다.

그 대신 안팎일에 제 일 못잖게 살뜰히 굴어 정 주사네 내외의 환심을 사기에 온갖 정성을 다했다.

태수의 모친한테는 누구 하나 발설을 해서 기별이라도 해주자는 사람은 없었다. 장례 날 초봉이가 겨우 생각이 나서, 부친을 졸라 전보를 쳐달라고 했으나, 정 주사는 '그런 죽일 놈'은 입에 붙이기가 싫었고 그래도 딸이 안달을 하니까 주소를 모른다고 핑계대고 말았다.

초봉이, 정 주사, 형보, 그리고 행화 외에 기생이며 몇몇 사람이 여러 번 경찰서에 불려 다녔다. 그러나 필경 다 무사하고 말았고 그중 형보는 하룻밤을 갇혀 있기까지 하면서 단단히 치의를 받았으나 내내 모른다고 내뻗었다.

그리하여 소절수의 심부름을 해주던 사람, 즉 태수의 공범이 누구라는 것만 수수께끼로 남은 채, 사건은 완구히 매듭을 짓고 말았다.

풍파가 인 지 보름이 지나가고 그날 밤, 그러니까 차차 여름이 짙어오는 6월 보름이다.

옆에서 유 씨와 형주는 곤히 자고 있고, 초봉이 혼자 늦도록 이 생각 저 생각 궁리에 잦아져 뜬눈으로 누워 있다.

형보한테 겁탈을 당하던 것이 그날 밤 그 당장에는 죽어버리고 싶도록 까지 큰 충동이었기는 했지만, 그러나 이어서 곧 태수의 참변을 싸고 도는 폭풍이 불어쳤고, 그 폭풍의 타격을 맞고 난 지금에는 이상스럽게도 이것이고 저것이고 간에 모두가 꿈결같이 아득할 뿐이었었다.

결혼 전의 고민, 결혼, 멋도 모르고 지낸 열흘 동안의 결혼 생활, 형보에게 욕보던 일과 자살을 하잤던 일, 태수의 죽음으로 인하여 뒤집혀진 온갖 협잡과 따라 무지개와 같이도 스러진 환멸…… 이렇게 두루 생각을 해보면 일변 기가 막히고, 몸부림이 나지 않는 것은 아니나 결국 통으로 뭉쳐놓고 생각하면 마치 언 살을 만지는 것 같아 먹먹하지, 그대도록[354] 신경을 쑤시지는 않았다. 연거퍼서 맞은, 힘에 겨운 충격이라 신경이 아프다 말로 지레 지친 것이라 하겠다.

그래 지나간 일이 그처럼 얼얼하기나 할 뿐이지, 모질게 결리거나 아프진 않은 게 요행이어서, 초봉이는 모든 걸 일장의 꿈으로 돌리고 잊어버리자 했다. 미상불 꿈 그대로 허망하기도 했으니까…….

3

지나간 일은 그렇게 억지로라도 씻어 넘기면 안 될 건 아니지만 그리 만만하게 어름어름할 수 없을 것은 닥쳐오는 앞일이다. 그것은 지나간 일이야 마음 하나 둘러먹는 걸로 이러고저러고 할 수가 있지만, 당해오는 앞일은 행동을 가져야 하는 때문일 것이다.

환히 밝기만 한 50와트 전등불을, 눈도 아파 않고 간소롬히[355] 바라보면서 모로 누워 있는 초봉이는, 때와 공간을 완전히 잊어버리고 머리만 살아 있다시피, 생각이 골몰하다.

제일 간절한 것은 애매하고 으깨져버린 내 일생을, 아까우니 내 청춘을, 도로 잘 추어올려야 하겠다는 것이다.

사람이 본시 소극적이어서 이런 경우에도 무슨 불타듯 타오르는 투지야 솟아나지는 않았지만, 깜냥에 어떻게 해서든지 앞으로 다시 되도록이면 안전코 평화롭게 살아가겠다는 여망이 서리서리 서려는 있던 것이다.

때앵때앵 마루에서 시계 치는 소리가 네 번 나고는 그친다.

초봉이는 시계 치는 소리에 비로소 제정신이 들었다.

"그럼 군산을 떠나야지!"

그는 놀란 것처럼 벌떡 일어나 앉으면서 혼잣말을 한다. 그리 서두는 품이 방금 혼잣말을 하던 대로 당장 옷을 차려입고 뛰쳐나갈 것 같다.

불쾌한 기억이 나 자신도 나 자신이려니와 남의 이목에서 오래오래 가시잖을 이 군산 바닥이 싫었다. 더구나 형보가 있어서 위험하다. 하는 눈치가 앞으로 졸연찮을 성부르니 진즉 피하느니만 같지 못하다.

서울…… 서울이면 좋을 것이다. 무엇이 어쩌니 좋으리라는 것은 몰라도 그저 막연히 좋을 성싶다.

제호가 미더웠다. 윤희를 생각하면 역시 제호의 상점이든 회사든 붙어 있기가 어려울 듯싶어 좀 불안한 게 아닌 것도 아니나 일변 제호가 사람이 발이 넓고 변통성이 많은 사람인 만큼 어떻게 해서든지 일자리도 구해주고 두루 애써줄 것 같았다.

"그러면 내일이라도……."

초봉이는 아주 떠날 작정을 했다. 작정을 하고 나니 뒷일이야 그때 당해보기로 하고 위선은 마음이 가뜬했다.

다만 한 가지, 서발막대[356] 내둘러야 검부저기[357] 하나 걸릴 것 없고 훅훅 불어논 듯이 말짱한 친정을, 그대로 두고 훌쩍 떠나기가 마음 놓이지 않는 것은 아니다.

그러나 그렇다고, 내가 이 바닥에서는 직업을 얻기도 졸연찮거니와 그러기도 싫은 걸, 그래 어려운 친정집에 내 한 입을 더 얹어놓고 우두커니 앉아 있을 수는 더욱이나 없는 노릇이다.

"내가 서울로 가서 차차 무슨 도리를 차리기로 하고……."

친정 일도 이렇게 요량을 해놓고는, 책상 앞으로 다가앉아서 모친한테 편지를 몇 자 적었다.

편지 사연은, 마음이 울적하여 서울로 올라가니 달리 걱정은 말라고, 서울로 가서 다시 편지도 하겠지만, 집을 세 얻느라고 낸 보증금 50원을 도로 찾고, 또 살림도 값나가는 것은 쓸어 팔고 해서 가용에 보태 쓰라고, 그리고 내가 서울로 간 소문은 아무한테도 말을 내지 말라고, 끝에다가 긴히 당부를 했다.

편지를 다 쓴 뒤에 반지 두 개를 뽑고, 팔걸이 시계를 풀고 해서 편지와 같이 봉투 속에 집어넣었다.

이튿날 아침, 열한 시가 되기를 기다려 초봉이는 모친더러 어디 잠깐 다녀오마고, 식모를 데리고 정거장으로 나왔다.

유 씨는 그동안 혹시나 딸이 모진 마음을 먹기나 할까 봐서 늘 조심이 되었지만, 오늘은 식모를 데리고 나가는 것이 제 말대로 어디 다니러 가나 보다 하고 안심을 했다.

초봉이는 결혼한 뒤로는 이내 쪽을 찌고 있던 머리를 학생 머리로 고쳐 틀고, 옷은 수수하게 흰 모시 진솔 적삼에 검정 치마를 받쳐 입었다. 혼인 때 산 구두도 처음으로 꺼내 신고, 역시 혼인 때 태수가 사준 파라솔과 핸드백을 가졌다. 돈은 태수가 150원가량 남겨놓고 죽은 것을, 백 원가량은 그동안 장례를 치르느라고 없어졌고, 50원 남짓한 데서 30원을 모친한테 쓴 편지 봉투 속에 넣었다.

정거장으로 나오는 길에, 승재가 있는 금호병원께로 자꾸만 주의가 끌리는 것을 어찌하지 못하여 가뜩이나 마음이 어두웠다.

11시 40분 차가 거진 떠나게 되어서야 데리고 나온 식모에게다 편지를 주어 돌려보내면서 그리고 딴 집을 구해 가서 부디 잘살라고 일렀다.

차가 슬며시 움직이자, 앞으로 외로울 마음이 앞을 서고 해서, 그래도 군산을 떠나가는 회포는 슬펐다.

눈물도 걷우는 둥 마는 둥 이리(裡里)에서 호남 본선을 태전(太田)[358]으로 갈아타느라고 여러 사람들 틈에 호젓하니 끼어 플랫폼에서 기다리는데 뜻밖에

"아니, 이건 초봉이가!"

하고 허겁스럽게 떠들면서 들이미는 건 말대가리같이 기다란 박제호의 얼굴이다.

4

"아이머니 아저씨!"

초봉이는 반가워서 절로 소리가 높았다. 남의 이목이 아니면 덥쑥 부여잡고 싶게 이 뜻하지 못한 곳에서 제호를 미리 만난 것이 기뻤다.

제호도 무척 반가워한다. 그러나 반가워서 싱글싱글 웃으면서도 기다란 얼굴은 표정이 단순치 않다. 그는 초봉이의 그동안 사달을 다 알고 있던 것이다. 초봉이도 제호의 낯꽃을 보고 군산까지 왔다가 소문을 들었나 보다고 생각을 하니 기가 탁 질리고 만다.

"그래 어디를 가나?"

제호는 초봉이의 행색을 다시 한 번 위아래로 훑어보면서 묻는다.

"거저 이렇게 나왔어요."

초봉이는 고개를 떨어뜨리고 발끝으로 땅을 비빈다.

"거저?…… 아따 그것두 할 만하지. 휘얼훨 바람두 쐬구 하는 게 좋구말구, 제기랄 것! 그래 잘했어. 그럼 기왕 나선 길에 서울이나 구경두 할 겸 같이 갈까?"

제호는 옆에서 사람들이야 듣거나 말거나 상관없이 요란하게 떠들어댄다.

"그렇잖어두 지금 저두……."

"서울루 간다?"

"네."

"거 잘했어. 아무렴, 그래야 하구말구……."

초봉이는 기왕 말이 났던 끝이니 또 아무 때 말을 해도 하기는 해야 할 말이니 지금 그러지 않아도 제호를 바라고 서울로 가는 길이라고 이야기를 이 자리에서 미리 할까 말까 망설이는 참인데 제호가 먼저 제 이야기를 부우옇게 늘어놓는다.

저번 서울로 올라간 뒤에 제약회사는 뜻대로 준비가 되어가고 며칠 안이면 영업을 시작하게 되었다는 것이며 그래서 잠깐 일이 너끔한 기회에 볼일로 고향인 서천(舒川)까지 왔었다는 것이며 다시 어제 아침에 군산으로 건너와서 볼일을 보고 지금 서울로 가는 길인데 군산항(群山港) 정거장에서 차를 탔기 때문에 같은 차를 타고 오면서도 서로 몰랐다고 이렇게 이야기가 싱겁거나 말거나 구수하니 지껄이고 있는데 마침 차가 들이닿았다. 둘이는 앞서거니 뒤서거니 차에 올라탔다.

차는 비좁았다. 찻간마다 죄다 지나면서 보아도 두 사람을 나란히 앉혀 줄 자리는 없다.

제호는 한 손에 보스톤[359]을 또 한 손에 과실 바구니를 갈라 들고 끼웃끼웃 앞서 가면서 연신 두덜거린다.

"이런, 제기랄 것. 철도국 친구들은 냉겨 먹을 줄만 알지 써비스는 할 줄 모른담? 아, 이런 놈의 자리가 있어야지! 차장은 어디 갔누? 찻삯을 깎아 달라든지 해야지, 응?…… 제기랄 것."

아무리 제길을 해도 빈자리는 종시 없었다. 할 수 없이 되는 대로 이등칸으로 들어섰다.

"자, 여기 아무 데나 앉게나. 이런 때나 이등 차 타보지. 초봉이나 내나 돈 아까워서 언제 이등 차 타겠나? 제기랄 것."

제호는 보스톤과 과실 바구니를 시렁에 얹고 양복저고리와 모자를 훌렁훌렁 벗어젖힌다.

"제기랄 것. 자, 차표는 이리 달라구. 이따가 돈 더 주구서 이등표하구 바꾸어야지……. 어때? 이등은 자리가 성글구 또 깨끗해서 좋지? 다 돈 많이 쓰면 이런 법이야."

초봉이는 삼등칸이 좁으니까 이등칸에 앉는 줄만 알았더니 그래도 차장이 와서 말썽을 하든지 하면 어쩌나 싶어 편안한 이등차가 편안치도 않았는데 돈을 더 주고 이등표와 아주 바꾼다고 하니까 지닌 시재[360]를 생각하고 속이 뜨악했다. 그러나 할 수 없이 핸드백에서 십 원짜리를 꺼내 차표를 얹어 주니까 제호는 손을 내젓는다.

"허어! 내가 초봉이한테 차 이등 한턱 못 쓸 사람인가? 돈일라껀 도루 집어

넣구 차표만.”

허겁을 떨고 차표만 빼앗아간다.

성가신 혼잡과 훤화를 털어버리고 차가 움직여 달리기 시작하자 창으로는 시원한 바람이 몰려들었다.

초봉이는 이렇게 나와서 차를 타고 훨얼훨 달리는 것이 이것 하나만 해도 그 불쾌한 군산 바닥에 처박혀 속을 썩이느니보다 훨씬 나았다고 생각했다.

“나는 참…….”
하더니 제호는 선반에 얹었던 과실 바구니를 내려가지고 도로 앉는다.

“……고 배라먹을 여편네, 즈이 집으로 쫓아버렸지! 쫓아버렸어. 제기랄 것, 헤헤.”

“네에??…… 왜요?”

초봉이는 제호가 좋아하는 속을, 그러려니 생각도 했지만, 그 억척을 어떻게 쫓아 보냈나 싶어 제호는 역시 수단객이라고 생각했다. 그리고 초봉이 저한테도, 일이 마침 다행스럽게 생각되었다.

5

제호가 윤희를 쫓아 보냈다는 것은 말투요, 실상인즉 1년 작정을 하고 별거를 하기로 했던 것이다. 이것은 오랜 계획이다.

윤희는 제 자신의 히스테리라든지, 또 부인병에서 생기는 전신의 쇠약이라든지 그것을 잘 알고 겸하여 그러한 신경과 건강을 가지고 그대로 부부생활을 계속하는 것이 위선 저를 위하여서도 좋지 못한 것을 잘 알고 있었다. 그래서 요전번에 서울로 이사를 해가는 기회에 별거를 하기로 진즉부터 제호와 말이 있어왔었다. 그런 때문에 제호가 초봉이를 서울로 데리고 가려는 것을, 그처럼 한사코 막은 것이다. 초봉이뿐 아니라 도대체 제호라는 위인의 행실머리가 미덥지 못했지만, 초봉이 일만이라도, 제 뜻대로 한 것을 적이 마음 놓고, 친정인 신천으로 내려갔던 것이다.

떠나기 전에 제호를 잡아 앉히고 가로되 오입을 하지 말 일, 가로되 첩을 얻어 들이지 말 일, 가로되 술을 먹고 다니지 말 일, 가로되 한 달에 세 번씩 편지를 할 일, 그리고 그 밖에 별별 옴두꺼비[361] 같은 것을 다 다짐을 받았다.

제호는 그저 머리를 조듯 하면서 다 네에 네 대답을 했었다. 한 1년 그렇게 별거를 하는 동안에 히스테리가 가라앉는지, 또 눈치를 보아 어름어름하다가 이혼이라도 할 배짱이기 때문에 그저 마마 손님 배송하듯 위선 배송만 시키려 들었던 것이다.

속내평이 그렇게 되었던 것인데, 그러나 그렇다고 이 자리에서 그가 초봉이한테다가 짐짓 어떠한 제스처를 보이기 위해 복선(伏線)을 늘이느라고 윤희를 쫓아 보냈다는 말을 하는 것이냐 하면 그런 것은 아니다.

다만 초봉이도 윤희를 잘 알고 알 뿐 아니라 적지 않게 성화를 먹이던 기억을 가진 그 초봉이인지라, 초봉이를 만나자 문득 생각이 나서 한 개의 뉴스를 전하는 그런 탄탄한 마음으로 그 말이 나온 것이다.

초봉이도 그러니까 역시 별다른 새김질을 하지 않고 한낱 뉴스를 듣는 정도로 들었을 뿐이다.

그렇지만 또 시방 제호가 이렇게 만난 초봉이한테 그전과 같이 사념이 없는 담담한 마음만 가질 수가 있느냐 하면 결단코 그렇지는 않다.

군산서 초봉이를 데리고 있을 때는 초봉이가 한 고향 친구의 자식이요 그래서 저한테도 자식뻘밖에 안 되는 어린애라는 것이며 아내 윤희의 지레 내떠는 발광이며 그리고 무엇보다도 미혼 처녀에게 대한 중년 남자다운 조심성으로 해서 그의 욕망은 행동으로 벗어나지를 못했으나 지금 당해서는 별반 거리낄 게 없는 처지다.

그는 이번에 군산까지 내려왔다가, 자자히 떠도는 소문을 듣고 초봉이의 겪어온 그동안의 사달을 자세히 알았었다.

안되었다고 생각도 하고 또 애석히 여기기도 했다. 그래서 초봉이를 위정 찾아보고 일변 위로도 해주려니와 또 마음을 가라앉혀주는 요량으로 같이 데리고 서울로 가고도 싶었었다.

그러나 찾아가보았자 아직도 경황들도 없을 테고 또 정 주사를 만나고보면 자연 우는 소리며 짓짜는[362] 꼴을 보아야 하겠어서 그런 성가신 발걸음은 애여 내키지가 않았다.

차라리 모른 체해버리고 서울로 올라가서 편지로든지 불러 올리려니 했었다.

그랬던 참이라 초봉이를 뜻밖에 중로에서 만나고 보니 마치 무엇이 씌워대는 노릇이기나 한 것처럼 희한하고 반가웠다.

희한하고 반가움이 밖에서 들어오고 속에서는 초봉이가 인제는 '헌 계집'이 되었다는 안심이 밖으로 마중을 나가고 하니 안팎이 마침맞게 얼려 붙은 것이다.

'이미 헌 계집.'

'그리고 임자 없는 계집.'

이래놓으니 미혼 처녀에 대한 중년 남자다운 조심성과 압박으로부터 단박 해방이 될 것은 물론이다.

시집 잘못 갔다가 홧김에 서울로 바람잡이 나선 계집, 그러니 장차 어느 놈의 밥이 될지 모르는 계집, 그러니까 아무라도 먼저 재치 있게 주워 갖는 놈이 임자다. 옛날로 치면 공문서(空文書)짜리 땅 같은 것이다.

그런데 그게 눈도 코도 못 보던 초면의 계집이라도 모를 테거늘 일찍이 가슴을 설레게 해주었고 두고두고 잊히지 않고 연연턴 초봉이고 보니 인절미에 조청까지 찍은 맛이다. 좋다. 또 윤희가 없어졌으니 더 좋다. 윤희를 이혼을 하든지, 못하면 작은마누라도 좋다. 저도 인제는 헌 계집, 나도 헌 사내.

제호의 욕망이 각각으로 이렇게 터가 잡혀가는 걸 모르는 이편 초봉이는 그러나 안심하고 다행스러워하기는 일반이다.

윤희가 없으니 제호의 덕을 마음 놓고 볼 수가 있을 테요, 그래 제호네 회사에서 제호 밑에서 있노라면 공부를 쌓아가지고 한때에 희망했던 대로 약제사 시험을 치를 수가 있을 것이고 그렇게 되면 앞으로 완전히 독립한 생활을 할 수가 있고…… 하니 좋았다.

6

"거, 머 보기 싫으니까 쫓아 보냈지."

제호는 실없는 대답을 하면서 과실 바구니의 주둥이 동여맨 것을 푼다.

"그래두 그래서 어떡하세요!"

"멀, 괜찮어. 초봉이두 다 알면서 그래요!…… 제기랄 것. 위선 별거하자구 속여서 쫓아 보냈으니까 눈치 보아가면서 이혼해버릴 테야. 그깐 놈의 것…… 자, 이것 좀 먹으라구."

사과 하나를 꺼내고서 과실 바구니를 통째로 초봉이한테 내맡긴다.

"어여 아무거나 꺼내 먹어요. 자, 칼두 여기 있구."

제호는 흰 조끼 주머니를 뒤져서 칼을 꺼내어 초봉이를 주고는, 저는 손바닥으로 사과를 쓱쓱 문대는 둥 마는 둥

"나는 머……."

하고 덤숙 베어 문다.

"제가 벳겨드릴게 이리 주세요!"

초봉이는 제호의 털털한 짓이 저 보기에야 도리어 유쾌했지만 다른 자리의 점잖은 손님들이 볼까 봐서 민망했다.

"괜찮어, 괜찮어……."

제호는 볼퉁이를 불룩불룩하면서 연신 손을 내젓는다.

"……이놈 사과는 껍질째 먹어야 좋다나?…… 초봉이두 어여 먹어요…… 이 사과가, 이 이놈을 날마다 식후에 한 개씩만 먹으면, 머 의사가 소용이 없다구? 허허, 정말 그러다가는 우리 약장수 놈들두 밥 굶어 죽게? 허허허허, 제기랄 것."

초봉이는 이 털털한 사람에게 끌리어, 절로 웃음이 나왔다. 보름 만에 웃는 웃음이다.

제호는 초봉이의 웃는 입 가장자리와 턱을 보고 새침하던 얼굴이 딴판이요 미상불 예쁘기는 예쁘다고 속으로 탄복했다

"그런데 서울은 무엇 하러 가나?"

제호는 소곳한 초봉이의 이마를 의미 있이 건너다보면서 묻는다. 초봉이는 사과 벗기던 손을 멈추고 잠깐 고개를 들었으나

'실상은 아저씨를 찾아가는 길이랍니다.'

하는 말은 주저해지고,

"거저 구경 삼어서……."

"구경? 허어!……"

제호는 다시 한참이나 초봉이를 건너다보더니, 혼자 고개를 끄덕끄덕한다.

"그런 게 아니라 초봉이, 내 말을 들어요. 나두 초봉이 사정을 다 알았어…… 알았는데……."

초봉이는 제호가 다 아는 눈치를 알기는 했었지만 막상 그의 입에서 이야기가 나오니까는 얼굴이 달고 고개가 깊이 수그러지지 않을 수가 없었다.

"하아! 이 사람, 내한테까지야 무어 그렇게 무렴해할 게 있나!…… 하긴 몰랐을 텐데 우연히 어느 친구가 그런 이야길 하더군그래. 신문에 나기두 했더라는데 나는 못 보았지만……. 그러나저러나 간에 원 그런 횡액이 있더람!…… 그건 원 참!…… 횡액이야 횡액. 큰 횡액이야……. 글쎄 듣기에 어떻게 맘이 안되었는지! 제기랄 것, 그런 놈의 일이 원!"

제호는 말을 멈추고 제 말의 반응을 살피려는 듯이 초봉이의 하얀 가르마를 건너다본다.

"그렇지만, 응? 이거 봐요, 초봉이…… 초봉이?"

하면서 찔벅거릴 듯이 재우쳐 부른다.

"네?"

초봉이는 고개를 숙인 채 벌써 다 벗긴 사과를 먹지도 못하고 만지작거리기만 한다.

"응, 다른 게 아니라 말이지. 그렇다구 애여 낙심을랑 하지 말아요. 낙심하면 그건 정말루 그건 못쓰지……. 무어 어때? 한번 실수루, 아니 실수가 아니라 횡액으루 그런 일을 좀 당했기루서니 어떤가? 아무렇지두 않어. 아직 청춘

인데 그런 건 하룻밤 꿈이거니 해버리면 그만이야. 다 아무렇지두 않어. 일없어. 그럴 게 아니야? 응? 초봉이."

"네."

초봉이는 가만히 대답을 한다. 그는 제호가, 마치 속을 들여다보듯이 알아주고 그래서 시원시원하게 위로해주는 것이 어떻게도 고마운지 몰랐다.

따라서 초봉이는 하기야 전에도 그렇기는 했지만 오늘날 막막한 이 경우를 당하여 제호라는 이 사람의 중년 남자다운 인상의 무게하며 활달하고도 인정이 있는 마음이 바로 제 마음 연통이 되는 것 같아 그의 어깨에 가 두 팔로 매달리기라도 하고 싶어 차악 미더운 생각이 들었다.

"그래그래. 그럴게 아니야?"

제호는 흔감을 떨다가 다시

"그러구 서울루 가는 거 잘 생각했어. 그러지 않아두 내가 올라가서 편지할려던 참인데…… 아무튼 잘했어. 내가 머, 아무리 힘이 없기루서니 초봉이 하나 잘 돌봐주지 못하리?…… 아무 염려두 말아요. 맘 터억 놓아요, 응? 허허허허."

제호는 저 혼자 유쾌해서 웃어젖힌다.

7

초봉이는 그렇다면 이편에서 이야기를 낼 것도 없이 애여 잘되었다 싶어 더욱 안심이 되었다.

이야기에 팔려서 차창 밖으로 변하는 첫여름의 살쪄가는 풍경을 눈여겨볼 겨를도 없이 황등(黃登), 함열(咸悅), 강경(江景), 논산(論山) 이렇게 지나갔다.

논산은 학교에 다닐 때 부여로 수학여행을 가느라고 와본 곳이다. 정거장 모습이며 역엣 사람들이 어쩌면 낯이 익은 것 같아 그는 아는 사람을 만난 것처럼 반가웠다.

팥거리(豆溪)를 지나서 굴 하나를 빠져나왔을 때에 제호는 초봉이의 무릎

위에 놓인 조그마한 손을 무심코 내려다보다가 손가락에 반지 자국만 남았지 뽑고 없는 것을 보았다.

"허어! 반지두 다 뽑아버렸군?…… 아무렴 그래야 하구말구……. 그래, 그렇게 꺼림칙한 과거는 칼루다가 베어버리듯이 잊어야 해요. 그리구는 심기일전(心機一轉), 응? 허허, 제기랄 것."

제호는 초봉이가 집안의 전당거리라도 되라고 그저 무심코 반지를 뽑아 놓고 온 속사정은 모르고서 제 짐작만 여겨 그런 소리를 지껄여댄다.

그러나 초봉이는 막상 그 말을 듣고 보니 도리어 너무 급작스럽게 결혼반지 같은 것을 뽑아버린 것이 남의 눈에라도 야박스러워 보인 것 같아서 화톳 얼굴이 달았다.

차가 태전에 당도하자 사람들은 말끔 내렸다. 제호도 초봉이를 앞세우고 내리다가 명승고적을 안내하는 간판에서 보고 언뜻 유성온천(儒城溫泉)으로 초봉이를 데리고 갈 생각이 났다. 생각을 해놓고 보니 그것 또한 신통했다.

"초봉이, 온정[363] 더러 해봤나?"

쇠뿔은 단김에 뽑으라고 했다니 인제는 시간문제라 하겠지만 지금부터는 옳게 남의 계집을 꼬이는 수작이거니 생각하면 일찍이 여염 계집한테는 못 해보던 수작이라 노상 뒤가 돌려다뵈지 않지도 않았다.

초봉이는 마침 가드 밑을 지나면서 전에 서울로 수학여행을 갈 제 이것을 보고 진기하게 여기던 그때 일이 생각이 나서 넋을 놓고 한눈을 파느라고 제호가 재우쳐 물을 때서야 겨우 알아들었다.

"온정이요? 온천?……"

되묻고서 고개를 가로 흔든다.

"……못 가봤어요."

"그럼 마침 좋군……. 바루 이 근처에 유성온천이라구 있는데, 한번 가볼 만한 데야. 그래그래, 구경두 못 했다니 첨으로 온정두 해볼 겸 또 가서 조용히 앉아서 이 앞으로 어떻게 하는 게 좋을지 초봉이 일두 상의하구, 좋잖어?"

"그렇지만……."

"그렇지만?…… 무어?"

제호는 이건 좀 창피한 고패구나 생각하면서도 겉은 흔연하다. 그러나 초봉이가,

"아저씨 바쁘실 텐데……."

하고 단지 겸사로 그러는 눈치를 알고는 아주 흡족했다.

"원! 나는 또 무슨 소리라구! 허허…… 그런 걱정을랑낀 하지두 말어요. 그럼 그렇게 하기루 하구서 점심두 아주 거기 가서 먹지?"

"네."

"시장하잖어?"

"괜찮어요."

"그럼 됐어. 자, 빨리 나가자구. 자동차를 잡아 타야지."

초봉이는 남자와 단둘이 호젓하게 온천에를 간다는 것이 무엇을 의미하는지 알 턱이 없다. 온천도 역시 거리의 목간탕처럼 남탕이 있고 여탕이 있고 해서 단지 목간을 하기 위한 목간이라고밖에는 달리 온천을 생각할 거리가 없었던 것이다.

그러니까 생전 처음으로 가보는 온천 목간도 하려니와 또 제호가 앞으로 어떻게 해야 할지 그것도 상의를 하자고 하니 겸사겸사 반갑기만 했을 뿐이다. 그러나 제호는 초봉이의 그러한 단순한 마음이야 몰랐고 너무 순순히 제 뜻에 응하는 것이 도리어 헤먹고[364] 싱거운 생각도 없지 않았다.

바로 유성온천으로 떠나는 버스가 기다리고 있었다. 둘이는 다른 두어 사람 승객과 같이 버스를 잡아타고 흔들린 지 30분 만에 신온천의 B라고 하는 여관에 당도했다.

초봉이는 버스를 타고 오면서,

'바로 근처라더니 이렇게 먼 덴가?'

'언제 목간을 하고 언제 점심을 먹고 도로 와서 차를 타려구 이러는고.'

이렇게 궁금히 생각도 했으나, 그대로 잠자코 있었다.

버스가 포치[365]에 닿기가 무섭게 앞뒤로 하녀들이 달려들어 문을 열고 손

에 든 것을 채어 가고 하면서,

"이랏샤이마세(어서 오십시오)."

소리를 지르고 현관으로 들어서니까 여남은이나 같은 하녀들이 나푼나푼 엎드리면서 한꺼번에

"이랏샤이마세"

를 외치고…….

서슬에 초봉이는 정신이 얼떨떨했다. 목간집이라면서 대체 이게 웬 영문인고 싶었다.

8

군산 있을 때에 목간이라고 가면 수염 난 놈팡이가 포장 뒤에 앉아 벙어리 삼신[366]인지 눈만 힐끔하고 돈이나 받을 줄 알지, 오느냐 가느냐 수인사 한마디 하는 법 없는 그런 데만이 목간탕인 줄 초봉이는 알고 있었는데 자 이건 도무지 휘황하고도 혼란해서 정신을 차릴 수가 없고 어깨가 절로 오므라들려고 한다.

집은 어쩌면 이다지도 으리으리하며, 색시들은 어쩌면 이렇게 많이 나오며, 어쩌면 이다지도 소중히 모셔 들이는지, 아마 이런 집에서는 목간 삯을 7전은 어림도 없고 1원이나 그렇게 받겠지야고 생각했다.

초봉이는 이런 호강이라고는 꿈에도 받아본 적이 없는지라 차마 겁이 나고 황송스러웠다.

그러나저러나 남탕이니 여탕이니 써 붙인 데는 어디며 수건도 없고 비누도 없으니 비누는 2전짜리를 한 개 산다지만 빌려주는 수건이 있는지 모르겠다고 종시 두리번거리고 섰는데 제호는 벌써 마루로 가서

"어서 올라오잖구?"

하고 히죽 웃는다.

초봉이는 그제서야 구두를 벗고 마루로 올라서니까 한 여자가 냉큼 가죽

슬리퍼를 집어다가 꿇어앉으면서 바로 발부리 앞에 놓아준다.

초봉이는 제발 이러지 말라고 만류하고 싶었다.

제호는 보니 짐을 들고 앞선 여자의 뒤를 따라 2층 층계로 올라가고 있다. 초봉이는 이런 집에서는 목간도 2층에다가 만들어놓았나 보다고 더욱 신기해했으나 자꾸만 이렇게 둔전거리다가는[367] 촌뜨기 처접을 타지 싶어 얼핏 제호를 따라 올라갔다.

2층으로 올라가서 양탄자를 깐 복도를 한참 가노라니까 앞서 가던 하녀가 한 방 앞에 쪼그리고 앉더니 문을 열어주는데, 널따란 다다미방이다. 8조를 모르니까, 그냥 넓은 줄만 알 뿐이다.

하녀가 뒤로 따라 들어와서는 비단 방석을 두 개 마주 놓아주고 시원하라고 앞 유리창들을 열어놓고 한다.

"예가 어디래요?"

초봉이는 목간통은 보이지 않고 이렇게 방으로 모셔 들이니까 궁금할 밖에…….

"어디기는? 온정이지."

"목간은?"

"목간? 아무렴, 인제 해야지. 가만있자, 옷이나 좀 갈아입어야 목간을 하지."

"옷을?"

"하하, 첨으로 와서 모르는군? 온정에서는 빌려주는 유카타가 있으니까 그걸 갈아입어야 편한 법이거든."

그것도 미상불 그럴듯하다고 생각했다. 마침 하녀 둘이 하나는 찻잔, 하나는 대사리 짝에 유카타를 받쳐 들고 들어온다. 들고 날 때면 으레껏 쪼그리고 앉는 것이 민망해서 볼 수가 없다.

하녀가 차를 따르는 동안 제호는 양복을 훌렁훌렁 벗어 던지면서 유카타를 갈아입는다.

초봉이는 점직해서 홍당무가 되어 얼굴을 들지 못했다.

제호가 그렇진 않던 사람인데 어쩌면 이다지도 무례할까 보냐고 대단히 불쾌했다.

하녀가 유카타를 펴들고서 초봉이게도 어여 갈아입으라고 눈웃음을 상냥하게 친다. 기가 막혀 말이 나오지 않았다.

제호가 유카타를 다 갈아입고 돌아서다가 초봉이의 곤경을 보고는 꺼얼껄 웃으면서 하녀더러 설명을 한다.

우리 아낙은 온천이 처음이기도 하려니와 또 조선 가정에서는 아낙이 남편 앞에서 남이 보는데 함부로 옷을 벗거나 하지 않는 법이라고, 그러니 그대로 놓아두라고…….

'우리 아낙이라니?'

초봉이는 단박 무어라고 면박을 주고 싶게 제호가 괘씸했다. 그의 눈살은 졸연찮게 꼿꼿해서 제호를 거듭떠본다. 그러나 제호는 초봉이의 그러한 눈치는 거니를 채었어도,[368] 어째 그러는지 속은 알 수가 없었다.

아까 태전역에선 그렇게 선선히 내 뜻에 응종한 것은 무엇이며 인제 와서 이다지 비쌔는 것은 무엇이냐?

그럼 그런 게 아니고 혹시 부끄럼을 타느라고 저러나?……

"허허 제기랄 것. 그렇게 부끄러울 게 무엇 있더람?…… 그래두 너무 그렇게 서먹서먹하질 말아요!…… 여기 여자들이 보는데 마치 남의 집 여자를 꼬여가지구 온 것같이 수상하게 여길라구……. 그러잖어?"

이 말을 듣고 초봉이는 마음이 약간 풀렸다. 역시 꼬이고, 꼬임받아서 온 것으로 보인다면야 차라리 아닐지언정 겉으로라도 내외간인 체하는 것이 그보다는 덜 창피할 듯싶어 제호도 짐짓 그러는 것이거니 이쯤 생각이 되던 것이다.

9

"그런데 어떡헐꼬?……"

제호가 초봉이더러 의논성 있게 물어본다.

"……목간을 먼저 할까? 시장한데 무어 요기를 먼저 할까?"

"글쎄요……."

초봉이는 시장하기는 하나 이러자거니 저러자거니 제 소견을 내고 싶은 마음도 내키지 않았다.

"그러면 아주 기분 좋게 목간을 하구 나와서 먹더라구?…… 좀 시장하더래두, 기왕 참던 길이니."

제호는 기다리고 있는 하녀더러, 탕에 들어갔다가 나올 동안에 화식(和食)[369]으로 준비를 하든지 그게 안 되겠으면 돈부리나 그런 것이라도 먹게 해달라고 그리고 우리 아낙은 집에서도 나하고 같이 목간을 하는 법이 없으니까 따로 독탕에 안내를 해주라고 주절주절 이른 뒤에 하녀가 바쳐주는 타월을 어깨에다 걸치고 나가버린다.

초봉이는 기다리고 서 있는 하녀가 제일에 민망해서 할 수 없이 유카타를 갈아입는다. 새수빠진 하녀가 연신 아씨 아씨 해가면서 생 근사를 피우는[370] 데는 딱 질색을 했다.

탕에는 독탕이라 혼자다. 유황내가 나고 호젓한 게 마음에 헤적헤적했지만 그래도 조용하고 정갈한 것이 좋기는 좋았다.

물탕 바닥의 푸른 타일에 비쳐 깊은 연못의 물인 듯 새파란 물이 물탕 가장자리로 남실남실 넘쳐흐르는 것이 아까우리만치 흐뭇해 보였다.

물은 너무 뜨거운 것 같았으나 참고 그대로 들어가서 다리를 뻗고 비스듬히 잠겨 있노라니까 여러 날 동안의 피로가 새채비로[371] 몸에서 풍기고 그러나 한편으로는 이어 다 씻겨 나가는 성싶게 개운했다.

맑은 물속으로 하얀 제 몸뚱이가 들여다보였다. 대체 이다지도 곱고 깨끗한 몸뚱이가 더럽혀졌다니 어쩌면 거짓말 같고 미덥지가 않았다. 그러나 남의 일같이 그렇게 시쁘면서도 실상 옴나위 못할 내 일이고 보니 도리어 더 안타깝다.

그러나마 그게 한 가지도 아니요 두 가지씩…… 남이 부끄러운 체면의 수치 하나, 제 마음에 부끄러운 비밀한 수치 하나.

이 두 가지가 종시 이다지도 곱고 정갈해 보이는 내 몸뚱이에 적이 돋은 듯이 눌어붙어 한평생 가도 벗어지지 않겠거니 이리 생각하면 마구 껍질이 한 번 벗도록 부욱북 문질러 씻어라도 내보고 싶어졌다. 그래 부리나케 물탕 밖으로 나와서 몸을 문질렀다. 보름 넘겨 목간을 못했은즉 때도 적잖으련만 미끈미끈하기만 하지 때는 일어나지 않았다. 둘러보아도 비누 같은 것은 놓아둔 게 없다. 이만큼 차려놓고 수건까지 주면서 비누는 주지 않는 것이 이상했다.

그 뒤에 어느 말끝엔가 제호더러 그런 이야기를 했다가 유황온천에서도 비누를 쓰느냐고 조롱을 받았다.

탕에서 나와서 방을 잊어버리고 어릿어릿하니까 지나가던 하녀가 데려다준다. 제호는 기다란 얼굴이, 심지어 대머리 벗어진 데까지 불그레하니 익어가지고 조그마한 밥상 앞에 앉아 기다리고 있다. 초봉이의 밥상도 따로 갖다 놓았다. 조선식으로 맞상을 안 한 것이 다행스러웠다.

"어때? 아주 기분이 좋지?"

제호는 부채질을 하면서 연신 싱글벙글 좋아한다.

"자, 밥 먹더라구. 퍽 시장했을 거야?…… 그새 여러 날 걱정으루 지내느라구 무얼 변변히 먹지두 못했을 텐데."

밥상 앞에 가 무릎을 뉘고 앉으니까, 하녀가 공기에 간드러지게 밥을 퍼올린다. 초봉이는 두 손으로 덤숙 받았다.

"어여 먹어요. 많이 배부르게 먹어요. 인제는 아무 걱정들 말구서 잘 먹구 맘두 편안히 가지구 그래요. 마침 목간을 했으니 그걸루 과거는 말끔 씻어바린 요량을 하구 말이지……. 허허 제기랄 것……."

초봉이는 그렇기는커녕 비누가 없어서 때도 못 씻은걸 하고 속으로 웃었다.

"자, 어서 먹어요. 원 저렇게 예쁜 사람이, 원 그런 악착스런 일을 당하구 그리다니, 에이 가엾어!…… 가엾어 볼 수가 없단 말이야, 허허허허, 제기랄 것……."

초봉이는 이건 바로 어린애를 어르듯 한다고 서글퍼서 우습지도 않았다.

"자, 나는 반주를 한잔……."

제호는 하녀한테 유리컵을 들이댄다.

"……연애라껀 유쾌한 물건이니까 술을 한잔 먹으면 더 유쾌하다구? 허허 제기랄 것."

초봉이는 이맛살을 찌푸리면서 대체 저 사람이 어찌 이리 실없는가 싶어 제호의 얼굴을 똑바로 거듭떠본다.

그러나 제호는 아무렇지도 않게 헤벌심 웃고 하녀가 부어주는 맥주를 버큼[372]째 쭈욱 들이켠다.

"어허 시언하다!…… 어때? 한잔 해보까?"

제호는 지저분하게 거품이 묻은 입술을 손바닥으로 닦으면서 초봉이에게 컵을 건네준다.

10

초봉이는 평평한 눈쌀로 제호를 거듭떠보다가 외면을 한다.

"싫어?…… 어허허허."

무엇이 그리 좋은지 제호는 꺼얼껄 웃으면서 하녀한테 컵을 들이민다.

초봉이는 방금 밥 먹던 젓갈을 놓고 일어서고 싶게 부아가 치달았다.

대관절 연애를 한다니 얻다 대고 하는 말이며 또 술을 먹으라고 하니 이건 약간 무례 따위가 아니라 망신을 주려 드는 게 아니냐?

인제 보니 저 위인이 딴속이 있어가지고 이리로 꼬여 온 것일시 분명하다. 섬뻑 만나던 길로 여편네를 쫓았느니 이혼을 하느니 불던 것이며 횡액이라고 동정해주고 앞일은 제가 감당하겠다고 하던 것이며 다 배짱이 달라서 한 소리다. 하녀더러 아낙이니 남편이니 한 것도, 거짓말 삼아 정말을 한 것이다.

이렇게 제호의 속을 캐고 보니 기가 딱 막혔다.

'음충맞은 도둑놈!'

밉살머리스럽고, 또 도둑놈은 말고 역적놈이라도 그러나 할 수 없고 일은 커두었다.

깔고 앉은 방석에 바늘이 박힌 것 같아 어서어서 이 자리를 피해 달아나야겠다고 마음이 다뿍 달았다.

그러나 과단 있이 벌떡 자리를 털고 일어서는 대신, 기운이 착 까라지고 한숨이 터져 나왔다.

온갖 여망을 거기다 붙이고 찾아가던 그 사람인 것을 여기서 떼치고 혼자 나설 일을 뒤미처 생각하니 마치 어머니를 길에서 잃어버린 아기같이 앞일이 아득하여 어쩔 바를 모를 것 같기만 했던 것이다. 이게 다 무슨 못난 짓이냐고 애써 저더러 지천도 해보기는 했으나 종시 제가 제 말을 들어 주지를 않았다.

실상 제호를 떼쳐버리기가 겁이 나기 전에 저와 마주 떠억 퍼버리고 앉아 있는 제호라는 인물의 커다란 몸집에서 무겁게 펴져 나오는 이상한 압기,[373] 이 압기에 눌려, 나는 아무리 발버둥을 쳐도 꼼짝 못하고 저편이 잡아끄는 대로 끌려가고라야 말지 별수가 없다고 미리 절망부터 되어 있던 것이다.

그 압기라는 건 제호라는 위인이 버엉떼엥하면서[374] 남을 덮어누르고 제 고집대로 하는 뱃심도 뱃심이겠지만, 그보다도 결국 그가 이편을 구해 줄 수 있는 능력의 환영인 데 지나지 않는 것을 그만 겉에 눌려 지레 자겁[375]을 하도록 초봉이 제 자신이 앙칼지지도 못할 뿐더러 겸하여 인생의 첫걸음을 실패한 것으로 부지중 자긍을 잃고 자포자기가 된 구석이 없지 못했던 때문인 줄이야 제 스스로 깨닫지 못했던 것이다.

그는 속절없이 이 운명 앞에 꿇고 엎디는 제 자신의 만만함을—그게 글쎄 몸부림치고 싶게 안타까운 것이나—그걸 씹기나 하는 것으로 겨우 저를 위로하자 한다.

철 든 이후로 무엇에고 나를 고집 못 하던 나!

고태수와 결혼을 한 것도 알고 보면 내 맘이 무른 탓이요, 장형보에게 욕을 본 것도 사람이 용한 탓이요…… 그러나 나는 아무 사심과 악의 없이 순종한 대상은 고초와 욕됨뿐이요…….

그리고 시방 또다시 운명이 좌우되는 이 마당에도 다구진 소리 한마디 못 하고…….

초봉이는 한숨을 내쉬면서 눈물 어린 얼굴을 돌린다.

그러나 실상 초봉이가 제호의 뜻을 받아 그의 계집이 되는 것이 어째서 무슨 일로 불가하며 또 진정 마음에 싫은 노릇일시 분명하냐 하면 결코 그런 것도 아니다. 도시에 그런 것 저런 것 미처 생각하고 상량하고 해볼 겨를이 없었다.

입맛이 날 리가 없고, 야리게[376] 퍼준 밥 한 공기를 억지로 먹는 시늉을 하다가 상을 물렸다.

아직까지도 맥주만 들이켜고 있던 제호는 생 성화를 하면서 더 먹으라고 야단야단한다.

초봉이는 말이 하고 싶지도 않은 것을 마지못해 많이 먹었다고 대답을 해주고서 방머리께 유리창 밖에다가 베란다 본새로 꾸며놓은 자리로 나갔다.

바깥 풍경은 들 가운데 양옥과 일본 집들이 드문드문 있고 들에는 모를 심은 논과 보리를 베어낸 밭이 있을 뿐, 퍽 단조했다.

그래도 시원한 등의자에 편안히 걸터앉아 보는 데 없이 벌판을 바라보면서 막막한 생각에 잠겼다.

제호는 한 시간이나 걸리다시피 밥상머리에 주저앉아 시중드는 하녀와 구수하니 지껄이면서 맥주를 다섯 병이나 집어 먹고 밥도 여러 공기 먹었다. 그리고는 데리고 온 초봉이는 잊어버린 듯이 방석을 겹쳐 베고 벌떡 드러누워 이내 코를 골아젖힌다. 시꺼먼 털이 숭얼숭얼한 정강이를 통째로 드러내놓고 자는 꼬락서니가 보기 싫어서, 초봉이는 커튼으로 몸을 가렸다.

그러나 그도 조속조속[377] 졸음이 오더니 저도 모르게 앞 탁자에 엎드려 잠이 들었다.

잠이 들 때까지,

'보아서 마구 내뻗으면 고만이지…….'

이런, 저도 못 미더운 방안장담[378]이나 해두는 걸로 임시의 위로를 삼았다.

11

느직이 여덟 시가 지나서 저녁을 먹고, 다시 탕에 들어갔다가 돌아오니까, 하녀가 널따란 이부자리를 방 한가운데로 그들먹하게 펴놓고, 베개 두 개를 나란히 물려 놓는다.

'필경 이렇게 되고 마는가!'

초봉이는 그대로 문치에 우두커니 서서 눈을 내리감는다.

'대체 어째서 이렇게 되어지는고?'

오늘 아침 군산서 아무 일도 없이—그렇다, 아무 일도 없었다—그런 아무 일도 없이 떠나온 내가, 이건 꿈에도 생각 않고 졸가리[379]도 닿지 않고 하릴없이 허방에 푹 빠진 맥이지, 이 밤에 저 박제호와 한 이불 속에 들어가다니 이 기막힌 모순을 무엇이 어떻다고 할 기운도 나지 않았다.

이부자리를 다 펴고 난 하녀는 알심[380]을 부린다고 고단하실 텐데 어서 주무시라고 납죽거리면서 물러 나간다.

베란다에 나앉아서 초봉이의 난감해하는 양을 보고 헤벌심 혼자 웃던 제호가 이윽고,

"무얼 저러구 섰으까?"

하고 소리를 낸다.

"일러루 와서 이야기나 해보더라구?…… 응? 초봉이."

이야기라니까 마지못해 초봉이는 제호의 맞은편으로 가서 고즈넉이 걸터앉았다.

"그런데, 집은 어떡헐꼬?"

제호는 담배를 한 대 피워 물더니 밑도 끝도 없이 불쑥 그런 말을 묻는다.

"집이요?"

초봉이는 무슨 말인지 알아듣지 못하고 고개를 쳐든다.

"응, 집……. 우리 살림할 집……. 허허허허 제기랄 것."

초봉이는, 대체 누구하고 언제 그렇게 다 작정을 했길래 지금 이러느냐고, 짐짓이라도 면박이나마 줄 수 있는 제 자신이었으면 싶었다.

제호는 기다란 설명을 시작했다.

앞으로 윤희와 이혼을 하기는 하겠으나 그게 용이한 일은 아니다. 저편이 그런 억척인 만큼, 너와 내가 동거를 하는 줄을 알고 보면, 심술이 나서라도 이혼에 응해주지 않을 것이다. 그러니 윤희와 이혼이 되는 날까지 일을 속새로[381] 덮어두는 게 좋겠다. 너를 바로 청진동 집으로 데리고 들어가지 못하는 것도 그런 곡절 때문이니 부디 어찌 생각을 마라. 네가 살림할 집은 그러니까 위선 마땅한 걸로 세를 얻어주마.

그렇게 따로 살림을 하고 있노라면, 네가 어디 가서 월급이나 한 2, 30 원 받고 지내는 것같이 해주겠느냐? 그런 생활보다는 몇 곱절 낫게스리 뒤를 대주마.

그리고 그렇게 한동안 참고 지내면 윤희와의 문제가 깨끗하게 요정이 난 뒤에 너를 큰집으로 맞아들일 것은 물론이요 만약 네가 소원이라면 결혼식이라도 하자꾸나.

그러니 다 그렇게 알고 나를 믿어라. 혹시 나를 의심할는지도 모르겠으나 설만들 내가 이 나이를 해가지고 집안 간의 세교[382]를 생각하든지, 또 과거에 너를 귀여워하던 것으로든지 너를 한때의 노리갯감으로 주무르다가 내버릴 악심으로야 이럴 이치가 있겠느냐.

제호의 설명은 대강 이러했는데, 한 시간 동안이나 안존히 앉아 수선도 떨지 않고 점잖게 그리고 간곡히 이야기를 했었다.

미상불 초봉이를 제 것 만들겠다는 일념에, 그의 하던 말은 다 진정임에 틀림이 없었다.

초봉이는 제호의 태도와 말이 진실하다고 믿기보다 진실하겠지 하고 믿어두고 싶었다.

'기왕 이리 된걸…….'

무슨 차마 못 할 노릇을 억지로 억지로 당하는 것처럼이나 제 마음을 쓰다듬었다.

그러나 그는 제호의 이야기한 '생활의 설계'에 적잖은 만족이 앞을 서고 있었다. 욕심 같아서는, 기왕이니 제 소견도 가령 친정집의 생활 같은 것－도 무슨 요량을 해달라고 말을 해서 다짐 같은 것이라도 받고 싶었다. 마음은 그러하면서 입은 차마 떨어지지 않았다.

마침내 제호는 싱글벙글 웃으면서 신혼 축하를 한다고 하녀를 불러 올려 맥주를 청했다.

서슬에 초봉이는 비로소 제가 제호의 '아낙'이 되는 것에 대한 제 기호(嗜好)[383]를 생각해보았다. 생각해보아야 좋고 언짢고 간에 분간을 할 수도 없고, 또 가타부타 간의 시비도 가려지지 않고, 그저 덤덤할 뿐이었다.

차라리,

'내가 저 아저씨의 아낙?'

'저 아저씨가 내 남편?'

이렇게 생각하면 장난이나 거짓말같이 우습기나 했지 아무 실감도 나지 않았다.

이튿날 낮 두 시, 이제는 정말로 제호의 '우리 아낙'이 된 초봉이는 신혼여행을 미리서 온 셈이 된 유성온천을 떠나 태전으로 버스를 달렸다.

어쩌면 한달지간에 이다지도 갖은 변화를 겪나 싶어, 그것이 모두 제 일이 아니고 남의 일을 잠시 맡아서 해주는 것만 같았다.

12

초봉이가 제호를 따라 서울로 올라와서 여관에 묵은 지 나흘째 되는 날이다. 집을 드느라고 제호는 자작소롬한 살림 나부랭이를 자동차에 들이 쟁여 가지고 초봉이와 더불어 종로 복판을 동쪽으로 달렸다.

"저게 우리 회사야. 우선 임시루 2층을 빌려 쓰는데, 널찍해서 쓸모가 있어요."

동관 파주개에서 북편으로 꺾여 올라갈 때 제호는 길모퉁이의 2층 벽돌집을 손가락질한다.

"……또 저기는 활동사진집. 우리 괭이 구경 다니기 좋으라구, 헤헤."

제호는 유성온천서 돌아오는 버스 속에서부터 초봉이를 '우리 괭이'라고 불렀었다.

동관 중간께서 자동차를 내려 바른편 골목으로 들어서면 바로 뒷골목을 건너 마주 보이는 집이다.

송진 냄새가 나는 듯이 말쑥한 새 집이 문등까지 달리고 드높아서 겉으로 보기에는 위선 마음에 안겼다.

대문을 들어서면서 바른편 방이 행랑이요, 다시 유리창을 한 안대문을 들어서면 왼편이 부엌과 안방, 그리고 고패져서[384] 삼간 마루와 건넌방이다. 겉으로 보매 그럴듯하던 것이 들어와서 보니까는 퍽 옹색했다. 마당이 앞집과 옆집의 뒷벽에 코를 부딪칠까 조심되게 좁았다. 그러한 마당에다가 장독대도 시늉은 해놓고 수통도 있기는 했다.

또 좌가 동남으로 앉은 집이라 겨울 볕은 잘 들어도 방금 닥쳐오는 여름철은 서쪽이 막혀서 시원할 것 같았다.

보증금이 2백 원이요 월세가 30원이라는 말에 초봉이는 깜짝 놀랐다.

행랑은 지저분하니까 두지 않겠다고 제호가 미리 말하는 대로 비어 있었다.

주인 내외가 들어오니까, 건넌방에서 배젊어도 빛이 검고 우툴두툴하게 생긴 여자가 공손히 마중을 한다.

식모도 이렇게 미리 구해놓았고 또 의복 장롱이야 찬장에 뒤주야 부엌의 살림 제구야 모두 차려놓은 것을 보니 초봉이는 태수와 결혼을 하던 날 역시 이렇게 차려놓은 집을 들던 일이 생각나서 속이 언짢았다.

살림은 쌀나무와 심지어 빗자루 하나까지 다 구비가 되었고 무엇보다도 반가운 것은 재봉틀이다. 청진동 제호의 큰집에 있던 것을 내려온 듯한데 초봉이는 윤희가 쓰던 것이거니 하고 보면 치사스럽기도 했으나 군산서 모친과 더불어 재봉틀도 없이 삯바느질에 허리가 아프던 일을 생각하면 윤희한테 치사스러운 것쯤 아무렇지도 않았다.

결국 초봉이는 다 만족한 셈이다. 다만 화단을 만들 자리가 아무리 해도 없는 것이 섭섭했지만 그것은 화분을 사다 놓기로 하면 때울 수가 있으리라 했다.

이튿날 아침 제호가 조반을 먹고 회사로 나간 뒤에 초봉이는 모친한테 편지를 썼다.

사연은, 무사히 왔고 또 요행히 오던 길로 몸 편하게 잘 있을 수 있게 되었으니 조금치도 염려 말라고, 그리고 떠나올 때 편지에 말한 대로 집 보증금 주었던 것이며, 시계 반지 양복장 등속을 말끔 팔아서 그렁저렁 지내노라면 종차 형편을 보아 좌우간 무슨 마련을 하겠노라고, 아주 간단히 썼다.

짐작건대 혼인 때 쓰고 남은 돈이 몇십 원 있을 테고 또 제가 시킨 대로 주워 보태면 2백 원 돈은 될 테니까 서너 달 동안은 그렁저렁 지탱할 듯싶어 위선 그걸로 친정은 안심할 수 있다. 종차는 제호한테 다 까놓고 이야기를 해서 살림을 조략히[385] 하더라도 할 테니 매삭 2, 30원가량씩 따로 내려보내달라든지 그렇잖으면 달리 무슨 도리를 구처해달라고 청을 댈 요량이던 것이다.

그것뿐이 아니라 계봉이와 형주도 군산서 시방 다니는 학교를 마치는 대로 서울로 데려올 테니 그 애들의 교육도 제호더러 감당을 해달라고 할 작정을 하고 있었다.

편지를 다 쓰고 나서도 한동안 붓을 놓지 못하고 망설였다.

기왕 편지를 쓰는 길이니 끝에다가 시방 제호와 만나 다 이렁저렁 되었다는 사맥을 눈치만이라도 비칠까 하던 것이다.

마땅히 그러해야 도리에 당연하리라 싶었다. 그러나 그러고 보면 비록 부모자식지간일망정 깊은 곡절은 모르고 계집아이가 몸가짐을 어찌 그리 헤피 했을까 보냐고 첩경 속을 아실 것 같아 그래 주저가 되던 것이다. 마침내 먼저 쓴 대로 그냥 편지를 봉해버렸다.

저녁때 제호가 싱글벙글 털털거리고 들어오더니 빳빳한 10원짜리로 50

원을 착 내놓았다.

"자, 이게 우리 괭이 한 달 월급이다. 허허허허, 괭이 월급 주는 놈은 이 세상에 이 박제호 한 놈뿐일걸? 허허허허, 제기랄 것, 허허허허."

13

"이렇게 많이?"

초봉이는 놀라면서 웃는다.

아닌 게 아니라 2, 30원 월급이나 받는 것보다 월등 낫다는 타산이야 종차 생각나겠지만 위선 눈앞에 내놓은 한 달 용돈 50원이 놀랍던 것이다.

"허허! 그리 놀랠 거야!……"

제호는 초봉이의 볼때기를 가만히 꼬집어준다.

"돈 50원이 그리 푸달지다구? 쓰기 나름이지. 그걸랑 두어두구서, 반찬거리며 전등세 수도세 식모 월급, 그런 거나 주라구. 집세는 내가 따루 줄 테구, 또 나무 양식두 따루 들여보낼 테니까, 알겠지? 응, 그리구 참, 달리 무엇 살림 장만할 게 있다든지 옷감 같은 걸 끊느라구 모갯돈[386]이 들겠거든, 달라구 말을 하구."

초봉이는 지금 약삭빠른 셈을 따져보고 있다.

수도세 전등세 식모 월급 다 하더라도 10원이 다 못 될 것이고 반찬거리라야 제호의 밥상을 어설프지 않게 하기로 하더라도 한 달에 20원이면 족할 것이고.

그런즉 50원에서 20원이나, 잘하면 25원씩은 남을 것이니, 그놈을 친정으로 내려보내주리라. 종차야 제호더러라도 다 설파를 하게 될 값에, 위선 얼마 동안은 친정 권솔들을 먹여살려라 어쨌라 하기도 실상 거북하고 하니 애여 그렇게 하는 편이 옳겠다.

(그래서 미상불 그 다음달, 그러니까 7월 보름에 가서 보니까 조략히 쓴 보람도 있겠지만 돈이 20원하고도 몇 원이나 남았었다. 곧 친정으로 내려보냈을 것이로되 그동안 편지가 온

것을 보면 아직은 제가 시킨 대로 했기 때문에 그다지 옹색하지는 않은 눈치여서 그대로 꽁꽁 아껴두었다.)

두웅둥 떴던 초봉이의 마음은 차차 가라앉기 시작했다. 그것도 처음은 이 생활이 현실로 믿어지지를 않고, 아무래도 인제 내일 아니면 모레는 다시 무슨 풍파가 생겨서 새로운 그 운명이 시키는 대로 낯선 생활을 맞이하게 되려니 싶기만 했었다. 잠을 자고 새벽에 깨어 어제 그대로 세간들이 눈에 띄고 생활이 시작되고 하면 가벼운 한숨 끝에

'별일이 없었던가!'

하는 안심이 들곤 했었다.

그러는 동안에 열흘 보름 한 달 두 달, 이렇게 지내노라니까 비로소 마음이 훨씬 가라앉고 몸도 터가 잡히던 것이다.

그는 서울로 와서 제호와 살게 되면서도 역시 집과 일에다가 정을 붙였다.

조석으로 집 안을 정하게 닦달하고 세간을 보기 좋게 벌여놓고 화분을 사다가 화초를 가꾸고 재봉틀을 놓고 앉아 바느질을 하고, 그래서 마당의 모래알 하나나 방 안의 전등 덮개 하나에까지도 초봉이의 손이 치이고 마음이 쓰이고 하지 않은 것이 없이 모두 알뜰살뜰했다.

제호는 초봉이가 그러는 것을 너무 청승맞아서 복이 붙지 않겠다고 농담 삼아 놀려주곤 했지만 초봉이한테는 그것이 낙이요 그 밖에는 마음 붙일 것이 없었다.

아침에 제호가 회사로 나가고 나면 초봉이는 그렇게 심심치 않은 하루를 보내다가 저녁때부터는 제호의 착실한 아낙 노릇을 하기를 게을리하지 않았다.

제호가 웃으면 같이 웃어주고 이야기를 하면 말동무가 되어주고 타고난 솜씨에다가 마음까지 써서 조석을 어설프지 않게 살뜰히 공궤[387]하고, 제호가 미리서 말을 이르지 않아도 노상 즐기는 맥주 몇 병은 얼음에 재놓았다가 저녁 밥상머리에 내놓을 줄도 알고……. 이렇게 어찌 보면 눈치 빠른 애첩 같기도 하고 정다운 아내나 착한 주부 같기도 했다.

그러나 그것이 무슨 제호한테 탐탁스레 정이 있어 그러는 게 아니고 그런 것 역시 집 안을 깨끗이 하고 화초를 가꾸고 장롱을 치다꺼리하고 조각보를 새기고 하는 것과 조금도 다를 것 없이 다만 제 재미를 위해서 그러던 것이다.

한갓 승재가 가끔 생각나는 때 말고는 이것이고 저것이고 간에 흥분도 없으려니와 불평도 없이 일에나 마음을 붙여서 그날그날 지내는—로봇 되다가 만 '사람'인 맥이다.

제호더러는 전부터 아저씨라고 불렀고 친아저씨같이 따랐고 미더워했고 그랬기 때문에 지금도 그를 아저씨로 여기고 미더워하고 흔연히 대접이나 하고 하지 남녀 간의 짙은 맛이 있는 흥이라든가 부부다운 의(誼) 같은 것은 우러나지도 않았고 우러날 이치도 없었다.

오히려 승재를 그리워했다. 오랜오랜 옛날에 무엇 소중한 것을 통째로 어디다가 잃어버리고 그 대신 그득한 슬픔 하나를 얻어가지고 온 것같이 마음이 허전하니 슬프고 그럴 때면 그것이 바로 승재가 그리워지는 고 전 순간이곤 했다. 보면 그 다음 순간 영락없이 승재 생각이 났다.

이것이 초봉이한테는 단 한 가지의 윤기 있는 낙(樂)—괴로운 낙이나, 즐겁게 괴로운 낙이다.

겨우 그것 한 가지로 해서 그는 50 넘은 독신의 가정부(家政婦)가 아니고 아직 청춘이라는 구실(口實)이 된다.

14

제호는 오후와 저녁이면 초봉이의 옆을 떠나지 않았다.

적이나 하면 삼방(三防), 석왕사(釋王寺) 같은 데로 초봉이를 데리고 피서라도 가고 싶었지만, 새로 시작한 회사일이 하루도 몸을 빼칠 수가 없었다.

그 대신 거진 매일 밤 초봉이를 데리고 본정으로든지 종로든지 산보도 나가고 나갔다가 눈에 띄는 것이면 옷감이든지 집안 세간이든지 곧잘 사주곤 했다. 그는 초봉이의 마음을 사려고 여간만 정성을 들인 게 아니다.

이런 일도 있었다. 살림을 시작한 지 바로 사흘째 되던 날인데 초봉이가 부엌에 있다가 저녁상을 들고 들어가니까 제호는 밑도 끝도 없이

"아니, 그런데 초봉이가 그게 어떻게 된 셈이야?"

떼어놓고 이런 소리를 했다. 초봉이는 영문을 몰라 뚜렷뚜렷하다가 혹시 형보의 사단이나 아닐까 하고 가슴이 더럭했다.

"글쎄 내가 말이야……."

제호는 숟갈을 들면서 설명을 하던 것이다.

"……윤희를 보내구 나서는 이내 다른 여자라구는 도무지 상관을 한 일이 없는데, 허허 그거 참, 아 글쎄 △△ 기운이 있단 말이야? 허허, 제기랄 것…… 늙은 놈이 이거 망신이지? ……아무튼 그 사람 고 무엇이라는 친구가 초봉이한테는 못할 일을 골고루 하구 죽었어!"

이렇게까지 말을 해도 초봉이는 충분히 그 뜻을 알아듣지 못했다. 제호가 그래서 △△이라는 것을 가지고 한바탕 기다랗게 강의를 하니까 그제서야 초봉이는 고개를 숙이고 들지 못했다.

태수와 처음 결혼을 하고 나서 며칠 지내니까 확실히 지금 제호가 이야기한 대로 그런 증세가 생겨났던 것을 기억할 수가 있었다.

"거 기왕 그리 된 걸 할 수 있나. 인제는 치료나 잘 하두룩 해야지, 허허허허, 제기랄 것."

제호는 속이야 어쨌든 겉으로는 이렇게 웃어버리고 초봉이의 무렴을 꺼주었다.

이튿날부터 주사며 약이며 일습을 장만해다 놓고는 제법 익숙하게 주사도 놓아주고 저도 놓고 내외가 앉아서 그다지 유쾌하다고는 할 수 없는 치료를 시작했었다.

이렇게 범사에 제호는 초봉이를 다독거리기에 애를 썼다.

그는 그동안 아내 되는 윤희의 히스테리와 건강치 못한 것으로 해서 가정의 낙은 고사하고 어금니에서 신물이 났던 참인데 일찍이 마음이 간절했던

초봉이를 얻어 이렇게 아늑한 가정을 이루고 보니 이래저래 초봉이가 귀엽고 소중했다.

하기야 초봉이가 새침하니 저는 저대로 나돌고 속정을 안 주어서 흥이 미흡하고 헤먹는 줄을 모르는 건 아니다. 사실이지 이대로 언제까지고 알진[388] 맛이 없이 지내라면 그것은 마치 석고로 빚은 인형을 데리고 사는 것 같아 죽어도 그 짓을 오래 두고는 못 할 듯싶었다.

그러나 저도 사람이거든 이제 정이 쏠리는 날이 있겠지, 제 정을 앗자면 내가 더욱 정답게 굴어야지, 이렇게 뒤를 보자고 온갖 정성을 다 들였다. 혹시 초봉이가 새침하든지 하면 제딴에는 버엉뗑하고 흥을 내준다는 게,

"우리 괭이가 기분이 좋지 않은 게로군? 응? 아나 괭아, 조긋대가리[389] 줄게 이리 온."

하면서 손을 까불까불, 장난을 청한다.

그럴라치면 초봉이는,

"말 대가리 말 대가리……."

하면서 눈을 흘기고 영 심하면 정말 고양이같이 달려들어서는 제호의 까부는 손등이고 빈대머리 진 이마빡이고 사정없이 박 할퀴어 준다. 여느 때는 들어보지도 못한 욕을 내갈기기도 한다.

마음 심란하던 차에 탐탁하지도 않은 사내가 지분덕거리니까 시름을 암상으로 풀던 것이다.

제호는 제호대로 그럴 적마다 윤희의 히스테리의 초기 적을 생각하고 초봉이도 그 시초를 잡는 거나 아닌가 싶어 입맛이 쓰곤 했다.

대피선(待避線)에서 머무를 시간은 다 되었다.

7월과 8월은 별반 큰 탈은 없이 지나갔고 더위도 훨씬 물러가 마음부터 위선 가을이거니 여겨지는 9월이다.

장마가 스쳐간 하늘이 좁다래도 올려다보면 정신이 들게 푸르다.

뜰 앞 화분에는 국화가 망울이 앉고 억척으로 마당 한 귀퉁이를 파 일궈 심

은 달리아가 한 길이나 탐지게[390] 자랐다.

제호는 인제 며칠 안이면 당하는 추석에 단풍철의 금강산이나 둘이서 휘익 다녀오자고 벼르고 있다.

즐겁자면 맘껏 즐길 수는 있는 가을이다. 그러나 초봉이는 저놈 달리아에서 이제 빨갱이가 피려냐 노랭이나 하얀 놈이 피려냐 하고 속으로 점치면서 기쁘게 기다릴 경황조차 없이 마음은 어두워가기 시작했다.

흘렸던 씨앗

1

초봉이는 지나간 5월 군산에서 고태수와 결혼을 하던 바로 전날 여자의 타고난 매달 행사 ××을 마쳤었다.

그랬으니 날짜야 쳐보나마나 늦어도 6월 그믐 정께까지에는 그게 있었어야 할 텐데 그냥 걸러버렸다. 처녀 적에는 한 번도 거른 적이 없었다.

그러나 6월 그믐 그때가 마침 제호와 새살림을 시작해서 수수하기도 했거니와 일변 결혼을 하면 그런 변조도 생긴다더니 그래서 그러나 보다고 심상히 여기고 말았다.

그 다음 달인 7월 그믐께도 역시 감감 소식이 없고 그냥 넘겨버렸다.

가슴이 더럭 내려앉았으나 설마 그랬으랴 생각으로 하루 이틀, 매일같이 기다리는 동안에 8월이 다 가도록 종시 없고 말았다.

9월로 접어들더니 분명한 임신의 징조가 보였다. 그것은 여자의 직감이기도 하려니와 그의 모친이 막내둥이 병주를 포태했을 때 여러 가지로 변화가 생기던 것을 본 기억도 도움이 되었다.

맨 처음, 신 것이 많이 먹혔다. 신 것 중에도 살구가 설익어서 시큼한 놈을 좀 먹고 싶은데, 철이 아니라 할 수 없이 나쓰미칸을 사다가는 이빨이 빼득빼득하도록 흠씬 먹었다.

한번은, 여느 때는 그다지 즐겨하지도 않는데, 두부가 금시로 먹고 싶어서 식모를 시켜 한 목 열 모를 사다가는 일변 철에다가 기름으로 부치면서 두부 열 모를 다 집어 먹었다. 식모가 그걸 보더니 빈들빈들

"아씨, 애기 서시나 베유?"

하는 것을 새수빠진 소리 작작 하라고 지천을 해주었다. 이 허천[391] 들린 것같이 음식 먹고 싶은 증세가 지나고 나니까 이번에는 입덧이 나서 욕질이 자꾸만 넘어오고, 가슴이 체한 것처럼 거북하기 시작했다.

밥맛은 뚝 떨어지고 그렇지 않아도 여름의 더위에 시달려 쇠약해진 몸이 더욱 기운을 차리지 못하고 휘이 휘둘렸다.

그러나 이런 몸의 고통쯤은 약과였었다.

고태수와 결혼을 하고 장형보한테 열흘 만에 겁탈을 당하고 다시 보름 만에 박제호를 만났으니 대체 이게 누구의 자식이냔 말이다.

요행 제호의 씨라면 더할 나위 없이 좋은 일이다. 그러나 태수의 씨라면 딱한 노릇이다.

그렇지만 제호는 속이 튄 사람이라 그런 이해야 해줄 테니 그런대로 괜찮다. 그러나 만약 불행해서 형보의 씨고 보면?

이걸 생각하면 기가 딱 질렸다. 방금 제 뱃속에 형보와 꼭 같이 생긴 것 하나가 들어 있거니 싶어 오싹 몸서리가 치곤 했다.

'대체 뉘 자식이냐?'

아무리 답답해도 미리서 알아낼 재주는 없었다.

고가의 자식일 수도 있으면서 아닐 수도 있고 박가의 자식일 수도 있으면서 아닐 수도 있고 장가의 자식일 수도 있으면서 요행 아닐 수도 있기는 하고.

그러니 그 분간은 결국 낳아놓은 담에라야 나설 것이다. 그러나 만일 낳아놓고 보아서 제호면 제호를, 태수면 태수를 닮았다면이거니와 형보를 닮았다면 그것은 해산이 아니라 벼락을 맞는 것이요 자식을 낳아놓는 게 아니라 구렁이같이 징그러운 고깃덩이를 낳아놓는 것일 것이다.

제호한테도 낯이 없을 뿐 아니라 그것을 젖꼭지를 물려가면서 기르다니 죽

으면 죽었지 그 짓은 못 한다. 혹시 아무도 닮지 않고 저만 탁해주었으면 해롭지 않을 듯하기는 하나 그러고 보면 이게 뉘 자식이냐는 것을 분간 못 할 테니 안 될 말이다. 애비 모를 자식을 낳아놓았다가 가령 제호가 그런 속 저런 눈치를 모르고 제 자식인 양 좋이 기른다 하더라도 남의 계집으로 앉아서는 차마 민망해 못 할 노릇이다.

그뿐더러 애비 모르는 자식이 애비 아닌 애비를 애비라고 부르게 하는 것도 본심 있이야 더욱 못 할 짓이다.

'그러면 일을 장차 어떡하나?'

미장이의 비비송곳[392]같이 천착을 한 끝에는 애가 밭아 이렇게 자문을 해도 시원한 대답은 나오지 않고 필경 더 무서운 골로 궁리는 빠져들어갔다.

비록 석 달밖에 안 된 생명이지만 그렇더라도 그걸 밟아 죽인다는 것이 죄로 갈 짓은 죄로 갈 짓이나, 뒷일을 두루 각다분찮게 하자면 역시 낳지 마는 것이 옳겠다는 것이다.

궁리를 하면서 두려움에 몸을 떨었다. 그러나 두려워도 차라리 그 두려움을 취하고 싶었다. 더욱이 제호가 임신을 한 눈치를 알까 봐서 애가 쓰였다. 그래 더구나 ○○면 ○○를 진즉 시켜버리든지 해야겠다고 초초히 결심을 했다. 그렇게 결심은 했어도 그놈을 시행하자니 또한 어려운 고패여서 섬뻑 손이 대지지가 않았다.

그리하여 몸은 다뿍 지쳤는데 마음 또한 암담하고 일변 초초하여 살림이고 좋은 가을이고 도무지 경황이 없던 것이다.

2

제중당에 석 달 있었던 빈약한 경험과 막연한 상식의 힘으로 '×× ×××' 즉 '×××'이라는 약을 알아내기에 초봉이는 보름 장간이나 애를 썼다.

약을 알아내고 이어 사다 놓기까지 하고서도, 그러나 매일같이 벼르기만 하고 벌써 10여 일이나 미룸미룸 미뤄 나왔다.

10월 열흘께다. 이제는 배가 제법 도독이 불러 올라 손으로 옷 위를 만져도 그럴싸했다.

아침인데 제호가 조반상을 받더니,

"요새 어찌 신색이 많이 못됐어! 어디 아픈가?"

하면서 딴속 있어 흐물흐물 웃는다.

초봉이는 가슴이 뜨끔했으나, 아마 그새 여러 날 횟배가 아프더니 그래서 그런가 보다고 천연덕스럽게 둘러댔다.

"횟배? 그럴 리가 있나! 아무려나 그럼 나하구 병원엘 가든지, S군을 불러다가 진찰을 좀 해보까?"

"싫어요!"

초봉이는 잘겁해서 절로 소리가 보풀스럽다.[393]

"허어! 저런 변괴가 있나! 몸 아픈 사람이 그래 진찰을 해보자는데 그렇게 쓸 건 무어람? 응?…… 허허허허. 그러지 말구 자 어서 밥 먹구 예쁘게 단장두 허구 그래요. 그럼 병원에 다녀오다가 내 조선호텔 한턱 쓰잖으리?"

"싫대두 그래요!"

"저런 고집이 있을라구! 허허허허. 그럼 병원이 그렇게 싫거든 이리 오라구. 내가 맥을 좀 짚어보게……."

제호는 밥 먹던 손을 슬그머니 내민다. 초봉이는 물씬물씬 물러나면서,

"싫어! 몰라! 마구 할퀼 테야, 마구."

하고 암상떨이[394]를 한다.

"허허허허, 우리 팽이가 어째서 저러꼬? 허허허허. 그래 그럼 그만두지. 인제는 다아 알았으니깐……. 허허허허."

"알기는 무얼 안다구 저래! 밉상이네!"

"흐응, 그렇게 숨기려 들 거야 무엇 있누? 응?…… 제기랄 것. 우리 팽이가 인제는 벌써 애기 어머니가 된단 말이렷다? 허허허허."

"저이가 미쳤나!"

"제기랄 것, 나두 우리 초봉이 덕분에 막내둥일 본단 말이지?"

"드끄러워요. 괜히 심심하니까 사람 놀릴 령으루……."

"놀리기는! 남은 지금 좋아서 그러는데……."

제호가 좋아서 그런단 말은 공연한 말이고, 유쾌해하는 것은 역시 농이던 것이다. 그는 진작부터 거니는 챘었지만, 간밤에야 그게 적실한 줄 알았는데, 그러자 초봉이가 이렇게 폴폴 뛰니까 아뿔싸! 하고 여간만 속이 뜨악한 게 아니다. 분명코 초봉이가 고태수의 혈육을 잉태했기 때문에 한사코 임신을 숨기려 들거니 했던 것이다. 속으로 상량컨대 초봉이는 전남편이 죽은 지 겨우 보름 만에 내게로 왔었고 그러니까 이번 임신이 노상 전엣 사람의 씨가 아니라고 할 수도 없으리라 싶었다.

그렇다면 제호는 생판 제 계집이 낳아놓는 남의 자식을 떠맡아가지고 길러야 할 판이라 억울한 '애비의 부담'이요, 불쾌한 기억의 기념비가 아닐 수 없었다.

그러나 일변 아무리 그렇더라도 그 계집을 데리고 사는 이상 그것을 부담했지 별수가 없고 또 그처럼 비명횡사를 한 인간 하나의 혈육이 생명으로 남아 있다는 것이 신기한 일인즉 활협 삼아서라도 끝을 두고 보기는 할 만한 것이라 했다.

제호가 이렇게 속 다르고 겉 다른 말을 하는 줄은 모르고서 초봉이는 마음이 급하여 그새 여러 날 두고 미뤄만 오던 약을 오늘은 기어코 먹어치우려니 단단히 결심을 가졌다.

제호가 나가기가 바쁘게 장롱 옷 사품에다가 잘 건사해두었던 '×××'을 찾아냈다. 조반도 먹을 생각이 없고, 식모더러 냉수만 가져오게 했다.

1호 교갑[395] 열두 개…… 이것은 보통 때 약으로 먹자면 사흘치 분량이다. 극량에 가깝다.

저도 좀 과한 줄을 알고 두 개는 덜어놓고 열 개만 해서 왼편 손바닥에 쥐었다.

따악 도사리고 앉으면서 바른손으로 냉수 그릇을 집어 들었다. 손이 바르르 떨리고 무심결에 아랫배가 내려다보였다. 그새 10여 일 두고 번번이 여기까지 해보다가는 금시로 하늘이 내려다보고 뱃속엣 것이 꼼틀하는 성만 싶어서 도로 걷어치우곤 했던 것이다.

이상스럽게 속엣 약이 반짝거리는 교갑 열 개를 손바닥에다가 받쳐 든 왼손이 입으로 올라오려다가는 마치 천근 무게로 잡아끌리듯이 바르르 떨리면서 도로 내려가고 바르르 떨리면서 도로 내려가고, 몇 번이고 이 실랑이를 하다가 마침내 후유 한숨이 터져 나왔다.

할 수 없이 바른손에 든 물그릇을 내려놓고, 왼손 손바닥의 교갑만 말끄러미 내려다보고 있다.

3

"요것만 입에다가 탁 털어 넣고 물만 두어 모금 마시면……."

초봉이는 손바닥에다 쥔 '×××' 교갑을 내려다보고 있는 동안에 이 일종 약에 대해서 야릇한 긴장의 매력을 느꼈다.

쉬울 성싶어도 좀연치 않고 어려운 일이니까 더 어렵기는 한데 그러나 그놈 한 고패만 눈을 지그려 감고 이를 악물고 그저 죽는 셈만 대고서 꿀꺽 넘겨만 버리면, 그렇게 넘겨만 버리면, 그때는 무서워도 소용이 없고 시뻘건 ×덩이를 쏟뜨릴 때에 하늘이 올려다보여도 역시 소용이 없고, 그러나 그렇더라도 일변 이 뱃속에 들어 있는 이것을 10삭[396]을 채워 낳아놓고 기르고 하느라고 겪는 갖추갖추의 고통과 불쾌함을 면하게 될 것이니 그게 어디냐.

이렇게까지 생각을 하고서 다시 손바닥의 교갑을 촐싹거려 볼 때에는 시방까지의 무거운 압박과는 달리 무슨 긴장한 게임이나 하려는 순간인 것같이 이상스럽게 고소한 흥분이 되는 것이다.

한 시간을 넘겨 별렀던 모양이다. 마루에서 괘종이 땡 하고 치기 시작하더니 이어 때앵땡 여러 번을 친다.

세어보나마나 열한 신 줄 알면서도 귀를 기울여 세고 있다가

'오래잖아 점심을 먹으러 올 테니까, 그전에 어서 바삐…….'

이렇게 저를 급하게 추겨댔다.[397]

그래도 조금만 더 충그리고 싶어 그럴 핑계를 찾아내려고 휘휘 둘러보았다.

마침 이불장이 눈에 뜨인다.

일어서서 요와 누비이불과 베개를 내려다가 아랫목으로 펴놓았다.

옷도 뒷일이 수나롭게 입고 있어야지 하고 속옷을 단출하게 갈아입었다.

그러고는 또 미진한 게 없나 하고 둘러본다. 그러나 미진한 것을 정말 염려해서 그러는 게 아니라 자꾸 더 충그리고 싶어서 그러는 제 마음을 제가 깨달을 때에 이러다가는 죽도 밥도 안 되겠다고 저를 나무라면서 물그릇을 얼른 집어 들었다.

집어 들면서 다시는 망설이지 못하게 하느라고 이어 눈을 지그려 감고 고개를 뒤로 젖히고 입을 벌렸다. 이를 악물자고 했으나 먹는 놀음이 되어서 그건 할 수가 없었다.

열 개가 한꺼번에는 넘어갈 것 같지 않아 우선 반 어림해서 목구멍에 쏟아 넣고는 물을 마셨다.

뿌듯했으나 그런대로 넘어갔다.

'인제도…….'

이렇게 저를 조지면서 그 다음의 나머지를 다시 털어 넣고 물을 마셨다.

'인제도…….'

아까처럼 뿌듯이 목구멍으로 넘어갈 때 연거푸 이렇게 또 조졌다.

그게 글쎄 어디라고 요만큼 수월한 노릇을 안 하려고 벼르고 망설이고 핑계대고 한 제 자신이 괘씸했던 것이다.

자, 이제는 뱃속에서 야단법석이 일어나고 마침내는 지긋지긋한 그놈의 × 덩이가 시원하게 빠져나오기는 나올 텐데 하고 그 경과를 살피기에 정신이 팔려 방바닥에다가 남겨둔 교갑 두 개도 치우려도 않고 그냥 이부자리 속으로 들어갔다.

한 30분 동안 이제나저제나 기다리고 있는 다음에 비로소 속이 메스껍기 시작했다.

다 이래야 약이 되겠거니 하고 진득이 참았다. 그러나 차차로 차차로 참기 어려울 만큼 속은 더 뉘엿거리고 아파오기까지 했다. ××이 수축되는 것도 약간 알 수가 있었다.

왱 하니 귀가 울고, 머릿속이 휘이휘 흔들려 어지러워나고 눈에 보이는 것이 모두 노래지고 했다.

정신이 가물가물하고 속 메스꺼운 것, 뒤틀리고 아프고 한 것이 점점 더 다급해갔다.

그래도 게우지 않으려고 정신 몽롱한 중에도 이빨을 악물어가면서 참아냈다.

식모가 허겁지겁 회사로 달려와서 제호를 불러내어

"아씨가, 저 아씨가 돌아가세유! 헛소리를 허세유! 정신을 못 채리세유!"

하면서 대중없이 주워섬기기는 바로 오정이 조금 지나서다.

'○○을 시키려고 약을 먹었구나!'

제호는 단박 이렇게 다 알아채었다.

허둥지둥하면서 친구요 개업의(開業醫)인 S한테 전화를 걸어 위세척(胃洗滌)을 할 준비까지 해가지고 오라는 부탁을 한다. S는 실상 산부인과의 전문의사지만, 제호와 절친한 관계로 제호네 집안에서 누가 손가락 하나만 다쳐도 그리로 가고, 골치만 띠잉해도 불러오고 하는, 말하자면 촉탁 의사인 맥이다.

제 할 말만 다 하고 난 제호는, 수화기를 내동댕이치고 한걸음에 두 발씩 뛰어 집으로 달려갔다.

4

제호는 가령 무엇이 되었거나, 이미 한번 '어미'라는 인간의 배를 빌려 생명의 싹이 트인 그것을 모체까지 위험한 독약을 먹어가면서 악착스럽게 ××를 시키는 데는 동의를 않는 사람이다.

하기야 그도 초봉이가 아비 모르는 '모듬쇠' 자식[398]을 낳지 말아주었으면 해롭잖아하기는 할 테지만 그렇다고 ××라는 수단으로 그런 만족을 사고 싶지는 않던 것이다. 그러나 ××이 되고 안 되고는 차치하고 첫째 초봉이의 생명의 위험을 염려했다. 그 염려로 해서 그다지 다급히 서둘렀던 것이다.

제호는 선뜻 부엌에 있는 자숫물[399] 통을 통째 집어 들고 방으로 들어갔다.

초봉이는 보니 정신을 놓고 펼쳐 누워 숨도 쉬는 둥 마는 둥 확실히 위태해 보였다.

대체 무얼 먹었는고 하고 둘러보다가 방바닥에 두 개 남아 있는 교갑을 집어 뽑아보고는 '×××'인 줄 알고서 그래도 조금은 안심이 되었다. 혹시 '맥×(麥×)'이나 먹지 않았나 해서 은근히 더 걱정을 하고 왔던 참이다.

많이 토했는지, 식모가 걸레로 훔쳐낸 방바닥에 아직 그대로 흥건히 괴어 있는 걸 보고 자숫물도 펴 먹이지 않고 맥만 짚고 앉아서 의사가 오기를 기다렸다.

몇 시간도 더 되는 것같이 초조하게 기다린 지 20분쯤 해서 S가 간호부까지 데리고 달려들었다.

위선 막상 몰라 위세척을 하기는 했으나 역시 토할 것은 토하고 흡수될 놈은 흡수되고 했기 때문에 그건 별반 효험을 내지 못했다.

위세척을 한 뒤에 이어 강심제와 해독제로 주사를 한 대씩 놓았다. 이렇게 하면서 자연 회복이 되기를 바라는 수밖에 별 도리가 없었던 것이다.

"어때? 뒈지지나 않겠나? 그놈의 제기랄 것!"

얼굴에 아직도 긴장이 덜 가신 채, 제호는 S가 청진기를 떼어 들기를 기다려 물어보는 것이다.

"제길 하다니……?"

S는 제호를 따라 마루로 나오면서 시치미를 떼고 농담부터 한다. 이 둘은 언제고 농을 않고는 하는 말이 심심해서 못 배기는 사이이다.

"……응? 죽으면 죽구, 살아나면 사는 게지, 어찌 제길은 하나?"

"배라먹을 게 어쩌자구 '×××'을 그렇게 다뿍 집어 삼키더람!"

제호는 S가 농담을 하는 데 그래도 적잖이 마음을 놓고서 S와 마주 담배를 붙여 물고 앉는다. 무척 애를 쓴 표적은 금시 입술이 바싹 말라붙은 걸로도 알 수가 있다.

"대장장이 집에 식칼이 없어 걱정이라더니 이건 제호 자네는 약장수 집에 약이 너무 많아 성활세그려?"

"여편네 무지한 것두 딱해!"

제호는 시방 속으로는 S가 초봉이의 임신한 걸 알까 봐서 여간만 뜨악한게 아니다.

아무리 친한 S한일망정, 초봉이가 ××를 시키려고 이 거조를 했다는 눈치는 보이고 싶지 않던 것이다.

"그게 다 죄다짐[400]이라는 걸세……."

S는 제호가 꼼짝 못 하는 게 재미가 나서 자꾸만 더 놀려댄다. 환자는 잊어버린 것같이 태평이다.

"……죄다짐이라는 거야. 50전짜리 인치키[401] 약 만들어서 광고만 크게 내굴랑은 5원 10원 받아먹는 죄다짐이야."

"그래……. 자네 의사 놈은 워너니 2원짜리 주사를 20전씩 반구 놓아주지?"

"그리구 죄가 또 있지. 아인두 족한데 츠바이, 드라이[402]씩 독점을 하구 지내구…… 응? 하나치두 일이 오분눈데[403] 쓰나치나 세나치나[404] 무슨 일이 있나?"

"옛놈은 팔선녀두 데리구 놀았으리? 제기랄 것."

"자네, 요새는 그 '제기' 하루에 몇 번씩이나 하나?"

안방에서 간호부가 까알깔 웃고, 식모는 킥킥 웃음을 삼킨다.

조금 만에 S는 청진기를 집어 들고 방으로 들어가려다가

"××이나 안 돼야 할 텐데!"

하고 의미 있이 빙긋 웃으면서 제호를 내려다본다.

제호는 할 수 없이,

"허! 제기랄 것!"
하고 뒤통수를 긁적긁적한다.

초봉이가 머리칼 한 오라기만 한 정신에 매달려 두웅둥 뜨다가 땅속으로 가라앉다가 뱀같이 생긴 형보한테 쫓겨 다니다가 그게 갑자기 태수이기도 하고 염라대왕 앞에 붙들려가서 문초도 받아보고 문초를 하던 염라대왕이 제호가 되어 기다란 얼굴로 히죽이 웃으면서 옆으로 오기도 하고 형보가 칼로 옆구리를 찢고 뱃속에서 기어 나오기도 하고, 이런 혼몽[405] 중에서 하루 낮 하룻밤을 지나 제정신이 들기는 그 이튿날 저녁나절이다.

정신이 들자 이어 생시인 줄을 아는 순간, 맨 먼저 손이 아랫배로 가졌다. 돈도옥하게 배가 만져질 때 그는 안심과 실망을 한꺼번에 느끼면서 한숨을 내쉬었다.

5

사흘이 지나서 초봉이는 ××를 시키자던 것은 저까지 잡을 뻔하고 실패했으나 기운은 웬만큼 소성[406]이 되었고 제호가 저녁상을 받을 때에는 자리를 밀어놓고 일어나 앉을 수도 있었다.

"그대루 누워 있잖구!…… 누워 있으라구, 그냥."

제호는 성화하듯 만류를 하면서, 비바람 함빡 맞고 휘달린 꽃같이 초췌한 초봉이의 얼굴을 물끄러미 건너다본다.

초봉이는 점직해 웃으려다가 말고 외면을 한다. 제호가 이내 그 일에 대해서는 입을 떼지 않았고, 그래서 둘의 사이에는 무엇이 께름하니 걸려 있는 것 같아 마주 얼굴을 치어다보고 있기가 거북했던 것이다.

제호는, 그러나 그 일을 제 속치부나 해두고 탓을 말자는 게 아니고, 초봉이가 몸이 완구해지거든 차차 타이르려니 기다리고 있던 참이다.

"사람두 원!"

제호는 이윽고 피쓱 웃으면서 숟갈을 집어 들었다.

"……건 무슨 짓이람? 그러다가 죽으면 어쩌려구 그래? 겁두 나지 않어?"

초봉이는 외면을 하고 앉아 치마 고름만 만지작거린다.

"응? 초봉이."

"……."

"초봉이?"

"네?"

"그러면 못 쓰는 법이야. 어찌 되었든지 간에 초봉이는 그 생명의 어머니가 아닌가? 어머니. 그런데 글쎄 그 거조를 하다니, 송구스럽지도 않던가?"

초봉이는 이 '어머니'라는 이름 밑에서 책망을 듣고 보니 미상불 송구한 것 같기는 했다. 그러나 그저 그럴싸했지 진정으로 마음이 저리게 죄스러운 것 같지는 않았다.

그것도 만일 이번이 두세 번째의 임신이라면 어머니답게 참으로 송구한 마음이, 마음에서 우러나기도 했을 것이다.

오히려 남의 책을 듣기 전에 그랬을 것이요 혹은 이러고 저러고 없이 애당초부터 ××이란 염도 내지를 못했을는지도 모른다.

그러나 초봉이로 말하면 아직까지도 완전하게는 '어머니 이전(母性以前)'이다. 따라서 가령 이렇게 말썽 붙은 임신이 아니고 순리의 결혼으로 순리의 임신을 했다 하더라도 겨우 넉 달밖에 안 된 뱃속의 생명에 대해서 제법 어머니다운 애정과 양심은 우러날 시기가 아니다.

그러한 때문에 ××을 시키려고 약을 들고 앉아서 차마 먹지 못하고 두려워한 것도 단지 막연하게 액색한 짓, 죄를 짓는 짓에 대해 인간으로서 마음 약한 여자로서 그랬던 것이지, 옳게 어머니다운 양심이나 애정이나는 극히 무력해서 당자 자신도 의식치도 못할 만큼 모호했던 것이다.

그처럼 초봉이한테 있어서 어머니다운 애정이나 양심이 희박한 것은, 그것이 초봉이의 살(內體)로써 느낀 것이 아니고 남의 말이나 남의 일을 다만 듣고 보아서 알아낸 '습관'으로서 '생리이전(生理以前)'인 때문이다.

그렇기 때문에 시방도

'너는 어쨌든 그 생명의 어머니가 아니냐.'

고 뼈아플 소리를 들어도 단지 남이 부끄러웠지 제 마음에 걸리진 않던 것이다.

"그리구 말이야, 초봉이……."

제호는 실상 오금 두어 나무라는 것이 아니고, 종시 부드러운 말로 타이른다.

"……세상일을 그렇게 사뭇 억지루 해대려 들면 못쓰는 법이야…… 역리(逆理)라껀 실패하는 장본이니깐…… 알겠나? 아 글쎄, 것두 운명이요, 운명이면 다 하늘의 뜻인데 그걸 어 우리 약비한[407] 인간의 힘으루다가 거역하려서야 될 말인가?…… 그저 순리(順理), 순리 그놈이 우리한테는 제일 좋은 보배거든. 응? 알어들어? 알겠지?"

"네."

막연해서 알 수도 없고 귓속으로 잘 들어오지는 않아도 재우쳐 조지니까 초봉이는 마지못해 대답은 한다.

"나는 말이지, 이 박제호는 말이야. 괜찮어, 아무렇지두 않어. 어때서? 우리 초봉이가 낳아주는 거니, 남의 자식 그거 하나 기르지? 남은 개구멍받이[408]두 좋다구 기르더라! 아무렇지두 않어, 일없어……."

제호는 지금 초봉이의 뱃속에 들어 있는 것이 고태수의 혈육이라고 영영 그렇게 치고서 하는 말이요 또 그럴 수밖에 없었다.

"그러니깐 초봉이두, 이거 봐요, 초봉이?"

"말씀하세요."

"초봉이두 말이야, 싫은 사람의 자식을 낳아서 기르느니라 생각을 하지 말구, 응? 그저 사람, 인간을 하나 낳아서 기르느니라, 이렇게 생각을 하란 말이야. 그냥 사람, 그냥 인간 말이지, 응? 알겠지?…… 그리구 이제는 다시 그런 짓은 않기야?…… 않지?"

제호는 초봉이한테로 얼굴을 들이대면서 대답을 조른다.

6

"앓지?"

"네."

제호는 다지고, 초봉이는 다짐을 두고 하는 맥이다. 다짐이야 두나마나, 다시는 그럴 생심이 날 것 같지도 않았다.

"그래그래. 그래야 하구말구……."

제호는 밥을 씹다가 말고 기다란 얼굴을 연신 대고 끄덕끄덕한다.

"……그래야만 우리 착한 초봉이지. 그렇지? 허허허허."

"저, 입에서 밥 쏟아져요!"

초봉이는 일껏 점잖다가 도로 껄껄대고 수선을 떨고 하는 게 밉살머리스러워서 핀잔을 준다.

"어? 괜찮아. 일없어. 거 어때? 아무개 자식이면 어때? 사람의 새끼 한 마리 낳아서 기르는 건데……. 그런 걸 글쎄. 거 모두 그래서 치마 두른 인종은 속이 옹색하다는 거야! 허허허허, 제기랄 것."

그 뒤로 초봉이는 뱃속엣 것이 걱정이 될 때마다, 제호가 가르쳐준 주문(呪文)을 외웠다.

'아무개 자식이면 어때? 사람의 새끼를 하나 낳아서 기르는 건데……. 일없어, 괜찮아.'

이것은 '아멘'이나 '나무아미타불'과 같이 그 순간 그 순간만은 단념과 안심을 주는 효과를 가지고 있었다. 물론 오래가지도 못하고, 그래서 ×× 같은 효과밖에 없기는 했지만…….

가을이 여물듯이 애 밴 초봉이의 배도 여물어갔고, 그해가 갈려 한겨울의 정월과 2월이자 사뭇 북통같이 불러 올랐다. 3월 보름께 가서 산파가 앞으로 닷새면 해복을 하겠다고 했다. 그래 예정대로 S의 산실(産室)에 입원을 했다. 3월 스무날 밤이 깊어서…… 마침 봄이 올 터라 생일만은 좋을지 몰라도 속절없이 따라지 생명이면서, 그래도 부득부득 머리를 들이밀고 세상 밖으로 나오기 시작했다.

'네가 만일 너를 안다면, 그리고 네가 나오는 예가 어딘 줄을 안다면, 너는 탯줄을 훑으려 잡고 매달리면서 나는 싫어요 라고 울며 발버둥을 치리라마는…….'

초봉이는 이런 생각을 하는 동안에 거꾸로 있던 놈이 한 바퀴 휘익 돌고, 돌아서는 뿌듯하게 나오려고 하자, 모체의 고통은 점점 더하다가 필경 절대(絶大)의 지경에까지 이르렀다.

초봉이는 이렇게도 들이조지는 무서운 고통이리라고는 일찍이 상상도 못 했었다.

배를 눌러 터뜨린다든지 몽둥이로 팬다든지 어디를 잡아 찢는다든지 하더라도 가령 배가 터지면 터졌지 한번 터진 담에는 오히려 아픔이 덜리고 후련할 텐데, 이건 쭌득이 누르는 채 조금도 늦추지 않고 끝없이 계속이 되니 견디는 수가 없었다.

눈이 뒤집히고 정신이 아찔아찔했다. 옆에서 의사와 간호부와 제호가 무어라고 떠들기는 하나 알아들을 경황이 없다.

옹골진 속은 있어 소리를 지르지 않으려고 이를 악물었었으나 그래도 으응 소리가 이빨 새로 새어 나온다.

위로 제왕을 비롯하여 아래로 행려병 사망자에 이르기까지 인간의 생명이 소중하다는 소치는, 적어도 그 절반은, 그가 모체로부터 세상을 나올 때에 모체가 받은 절대의 고통과 결사의 모험의 값인 때문인지도 모르겠다.

초산이라 그러기도 했겠지만 분명한 난산이다. 두 시간을 삐대고 나서 다시는 더 참을 수 없는 고비까지 이르자 초봉이는 눈앞에 아무것도 보이지 않고 입만 딱딱 벌어졌다.

S는 할 수 없이 스코폴라민[409] 주사를 산모에게 놓아주었다. 효과만은 신속하여, 초봉이는 바로 마취가 되고 수월하게 해산이 되었다.

초봉이가 다시 정신이 들었을 때에는 아래가 한 토막 무너져나간 것같이 허전하고 얼얼했다.

"낳기는 낳았지?"

대체 어디서 솟아났는지 마치 대령이나 했던 것처럼 맨 먼저 이렇게 차악 안심부터 되던 것이다.

"어떻게 생겼을꼬?"

이어서 이런 호기심이, 그것 역시 어느 구석이라 없이 절로 우러났다.

바로 낳기 바로 전까지도 내내,

"형보를 닮았으면……"

하던 공포와 불안은 웬일인지 차례가 더디어, 훨씬 만에

"어떻게 생겼을꼬?"

하는 호기심에 연달아서야 비로소 가벼운—공포라고 할 정도도 못 되고—아주 가벼운 불안으로써 떠오르는 것은 초봉이 제가 생각해도 되레 이상했다.

"정신이 좀 드나? 허허."

제호가 기다란 얼굴을 바싹 들이대면서 히죽히죽 웃는다.

'속없는 위인! 무엇이 저리 좋은고?'

초봉이는 기운도 없으려니와 제호가 보기 싫어서 눈을 감았다.

그러자 마침 저편에서,

"응애—."

하고 우는 아기의 울음소리가 들려왔다.

어떻게나 응애— 우는 그 소리가 간드러지고 예쁘던지, 초봉이는 놀란 것처럼 눈을 번쩍 떴다. 확실히 그는 한 개 경이(驚異)를 즐기려는 무렵의 긴장을 느끼지 않을 수가 없었다.

7

"응애—."

예쁘면서도 느끼는 듯 누구를 부르는 듯 못 견디게 가엾은 아기의 울음소리가 첫 귀로 들리자 초봉이는 아무것도 다 그만두고 어쩌면 저렇게도 예쁜

것이던고 하는 경이를 띤 반가움이 기다리고 있었던 것처럼 아낌없이 솟아올랐다.

어서 아기를 좀 보고 싶었다. 설사 형보를 닮았어도 좋으니 제발 어서 보고 싶었다.

제호는 허리를 펴고 일어서면서 고개로 저편께를 가리키는 시늉을 한다.

'계집애?'

'계집애'라는 것이, 계집애라면 꼭 저와 같은 것이겠거니 하는 생각이 들면서 더욱 반가웠다.

간호부가 산모의 눈에서 아기를 찾는 눈치를 알고는 저편으로 조르르 가더니 융 기저귀에 싼 아기를 안고 온다.

초봉이는 쏟히듯 그편 짝으로 고개를 돌리고 기다린다.

"어쩌면 애기를 요렇게도 예쁘게……."

간호부가 칭찬 겸 좋아서 연신 흠선을 떤다.

"……아주 여승[410] 어머니랍니다! 어머니 화상을 그냥 그대루 그려논 걸요!"

들여대주는 대로 초봉이는 아기를 올려다보다가 무심코 미소를 드러낸다.

핏발이 보이게 하늘하늘하고, 그래서 흉업다 하리만치 시뻘겋고, 그런 상이 콧등을 째푸려 눈을 감고 머리털만 언제 그렇게 자랐는지 새까맣고 이런 형용이라 아까 울음소리만 들을 때처럼 가엾지는 않았다.

그러나 모습이 정말 저와 꼭 같이 생긴 게, 무슨 기적을 만난 것처럼 기특해서 반가움은 한결 더했다.

비로소 아기가 형보를 닮지 않은 것이 가슴 후련하게 다행스러웠다. 그러나 그 끝에 으레껏,

'뉘 자식인지 모를 자식!'

이런 탄식이 대단했을 것이로되 그것 역시 임신 때 생각하던 이보다는 그리 심하지 않았다.

'나를 닮은, 나와 꼭 같은…….'

그런 것을 제가 하나 낳아놓았대서 오히려 그것이 재미가 났다.

"그래 원, 요렇게두 원……."

제호가 아기와 초봉이를 번갈아 굽어다보면서 시시덕거린다.

"저…… 허구 그저 꼭 같은 걸 또 하나 낳아놓는담?…… 것두 심술이야 심술, 제기랄 것."

"그럼 어머니를 닮잖구 자넬 닮았더라면 좋을 뻔했나?"

의사 S가 제호를 구슬리는 것이다. 그 말에 제호는 속으로,

'원 천만에! 이게 뉘 자식인데!'
야고 어처구니가 없었으나 그런 내색은 물론 드러내지 않는다.

"아무렴! 아범을 탁해야지!"

"저 기다란 얼굴 처치가 곤란인걸?…… 한 토막 잘라 놓구서 시집을 가야 하나?"

"허허, 그건 그런 불편이 있나? 허허허허, 제기랄 것."

제호는 그래도 얼마큼은 마음이 흡족해서 연신 지껄이고 수선을 피우고 하던 것이다.

그는 초봉이더러야 다 아무렇지도 않다고 말로는 그랬었지만 막상 어린것이 제 아비 고태수라는 그 사람을 닮아가지고나 나온다면 그런 불쾌한 노릇이 있으랴 싶었었는데 공평하게 마련이 되느라고 어미 초봉이만을 닮았으니 유쾌하다고 하자면 아닌 것도 아니었었다.

이튿날 저녁 늦어서 초봉이는 처음으로 아기를 안고 젖꼭지를 물릴 때 비로소 어머니가 된 성싶었다. 요게 어디 좀 예쁜 데가 없나 하고 혼자 웃으면서 자꾸만 들여다보았다.

생긴 게 아직 그래서 예쁘다고 할 데는 없어도 예쁜 것 같기는 했다. 아기는 무엇이 뵈는지 안 뵈는지 몰라도 눈을 뜨기는 뜨고 아릿아릿하다가 젖꼭지를 입에다 대주니까 입술을 오물오물하더니 언제 배웠다고 답신 물고 쪽쪽 젖을 빨아들였다. 그게 어떻게나 재미가 있던지 깨가 쏟아지는 것 같았다.

스코폴라민의 여독을 말고는 초봉이는 산후에 다른 탈은 없이 몸이 소성되어 2주일 후에는 퇴원을 했다.

제호는 초봉이도 위할 겸 저도 아기한테 초봉이를 뺏기지 않으려고 유모를 정하라고 권고했다. 그러나 그새 벌써 아기한테 정이 들기 시작한 초봉이는 고개를 흔들었다.

아기 이름은 초봉이가 옥편까지 한 권 사다달래서 열흘이나 뒤적거리고 궁리하고 하다가 송희(松姬)라고 지었다. 썩 마음에 드는 이름은 아니라도 달리는 아무리 지어보려야 신통한 것이 나오지 않았다.

이름은 그렇게 해서 지었어도 성은 정할 수가 없다.

고가 장가 박가 그놈 셋 중에 어느 놈인 것은 분명하나 그러나 단 셋 중에 하나 그걸 알아낼 길이 없다.

그러니 필경 송희는 성도 없거니와, 따라서 아비도 없는 자식이던 것이다.

초봉이는 임신 때에 막연하던 것과는 달리 '모듬쇠' 자식의 어미가 된 슬픔이 비로소 뼈에 사무쳤다.

8

초봉이는 딸 송희한테 정이 드느라고 봄이 아무리 번화해도 여름이 아무리 더워도 다 상관없이 지냈다. 그리고 다시 가을철로 접어들어, 지금은 10월도 반이나 지나간 보름께다.

그동안 송희는 초봉이의 알뜰살뜰한 정성과 솜씨로 물것 없이 잘 자랐다. 처음 한두 달이 지나 사람 꼴이 박혀 제 모습이 드러나자, 이제는 이목구비 하나도 빼지 않고 초봉이를 그대로 베껴논 시늉을 했다.

일곱 달인데 아이가 일되느라고[411] 벌써 이간장방[412]을 제 맘대로 설설 기어다니고 일어나 앉고 한다.

손에 닿는 것이면 바느질꾸리고 밥상이고 마구 잡아 엎지르고 움켜쥐는 것이면 이내 입에다 틀어넣는다.

살이 토실토실한 놈이 엄마를 제법 부르면서 기어오른다. 따로따로[413]를 하라고 일으켜 세워주면, 엉거주춤하고 다리를 버팅기다가 털썩 주저앉는다. 그걸 보고 초봉이와 식모가 재그르르 웃으면 저도 벙싯벙싯 웃는다.

〈학발가(鶴髮歌)〉의 조조 군사 신세타령이 아니라도, 왜목불알[414]에 고추자지가 대롱대롱하지만 않았을 따름이지, 온갖 예쁜 짓은 다 하려고 했다.

초봉이는 송희가 생김새나 하는 짓이나 속속들이 예쁘지 않은 데가 없고, 정 붙지 않는 짓이 없다.

하기야 '동물'이나 진배없는 유아를 기르는 '인간'인지라, 아이로 해서 심정이 상하는 때도 있고 성가신 때도 있어, 간혹 볼기짝을 찰카닥 붙여주기도 하고 할 소리 못할 소리 해가면서 욕을 해 퍼붓기도 하기는 하지만 그러나 그것은 잠시요 곧 뉘우쳐서는 가엾어한다.

송희가 귀여움에 지쳐 간혹 임신했을 때에 ××를 시키려고 약을 먹던 일이 문득 생각이 나고 그런 때면 어린것일망정 자식을 보기조차 부끄러웠다.

그리고 그때에 만일 불행해서 ××가 되었더라면 어쨌으랴 싶어 지금 생각만 해도 아슬아슬하곤 했다.

"원 요렇게두 예쁘구 소중한 내 새끼를 이 몹쓸 에미년이, 이 몹쓸 에미년이…… 아이구 지장[415]의 내 새끼 내 강아지를……."

이렇게 혼자 중얼거리면서, 송희의 볼기짝을 아파할 만치 착차악 두드리고 수없이 입을 맞추곤 했다.

성을 정하지 못하고 민적도 하지 못하는 것이 가끔 생각이 나서 마음이 괴로운 때가 있지만 그러나 이게 태수의 자식이냐 형보의 자식이냐 제호의 자식이냐 하는 꺼림칙한 생각도 없고 뉘 자식이면 어떠냐 사람의 새끼 하나를 낳아서 기르는데, 이렇게 억지로 단념하는 주문도 외울 필요도 없고 그저,

'내 자식, 내가 낳은 내 자식.'

이라고만 여길 따름이다.

이렇게 초봉이는 송희한테다가 온갖 정을 다 들이고는 아무것도 더 바라지를 않았다. 자나깨나 송희가 있을 뿐이다.

그는 지금 이대로 그렁저렁 제호한테 몸을 의탁해서 송희나 바람 치이지 않게 잘 길러 내는 것으로 나머지 반생의 낙을 삼으려니 했다.

아이한테만 함빡 빠져가지고는 살림이고 세간 치다꺼리고 화분이고 재봉틀이고 다 잊어버렸다.

그다지도 못 잊어 애가 쓰이던 친정도 가끔가끔 마음이 등한해지는 때가 있다. 다달이 보름이면 잊지 않고 한 20원씩 돈을 부쳐주던 것도 송희의 겨울에 신길 타래버선[416] 만들기에 이틀 사흘 미루기도 했다.

송희한테 정을 붙인 뒤로 승재를 연하여 마음 적막하던 것도 인제는 모르게 되었다. 하기야 승재를 아주 잊어버린 것은 아니다. 더러 생각은 난다.

생각은 나지만 지금 이 아이가 승재와 사이에 생긴 아이로, 그래서 송희가 승재더러 아빠 아빠 부르고 예쁜 짓을 하고 하는 재롱을 승재와 마주 앉아 보았으면 재미가 있으리라는 공상으로 생각이 둘러앉혀지던 것이다.

그것은 승재를 위해서 그런 것도 아니요, 초봉이 제 마음의 회포도 아니요 차라리 송희의 아비 없는 허전함을 여겨서 우러나는 아쉬운 생각이다.

초봉이의 이러한 변화는 자연 제호한테 대해서도 드러났다. 그는 제호한테 여간만 범연히 굴지를 않았다.

제호가 남편이라는 것이나 제호라는 남편이 있다는 것을 여느 때는 어엿이 잊어버리고 지낸다. 제호와 밤에 자리를 같이하게 되면 될 수 있는 대로 기회를 피하려 들고 조석의 시중 같은 것도 식모한테 내맡겨버리고는 돌아보지를 않는다.

하기야 초봉이도 마음과 몸이 지나치게 송희한테만 쓰이는 중에 모르고 절로 그렇게 된 것이요 일부러 한 짓은 아니지마는, 그야 어쨌서 그랬든지 간에 제호는 제호대로 밟히고 꿈지럭 안 할 리는 없던 것이다.

9

초봉이가 그러기는 여름철부터 와짝 더 심했었는데…….

제호는 사람이 본시 의뭉하고 일일이 내색을 하거나 구느름[417]을 하거나 하지를 않아서 망정이지 그렇다고 우렁잇속 같은 속조차 없는 바는 아니다.

찌는 여름에 온종일 회사에서 일에 시달리다가, 명색 집구석이라고 들어와야 도무지 붙임성이 없다.

계집이라는 건 빼액빽 우는 자식이나 차고 누워서 남편 첫것[418]이 들어와도 원두장이 쓴 외 보듯 하기 아니면 제 할 일만 하고 있다. 그 일이 그리 소중하냐 하면 어린것 기저귀쯤 갈아 채우는 것이다.

시원한 물수건 하나 적시어다 주는 법 없고 기껏해 식모가 나서서 세숫물 한 대야 떠다가 든질르기가[419] 고작이다.

그다지도 즐겨하는 줄 번연히 알면서도 맥주 한 병 얼음에 채웠다가 내놓는 눈치도 없다.

저녁 밥상이라야 옷에서 쉰내가 푹 지르는 식모가 들어다 놓는 게 있던 구미도 달아나라고 어설프기란 그만이다.

마루고 방구석이고 걸리는 게 기저귀요 어디로 코를 두르나 젖비린내다.

밤이면 '십자군'의 계집인 듯이 정조 무장을 하기가 일쑤요 그렇지 않으면 마지못해서 계집 노릇을 한다는 것이 청루의 계집보다 더 싱겁다.

밤이 적이 서늘해서 겨우 잠자기 좋을 만하면 어린것 감기 든다고 앞뒷문을 처닫는다.

한밤중이고 첫새벽이고 옆에서 어린것이 빼액빽 울어 고단한 잠을 깨놓는다.

그럴지라도 그게 내 자식이라면 귀엽고 소중한 맛에 그래저래 견딘다지만, 이건 생판 남의 자식을 가지고 그 성화를 받는단 말이다.

그런 데다가 한술 더 떠서 아침에 조반상이라고 받고 앉으면,

"우리 송희 민적을 어서 어떻게 해야지!"

이런 소리를 한다. 기가 막혀서 말이 안 나온다.

그래도 무어라고 좋게 어물어물하면, 실상 또 윤희와 이혼이 되지 않았으니 별수가 없기도 하지만, 되레 암상을 내가지고 들볶는다.

이런 날이면 회사에 나가서도 온종일 기분이 좋지 않고 일에 마가 붙는다.

이러고 보니 제호는 결국 남의 자식을 낳아서 기르는 남의 계집을 먹여 살리느라고 눈 번히 뜨고 병신구실을 하는 맥이다.

워너니 송희로 해서 방해를 받지 않더라도 초봉이는 길이 제호의 정을 붙잡아두지 못할 잡이는 못할 잡이다. 그저 인사 삼아 껍데기로만 치레본으로만 남의 첩이지, 속정을 주지 못하니 그럴밖에 없던 것이다. 그런지라 제호로 앉아보면 벌써 1년 반, 그동안 웬만큼 사랑땜[420]은 했고 했은즉 계집이 예쁘고 묘하게 생겼다는 것에 대한 감각이나 흥은 이제는 더엄덤해진 판이다. 누가 무어라고 해도 애첩은 애첩인걸…….

이런 때에 제호의 마음을 가라앉혀 그를 붙잡아둘 건 초봉이의 애정뿐이겠는데 애당초부터 그게 없었으니 말이 안 된다.

그러니 초봉이란 결국 간색[421]만 좋았지, 애무(愛撫)의 취미에 있어서 40된 중년 남자의 무르익은 흥취를 만족시켜주기에 쓸모가 없는 계집이고 말았다.

그래서 둘의 사이에는 조만간 파탈이 나고라야 말 형편이었는데 계제에 초봉이가 달밤에 삿갓 쓰고 나오더라고 사사이 예쁘잖은 짓만 해대니 그거야말로 붙는 불에 재라 부채질을 하던 맥이다.

제호는 그래서 여름이 식어가는 9월달부터는 가정에 등한한 기색이 차차 드러나더니 10월로 접어들자 그것이 알아보게 유표했다.

이틀에 한 번쯤은 저녁을 비워때린 채 바깥 잠을 자고 그 다음 날 저녁에야 들어와서는 행여 초봉이가 바가지라도 긁어줄까 봐 손님이 왔느니 회사 볼일로 인천을 다녀왔느니 버엉떼엥하고 그러다가 헤먹어서 싱거울라치면 도로 휭허니 나가고…….

그러나 초봉이는 그걸 조금도 괘념을 않고 차라리 성가시지 않은 것만 다행히 여겼다.

제호의 등한해진 태도를 제 말대로 회사일이 바빠서 그러나 보다고 심상히 여길 뿐이지 유성온천에서 약속해주던 '생활의 설계'를 든든히 믿고 의심은 해보려고도 않던 것이다. 그러던 차에 오늘도 초봉이는 제호가 더욱 전에 없이 사흘째나 싹도 안 보인 것은 통히 잊어버리고서 태평세월로 마루에 나앉아 송희한테 젖을 물리고 재롱 보기에 방금 여념이 없다.

다섯 시나 되어서다. 가을해라 거진 기울게 되어 여윈 햇살이 지붕 너머로 옆집 뒷벽에 가물거리고, 그와 음영 진 대문 안 수통에서는 식모가 시시 무얼 씻고 있었다.

송희는 한 손으로 남은 젖꼭지를 움켜쥐고 한편 젖을 빨면서 잠이 들려고 눈이 간소름하다가 대문간에서 터덕거리는 발소리에 놀라 눈을 뜨고는 칭얼거린다.

제호가 마치 손님으로 남의 집에 오기나 하는 것처럼 기다란 얼굴을 끼웃거리면서 어릿어릿 안대문 안으로 들어선다.

10

"모르는 집에를 오시나? 무얼 그렇게 기웃거리시우?"

초봉이는 그대로 앉아 일어서지도 않는다.

그러나 그렇게 말을 하는 초봉이 저도 실상 수수로운 손님이 찾아온 걸 맞는 것같이 어느 구석엔가 서먹서먹한 기운이 있는 걸 어찌하지 못했다.

"으응, 아니, 거 머……."

제호는 우물우물하다가 히죽이 웃으면서 마룻전에 아무렇게나 털신 걸터앉는다.

좀 푸짐하라고 위정 그렇게 털털하게 굴어보는 것이나 그래도 안길 성이 없고 더 싱겁기만 했다.

한참이나 밍밍하니 앉아 있다가는 심심ㅜ삼아 고개를 이리저리 두르더니 초봉이가 안고 있는 송희를 들여다보면서,

"아나 어디 보자?"

하고 육중한 손바닥을 까분다.

오죽 멋쩍으면 그랬으련만 송희는 졸리는 눈을 뜨고 제호를 돌려다보다가 엄마의 젖가슴을 파고들고 초봉이는 마땅찮아서 이마를 찌푸린다.

"야아, 이놈의 딸년, 낯을 가리는구나. 허허, 제기랄 것, 아범이 아주 쫄딱 망했지, 허허허허, 제기랄 것."

제호는 여느 때와는 좀 다르게 짐짓 나와지는 너털웃음을 치고, 그러거나 말거나 초봉이는 칭얼거리는 송희만 다독거린다.

"그것 성미두 얼굴 생김새처럼 어멈을 닮아서 그렇지?"

"걱정두 말아요! 아무려면 당신 같은 털털이허구 바꾼답디까?"

"허허허허, 제기……."

"드끄러워요! 아이가 잠들려구 하는데 자꾸만……."

"하, 이런 놈의!"

제호는 지천을 먹고 끄먹끄먹 앉았다가 담배를 피워 문다. 그동안 초봉이는 잠이 든 송희를 안고 살그머니 안방으로 들어가서 조심조심 뉘어놓고는 다독거리고 덮어주고 돌려다보고 하다가 겨우 마루로 나온다.

"양식이 어떤고?"

제호는 옆에서 서성거리고 서 있는 초봉이를 올려다보면서 묻는다. 양식은 달로 헤아리지 않기 때문에 한 가마니를 들여보내면 어느 때 동이 나는지 모르니까 집에서 말을 해야 다시 들여보내곤 했는데 오늘은 자청해서 말을 내던 것이다.

"아직 괜찮아요."

초봉이는 쌀 한 가마니 들여온 지가 보름도 못 되는 것을 생각하고 심상한 대답한다.

"그래두. 아마 오래잖어서 떨어질걸?…… 아무튼 쌀뒤주가 큼직하겠다, 내일 새루 새루 한 가마니 들여보내지."

"싫어요. 그렁저렁하다가 햅쌀 나면 햅쌀을 들여다 먹어야지 냄새나는 묵은 쌀을 무슨 천주학이라구……."

"하하, 햅쌀밥이라! 짓두 그렇기는 하군. 벌써 햅쌀밥 소리가 나구, 제기랄 것. 돈은 몇 푼 잡지두 못했는데 금년 1년두 거진 다 가더람!⋯⋯ 그럼 쌀은 그런다구 장작은 어떻다구?"

"그거나 한 바리 내일이구 모레구⋯⋯."

"내일 들여보내지, 그럼⋯⋯."

제호는 돈지갑을 꺼내더니 10원짜리 다섯 장을 내놓는다.

"⋯⋯인제 생각하니 이달은 월급이 이틀이나 밀렸었군? 허허허허, 대장대신이 요새 건망증이 생겨서."

"한 30원만 더 주어요."

"30원? 그래⋯⋯ 무어 살 것 있나?"

제호는 돈을 다시 꺼내면서 혼자 속으로

'오냐, 이번이 마지막일지도 모르니 달랄 테거든 맘껏 달래 가거라.'

고 활협을 부렸다. 그럴 뿐 아니라, 초봉이의 눈치를 보아서 이제 아주 금을 긋고 갈라서는 마당에 가서는, 돈이라도 몇백 원 혹은 돈 천 원 집어주어, 뒤를 후히 해둘 요량까지 하고 있었다.

30원 더 얹어주는 10원짜리 여덟 장을 받아 괴춤[422]에 넣으면서 초봉이는 저 혼자

'역시 착한 아저씨는 아저씨지!'

하고 생각을 했다.

사실 제호가 살림이고 돈이고 언제든지 이렇게 강짜 한마디 없이, 아끼잖고 사다 주고 내놓고 하는 것을 받을 때만은, 그가 고마웠고 고마운 만큼 더 미덥기도 했었다.

"참, 어제 아침인가? 그저께 아침인가⋯⋯."

제호는 돈지갑을 도로 건사하면서 문득 남의 말이나 하듯이

"⋯⋯윤희가 올라왔더군?"

이런 소리를 흘려놓는다.

"윤희? 왜!"

초봉이는 제 바람에 놀랄 만치 깡충 뛴다.

비록 평소에는 의표에 떠오르지 않았다 하더라도 초봉이 역시 소위 남의 사내를 뺏어 산다는 '작은집' 다운 신경의 불안이 없을 수가 없었고, 그것이 이런 고패를 당하여 두드러져 나오던 것이다.

11

"허! 왜라니?…… 낸들 알 턱이 있나!"

제호는 종시 아무렇지도 않게 코대답을 한다.

이것은 분명 무엇인가를 시뻐하는 냉랭한 태도겠는데, 그러면 그것이 윤희가 서울로 올라온 그 사실을 대수롭게 여기잖는다는 것인지, 혹은 초봉이네가, 즉 작은여편네가, 시앗이 시앗 꼴을 못 본다더라고, 왜 그리 펄쩍 뛰느냐고 어쭙잖대서 하는 소린지 그걸 그 두 가지 중에 어느 것인지 초봉이는 선뜻 분간을 못 했다. 그러나 그는 제호를 저 혼자만 건달로 믿는 만큼 설마 내게야 그러진 않겠지 하고 안심을 하고 싶었다.

"……아마 여편네니까 제 서방한테 살러 온 게지."

이윽고 제호가 이렇게 되풀이를 하는 걸 듣고서야 초봉이는 옳게 정신이 들었다.

제호의 말이 그쯤 간다면, 그러면 앞으로 윤희를 어떻게 할 테냐 하는 제호의 태도가 자못 문제다.

'제까짓 게 오면 무슨 소용 있나? 괜찮어. 일없어.'

어떻게 보면 이런 눈치 같기도 하다. 그러나 또 어떻게 보면 콧방귀를 뀌면서

'그야 오는 게 당연하고 왔으니 살고 할 텐데, 왜니 어쩌니 하는 네가 딱하지 않으냐.'

이런 눈치 같기도 하다. 같은 게 아니라 훨씬 더 근리할 성부르다. 그렇다면 일은 커두었다.

여기서 초봉이는 국제조약과 한가지로 계집 사내 사이의 언약은, 저 싫으면 차 내던지는 놈이 장사요 앉아 당하는 놈은 호소무처[423]라는 걸 모르는 초

봉이는 유성온천서 받은 좀먹은 수형(手形)[424]을 오랜 기억의 밑바닥에서 꺼내 놓고 뒤적거린다.

자, 여기 쓰이되, 한 1년 두고서 서둘러 이혼을 한 뒤에 나를 민적에 올려준다고 한 대문이 있지 않으냐?

그런 것을 미룸미룸 이내 미뤄오다가, 이제는 윤희가 저렇게 쫓아 올라왔으니 어떻게 할 요량이냐? 이혼은 하느냐? 못 하느냐? 만약 이혼을 못 하면 나는 어쩌라며, 나도 나려니와 우리 송희의 민적은 어쩌라느냐?……

이렇게 수형의 액면대로 다 캘 것 캐고 따질 것 따지고 하자면 아무래도 단단히 악다구니는 해야 할 테고 급기야는 윤희와도 맞다들려 제호를 뺏으랴 차지하랴 해서 요란스런 싸움이 한바탕 벌어지고야 말 것 같았다. 그리고 물론 싸움을 사양치 않으리라 했다. 정작 싸우게 되면 울고 돌아섰지 싸우지도 못할 성미면서 위선 혼자서 방안 장담은 해둔 것이다.

하기야 초봉이는 제호라는 사내가 그대도록 뺏기고 싶지 않은 하 그리 탐탁한 사내더냐 하면 그런 것은 아니다.

차라리 아이를 기르는 데 거리적거리는 물건짝이니 이 기회에 윤희에게로 도로 내주고 선뜻 갈리고도 싶었다. 그리고서 이를 악물고 나서면야 무슨 짓을 해서든지 송희 하나 못 길러가진 않을 자신도 없지 않다.

그러나 그건 할 수 없는 경우고 그런 위태로운 바람 앞에 송희를 안고 나서느니보다는 그새처럼 평화롭고 안전한 온실 안에서 소중한 꽃 송희를 길러내고 싶은 게 송희를 위하는 단순한 그의 욕심이다.

그러니까 제호는 위선 빼앗기지 말고 보아야 하겠다는 것이다.

그건 물론 제호의 지금 배짱을 모르고 하는 옥구구[425]다.

제호는 이마적 와서는 윤희와 이혼을 할 생각은 없기도 하려니와 하고 싶어도 그게 그리 수월한 일이 아니다.

그건 고사하고 초봉이와 이렇게 딴살림을 차린 줄 윤희가 아는 날이면 큰 풍파가 일어나 모두 뒤죽박죽이 될 판이다.

그러니 초봉이와는 하루바삐 손을 끊는 게 그저 상책이다.

인제는 겻속이 갈리느냐 안 갈리느냐가 아니라 갈리기는 꼭 갈리고야 말게만 되었은즉 그럴 바이면 오늘 이 자리에서라도 자, 사실이 약시 이만저만하고 이만저만해서 너와는 더 지내기도 싫어났고 더 지낼 수도 없으니 그리 알고 너는 너대로 나는 나대로 갈라서자꾸나, 이렇게 이르고 일어서면 그만이다.

사실 당장 그랬으면 싶고 또 그리하자면 노상 못 할 것도 아니다.

그러나 영영 다급하면 몰라도 애초에 나이 어린 계집애를, 더구나 의리도 돌아보지 않을 수 없는 동향 친구의 자식을 살자고 살자고 꼬여서 오늘날까지 데리고 살다가 속이야 어떻게 생겼든 겉으로는 그다지 탈잡을 무엇이 없는 걸 그처럼 헌신짝 벗어 내던지듯 괄시를 하기는 두 뼘이나 되는 낯을 들고 차마 못 할 노릇이던 것이다.

그러니 이 성가신 석고상(石膏像)을 박절하게시리 내 손으로 내다버릴 수는 없고 한즉 그저 비벼 댈 언덕을 하나 만나 그걸 핑계 삼아서 갈라서든지 그도 저도 못 하면 아편쟁이 아편 끊듯이 서서히 두고 떼치는 수밖에는 도리가 없었다.

12

"그럼 어떡허실려우?"

둘이는 제가끔 제 생각에 잠겼노라고 한동안 말이 없다가 비로소 초봉이가 입을 열었다.

"응?"

제호는 너무 오래된 이야기 끝이라 무슨 소린지 몰라서 초봉이를 마주보다가 겨우 알아듣고 씨익 웃는다.

"……어떡허기는 무얼?…… 그저 그렇구 그렇지……. 모두 성화야 성화! 제기랄 것."

제호는 어물어물 씻어 넘기자는 수작인걸, 초봉이는 종시 딴전만 보고 있다.

제호가 시방 한 말을 어떻게 하기는 무얼 어떻게 하느냐? 그저 그러고 있으면 윤희 문제는 종차 다 요정이 날 텐데…… 에이 성가시어! 이렇게 하는 말로 알아들었던 것이다.

그러고 보니 방금 혼자서 결이 나서 따지고 캐고 하는 것이 우스웠고 따라서 이제는 제호를 더 조를 필요도 없다 했다.

그리고 윤희가 서울로 올라온 것도 위협이 되지 않고 앞일도 이런 착한 아저씨가 있대서 안심이 되고 했다.

"벌써 다섯 시 반이라?…… 어허 또 좀 가봐야 하나! 제기랄 것."

제호는 꺼내 보던 시계를 도로 집어넣으면서 기지개를 쓰고 일어선다.

제호가 일어서는 걸 보니 초봉이는 그가 지금 윤희한테로 가거니 생각하면 어쩐지 마음이 언짢고 그대로 놓아 보내기가 싫었다.

그건 단순한 물욕만도 아닐 것이고, 나그네 먹던 김칫국, 먹자니 더러워도 남 주자니 아까운 게 인심이라면 초봉이도 1년 넘겨 이태 가까이 살아온 이 사내가 명색 큰여편네라는 것한테로 가고 있는 걸 보고 있기가 역시 그늘에서 사는 남의 작은집답게 오기가 나지 않을 수도 없던 것이다.

"왜? 저녁 안 잡숫구?"

초봉이는 그새 여러 달 앓던 짓이라, 갑자기 속을 뽑히는 것 같아 귀밑이 붉어 올랐다.

제호는 속으로 고소해서 '흥! 너두 겁은 나기는 나는구나?…… 얌사스런[426] 것!'
이렇게 미운 소리를 했다.

"여섯 시에 잠깐 누구를 만나기루 했는데……."

제호는 선채로 주춤주춤하면서 이번에는 마루에 걸린 괘종을 올려다본다.

"그래두 얼른 잡숫구 나가시우?…… 그리구우, 저……."

초봉이는 오래간만에 해죽해죽 예쁜 웃음을 웃어 보인다.

"……오늘 월급 탄 턱으루 육회두 치구 갈비두 굽구 해디리께. 당신 좋아하시는……."

"육회? 갈비?"

제호는 그 웃음에 그전처럼 얼굴과 몸치장까지도 했더라면 얼마나 운치가 있겠느냐 이런 생각을 하는데, 또 육회니 갈비니 하니까 모처럼 초봉이의 얌전한 솜씨로 만든 안주에 입맛이 당기어 한잔 또한 해롭지 않다 했다.

"……거 구미는 당기는데…… 그러나저러나 오늘은 웬 써비스가 이리 대단한구?"

"월급 탄 턱으루……."

"허허허허, 제기랄 것. 시에미가 오래 살면 자숫물 통에 빠져 죽는다더니…….[427] 그러나저러나 시간이……."

"진지는 다 했어요. 지금 곧 고기하구 약주만 사 오면 그만인걸."

초봉이는 어멈을 불러대면서 부산하게 서둔다.

"아니, 가만 있으라구……."

만류하면서 제호는 그냥 마당으로 내려선다.

"그럴 게 아니라 내 다녀오지. 지금 가서 만날 사람 만나 보구, 여섯 시 반이나 일곱 시 그 안으루는 올 테니까, 그새 천천히 무얼 만들어두었다가 줄려거든 주구려. 그런다면 오는 길에 술은 내가 한 병 사들구 오께시니, 잉? 그러면 좋아?"

"그럼 그렇게 허시우. 여섯시 반이나 일곱 시까지? 꼭 오시우. 또 어디 가서 약주 잡숫느라구 남 눈이 빠지게 기대리겔랑 마시구……."

"아무렴, 그건 염려 말어요."

제호는 거들거리면서 대문간으로 나간다.

초봉이는 방으로 들어가서 방금 제호가 주고 간 돈을 양복장 속 서랍에다가 잘 건사를 한다. 그러면서 내일은 백화점으로 송희를 업혀가지고 침대며 유모차를 사러 가려니 하다가 돌려다보니까 송희는 젖을 빠는 꿈을 꾸는지 입술을 오물오물하고 있다.

그놈에 정신이 팔려, 식모를 고깃간에 보내자던 것도 잊어버리고서 들여다보고 좋아하는데 마침

"이리 오너라–."

점잖게 찾는 소리가 대문간에서 들려왔다. 한번 듣기에도, 귀에 여운이 처지는 쨍쨍하고도 따악 바라진 목소리다.

초봉이는 그것이 뉘 목소린 것을 알아내기 전에 가슴이 먼저 알아듣고 두근하니 울렁 손이 절로 올라가서 꽈악 눌러준다.

슬픈 곡예사(曲藝師)

1

초봉이는 마루로 나서고 부엌에서 식모가 대문간으로 나가더니 이윽고 도로 들어오는 그 뒤를 따라 처억 들어서는 건 평생 가도 잊혀지지 않을 곱사 장형보다.

따라 들어서는 형보를 돌려다보고 식모가 무어라고 시비조로 말은 하나 퍽 익숙한 눈치고 또 형보 역시 낯설지 않은 태도로 아니 뭐 괜찮으니 염려 말라고 하고 하는 게 이상은 하나 초봉이는 그런 걸 여새겨볼 정신이 없었다.

그는 형보가 선뜻 눈에 보이자, 아니 보기 전부터 놀라가지고 있었다.

피는 한꺼번에 얼굴로 치달아 두 관자놀이가 터질 듯 우꾼거리고 몸은 걷잡을 수 없이 떨렸다.

식모가 앞으로 와서

"아, 저이가 아씨를 뵙겠다구 하길래 밖에서 기다리라니깐 안 듣구서 저러구 따라 들어온대유!"

하는 성화도 쿵쿵 가슴 뛰는 소리에 삼켜지는 듯 똑똑히 알아듣지 못했다.

요행이 일순간 후에는 정신을 수습하고, 내가 왜 이 사람을 이대도록[428] 무서워할까 보냐면서 숨을 깊이 들이쉬고 고개를 꼿꼿이 쳐들었다. 그래도 종시 가슴은 들먹거리고 몸이 떨리는 건 어찌할 수가 없었다.

"실례합니다. 그새 다 안녕하십니까?"

언제 보아도 홀아비 꼴이 드러나게 꾀죄죄 때가 묻은 주제다. 호졸근하니 풀이 죽은 당목 두루마기에, 두루마기 밑으로 처져 내린 웅구바지[429]는 더 시꺼멓다. 군산서 볼 때보다 는 것은 그리 낡지 않은 손가방 한 개다.

이 꼬락서니에 고개를 되들고 조롱을 하듯 비죽이 웃으면서 그는 서슴지 않고 대뜰로 올라선다.

"어째서 외간 남자가 남의 집 내정을 함부루 들어오구 있어요!"

초봉이는 눈을 아니꼽게 가라뜨고 형보를 내려다보다가, 겨우 이렇게 떨면 떨면 나무란다.

"네, 잠깐 좀 뵐 일이 있어서요……."

형보는 네까짓 게 암만 그래봐라 하는 듯이, 마룻전에 가서 척 하니 걸터앉는다.

"그새 어, 참 다 평안하시구 또 궁금한 건 거 어린것인데 잘 놀기나 하나요?"

이 남을 깔보고 덤비는 형보의 괘씸스런 거조에 초봉이는 성이 나기보다 어처구니가 없어했겠지만, 그러나 어린것이라는 소리에 놀라 겨우 가라앉던 정신이 도로 황망해졌고, 그러느라고 다른 경황은 통히 나지 않았다.

"잘 놀거나 말거나 무슨 상관으루 그래요?…… 일없으니 어서 가요."

침착한 것과 초조한 것의 승부는 빠안한 거라 싸움의 첫 합에 초봉이는 위선 졌었다.

"어, 참 그리구 박제호 씨 그분두 좀 뵐 텐데, 일곱 시까지면 들어오신다구요?"

이 소리에 초봉이도 더 놀랐거니와 부엌문으로 끼웃이 내다보고 섰던 식모는 질겁을 해서 자라 모가지같이 고개를 오므라뜨린다.

식모는 그새 두 달 장간이나 가끔 대문 앞에 와서 어릿거리는 형보한테 번번이 돈 몇 장씩 얻어먹는 맛에 주인집 내정 이야기를 속속들이 알려바쳤었다. 형보의 계책을 알고 그런 건 아니나 아무튼 끄나풀 노릇을 한 셈이다.

그랬는데 오늘은 아주 어엿하게 이리 오너라 하고 찾더니 바깥주인의 동정을 물어보고는 척 안에까지 들어와서 맹랑한 수작을 붙이고 그런 끝에 제게서 들은 말을 내놓고 하는 게 아무래도 그동안 저지른 소행이 뒤집혀지나 보다고, 그래 겁이 나던 것이다.

초봉이는 형보가 제호를 만나겠다고까지 말하는 것은 분명 송희를 제 자식이라고 빼앗아가자는 심보거니 해서 그래 겁이 났다.

아무런들 송희야 빼앗길고마는 위선 제호는 여태 모르고 있는 낡은 비밀 하나가 드러날 테니 걱정이다.

거기 연달아 제호도 그러면 송희도 제 아비가 나선 맥이니 차라리 내주자고 할 것이니, 그러잔즉 두 사내가 우축좌축[430]하는 틈에 끼여 송희를 안 뺏기려고 거누기가[431] 좀첫일이 아닐 것이다.

초봉이는 어쩔 줄을 몰라 쩔쩔맬 것 같았다. 형보는 보니까 바로 태평으로 앉아 빼끔빼끔 담배를 피우고 있다.

"왜 가라는데 안 가구서 이래요?…… 괜히 좋잖은 일 보기 전에 냉큼 나가요…… 내 원 참, 별……."

마음이 초조한 만큼 초봉이는 말을 하는 태도 음성에 그러한 기운이 완구히 드러난다.

"가기가 그리 급한 게 아니니 위선 우리 이야기나 좀 해봅시다그려?"

형보는 마룻전에 걸트린 채 한 다리를 접쳐 올려놓고 초봉이게로 처억 돌아앉는다.

2

초봉이는 내가 어쩌니 오늘날 와서까지 이 위인한테 이런 해거를 당하나 싶어 분통이 터질 것 같았다.

분이 나는 깐으로는 단박 왜장을 쳐서 동리 사람이라도 청해 오고, 순사라도 데려다가 혼을 내주기라도 하고 싶었다. 꼭 그랬으면 속이 후련할 것 같았다. 그러나 그러자면 시끄러울 뿐 아니라 막되어먹은 이 위인의 행투라 그 입에서 무슨 소리가 나올지 모르는 걸, 섣불리 건드렸다가 지나간 사달이나 뒤집히고 보면 망신하기가 십상이겠으니 그도 난감하고 분해도 참는 게 옳을성싶었다.

이 위인을 빨리 쫓아 보내야만 하겠고 그러자면 제가 할 말이 있다고 하니 아무려나 말을 시키고 나서 어떻게든지 하는 게 좋겠다고까지 생각했다.

이것이 약점과 약한 마음을 지닌 탓이요, 그래서 그게 형보의 생판 억지와 떼에 옭혀드는 시초던 줄이야 초봉이 자신으로는 종시 깨닫지 못했던 것이다.

"이애 초봉아……."

이윽고 형보는 지금까지 공대하던 말투는 딱 걷어치우고 이렇게 수작을 부린다. 그런 중에도 식모는 꺼리는지 말소리만은 나직나직하다.

초봉이는 형보의 그런 무례스런 짓에 속이 물큰 했으나, 이왕 제 이야기를 들어는 보자던 참이라서 분을 꿀꺽 삼켜버렸다.

"에헴……."

하고 형보는 목을 한 번 가다듬고 담뱃재를 툭툭 털고 하더니,

"이야기를 간단하게 하려 들면 아주 간단하다, 응? 무엇인고 하니, 저 자식은 내 자식이고…… 똑똑히 들어라……."

하면서 발꿈치로 조기듯이[432] 말끝을 한 번 조기고는 바짝 고개를 되들어, 넌지시 기둥에 가 기대서 있는 초봉이를 올려다본다.

그래놓고는 콧구멍을 벌씸벌씸하는 게,

'자, 어떠냐?'

하는 꼴이다.

초봉이는 속으로,

'역시 그런 수작이로구나!'

하고 다시금 가슴이 울렁거렸으나 그런 사색은 애써 감추고서 꼿꼿이 형보를 마주 내려보다가,

"별 미친 녀석을 다 보겠네!"

하고 외면을 해버린다.

"흥! 암만 그래두 소용없느니라. 그리구 또 들어보아라. 자식이 내 자식일 뿐만 아니라 너는 내 계집이야, 내 계집…… 그러니 너는 자식 데리구 나를 따라오너라, 나를 따라와……."

초봉이는 차라리 실소를 할 뻔했다.

자식이 형보 제 자식이라는 데는 초봉이도 아니라고 우겨댈 거리가 없다면 없을 수도 있지만,

'너는 내 계집이다.'

하는 데는 기가 막히는데 게다가 한술 더 떠서 자식 데리고

'나를 따라오라…….'

니 생떼가 아니라면 미친놈의 수작으로밖에는 더 달리 보이지가 않았다.

"그래 할 말이라는 게 겨우 그거더냐?"

초봉이는 시쁘둥하게[433] 형보를 내려다본다.

"그렇다. 그러니까 어서 기저귀 뭉뚱그려서 들쳐 업구 날 따라 나서거라."

형보는 초봉이가 보기에 어느 구석이고 한구석 짐짓 그러는가 싶은 기색은 티끌만치도 없고 사뭇 시퍼런 서슬이 똑똑 듣는 것 같았다. 따라서 일이 그리 문문치 않을 줄도 알았다.

"괜히 그런 허튼수작하지 말구 냉큼 나가."

초봉이는 준절한 말로 형보를 나무란다.

"……저엉 그렇게 치근거리다가는 순사 불러댈 테니……. 무슨 권한으루다가 남의 집 내정에 들어와서는 되잖은 소리를 지껄이는 거야? 법 무서운 줄두 모르구서……."

"법? 흐흐 법?"

형보는 제야 기가 막히다고 상을 흩뜨린다.

"법? 그거 좋지! 그럼 그렇게 허까? 내라두 가서 순사라두 우선 불러오랴? 순사 세워놓구서 담판허게?"

"무척 순사가 네 편역 들어줄 줄 알았더냐?"

"이애 초봉아! 흥! 아니꼽다. 내가 순사가 무서울 바이면 이러구서 네게 오지를 않는다. 불러올 테거든 불러오느라, 가택침입죄루다가 29일 구류밖에 더 살라더냐? 그보다 더한 몇 해 징역두 상관없다……. 종신 징역이나 사형은 아닐 테니까. 징역 살구서 놓여 나오는 날이면, 응? 그때는 옳게…… 응? 알겠니?"

형보는 눈을 무섭게 부릅뜨고 뽀도독 소리가 역력히 들리게 이를 간다.

"……약차하면 순사 보는 데서, 저 어린것을 칵 찔러 죽이구, 너두 한칼루다가 조처 대버리구, 아주 시원하게 그래버리구서 잽혀가구 말 테다……. 순사 불러댈 테거든 불러대라, 불러대!"

3

초봉이가 순사를 불러댄다고 한 것은 정말 순사를 불러대려서 한 말이 아니라 엄포를 하느라고 그런 것인데 형보는 턱하니 딴죽을 걸면서 덜미를 치고 본즉 그야말로 순사를 불러와야 하게 일은 절박했으나 그렇다고 막상 순사를 불러대고 보면 지레 던테[434]가 날 것이고 그러니 이러지도 못하고 저러지도 못하고 마음이 다급하기만 했다.

당초에 형보는 초봉이를 넘보고서 하는 수작이요 염량 속은 말짱한 게 제가부터 겁을 먹고 있는 터이니 만일 초봉이가 속으로야 무섭고 겁이 나고 하더라도 그런 내색은 보이지를 말고서 말 한마디 눈짓 한번이라도 이 녀석아 네 소리는 미친 개소리만도 안 여긴다……는 태연한 태도를 보여가기만 했더라면 이 싸움에 그리 문문히 넘어 박히진 않았을 것이다. 그런 것을 침착을 잃고는 생판 부려대는 억지 떼와 맞서서 실랑이를 하니 아무러면 형보의 억지를 이겨낼 리 만무하고, 필경은 되잡치울 수밖에는 없던 것이다.

"네는 혹시…… 혹시 말이다……."

한참이나 있다가 형보는 훨씬 목소리를 눅여가지고 조곤조곤 타이르듯

"……저것 어린것이 고태수 자식이라구 요량을 대나 부다마는 잘못 알았

다. 고태수루 말하면 몇 해를 두구 화류계 계집이며, 염집 계집을 줄창 상관했어두 자식이라구는 배본 적이 없더니라. 그런 걸 너하구 한 열흘 살었다구 자식이 생겼을 성부르냐? 응?"

"……."

"그리구 또 너루 말하면 나하구는 어떻게 돼서 그랬든지 간에 하룻밤 상관이 있었을뿐더러 고태수가 생전에 내게다가 너를 맡겼더란 말이다……. 아, 여보게 형보, 내가 죽은 뒤엘라껀 우리 초봉이를 거두어줄 겸해서 아주 자네 마누라를 삼아주게…… 이런 말을 한 게 한두 번이 아니더란다. 증인이 멀쩡하게 살어 있다!"

"내가 머, 느의 집 종의 새끼더냐? 느이끼리 맘대루 주구받구 하게?"

초봉이는 속없는 태수 그 위인이 족히 그런 소리도 지껄이기는 했으리라고 생각했다.

"아니 그래, 네가 정녕 내 말을 못 듣겠단 말이냐?"

"어째서 내가 네 말을 들어?"

"정말이냐?"

"그래서……?"

"그렇거들랑, 자식을 위선 이리 내놓아라."

"나를 목을 썰어봐라……."

"자식두 못 내놓겠단 말이지?"

"도둑놈! 날불한당 같은 놈!"

"정말 못 내놓겠느냐?"

"아니면……?"

"알었다. 너두 자식 소중한 줄은 아나 보구나?"

초봉이는 대답을 않고 안방 문지방으로 물러섰다. 그는 무심중에 제 몸으로 송희를 가려주고 있던 것이다.

"네가 자식이 중할 량이면 나는 더하다. 아무리 내가 이런 병신이라구 속창자까지 없을 줄 알았더냐? 너두 생각을 해봐라. 어느 시러베 개아들 놈이,

그래 눈 멀뚱멀뚱 뜨구서 제 자식을 의붓애비한테 뺏기구 가만있을 놈이 어디 있다더냐? 괜히 어림도 없다, 흥!…… 자, 보아라…….”

형보는 잠깐 말을 멈추면서 조끼 호주머니를 부스럭부스럭하더니 짤막한 나무 동갈 하나를 뒤져 낸다. 둥글납작하고 한쪽으로 금이 간 하얀 나무 동갈, 그건 첫눈에 아이구치(단도)임을 알 수가 있다. 초봉이는 그것이 칼인 줄도 알았고 그래서 무섭기도 했으나 — 실상 알기 때문에 — 짐짓 모른 체하느라고 고개를 돌렸다.

“……너, 이것 알지?”

형보는 한 손으로 손가락을 놀려 칼집을 슬며시 반쯤 뽑아가지고 쳐들어 보인다.

“오냐, 죽일 테거든 죽여봐라.”

“죽이라? 왜 너를 죽일 줄 알구?…… 가만 있거라…….”

형보는 칼집을 맞추어 도로 조끼 호주머니에 집어넣는다.

“……너는 종차 문제구…… 네가 보는 네 눈앞에서 저걸 자식을 칵 찔러 죽일 테란 말이다. 자식을…….”

초봉이는 형보가 금시로 칼을 뽑아 들고 달려드는 것을 막기나 하려는 듯이 두 팔을 벌려 문지방을 가로막는다.

노상 위협만이 아니고, 칼까지 품고 왔을 때는 참말 송희를 죽이려고 덤빌 줄 분명히 알았던 것이다.

인제는 기가 죽어서 뭐라고 마주 악다구니를 할 기력도 안 나고 몸이 사시나무같이 떨린다. 눈은 실성할 듯 휑하니 벌어진다. 형보는 초봉이의 사색 질린 얼굴을 올려다보면서 신이 나는지 더욱 독살을 부린다.

“남의 의붓애비한테 뺏기구 말 테면 그까짓 것 죽여버리기나 하구 말지, 그냥 두구 보낼 줄 알았더냐?…… 날 마다구 하는 네 심통머리가 얄미워서라두 네 눈구멍으루 보는 데서, 너두 재랄복통이 나서 자진해 죽으라구, 고걸 요렇게 홅으려 줘구는 그저 칵…….”

예까지 형보는 꼭꼭 제겨가다가 문득, 낭패한 기색으로 말을 뚝 멈춘다.

4

만약 말을 그렇게 했다가 초봉이가 무서워서 그랬든지 귀찮아서 그랬든지 아무튼 옜다 네 자식 하고 선뜻 내주는 날이면 그런 낭패라고는 없을 판이다.

에미를 나눠 가자는 게 주장이요 자식이야 실상인즉 어느 놈의 씨알머린지 모르는 것, 가령 또 내 자식이라 치더라도 꿈에도 생각지 않은 것, 그러니 그걸 데려다가는 무얼 하느냔 말이다. 진소위 죽은 토끼 잡으려고 산토끼 쫓는 셈이 아니냐.

형보는 그래 말이 잘못 나간 것을 깨닫고 당황해서 그놈을 둘러맞출 궁량[435]을 부산하게 하고 있는데 그러나 실상 초봉이한테는 도리어 그게 더 효과가 컸다.

형보의 눈 하나 깜짝 않고 딱 버티고 앉아서 따북따북 말을 뱉어놓다가 필경

'요렇게 훑으려 쥐고 칵…….'

찔러 죽인다는, 손짓 눈짓 몸짓을 다 겸친 마지막 그 소리에는, 그만 아이구머니 하고 외칠 뻔했다.

눈을 지그시 내리감았다. 그러나 감는 눈에는, 칼을 뽑아 쥐고 희번덕거리는 형보와 피투성이가 되어서 바르르 떨고 엎어진 송희와, 환영이 역력히 나타나 보인다.

부르르 떨면서 눈을 번쩍 뜨고 무심결에 뒤를 돌려다본다. 의외던 것같이 송희가 고이 자고 있다. 호— 하니 한숨이 나왔으나 안심은 순간이요 마구 미칠 것 같다.

소리를 치자니 단박 칼을 뽑아 들고 덤빌 것이고 송희를 들쳐 업고 달아나자니 몇 걸음 못 가서 잡히고 말 것이다.

'어떡허나?'

대답은 안 나온다.

'저놈을 그저…….'

총이었으면 두말 않고 탕— 하니 쏘아 죽일 것 같다.

마침 보니 형보의 머리 위로 굵다란 도리[436]가 건너갔다.

저놈이 뚝 부러져 내리면서 정통으로 그저 저 대가리를 후려 때렸으면 캑 소리도 못 하고 즉사할 것 같다.

속으로 제발 좀 그래 주십사하고 축수를 한다.

어쩌면 방금 우지끈 딱 하고 내려앉는 성싶으면서도 쳐다보아야 그냥 정정하니 얹혀 있다.

"그러구 저러구 간에 말이다……."

이윽고 형보가 둘러댈 말을 장만해가지고 새채비로 나선다.

"……설사 네가 순순히 자식을 내준대두 나는 네가 보는 데서 죽여버릴 수밖에 없다. 죽여버리는 수밖에 없을 것이…… 아 글쎄 이, 홀아비 놈이 아직두 젖두 안 떨어져서 빼액빽 보채구 하는 걸 데려다가 어떻게 기른단 말이냐?…… 기를 수도 없거니와 액색해서 나 같은 성미 괄괄한 놈은 그런 꼴 눈으로 볼 수두 없구…… 그러니 눈 새까만 게 불쌍은 해두 죽여버리는 수밖에 더 있겠니?…… 그렇잖니? 이치가…… 생각을 해보아, 이치가 그럴 게 아닌가……. 머, 옛 놈은 어린 자식 있는 사내를, 계집년이 버리구 달아나니까 자식을 자반을 만들어서 짊어지구, 그년을 찾으러 다녔다더라마는 다 그게 애비 된 놈의 마음을 생각해보면, 근경이 그럴 만두 하니라……."

형보는 담배를 갈아 피우는 체하고 말을 잠깐 멈춘다.

초봉이는 형보의 하는 소리가 귀로 들어오지도 않는 듯이 외면을 하고 서서 꼼짝도 않는다.

그는 차라리 시방 제호라도 어서 들어와주었으면 싶었다.

이렇게 되었으니 나 혼자서는 좀체로 바워내기는 벌써 글렀고 한즉 제호는 기운도 세고 하니까 어서어서 들어와서 저 위인을 혼뗌을 주어 쫓아내주었으면 하던 것이다.

제호는 사람이 너그럽고 하니까 지금 와서 낡은 비밀 하나가 드러났다고 어쩔 사람 아니고 또 가령 그걸로 제호한테 무안을 본다손 치더라도 형보에게 끝끝내 화를 당하느니보다는 아무것도 아니라 했다.

돌려다보니 마침 송희가 잠이 깨어, 기지개를 쭈욱 펴더니 눈을 둘레둘레 하면서 때꾼한 목소리로 엄마를 부른다.

자고 깨면 맨 먼저 부르고 찾는 엄마…… 이 근경이 새삼스럽게 반가우면서도 그러나 단지 반갑지만 않고 눈물이 솟아났다.

송희는 엄마의 품에 담숙하니 안기어 젖을 빨고 있다.

누가 빼앗아가는가 봐 한 손으로는 남은 젖을 간지게[437] 움켜쥐고, 한 손으로는 꼼지락꼼지락하는 제 발을 잡아당기다가는 놓치고 도로 잡으려고 바동거리고 한다.

그 무심한 양이 들여다보고 있는 초봉이도 절로 따라 무심해지고 방금 눈앞에 닥쳐온 위험이나 곤경은 저기 먼 데서 들리는 남의 이야긴가 싶기도 했다.

일곱 시가 거진 다 되어, 가슴을 조마조마 죄면서 기다리던 제호가 털털거리고 대문간으로 들어섰다.

초봉이는 처음으로 제호라는 사람이 소중하고, 그의 집에 들어오는 발길이 천하에 반가웠다.

5

"어허, 내가 이거 시간을……."

제호는 무심히 떠들고 들어서다가 주춤하고 서서 뚜렛뚜렛한다.

형보는 헴 받은기침을 한 번 하고 걸터앉았던 마룻전에서 천천히 대뜰로 내려선다. 제호는 이 낯선 나그네를 의아스럽게 짯짯 훑어보다가 때마침 부엌문으로 내다보는 식모한테로 눈을 돌린다.

식모는 민망해서 고개를 숙여버린다.

제호는 저도 모르게 가만가만 걸어 대뜰 앞으로 오다가 초봉이가 송희를 안고 반기듯 문지방에 기대서는 눈과 서로 마주쳤다. 그는 형보를 힐끔 돌려다보면서 초봉이더러 이게 웬 사람이냐고 말없이 묻는다. 초봉이는 무슨 말을 할 듯이 눈이 빛나다가 이어 새침하고 외면을 한다.

그럴수록이 제호는 점점 더 선잠을 깬 것처럼 얼떨떨해서 어릿거린다. 대체 웬 낯모를 곱사며, 여편네는 왜 또 저렇게 샐쭉하는고? 기색이 저리 나쁜 게 이 괴물 같은 나그네와 무슨 상지[438]를 한 모양인데, 상지? 상지라니?

혹시 빚에 졸리나? 그렇지만 모르면 몰라도 빚은 졌을 리도 없거니와 설사 그런 사달이라고 하더라도 빚이면 빚이지 저대도록[439] 사색이 질리게까지 상지가 되었을 리야 없을 것인데…….

잠깐 동안이라지만 제호는 속이 갑갑해서 혼자 궁리궁리, 그러느라고 종시 어릿어릿하면서 마루 앞으로 가까이 온다.

형보는 맞이하듯 모자를 벗어 들고 가슴을 발딱 뒤로 젖히면서,

"에-, 복상(朴公)…… 이십니까?"
하고 되바라지게, 그러나 공순히 인사를 건넨다.

"네, 내가 박제홉니다……."

제호는 속으로야 이 기괴하고 추하게 생긴 인물이 마땅찮을뿐더러 더구나 무슨 일인지는 몰라도 그의 침노로 해서 집안이 이렇게 불안하게 된 데 대한 적의도 없지 못했으나 저편에서 의외로 점잖게 하고 보니 그게 또한 이마빡을 부딪뜨린 것 같아 황망히 흔연한 인사 대답을 하던 것이다.

그러고는 이어,

"게, 뉘신지요?"
하고 묻는다.

"네, 나는 어, 장형보라구 합니다. 어, 참……."

"장-형보 씨? 장형보 씨? 네, 네……."

"어, 참, 복상을 좀 뵐 령으로 찾아왔더니 방금 출입을 하셨다구 해서, 그러나 곧 들어오신다길래 어, 참 실례를 무릅쓰구서 이렇게 기대리구 있었습니다. 그러구……."

"아, 네, 네, 그러시거……."

"그러구 참, 저 부인 되시는 정초봉 씨루 논지허면 진작부터 잘 알구 해서,

좀 허물이 더얼하길래…….”

“네, 네. 아. 그러시거들랑 절러루 좀 올라앉아 기다리실걸…… 자, 올라오십시오.”

제호는 어디라 없이 하는 투가 아니꼽기는 했으나 그래도 생김새와는 달라 공순한 데 적이 적의가 풀렸다.

앞을 서서 올라선 제호가 청하는 대로 형보도 마루로 따라 올라간다.

“여보, 거 손님이 오셨으면, 거 좀…… 저, 방석 좀 이리 주구려.”

이렇게 수선을 떠는 제호를 초봉이는 좋잖게 거듭떠보다가 또 외면을 한다.

“허어! 이런 놈의! 이 방석은 다 어디루 갔누? 거 원 손님이 오셨거들랑 좀 올라앉으시게두 허구 허는 게 아니라. 그놈 새끼가 안 떨어질려구 해서 미처 손이 안 갔는 게지…… 가만있자, 방석이…….”

제호는 혼자 부산하게 중얼거리면서 안팎으로 끼웃거린다.

초봉이는 제호가 막 들어서자 선뜻 반가운 마음에, 그놈이 시방 칼을 품고 와서 우리 송희를 죽인다고 한대요 하고 역성을 들어달라는 원정[440]을 하고 싶었다.

위선 그랬으면 이때까지 끕끕수[441]를 받던 반 분풀이는 될 것 같았다.

그러나 막상 그랬다가 저놈이 단박 칼을 뽑아 들고 덤빈다든지, 그래서 제호와도 당장에 툭탁 싸움이 붙었다든지 하고 보면, 혹시 조용히 조처를 할 수가 없지도 않았던 일인 걸 갖다가 자는 호랑이 코침 주더라고 지레 탈을 내놓고 마는 게 아닐지도 모르겠고 하니 차라리 아무 말도 말고 제호한테 떠맡기고서 아직 하회를 보아보느니만 같지 못하겠거니 했다.

사실 제호한테다 맡겨만 놓으면 사람이 어디로 보나 형보보다는 한길 솟으니까 몰릴 일 없이 버젓하게 일 조처를 낼 것이고 그러나 만약 제호로서도 어찌할 수 없게 끝내 몰리거들랑 그때는 같이 나서서 둘이 협력을 해가지고 하면 가령 악으로 견더라도 형보 하나쯤은 못 바워낼 성부르진 않았다.

6

제호는 한참이나 두리번거리고 다니다가 방석을 찾아가지고 나와서 주객이 자리를 잡고 앉는다.

무심결에 그런 것이겠지만, 손 형보가 안방 쪽으로 앉고, 주인 제호는 안방께가 마주 보이게 건넌방 쪽으로 앉아졌다.

"자, 담배 피우십시오."

제호는 양복 호주머니를 뒤져 해태 곽을 꺼내놓다가 다시 일어서서 마루 구석에 있는 헌 재떨이를 집어 온다.

초봉이도 문턱 안으로 넌지시 도사리고 앉는다. 편안히 앉지 못하는 것은 제호가 미더운 만큼 겁먹었던 마음이 풀려 차차로 속이 든든하기는 하다지만 그러나 사세가 죽고 살기보다도 더 다급한 살판이라 자연 그 세를 주의하느라고 저도 모르게 전신이 긴장해진 표적일 시 분명하다.

"어, 복상께서두 연전에 한동안 군산 가서 계셨지요?…… 저, 제중당……."

형보는 제 담배 피존을 꺼내어 한 개 피워 물고는 말 시초를 이쯤 한가롭게 내놓는다.

"네, 그렇습니다. 그러면 댁에서두 군산 계셨던가요?"

"네, 한 3, 4년이 아니라, 그렁저렁 4, 5년 군산서 지냈습니다. 그러다가 지난여름 참에야 서울루 다시 올라왔습니다…… 머 변변치 않은 거나마 영업을 한 가지 시작하게 돼서……."

"네 네, 거 대단히 좋은 일이시군요."

제호는 형보의 그 영업이라는 것을 치하하는 건 아니고, 혼자 짐작되는 것이 있어 고개를 연신 끄덕거린다.

이 사람이 초봉이를 안다고 하니, 그러면 혹시 초봉이네 친가에서 무슨 까다로운 교섭을 부탁 맡아가지고 온 것이나 아닌지? 그래서 초봉이도 제 비위에 안 맞는 전갈을 하니까 저렇게 뾰로통한 게 아닌지? 매양 그런 내평이겠지…….

이렇게 속짐작을 하던 것이다.

"어 참, 군산 있을 때는 복상을 뵙던 못했어두, 익히 성화는 듣구 있었습니다. 다 내가 위인이 옹졸해서 인사두 진즉 여쭙덜 못하구 참……."

"원 천만에! 그야 피차일반이지요. 아무튼 군산 계셨다니 고향 친구를 만난 것이나 진배없이 반갑습니다."

"나두 뵙기에 퍽 반갑습니다."

형보는 좀체로 이야기를 꺼내지 않고 이런 장황한 한담으로 초를 잡는다.

형보는 제가 외양으로부터 한팔 꺾이는 곱사요, 그렇기 때문에 처음 대하는 사람한테 불쾌한 인상을 주는 것으로 인해 받는 멸시가 위선 큰 손실인 줄을, 잘 알고 있다.

그렇기 때문에 그는 위정 점잔을 부려, 그 점잔으로써 억울한 체면의 손실을 때우곤 하는 게 항투다.

미상불 세상 사람들은 형보가 곱사요 또 형용이 추하게 생겼대서, 속을 주기 전에 덮어놓고 멸시를 했고, 이 멸시 속에서 형보는 자라났고, 살아왔고, 지금도 살고 있다.

'곱사…….'

'병신…….'

'빌어먹게 생긴 얼굴…….'

'무섭게 생긴 상판대기…….'

특별히 그리고 극히 드물게 우연한 기회로 친해지는 사람—가령 죽은 태수 같은—그런 사람 외에는 대개들 뒤통수다 대고 혹은 맞대놓고 그를 능멸을 하고 구박을 주고 했다.

어릴 적에 더욱이 그런 고까운 멸시를 많이 받고 자라났다. 노는 아이들 동무만 그런 게 아니라 아무 이해도 없으면서 어른들도 그랬다.

연한 동심은 좋이 자라지를 못하고 속에서 갈고리같이 옥고 뱀같이 서리서리 서렸다. 심술이 궂고 음험해졌다.

자란 뒤에 세상살이의 벌이에서도 남들은 보기 흉어운 형보를 꺼려하고 돌려놓았다.

'오냐, 나는 곱사다.'

'오냐, 나는 병신이요, 얼굴이 빌어먹게 생겼다.'

'그렇지만, 그렇다고 죽으란 법 있더냐? 나도 살아야겠다.'

형보는 세상에 대해서 피가 나도록 핍절한[442] 앙심을 먹고, 마침내는 세상을 통으로 원수를 삼고서 넉 자 다섯 치의 박절한 일신을 부지했다.

그리하는 동안에 30년 40년을 지내 온 지금에는, 소년 적과 20 안팎 때의 그렇듯 불타던 앙심은 달궈질 대로 달궈져서 그놈이 한 개의 천품으로 굳어버렸다.

세상에 대한 울분이나 저주는 다 잊어버렸다. 그런 대신 꼬부라진 심청과 억지 뱃심으로다가 살기 띤 처세를 하기를 바로 물이나 마시듯 담담하니 무심코 해나갈 뿐이다.

그러므로 그가 가령 점잔을 부리더라도 그것은 저편을 존경하는 덕이 있어 그런 게 아니고, 그 또한 억지엣 뱃심일 따름이다.

고운 꾀꼬리가 가을이면 회색으로 변하는 것과 형보의 심청이 그처럼 꼬부라진 것과는 단지 생리적인 것과 심리적인 것의 차이밖에는 더 다를 게 없는 것이다.

7

형보의 납작하니 서너 뼘밖에 안 되는 앉은키와 그 세 곱이나 되는 듯 우뚝한 제호의 키…… 제호의 대머리까지 벗어져 가뜩이나 위아래로 기다란 얼굴과 두루뭉술하니 중상(僧相)으로 생긴 형보의 얼굴…… 식인종을 연상할 만큼 흉악스러운 형보의 골상(骨相)과, 귀족태가 나게 세련된 제호의 골상…… 번화한 홈스펀[443]으로 말쑥하게 춘추복을 뺀 제호의 몸치장과, 때 묻은 당목결로 안팎을 감은 형보의 옷주제…… 뱃심을 내어 몸을 좌우로 흔드는 형보와, 속이 궁금해서 앞뒤로 끄덕거리는 제호…….

마주 앉은 이 두 사람은 무얼로 보든지 기묘하게 대조를 이루고 있다.

어느덧 어스름이 내리고 전등도 켜져 있다. 도시의 아득한 소음이 두 사람의 이야기 소리에 무슨 심포니로 반주를 하듯 감감이 들려온다.

"어, 참, 복상을 뵙자구 하는 건 다름이 아니라……."

훨씬 수인사의 한담이 오고 가고 하다가 잠깐 말이 끊겼던 뒤를 이어 형보가 비로소 진 대목을 꺼내놓던 것이다.

"……어, 참, 저 부인 되시는 정초봉 씨 그분한테 대한 조간인데……."

"네에!"

제호는 역시 짐작한 대로 그런 교섭이었구나 생각하면서 순탄히 대꾸를 한다.

"허나 이거 원 일이 실없이 맹랑해서 이야기를 들으시기가 퍽 언짢으실 텐데, 허허 그렇더래두 다 부득이한 사정이니깐 참 그쯤 양해하시구…… 허허."

"네 네, 좋습니다. 무슨 말씀이신지는 몰라두 다……."

"그러면 맘 놓구 다 말씀하겠습니다, 헴 헴…… 어 참, 저 정초봉 씨가 첨에 결혼을 한 고태수 군, 그 군으로 말하면 나하곤 막역한 친구였습니다. 머 참, 친동기간이라두 그렇게 다정하구 가까울 수가 없었지요. 그런 관계루 해서 그 군이 저 정초봉 씨하구 결혼을 하느라구 신접살림을 채려둔 집에두 내가 미리 가서 있었구, 다 그만큼 참, 서루 믿구 지냈더란 말씀이지요."

"네!"

"그건 그렇거니와, 그런데 복상께서두 아시겠지만, 그 사람이 어 참, 그런, 응, 비명횡사를 하지 않었겠습니까?"

"듣자니 참 그랬다더군요."

"네. 그런데 실상인즉 그 사람이 진즉부터두 자살! 자살을 헐 양으루 맘을 먹구 있었습니다, 결혼하기 그전부터 그랬지요."

"네에! 건 어찌?"

"역시 다 아시다시피 은행돈 그 조간이지요. 그게 발각이 나서 수갑을 차,

징역을 살어 하자면 챙피할 테니깐, 여망 없는 세상, 치소[444] 받고 사느니 깨끗이 죽는 게 옳겠다는 생각이죠. 혹간 징역이란 말만 해두 후울훌 뛰었으니까요."

제호는 속으로 흥! 하고 싶은 것을,

"네에!"

하고 대꾸한다. 유유하게 결혼까지 할 사람이 자살을 하려고 결심했다는 건 종작없는 소리같이 미덥지가 않던 것이다.

"그래서 어, 참, 그렇게 자살할 결심을 했는데 공교롭게스리 그 일이 생겼으니깐 일테면 기왕 죽기는 일반인 것을 좀 창피하게 죽었다구 하겠지요. 허허. 그런데 말씀입니다. 그 사람이 자살할 결심을 그렇게 하구서는 내게다 유언 비슷하게 부탁을 해둔 게 있단 말씀이지요!"

"네에!"

제호는 처음 짐작한 대로 초봉이네 친정에서 온 담판이 아니고, 그다지 듣고 싶지도 않은 고태수의 일을 장황히 늘어놓다가 필경 유언 소리가 나오니까, 옳지 그러면 고태수의 유복자를 찾으러 온 속이로구나 생각하고 그럴 법도 하대서 혼자 고개를 끄덕거린다.

"그런데 어 참, 그 유언이라는 게 어떻게 된 거냐 하면 말씀이지요. 그 사람이 누차 두고 날더러 하는 말이, 여보게 형보, 나는 아무래두 이 세상 오래 살구는 싶잖으이. 다 각오했네. 그렇지만, 두루두루 미망진 일이 한두 가지가 아니나 그중에도 꼭 한 군데 정말 맘 뇌잖는 자리가 있네. 눈이 감길 것 같잖으이. 아, 이런 말을 하군 한단 말씀이지요?…… 그래오다가 맨 나중 번에는, 그게 그러니까 바루 그해, 5월 30일 날 그 사달이 생기던 전전날입니다. 장소는 개복동 살던 행화라구, 그 사람이 전부터 상관하던 기생의 집이구요."

만일 죽은 고태수가 초봉이와 결혼을 한 뒤로는, 행화의 집에는 통히 발걸음을 한 일이 없다는 사실을 아는 사람이 듣는다면, 지금 형보의 하는 소리가 생판 거짓말인 게 빤히 드러날 것이다.

그러나 제호는 물론이고 초봉이도 그 진가를 분간할 길이 없던 것이다. 또 그 분간이 나선대야 그게 그다지 효험도 내지는 못하겠지만…….

8

"그래서 말씀입니다……."

형보는 하던 말끝을 잇댄다.

"……내 말이, 아 이 사람아 자네두 거 미친 소리 인제는 작작 해두게! 한 3, 4년 전중이[445]나 살구 나오면 그만인 걸 가지구 무얼 육장 그런 청승맞은 소리를 하구 있나! 이렇게 멋스리질 않었겠습니까? 그랬더니 그 군은 종시 고개를 흔들면서 아닐세 답답한 소리 말구 아무튼지 내 말을 허수히 여길 것이 아니라 잘 유념했다가 꼭 그대루 해주게……. 다른 게 아니라 우리 초봉이를 내가 죽은 뒤엘라껀 뒤도 거둬줄 겸 아주 자네 마누라를 삼아서 고생살이나 않게 해주게, 응? 형보, 나는 자네를 믿구 부탁이니 부디 무엇 하게 생각 말구…… 아, 이런 말을 한단 말씀이지요!"

"네에!"

제호는 속으로 하하 옳거니! 하면서 무릎이라도 탁 칠 듯이 고개를 끄덕거린다.

인제 보니 조그만 놈 유복자 문제가 아니고 이 친구가 지금 다 자란 어미 초봉이를 업으러 왔구만? 바루……. 딴은 그래!…… 초봉이도 그래서 저렇게 앵돌아져 가지고는…….

제호는 일이 어떻게 신통한지 몰랐다.

마침 주체스럽던 수하물(手荷物)이다. 하나 그렇다고 슬그머니 내버리고 가재도 한 조각 의리에 걸려 차마 못 하던 참이다. 그렇던 걸 글쎄 웬 작자가 툭 튀어들어 인다구 그건 내거다 하니 이런 다행할 도리가 없다. 아슴찮으니[446] 돈이라도 몇 푼 채워서 내주어야겠다. 어, 참 실없이 잘되었다. 좋다.

제호는 전자에 호남선 찻간에서 처음 초봉이를 제 것 만들기로 하고 좋다고 하던 때와 다름없이 시방 와서는 그를 남한테 내주어버리게 될 것을 역시 좋다고 하고 있다.

초봉이는 건뜻 넘겨다보니 눈을 내리깔고 아랫입술을 지그시 깨문다. 성미가 복받치는지 숨길이 거칠어 코가 발심거리는 것까지 보인다.

이것은 실상 초봉이가 아까 형보한테 직접 그 말을 들었을 때와 마찬가지로 태수가 작히 그런 염장 빠진 소리를 했으려니 해서, 태수 그에게 대한 반감이 다시금 우러난 표적이던 것이다. 그러나 제호는 단지 그가 이 괴물 같은 사내한테로는 가지 않겠다는 항거로만 보았고, 그러니, 그야 처지를 뒤바꿔놓고 생각하더라도 이런 위인한테 팔자를 고치고 싶지 않을 건 당연한 인정이려니 하면 초봉이를 여겨 일변 마음 한구석이 민망하기도 했다.

"아, 그런데 참……."

형보가 갑자기 당황한 기색으로, 잠깐 말 그쳤던 뒤끝을 얼른 잇는다.

"……거 그 사람 고 군이 말씀입니다. 내 짐작에 정초봉 씨한테는 그런 말을 미처 못 해뒀을 겝니다. 그 군인들 머 그런 불의지변을 당할 줄은 몰랐으니깐 종차 이야기를 하려니 하구만 있었겠죠. 그러다가 갑자기 그 변을 당했구허니 유언 같은 건 할 새두 없었습니다. 그런 유언이라건 아내 되는 분한테다야 미리서 해두지는 못하는 것이고 다 자살이면 자살을 하기로 약까지 먹구나서 하게 되는 건데…… 그러니까 아마 모르면 몰라도 정초봉 씨는 그 사람한테서 그런 이야기는 못 들었을 게 십상이지요. 그렇지만 머 그걸 이 장형보 혼자만 들었을세 말이지, 한자리에 앉아서 같이 들은 행화라는 그 기생두 지금 멀쩡하니 살아 있으니깐요."

형보가 황망하게 중언부언, 이 말을 되씹고 하는 것은 행여 초봉이라도, 나는 그런 말 들은 일 없다고 것지르고 나서지나 않을까 해서 미리 덜미를 쳐놓자는 계책이던 것이다.

그러나 그러고저러고 간에 초봉이는 아직 말참견을 하지 않을 요량일 뿐 아니라 또 그것만 하더라도 태수가 정녕 그런 소리를 했기 쉬우리라고 여기는 터라 그까짓 걸 가지고는 이러니저러니 상지를 할 생각은 통히 나지도 않았다.

형보는 한참이나 있어보아도 그냥 잠잠하니까 제 재치 있는 주변이 효험이 났거니 하고 안심한 후에 이번은

"자, 그런데 말씀입니다……."

하고 음성도 일단 높여 새 대목을 끄집어낸다.

"……어 참, 그렇게 다정한 친구한테 간곡하게 부탁을 받았을 양이면, 그게 다소간 거북한 일은 일이라구 하더라두 말씀입니다, 그 유언을 갖다가 꼭 시행을 해야 옳겠습니까? 그냥 흐지부지해버려야 옳겠습니까? 어떻습니까? 복상 생각은……."

"글쎄올시다, 원……."

제호는 힐끗 초봉이를 건너다보면서 어물어물한다.

9

제호는 실상 형보의 그 말을 선뜻 받아 아 그러니 마니 하겠느냐고 아무렴 그래야 옳지야고 맞장구를 치고 싶었다. 일 되어가는 싹수가 그만큼 굴지고[447] 제 맘과 맞아떨어지던 것이다. 그러나 초봉이의 얼굴을 보면은 하기야 그것도 마음이 한구석 이미 저린 데가 있으므로 하여 보는 눈도 자연 그렇게 어린 것이겠지만 어쩐지 안색이 다 죽은 듯 암담한 것만 같고 해서, 차마 주저하는 생각에 그쯤 어름어름하고 만 것이다.

제호의 얼굴을 곁눈질로 올려다보고 하던 형보는 말끝을 더 기다리지 않고 흠선하게

"아니 머, 복상 의견을 말씀하시기가 거북하시면 그만두셔도 좋습니다. 인제 대답은 단 한마디만 해주실 기회가 있으니까요……. 그러니 아직 내가 하는 말씀을 끝까지 다 듣기나 하십시오……."

이렇게 까놓고는 다시 제 말을 계속한다.

"……헌데, 어, 참 그 뒤에 그 사람이 가뜩이나 그런 비참한 죽음까지 하구

보니까, 명색이 친구라는 나루 앉아서 당하자니 한결 더 불쌍한 생각이 들구 이래저래 여러 가지루 참 비감이 나구 하더군요. 그래서 어 참, 며칠 두구 밤잠을 못 자구 곰곰이 궁구 마련을 하다가 필경 그러면 내가 그 유언이라두 시행을 하는 게 도리에 옳겠다고 생각을 했습니다…… 어 참, 그걸 어떻게 보면 다소 언짢은 노릇이 아닌 것두 아니긴 하지만, 남이야 무어라든 그대루 시행을 하는 게 생전에 다 정다웠던 친구한테 대한 의리니까요."

제호는 의리하고는 별 되놈의 의리도 다 있던가 보다고 그런 중에도 실소를 할 뻔했다.

사실 제호는 일이 다 저한테 십상으로 계제가 좋고 해서 따로 엉뚱한 배짱을 꿇이고 있었기에 망정이지 이 괴상한 위인의 하는 수작이 제 모양새대로 해괴망측하고 단지 초봉이라는 애틋한 계집 하나를 보쌈하듯 업어 가자는 생엉터리 속이고 한 것을 몰랐다든가, 그래서 맞다잡고 시비를 캐지 못한다든가 하던 것은 아니다.

"그리고, 그리고 말씀입니다. 또 한 가지, 어 참 대단 요긴한 조간이 있습니다…… 그건 다른 게 아니라, 허허, 이거 원 말씀하기가 거북해서……."

"머, 괜찮습니다. 어서 다……."

"그럼 실례를 무릅쓰구다…… 헌데, 그 요긴한 조간이란 건 다른 게 아니라, 그 사람 고 군 말씀입니다. 그 군이 변을 당하던 바루 그날 밤인데…… 그날 밤에, 어 참 정초봉 씨와 나와는 어 참, 그 하룻밤 거 참, 에, 관계라는 게 있었단 말씀이지요! 허허."

제호는 단박에 제 낯이 화툿 단 것 같았다. 그는, 대체 어떻게 된 셈속이냐고, 족치듯이 좋잖은 낯끝으로 초봉이를 건너다본다.

하기야 시방 계제 좋은 핑곗거리를 만나, 계집을 떼쳐버릴 요량을 하고 있는 마당에, 계집이 일찍이 몇 사내를 했던들 상관할 게 없는 것이기는 하지만, 그러나 여자의 정조에 대한 남자의 결벽은 결코 그렇게 담담하지가 않던 것이다.

제호의 기색을 살필 겨를도 없고, 다만 그와 눈이 마주칠까 저어서 초봉이는 지레 고개를 숙이고 들지 않는다.

그는 억울한 대로,

'그놈이 나를 강제로다가 겁탈을 했대요.'

이 말이 목구멍까지 올라왔으나 제일에 제호한테 마주 얼굴이 둘러지질 않고 해서 시방 그 변명을 한들 무슨 소용이겠느냐고 그대로 꿀꺽 삼켜버리고 말았다.

제호는 초봉이가 변명을 할 말이 없어 고개를 숙인 걸로 보았지 달리 해석할 길은 없었다.

그러고 보니 원 저게 어쩌면 그다지도 몸을 헤프게 가졌을까 보냐고 내내 불쾌한 생각이 가시지를 않았다.

그러나 일변 전자에 호남선에서 만나 이편이 하자는 대로 유성온천으로 따라와서 별반 그리 주저도 없이 몸을 날 맡기던 일을 생각하면 본시 행실머리가 줄 수 없는 계집이었구나 싶어 금시로 초봉이가 바싹 내려다보였다.

그러고 그동안 저 계집의 정조의 경도(硬度)를 시험해보지도 않고서 그의 정조도 얼굴 생김새와 같이 점수(点數)가 높으려니 믿었던—믿고 안 믿고 할 여부도 없이—의심 한 번 해보지도 않은 제호 제 자신이 소갈머리 없는 등신이었구나 싶었다.

"어 참, 그렇게 하룻밤 관계가 있었을 뿐 아니라……."

형보는 제호의 낯꽃이 변한 것을 보고, 오냐 일은 잘 되어간다고 좋아하면서

"……그것두 참 다 인연이라구 할는지, 공교롭다고 할는지, 아, 어린것 하나가 생겼습니다그려!…… 바루 저게 그거지요."

형보는 고갯짓을 해서 뒤를 가리킨다.

10

어린아이 송희가 형보의 혈육이라는 것도 제호가 듣기에는 의외의 소식이

었었다.

그러나 곧, 그도 그럴 법하다고 저도 모르게 고개를 끄덕거린다.

또 그뿐만 아니라, 작년에 초봉이가 ××를 시키려고 약까지 집어 먹고 그 야단을 내던 속도 비로소 옳게 안 것 같았다.

고태수의 씨라서 그런 줄만 알았더니 옳아! 이 장형보와 그러고 그래서 생긴 불의한 자식이라서…….

제호는 눈을 간소롬히 뜨고 연거푸 기다란 얼굴을 끄덕끄덕한다.

잠잠하니 말들이 없다. 형보는 제가 던진 돌멩이가 일으켜놓은 파문을 시험하느라고 담배만 뻐억뻑 피우고 있다.

조용해진 틈을 타서 또옥따악 또옥따악 뒷벽의 괘종이 파적을 돕는다. 밤은 차차로 어두워온다. 안방과 건넌방의 전등이 내비쳐 마루에 앉은 두 사내의 그림자를 괴물같이 앞뒤로 늘어놓고 있다. 격동을 싼 순간 동안의 침묵은 임종을 기다리는 것같이 불쾌하게 무겁다.

초봉이의 떨어뜨린 눈은 품에 안겨 젖을 빨면서 무심히 꼼질거리는 송희의 고사리 같은 손에 가서 또한 무심히 멎어 있다.

초봉이는 제호가 어떤 낯꽃을 하고 있는지 궁금해하면서도 차마 얼굴을 들지 못한다.

비록 낡은 새 흉이 드러났어도 그것은 제호가 다 눈감아주고 탄을 않겠거니 하면 안심이 되기는 하나, 그렇다고 노상 부끄럼이 없진 못했다.

물론 제호가 지금 딴 요량을 먹고서 딴 궁리를 하고 있는 줄은 까맣게 모르고 있다.

그러니까 가령 지금 이 자리에서 그 눈치를 알아챘다고 하더라도 설마 그게 벌써 오래전부터 다른 원인이 있어 그래오던 것이라고까지는 아무리 해도 깨닫지 못할 것이고 그저 오늘 당장 장형보라는 저 원수가 들이덤벼 가지고는 조사모사해놓은 소치로만 여겼을 것이다. 따라서 그냥 잠자코 있으려고 하지도 않을 것이다.

가령 송희를 두고 말하더라도 그건 결코 그런 게 아니라 사실이 약시 이만저만한즉 장가의 자식일 법도 하나, 꼭이 그러랄 법도 없소, 또 ××를 시키잤던 것은 불의한 자식이라서가 아니라 원수의 자식일는지도 모를뿐더러 일변 아비 없는 자식을 낳지 않으려고 그랬소 하고 변명을 했을 것이다.

그것뿐이 아니다.

형보와의 하룻밤 관계라는 것도 잠든 틈에 그놈이 나를 겁탈을 한 것이지 내가 그러구 싶어서 그런 것은 아니오.

고태수의 명색 유언이라는 것도 다 종작없는 소리겠지만 가령 고태수가 주책없이 그런 부탁을 했다기로서니 내가 고태수의 물건이길래 저희끼리 주고받고 한단 말이오? 또 내가 죄인이고 고태수가 법관이라서 내가 그 말을 준수해야 한단 말이오?……

이렇게 초봉이는 들고 나서서 변명하고 마주 해댈 말이 없던 것이 아니다.

물론 천언만언 변명을 한대야 제호의 배짱 토라진 내력이 따로 있는 이상 아무 효험도 없을 것이고 그런즉 이 경우에 초봉이가 잠자코 변명을 않기 때문에, 그런 때문에 장차 몇 분 후면 판연히 드러날 한 새로운 운명을 자취하게 된 것은 아니다. 운명은 넝쿨이 결단코 조만치가 않다.

시방 초봉이의 새로운 이 운명만 하더라도 그 복선(伏線)은 차라리 그가 어머니로서 송희를 사랑하는 죄-하기야 마니아(狂)에 가깝도록 편벽된 구석이 없진 않으나-아무튼 어머니 된 죄, 그 속으로부터 넝쿨은 뻗어 나온 것이다.

하나, 그놈을 다시 추어보면 넝쿨은 애정 없이 사랑할 수 없다는 서글픈 인정 속에 묻혀 있는 복선의 연맥[448]임을 알 수 있다.

그리고 다시 그 끝은, 팔자를 한 번 그릇뜨린 젊은 여인이란 매춘의 구렁으로 굴러들기 아니면 소첩 애첩의 이름 밑에 아무 때고 버림을 받아야 할 말이 없는 위험지대에다가 몸을 퍼뜨리고 성적 직업(性的職業)에나 종사하도록 연약하기만 하지 여자이기보다 먼저 인간이라는 각오와 다구지게 두 발로 대지를 밟고 일어서서 버틸 능(能)이 없이 치어났다는 죄, 그 죄에로 복선의 끝은 유난히 뻗어 들어가서 있는 것이다.

만일 이 복선의 넝쿨을 마지막, 땅에 뿌리박은 곳까지 추어 들어가서 힘껏 잡아 뽑아내면 거기에는 두 덩이의 굵은 지하경(地下莖)이 살찐 고구마와 같이 디룽디룽 달려 올라오고 있을 것이다.

이것이 한 덩이는 세상 풍도(風度)요, 다른 한 덩이는 인간의 식욕(食慾)이다.

기구한 생애가 시초를 잡고 뻗쳐 나오는 운명의 요술 주머니란 바로 이것인 것이다.

11

형보의 그 다음 이야기는 대강 이러했다.

박제호 너도 저 어린것이 네 혈육이라고 생각하지는 않을 것이다. 사실 그렇다.

혹시 고태수의 것이라고 한다면 그건 근리한 말이겠지만 그러나 역시 그렇지도 않은 것이 고태수는 몇 해를 두고 뭇 계집을 상관했으되 단 한 번이라도 자식을 밴 적이 없었다.

그러니 정초봉이와 한 10여 일 지냈다고 임신이 되었을 이치가 없고 한즉 고태수의 자식도 아니다.

그렇다면 더 묻지 않아도 내 자식일 것은 분명하다.

보아한즉 어린것이 제 어미를 그대로 닮았더라. 하니, 모습을 가지고는 아비를 찾을 수야 없겠지만 자세히 뜯어놓고 볼 양이면 이목구비나 손발 어느 구석이고 한 곳은 나를 탁한 데가 있을 것이다…….

이렇게까지 군색스럽게 꾸며대는 형보는 그러나 우리 동인(東仁)의 「발가락이 닮았다」의 독자는 아니리라.

고태수가 죽자 정초봉이는 바로 서울로 올라왔었다. 웬만했으면 그때 곧 그 뒤를 곧 쫓아 올라와서 도로 데리고 내려가든지, 혹은 그대로 주저앉아 동거를 하든지 했을 것이나, 내가 그때까지는 통히 축재를 해둔 것이 없기 때문에 그런 책임 있는 일을 하자니 섬뻑 엄두가 나지를 않았다. 그래서 걱정 걱정 하던 중에 듣자한즉 박제호 너와 만나서 산다기에 우선 안심을 했었다.

그 뒤에 나는 이를 갈아가면서 부라퀴[449]같이 납뛴 결과 요행 돈을 몇천 원 손에 잡았다.

그것도 따지고 보면 다 친구의 간절한 부탁을 저버리지 않겠다는 일편단심이던 것이다.

또 알아보니 자식을 낳았다고 하는데 속새로 염탐을 해본 결과 내 자식인 게 분명했고 그래서 그때부터는 자식을 찾아야 하겠다는 아비 된 책임도 크게 나를 채찍질을 했었다.

일변 나는 전부터 경륜하던 유리한 영업이 한 가지 있던 터라 지난여름 서울로 올라와서 그 돈 기천 원을 밑천 삼아, 위선 영업을 해보았다. 미상불 예상한 대로 이익이 쑬쑬하고[450] 해서 몇 식구는 넉넉 먹고살고도 남을 형편이다. 만약 못 미덥거든 증거물이라도 보여주마.

저 가방 속에 들어 있는 수형이 그것이다. 수형 할인 장사다.

바야흐로 나는 만반 준비가 다 되었다. 즉 두 인간을 데려다가 고생살이는 안 시킬 만한 힘이 생긴 것이다.

그래서 나는 하루를 천추같이 기다리던 이 오늘에 비로소 너와 및 저 모녀를 찾아온 것이다.

형보는 잠깐 말을 끊고, 마른 입술을 혓바닥으로 침질을 하면서 꺼진 담배를 다시 붙여 문다. 그 다음 말을 힘주어서 하자고 호흡을 가다듬는 것이다.

"자아, 그러니 말씀입니다……."

형보는 오래 지체를 않고서 곧 뒤를 잇대어 최후의 제 뜻을 잘라 말하던 것이다.

"……나는 저 모녀를 데려가야 하겠습니다. 절대루 그래야만 하겠습니다. 왜 그런고 하니 나는 앞으로 남은 세상을 단지 친구의 소중한 부탁을 시행한다는 것 하나허구 내 자식을 찾아서 기르는 것 하나허구 단지 그 두 가지를 낙을 삼고 여망을 삼아서 살아가자는 사람이니까요. 아시겠습니까?…… 그러니까 이건 말하자면, 어 참, 내게는 생사가 달린 일이라구두 할 수 있습니다, 생사가……. 허니 그런 것두 충분히, 참 양해를 하셔서…….”

형보는 쨍쨍 울리는 목소리로 꼬박꼬박 제겨서 말을 내뱉어놓고는 고개를 꼿꼿 쳐들어 똑바로 제호를 건너다본다.

제호는 비로소 말대답을 해야 할 경운 줄은 아나 침음하는 체 입술을 지그시 물고 깍짓손으로 한편 무릎을 안고 앉아서 끄드렉끄드렉 졸연히 입을 열려고 않는다.

그러나 시방 그가 이럴까 저럴까 주저를 하느냐 하면 그건 아니다. 요량은 다 대놓았으면서 말을 내기가 차마 난감하여 그러던 것이다. 이러한 속을 알아서가 아니라도 초봉이한테는 진실로 간이 녹는 순간이다.

형보의 하는 수작은 어느 모로 따져야 경우도 조리도 안 닿는 생판 억지인 것은 분명하다. 그러나 초봉이는 그 억지가 무서웠다. 만일 까딱 잘못하여 이 자리에서 제호를 놓치는 날이면 영영 꼼짝없이 형보의 밥이 되어 그 억지에 옭히고 말지 아무리 버티고 부스대고 해도 모면할 수 없게 그렇게 꼭 사세가 절박한 것만 같았다.

도무지 천만부당한 엉터리요, 하니 비웃어버리고 대거리도 할 것 없는 억지인 것을 눈 멀거니 뜨고 옭혀들어 되레 엉엉 울어야 할 기막힌 재앙…….

이 재앙을 면하자니 제호가 아쉽다. 물론 그가 일변 미덥기는 하나 그래도 혹시 어떨까 저어하는 마음에, 마치 신탁(神託)을 듣는 순간처럼 그의 입 떨어짐을 기다리기가 무서웠다.

지루한 찰나가 무거이 계속되는데 갑자기 때앵땡 괘종이 연달아 여러 번을 친다. 그러자 시계 치는 소리에 깜짝 놀란 것처럼 제호는 앉았던 자리에서 후닥닥 일어섰다.

12

하릴없이 무엇에 질겁을 한 것처럼 제호가 벌떡 일어서는 바람에 형보나 초봉이나는 미처 무슨 일인지는 몰랐어도 다 같이 놀라 고개를 쳐들고 그를 올려다본다.

"잘 알아들었습니다……."

제호는 쾌히 말을 꺼내다가, 처음 그렇게 후닥닥 일어서던 것은 어디로 가고 천천히 허리를 꾸부려 앉았던 옆에 놓아둔 모자를 집어 얹는다. 제가 생각해도 무단히 그리 납뛴 것이 남 보기에 점직했던 것이다.

"……헌데, 거 원 무슨 곡절이 있어서 사단이 그쯤 엉클어졌는지 나는 이해할 수가 없습니다. 허나 시방 대강 듣자니 아무튼 일은 맹랑하기는 한 것 같군요. 보매 단순치는 않은 성싶어요. 그런데 내라는 사람은 본시 성미루 보든지 처신으루든지 어디루든지 간에 그런, 말하자면 성가신 갈등에 참례를 해서, 내가 옳으네 네가 그르네 하고 무릎맞이[451]를 한다든가 하길 싫어하는 사람입니다. 싫어할 뿐 아니라, 사람 됨됨이 그러지를 못하게시리 생겨먹었습니다. 허허…… 그러니 에, 참……."

제호는 잠깐 말을 더듬고 있고, 제호를 따라 마주 일어섰던 형보는 벌써 제호의 속을 거니채고서, 꽝꽝하던 낯꽃이 금시로 풀어진다.

그는 박제호가, 상당히 아귀심 있게 버팅기지, 그래서 필경은 몸부림 칼부림이 뒤엎어지고 그러고도 한동안 맛당개를 풀고 나서래야 좌우 양단간 끝장이 나지, 이대도록 선선히 그가 물러서리라고는 생각도 안 했었다.

"……그러니……."

제호는 초봉이에게로 얼굴을 돌리려다가 차마 못 하고서 그대로 다음 말을 계속한다.

"……나는 이 당장에서 아주 깨끗이 손을 끊겠습니다. 나는 모르구서-고의가 아니라 말씀이지요-모르구서 남의 권리를 침해했던 맥이니까요, 허허…… 그리구 뒷일은 두 분이 상의껏 다 조처하십시오. 나는 이제부터 아무 상관두 없는 사람입니다."

제호는 종시 형보를 맞대놓고 하는 소리는 하는 소리나, 그것이 다 초봉이더러 알아들으란 말임은 물론이다.

말을 마지막 잘라서 하고 난 제호는 이어 몸을 움직여 대뜰로 내려갈 자세를 갖는다.

이제 할 말도 다 했거니와 볼일도 없으니 나는 아무 상관도 없는 객꾼인 걸 더 충그리고 있을 며리가 없다…….

이렇게 생각하면 자리가 열적기라니, 기다란 몸뚱이를 어떻게 건사할 바를 모르겠다.

그러나 그러는 하면서도 선뜻 발길을 떼어놓잔 즉, 그것은 더구나 점직해서 못하겠다.

짜장 초봉이더러는 검다 희단 말 한마디 않고서 코 벤 도야지처럼 이대로 휭하니 달아나다께 원 천하게 멋대가리 없기란 다시없는 짓이다.

여태 가까이 두고 제가 탐탁해서 데리고 살던 계집인 걸 비록 요새로 들어 안팎 켯속이 다 파탈은 날 형편이라고 하더라도, 한데 마침 처분하기 십상 좋은 계제는 만났고 하더라도, 그렇더라도 아무려면 남보다 갑절이나 긴 얼굴을 들고서 이다지도 박절하게 – 실상인즉 싱겁게 – 꽁무니를 빼다니! 항차 저게 생억지엣 ㅁㅁ을 빤히 알면서 어더귀야 그걸 핑계 삼아 부연 거짓말을 흘려놓고 도망가는 마당에 말이다.

제호는 어쩔 줄을 몰라 속으로 쩔쩔맬 것 같았다. 그런 걸 마침 또 이 열없는 곱사 서방님이 귀인성 없이 재치를 부려놓으니 딱 질색할 노릇이다. 형보는 바야흐로 제가 주인이 된 듯 손님을 배하는 좌석머리의 태를 내어

"어, 참, 이렇게 다 깊이 이해를 해주시니……."

하고 곱사등을 너풋 꾸부린다. 제호는 사뭇 질겁을 해서,

"이해라니요! 거 건 아닙니다……."

하고 황급히 가로막는다.

"……천만의 말씀이지, 난 머 그런 이해구 무어구 그런 게 아닙니다! 난 참 말하자면, 패하구서 쫓겨 가는 패군지졸인걸요. 별수 없이 그렇지요, 패군지졸!"

제호는 맨 끝에,

'패하고 쫓겨 가는 패군지졸.'

이란 말을 일부러 감회 있이 소리 나게 하느라고 없는 재주를 부리다가 잘 안 되니까, 건 세리프[452]로 꼬리를 달아놓는다. 연극을 하자는 것이다.

그는 제 엉뚱한 배짱은 깊이 묻어두고 약삭빨리 서둘러, 얼은 입지 않고서 되도록 좋게 갈리고 싶었다.

그래야만 오늘 갈리고 내일부터는 안 볼 값에 초봉이며 또 그의 부친 정영배한테라도 체면이 유지가 된다.

그래서 이 마마손님[453]을 건드릴세라 어물쩍하고 달아나려는 참인데, 형보지 곱산지가 나서서 귀찮게 방정맞은 소리를 지절거리고 보니, 일이 단박 외창[454]이 나게 되던 것이다.

13

형보의 말이 깊이 이해를 해주어서라고 했으니 그걸 그냥 두고 만다면 초봉이의 해석이 자연 온당치가 못할 것이다.

그것은 마치 사내 둘이 대가리를 맞대고 앉아서 자 그건 내 계집이다 인다구, 아 그러냐 그러면 옜다 나는 방장 염증이 나던 판인데 실없이 잘되었다 자 가져가거라, 이렇게 의논성 있이 한 놈이 한 놈한테 떠맡기고 달아나는 놀음이 된 혐의가 없지 못하다. 그래서 제호는 연극이 필요했던 것이다.

그는 위정 초봉이더러 들으라고 이해라니 천만엣 소리라면서 펄쩍 뛰었다. 그리고 다시 나도 할 수 없어 너를 빼앗기고 쫓겨나니 그 회포가 자못 처량쿠나 그러니 너도 이러한 내 심정이나 헤아려다구, 이런 근천스런[455] 암시를 하느라고 쫓겨가는 패군지졸이네 무어네 하면서 아쉬운 세리프를 뇌어보았다. 그러나 출 수 없는 그 세리프가 우환 중에 침통한 소리로 나오지도 못하고 어색하디어색했으니 연극은 실패다. 하니 이제는 영영 문두룸히[456] 달아나 버릴 수는 없고 말았다.

제호는 하릴없이 초봉이한테 이를 말을 생각해가지고 몸을 돌이키면서 안방께로 두어 걸음 주춤주춤 다가선다. 영락없이 어린아이들이 쓴 약이 먹기 싫어서 눈을 지그려 감고 약그릇을 집어 드는 꼬락서니다.

제호는 눈은 감지야 않았어도, 얼굴은 아직은 똑바로 두르지 못하고서 거진 옆걸음걸이를 하듯 위선 안방 문께로 다가서기만 해놓는다.

그러고 나서야 마지못해 고개를 바로 잡아 초봉이의 얼굴을 마주 본다.

얼굴이 선뜻 마주치자 순간 제호는 등골이 사뭇 서늘해지는 광경을 보았다.

쏘아 올라오는 초봉이의 눈살……, 마침 기다리던 듯이 이편의 돌리는 눈 앞에 와서 딱 마주치는 초봉이의 눈살은 금시로 새파란 불이 망울망울 듣는 듯했다. 그것은 매서운 걸 한 굽이 지나서 일종 처염한 광망(光芒)[457]과도 같았다. 분명한 살기다.

제호는 사람의 눈에서, 더욱이 여자의 눈이 이대도록 무서운 살기가 뻗쳐 나올 수 있으리라고는 생각도 할 수가 없었다. 하려던 말이 꽉 막혀 제호는 어름어름한다. 남의 웬만한 노염이나 흥분 같은 것은 짐짓 모른 체하고 제 할 노릇만 버엉떼엥하면서 해치우는 제호지만 이대도록 칼날이 선 이 자리의 초봉이 앞에서는 그러한 떡심도 별수 없고 오갈이 들려고[458] 한다.

초봉이는 실상 제호가 아까 첫 번에 하던 말은 그게 무슨 뜻인지 분간을 못하고 어리둥절했었다. 다음번의 말을 듣고서야 비로소 속을 알기는 했는데 진실로 마른하늘의 벼락이었었다.

사세가 옴나위할 수 없게 절박했던 만큼 기대도 천근으로 무거웠던 것은 두말할 것도 없다.

이 무거운 기대를 메고 동동 달려 팽팽하게 켕겼던 다만 한 가닥의 줄이 의외에, 참으로 의외에도 한 칼에 뚝 잘려버리는 순간 천길 높은 절벽으로부터 쏟쳐 내려치는 듯 아찔해서 정신을 수습치 못했다.

순간이 지나자 빠져나갈 끝이 없는 절망은 곧 악으로 변했다.

초봉이는 제호가 혹시 일을 저 혼자 감당하기에 힘이 겨우면 초봉이 저더러라도 자 어떻게 하면 좋으냐고 또 하다못해 형보의 요구를 들어주는 게 좋겠다고라도도 일단은 상의나 권고를 해는 볼지언정 이대도록까지 양박스럽게 잡아끊고 나설 줄 천만 생각도 못 했던 일이다.

핍절한 여망을 배반당한 분노는 컸다. 아드득 깨물어 먹고 싶단 말이 있거니와 지금 초봉이가 제호한테 대한 노염이나 원한은 마치 그런 것일 게다.

형보는 아직 둘째다. 생각도 안 난다. 시방은 제호—오직 제호가 눈에 보일 뿐이다.

천하에 몹쓸 놈이다. 내게다가 그대도록 흠선히 굴면서 평생 두고 변치 않을 듯이 하던 건 누구냐? 그러던 박제호가 나를 저 흉악한 장형보한테다가 떠밀고 도망을 치다니! 의리부동한[459] 놈이지, 처음부터 끝까지 나를 속여 농락만 해온 것이 아니냐?……

초봉이는 생각할수록 분했다. 타오르는 분노에 악이 기름을 친다. 치가 떨렸다.

제호의 변해버린 근일의 심경을 알지 못하는 초봉이로서는 당연한 원혐[460]이기도 하다.

제호는 초봉이의 이 지나친 격동에 언뜻 한 가지 의념이 솟아났다.

내가 표변을 한 걸로 저렇게 격분을 한 모양인데 그렇다면 그것이 단지 이 곱사한테로 가기가 싫어서만 그러는 것일까? 그러나 그거야 제가 싫으면 밀어내버리면 그만일 걸 가지고 저다지도 지레 요란떨이를, 더구나 내게다 대고…….

이렇게 생각할 때에 제호는, 그러면 저 계집이 쌀쌀하던 것은 겉뿐이요, 실상 속은 따로 내게다가 깊은 애정을 품고 있었던 게 아니던가 하는 반성을 해보지 않을 수가 없었다.

14

제호는 잠깐 침음하다가 역시 허황한 생각이라고 혼자 고개를 흔든다. 초봉이를 데리고 살아오는 동안 어느 한 구석, 어느 한 고패에서고 그의 계집다운 진정의 포즈를 본 적이 있다고는 믿고 싶어야 믿을 건지가 없던 것이다.

제호는 시방이야 다 식어졌다 하지만 돌이켜서는 저 혼자나마 정을 붙였던 계집이요, 일변 또 그 마음을 앗으려고 온갖 정성을 다 들이던, 말하자면 애원(愛怨)이 상반하던 계집이다.

그러던 것을 마침내는 그다지 간절하던 뜻을 풀지를 못하고서, 내 정이 식은 끝에는 두루두루 짐스러운 생각만 남았는데, 게제에 핑곗거리를 얻은 터라, 덤쑥 남의 손에다 떠맡기고 바야흐로 물러서는 마당에 이르고 보니, 다 시원하고 일이 다행스런 것이야 여부가 없으나 그러나 그래도 어느 한 구석엔 가는 가느다란 미련이 한 가드락 처져 있지 않진 못했었다. 이런 제호 제 자신 의식치도 못할 미련으로 해서 혹시나 내가 애정의 관측을 그릇했던 것이 아니던가 하는 저도 모를 새에 반성을 해는 본 것이다.

제호는 그러느라 잠시 침음에 잠겼었으나 실상 일순간이요, 곧 정신이 들었다.

이 잠깐 동안의 침음으로 해서 제호는 초봉이에게 대한 과거의 불만을 되씹은 덕에 도리어 생각잖은 이문을 보았다.

'흥! 저는 내게다 무얼 잘했다구 눈살이 저렇게 꼬옷꼿한고? 아니꼽다!'

'계집애 한 마리 겁나서 할 일 못 할 내더냐? 그래 어때? 헌계집 데리고 살다가 내버리는 게 머 역적 도모더냐?'

제호는 금시로 뱃심이 불끈 솟았다. 그는 위정 초봉이게로 한 발자국 더 다가선다.

초봉이는 종시 깜짝도 않고 제호를 올려 쏘고 있다.

가쁜 숨길이 보이는 것 같다. 얼굴은 해쓱하니 핏기 한 점 없고, 지그시 문 아랫입술은 새파랗게 질렸다. 젖꼭지를 물고 안겨 있는 송희의 가슴께로 드리운 왼편 팔 끝의 손이 알아보게 바르르 떨린다.

무슨 말이 와락 쏟아져 나올 텐데 그게 격분에 막혀 터지지를 못하는 체세[461]다.

"어, 그새 참……."

제호는 저편이야 무얼 어쩌거나 말거나 상관 않기로 하고, 제가 할 말만 다만 순탄히 꺼낸다. 그래도 살기 띤 눈살은 피해서 입께를 본다.

"……이 변변찮은 내한테 매달려 고생 많이 했소. 생각하면 미안한 말이야 다 이를 데가 없소만……."

초봉이는 말소리가 들리는가 싶잖게 이내 그 자세로 까딱도 않고 있고 제호는 잠깐 숨을 돌렸다가 다시 뒤를 계속한다.

"……그리구 그동안 두구 보았으니 내 성미를 알겠지만, 내가 이렇게 선뜻 일어서는 건 결단코 임자가 머 부족하대서 그런다거나 또 새삼스럽게 과거지사를 탈잡아가지구서 그러는 건 아니구, 위인이 본시 못생겨먹은 탓으루 가령 이런 일만 하더래두 마주 겯구 틀구 다 그러지를 못하는구려!…… 그러나 나는 물러선다지만 그렇다구 임자더러 저 장씨의 사람이 되란다거나 다 그런 의사는 아니니까……. 그런 거야 종차 두 분이서 형편대루 상의껏 조처할 일이지, 내가 그걸 좌지우지할 동기가 된다든지, 더욱이 내가 또 이러라 저러라 시킬 머리는 없는 것이니까……."

제호는 여기까지 말을 해오니 끝이 무뚝 잘리기는 하나, 그렇다고 그 끝을 더 잇댈 말도 별반 없었다. 그래서 그만하고 작별인사 겸

"자, 그러면……."

마침 이 말이 나오는데, 갑자기 그때 초봉이가 버럭

"다들 가거라 이놈들아!"

하고 목청이 터지게 외치면서 와락 뛰쳐 일어서던 것이다.

그 서슬에 송희를 문턱 안에다가 내동댕이를 쳤고, 그래 아이가 불에 덴 듯이 까무러치게 울고 해도 초봉이는 모르는 모양이다.

눈에서는 닿으면 베어질 듯 파랗게 살기가 쏟쳐 나온다. 아드득 깨물어 뜯은 아랫입술에서는 검붉은 피가 한 줄기 조르르 흘러내려 턱으로 또렷하게 줄을 긋는다.

풀머리를 했던 쪽이 흐트러져 머리채가 한 가닥 어깨 앞으로 넘어와서 치렁거린다. 그다지 고르고 곱던 얼굴은 간곳없고, 보기 싫게 사뭇 삐뚤어진 근

육만 홀로 경련을 일으켜 산 고깃덩이같이 씰룩거린다.

이는 여느 우리 인간의 눈이고 얼굴이기보다도 생명을 노리는 적에게 바투 몰려 어디고 침침한 막다른 골로 피해 들었다가 절망하고 되돌아선, 한 약한 짐승의 그것이라고 하는 게 근리하겠다.

옳게 겁을 먹은 제호는 이 계집이 혹시 상성이 되는 게 아닌가 하고 눈이 휘둥그레졌다.

15

초봉이는 처음 한마디 고함을 치다 말고 숨이 차서 가쁘게 씨근씨근한다.

형보는 등을 지고 있었기 때문에 초봉이의 형상을 보지 못하기도 했지만, 종시 귀먹은 체하고 서서 담배만 풀썩풀썩 피울 뿐, 아무렇지도 않아 한다.

제호는 물심물심 뒤로 물러서다가 슬금 돌아서버린다.

송희가 으악으악 울면서 치마폭을 잡고 기어올라도 초봉이는 눈도 거듭떠보지 않는다.

"……이 악착스런, 이 무도한 놈들 같으니라고……."

초봉이는 마루청을 쾅쾅 구르면서 두 주먹을 부르쥐고 목청껏 외쳐댄다.

"……하늘이 맑다구 벼락두 무섭잖더냐? 이 천하에 무도하구 몹쓸 놈들아!……"

음성은 외치던 고함이 그새 벌써 넋두리로 변해 목이 멘다.

"……내가 너희허구 무슨 원수가 졌다구 요렇게두 내게다가 핍박을 하느냐? 이 악착스런 놈들아!…… 아무 죄두 없구, 아무두 건드리잖구 바스락 소리두 없이 살아가는 나를, 어쩌면 느이가 요렇게두 야숙하게!…… 아이구! 이 몹쓸 놈들아!"

오장육부가 통으로 쏟쳐 나오도록 부르짖어, 백천 말로 저주를 해도 시원할 것 같지 않던 분노와 원한이건만 아직 몇 마디를 못 해서 부질없이 설움이 복받쳐 올라, 처음 그다지 기승스럽던 악은 넋두리로 화하다가 필경 울음이 터지고 만다.

제호는 쫓기듯 휭허케 대문께로 나가고 형보는 배웅 삼아 그 뒤를 아기작아기작 따른다.

"어 참, 대단 죄송스럽습니다."

대문간에서 형보는 무엇이 어쩌니 죄송하다는 것도 없으면서 죄송하다고 인사를 한다.

"아, 아닙니다. 원 천만에!"

뒤도 안 돌아다보고 씽씽 나가던 제호는 마지못해 대답을 하는 둥 마는 둥 이내 달아나버린다. 제호는 시원했다. 형보도 시원했다. 둘이 다 시원했다.

초봉이는 방 문턱에 엎드린 채 두 손으로 얼굴을 싸고 흑흑 서럽게 느껴 운다.

송희는 자지러져 울면서 엄마의 겨드랑 밑으로 파고든다.

식모가 난리에 넋을 잃고 우두커니 부엌문에 지어 섰다. 대문간에서 형보가 도로 들어오다가 식모를 힐끔 보더니,

"거, 올라가서 애기나 좀 안아주지? 응?"
하는 게 제법 바깥주인이 다 된 말씨다. 식모는 그냥 주춤주춤하고 섰다.

시키지 않더라도 아기가 우니 안아다가 달래줄 줄 모르는 것은 아니다. 그러나 집안이 갑자기 난리를 몰아 때려 짜였던 질서가 뒤죽박죽이 되고 마니까, 식모도 습관 치인 제 일이 남의 일같이 서먹하고 섬뻑 손이 대지지를 않던 것이다.

"어 참, 그리구 말이야……."

형보는 몸을 안 붙여주고 낯가림을 하듯 비실거리는 식모를 다둑다둑 타이른다.

"……인제 차차 알겠지만, 오늘부터는 내가 이 집의, 어 참 바깥주인이란 말이야…… 그러니 그리 알구 있구…… 그리구 집안이 좀 소란했어도 별일은 없으니깐 머, 달리 생각할 건 없단 말이야, 알겠나?…… 응, 그럼 그렇게 알구

서 아씨 대신 집안일이나 이것저것 두루 잘 좀 보살피구…….”

형보는 계집과 살 집을 한꺼번에 다 차지한 요량이다. 사실 제호는 그 두 ‘집’을 몽땅 내놓고 가기는 갔으니까.

식모는 형보의 말을 듣고 서글퍼 웃을 뻔했다. 세상에 첩은 그날로 나가고 당장 갈려 든다지만, 이건 사내가 이렇게 하나가 나가고, 하나가 들어오고 하다니 도무지 망측했던 것이다. 초봉이는 아무리 울어도 밑이 없는 설움에 마냥 자지러졌다가 겨우, 보채면서 파고드는 송희를 끌어안으려고 고개를 쳐드는데 마침 형보가 마루로 의젓이 올라서고 있었다.

형보가 선뜻 눈에 뜨이는 순간, 설움에 눌려 속으로 잠겼던 분이, 이것저것 한데 똘똘 몰려 그리로 쏟쳐 올랐다.

“옜다, 이놈아, 네 자식!”

와락 일어서면서…… 악을 쓰면서…… 안아 올리던 송희를 그대로 형보한테 휙 내던져버리면서…… 사뭇 미친 듯 날뛴다.

마루청에 떨어질 뻔한 아이를 어마지두 형보가 웅키기는 했고, 그러나 그전에 벌써 제정신이 든 초봉이는, 에고머니 이를 어쩌느냐 싶어 가슴을 부둥켜안는다. 방금 시퍼런 칼날이 번쩍 하는 것만 같고, 간이 떨린다. 아이는 까무러치듯 운다. 수각이 황망하고[462] 어떻게 할 도리가 없다. 할 수 없으니깐 악만 부쩍 더 난다.

“오냐, 이노옴! 계집의 원한이 오뉴월에 서리를 친다! 두구 보자…… 네가 이놈 내 신세를 갖다가 요렇게 망쳐주구! 오냐 이놈!”

초봉이는 이를 보도독 갈면서 흐트러진 머리칼 사이로 형보를 노려본다.

그러나 앙칼지게 노리기는 해도 실상 그것은 형보가 혹시 칼을 뽑아 들고 송희를 해치지나 않는지 그것을 경계하기에 주의가 엉켰던 것이다.

16

“아, 네가 정녕 이럴 테냐?”

형보는 버럭 소리를 지르면서 눈을 부릅뜬다. 만약 한옆으로 칼을 뽑아 송희한테 겨누면서 그랬으면 꼼짝 못 하고 초봉이는—제법 그걸 가로막자고 달려들기는커녕 오금이 지레 밭아서—그대로 털썩 주저앉아 두 손을 합장하고 개개빌고 말 것이다.

형보는 짐짓 보아라고 아이를 한 손으로다가 등덜미 옷자락을 움켜 고양이 새끼 다루듯 도옹동 쳐들고 섰다.

아이는 네 손발로 허공을 허우적거리면서 그런 중에도 엄마를…… 엄마를…… 부르면서 기색할[463] 듯 자지러져 운다.

초봉이는 겁을 냈던 대로 형보가 칼부림을 않는 것이 다행하다 안심할 경황은 없고, 당장 송희가 저리 액색하게 부대끼는 정상을 차마 못 보아 몸을 홱 돌이켜 안방 아랫목 구석에 가서 접질리듯 주저앉는다.

하릴없이 항복은 항복인 줄이야 저도 알기는 하지만 차라리 항복을 한 것이 안타깝기보다 도리어 송희가 곤경을 면할 것을 여겨 다행했다.

"괜히 그러다가는 네 눈구멍으루 정말 피를 보구 만다!"

형보는 안방으로 대고 눈을 흘기면서 씹어뱉는다.

그러나 형보 역시 큰소리는 해도 이 깽깽 소리가 나는 생물을 어떻게 주체할 수가 없다. 올려서 품에 안아보았으나 평생 아기라고는 안아본 일이 없으니 거추장스럽기만 하다.

귀찮은 깐으로는 골병이 들거나 뒈지거나 조금도 상관없으니 마루청에다가 내동댕이쳤으면 좋겠다. 그러나 제 자식인 체 소중해하는 체해야 할 경우라 그럴 수도 없다.

송희는 우는 사발시계처럼 그칠 줄을 모른다. 골치가 띵하고 정신이 없다.

벌치고는 단단한 벌이다. 이대로 한 시간만 있으라면 단박 미치고 말 것 같다.

민망했던지 식모가 와서 팔을 벌리니까

"잘 달래서 재우든지 허게……."

하고 넌지시 내맡기고는 일변 혼잣말로 탄식을 한다.

"……것두 다 에미 잘못 만난 죄다짐이다! 고생 면하려거든 진즉 뒈지려무나!"

초봉이는 이 소리가 배가 채이기보다 형보의 입짓[464]이 밉살스러웠다.

송희는 식모한테 안겨서도 엄마를 부르면서 떼를 쓴다.

초봉이는 안방으로 데리고 들어왔으면 선뜻 받아 안겠는데 눈치 없는 식모가 답답했다.

식모는 송희를 달래느라 성화를 먹는다. 얼러주기도 하고 문도 뚜드려 소리를 내주기도 하고 그래도 안 그치니까 마당으로 대문간으로 요란히 설레발을 놓고 다닌다.

한동안 그러다가 식모도 증이 나서 할 수 없이 안방으로 들어오고, 송희는 엄마한테 안기기가 무섭게 울음을 꿀꺽 그친다.

대주는 젖을 움켜다가 쭉쭉 소리가 나게 빨아들인다. 오래 울어서 젖을 빨다가도 딸꾹질을 하듯 느끼곤 한다.

초봉이는 하도 가엾어서 볼기짝을 뚝뚜욱 두드려주면서

"어이구 내 새끼를 누가 그랬단 말인가! 어이구 가엾어라!"
이렇게 귀여워하고 얼러주고 하고 싶어도 마루에 앉은 형보가 열적어 못 한다.

송희는 아직도 눈물이 눈가로 볼때기로 흥건히 묻었다.

엄마가 손바닥으로 가만가만 씻어주니까, 젖을 빨다 말고 말끄러미 엄마를 올려다보다가 금시로 입이 비죽비죽하더니

"엄마."
부르면서 울먹울먹한다. 노염이 새롭다고 역성을 청하는 게다.

"오냐, 워야 내 새끼!"

초봉이는 마침내 형보를 꺼릴 겨를도 없고, 입도 같이 비죽비죽해주면서 소리가 요란하게 볼기짝을 뚝뚜욱 쳐준다.

송희는 안심을 하고서 도로 젖꼭지를 문다.

초봉이는 이 끔찍이도 소중하고 귀여운 것을 품안에서 떼어놓다니 그것은 생각할 수조차 없었다. 항차 그럼 흉악한 해를 보게 한다는 것은 마음에 상상

만이라도 하는 것부터 어미가 불측스런 것 같았다.

오늘 일어난 풍파는 초봉이로 하여금 더욱 힘 있게 애착과 애정으로써 송희를 끌어안게 해주었다.

시방도 송희를 곰곰이 들여다보노라니 꿋꿋하게 솟아오르는 것은 일찍이 제 자신에 있어본 적이 없던 용기다.

그러나 솟아오른 이 꿋꿋한 용기도 적극적인 것은 못 되고서 소극적이요, 그래서 몸을 살리려는 태가 아니고, 몸을 죽이려는 태에 지나지를 못했다.

그렇지만 본시 타고나기를 그렇게 타고났고 치어나기를 그렇게 치어난 초봉이에게 오늘이야 그렇지 않은 것을 바람은 억지일 것이다.

17

송희는 이제 노염도 다 풀리고, 젖도 배불러 엄마가 안은 대로 무릎 안에 버얼신 드러누워 엄마 얼굴을 말끄러미 올려다보면서 쏭알쏭알 이야기를 하는지 노래를 하는지 저 혼자만 아는 소리를 쏭알거리면서 마음을 놓고 한가하게 놀고 있다. 송희는 엄마한테만 있으면 울어지지도 않고 심심하지도 않다. 좋고 편안하다.

입으로는 노래도 하고 이야기도 한다. 입이 고프면 바로 그 앞에 단 젖이 있다. 빨면 쭉쭉 나온다.

눈으로는 엄마의 얼굴을 본다. 보면 재미가 있다.

손이 심심하면 엄마 젖꼭지를 만진다. 발이 심심하면 손이 가서 쥐고 같이 논다. 다 좋다. 편안하다.

초봉이는 송희가 이러한 줄을 잘 안다. 오늘은 더욱 그렇다.

이 살판에서도 송희는 엄마가 있으니까 이렇게 편안히, 이렇게 마음을 놓고 잘 있지를 않으냔 말이다.

천하없어도 송희는 이대로 가축[465]을 해야 하고 그러자면 초봉이 제 한 몸은 아무래도 좋았다.

칼을 맞아도 좋고 시뻘건 불꼬챙이로 단근질을 해도 좋고 그러하되 아무라도 송희의 털끝 하나라도 다쳐서는 안 된다. 그것은 말고, 누가 송희한테 눈 한번이라도 크게 뜨고, 소리 한번이라도 크게 질러도 안 될 말이다.

내 몸뚱어리는 굳센 무쇠 방패가 되어야 하고, 그도 부족하면 큰 바위가 되어야 한다.

그러나 추운 때에는 뜨뜻한 솜이 되어야 하고, 비가 올 때에는 우장이 되어야 하고, 바람이 불 때에는 바람막이가 되어야 하고, 어둔 밤에는 등불이 되어야 한다. 그리고 배고파할 때에는 밥이 되어야 하고.

내 몸뚱어리는 이미 버린 몸뚱어리다. 두 남편에 벌써 세 남자를 치러온 썩은 몸뚱어리다. 이런 썩은 몸뚱어리가 아까워서 송희의 위험을 막아주기를 꺼릴 필요는 조금도 없다. 차라리 썩은 몸뚱어리를 가지고 보람 있게 우려먹으니 더 좋은 일이다.

형보? 좋다, 형보는 말고서 형보보다 더한 놈도 좋다. 원수는 말고 원수보다 더한 것도 상관없다.

송희만 탈 없이 편안하게 기르면 그만이다…….

여기까지 생각을 했을 때 초봉이는 깜짝 놀라 몸을 떤다. 대체 어느 겨를에 저 장형보의 계집이 되기로 작정을 하고서 시방 이러느냐는 것이다.

그러나 제 자신이 모르기는 몰랐어도 인제 보니 이미 그러기로 다 작정이 된 것만은 사실인 것이 분명했다.

흐— 하고 한숨이 절로 터져 나왔다. 제가 저를 생각해보아도 너무 소갈머리가 없었던 것이다

마침 마루에서 형보의 캐액 하는 기침 소리가 들렸다. 초봉이는 새삼스럽게 제 몸에서 형보의 살을 감각하고 마치 뱀이 벗은 발 발등 위로 지나가는 것같이 오싹 진저리가 치었다.

부엉이처럼 마루에 가서 지켜 앉았던 형보는 열 시 치는 소리를 듣고 마침내 방으로 들어왔다. 초봉이는 이미 각오한 바라, 속으로,

'오냐, 그렇지만 기왕 그렇게 하는 바에야 나두 다…….'

이렇게 염량을 차렸다.

형보는 그래도 점직함이 없지 못해, 비죽 웃더니 윗목으로 넌지시 비껴 앉으면서 슬금슬금 초봉이의 눈치를 본다. 이윽고 있어도—실상 다시 발악을 할 줄 알았던 초봉이가—아무 반응도 없이 외면만 하고 있으니까 우선 마음을 놓고 처억 수작을 끄집어낸다. 그러나 위협 같은 것은 싹 걷어치우고 없다.

말도 좋은 말로, 조르듯 타이르듯 순하다.

인제는 더구나 별수가 없지 않으냐. 그러니 부디 마음을 돌려라. 너만 고집을 세우지 않을 양이면, 너도 좋고 자식한테도 좋고, 또 나도 좋고 다 두루 좋잖으냐.

아까 박제호더러도 이야기를 했지만, 돈 5, 6천 원을 들여서 장사를 하는 게 수입이 상당하니 너의 모녀는 웬만한 호강이라도 시키면서 먹여살릴 수가 있다.

그리고 그새까지는 네가 박제호의 첩으로 있었지만 나는 독신이니까 이제부터는 버젓한 정실 노릇을 할뿐더러 어린것도 사생자라는 패를 떼게 되지 않느냐…….

형보는 노류장화로 간간 담배도 피워가면서 한 마디 두 마디 늑장으로 뙹기고 있던 것이다.

초봉이는 자는 송희 옆에 두 무릎을 깍짓손으로 껴안고 모로 앉아 형보의 말을 듣는지 마는지 그냥 그러고만 있다.

18

"오냐! 네 원대루, 네 계집 노릇 해주마. 그렇지만……."

초봉이는 모로 앉았던 몸을 돌려 윗목의 형보한테 꼿꼿이 고개를 돌린다.

오복전이 조르듯,[466] 그러지 말고 마음 돌려라 돌려라, 이내 한 시간이나 두고 조르는 형보더러 비로소 대답을 하던 것이다. 다 마음먹은 바가 있으니까,

무슨 졸리다 못해 나오는 대답인 것은 아니다.

승낙이 나니까 형보는 좋아라고 그러잖아도 큰 입이 더 크게 째지면서 아무렴 그래야 옳지 하고 진즉 그럴 것을 가지고 어째 그랬단 말이냐고, 버엉떼엥 아랫목께로 조촘조촘 내려앉는다.

"왜 이 모양이야? 아직 멀었으니 거기 앉아서 말 듣잖구서……."

"네 네, 흐흐."

"흥! 물색없이 좋아 마라! 내가 무슨 맘이 내켜서 네 계집 노릇 하겠다는 줄 알구? 괜히, 원수풀이 하잔 말이다, 원수풀이……."

"허엇다! 쓸데없는 소리를!"

"두구 보려무나? 내 신세를 요렇게두 지긋지긋하게 망쳐준 네놈한테 그냥 거저 다소곳하구 계집 노릇이나 해줄 성싶더냐? 흥! 이제 대가리가 서얼설 내둘리게 해줄 테니 두구 보아라!"

초봉이는 큰소리를 하기는 해도 마음은 결코 시원하지 못했다. 원수풀이를 하잔들 무얼로 어떻게 원수풀이를 할 도리가 있을까 싶지 않던 것이다.

자는데 몰래 칼로 배를 가른다거나 국그릇에 비상을 쳐서 먹인다거나 한다면 그거야 못 할 바는 없지만, 그런다고 짓밟힌 생애를 도로 물러오지는 못할지니, 헛되이 내 손에 피 칠이나 하는 짓이지, 원한이 풀릴 리가 만무하니 말이다. 생각하면 속절없는 팔자요, 눈물이 솟아났다.

"여보, 이왕지사 다 이리 된 바에야……."

형보는 곱사등을 뒤흔들면서, 쪼그라트렸다 주저앉았다 못 견디고 납뛴다.

"……노염 다 풀어버리구려, 응? 그리구서 우리두 척 어쨌든지, 응? 재미있는 가정을, 쓰윽 한바탕…… 흐흐."

"어이구, 아나 옜다! 메스껍고 아니꼬워!"

"허허엉, 그리지 말래두 자꾸만 그러는구려!"

"너 돈 있는 자랑 했겠다?…… 대체 몇 푼이나 되느냐?"

"한 6천 환……."

"거짓말 없지?"

"아무렴! 당장이라두 보여주지!……"

형보는 잊지 않고 끌고 들어온 손가방을 돌려다본다.

"……예금통장에 2천여 환 있구 수형 받은 게 4천 환 가까이 되구…… 자, 시방 볼 테거들랑 보지?"

"가만있어…… 인제 꺼내노라는 때 꺼내놓구…… 그러면 어쩔 테냐? 너 내가 해달라는 대루 해줄 테냐?"

"네에, 거저 하늘의 별이라두 따 올 수만 있다면 냉큼 가서 따다 드립지요!"

"그러면 첫째, 이 애 앞으루다가 네 이름으루 하나허구 내 이름으루 하나허구 생명보험 하나씩……."

"얼마짜리?"

"천 원짜리."

"천 원짜리? 천 원짜리가 둘이면 가만있자…… 얼마씩 부어가누?"

형보는 까막까막 구구를 대보다가,

"……그랬다!"

하면서 고개를 꾸벅한다.

"그건 그렇구…… 그 담은 그새 박제호두 그래왔으니깐 너두 나무 양식 집세는 다 따루 내려니와 그런 것 말구두 가용으로 다달이 50원씩 내 손에다 쥐어주어야지?"

"그러자면? 매삭 백 환이 훨씬 넘는데……. 그렇지만 할 수 있나! 박제호만큼 못 한대서야 안 될 말이지. 그럼 그것두, 자, 그랬다!"

"그러구 또 그 담은 돈을 한 모가치 천 원을 나를 주어야 한다?"

"천 환? 현금을?"

"그래."

"그건 좀 문젠걸? 돈이 없는 건 아니지만 장사하는 밑천이라 한목에 천 환을 집어내구 보면 그만큼 수입이 준단 말이야!…… 시방 6천 원을 가지구 주물러서 매삭 2백 원가량 새끼가 치는데, 만약 천 원을 없애구 보면 아무래두 어렵겠는걸?…… 대관절 현금 천 원은 무엇에다 쓸려구 그러누?"

"우리 친정두 먹구살게시리 한 끄트머리 잡어주어야지!"

"얘! 이건 바루 기생 여대치는구나[467]?"

"머, 내가 기생보담 날 데는 있다더냐?"

"무서운데!"

"또 있다…… 우리 친정 동생들 서울루 데려다가 공부시켜주어야 한다!"

식욕(食慾)의 방법론(方法論)

1

또 한 번 해가 바뀌었다. 이듬해 5월이다.

태수와 김 씨가 그의 남편 탑삭부리 한 참봉의 한 방망이에 맞아 죽고 초봉이는 호젓이 군산을 떠나고 이런 조그마한 사달이 있은 채로 그러니 벌써 두 번째 제 돌이 돌아는 왔다.

그러나 이곳 항구(港口) 군산은 그런 이야기는 잊은 지 오래다. 물화(物貨)와 돈과 사람과 이 세 가지가 한데 뭉쳐 생명 있이 움직이는 작은 거인(巨人)은 그만한 피비린내나 뉘 집 처녀가 생애를 잡친 것쯤 그리 대사라고 두고두고 잊지 않고서 애달파할 며리가 없던 것이다.

해는 여전히 아침이면 동쪽에서 떴다가 저녁이면 서쪽으로 지고 철이 바뀌는 대로 풍경도 전과 다름없이 새롭고 조수 밀렸다 쓸렸다 하는 하구(河口)로는 한 모양으로 흐린 금강이 쉴 새 없이 흘러내리고 있다. 그러는 동안 거인은 묵묵히 걸음을 걷느라 물화는 돈을 따라서 돈은 물화를 따라서 사람은 그 뒤를 따라서 흩어졌다 모이고 모였다 흩어지고 그리하여 그의 심장은 늙을 줄 모르고 뛰어, 미두장의 ×××도 매일같이 벌어지고 있다.

우리 정 주사도 무량하다. 자가사리[468] 수염은 여전히 노란데 끝도 그대로 아래로 처졌고 눈도 잊지 않고 깜작거린다.

소일도 모습과 함께 변함없다. 남은 몇천 금을 걸고 손바닥을 엎었다 젖혔다 하는 순간마다 인생의 하고많은 부침을 되풀이하는 그 틈에 끼어 대판시세(大阪市勢)가 들어올 적마다 하바꾼 우리 정 주사도 50전어치 투기에 몸이 자지러진다.

그러나 한 가지 놀라운 발육(發育)은 단 몇십 전이라도 밑천이 떨어지지를 않던 것이다. 어디서 생기는 밑천이든간 같이서 하바를 하는 같은 하바꾼들한테 '총을 놓지 않아서' 실인심을 않고 지내니 발육이라면 그런 발육이 있을 데가 없다.

단연코 작년 가을 이래 정 주사는 여재수재[469]가 분명했지 도화를 부르고 멱살잡이를 당하거나 욕을 먹거니 한 적이 없다.

이것은 맏딸 초봉이가 작년 가을 서울서 돈 5백 원을 내려보낸 것으로 부인 유 씨가 구멍가게 하나를 벌여놓은 그 덕이요 그 끈이다. 수양산 그늘이 강동 80리를 간다거니와,[470] 애초에 죽은 태수가 소절수 농간을 부리던 돈으로 미두를 하다가, 아시가 나게 된 끄터리[471]를 형보가 얻어 가졌고, 형보는 그놈을 언덕 삼아 5, 6천 원 큰 수를 잡았고, 그 돈에서 도로 5백 원이 초봉이의 손을 거쳐 정 주사네게로 왔으니, 기특한 인연이라 아니할 수 없다.

아무튼, 어느 사위가 되었든지, 사위 덕은 사위 덕이요, 결국은 초봉이라는 딸을 둔 보람이 난 것이라 하겠다.

가게는 삯바느질도 있고 해서 유 씨가 지키고 앉았고, 정 주사는 밖에서 물건 사들이는 것을 맡았다.

새벽이면 정거장 앞으로 나가서 길목을 지키다가, 촌사람들이 지고 들어오는 채소도 사고 공설시장에서 과실이며 과자 부스러기도 사고, 더러는 '안스래'에 있는 생선장에 가서 흥정도 해다 준다.

그러고 나면 정 주사는 온종일 팔자 편한 영감님이다. 하기야 유 씨가 바느질을 하랴, 가게를 보랴 하느라고 손이 몰리곤 하니, 가게나 지켜주었으면 하겠지만, 한 마리에 1전이나 5리가 남는 자반고등어며 아이들의 코 묻은 1전 한 푼을 바라고 오도카니 지켜 앉았기가 갑갑하기도 하려니와, 일변 미두장에 가서 잘만 납뛰면 한목에 50전이고 1원이고를 따니, 그게 사람이 '활발'하기도 할뿐더러 이문도 크다 하는 것이다.

호마는 북풍에 울고 월조라는 새는 남쪽 가지에다만 둥우리를 얽는다든지…….[472]

정 주사는 시방은 다 비루먹었어도 증왕[473]에는 천리준총[474]이었거니 여기고 있다. 그러니까 50전짜리 하바라도 하고 싶다.

밑천까지 털리는 손은 어떻게 하느냐고 부인 유 씨가 고시랑거릴라치면 잃지 않을 테니 걱정 말라고 만날 희떠운 소리다. 이 말은 돈을 잃어도 관계치 않다는 뱃심과 같은 뜻이다.

오늘도 정 주사는 듬뿍 3원 돈이나 지니고서 한바탕 거드럭거리고 하바를 하던 판이다.

이 3원의 대금(大金)은 마침 가게에 북어가 떨어져서 아침결에 어물전으로 흥정을 하러 가던 심부름 돈이다.

배고픈 호랑이가 원님을 알아볼 리 없고, 무슨 돈이 되었든지 간에 마침 또 간밤에는 꿈을 꾸었다 하니 북어 값 3원을 밑천으로 든든히 믿고 아침부터 붙박이로 하바를 하느라 깨가 쏟아졌다.

그러나 따먹기도 하고 계우기도 했지만, 필경 끝장에 와서 보니 옴팡장사[475]다. 밑천이 절반이나 달아나고 1원 50전밖에 남지를 않았던 것이다.

미두장의 장이 파하자 뿔뿔이 헤어져 가는 미두꾼 하바꾼 틈에 끼어 나오면서 정 주사는 비로소 잃어버린 북어 값을 생각하고 입맛이 쩝쩝하다.

2

5월의 눈부신 햇빛이 환히 내리는 한길 바닥으로 패패 흩어져 나오는 미두꾼들이나 하바꾼들은 응달에서 자란 식물을 갑자기 일광에 내쪼이는 것 같아 어디라 없이 푸죽어[476] 보인다.

하기야 많고 적고 간에 돈을 먹은 패들은 턱을 쑥욱 내밀고 흐물흐물 웃으면서 내딛는 걸음이 명랑한 성싶기는 하나 그것은 이 햇볕과는 아무 상관도 없는 그래서 오히려 더 부자연스러워 보이는 활기 같다.

턱 대신 코가 쑤욱 빠지고 죽지 부러진 수탉처럼 어깨가 처지고 고개를 수그리고 이런 패들은 4, 50전짜리 하바를 비롯하여 몇백 원 혹은 몇천 원의 손을 본 축들이다. 이런 축들 가운데 더러는 저 혼자 점직하다 못해 누구한테라 없이

"헤에, 참!"

하면서 뒤통수로 손이 올라가다가 만다. 분명 울고 싶은 게라 웃는다는 게 우는 상이다.

이 축들은 더욱이나 이 명랑한 5월의 태양 아래서는 이방인(異邦人)같이 어색하다.

북어 값 3원에서 1원 50전을 날려버린 정 주사는 코 빠진 축으로 편입될 것은 물론이다. 그는 여럿의 틈에 끼어 한길 바닥으로 나섰다가 멈춰 서서 입맛을 다신다. 이제는 하바판도 다 깨졌으니 잃어버린 북어 값을 추는 도리는 없고 하니 아무나 붙잡고, 한 50전 내기 가위바위보라도 몇 번 했으면 싶은 마음상이다.

"정 주사!"

넋을 놓고 한길 가운데 우두커니 섰는데 누가 마수 없이 어깨를 짚으면서 공중에서 부르던 것이다.

고개를 한참 쳐들어야 얼굴이 보이는 '전봇대'다. 키가 대중없이 길대서 '전봇대'라는 별명이 생긴 하바꾼이다.

"무얼 그렇게 보구 계시우? 가십시다."

하바에 총만 놓지 않으면 아무라도 그네는 사이가 다정한 법이다. 단 한 모퉁이를 동행할망정 뒤에 처지면 같이 가자고 청하는 게 인사다.

"가세."

정 주사는 내키잖게 옆에 선다. 키가 허리께밖에는 안 닿는다. 뒤에서 따라오던 한패가 재미있다고 웃어도 모른다.

"정 주사, 오늘 괜찮었지?"

"말두 말게나!"

"괜히 우는소리를…… 아까 내 해두 50전 먹구서……."

"그래두 한 장하구 반이나 펐네! 거 원 재수가……."

"당찮은 소리!…… 그런 소리 그만 하구, 오늘 딴 놈으루 저기 가다가 우동이나 한 그릇 사시우. 나는 시장해 죽겠수."

"시장하기야 피차일반일세!"

정 주사는 미상불 퍽 시장했다. 작년 가을 이후로는 팔자가 늘어져 조석은 물론 굶지 않거니와 오때[477]가 되면 부리나케 집으로 가서 점심을 먹고 오곤 했는데 오늘은 마침 북어 값 3원을 밑천 삼아 땄다 잃었다 하기에 재미가 옥실옥실해서[478] 점심 먹을 것도 깜박 잊었었다.

그래서 비워 때린 점심이라, 시장기가 드니까 돈 잃은 것이 이번에는 부아가 난다.

"그 빌어먹을 것, 그럴 줄 알았으면 그놈으루 무엇 점심이라두 사 먹었으면 배나 불렀지!"

"거 보시우!"

정 주사가 혼자 두런거리는 것을 '전봇대'가 냉큼 받는다.

"……우리 같은 사람 가끔 우동 그릇이나 사주구 하면, 다 하느님이 알아보십넨다!"

"하느님이 알어보신다? 허허, 젠장맞을. 아따 그러세, 우동 한 그릇씩 먹세그려나!"

"아니, 진정이시우?"

"그럼 누가 거짓말한다던가?…… 그렇지만 꼭 우동 한 그릇씩이네? 술은 진정이지 할 수 없네?"

"아무렴! 피차 형편 아는 터에, 술이야 어디……."

하바꾼도 옛날 큰돈을 지니고 미두를 하던 당절, 이문을 보면 한판 진탕치듯이 친구와 얼려 먹고 놀던 호기는 가시잖아, 이날에 비록 하바는 할 값에 단

돈 2, 3원이라도 먹으면 가까운 친구 하나쯤 따내어 우동 한 그릇에 배갈 반 근쯤 불러놓고 권커니 잣거니 하면서 감회와 울분을 게다가 풀 멋은 그대로 남아 있다.

그러나 시방 정 주사가 '전봇대' 한테 우동 한턱을 쓰기로 하는 것은 그런 호협이나 멋이 아니라 외람한[479] 화풀이다.

돈 잃은 미련이 시장한 얼까지 입어 화증은 더 나는데 '전봇대'가 연신 보비위는 하겠다, 미상불 그놈 우동 한 그릇을 후루룩 쭉쭉 국물째 건더기째 들이먹었으면 아닌 게 아니라 단박 살로 갈 것 같고 해서 에라 모르겠다고 내던진 맥이다. 물론 전 같으면 우동이 두 그릇이면 싸라기가 두 되도 넘는데 언감히 그런 생심을 했을꼬마는, 지금이야 다 미더운 구석도 없지 않으니까 말하자면 그만큼 담보가 커진 것이라 하겠다.

3

가게는 같은 '둔뱀이'는 '둔뱀이'라도 전에 살던 집처럼 상상꼭대기가 아니고 비탈을 다 내려와서 아주 밑바닥 평지다.

오막살이들이나마 살림집들이 앞뒤로 늘비한 길목이라 구멍가게치고는 마침감[480]이다.

가게 머리로 부엌 달린 2간 방이 살림 겸 바느질 방이다.

지난해 가을 초봉이가 내력 없는 돈 5백 원을 보내 주어서 3백 원을 들여 이 가게를 꾸미고 벌여놓고 했다.

120원은 재봉틀을 한 채 사놓았다. 나머지는 이사를 하느니 오래 못 벗긴 목구멍의 때를 벗기느니 하느라고 한 40원이나 녹아버렸고, 그 나머지는 장사를 해나갈 예비 돈으로 유 씨가 고의 끈에다가 챙챙 동여매두었었다.

정 주사는 그놈을 올가미 씌워다가 40원 증금(証金)으로 쌀이나 한 백 석 붙여놓고 미두를 하려고 갖은 조화를 다 부렸어도 유 씨는 막무가내로 내놓지를 않았었다.

아무튼 그렇게 장사를 벌여놓으니까 가게에서 매삭 30원 넘겨 이문이 나고, 재봉틀 바느질로 10여 원은 들어오고 해서 네 식구가 먹고 살아가기에는 그리 군색치 않았다. 정 주사가 가끔 미두장의 하바판에서 돈 원씩 날리기도 하고, 오늘처럼 우동 한턱을 쏠 담보가 생긴 것도 알고 보면 다 그 덕이다.

식구가 더구나 단출해서 좋다. 초봉이는 재작년 이맘때에 벌써 식구 중에서 떨어져 나갔지만 작년 가을에는 계봉이를 제 형이 데려 올려갔다.

실상 형주도 그때 같이 올라갔을 것이지만 그 애는 작년 4월에 이리(裡里) 농림학교에 입학을 해서 통학을 하고 있기 때문에 전학을 하느니 자리를 옮기느니 하면 번폐스럽기만[481] 하겠은즉 그럭저럭 졸업이나 한 뒤에 상급 학교를 보내더라도 위선 다니던 데를 그대로 눌러 다니도록 두어둔 것이다.

이렇게 식구가 단출하게 넷으로 줄고 그 대신 다달이 4, 50원씩 수입이 있으니 유 씨의 억척에 다만 몇 원씩이라도 밀려 가게를 늘려갈 테지만 부원군 팔자[482]랍시고 정 주사가 속속들이 잔돈푼을 '크게' '낭비를 해서' 병통[483]이요, 그래서 전에 굶기를 먹듯 하고 지낼 때보다 집안의 풍파는 오히려 잦다.

날도 훈훈하거니와 5월 초승의 오후는 늘어지게 해가 길어 깜박깜박 졸음이 온다.

유 씨는 이태 전이나 다름없이 다리 부러진 돋보기를 코허리에다 걸치고 졸린 것을 참아가면서, 보물 재봉틀을 차고 앉아, 바느질에 고부라졌다.

다르르 연하게 구르는 재봉틀 소리가 달콤하니 졸음을 꼬인다.

졸리는 대로 한잠 자고는 싶으나 바느질도 바느질이려니와 가게가 비어서 못 한다.

남편 정 주사는 인제는 기다리지도 않는다. 아무 때고 들어왔지 별수 없을 테고, 그저 들어오기만 오면 어쨌든지 마구 냅다…… 이렇게 꽁꽁 벼르고 있다.

올해 입학을 해서 1학년이라, 항용 두 시면 돌아오는 병주도 오늘은 더디어 낮잠 한잠도 못 자게 하니 그것도 화가 난다.

동네 안노인이 아이를 업고 행똥행똥[484] 가게 앞으로 오더니 한다는 소리

가 남 속상하게

"북어는 없나 보군?"

하면서 끼웃이 들여다본다. 유 씨는 일어서서 나오려고 하다가 고개만 쳐든다. 오늘 벌써 세 번째 못 파는 북어다. 부아가 나는 깐으로는 물이라도 쩌얼쩔 끓여놓았다가 남편한테 한 바가지 끼얹어주고 싶다.

"북어는 없어. 저 너머까지 가야겠군!"

동네 노인은 혼잣말같이 쑹얼거리면서 돌아선다.

"인제 좀 있으면 이 애 아버지가 사가지구 올 텐데요……."

유 씨는 다섯 마리만 잡더라도 오 전은 벌이를 놓치는구나 생각하면서 다시금 남편 잡도리할 거리로 꽁꽁 치부를 해둔다.

"걸 언제 기다려? 손님들이 술잔을 놓구 앉아서 안주 재촉인걸."

"그럼 건대구를 들여가시지?"

"건대구는 집에두 있는데 북어를 가지구 마른안주만 해들이라기 성화지!"

동네 노인이 가게 모퉁이로 돌아가자 마침 병주가 씨근벌떡하면서 달려든다. 콧물이 육장 코에 가 잠겨서 질질 흐르기 때문에 입으로 숨을 쉬느라고 입술은 다물 겨를이 없고 밤낮 씨근거린다.

"엄마!"

한 번 불러놓고는 책보를 쾅 하니 방에다가 들이뜨리고 모자를 벗어 휙 내동댕이치면서 위선 사탕 목판을 들여다본다. 아무 때고 하는 짓이라 저는 무심코 그러는 것인데 돋보기 너머로 눈을 찢어지게 흘기고 있던 유 씨는,

"네 이놈!"

소리를 버럭 지른다.

생각잖은 고함 소리에 병주는 움칫 놀라 모친한테로 얼굴을 돌린다.

4

"어디 가서 무슨 못된 장난을 하다가 이제야 오구 있어?"

유 씨는 금시로 자쪽[485]을 집어 들고 쫓아 나올 듯이 벼른다. 그는 시방, 자식의 버릇을 가르치자고 나무라는 것이 아니라, 남편한테 할 화풀이야 낮잠 못 잔 분풀이를, 애먼 어린 아이한테 하느니라고는 생각도 않는다.

병주는 첫마디에 벌써 볼때기가 추욱 처지고 식식 한다.

막내둥이라서 재미 삼아 온갖 응석과 어리광은 있는 대로 받아주던 아이다. 그놈이 인제는 품안에 안고 재롱을 보던 때와는 딴판이요, 전처럼 응석받이를 안 해주고 나무라면 고디퉁[486]을 쓴다. 아무가 무어라고 해도 듣지도 않고 무서워하지도 않는다.

그래서 작년부터는 성가시니까 버릇을 가르친다고 회초리를 들기 시작했다. 그것도 유 씨뿐이요 정 주사는 이따금 나무라기나 할 뿐이지 나무라고서도 아이가 노염을 타서 울면 되레 빌기가 일쑤다.

병주로 당해서 보면 모든 것이 제 배짱과는 안 맞고 저 하고 싶은 대로 못하게 하니까 심술이 난다. 대체 그렇게도 저 하자는 대로 다 해주고 예뻐만 하더니 어째 시방은 지천을 하고 때리고 하는 게며, 또 학교서 오는 것만 하더라도 여느 때는 아무 소리 없으면서 오늘 같은 날은 늦게 왔다고 생야단을 치니 어째 그러는 게냐 말이다.

"아, 저놈이 그래두!…… 네 요놈, 그래두 이짐만 쓰구 섰을 테냐?"

유 씨는 속이 지레 터지게, 화가 나서 자쪽을 집어 들고, 쫓아 나온다.

병주는 꿈쩍도 않고 곁눈질만 한다.

"이놈!"

따악 소리가 나게 자쪽으로 갈기니까 기다렸노라고 아앙— 울음을 내놓는다. 필요 이상으로 울음소리가 큰 것은 부친의 역성을 청함이다.

"이 소리! 이 소리가 어디서 나와? 응? 이놈, 이 소릿!"

말 한 마디에 매가 한 대씩이다. 병주는 악을 악을 쓰면서 가게 바닥에 주저앉아 발버둥을 친다.

"이놈, 이 이퉁머리! 이마빡에 피두 안 마른 것이…… 이놈, 이놈, 어린놈이 소갈머리 치레만 해가지구는…… 이놈."

사정없이 아무 데고 내리 조진다. 병주는 여엉 아프니까는 그제야 아이구 안 할게 소리가 나온다. 그러나 그것도 비는 게 아니고, 고래고래 악을 쓰고 있다.

병주는 매를 맞기 시작하면서 다급하면 안 할게라는 소리를 치는 것도 같이 배웠다. 그러나 때리면서 그렇게 빌라고 시켰으니까 하는 소리지 그 뜻은 알지를 못한다.

"다시두?"

"안 하께."

"다시두?"

"아야, 아퍼, 안 허께, 이잉."

유 씨는 겨우 매질을 멈추고 서서 가쁜 숨을 허얼헐 한다.

병주는 콧물이 배꼽이나 닿게 주욱 빠져 내린 채 히잉히잉 하고 섰다. 매는 맞았어도 이짐은 도리어 더 났다.

"이 소리가 어디서……?"

유 씨는 방으로 들어가다 말고 돌아서면서 엄포를 한다. 병주는 히잉 소리를 조금만 작게 낸다.

"저 코, 풀지 못할 테냐?"

"히잉."

"아, 저놈이!"

"히잉."

"네에라 이……."

유 씨가 도로 쫓아오려고 하니까 병주는 손가락으로 코를 풀어서 한 가닥은 가게 바닥에 내동댕이치고 손은 옷에다가 쓰윽 씻는다.

"학교를 갔다 오면 공부는 한 자두 않는 놈의 자식이 소갈머리만 생겨서, 이짐이나 쓰구."

"히잉."

"군것질이나 하구……."

"히잉."

"공부를 잘해야 인제 자라서 벌어먹구 살지!"

"히잉."

"그따위루 공부는 않구 못된 버릇만 느는 놈이 무엇이 될 것이야!"

"히잉."

병주는 위정 더 크게 히잉 소리를 낸다. 모친의 나무라는 말이 하나도 제 배짱에는 맞지도 않는 소리라서 심술로 도전을 하는 속이다.

"에미 애비가 백 년 사나? 아무리 어린것이라두 그만 철은 나야지! 공부 못하면 '노가다' 패나 되는 줄 몰라?"

"히잉."

"늙은 에미가 이렇게 애탄가탄 벌어 먹이면서 공부를 시키거들랑 그런 근경을 알아서 어른 말두 잘 듣구 공부두 잘해야지. 그래야 다 자란 뒤에 잘 되구 돈두 많이 벌구 하지."

"히잉, 그래두 아버지는 돈두 못 버는 거…… 히잉."

어린애가 하는 소리라도 곰곰이 새겨보면 가슴이 서늘할 것이지만, 유 씨는 눈만 거듭뜨고 사납게 흘긴다.

5

유 씨는 걸핏하면 남편 정 주사더러 공부는 많이 하고도 내 앞 하나를 가려 나가지 못한단 말이냐고 정가를 하곤[487] 한다.

독서당(獨書堂)을 앉히고 15년이나 공부를 했다는 것이, 또 신학문(普通學校卒業)까지 도저하게 하고도 오죽하면 한 푼 생화 없이 눈 멀뚱멀뚱 뜨고 앉아서 처자식을 굶길까 보냐고, 의관을 했다면서 치마 두른 여편네만도 못하다고 늘 이렇게 오금을 박던 소리다.

그것이 단순한 어린애의 머리에 그대로 소견이 되어, 우리 아버지는 공부를 했어도 '좋은 사람이 안 되었고', 그래서 돈도 못 벌고, 그러니까 공부를 잘한다거나 좋은 사람이 된다거나 하는 것과 돈을 버는 것과는 아무 상관도 없는 것이라고 병주는 알고 있고, 그것밖에 모르니 그게 옳던 것이다.

제 소견은 이러한데, 공부를 않는다고 육장 야단이니, 대체 어떻게 하는 것이 공분지 그것도 알 수 없거니와, 암만 공부를 해도 우리 아버지처럼 '좋은 사람도 못 되고' 돈도 못 벌고 할 것을, 또 그러나마 좋은 말로 해도 모를 소린데 욕을 하고 때리고 하면서 그러니 그건 분명 제가 미우니까 괜스레 구박을 주느라고 그러는 것이니 싫어 심술이 나고 제 뱃속에 든 대로 앙알거리고 하던 것이다.

꼼짝 못 하고 되잡힌 속이지만 그러니 가히 두려운 일이겠지만 유 씨는 그러한 반성을 할 길이 없으니까 어린것이 벌써부터 깜찍스럽기나 할 뿐이다.

"그래 요 못된 자식!……"

유 씨는 눈을 흘기면서 윽박질러 잡도리를 한다.

"……너는 그래, 세상에두 못난 너희 아버지 본만 볼 테냐? 사람 같잖은 것 같으니라고! 사람 되라구 경 읽듯 하면 지지리두 못나구 의젓잖은 본이나 받으려구 하구…… 요 못된 씨알머리[488]!"

유 씨가 필경은 남편더러 귀먹은 푸념을 뇌사리면서 혀를 끌끌 차고 재봉틀 앞으로 다가앉는데 마침맞게 정 주사가 가게 안으로 처억 들어선다.

"웬일이야? 넌 또 왜 울구? 응? 어째서 큰소리가 나구 이러느냐?"

정 주사는 막내둥이의 아버지다운 상냥함과 한 집안의 가장다운 위엄을 반씩반씩 갖추어가면서 장히 서슬 있이 서둔다.

정 주사한테는 바라지도 못한 좋은 트집거리다. 병주도 속으로는 옳다, 이제는 어디 보자고 기강이 나서 히잉히잉 소리를 더 크게 더 잦게 낸다.

유 씨는 돋보기 너머로 힐끔 한번 거듭떠보다가 아니꼽다고 낯놀림을 하면서 바느질을 붙잡는다.

"이 소리, 썩 그치지 못하느냐!……"

정 주사는 목 가다듬기로 짐짓 병주를 멋스려놓고는 유 씨에게 대고 준절히 책을 잡는다.

"……거 어찌 조용조용 타이르지는 못 하구서 노상 큰소리가 나게 한단 말이오?"

눈을 깜작깜작 노랑 수염을 거스르면서 갑자기 서두는 것을 유 씨는 심정이 상한 중에도,

'아이구 요런, 어디서 낮바닥하구는!……'

하고 기가 막혀 말이 안 나온다는 듯이 눈만 흘기고 연신 고갯짓을 한다.

"……거 전과두 달라서 이렇게 길가루 나앉았으니 좀 조심을 해야지…… 게 무슨 모영이란 말이지요?…… 무지막지한 상한(常漢)[489]의 집구석같이……."

"아따! 끔직이두…… 옜소, 체면…… 흥! 체면……?"

비로소 맞서는 유 씨의 음성은 버럭 높다. 정 주사도 지지 않고 어성이 거칠다.

"게 어째서 체면을 안 볼 것은 또 무어란 말이오?"

"큰소리는 혼자 하려 들어!…… 모두 떼거지가 될 꼬락서니에 칙살스럽게 이거라두 채려놓구 앉어서 목구멍에 풀칠을 하니깐 조(驕)가 나서 그래요? 당신두 이제는 나이 50이니 정신을 채릴 때두 됐으면서 대체 어쩌자구 요 모양이우? 동쪽이 버언하니까 다 내 세상으루 알구 그러시우? 복장이 뜨듯하니까 생시가 꿈인 줄 알구 그러시우, 그러기를……."

"아니, 건 또 무엇이 어쨌다구 당치두 않은 푸념을……."

"내가 푸념이오? 내가 푸념이야?…… 대체 그년의 북어는 대국으루 사러 갔더란 말이오? 서천 서역국으루 사러 갔더란 말이오…… 그러구두 온종일 흥떵거리구 돌아다니다가, 다 저녁때야 맨손 내젓구 들어와서는 그래 무슨 얌체에 큰소리요? 큰소리가……. 이게 나 혼자 먹구 살자는 노릇이란 말이오?"

"아니 그건 그것이고 이건 이것이지, 그래 내가 북어 흥정을 안 해다 주어서 그래 여편네가 삼남 대로 바닥에 앉어서 이 해거란 말이오? 어디서 생긴 행실머리람……."

싸움은 바야흐로 익어간다. 조금 아까 당도한 승재는 가게로 섬뻑 들어오

지를 못하고 모퉁이에 비켜서서 주춤주춤한다.

6

승재는 이 집에서 가게를 내고 이만큼이라도 살아가게 된 그 돈 5백 원의 내력을 알고 있다. 작년 가을 계봉이가 서울로 올라가더니, 제 형 초봉이의 지나간 이태 동안의 소경사와 생활을 대강 편지 내왕으로 알려주었던 것이다.

그것을 미루어 승재는 초봉이가 박제호라는 사람의 첩 노릇을 한 것이나 그자한테 버림을 받고 장형보라는 극히 불쾌한 인간과 살고 있는 것이나 죄다 친정을 돕기 위해서 그랬느니라고만 해석을 외곬으로 갖게 되었다.

그렇게 보고 보니 끝끝내 딸자식 하나를 희생시켜가면서 생활을 도모하고 있는 정 주사네한테 반감이 없을 수가 없었다.

승재는 이 정 주사네가 명님이네와는 또 달라 낡았으나마 명색 교양이 있다는 사람으로, 그따위 짓을 하는 것은 침을 뱉을 더러운 짓이라 했다.

마침내 승재는 교양이라는 것에 대하여 환멸을 느꼈다. 가난한 사람은 교양이 있어도 그것이 그네들을 선량하게 해주는 것이 못 되고, 도리어 교양의 지혜를 이용하여 무지한 사람들보다도 더하게 간악한 짓을 하는 것이라 했다.

작년 가을 계봉이가 집에 없은 뒤로는 실상 만나볼 사람도 없었거니와 겸하여 정 주사네한테 그러한 반감도 생기고 해서 승재는 그동안 발을 끊다시피 하고 다니지 않았다.

그러다가 이번에 아주 떠나게 되기도 했거니와 마침 또 계봉이한테서 제 부탁도 부탁이지만 형 초봉이가 자나깨나 마음을 못 놓고 불안히 지내니 부디 저의 집에 들러서 장사하는 형편이 어떠한지 직접 자상하게 좀 보아다 달라는 편지가 왔기 때문에 그래 마지못해 내키지 않는 걸음을 한 것이다.

와서 보니 우환 중에 또 이런 싸움이라 오쟁이를 뜨는 것 같아 더욱 불쾌했다. 그러나 그렇다고 돌아설 수도 없지만 부부싸움을 하는데 불쑥 들어가기도 무엇하고 해서 잠깐 기다리고 있노라니까 문득 옛 거지의 이야기가 생각이 났다.

산신당(山神堂)에서 거지 둘이 의좋게 살고 있었다. 그 둘이는 저희끼리도 의가 좋았거니와 밥을 빌어 오면 먼저 산신님께 공궤하기를 잊지 않았다.

그 덕에 산신님은 여러 해 동안 푸달진 바가지 밥이나마 달게 얻어 자시고 지냈는데 하루는 산신님 아낙이 산신님을 보고 거지들한테 무엇 보물 같은 것이라도 주어서 은공을 갚자고 권면을 했다. 산신님은 보물을 주어서는 도리어 그네를 불행하게 한다고 아낙의 권을 듣지 않았다. 그래도 조르니까 자 그럼 이걸 두고 보라면서 좋은 구슬(寶石) 한 개를 위패 앞에다가 내놓아주었다.

두 거지는 그것을 얻어가지고 좋아서 날뛰었다. 그리고 이제는 우리가 팔자를 고쳤다고 그러니 위선 술을 사다가 산신님께 치하도 하려니와 우리도 먹자고 그중 하나가 술을 사러 마을로 내려갔다.

남아 있던 한 거지는 그 구슬을 제가 혼자 독차지할 욕심이 났다. 그래서 그는 몽둥이를 마침 들고 섰다가 술을 사가지고 신당으로 들어서는 동무를 때려 죽였다.

그리고는 좋다고 위선 술을 따라 먹었다. 그러나 술을 사러 갔던 자도 그 구슬을 저 혼자서 독차지할 욕심이라 술에다가 사약(死藥)을 탔었다. 그래서 그 술을 마신 다른 한 자도 마저 죽었다.

이 꼴을 보고 산신님은 아낙더러 저것 보라고 그러니까 애여 내가 무어라 더냐고 하여 그제야 산신님의 아낙도 고개를 끄덕거렸다…….

승재는 정 주사네 양주[490]가 싸우는 것을 산신당의 두 거지한테 빗대놓고 생각을 하노라니까 이네도 정말 서로 죽이지나 않는가 하는 망상이 들면서 어쩐지 으스스 무서워졌다.

싸움은 차차 더 커간다.

"그래, 내 행실머리는 다 그렇게 상스럽다구……. 그래……."

유 씨는 재봉틀을 와락 밀어젖히면서 일어선다. 서슬에 와그르르 하고 받쳐놓았던 궤짝 얼러 재봉틀이 방바닥으로 나가동그라진다.

유 씨는 홧김에 밀치기는 했어도 설마 넘어지랴 했던 것인데, 이렇게 되고 보니 만약 부서지기나 했으면 어쩌나 싶어 가슴이 뜨끔했다.

재봉틀이래야 인장표도 아니요, 120원짜리 국산품 손틀기이기는 하지만 천하에도 없이 끔찍이 여기는 보배다. 유 씨는 늘 밉게 구는 계봉이 같은 딸 하나쯤보다는 차라리 이 재봉틀이 더 소중하고 사랑스럽다.

그렇잖고 웬만큼 대단해하던 터라면 남편이 얄밉고 부아가 나는 깐으로야 번쩍 들어 내동댕이를 쳐서 바숴뜨리기라도 했지, 좀 밀쳤다고 넘어지는 것쯤 아무렇지도 않아했을 것이다.

7

재봉틀이 넘어지느라고 갑자기 와그락 데그럭 요란한 소리가 나는 바람에 승재는 망설일 겨를도 없이 가게로 뛰어들었다.

정 주사는 승재가 반갑다기보다, 몰리는 싸움을 중판을 매게 된 것이, 다행해서 얼른 낯빛을 풀어가지고, 흔감스럽게 인사를 먼저 한다. 유 씨는 싸움이야 실컷 더 했어야 할 판이지만 재봉틀이 넘어지는 데 가슴이 더럭해서 잠깐 얼떨떨하고 서 있는 참인데 일변 반갑기도 하려니와 어려움도 있어야 할 승재가 오고 보니, 차마 더 기승을 떨 수는 없던 것이다.

두 양주는 다 같이 반색을 하면서 승재를 맞는다. 싸움하던 것은 싹 씻은 듯이 어디로 가고 이렇게 천연을 부리니 싱거운 건 승재다.

그냥 말로만 주거니 받거니 하는 틀거리[491]가 아니고, 철그덕 따악 살림까지 쳐부수는 게 이 싸움 졸연찮은가 보다고 그만 엉겁결에 툭 튀어들었던 것인데 이건 요술을 부렸는지 아무런 내색도 없고 둘이 다 흔연하게 인사를 하니 다뿍 긴장해서 납뛴 이편이 점직할 지경이다.

"거 어찌 그리 볼 수가 없나? 이리 좀 앉게그려…… 거 원……."

정 주사는 연방 흠선을 피운다는 양이나 끙끙거리고 쩔쩔맨다.

"좋습니다. 곧 가야 하겠어서…… 형주랑 병주랑 그새 학교에 잘 다니나요?"

승재는 이런 인사말을 하면서 정 주사네 양주와 가게 안을 둘러본다. 병주는 어느 결에 눈깔사탕이나 두어 개 쥐어 넣었는지 가게에 없고 보이지 않는다.

"거 머 벌제위명[492]이지 공부라구 한다는 게……. 그래, 그런데 참 자네는 작년 가을에 무엇이냐 거, 의사에 합격이 됐다구?…… 건데……."

정 주사는 여전히 남의 사무실 고쓰카이같이 행색이 초라한 승재를 위아래로 훑어보면서 그런데 왜 이렇게 궁기가 흐르냐고는 차마 박절히 묻지 못하고서 혼자 고개만 끄덕거리다가 좋게 둘러댄다.

"……그러면 자네두 거 인제는 병원을 설시하구서 다 그래야 할 게 아닌가?"

"네, 그렇지 않아두 이번에 어쩌면……."

"응! 이번에?…… 병원을 설시하게 되나? 허! 참 장헌 노릇이네!"

"머, 된다구 해두 그리 변변찮습니다마는……."

"원 그럴 리가 있나! 다 도저하겠지…… 그래 설시를 하게 된다면 이 군산이렷다?…… 그렇지?"

"군산이 아니구요…… 저어 서울서 어느 친구 하나가."

"서울다가?"

"네, 아현(阿峴)에 어느 친구가 실비병원[493]을 하나 내겠는데…… 그 사람이……."

"실—비병원?"

정 주사는 실비병원이란 소리를 다뿍 시쁘게 되뇐다.

그저 그렇지, 저 몰골에 제법 옹근 병원이라도 처억 차려놓을 잡이가 워너니 못 되더니라 금새를 노는 속이다.

"……실비병원이든 무엇이든 아무려나 잘됐네그려!"

"아이 참, 잘됐구려!"

유 씨가 남편한테 승재를 빼앗기고서 말을 가로챌 기회를 여새기다가 얼핏 대꾸를 하고 나서던 것이다.

"……그럼 다 그렇게 하기루 작정이 됐수?"

"아직 작정이구 무엇이구 없습니다. 그 사람이 자기는 시방 의사 면허가 없으니까 같이 해나가는 양으루 와서 있어달라구 그런 기별만 왔어요. 그래서 내일이나 모레쯤 올라가서 잘 상의를 한 뒤에 원 어떻게 하든지…… 그러구 이번 올라가면 어쩌면 다시 내려오지 못할 것 같기도 하구 해서 인사도 여쭐 겸……."

"오온! 그래서 모처럼 모처럼 이렇게 찾아왔구려! 잊잖구서 찾아와주니 고맙수마는 떠난다니 섭섭해 어떡하나! 우리가 다 남 서방 신세도 적잖이 지구, 참…… 그러나저러나 이러고 섰을 게 아니라 일러루 좀 올라오우. 원 섭섭해서 어디……."

승재는 제가 알아볼 것은 못 알아보고 이 부인네의 수다스런 언변에 그다지 하고 싶지도 않은 제 이야기만 대답을 하기가 내키지 않았으나 그렇다고 그대로 뿌리치고 나올 수도 없고 해서 마지못해 방 문턱으로 걸터앉았다.

유 씨는 방으로 들어가서 나가동그라진 재봉틀을 바로잡아 한편 구석에 치워놓느라 한참 분주하다.

정 주사는 동그란 나무 걸상을 집어다 놓고 승재의 앞으로 바로 앉는다. 그는 승재가 오늘 해가 지고 밤이 깊도록 있어서 아까 중판 맨 싸움이 그대로 흐지부지했으면 한다.

이유는 달라도 승재를 잡아두고 싶기는 유 씨도 일반이다.

8

유 씨는 승재를 생각하면 초봉이를 또한 생각하고 회심이 들지 않을 수가 없다.

더구나 승재가 인제는 버젓한 의사가 되어, 병원을 내려고 서울로 떠난다는 작별인사를 하러 온 오늘 같은 날은, 일변 가슴을 부둥켜안고 싶게 지나간 일이 여러 가지로 안타깝다.

일찍이 초봉이가 승재한테로 뜻이 기우는 눈치였었고 승재 또한 그렇게 부랴부랴 이사를 해가던 것을 보면 초봉이한테 마음이 깊었던 모양이고 하니 만약이 저희 둘을 서로 배필을 정해주었더라면 초봉이의 팔자도 그렇게 잡치지 않을뿐더러 오늘날 이러한 승재를 제 남편으로 받들어 호강을 늘어지게 하고 집안도 또한 이 사위의 덕을 보았을 것이다.

그런 것을 그 천하의 몹쓸 놈 고가한테 깜빡 속아가지고서는 그런 끔찍스런 변을 다 당하고, 필경은 자식의 신세가 그 지경이 되었으니 열 번 발등을 찍어도 시원하지가 않다.

하기야 어찌 되었으나 그 덕을 보지 않는 것은 아니다.

혼인 전후에 돈을 적지 않게 얻어 쓴 것도 쓴 것이려니와 초봉이가 서울로 올라가서 다달이 20원씩 보내주어 그걸로 큰 힘을 보았고, 작년 가을에는 한목 5백 원이나 내려보낸 것으로 이만큼이라도 가게를 차려놓고서 그 끈에 연명을 하고 있으니 그것이 결코 적다고는 할 수 없는 것이다. 그러나 딸의 일생을 버려준 것에 대면 말도 안 되게 이쪽이 크다.

그때에 그저 눈을 질끈 감고서 조금만 염량을 다르게 먹었다든지 또 그 당장에서는 미워서 욕을 했어도 계봉이가 말하던 대로 조사라도 좀 해보든지 해설랑 고가의 청혼을 물리쳤더라면 그새 한 2년 집안의 고생은 더 했을망정 오늘날 와서 제 팔자 남에게 부럽지 않았을 것이고 집안도 떳떳이 사위의 덕을 볼 것이고 그랬을 것이 아니더냔 말이다.

유 씨는 이렇게 후회를 하기는 하나 그보다 더하게 위안이 또한 없지도 않다.

유 씨가 승재를 애초에 초봉이의 배필로 유념을 했다가 태수가 뛰어드는 판에 퇴짜를 놓고는 다시 계봉이를 두고 마음에 염량을 해두었던 것은 벌써 이태 전이다.

그러나 딴 속이 있었기 때문에 그동안 계봉이가 유 씨의 말대로 하면 말만 한 계집애 년이 홀아비로 지내는 총각 놈 승재한테 자주 놀러도 다니고 하면서 가까이 지내는 것을 알고도 모른 체 짐짓 싹수만 보아왔던 것이요, 그렇잖았으면야 단단히 잡도리를 해서 그걸 금했을 것은 여부도 없는 말이다.

그러다가 작년 가을 승재가 마지막 시험을 치른 결과 합격이 다 되어서 아주 옹근 의사 노릇을 하게 되었다는 소식을 듣고는 바싹 더 마음이 당겨 마침내 혼인을 서둘러 볼 궁리까지 했었다.

그런데 계봉이가 못 가게 막는 것도 듣지 않고서 서울로 올라가버리고 또 승재도 발길을 뚝 끊다시피 다니지를 않고 해서 유 씨는 적잖이 실망을 하고 있던 참이다.

이렇게 실망을 하고 있던 계제에 승재가 모처럼 찾아왔고 찾아와서는 병원을 내기 위하여 서울로 간다고 하니 다시금 희망 살이 뻗쳐들어 여간만 반갑던 것이 아니다.

유 씨는 승재를 좀 붙잡아 앉히고 슬금슬금 제 눈치도 떠보려니와 이편의 눈치도 보여주고 해서 이번에 서울로 올라가거든 저희끼리 그 소위 연애라든지 사랑이라든지 하는 것이 분명히 어울리도록 어쨌든 자주 상종도 하고 하게시리 마련을 해놓을 요량이다.

그래만 놓으면 뒷일은 다 절로 술술 들어 달 판이다.

승재는 정 주사와 마주 앉아서 지날 말같이 인사엣 말같이 가게의 세월은 어떠하며 매삭 수입은 어떠하며 집안 지내는 형편은 어떠하냐고 물어보고 정 주사는 그저 큰 것을 더 바랄 수는 없어도 가게의 수입이 쏠쏠해서 암만은 되고 또 재봉틀에서 들어오는 것이 있고 하니까 아무려나 지내는 간다고 별반 기일 것도 없이 대답을 해준다. 승재는 그럭저럭하면 계봉이한테라도 들은 대로 본 대로 전할 거리는 되겠거니 했다.

이야기가 다 끝나고 난 뒤에 정 주사는 혼자 하는 걱정같이 그러나저러나 간에 내가 나대로 무엇이고 소일거리라도 마련을 해야지 원 갑갑해서…… 이런 소리를 덧들인다. 이 말은 오늘 북어를 못 사 오고 미두장에 가서 있던 것도 다 할 일이 없고 해서 심심한 탓으로 그렇게 되는 것이라고 유 씨더러 알아듣고 양해를 하라는 변명이다. 그러나 승재는 이 위에 좀 더 딸의 덕을 볼 욕심으로 이번 서울로 올라가거든 초봉이한테 그런 전갈과 권념을 해달라는 속이거니 싶어, 못생긴 얼굴이 물끄러미 건너다보였다.

9

유 씨는 승재를 방으로 모셔 들일 요량으로 바느질 벌여놓았던 것을 다 걷어치우고 말끔하게 쓸어낸 뒤에 앞치마를 두르면서 가게로 내려선다. 아직 좀 이르기는 하지만 저녁밥을 지어 대접을 하자는 것이다.

"아 글쎄, 우리 작은 년은 말이우!……"

유 씨는 부엌으로 나가면서 우선 한 사설 늘어놓는다.

"……그년이 공부한답시구 쫓아 올라가더니, 웬걸 학교는 들잖구서 아따 무어라더냐, 나는 밤낮 들어두 잊으니, 오 참 백화점…… 백화점에를 다닌다는구려! 그년이 무슨 재랄이야, 글쎄……."

승재는 다 알고 있는 소리지만 짐짓 몰랐던 체를 한다.

"……아 글쎄, 더 높은 학교를 못 가서 육장 노래 부르듯 하던 년이, 그게 무슨 변덕인구? 머, 제 형이 뒤를 거두어주구 하니 공부를 하자면 좀 좋수?"

"……."

승재는 무어라고 대꾸할 말이 없어서 더엄덤하고 있다.

"……그년이 까부느라구 그랬을 거야, 그년이…… 그렇지만 그년이 까불긴 해두 재주는 있다우. 또 제가 하려구두 들구…… 그러니까 싹수가 없던 않은데…… 그리구 허기야 까부는 것두 다 철들면 괜찮을 테구 하지만……."

승재는 유 씨가 그 입으로 이렇게까지 계봉이를 추는 소리를 듣느니 처음이다.

"사람 못된 것 공부는 더 시켜서는 무얼 해! 제 형 허파만 빠지지!"

정 주사가 옆에서 속도 모르고 중뿔난 소리를 한마디 거든다.

유 씨는 쓰다고 고갯짓을 하면서 입을 삐죽삐죽

"그년이 왜 사람이 못돼?…… 그년이 속이 어떻게 찼다구!…… 다들 그년만치만 속이 찼어보라지!"

하고 전접스럽게 꼬집어 뜯는다. 정 주사는 승재 보기가 부끄럽기는 하나 아까 싸움이 다시 벌어질까 봐서 더 대거리는 못 하고 노랑 수염만 꼬아 붙인다.

"이건 참 긴한 부탁인데……."

유 씨는 낯꽃을 도로 푸느라고 잠깐 만에야 이야기를 다시 잇댄다.

"……이번에 올라가거들라껀 그년더러 그 짓 애여 작파하구서 공부나 더 하라구 남 서방이 단단히 좀 나무라기라도 하구 타이르기도 하구 다 그래주우. 남 서방 하는 말이면 곧잘 들을 테니까…… 나는 아주 남 서방만 믿수?"

"글쎄올시다, 제가 머……."

"아니라우! 그년이 남 서방을 어떻게 따르구 했다구! 그러니 잘 좀 유념해서 등한하게 여기지 말구……. 그리구 그년뿐 아니라 제 형두 서울루 떠난 지가 꼬박 이태나 됐어두 인해 어떻게 지내는지를 알 수가 없구려! 그러니 남 서방 같은 이라두 서울 가서 있으면서 오면 가면 뒤두 보살펴주구 하면 즈이두 맘이 든든할 것이구 에미 애비두 다 맘이 뇌구 않겠수?…… 그러니 올라가거들랑 부디 좀…… 아니 머 그럴 게 아니라 이렇게 하구려? 즈이 집 방을 하나 치래서 같이 있어두 좋지? 그랬으면야 머 참…… 내 그럼 즈이더러 오늘이라두 미리 편지를 해두까?……"

"아, 아니올시다. 머, 다 폐스럽게……."

승재는 황망히 가로막는다.

승재가 짐작하기에는 이 수다스럽고 의뭉스런 마나님이 그렇게 어쩌고저쩌고 해서 초봉이와 가까이하게 해가지고는 다 이러쿵저러쿵 둘이를 도로 비끄러매놓자는 수작이거니 싶었다. 그러나 승재로는 천만 당치도 않은 소리다.

미상불 승재는 그것이 젊은 첫사랑이었던 만큼 시방도 초봉이한테 아련한 회포가 없는 것은 아니다. 또 그렇기 때문에 초봉이의 말 아닌 운명을 사무치게 슬퍼하고 그를 불쌍히 여겨 깊은 동정도 하기는 한다.

그러나 꿈에라도 그를 다시 찾아내어 옛정을 도로 누린다든가, 더욱이 그를 제 아내로 맞이한다든가 할 생각은 없던 것이다.

그러하지 지금 승재가 절박하게 그리고 리얼하게 마음이 쏠리기는 차라리 계봉이한테다.

계봉이는 드디어 승재를 사로잡았던 것이다. 승재도 제 자신이 그렇게 된 줄을 몰랐다가 작년 가을 계봉이가 서울로 뚝 떠난 뒤에야 제 몸뚱이가 그만 통째로 없어진 것같이 허전한 것을 느끼고서 비로소 그것이 계봉이로 연한 탓인 줄을 알았었다.

시방 승재를 서울로 끌어가는 것도 그러니까 실비병원의 경영보다 계봉이의 '머리터럭 한 오라기'의 인력이 크던 것이다.

유 씨와 정 주사가 사뭇 부여잡다시피 저녁을 먹고 가라고 만류하는 것을 뿌리치고 승재는 '콩나물고개'를 넘어 부랴부랴 S여학교의 야학으로 올라갔다. 벌써 다섯 시 반이니 야학 시간도 촉하거니와 일찌거니 명님이를 가보았어야 할 것을 쓸데없이 정 주사네게서 충그린 것이 찝찝해 못했다.

10

야학이라는 건 작년 늦은 봄부터 개복동과 둔뱀이의 몇몇 사람이 발론을 해가지고 S여학교의 교실을 오후와 밤에만 빌려서, 낮으로 일을 다닌다거나 놀면서도 보통학교에 다니지 못하는 아이들을 모아놓고 '기역 니은'이며 '일이삼사'며 '아이우에오' 같은 것이라도 가르치자고 시작을 한 것인데, 마침 발기한 사람 축에 승재와 안면 있는 사람이 있어서, 승재더러도 매일 산술 한 시간씩만 맡아보아 달라고 청을 했었다.

승재는 그때만 해도 계몽이라면 덮어놓고 큰 수가 나는 줄만 여길 적이라, 첫마디에 승낙을 했고 이내 1년 넘겨 매일 꾸준히 시간을 보아주기는 했었다.

그러나 작년 겨울부터는 계몽이니 교육이니 한다지만, 어느 경우에는 절름발이를 만드는 짓이고, 보아야 사실상 이익보다 독을 끼쳐주는 게 아니냐고, 지극히 좁은 현실에서 얻은 협착한 결론으로다가 막연한 회의를 하기 시작했었고, 그러기 때문에 야학도 도로 작파하고 싶은 생각이 들었었다.

그러나 속은 그러해도 같은 교원이고 아이들한테고 떳떳하게 내세울 이유도 없이 그만두겠다는 말이 선뜻 나오지를 않아서 오늘날까지 미룸미룸 해왔던 것이다.

그런데 계제에 이번 서울로 멀리 떠나게 되었고 그러니 할 수 없이 그만두게 되는 참이라 마음이야 어디로 갔든 겉으로는 그리 민망할 게 없었다.

승재가 학교 밑 언덕까지 당도하자 종 치는 소리가 들렸고 다 올라갔을 때는 아이들은 벌써 교실에 모여 왁자하니 떠들고 있었다. 승재는 교원실에는 들르지 않고 바로 교실로 들어갔다.

아이들은 선생님이 들어서는 것을 보고 참새 모인 대숲에 새매가 지나간 것처럼 재재거리던 소리를 뚝 그치고 제각기 천연스럽게 고개를 바로 갖는다. 아이들이라야 처음 시작할 때에는 그것도 80명이나 넘더니 사실 다 떨어져 나가고 지금은 열댓밖에 안 남아서 단출하다면 무척 단출하다.

승재는 급장 아이를 교원실로 보내어 출석부만 가져오게 하고는 모두 오도카니 고개를 쳐들고서 기다리는 아이들의 얼굴을 휘익 한 번 둘러본다.

학과를 시작하기 바로 전이면 언제고 별 뜻 없이 한 번 둘러보는 게 무심한 습관이었지만 오늘은 이것이 너희들과도 마지막이니라 생각하면 그새같이 무심치가 않고 아이들의 얼굴이 하나씩 하나씩 똑똑하게 눈에 박힌다.

밥을 한 사발 드북드북 배불리 먹고 났어도 도로 시장해 보일 얼굴들이다. 할끔한 놈, 샛노오란 놈, 그중에 그래도 새까만 놈은 영양이 좋은 편이다. 모가지와 손등과 귀밑에는 지나간 겨울에 트고 눌어붙고 한 때꼽재기가 아직도 가시지 않은 놈이 거지반이다. 옷도 저이들 생김새와 잘 얼린다. 아직 솜 바지저고리를 입은 놈이 있는가 하면, 어느 놈은 홑고의적삼을 서늑서늑하게 갈아입었고, 다 떨어진 고쿠라[494] 양복은 제법 치렛감[495]이다.

승재는 아이들의 가정을 한두 번씩, 혹은 병인이 있어서 치료를 해주느라고 드리없이[496] 찾아다니곤 했기 때문에 그 형편들을 낱낱이 잘 알고 있고 그래서 어느 아이고 얼굴을 바라다보노라면 그 애의 집안 꼴새[497]까지 환히 머리에 떠오른다.

개개 지붕이 새고 토담 벽이 무너진 오막살이요 그나마 옹근 한 채가 아니고 방이 둘이면 두 가구, 셋이면 세 가구로 갈라 산다. 방문을 열면 악취가 코를 찌르는 어두컴컴한 속에서 얼굴이 오이꽃같이 노오란 여인네의 북통 같은 배가 누워 있기 아니면 뜨는 누룩처럼 검누렇게 부황이 난 사내가 쿨룩쿨룩 기침을 하고 앉았다.

또 어느 집은 하릴없는 도야지 새끼처럼, 허리를 헌 띠 같은 것으로 동여매어 궤짝 자물쇠에다가 매달아놓은 아기가 눈물 콧물 뒤범벅이 되어 울고 있다. 이건 양주가 다 벌이를 나간 집이다. 또 남녀가 어린아이들과 방구석에 웅숭그리고 있는 집은 벌이가 없어서 대개 하루나 이틀은 굶은 집이다.

승재는 모두 신산했지만 더욱이 당장 굶고 있는 집을 찾아간 때면 차마 그냥 돌아서지를 못해, 지갑에 있는 대로 털어놓는다. 마침 지닌 것이 없으면 뒤로 돈 원이고 변통해 보내준다.

그뿐 아니라 온종일 굶고 있다가 추욱 처져가지고 명색 공부랍시고 하러 온 아이들한테 호떡이나 떡이나 사서 먹이는 게 학과보다도 훨씬 더 요긴했다.

그러느라 작년 가을 의사 면허를 땄을 때 병원 주인이 20원을 한목 올려 주어 60원이나 받던 월급이 약품 값으로 15원가량 생활비로 10원가량 들고는 그 나머지는 고스란히 그 구멍으로 빠져나간다.

그러나 전과 달라, 시방 와서는 그것을 기쁨과 만족한 마음으로 하지를 못하고, 하루하루 막막한 생각과 불만한 우울만 더해갔다.

11[498]

승재가 가난한 사람의 병든 것을 쫓아다니면서 돈도 받지 않고 치료를 해준다는 소문이 요새 와서는 좁다고 해도 인구가 6만 명이 넘는 이 군산바닥에 구석구석 모르는 데 없이 고루 퍼졌고 그래서 위급한데도 어찌하지 못하는 병자만 돌아보아주재도 항용 열씩은 더 된다.

그 밖에 종기야 가슴애피[499]야 하고 모여드는 사람은 이루 헤아릴 수가 없다. 큼직한 종합병원 하나를 차리고 앉았어도 그 사람들을 골고루 만족히 치료해줄 수는 없을 것 같았다. 그런 것을 낮에는 병원 일을 보아주고 나서 오후와 밤으로만 그 수응을 하자 하니 도저히 승재의 힘으로는 감당해낼 재주가 없었다.

더구나 돈 그까짓 3, 40원을 가지고 그 숱한 배고픈 사람들을 갈라 먹이자니 마치 시장한 판에 밥알이나 한 알갱이 입에다 넣고 씹는 것 같아 간에도 차지 않았다.

대체 조그마한 이 군산 바닥이 이러할 바이면 조선 전체는 어떠할꼬, 이것을 생각해보았을 때에 승재는 딱 기가 질렸다.

단지 눈에 띄는 남의 불행을 차마 보지 못해 제 힘껏 그를 도와주고…… 도와주고 하는 데서 만족하지를 않고, 그 불행한 사람들을 주체 삼아 그리로 눈을 돌리게 된 것은 승재로서 일단의 진경이라 하겠다.

그러나 그는 겨우 그 양(量)으로 눈이 갔을 뿐이지 질(質)을 알아낼 시각(視角)은 갖지를 못했다. 가난과 무지와 병으로 해서 불행한 사람이 많은 줄까지는 알았어도 사람이 어째서 가난하고 무지하고 병에 지고 하느냐는 것은 아직도 모르던 것이다.

그렇기 때문에 승재의 지금의 결론은 절망적이다.

그 숱해 많은 불행한 사람을 약삭빨리 한두 사람이 구제할 수는 없는 것이다.

그러니까 그래도 눈으로 보고서 차마 못해 돈푼이나 들여 구제니 또는 치료니 해주는 것은 결국 남을 위한다느니보다도 위선 제 자신의 감정을 만족시키는 제 노릇에 지나지 못하는 것이다…….

이러한 해석 끝에 그러면 어떻게 해야 옳으냐고 자연 반문을 하는데 거기서는 아무렇게고 할 수 없다는 대답밖에 나오지 않았다. 너무도 허망했다.

승재는 막막했다. 그리고 일변 계봉이로 해서 서울로만 가고 싶었다. 그런데 계제에 서울로 올라갈 기회가 생겼던 것이다.

그러니 결국 계봉이한테 끌려서 또 한편으로는 예가 답답하니까 새로운 공기 속으로 도망을 가는 것이지만 승재 제 요량에는 서울로 가기만 하면 좀 더 널리 그리고 좀 더 효과 있게 일을 할 수가 있겠지 하는 희망도 없진 않았다.

"자- 오늘은……."

승재는 아이들을 내려다보던 얼굴을 역시 별 의미 없이 두어 번 끄덕거리고 나서 말을 내던 것이다.

"……공부는 그만두구 너희허구 나허구 이야기를 한다구……."

"네에."

모두 좋아서 한꺼번에 대답을 한다. 내놓았던 공책이며 책을 걷어치우느라고 잠시 분주하다.

"내가 내일이면 저어 서울루 떠나는데…… 그래서 너희허구두 이제는 다시 못 만나게 됐는데……."

말이 떨어지자 아이들은 잠시 덤덤하더니 이어 와- 하고 제각기 한마디씩 지껄인다.

어째 서울로 가느냐고 짐짓 섭섭한 체하는 놈, 서울로 떠나지 말라는 놈, 언제 몇 시 차로 떠나느냐고 정거장까지 배웅을 나가겠다는 놈, 저희끼리 쑥덕거리는 놈 해서 한참 요란하다.

승재는 물끄러미 내려다보고 섰다가 교편으로 교탁을 따악 친다.

"그만하고 조용해!"

아이들은 지껄이던 것을 한꺼번에 뚝 그치고 고개를 똑바로 쳐든다.

"자아, 너희들 내가 부르는 대루 하나씩 하나씩 일어서서 내가 묻는 대루 다 대답해보아? 응?"

"네에-."

승재는 아이들더러 이야기를 하자고는 했지만 그래도 명색이 작별하는 마당인데 여느 때처럼 토끼나 호랑이 이야기를 할 수는 없고 해서 어쩔까 망설이다가 문득 심심찮을 거리가 생각이 났던 것이다.

"저어 너, 창윤이……."

승재가 교편을 들어 가리키면서 이름을 부르는 대로 한가운데 줄에서 열댓 살이나 먹어 보이는 야무지게 생긴 놈이 대답을 하고 발딱 일어선다.

성한 데보다는 뚫어진 데가 더 많은 검정 고쿠라 양복바지에 얼쑹덜쑹

무늬가 박힌 융 셔츠를 입고 이마에 보기 흉한 흉이 있는 아이다. 눈이 뚜렷뚜렷한 게 무척 역게[500] 생겼다.

12

"창윤이 너는 이렇게 공부를 해가지구서 이제 자라면 무얼 할련?"

승재가 묻는 말을 받아 아이는 서슴지도 않고 냉큼

"저는 선생처럼 돼요."

한다.

"나처럼? 그건 왜?"

"전 선생님이 좋아요."

승재는 속으로 네라끼 쥐 같은 놈이라고 웃었다.

"그 다음 너는?"

맨 뒷줄에서 제일 대가리 큰 놈이 우뚝 일어선다. 눈만 두리두리 퀭하지 얼굴이 맺힌 데가 없고 둔해 보인다.

"너는? 너는 공부해서 무얼 할 테야?"

"네, 저는 조선총독부 될래요."

아이들이 해끗해끗 돌려다 보고 그중 몇 놈은 빈들빈들 웃는다. 승재도 웃음이 나오려는 것을 겨우 참았다.

"그래 조선 총독이 돼서 무얼 하려고?"

"월급 많이 받게요."

"월급은 얼마나?"

"백 원…… 아니 그보담 더 많이요."

"월급은 그렇게 많이 받아선 무얼 할 텐고?"

"마구 쓰구, 그리구……."

그 다음은 종쇠라고 하는 열두어 살이나 먹은 놈이 불려 일어섰다. 콧물이 흐르고 옷이라는 건 때가 누덕이 앉고 솜뭉치가 비어 나오는 핫것[501]이다.

"너는 공부해가지구 인제 자라면 무얼 할 텐가?"

아이는 고개를 들지 않고 곁눈질만 한다. 이 애는 늘 이렇게 침울한 아인데 오늘은 유난히 더해 보인다.

"자— 종쇠두 대답해봐?"

"저어……."

"응."

"저어……."

"응."

"순사요."

"순? 사?"

뒷줄에서 두어 놈이 킥킥거리고 웃는다. 웃는 소리에 종쇠는 가뜩이나 주눅이 들어서 고개를 깊이 떨어뜨린다.

"그래, 순사가 되구 싶다?"

"네에."

"응, 순사가 되구 싶어…… 그런데, 어째서……?"

"저어……."

"응."

"저어 우리 아버지가……."

종쇠는 그 뒷말을 다 하지 못하고 손가락을 문다.

"그래 너희 아버지가 널더러 순사 되라 그러시든?"

"아니요."

"그럼?"

"우리 아버지 잡아가지 말게요."

아까보다 더 여러 놈이 웃는다. 승재는 왜 웃느냐고 아이들을 나무라놓고 황망히 종쇠더러 물어본다.

"종쇠 너, 순사가 너희 아버지 붙잡아가던? 응?"

"네에."

"원, 저걸!"

승재는 깜짝 놀란다.

전 서방이라고 살기는 '사젱이'에서 살고, 선창에서 지게벌이로 겨우 먹고 사는데 며칠 전에 다리를 삐었다고 승재한테 옥도정기까지 얻어 간 사람이다.

그리고 집에는 아내와, 종쇠를 맨 우두머리로 젖먹이까지 아이들이 넷이나 되는 것도 승재는 횅하니 알고 있다.

"그래, 언제 그랬니?……"

승재는 종쇠 옆으로 내려와서 수그리고 서 있는 아이의 얼굴을 들여다본다.

"어저께 저녁에요."

"응……. 그런데 왜? 어쩌다가?"

"저어……."

"응, 누구하구 싸움했니?"

"쌀 훔쳐다 먹었다구……."

승재는 아뿔싸! 여러 아이들이 듣는 데서 물을 말이 아닌 걸 그랬다고 뉘우쳤으나 할 수 없었다. 그는 저도 모르게 사나운 얼굴로 다른 아이들을 휘익 둘러본다. 선생님의 무서운 얼굴에 겁들이 나서, 죄다 천연스럽게 앉아 있고 한 놈도 웃거나 저희끼리 소곤거리는 놈이 없다.

승재는 이윽고 안색을 눅이고 한숨을 내쉬면서 풀기 없이 교단으로 도로 올라선다.

"그래, 종쇠야?"

"네에?"

"너는 그래서 순사가 되겠단 말이지? 너희 아버지가 남의 쌀을 몰래 갖다 먹어두 너는 잡어가지 않겠단 말이지?"

"네에."

"응…… 그래, 너희 아버지를 잡아가지 말려구, 그럴려구 순사가 될 터란 말이었다?"

"네에."

"그럼 남의 쌀을 몰래 갖다가 먹은 아버지는 그랬어두 아버지는 착한 아버지란 말이지?"

"아니오."

"아냐?"

"네에."

"그럼 나쁜 아버진가? 종쇠랑 동생들이랑 배고파하니깐 밥해 먹으라구…… 그래서 그랬는데……."

"그러니깐 난 아버지 붙잡어 안 가요."

승재는 슬픈 동화를 듣는 것같이 눈갓이 매 오고 목이 메어 더 말을 하지 못했다.

13

승재가 색주갓집 '견학'을 온 것이다.

술이 얼큰해가는 동행 약제사는 저 혼자 흥이 나서 승재의 몫으로 들어온 여자까지 둘 다 차지를 하고 앉아 재미를 본다.

승재는 술은커녕, 다른 안주 자배기도 매독이 무서워서 손도 대려고 안 했다.

여자들의 행동은 상상 이상으로 추악하여 완연히 동물 이하로 보였다.

약제사는 두 여자를 양편에다 끼고 앉아서 한 손으로는 유방을 떡 주무르듯 하고 한 손으로는…….

그래도 두 여자는 어디 볼때기나 만지는 것처럼 심상, 심상이라니 도리어 시시덕거리면서 좋아한다.

승재는 차마 해괴해서 못 본 체 외면을 하고 앉았다.

"여보, 난상?…… 난상!"

약제사는 지쳤는지, 이번에는 여자 하나를 끼고 뒹굴다가 소리소리 승재를 부르면서 게슴츠레 풀린 눈으로 연신 눈짓을 한다. 그래도 승재가 못 들은 체

하고 있으니까

"……아, 난상두 총각 아니우? 자구 갑시다, 자구…… 아인(一圓)이면 돼. 내 다 당허께……."

하고 까놓고 떠들어대면서, 일변 짝 못 찾은 다른 한 여자더러 눈을 끔적끔적 한다.

그 여자는 알아듣고 승재에게로 달려들더니 목을 얼싸안고 나뒹군다. 승재는 질겁해서 버둥거려도 빠져나지를 못한다.

"이 양반이 분명 내신가 봐?"

여자는 조롱을 하다가, 어디 좀 ……………….. 승재는 사정없이 여자를 떠다 밀치고 벌떡 일어서서 의관을 찾는다.

"가 가만, 잠깐만, 난상 난상, 정말 재미나는 구경을……."

약제사가 비틀거리고 일어서더니 지갑 속에서 50전짜리를 한 푼 꺼내 들고는 승재의 몫이던 여자와 수작이다.

"너 이거 알지?"

"피이! 50전!"

"얘, 서양서는 금전을 쓴다더라만, 조선서야 어디 금전이 있니? 그러니깐 아쉰 대루 이놈 은전으루, 응?"

"50전 바라구는 못 하네!"

"그럼 이놈만……………… 1원 한 장 더 준다!"

"정말?"

"네한테 거짓말하겠니? 염려 말구서 ………………기나 해라. 아니 그렇지만 아랫두리는 다 …………한다? 응?"

"그야 여부가 있수!"

"자아, 난상 구경하시우. 이건 서양이나 가예지 보는 거라우. 그리구 더 놀다가 ……………… 가요, 네?"

약제사는 일변 성냥갑 위에다가 50전짜리 은전을 올려놓고 물러앉고, 재주를 한다는 여자는 갑자기 치마부터…….

승재는 누가 잡을 사이도 없이 문을 박차고 나와서 신발도 신는 둥 마는 둥 거리로 뛰어 나섰다. 그는 은전은 ……입으로 무슨 재주를 부리는 줄만 알고서 잠자코 있었던 것이다.

모자도 못 쓰고 외투도 못 입고 혼자 떨면서 돌아오는 승재는 속이 메스꺼워 몇 번이고 욕질이 나는 것을 겨우 참았다. 이것이 작년 겨울 어느 날 밤에 약제사가 승재의 사처로 놀러 와서는 색시들 있는 데를 구경시켜주마고 꼬이는 바람에 승재는 대체 어떻게 생긴 곳이며 생활과 풍토는 어떠한고 하는 호기심으로 슬며시 따라왔다가 혼띔이 나보던 경험이다.

승재는 전연 상상도 못 한 것이어서 어쩌면 사람이—더욱이 여자가—그대도록 타락이 될까 보냐 여간만 분개한 게 아니다. 그는 작년 겨울의 이 기억을 되씹으면서 온통 색주갓집 모를 부은[502] 개복동 아래 비탈 그중의 개명옥(開明屋)이라는 집으로 시방 명님이를 찾아온 길이다.

오늘 야학에서 일찍 여섯 시까지 시간을 끝내고 교원 두 사람더러 내일 밤차로 떠날 것 같다는 작별을 한 뒤에 이리로 이내 찾아왔던 것이다.

아직 해도 지기 전이라 손님은 들지 않았고 이 방 저 방 색시들이 둘씩 셋씩 늘비하니 드러누워 콧노래도 부르고 누구는 단속곳 바람으로 웃통을 벗어젖히고서 세수를 하느라 시이시한다.

끼웃끼웃 내다보는 색시들이 죄다 얼굴이 삐뚤어져 보이기도 하고 볼때기나 이마빼기나 코허리가 썩어 들어가는 것을 분으로 개칠[503]을 했거니 싶기도 했다.

승재는 그의 말대로 하면 이런 곳은 인류가 환장을 해서 동물로 역행하는 구렁텅이던 것이다. 환장을 않고서야 결단코 그렇게 파렴치가 될 이치는 없다 했다.

결국 그러니까 승재는 제 소위 '환장을 해서 동물로 역행을 하는' 여자들을 그 허물이 전혀 그네들 자신에 있는 줄만 알고 있는 것이다. 그런지라 동정하고 싶은 생각보다는 더럽다고 침을 뱉고 싶다.

14

명님이는 승재가 찾아온 음성을 알아듣고 반가워서, 건넌방에 있다가 우루루 달려 나왔다.

그러나 승재와 쭙벅 얼굴이 마주치자 해죽 웃으려다 말고 금시로 눈물이 글썽글썽하다가 몸을 홱 돌이키더니 도로 들어가서는, 울고 주저앉는다.

명님이는 실상 어째서 우는지 저도 모르고 운다. 이런 집에 와서 있게 된 것이 언짢거나 슬프거나 한 줄을 아직 모르겠고 그저 더엄덤했다. 다만 안된 것이 있다면 어머니 아버지와 같이 있는 '우리 집'이 아니어서 호젓한 것 그것 한 가지뿐이다.

그러니까 승재를 보고 운 것도, 반가운 한편 역시 어린애라 어린애다운 농암으로 그런 것이라 하겠다.

명님이가 눈물 글썽거리는 것을 보고서 승재도 눈물이 핑 돌았다. 그는 옳게 처량했다.

저렇게 애련하고 저렇게 순실하고 해 보이는 소녀를 이 구렁텅이에다 두어, '환장한 인간들로 더불어 동물로 역행'을 하게 하다니 도저히 못할 노릇이라 생각하면 슬픈 것도 슬픈 것이려니와 다시금 마음이 초조했다.

승재는 암만 동정이나 자선이란 제 자신의 감정을 만족시키기 위한 제 노릇에 지나지 못하는 것이라는 해석은 가지고 있어도 시방 명님이를 구해내주겠다는 이 형편에서는 그런 생각은 몽땅 어디로 가고 없다. 또 생각이 났다고 하더라도 그 힘이 이 행동을 막지는 못할 것이다.

그새 사흘 동안 승재는 제 힘껏은 눈을 뒤집어쓰고 납뛰다시피 했었다. 물론 승재의 주변이니 별수가 없기는 했었지만, 아무려나 애는 무척 썼다.

사흘 전, 밤에 명님이가 찾아와서, 몸값 2백 원에 팔렸다는 것이며 내일 밝는 날이면 아주 이 집 개명옥으로 가게 되었다고 그래서 작별을 온 줄로 이야기하는 것을 듣고는 후덕후덕 뛰었었다.

그는 그동안 명님이네 부모 양 서방 내외더러, 자식을 몹쓸 데다가 팔아먹어서야 쓰겠냐고, 그런 생각은 부디 먹지 말라고 만나는 족족 일러왔고, 양 서방네도 들을 만하고 있었기 때문에 일이 갑자기 이렇게 될 줄은 깜박 모르고 있었다.

그날 밤 승재는 당장 두 주먹을 불끈 쥐고 양 서방네한테로 쫓아가려고 뛰쳐 일어섰으나 양 서방은 그 돈을 몸에 지니고 아침에 벌써 장사할 어물(乾魚物)을 사러 섬으로 들어갔다는 명님이의 말을 듣고 그만 떡심이 풀려 방바닥에 펄씬 주저앉았다.

밤새껏 승재는 두루두루 궁리를 한 후에 이튿날 새벽같이 병원 주인 오달식이더러 서울로 가는 걸 서너 달 미루고 더 있어줄 테니 돈 2백 원만 취해달라고 말을 해보았다.

그러나 병원 주인은 며칠 전에 승재가 서울로 가겠다고 말을 해놓고서 이태 동안만 더 있어달라고 졸라도 듣지 않았을 때에 속으로 꽁하니 노염이 났었고, 또 석 달이나 넉 달 더 있어주는 건 고마울 것도 없대서, 그래저래 심술을 피우느라고, 한마디에 거절을 해버렸다.

승재는 십상 되겠거니 믿었던 것이 낭패가 되고 보니까, 달리는 아무 변통수도 없고 해서 코가 석자나 빠졌다.

할 수 없이 책을 죄다 팔아버리려고 헌책사 사람을 데려다가 값을 놓게 해보았다.

그러나 그것 역시 이런 군산 바닥에서는 의학서류며 자연과학에 관한 서적은 사놓는대도 팔리지를 않으니까 소용이 닿지 않는다고 다뿍 비쌘 뒤에, 그래도 정 팔겠다면 한 팔십 원에나 사겠다고 배를 튕겼다.

도통 3백 권에 정가대로 치자면 6, 7백 원 어치도 넘는 책이다. 그래도 승재는 아깝지 않은 것은 아니나 그대로 80원에 내놓았다.

그리고도 심지어 헌 책상 나부랭이며 자취하던 부둥가리[504]까지 헌 옷벌까지 모조리 쓸어다가 팔 것 팔고 잡힐 것 잡히고 한 것이 겨우 15원 남짓해서 서울 올라갈 찻삯 5원 각수[505]를 내놓으면 도통 90원밖에는 변통이 못 되었다.

그다음에는 아무리 애를 써도 더 마련할 재주가 없었다.

그것도 사람이 좀 더 주변성이 있었다면 가령 되다가 못 될 값에 이번에 병원을 같이 해나가자고 한다는 그 사람한테 전보라도 쳐서 구처를 해보려고 했을 것이지만 도무지 남과 여수[506]라는 것을 해보지 못한 터라, 거기까지는 생각이 미치지도 못했거니와, 또 생각이 났다고 하더라도 병원 주인한테 한 번 무렴을 본 다음이라 역시 안 되려니 단념을 하고 말았기가 십상일 것이다.

그러고서는 하도 속이 답답하니까, 그동안 다달이 몇 원씩이라도 저금이나 해두었더라면 하고 아닌 후회나 했다.

할 수 없이, 마음은 초조해오고 달리는 종시 가망이 없고 하니까 그놈 90원이나마 손에 쥐고 허허실수로 또 오늘 일이 여의치 못하면 뒷일 당부도 할 겸, 명님이와 작별이라도 할 겸, 이렇게 찾아는 온 것이다.

15

승재는 가뜩이나 낯이 선 터에 명님이를 따라 눈물이 비어지려던 것을 억지로 참느라 한참이나 두리번거리다가 겨우 주인 양반을 좀 만나보겠다고 떼어놓고 통기를 했다.

이어 주인은 내가 주인인데 하면서 웬 뚱뚱한 여자 하나가 아직 이른 태극선을 손에 들고 나서는 것도 승재한테는 의외거니와 그의 뚱뚱한 것이며 차림새 혼란스런 데는 어쩌면 기가 탁 접질리는 것 같았다.

나이는 한 50이나 됨직할까 볼이 추욱 처지고 두 턱 진 얼굴에 불콰하니 화색이 도는 것이며 윤이 치르르 흐르는 모시 진솔 치마를 질질 끌면서 삼간마루가 사뭇 그들먹하게 나서는 양은 어느 팔자 좋은 부잣집 여인네가 나들이를 나온 길인 성싶게 후덕하고 점잖아 보인다.

그러한 중 손가락마다 싯누우런 금반지가 아니면, 백금 반지야 돌 박힌 반지를 그득 낀 것은 몹시 조색스럽기도[507] 하지만, 의젓한 그 몸집이나 옷 입음새에 얼리지 않고 상스러워 보인다.

주인이라는 여자는 위아래로 승재를 마슬러보면서,

"누구시우? 왜 그러시우?"

하고 거푸 묻는다. 도금 비녀나 상호(商號) 없는 화장품 장수 대응하듯 하는 태도가 분명하다. 미상불 승재는 털면 먼지가 풀신풀신 날 듯, 구중중한 그 행색에 낡은 왕진 가방까지 안고 서 있는 꼴이 성가시게 떠맡기려고 졸라 댈 도금 비녀 장수 같기도 십상이다.

"저어, 주인…… 양반이십니까?"

"글쎄 내가 이 집 주인이란 밖에요……. 사내 주인은 없단 말이오. 그러니 할 말 있거든 날더러 허시우……. 어디서 오셨수?"

"네, 그러면……. 저어 명님이라는 아이가 여기 와서 있는데요……."

"명님이? 명님이?"

"아, 그저께 새루…… 저 요 위에 사는 양 서방네……."

승재는 방금 들어오면서 제 눈으로 본 아이를 생판 모르는 체하거니 하고 참으로 무섭구나 했다. 그러나 이어 주인 여자의 대답을 듣고는 그런 게 아닌 줄을 알았다.

"네에, 양 서방네요…… 있지요. 홍도 말씀이시군…… 그래, 그 애를 만나러 오셨수? 일가 되시우?"

"일가는 아니구요…… 그 애 일루 해서 주인…… 양반허구 무어 좀 상의할 일이 있어서요……."

"나허구 상의를 하신다? 네에…… 그럼 당신은 누구시오?"

"나는 저어 남승재라구 저기 금호병원……."

"네에! 아 그러시우!"

주인 여자는 승재의 말이 미처 떨어지기도 전에 알아듣고서 반색을 하여 갑자기 흠선을 떤다.

"……원, 그러신 줄은 몰랐지요! 좀 올라오십시오, 어서 절러루 좀 올라가십시다…… 나두 뵙기는 첨이지만 소문은 들어서 다 거 장허신 수고를 허신다는 양반인 줄은 알구 있답니다. 가 어여 일러루……."

승재는 주인 여자의 흔감떨이에 점직해 어쩔 줄 몰라 하면서 청하는 대로 안방으로 들어가 권하는 대로 모본단[508] 방석을 깔고 앉았다.

주인 여자는, 손은 피우지도 않을 담배를 내놓는다, 재떨이를 비워 오게 한다, 부산하게 서둘다가야 겨우 자리를 잡고 앉더니, 이번에는 입에서 침이 마르게 승재를 추앙을 해젖힌다.

필시 별 뜻은 없고, 구변 좋고 말 좋아하는 여자의 지날 인사가 그렇던 것이다.

아무려나 승재는 처음 생판 몰라주고서 쌩뚱쌩뚱할[509] 때와는 달라 이렇게 흔연 대접을 해주니까 위선 제 소간사를 말 내놓기부터 수나로울 것 같았다.

"게, 그 애는 어찌?……"

주인 여자는 이윽고 그 수다스런 사설을 그만해두고 말머리를 돌려 승재더러 묻던 것이다.

"……전버텀 알음이 있던가요? 혹시 같은 한 고향이라든지……."

승재는 비로소 제 이야기를 내놓을 기회를 얻었다.

처음 병을 낫우어주느라고 명님이를 알게 된 내력부터 시작하여, 이내 3년 동안이나 친누이동생같이 귀여워하던 것이며, 그런데 뜻밖에 이런 데로 팔려 왔다는 말을 듣고 마음이 언짢았다는 것이며, 그래 그대로 보고 있을 수가 없어서 백방으로 주선을 해보았으나 돈이 90원밖에는 안 되었다는 것이며, 그러니 물론 경우가 아닌 줄 알기는 하지만 이놈 90원만 위선 받아두고 그 애를 도로 물러줄 양이면 일간 서울로 올라가서 석 달 안에 실수 없이 나머지 처진 것을 보내주마고, 이렇게 조곤조곤 정성을 들여 사정 설파를 했다.

주인 여자는 이야기를 들으면서, 대문대문 그러냐고 아 그러냐고 맞장구만 치고 있더니 말이 끝나자 한참 만에,

"허허!"

하고 탄식인지 탄복인지 모르게 우선 한마디 해놓고는 새로 담배를 붙여 문다.

16

"참, 대단 장하신 노릇입니다마는……."

주인 여자는 붙인 담배를 두어 모금 빨고 나서, 또 잠시 생각하는 체하다가, 비로소 입을 떼는 것이다.

"……그건 좀…… 다 섭섭하시겠지만…… 그래드리기가 난처합니다, 네……."

어느 편이냐 하면 허탕을 치기 십상이려니 미리서 각오를 안 한 것은 아니나 막상 이렇게 되고 보매 승재는 신명이 떨어져 고개를 푹 수그리고 묵묵히 말이 없다.

주인 여자는 잠깐 말을 멈췄다가 뒤풀이로 끝을 잇댄다.

"……다 그래드렸으면야 대접두 되구 하겠지만 아 글쎄 좀 보시우? 나두 이게 좋으나 궂으나 영업이 아닙니까? 영업을 하자구 옹색한 돈을 들여서 영업자를 구해 온 게 아닙니까?"

"……."

"그런 걸 영업두 미처 않구서 도루 물러주기가 억울한데 우환 중에 들인 돈두 다 찾지 못 하구서 내놓는대서야 건 좀…… 네? 그렇잖다구요?"

"네에."

승재는 마지못해 대답을 하면서 고개를 끄덕거린다.

"그러니 여보시우, 기왕 점잖으신 터에 말씀을 하신 그 대접으루다가 내가 드린 밑천만 한목에 치러주시면 두말없이 그때는 물러드리지요."

승재는 하도 막막해서 뒷일 상의와 부탁을 하자던 것도 잊고 덤덤히 앉아만 있다.

"그런데 여보시우?"

주인 여자는 뒤풀이가 미흡했던지, 또는 이야기가 더 하고 싶었던지 음성을 훨씬 풀어가지고 속 있게 부르던 것이다.

승재는 무엇인가 해서 고개를 쳐들고 말을 기다린다.

"……이런 건 나버텀두 다 필요 없는 소리지만, 게 다 쓸데없는 짓입니다. 괜히 그러시지……."

"네? 건 어째서?"

"허허! 여보시우, 지금 당신님은 그 애가 불쌍하다구 그래서 도루 빼놓아주시잔 요량이지요?"

"불쌍?…… 으음, 그렇지요!"

"그렇지요?…… 그런데, 알구 보면 이런 데라두 와서 있는 게 차라리, 차라리 제게는 낫습니다! 나어요!"

"낫다구요?…… 원!"

"낫지요, 낫구말구요."

"낫다니 그게 어디……."

"허어! 모르시는 말씀……."

주인 여자는 볼때기 살이 털레털레하도록 고개를 흔든다.

"……자, 당신님두 저 저 애네 형편을 잘 아시겠구료? 아시지요? 별수 없이 퍼언펀 굶지요? 아마 하루 한 끼 어려울 겝니다. 그러니 아 세상에 글쎄 배고픈 설움 위에 더한 설움이 어디 있습니까? 꼬루룩 소리가 나다 못해 쓰라린 창자를 틀어쥐구 앉아서 눈 멀뚱멀뚱 뜨구 생배를 곯는 설움보다 더한 설움이 있답니까? 고생하구는 제일가는 고생이구 그런 게 불쌍한 사람이지 누가 불쌍합니까? 남의 무엇은 크다구 부지깽이루다가 찌르더란 푼수루 다 남이야 남의 시장한 창자 속 들여다보는 게 아니니깐 배가 고픈지 어쩐지 모르지요……. 그렇지만 당하는 사람은 육성으루 생배 곯기라께 진정 못 할 노릇입넨다! 못 할 노릇일 뿐 아니라."

주인 여자의 웅변은 차차 더 열이 올라 팔을 부르걷고 승재게로 버썩 다가앉는다.

"……게, 제엔장맞을, 명색 사람 쳇것이, 그래 날아다니는 까마귀 까치두 제 밥은 있는 법인데 그래 사람 명색이 생으루 굶어야 옳아요? 그버텀 더한 천하에 몹쓸 죄인두 가막소[510]에서 밥은 얻어먹는데…… 죽일 놈두 멕여 죽이는 법인데, 그래 생사람이 굶어 죽어야만 옳단 말씀이오? 네? 육신이 멀쩡한 사람이 눈 멀거니 뜨구 앉아서 굶어 죽어야만 옳아요? 네?"

"그거야 누가 굶어 죽으라나요? 제가끔 다, 저 거시기……."

승재가 잠깐 더듬는 것을 주인 여자는 바싹 다잡고 대든다.

"그럼? 어떡허란 말이오? 두더지라구 흙이나 파먹구 살아요?"

"두더지처럼 땅 파구 개미처럼 짐 지구 그렇게 일하면 먹을 거야 절루 생기지요."

승재는 대답은 해도 자신이 있어서 하는 소리는 아니다.

그동안 야학 아이들의 가정들을 보기 싫도록 다녀보아야 그들이 누구 없이 일을 하기 싫어 않는 사람은 하나도 없고 개개 벌이가 없어서 놀고 있기 아니면 병든 사람인 줄을 역력히 알고 있기 때문이다.

그러니 그렇다면 시방 이 여자의 말이 옳다 해야 하겠는데, 승재는 결코 항복을 않는다.

승재 제 자신이 지닌바 '인간의 표준'과 사실이 어그러진다는 것이다.

그러나 실상인즉 그 '인간의 표준'이란 건 제가 몸소 현실을 손으로 파헤치고서 캐낸 수확이 아니라, 남이 마련한 결론만 눈으로 모방해가지고는 그것이 바로 제 것인 양, 만능인 양, 든든히 믿고서 되돌려다볼 생각도 않는 '우상'일 따름이다.

결국 승재는 그래서 시초 모를 결론만 떠받고 둔전거리는 셈이요, 그러니 저는 암만 큰소리를 해도 그게 무지(無智)지 별수 없다.

17 [511]

"말두 마시우!"

주인 여자는 결을 내어 떠든 것이 점직했던지 헤벌심 웃으면서 뒤로 물러앉는다.

"……다 몹쓸 것들두 없잖어 있어 호강하자구 딸자식을 논다니루 내놓는 연놈두 있고 아편을 하느라고 청루나 술집에다가 팔아먹는 수두 있기는 합디다마는 그래두 열에 아홉은 같이 앉아 굶다 못해 그 짓입니다. 나는 이런 장사를 여러 해 한 덕에 그 속으루는 뚫어지게 알구 있다우……. 배고픈 호랭이가 원님을 알어보나요? 굶어 죽기 아니면 도둑질인데. 아 참, 여보시우. 그래 당신님 생각에는 이런 데 와서 있느니 도둑질이 낫다구 생각하시우?"

"그야……."

승재는 실상 도둑질과 그것과를 비교해서 어느 것이 좀 더 낫다는 판단을 선뜻 내리기가 어려웠다.

"거 보시우! 도둑질할 수 없지요? 그러니 그대루 앉어서 꼿꼿이 굶어 죽어요? 원 인간 탈을 쓰구서 인간 세상에 참례를 했다가 생으루 굶어 죽다니? 그런 가엾은 노릇이 있수?…… 그러니 살구 볼 말이지, 그래 사는 게 나뻐?"

승재는 뾰족하게 몰린 형편이어서 대답을 못 하고 끄먹끄먹 앉아 있다.

"그리구 여보시우……."

주인 여자는 한참이나 승재를 두어두고 혼자 담배만 풀썩풀썩 피우다가 문득 긴한 목소리로 말은 내되 조용조용 건넌방을 주의한다.

"……장차 어떻게 하실는지 모르겠소마는, 저 애를 몸을 빼줘두 별수 없으리다!"

"네? 어째서?"

"또 팔아먹습니다요."

"또오?"

"네에, 인제 두구 보시우."

"그럴 리가……."

"아니오! 나는 다, 한두 번이 아니구 여러 차례 겪음이 있어서 하는 소리랍니다!…… 아, 글쎄 그 사람네가 그까짓 것 돈 2백 원을 가지구서 한평생 살 줄 아시우?…… 장사? 흥!…… 단 1년 지탱하면 오래가는 셈이지요. 그러구 나면 그때는 첨두 아니었다, 한번 깨묵 맛을 들인 걸 오죽 잘 팔아먹어요? 시방이나 그때나 배고프기는 일반인데 무엇이 대껴서[512] 안 팔아먹겠수?…… 두 번째는 굶어 죽더래두 안 팔아먹을 에미 애비라면, 애여 처음 번에 벌써 팔아먹질 않는다우…… 생각해보시우? 이치가 그럴 게 아니우?"

"네에!"

승재는 미상불 그럴듯하다고 고개를 연신 끄덕거린다.

그러고 보니 인제 서울로 올라가서 돈을 보내어 몸만 빼놓아준다는 것도 생각할 문제라 했다.

"보아서 촌 농갓집으루 민며느리[513]라두 주게 하든지……."

승재는 꼭이 그러겠다는 작정이라기보다 어떻게 할까 두루두루 생각하면서 혼잣말같이 중얼거리는 것을 주인 여자가 얼핏 내달아,

"것두 괜한 소리지요!"

하고 고개를 설레설레 흔든다.

"건 왜요?"

"여보시우. 당신님 저어기 촌 여편네들 거 팔자가 어떤지 아시우?…… 잘 모르거든 좀 들어보시우. 여름 한철이나 겨우 시꺼먼 꽁보리밥 배불리 얻어먹지 여느 땐 펀펀 굶구 지내우. 옷이 어디 변변허우? 삼복에 무명 것 친친 감구 살기, 동지섣달에 맨발 벗구 홑고쟁이 입구 더얼덜 떨기…… 일은 그러구서두 욕 나오게 하지요! 머 말이나 소 같다우! 도무지 사람 꼴루 뵈들 않는걸…… 그런 데다가 열이면 열 다 시에미가 구박허구 걸핏하면 능장질[514]을 하지요. 서방 놈이 때리지요!…… 어디 개 팔자가 그렇게 기구허우? 차라리 개만두 못하지…… 그리니 자 생각해보시우. 그렇게두 못 얻어먹구 헐벗구 뼈가 휘게 일을 하구 그러구두 밤낮 방망이 찜이나 받구…… 이러면서 그 흉악한 농투산이[515]한테, 계집으루 한 사내 섬긴다는 꼭 고것 한 가지, 그까짓 것이 무슨 그리 큰 자랑이라구…… 그까짓 것이 무슨 그리 대단한 영광이라구 그 노릇을 한단 말씀이오? 대체 춘향이는 이도령이 다 잘나구 또 제 정두 있구 해서 절개를 지켰다지만, 지금 여느 계집들이야 그까짓 일부종사가 하상[516] 그리 대단하다구 촌 농투산이한테 매달려서 그 고생을 할 게 무어란 말씀이오?…… 당신님이 다 귀여워허구 그러신다니 저 애만 하더라두 촌에 가

서 그 팔자가 된다면 당신님 생각에 좋겠수? 네?…… 나 같으면 그러느니 차라리 여기다 두지!"

만일 농촌의 여자의 생활이 사실로 그렇다면 미상불 명님이더러 이 길에서 그 길로 옮아가라고 한다는 것도 결국 새빨간 남으로 앉아서 나만 옳은 줄 여겨 그걸 주장하는 것이 부끄럽지 않은가 싶었다.

대개가 그럴 뿐만 아니라 정으로 생각하더라도 이 여자의 말마따나 승재로서는 명님이를 그런 데로 보내기가 차마 가엾어 못 하리라 했다.

18

"그러면 저어, 이렇게 좀 해주실까요?"

오래오래 고개를 숙이고 앉아서 두루 궁리를 하던 승재가 겨우 얼굴을 쳐들던 것이다.

"어떻게?…… 무슨 좋은 도리가 있으시우?"

"내가 내일 밤차루 서울루 떠나는데요. 가서 속히 그 돈을 마련해서 보내드릴 테니까……."

"글쎄 그러신다면 물러는 드리지만 지금 말씀한 대루 즈이 부모가 다시 또……."

"아니, 그러니까 차비두 부쳐드릴 테니 즈이 집으로 보내지 말구서 바루 서울루 보내주시면……."

"아, 네에 네! 그야 어렵잖지요. 그렇지만 즈이 부모네가 말이 없을까요?"

"그건 내가 잘 말을 일러두지요. 머 못 한다구는 못 할 테니까요."

"즈이 부모만 말이 없다면야 좋을 대로 해드리지요, 머…… 그러면 그렇게 허시우. 아직 어린애구 하니까, 내가 측량해서 야속한 짓은 안 시키구 잘 맡아 두었다가 도루 내드릴 테니, 다 안심허시구 수히 조처나 하시두룩……."

승재는 주인 여자가 말이라도 그만큼 해주는 게 여간 든든하지를 않았다.

그는 방금 앉아서, 명님이를 서울로 데려다가 제 밑에 두어두고 간호부 수습을 시키든지, 또 형편이 웬만하면 공부라도 시킬 계획을 세웠던 것이다.

섬뻑 생각한 것이라도 더할 것 없이 무던했고, 진즉 그런 마음을 먹었더라면 양 서방한테라도 미리서 말을 했었을 테니까 그네도 참고 기다렸지 이렇게 갖다가 팔아먹던 안 했을 것이고 따라서 이러한 각다분한 일도 없었으려니 싶어 느긋이 후회도 들었다.

승재는 주인 여자더러 넉넉잡고 두 달 안으로는 돈을 보내줄 테니 그리 알고 부디 잘 좀 맡아두었다 달라는 부탁을 한 뒤에 자리를 일어섰다.

주인 여자는 마루로 따라 나오면서 되도록 일을 쉬이 끝내 달라고 실상 다른 사람이라면 그동안의 돈 이자 하며 밥값까지도 쳐서 받겠지만 젊은이가 마음이 하도 어질어 그게 고마워서 본금 2백 원만 받겠노라고 하니 그런 근경도 알아서 하루라도 빨리 조처를 해달라고 도리어 당부를 한다.

승재는 이 구혈의 이 여자가 그만큼 속이 트이고 인정까지 있는 것이 의외라 해서 더욱 고마웠다.

명님이는 얼굴은 해죽 웃으면서 눈만 통통 부어가지고 승재를 따라 나온다.

대문간으로 나와서 명님이는 고개를 숙이고 섰고, 승재는 잠시 말없이 명님이를 바라다본다. 이제는 나이 그만해도 열다섯이라고 곱살한 게 제법 처녀꼴이 드러난다.

이렇게 처녀꼴이 박힌 명님이를 이곳에다가 두고 가는 일을 생각하면 두 달 동안이라 하더라도 또 주인 여자가 다짐하듯 한 말이 있다고는 하더라도 결코 마음이 놓이는 건 아니었었다.

"명님아?"

승재의 음성은 떨릴 듯하다. 명님이는 대답 대신 고개를 쳐든다.

"너, 늘잡고 이 집에서 두 달만 참아라, 응? 그러면 그 안에 서울루 데려가 줄게."

"서울요?"

무척 반가워서 명님이의 음성은 명랑하다. 그러면서 눈에는 구슬이 어린다.

명님이는 눈물이 나게 반갑고 고마웠는데, 승재는 슬퍼서 울거니 하고 저도 눈물이 글썽글썽 목이 잠긴다.

"응, 서울……. 그러니깐 참구서 죄꼼만 기다리는 거야? 응?"

"네에."

"어머니 아버지한테는 다 말해둘 테니까, 이 집 주인이 차표 사주면서 서울루 가라구 하거든 오는 거야?"

"네에, 그렇지만 어떻게?……"

"혼자 못 온단 말이지?…… 괜찮아…… 이 집에 부탁해서 전보 쳐달라구 할 테니까…… 전보 받구 내가 중간까지 마주 오지? 혹시 형편 보아서 내가 내려와두 좋구…… 그러니깐 맘놓구 그리구 울지 않구 잘 있는 거야?"

"네에."

"아버지 오늘 오신댔지? 밤에 오신다던?"

"밤인지 몰라두 오늘 꼭……."

"응…… 그럼 내, 내일 떠나기 전에 한 번 더 들르마?…… 무엇 가지구 싶은 것 없나?…… 내일 올 때 사다주지……."

"없어요, 아무것두……."

"그럴 리가 있나?…… 가만있어라, 내가 생각해 봐서 내일 올 때 아무거구 하나 사다 줄게…… 그럼 인젠 들어가지?"

"네에."

명님이는 대답은 하고도 그냥 서서 치마 고름을 문다. 승재는 울지 말고 있으란 말을 다시 이르고 떨어지지 않는 발길을 겨우 돌린다.

근경이 어쩌면 두 정든 사람끼리 떠나기를 아끼는 것과 흡사하다. 어느 사이에 엷은 황혼이 자욱이 내려, 두 그림자를 도리어 더 뚜렷이 드러내준다.

탄력(彈力) 있는 아침

1

계봉이는 시방 제가 거처하는 건넌방에서 아침 출근 채비가 한창이다.

옷은 막 갈아입었고, 그다음에는 언제고 하는 버릇으로 마지막, 거울에다가 바로 얼굴을 대고서, 이어, 이빨을 들여다본다. 그리 잘지도 않고 고른 위아랫니가 박속같이 새하얗게 드러난다.

아무것도 없다. 잇몸 밑에 빨간 고춧가루 딱지도 박히지 않고, 잇살에 밥찌꺼기도 끼지 않았다.

소매 끝에서 꺼내 쥐었던 손수건을 도로 집어넣고 이번에는 방 안을 한 바퀴 휘휘 둘러본다.

방금 벗어 내던진 양말 자배기야 치마하며 속옷들이 여기저기 제멋대로 널려 있다.

셈든[517] 계집아이가 몸 담그고 있는 방 뒤꼬락서니 하고는 조행[518]에 갑(甲)은 아깝다.

그러나 계봉이 저는 둘러보다가 만족하대서,

"노이예츠 나하츠.[519]"

하고 아 베 체 데도 모르는 주제에 독일말 토막을 쌔와린다.[520]

미상불 뒤가 어수선한 품이 종시 그 대중이지 아무 이상이 없기는 하다.

그러나 계봉이 저는 나갈 채비에 미진한 게 없다는 뜻이요 하니 오케이라고 했을 것이지만, 요새 그 오케이란 말이 자못 속되대서 이놈이 그럴싸한 대로 응용을 하던 것이다.

팔걸이 시계를 들여다본다. 여덟 시에서 10분이 지났다. 지금 나서서 ××백화점까지 가자면 10분이 걸리니, 여덟 시 반의 출근 정각보다 10분은 이르다. 그놈 10분은 동무들과 잡담으로 재미를 본다. 되었다.

"노이예츠 나하츠!"

한마디 부르는 흥으로 또 한 번 외우면서, 샛문을 열고 마루로 나가려다 말고 환히 열어젖힌 앞문 문지방을 활개 벌려 짚고 서서 하늘을 내다본다. 꽃이 피느라, 핀 꽃이 지느라 4월 내내 터분하던 하늘이 인제는 말갛게 씻기고 한참 제철이다.

추녀 끝과 앞집 지붕 너머로 조금만 내다보이는 하늘이지만 언제 저랬던고 싶게 코발트 한 빛으로 맑아 있다.

빛이 한 빛으로 푸르기만 하니 단조하여 싫증이 날 것 같아도 볼수록 정신이 들게 신선하여 마음이 끌린다.

바람결이 또한 알맞다. 부는지 마는지 자리는 없어도 어디서 새로 싹튼 떡잎의 냄새 없는 향기를 함빡 머금어다가 풍기는 것 같다.

계봉이는 문지방을 짚고 선 채 정신이 팔린다.

하도 일기가 좋아서 아침에 일어나던 길로 이내 몇 번째고 이렇게 내다보는지 모른다.

옷도 오늘 일기처럼 명랑하게 갈아입었다. 어제저녁에 형 초봉이가 바늘을 뽑기가 무섭게 부랴부랴 식모한테 한끝을 잡히고 싸악 다려놓은 새 옷이다.

옅은 미색 생수 물겹저고리에 방금 내다뵈는 하늘을 한 폭 가위로 오려다가 허리 잡아 두른 듯이 시원한 무색(水色) 부사견[521] 치마다.

옷도 이렇게 곱게 입었으니 침침한 매장(賣場)보다도 저 하늘을 올려다보면서 저 햇볕을 쪼이면서 저 바람을 쏘이면서 어디고 아무 데라도 새싹이 피어오른 숲이 있고 풀이 자라고 한 야외로 훠얼훨 돌아다니고 싶다. 곧 그러고 싶어서 오금이 우줄거린다.

마침 생각하니 오늘이 게다가 일요일이다. 그리고 공팔시[522] 내일이 셋째 번 월요일! 쉬는 날이다.

그게 더 안되었다. 훨씬 넌지시 한 주일이고 두 주일 후라면 차라리 마음이나 가라앉겠는데 오늘이 일기가 이리 좋아도 못 놀면서 남 감질만 나게 바로 내일이 쉬는 날이라니 약을 올려주는 것 같아 밉살스럽다.

승재나 있었으면 에라 모른다고 오늘 하루 비워 때리고서, 잡아 앞참을 세우고 하다못해 창경원이라도 갔을 것을 하고 생각하니 하마 올라왔기 쉬운데 어찌 소식이 없는지 궁금하다.

"다-라라 다-라라."

〈글루미 선데이〉[523]를 그러나 침울한 게 아니고 명랑하게 부르면서 샛문을 열고 마루로 나선다.

"언니이, 나 다녀와요오."

"오냐, 늦잖었니?"

대답을 하면서 초봉이가 안방 앞 미닫이를 열다가 황홀하여 눈을 홉뜬다.

"아이구! 저 애가!"

"왜?…… 하하하하, 좋잖우?"

계봉이는 한 손으로 치마폭을 가볍게 추켜잡고 리듬을 두어 빙그르르 돌아서 형이 문턱을 짚고 앉아 올려다보고 웃는 앞에 가 나풋 선다.

"……날이 하두 좋길래 호사를 좀 하구 싶어서, 하하하…… 좋지? 언니……."

"좋다! 다 잘 맞구 잘 쌘다."

초봉이도 흔연히 같이 좋아한다. 그러나 그 좋아 보이는 동생의 옷치장이며 미끈한 몸매를 곰곰이 바라다보았던 그의 얼굴에는 이윽고 한 가드락 수심이 피어오른다.

2

계봉이는 본시 숙성하기도 하지만 인제는 나이 벌써 열아홉이라 몸이 빈틈없이 골고루 다 발육이 되었다.

돌려세워놓고 보면 팡파짐하니 둥근 골반 아래로 쪼옥쪽 곧은 두 다리가 비단 양말이 터질 듯이 통통하다. 그 두 다리가 어떻게도 실하게 디디고 섰는지 등 뒤에서 느닷없이 떠밀어야 꿈쩍도 않을 것 같다. 어깨도 무슨 유도꾼처럼 네모가 진 것은 아니나 묵지익한 게 퍽 실팍해 보인다.

안으로 옥지 않은 가슴은 유방이 차차 보풀어 오르느라고 알아보게 불룩하다.

키는 초봉이와 마주 서면 이마 위로 한 치는 솟는다. 그 키가 탐스런 제 체격에 잘 어울린다. 얼굴은 어렸을 때 양편 볼때기로 추욱 처졌던 군살이 다 가시고 전체로 균형이 잡혀서 두릿하다.

그러한 얼굴이 분이나 연지 기운이 없이 제 혈색 그대로요 요새 봄볕에 약간 그을어 가무잡잡한 게 오히려 더 건강해 보인다.

눈은 타기가 없고 총명하나, 자라도 심술은 가시지 않는다.

하하하— 마음 턱 놓고 웃는 입과 잇속은 어렸을 적보다도 더 시원하다.

이 활달하니 개방적인 웃음과 입이 아무고 무엇이고 다 용납을 하여 사람이 헤플 것 같으면서도 고집 센 콧대와 심술 든 눈이 좀처럼 몸을 붙이기 어렵게시리 옹골지고 맺힌 데가 있어 결국 그 두 가지의 상극된 성격을 조화를 시킨다. 아무튼 전체로 이렇게 건강하고 균형이 잡혀 훤한 몸매라 그는 어느 구석 오밀조밀하니 예쁘장스럽거나 그런 게 아니고 그저 좋고 탐지어 개중에도 여럿이 있는 데서 떼어놓고 보면은 선뜻 눈에 들곤 한다.

초봉이는 이렇게도 탐스럽고 좋게 생긴 동생을 둔 것이 보고 있노라면 볼수록 좋았다.

좋은 데 겨워 혼자만 보기가 아깝고 남한테 두루 자랑을 하고 싶다.

그래서 언제든지 계봉이와 같이 거리를 나가기를 좋아한다.

형보가 못 나가게 고시랑거리니까 자주 출입은 못 하지만 간혹 계봉이도 놀고 하는 날 둘이서 나란히 걸어가노라면 젊은 사내들은 물론이요 늙수그름한 여인네들도 곧잘 계봉이를 눈여겨보곤 한다.

그러다가는 둘을 지나쳐놓고 나서

"아이! 그 색시 좋게두 생겼다!"

이런 칭찬을 개개들 한다.

그럴라치면 초봉이는 동생을 마구 들쳐업고 우줄거리고 싶게 기쁘고 자랑스럽다.

그러나 동생이 그처럼 자랑스럽고 좋기 때문에 일변 걱정도 조만치가 않다.[524]

초봉이가 보기에는 계봉이의 말하는 것이며 생각하는 것이며가 도무지 계집애다운 구석이 없고 방자스럽기만 했다.

언젠가도 아우형제가 앉아서 여자의 정조라는 것을 놓고 서로 우기는데 초봉이는 요컨대 여자란 것은 정조가 생명과 같이 소중하고 그러니까 한번 정조를 더럽히기 시작하면은 그 여자는 버려진 인생이라고 쓰디쓴 제 체험으로부터 우러난 소리를 하던 것이나, 계봉이는 그와 정반대의 의견이었었다.

즉 정조는 생리의 한 수단이지 결단코 생명의 주재자(主宰者)가 아니요 그러니까 정조의 순결성이라껀 상대적인 것이어서 한 여자가 가령 열 번을 결혼했다고 하더라도 그 열 번이 번번이 다 '정조적'일 수가 있는 것이요 그리고 설사 어떠한 여자가 생활의 과정상 불가항력이나 또는 본의 아닌 기회에 정조를 온전히 하지 못한 적이 있다 하더라도 그것만으로 '인생의 실권'(人生의 失權)을 선고할 아무런 근거도 없다는 것이다.

이것이 계봉이의 주장이었고 그런데 초봉이는 동생의 그렇듯 외람한 소견에 저 애가 저러다가 분명코 무슨 일을 저지르지 싶어 가슴이 더럭했다.

차라리 학교나 다녔으면 그래도 마음이 덜 조이겠는데 그다지 하고 싶어하던 공부면서 무슨 변덕으로 남자들이 득실득실한 백화점을 굳이 다니고 있으니 마치 어린아이가 우물가에서 놀고 있는 것처럼 위태위태해서 볼 수가 없다.

그런데다가 올봄으로 접어들어 완구히 성숙한 계봉이의 몸뚱이를 버엉떼엥하면서 힐끗힐끗하는 형보의 눈길!

그 눈치를 알아챈 초봉이는 계봉이가 아무 철없이 어린애처럼 형보와 함부로 장난을 치고 몸을 붙여주고 하는 것을 볼 때마다 사뭇 감수[525]를 하게시리 가슴이 떨리곤 했다.

계봉이가 마악 대뜰로 내려가려고 하는데 얼굴에다가 밥알을 대래대래 쥐어바른 송희가 엄마를 밀어젖히고

"엄마이!"

부르면서 꼐꾸— 하듯이 내다보고 좋아한다. 송희는 계봉이를 무척 따른다.

계봉이도 송희를 살뜰히 귀여워한다.

3

"어이구, 우리 송흰가!……"

계봉이는 수선을 피우면서 우르르 달려들어 두 팔을 쩌억 벌린다.

"……아, 이건 무어야! 점잖은 사람이!…… 밥알을 사뭇……."

"암마이."

송희는 위로 두 개와 아래로 세 개가 뾰족하게 솟은 젖니를 하얗게 드러내면서 벙싯 웃고 계봉이한테 덤숙 안긴다.

"이 애야, 저 새 옷 모두 드렌다![526]"

형이 방색[527]을 해도 계봉이는 상관 않고,

"괜찮어요, 괜찮어요!"

하면서 겅중겅중 우줄거린다.

"그치? 송희야?"

"응."

송희는 좋아라고 같이 우줄우줄 뛰고, 계봉이는 쪼옥쪽 입을 맞춰준다.

"그까짓 옷이 제일인가? 우리 송희가 제일이지…… 그치?"

"응."

"그런데 엄마는 괜히 시방 그러지?"

"응."

"하하하하, 이건 막둥인가?…… 대답만 응 응 그러게……."

"응."

송희가 계봉이를 잘 따르고 계봉이도 송희를 귀여워할뿐더러 끔찍 소중히 하는 줄을 초봉이는 진즉부터 몰랐던 것은 아니나, 시방 저희 둘이서 재미나게 노는 양을 곰곰이 보고 있노라니까 어디선지 모르게 문득

'내가 없더래도 너희끼리…….'

이런 생각이 나던 것이다.

"이애, 계봉아?"

"응?"

계봉이는 해뜩 돌아서서 형 앞으로 오고, 송희는 '암마이'가 지금 밖으로 나갈 참인 줄 알기 때문에 안고 나가주지 않고 엄마한테 떼어놀까 봐서, 고개를 파묻고 달라붙는다.

"나 없어두 괜찮겠구나?"

초봉이는 속은 용솟음이 쳐도 위정 웃는 낯으로 지나는 말같이 묻는다.

"언니 없어두?…… 우리 송희 말이지?"

"응."

"그으럼!……"

계봉이는 미처 형의 눈치를 못 알아채고서 연신 수선이다.

"그치? 송희야……"

"응."

"엄마 없어두 아마이허구 맘마 먹구, 코— 하구, 잉?"

"응."

"하하하아, 이거 봐요, 글쎄……."

계봉이는 좋아라고 웃고 돌아서다가, 아뿔싸! 속으로 혀를 찬다. 초봉이가 만족해 웃기는 웃어도 암담한 빛이 얼굴에 가득 가렸음을 보았던 것이다.

그것은 나는 이제 그만하고 죽어도 뒷근심은 없겠지, 이런 단념의 슬픈 안심인 줄을 계봉이는 잘 아는 때문이다.

"어이구 언니두…… 누가 정말루 그랬나 머…… 우리 송희가 엄마가 없으면 어쩌라구 그래!"

계봉이는 얼핏 이렇게 둘러대면서 철이 없는 체 짐짓 송희와 장난을 친다.

"그렇지? 송희야……"

"응."

"저어, 어디 놀러 가려면 송희 데리구 같이 가예지?"

"응."

"이거 봐요!…… 그런데 괜히 엄마가 송희 떼어놓구 혼자 창경원 갈 령으루 그러지? 응? 송희야……."

"응."

계봉이는 수선을 피우면서도 일변 형의 기색을 살피느라고 애를 쓴다.

초봉이는 눈치 빠른 계봉이가 벌써 속을 알아차리고 황망하여 짐짓 저러거니 생각하면 동기간의 살뜰한 정이 새삼스럽게 가슴에 배어들어 눈가가 아리다.

쿠욱 캐액 가래를 들이켜고 내뱉고 하면서, 변소에 갔던 형보가 나오는 소리가 들린다.

형보가 막상 저렇게 멀쩡하게 살아 있음을 생각할 때에 초봉이의 그 슬픈 안심은 그나마 여지없이 흐트러지고 만다.

형보가 저렇게 살아 있는 이상 가령 내가 죽고 없어진대야 죽은 나는 편할지 몰라도 뒤에 남은 계봉이와 송희가 형보에게 환[528]을 보게 될 테니 그건 내 고생을 애먼 그 애들한테다 전장시키는[529] 것밖에 아무것도 아니다.

계봉이는 아이가 똑똑하기도 하고, 또 경우가 좀 다르기는 하니까 나같이 문문하게 형보의 손아귀에 옭혀들지 않는다고는 할지 모르지만 형보란 위인이 엉뚱하게 음험하고 악독한 인간인 걸 장차 어떻게 무슨 짓을 저지르고 그 애들을 두어두고서 죽음의 길로 피해가다니 그건 무가내하[530]로 안 될 말이다.

'그러니 나는 잘 살기는 고사하고 죽재야 죽지도 못하는 인생인가!'

이리 생각하면 막막하여 절로 한숨이 터져 나온다.

"어, 오늘은 어째 여왕님께서 이다지 늑장을……."

형보는 고의춤을 훑으려 잡고 마룻전에 댈롱 걸터앉으면서 계봉이한테 농을 건넨다.

4

"시종무관[531]은 무얼 하구 있는 거야? 여왕님 거동에 신발두 챙겨놓을 줄 모르구서……."

계봉이가 형보의 툭 불거진 곱사등에다 대고 의젓이 나무라는 것을 형보는 굽신 받아

"네에, 거저 죽을 때라 그랬습니다, 끙……."

하면서 저편께로 있는 계봉이의 굽 낮은 구두를 집어다가 디딤돌 위에 나란히 놓아준다.

"자아, 인제는 어서 신읍시구 어서 거동합시지요."

"거동이나마나 시종무관이거든 구두를 좀 닦아놓는 게 아니라 저건 무어람!"

"허어! 그건 죽여두 못 해!"

"그럼 단박 면직이다!"

"애야! 쓰잘 디 없이 지껄이지 말구 갈 디나 가거라…… 괜히 씩둑씩둑……."

초봉이가 이맛살을 찌푸리면서 음성을 모질게 인정 없이 지천을 한다.

"네에 네. 원 여왕님을 이렇게 몰아세울 데가 있더람! 그렇지? 송희야……."

"응."

"하하하아, 우리 송희가 제일이다…… 아 글쎄 요것……."

계봉이는 송희를 입을 쪼옥 맞춰주고는 형한테다가 내려놓는다. 송희는 안 떨어지려고 납작 달라붙다가 그래도 억지로 떼어놓으니까는 발버둥을 치면서 떼를 쓴다.

계봉이는 못 잊어서 돌려다보고 얼러주고 달래주고 하면서 겨우 대뜰로 내려선다.

"여왕님이 호사가 혼란하기는 한데 안된 게 하나 있군."

형보가 구두를 신는 계봉이의 통토옹한 다리와 퍼진 허리를 눈으로 더듬고 있다가 한마디 건네는 소리다.

"구두가 낡었단 말이지요?"

"알아맞히니 그건 용해!"

"그렇지만 걱정을 말어요. 그렇게 안타깝게 구두가 신구 싶으면 아무 때나 양화부에 가서 한 켤레 집어 신으면 고만이니……."

"그러느니 내가 저기 일류 양화점에 가서 아주 썩 '모당' 으루[532] 한 켤레 맞춰줄까?"

"흥! 시에미가 오래 살면 머? 자숫물 통에 빠져 죽는다구요…… 우리 아저씨 씨두 그런 소리가 나올 입이 있었나?"

계봉이는 형보더러 별로 아저씨라고 하는 법이 없고, 어쩌다가 비꼬아줄 때나 씨 자 하나를 더 붙여서 '아저씨 씨' 라고 한다.

계봉이가 아무리 그렇게 업신여기고 놀려주고 해도 형보는 그러나 그저 속없는 놈처럼 허허 웃고 그대로 받아준다.

초봉이는 그게 음흉스런 술책이라서 그래 겁이 난다는 것이다.

심약한 초봉이로 앉아서 당하자면 그것이 노상 공연한 근심도 아닐 것이다.

계봉이는 속이 트이고 얼락녹을락해서 말하자면 도량 넓은 구석이 없지 않다.

그렇기 때문에 그는 속으로는 형보를 형 초봉이만 못지않게 마땅찮아 하고 경멸하고 하기는 하면서도 그런 내색은 좀처럼 나타내지 않는다.

어린 듯이 철이 없는 듯이 형보와 함부로 덤비고 시시덕거리고 장난을 하고 하기를 예사로 한다.

이것은 그를 형부(兄夫)로 대접한다거나 나이 어린 처제답게 허물없어 하고 따르고 하는 정이거나 그런 것은 물론 아니고 계봉이는 단지 동물원에 가서 곰이나 원숭이를 집적거려주고 놀려주고 하는 것과 마찬가지로 이 형용부터 괴물로 생긴 형보를 재미 삼아 놀려먹고 장난을 하던 것이다.

그러나 계봉이의 성미가 안팎이 다 그렇게 능소능대해서 휘고 접치고 해도 자리가 안 날 성미더냐 하면 그렇지도 않다.

그는 대단한 고집불통이다.

가령 그새까지는 그다지 다니고 싶어 자발을 하던 기술 방면의 전문학교를 의학전문이고 약학전문이고 맘대로 다닐 기회를 만났으면서도 또 그 목적으로다가 서울로 올라왔으면서도 그것을 아낌없이 밀어 내던지고서 백화점의 월급 30원짜리 숍걸로 나선 것만 하더라도 그의 결벽이 시키는 고집이었었다.

그 지경이 된 형을 뜯어먹고 그따위 인간 형보에게 빌붙어서 공부를 하는 게 창피하다는 것이다.

훨씬 더 덥적덥적 하지를 못하고서 이렇듯 외곬으로 뚫린 성미를 계봉이는 일변으로 많이 지니고 있다. 휘어야 할 경우에도 휘어지지 않고 강강하기만[533] 한 솔성[534]이다.

초봉이가 걱정하는 것은 계봉이의 성질 가운데 오히려 그런 강강한 일면이다.

형보는 찰떡같이 눅진거리는 성질이다. 칵 찌를라치면 그대로 밀려들어는 간다. 그러나 이어 곧 도로 부풀어 올라 맞은 자리가 아문다. 아무리 찔러야 찌를 때뿐이지 으깨려지지도 않고 갈라지지도 않고 그저 노상 그 대중이다. 그야말로 불사신(不死身)의 성질이다.

5

"여보시우? 우리 여왕 나리님……."

"여왕두 나린가? 무식한 백성 같으니라구!…… 할 말 있거든 빨리 해요……."

"그러지 말구, 내가 처제 구두 한 켤레 못 해줄 사람인가?…… 이따가 글러루 갈 테니 같이 가서 썩 멋지게 한 켤레 맞춰 신어요."

"걱정 말래두!…… 내 일 내가 어련히 알아서 할까 봐?"

"하앗다! 괜한 고집 쓰지 말구……. 내 이따가 여섯 시 파할 때쯤 해서 가께, 잉?"

"어디를 와?…… 괜히 왔다만 보아라, 미친놈이라고 순사를 안 불러대나……."

"흐흐, 거 재미있지! 구두 사준다구 순사 불러대구?…… 그래 어디 모처럼 유치장이나 하룻밤 구경하까?"

"괜히 빈말로 알구서?…… 와서 얼씬거리구 말이나 붙이구 해봐? 단박……."

계봉이는 쏘아주고서 대문간으로 나가버린다. 초봉이는 울고 떼쓰는 송희도 달랠 생각을 잊고서 둘이 하는 양을 우두커니 보고 있다가 한숨을 쉬고 돌아앉는다.

형보는 그렇게 처음부터 끝까지 배포 있이 쭌둑쭌뚝하는데 계봉이는 그 떡심을 바워내다 못해 꼬장꼬장한 딴 성미를 부리고 마는 것이 그게 장차에 환을 볼 장본이지 싶은 것이다.

강강한 놈과 눅진거리는 두 놈이 아주 자꾸 부딪치면 우선 보매는 강강한 놈이 이겨내는 것 같지만, 그러는 동안에 속으로 곯아, 필경 끝장에 가서는 작신 부러지고, 그래서 눅진거리는 놈한테 잡치고 만다.

초봉이는 그게 걱정이다. 그러니 이왕 그럴 테거든 계봉이도 그 발딱하는 성미를 부리지 말고서 차라리, 마주 끝까지 떡심 있이 바워내기나 했으면 한다.

구두를 사주마 하거든, 오냐 사다구, 말로라도 이렇게 받아넘기고, 백화점으로 찾아간다 하거든, 오냐 오너라, 우리 동무들한테 구경거리 한턱 쓰는 셈이니 기다릴게 제발 좀 오너라, 이렇게 받아넘기고 했으면, 그 당장 겉으로 보기에는 위태로워 조심스럽기는 하겠지만 그게 오히려 뒤가 드은든할 것 같던 것이다.

계봉이가 나가는 뒤태를 입을 헤벌리고 앉아 멀거니 바라보던 형보는 이윽고 끙 하면서 고의춤을 움켜쥐고 안방으로 들어온다.

"히히, 히…… 참 좋게 생겼어, 히히."

초봉이는 그게 무슨 소린지 알아채기는 했어도 짐짓 모르는 체 더 지껄이지 못하게 하느라고 식모를 불러들인다.

그러나 형보는 식모가 들어와서 밥자리를 훔치고 밥상을 들어내가기가 바쁘게, 털썩 초봉이 앞에 주저앉아

"히히히……."

하고 그 웃음을 그대로 웃는다.

초봉이는 잔뜩 눈을 흘긴다.

"미쳤나! 이건 왜 이 모양새야? 꼴 보아줄 수 없네!"

"히히, 조오탄 말이야! 응? 아주 아주……."

"무엇이 좋다구 시방 이 지랄이야?"

"꼭 잘 익은 수밀도[535]야! 그렇지?"

"비껴나! 보기 싫은 게……."

"베어 물면 물이 줄줄 쏟아질 것 같구……."

형보는 싯 들여 마시다가 침을 한 덤벙이 지르르 흘린다. 그놈을 손등으로 쓱 씻는 게 더 그럴듯하다.

"흐벅진 게! 아이구 흐흐…… 열아홉 살…… 마침 좋을 때지!"

"아, 네가 저엉 이러기냐?"

"헤엣다! 무얼 다…… 옛날에 요임군 같은 성현두 아황 여영 두 아우형제를

데리구 살았다는데, 히히."

사납게 쏘아보고 있던 초봉이는 이를 악물면서 발끈 주먹을 쥐어 형보의 앙가슴을 미어지라고 내지른다.

"아이쿠!"

형보는 뒤로 나가동그라져 가슴을 우디다가 초봉이가 다시 달려들려고 벼르는 눈치를 보고 대굴대굴 윗목으로 굴러 달아나서 오꼼[536] 일어나 앉는다.

"헤헤헤헤."

형보는 그만 것에는 골을 내지 않는다.

초봉이는 무엇 집어던질 것을 찾느라고 휘휘 둘러본다.

"헤헤헤헤, 안 그래 안 그래."

"다시두 그따위 소리를 할 테야?"

"아니 안 그러께…… 히히."

"다시두 그따위 소리를 했다 보아라…… 죽여버릴 테니……."

무심코 초봉이는 이 말을 씹어뱉다가 제 말에 제가 혹해서 눈을 번쩍 뜬다.

죽일 생각이 나서 죽인다고 한 게 아닌데 흔히 욕 끝에 나오는 소리로 죽인다고 해놓고 들으니까 아닌 게 아니라 귀에 솔깃이 당겨 비로소 죽여버렸으면 싶은 의사가 솟아나던 것이다.

6

초봉이가 소피를 보러 가느라고 송희를 내려놓고 나가니까 아직도 떼가 더얼 가라앉은 참이라 도로 와— 하고 울음을 내놓는다.

"조 배라먹을 게, 또 빼액 운다!……"

형보는 눈을 흘기면서 혀를 찬다. 초봉이가 없는 새라 제 맘대로 아이를 미워해도 좋다.

"……에잉, 듣기 싫어! 조 배라먹을 것 잡아가는 귀신은 없나?"

형보는 아이한테다 주먹질을 하면서 눈을 부릅뜬다. 무서워서 울음을 그치라는 것인데 아이는 겁을 내어 더 자지러지게 운다.

"조게 꼭 에미년을 닮아서 속알찌도 조 모양이야!"

형보는 휘휘 둘러보다가 마침 앞문 앞으로 내려다논 경대 위에 있는 빗솔을 집어서 아이한테 쥐어준다.

"옜다, 요거나 처먹구 재랄이나 해라, 배라먹을 것아!"

송희는 미식미식 울음을 그치고 형보를 말긋말긋 올려다보다가 손에 쥔 빗솔을 슬며시 입으로 가지고 간다.

칫솔 쓰던 것을 빗을 치고 살쩍을 쓸고 해서 터럭 틈새기에 비듬이야 기름때야 머리터럭이야가 꼬작꼬작 들이 끼었는데, 그놈을 입에다가 넣고 빨았으니 맛이 고약할 밖에…….

송희는 오만상을 찌푸리면서도 그대로 입에 물고 야긋야긋 씹는다. 꼬장물이 시꺼멓게 넘쳐서 턱 아래로 질질 흘러내린다.

"쌍통 묘오하다! 어이구 시원해라! 거저 빼액빽 울기나 좋아하구, 무엇이구 주둥아리에다가 틀어넣기나 좋아하구, 그러면 다 그런 맛두 보는 법이다!"

형보는 제 말대로 속이 시원해서 연신 욕을 씹어뱉는다.

"맛이 고수하냐? 천하 배라먹을 것! 허천베기[537] 삼신이더냐?…… 대체 조게 어느 놈의 종잘구? 응?…… 뉘 놈의 종자를 생판 먹여 기르느라구 내가 요렇게 활활 화풀이두 못 하구 성화를 먹는고? 기가 맥혀서, 내 원……."

욕을 먹을 줄 모르는 송희는 아무 상관없이 저만 재미가 나서 그 쩝절한 빗솔을 연신 씹고 논다.

"조게 뒈졌으면 내가 춤을 한바탕 덩실덩실 추겠구만서두…… 무어 소리 없이 흔적 없이 감쪽같이 멕여서 죽여버릴 약은 없나?"

초봉이가 마루로 올라서는 기척을 듣고 형보는 시침을 뚜욱 떼고 외면을 한다.

"아니, 이 애가!……"

초봉이는 방으로 들어서다가 질겁해서 빗솔을 와락 빼앗아 들더니 형보를 잔뜩 노려본다.

송희는 떼를 쓰고 방바닥에 가 나동그라진다.

"아이가 이런 걸 쥐어다가 빨아 먹어두 못 본 체하구 있어?"

"뺏으면 또 울라구?"

"인정머리 없는 녀석!"

"아니야…… 어린애들이라껀 그렇게 아무것이구 잘 먹어야 몸이 실한 법이야."

"듣기 싫어! 순 도척[538]이 같은 녀석아!"

"제기! 인제는 자식이 성가신 게로군? 그렇거들랑 남이나 내줄 것이지 저럴 일이 아닌데……."

"이 녀석아, 그게 내가 너더러 할 소리지 네가 할 소리더냐? 그 녀석이 술척스럽게[539] 사람 여럿 궂히겠네![540]"

"괜히 자식이 그렇게 귀찮을 양이면 아따 염려 말게……. 내가 언제 동냥하러 온 중놈의 바랑 속에다가라두 집어넣어주께시니……."

"이 녀석아, 내가 네 속 모르는 줄 아느냐?…… 네 맘 보짱이 어떤지 다 알구 있단다…… 공중 나 안 놓칠려구 네 자식인 체하지?…… 흥…… 소리 없이 죽여버리구 싶어두 나를 놓칠까 봐서 못 하지? 네 뱃속을 내가 모르는 줄 알구?"

"알기는 개 ×× 알아? 아마 자네가 아직두 뉘 자식인지 똑똑히 모르니까는 자식이 원수 같은가베에! 그렇지만 나는 소중한 내 자식일세……."

"얌체는 좋아!"

"세상에 모듬쇠 자식의 에미라낀 저래 못쓴다는 거야!"

"무엇이 어째?"

모듬쇠 자식의 에미란 소리에 초봉이는 분이 있는 대로 복받쳐 올라, 몸부림을 칠 듯 목청껏 외친다. 그러나 그 다음 말은 가슴에서 칵 막히고 숨길만 가쁘다.

어느 결에 눈물이 촬촬 쏟아진다.

"이놈! 두구 보자!"

이것은 단순히 입에 붙은 엄포나 분한 끝에 발악만은 아니다.

마침내 형보를 죽이겠다는 결심이 뚜렷이 가슴속에 들어차기 시작한 표적이요, 그 선고라고 할 수가 있던 것이다.

사실 초봉이는 송희나 계봉이는 말고서 저 하나만 놓고 보더라도 자살이 아니면 저절로 밭아 죽었지 형보한테 끝끝내 배겨 지낼 수가 없이 되었다.

7

초봉이는 작년 가을 형보와 같이 살기 시작한 그날부터서 마음의 안정과 평화를 잃어버린 것은 말할 것도 없거니와 지칠 줄을 모르는 형보의 정력에 잡쳐 몸이 또한 말이 아니게 시들었다.

여느 때 예삿일로 다투게 되면은, 형보는 기껏해야 빈정거리기나 하고 미운 소리나 하고 하지, 웬만해서는 그저 바보처럼 지고 만다. 발길로 걷어차이고 등감[541]을 질리고 하는 것쯤 아주 심상히 여기고 달게 받는다. 낮의 형보는 늙은 수캐처럼 만만하고 순하다.

그러나 만일 초봉이가 드리없는 그의 '밤의 요구'에 단 한 번이라도 불응을 하고 보면, 단박 두 눈을 벌컥 뒤집어쓰고 성난 야수와 같이 날뛴다.

꼬집어 뜯고 물어 떼고 하는 건 예사요, 걸핏하면 옆에서 고이 자는 송희를 쥐어박지르고 잡아 내동댕이치곤 한다.

그래도 안 들으면 칼을 뽑아 들고 송희에게로 초봉이게로 겨누면서 희번덕거린다.

필경 초봉이는 지고 말아, 이를 갈면서도 항복을 한다.

이것은 그런데 형보의 본디 성질만으로 그러던 것이 아니고 따라서 처음부터 그러던 것도 아니고 차라리 초봉이 제가 부지중 그런 버릇을 길러준 것이라 할 수가 있다.

초봉이는 맨 처음 형보와 더불어 밤을 같이할 때부터 실랑이를 하고 표독스럽게 굴고 했었고, 한데 그놈을 어거지로 굴복시키자니 형보는 자연 '사나운 수캐'가 되던 것이다.

초봉이는 물론 징그럽고 싫기도 했지만, 일변 그것을 형보한테 대한 앙갚음이거니 하고 위정 그러기도 했던 것인데 그러나 그 결과가 어떠했느냐 하면 필경 초봉이 제 자신만 더 큰 해를 보고 말았다.

흉폭스러운 완력 다짐 끝에 따르는 계집의 굴복…… 그것에서 형보는 차차로 한 개의 독립한 흥분을 즐겼고, 그것이 쌓여서 미구에는 일종의 사디즘이 되고 말았던 것이다.

아무튼 그래서, 초봉이는 절망이 마음을 잡아놓듯이 건강도 또한 말할 수 없이 쇠해졌다.

병 주고 약 주더라는 푼수로, 형보는 간유[542] 등속에 강장제하며 한약으로도 좋다는 보제는 골고루 지어다가 제 손수 달여서 먹이고 하기는 해도 종시 초봉이의 피로와 쇠약을 막아내지는 못했다.

불과 반년 남짓한 동안이나 초봉이는 아주 볼 상이 없이 바스러졌다. 볼은 깎아낸 듯 홀쭉하니 그늘이 지고, 눈가로는 푸른 테가 드러났다.

살결은 기름기가 밭고 탄력이 빠져서 낡은 양피(羊皮)같이 시들부들 버슬버슬해졌다.

사지에 맥이 없고 노곤한 게 밤이고 낮이고 눌 자리만 본다.

이렇게 생명이 생리적으로도 좀먹어 들어가는 줄을 초봉이는 저도 잘 알고 있으면서 그러나 어찌할 바를 몰랐다.

하다가 못할 값에 형보의 손아귀에서 벗어나도록 부스대볼 생각은 아예 먹지도 않는다.

근거도 없는 단념을 돌이켜 캐보려고는 않고 운명이거니 하고서 내던져 둔다.

작년 가을 그날 밤에 형보더러 두고 보자고 무슨 큰 앙갚음이나 할 듯이 옹골진 소리를 하기는 했지만, 그것도 그 소리를 하던 그 당장에 벌써, 별수 없거니 하고 단념부터 했었은즉 더구나 말할 것도 없다.

결국은 두루 절망뿐이다. 절망 가운데서 빠안히 내다보이는 얼마 안 남은 목숨을 지탱하고 있기는 더 괴롭고 지루하다. 그러니 차라리 일찌감치 죽어버리고나 싶다. 죽어만 버리면 만사가 다 편하다.

그러나 그러면서도 와락 죽지를 못한 것은 송희 때문이다. 소중한 송희를 혼자 두고 나만 편하자고 죽어버리다니 안 될 말이다.

그래 막막하여 어쩔 바를 몰랐는데 계제에 문득, 동생 계봉이에게다가 송희를 맡기면 내나 다름없이 잘 가축하여 기르겠거니, 따라서 나는 마음을 놓고 죽을 수가 있겠거니 하는 '슬픈 안심'을 해보았던 것이다.

그러나 그것도 순간이요 형보가 멀쩡하게 살아 있는 이상 역시 안 될 노릇이라고 그 '슬픈 안심' 조차 단념을 할 수밖에 없었다.

그런데 거기서 또 마침 한 줄기의 희망이 뻗치어, 형보를 죽이고서—나만 죽는대야 뒷일은 더 위태하니 형보를 죽이고서—내가 죽으면 후환도 없으려니와 나도 편안하리라…… 는 '만족한 계획'을 얻어냈던 것이다. 물론 형보를 죽인다면야 제가 죽자던 이유가 절로 소멸되는 것이니까, 가령 형벌을 받는다든지 도망을 간다든지 이러기로 생각을 돌리는 게 당연한 조리겠지만, 그러나 초봉이는 그처럼 둘러 생각을 할 줄은 모른다.

그저 기왕 죽는 길이니 후환마저 없으라고, 형보를 죽이고서 죽는다는 것뿐이다.

아무튼 이래서 형보는 잠자코 있어도 초봉이의 손에 죽을 신순데, 게다가 입을 모질게 놀려 분까지 돋구어주었으니, 만약 오늘이라도 어떠한 거조가 난다면 그건 제가 지레 제 명을 재촉한 노릇이라 하겠다.

8

××백화점 맨 아래층의 화장품 매장이다.

위와 안팎이 환히 들여다보이는 유리 진열장(陳列欌)을 뒤쪽 한편만 벽을 의지 삼고 좌우와 앞으로 빙 둘러 쌓아놓은 게 우선 시원하고 정갈스러워 눈에 선뜻 뜨인다.

진열장 속과 위로는, 형상이 모두 갖가지요 색채가 아롱이다롱이기는 하지만 제가끔, 용기(容器)의 본새랄지 곽의 의장(意匠)이랄지가, 어느 것 할 것 없이 섬세하고 아담하게 여자의 감정을 표시한 화장품들이 좀 칙칙하다 하리만치 그득 들이쌓여 있다.

두 평은 됨직한 진열장 둘레 안에는 그들이 팔고 있는 화장품 못지않게 맵시 말쑥한 숍걸이 넷, 모두 그 또래 그 또래들이다.

계봉이가 있고, 얼굴 둥그스름하니 예쁘장스럽게 생긴 싱글로 깎아 올린 단발쟁이가 있고, 코가 오뚝하니 눈도 오꼼 입도 오꼼한 오꼼이가 있고, 얇디얇은 얼굴에다가 주근깨를 과히 발라놓은 레지[543]가 찰그랑거리고 앉았고…….

이 가운데 양복을 말쑥하게 입고 얼굴 거무튀튀 함부로 우툴두툴한 사내꼭지가 한 놈, 감히 들어앉아 있음은 매우 참월하다[544] 하겠다.

그러나 남은 화초밭의 괴석이라고 시기 끝에 밉게 볼는지 몰라도, 당자는 검인(檢印)의 스탬프를 손에 쥐고, 물건 싸개지의 봉인 딱지에다가 주임이라는 제 권위를 꾸욱꾹 찍느라 버티고 있는 양이다.

아침 아홉 시가 조금 지났고, 문을 방금 연 참이라 손님이라고는 뒷짐 지고 이리 끼웃 저리 어릿, 구경 온 시골 사람 몇이지 헤성헤성[545]하다.

약속한 것은 아니지만 손님이 없으니까 모두 레지 앞으로 모여 선다.

"계봉이 이따가 저녁에 시네마 안 갈래?"

영화를 아직까지는 연애보다도 더 좋다고 주장하는 오꼼이가 계봉이를 꼬이던 것이다.

"글쎄…… 썩 좋은 거라면……."

계봉이는 싫지도 않지만 내키지도 않아서 그쯤 대답을 하는데 오꼼이가 무어라고 말을 하려고 하는 것을 레지의 주근깨가 냉큼 내달아

"저 계집애는 영화라면 왜 저렇게 죽구 못 살까?"

하고 미운 소리를 한다.

"남 참견은! 이년아, 누가 너처럼 밤낮 고타분하게 소설만 읽구 있더냐?"

"흥! 소설 읽는 취미를 갖는 건 버젓한 교양이다!"

"헌데 좀 저급해!"

계봉이가 도로 나서서 주근깨를 찝쩍인다.

"어째서 이년아, 소설 읽는 게 저급하더냐?"

"소설 읽는 게 저급하다나?…… 이 사람 오핼세!"

"그럼 무엇이 저급하니?"

"읽는 소설이 저급해."

"어쩌니 내가 읽는 소설이 저급하니?"

"국지관[546]이 소설이 저급하잖구? 『×××』이 저급하잖구?…… 그런 것두 예술 축에 끼나?"

"예술은 다 무엇 말라비틀어진 거냐? 소설이면 거저 소설이지……."

"하하하하…… 옳아, 네 말이 옳다. 그래두 추월색이나 유충렬전을 안 읽으니 그건 신통하다!"

"저년이 버르장이없이, 사람 막 놀려!"

"그게 신통해서, 네 교양 점수(点數) 60점은 주마…… 낙제나 면하라구, 응?…… 그리구 너는……."

계봉이는 오꼼이를 찔벅거리면서 남자 어른들 음성을 흉내내어 하는 소리다.

"……거 아무리 근대적 감각을 만족시키기 위해서 그런다 해두 계집아이가 영화를 너무 보러 다니면은 데수기에 불자(不字)가 붙는 법이다, 응? 알았어? 불량소녀……."

"걱정을 말아, 이 계집애야……."

"요놈!"

깩 지르는 소리가 무심결에 너무 커서 주임이 주의하라는 뜻으로 빙긋 웃으니까 계봉은 돌아서서 입을 막는다.

오꼼이와 주근깨가 쌔원한 김에 재그르르 웃는다.

"무얼들 그래?"

물건을 파느라고 이야기 참여를 못 했던 단발쟁이가 이리로 오면서, 혹시 제가 웃음거리가 되었나, 뚜렛뚜렛한다.

"그리구 참, 너는 무어냐?"

계봉이가 또 나서서 단발쟁이의 팔을 잡아끈다.

"무어라니?"

"저 애들 둘은, 하나는 문학 소녀구 하나는 영화광이구, 그런데 넌 무어냔 말이다?…… 연애? 그렇지?"

"내 원!…… 넌 무어냐?…… 너버텀 말해봐라!"

"그래그래."

"옳아, 제가 먼저 말해예지."

오꼼이와 주근깨가 한꺼번에 들고 나서고, 단발쟁이가 뎁다 계봉이를 붙잡으면서 따진다.

"네가 옳게 연애하지?…… 연애편지가 마구 쏟아지구……."

9

"여드름바가지가 있구……."

"소장 변호사 나리가 계시구……."

"하쿠라이[547] 귀공자가 있구……."

"대답해라!"

"그중 누구냐?"

"아무튼 연애파는 연애파 갈데없지?"

오꼼이와 주근깨와 단발쟁이가 서로가름[548] 계봉이를 말대답도 못 하게 몰아대는 것이다.

"여드름바가지가 오늘두 하마 올 시간인데……."

"소장 변호사 나리께서는 그새 또 몇 장이나 왔던?"

"하하, 편지 첫 끝에다가 연애법 제 몇 조(戀愛法第×條)라구는 안 썼던?"

"가만있어, 내 말 들어……."

계봉이가 겨우 손을 들어 제지를 시켜놓는다.

"……나는 피해자야, 피해자……."

모두 무슨 소린지 못 알아듣고 뚜렛뚜렛하고 있다. 계봉이가 다시 말끝을 잇댄다.

"땅 진 날밖에 나오지 않았니?…… 자동차가 옆으루 지나가지 않았니?…… 흙탕물을 끼얹지 않았니? 옷에 흙탕물이 묻었겠다?…… 그와 마찬가지루 여드름바가지나 변호사 나리나 하쿠라이 귀공자나 그 축들이 어쩌구 어쩌구 해서 내가 제군들한테 연애파라구 중상을 받는 것두 그런 피해란 말이야……. 나는 아무 상관두 없는데 자동차가 흙탕물을 끼얹어서 옷을 버리듯이……. 그게 모두 여드름바가지니 변호사니 하쿠라이 귀공자니 하는 것들이 무어냐 하면은, 땅 진 날 남의 새 옷에다가 흙탕물을 끼얹고 달아나는 '처벌할 수 없는' 깽들이란 말야. 그러니깐 제군들두 조심을 해! 잘못하면 약간 흙탕물이 아니라, 바루 바퀴에 치여서 죽거나 병신이 되거나 하기 쉬우니깐……. 알아들어? 아는 사람 손 들어!"

계봉이 저까지 해서 모두 재그르르 웃는다. 한참들 웃는다. 주임도 무어라고 간섭을 않고서 히죽히죽 웃는다.

"그럼 대체 너는 무엇이냐? 말을 그렇게 능청맞게 잘하니, 약장수냐?"

"구세군 전도빤?"

"활동사진 변사……."

"나? 난 본시 행동파…… 시다, 행동파(行動派)……."

"행동파라니?"

계봉이의 말에 주근깨가 먼저 따들고 나선다.

"행동파 몰라? 사람이 행동하는 거 몰라? 소설은 많이 읽어서 현대적인 체하면서 깜깜하구나!"

"아, 이년아, 그럼 누구는 행동을 않고서 밤낮 우두커니 앉았기만 한다더냐?"

"이 사람, 행동이라니깐 머, 밥 먹구 더블유시 다니구 하품하구 그런 행동인 줄루 아나?"

"그럼 그건 행동 아니구 지랄이더냐?"

"그런 것은 개나 도야지나 그런 짐승들두 할 줄 안다네."

마침 주임이 계봉이의 전화를 받아서 넘겨준다.

계봉이는 전화통에 입을 대면서 바로

"언니우?"

한다.

어쩌다가 형 초봉이가 전화를 거는 외에는 통히 전화라고 오는 데가 없기 때문에 계봉이는 언제고 그러던 것이다.

그런데 오늘은 뜻밖에,

"나요, 나……."

하면서 우렁우렁한 사내의 음성이 들렸다.

승재가 전화를 걸던 것인데, 계봉이는 승재와는 전화가 처음이라 목소리를 언뜻 분간하지 못했던 것이다.

"나라니, 내가 누구요?"

"남 서방이야……."

"아이머니!…… 나는 누구란다구!"

계봉이는 깜짝 반가워서 주위를 꺼리잖고 반색을 한다. 등 뒤에서는 오꼼이 주근깨 단발쟁이가 서로 치어다보고 웃으면서 눈짓을 한다.

"……언제 왔수?"

"오기는 그저께 아침에 당도했는데……."

"그리구서 여태 시침을 뚜욱 떼고 있었어? 내, 원!"

"미안하우. 좀 어수선해서…… 그런데 내가 글러루 찾아가두 좋겠지만……."

"아니야, 내가 가께…… 어디? 아현(阿峴)?"

"응 저어……."

승재는 마포 나가는 전차를 타고 오다가 아현고개 정류장에서 내려서 신촌 나가는 길로 한참 오노라면 바른편 길 옆으로 낡은 이층집이 있고 '아현 실비 의원'이라는 간판이 붙었다고 노순[549]을 자상하게 가르쳐준다.

여섯 시 반이나 일곱 시까지 대 가마고 하고서 전화를 끊고 돌아서는데 마침 대기하고 섰던 세 동무가 일제히 공격을 한다.

"또 하나 생겼구나?"

"누구냐?"

"그건 자동차 아니냐? 흙탕물 끼얹는……."

마지막의 단발쟁이의 그 말에 모두 자지러져 웃고, 계봉이도 같이서 웃는다.

10

스무 살 안팎의 한참 피어나는 계집아이들이 넷이나 한데 모여 재깔거리고 그러다가는, 탄력 있는 웃음이 대그르르 맑게 구르고, 침침해도 명랑하기란 바깥에 가득 내리는 5월의 햇빛과도 바꾸지 않겠다.

이윽고 웃음이 그치자 계봉이는 다시 몰려댄다.

"애 이년아, 그리구서두 입때 시침을 떼구 있어?"

"누구냐? 대라……."

"저년이 뚱딴지같은 년이 의뭉해서……."

"그게 행동파가 하는 짓이더냐?"

"개나 도야지두 연애를 하기는 한다더라?"

"웃고 섰지만 말구서 바른 대로 대라!"

"인제는 제가 할 말이 있어야지!"

"아니 여보게들……."

공격이 너끔한 결에 계봉이가 비로소 말대꾸를 한다.

"……대체 그 사람이 누군 줄 알구서 그러나?"

"누구는 무얼 누구야? 네년의 리베[550]지……."

주근깨가 윽박질러주는 말이다.

"리베?"

"그럼!"

"우리 산지기다, 헴……."

또 모두들 허리를 잡고 웃는다.

"대체 어떻게 생긴 동물이냐? 구경이나 한번 시키렴?"

단발쟁이가 웃음엣 말같이 하기는 해도 퍽 궁금한 눈치다.

"구경했다가는 느이들 뒤로 벌떡 나가동그라진다!"

"그렇게 잘났니?"

"아니…… 안팎이 모두 고색이 창연해서."

"망할 계집아! 누가 그게 그리 대단해서 태클할까 봐?"

"너 가지련?"

"일없어!"

"행동파 연애는 다르구나?…… 리베를 키네마 입장권 한 장 선사하듯 동무한테 내주구…… 그게 행동파 특색이냐?"

오꼼이가 그것도 영화에 전 버릇이라 비유를 한다는 게 역시 거기 근리한 소리를 쓴다.

"지당한 말일세! 궐씨(厥氏)[551]가 행동이 낡구두 분명치가 못해서……."

"그럼 그 사람이 사람이 아니구서 네 말대루 하면 내가 도야진가 보구나?"

"가깝지."

"저년 보게!…… 내 이제 그 사람더러 이를걸?"

"파쇼라두 좋구 또 하다못해 너처럼 영화에 미치더래두, 아무튼 현대적 호흡이 통한 행동이 있어야 말이지! 거저 밥이나 먹구, 매달려서 로봇처럼 일이나 하구, 생식(生殖)이나 하구, 누구는 혹시 한다는 게 고색이 창연한 짓이나 하구 있구……."

"어느 회사 사무원이구나?"

"명색이 의사라네."

"하주! 여드름바가지나 변호사나 하쿠라이 귀공자를 눈두 안 떠볼 만하구나."

"호랭이두 제 말 하면 온다더니, 왔다왔다, 저기……."

주근깨가 튕기는 소리에 모두 문간을 돌려다본다. 아닌 게 아니라 여드름바가지가 어릿어릿 이편으로 오고 있던 것이다.

얼굴에 여드름이 가뜩 솟았대서 생긴 별명이다.

모표를 보면 ××고보 학생인데 학교 갈 시간에 백화점으로 연애(?)를 하러 오는 걸 보면 온전치 못한 것은 분명하다.

나이는 다직해야 열아홉 아니면 그 아래다. 어린애 푼수다. 그는 지나간 3월에 '아몬, 파파야'를 한번 사가더니 그날부터 아침 아홉 시 반을 정각 삼아 이내 일참[552]을 해 내려왔다.

그것도 처음에는 그런 줄 저런 줄 몰랐다가 얼마 후에야 단발쟁이가 비로소 발견을 했었고 다시 며칠이 지나서는 계봉이가 과녁인 것까지 드러났다.

그는 화장품 매장 앞에 서서 얼찐거리다가 계봉이가 대응을 해주면 무엇이고 한 가지 사가지고 가되 혹시 다른 여자가 나서면 이것저것 뒤지다가는 그냥 돌아서버리곤 하던 것이다.

그래 그 눈치를 안 뒤로부터는 다른 여자들은 위정 피하고서 계봉이한테다가 민다.

계봉이는 역시 마다고 않고 처억척 대응을 하면서 — 대응이라야 물론 지극히 간단한 것이지만 — 슬금슬금 구슬려주곤 하기도 한다.

그 덕에 여드름바가지는 화장품 매장에다가 적지 않은 심심파적과 이야깃거리를 매일같이 끼쳐주던 것이다.

"어서 오십시오."

계봉이는 웃던 끝이라 얌전을 내느라고 한참 만에 진열장 앞으로 다가가면서 여점원답게 상냥하게 마중을 한다.

여드름바가지는 아까 들어올 때 벌써 반은 붉었던 얼굴을 드디어 완전히 빨갛게 달궈가지고 힐끔 계봉이를 올려다보더니 이내 도로 숙인다. 여기까지는 그새와 같고 아무 이상이 없다.

그다음 그는 양복 포켓 속에다가 한 손을 넣고서 이상스럽게 전보다 더 어물어물한다.

11

여드름바가지는 종시 포켓에 손을 꿰고 어릿어릿하다가 이윽고 진열장 속을 들여다보면서 천천히 돌아가기 시작한다.

계봉이는 그가 돌아가는 대로 안에서 따라 돌고 있고 나머지 세 여자는 대체 오늘은 무엇을 사나 재미 삼아 기다린다.

여드름바가지는 이 귀퉁이에서 저 귀퉁이까지 돌고 나더니 되짚어 가운데께로 올까 하다가 말고서 손가락으로 진열장 유리 위를 짚어 보인다. 으레 입 대신 손가락질을 하는 게 맨 처음 오던 날부터 하던 버릇이다.

계봉이가, 짚는 대로 들여다보니, 20원이나 받는 코티의 향수다.

계봉이는 이 도련님 아무거나 되는대로 짚은 것이 멋을 몰랐습니다 하고 우스워 죽겠는 것을 참아가면서 향수를 꺼내준다.

여드름바가지는 바르르 떨리는 손으로 받아들고 한참서서 레테르를 읽는 체하다가 계봉이를 치어다본다. 이건 값이 얼마냐는 뜻이다.

"22원입니다."

여드름바가지는 움칫하더니 그래도 부스럭부스럭 10원짜리 석 장을 꺼내어 향수병에다가 얹어 내민다. 언제든지 10전짜리 비누 한 개를 사도 빳빳한 10원짜리만 내놓던 터라 그놈이 석 장을 나왔다고 의아할 것은 없다.

"고맙습니다!"

계봉이는 향수와 돈을 받아들고 레지로 오면서 눈을 찌긋째긋한다. 동무들은 모두 웃고 싶어서 입이 옴츠라진다.

계봉이는 향수를 제 곽에 담고 싸고 해서 검인을 맡고 주근깨가 주는 거스

름돈과 표를 얹어다가 내주면서
"고맙습니다."
하고 한 번 더 고개를 까딱한다.
여드름바가지는 먼저보다 더 떨리는 손을 내밀어 덤쑥 받아 들고 이내 돌아선다.
"안녕히 가십시오."
계봉이는 등 뒤에다가 인사를 하면서 동무들한테 웃음이 터져 나오려는 얼굴을 돌린다.
그러자 단발쟁이가 기다렸던 듯이 오르르 달려오더니 여드름바가지가 서서 있던 진열장 위로 또 한층 올려놓은 진열대 밑에서 조그만해도 불룩한 분홍꽃 봉투 하나를 쑥 뽑아들고 돌아선다. 나머지 두 여자는 손뼉이라도 칠 체세다.
계봉이는 그것이 여드름바가지가 저한테 주는 양으로 거기다가 놓고 간 편지 줄은 생각할 것도 없이 대번 알아챘다. 와락, 단발쟁이의 손에서 편지를 빼서 쥔 계봉이는 이어 몸을 돌이켜 여드름바가지에게로 급히 다가 나선다.
"여보세요? 여보세요, 학생……."
부르는 소리에 방금 댓 걸음밖에 안 간 여드름바가지는 흠칠 하고 그대로 멈춰 선다.
"저 학생, 날 좀 보세요!"
보란다고 정말 보기만 하려는 것은 아니겠지만, 여드름바가지는 겨우 몸을 돌리고 서서 어릿어릿한다.
"일러루 좀 오세요."
계봉이는 아무렇지도 않게 천연덕스런 얼굴로 손을 까분다.
여드름바가지는 비실비실 진열장 앞으로 가까이 와서 고개를 숙이고 선다.
"이 편지 우체통에다가 넣어드릴까요?"
계봉이는 뒤로 감추어 가지고 있던 편지를 내밀어 보인다. 앞뒤에 아무것도 쓰이지 않은 것을 계봉이도 비로소 보았다.

여드름바가지는 선생님께 꾸지람을 들을 때처럼 두 발을 모으고 고개를 깊이 떨어뜨리고 서서 꼼짝도 않는다. 두 귀밑때기가 유난히 새빨갛다.

"우표딱지야 한 장 빌려드려두 좋지만 주소두 안 쓰구 성명두 없구 그래서요……."

계봉이는 한 팔을 진열장 위에다 짚어 오도카니 턱을 괴고 편지를 앞뒤로 되작되작 이상 한담하듯 한다.

등 뒤에서는 동무들이 터져 나오는 웃음을 삼키느라고 킥킥거린다.

마침 딴 손님이 없고 조용한 때기에 망정이지 큰 구경거리가 생길 뻔했다.

"자아, 이거 갖다가 주소 성명 자알 쓰구, 우표딱지는 사서 요기다가 똑바루 붙이구, 그래 가지구서 우체통에다가 자알 집어넣으세요, 네?"

여드름바가지는 편지를 주는 줄 알고 손을 쳐들다가 오므린다.

"아, 이런 데다가 내버리구 가시면 편지가 마요이코[553]가 돼서 저 혼자 울잖어요?"

이번에는 편지를 내밀어주어도 모르고 섰다.

"자요, 이거 가지구 가세요."

코앞에다가 바싹 들여 대주니까 채깃듯 받아 옹크려 쥐고 씽-하니 달아나버린다.

맘껏 소리를 내어 대굴대굴 굴러가면서라도 웃을 것을 차마 조심들을 하느라 모두 애를 쓴다.

노동(老童) 훈련일기(訓戀日記)

1

종일 마음이 들떴던 계봉이는 여섯 시가 되자 주임을 얽어삶아서 쉽사리 수유[554]를 타가지고 이내 백화점을 나섰다.

시방 가면 아무래도 제 시간까지 돌아오게 되지는 못할 테라고 지레 시간이 새로워서, 그러자니 형 초봉이가 걱정하고 기다릴 것이 민망은 했으나 집에 잠깐 들렀다가 도로 나오기보다 승재게를 갈 마음이 더 급했다.

승재가 일러준 대로 짐작대고 간 것이 미상불 수월하게 찾아낼 수가 있었다.

계봉이는 급한 마음을 누르는 재미에 집을 둘러보고 하면서 위정 천천히 서둔다.

명색 병원이라면서 생철 지붕에 다 낡은 목제(木製) 2층인 것이 계봉이가 생각하던 병원의 위풍과는 아주 딴판이고, 우선 집 생김새부터 궁상이 질질 흐른다.

그러나 막상 당하여보고 예상 어그러진 것이 섭섭하기보다도 여느 혼란스런 병원집이 아니요, 역시 승재 그 사람인 듯이 이런 낡고 빈약한 집이던 것이 그의 체취가 스미는 것 같아 오히려 정답고 구수했다.

'15일부터 병을 보아드립니다.'

대단 장황스런 설명을, 분명 승재의 필적으로 굵다랗게 양지[555]에다가 써서 붙인 것을 계봉이는 곰곰이 바라보면서 승재다운 곰상[556]이라고 혼자 미소를 한다.

사개[557] 틀린 유리 밑창을 드르릉 열고 들어서니까 클로로 냄새가 함뿍 잠겨, 겨우 그래도 병원인가 싶어진다.

현관 안에 들어서니 바로 왼쪽으로 변죽 달린 유리창이 있고 그 앞에다가 '진찰 무료' 라고 쓴 목패를 비스듬히 세워놓았다. 거기가 수부(受付)다.

복도 하나가 짤막하게 뻗어 들어가다가 그 끝은 좁다란 층계를 타고 이층으로 올라갔다. 복도 중간께로 바른편에 가서 간유리창이 닫혔고 그 위에는 '진찰실' 이라고 그것 역시 아직 먹 자국이 싱싱한 패 조각을 가로로 붙였다.

겉은 하잘것없어도 내부는 둘러볼수록 페인트며 벽의 양회며 바닥의 양탄자며 모두 새것이고 깨끗했다.

아무 인기척이 없고 괴괴하다. 수부의 창구멍을 똑똑 쳐보아도 대응이 없다.

무어라고 찾아야 할꼬 싶어서 망설이고 섰는데 진찰실의 문이 요란스럽게 열리더니 고개 하나가 나온다. 승재다.

계봉이가 온 것을 본 승재는 히죽 얼굴을 흩뜨리고

"으응! 왔구먼……."

하면서 이 사람으로는 격에 맞지 않게 급히 달려 나온다. 마음이 다뿍 죄었던 판이라 반가움에 겨워, 저도 모르고 그래졌던 것이겠다.

승재는 맞다들리리 싶게 계봉이에게 바로 달려들더니 쭈적 멈춰 서서는 그다음에는 어쩔 바를 몰라 하다가 요행 계봉이가 내밀어주는 손을 덥석 잡는다.

둘이는 다 같이 정열이 가슴속에서 용솟음쳐 두근거리는 채 눈과 눈이 서로 맞는다.

말은 없고 또 필요치도 않다. 숨소리만 높다.

이윽고, 더 참지 못한 계봉이가 상큼 마룻전으로 올라서면서 승재의 가슴을 안고 안겨든다. 그것이 봄의 암사슴같이 발랄한 몸짓이라면 덤쑥 어깨를 그러안고 지그시 죄는 승재는 우직한 곰이라 하겠다.

드디어, 그러나 곧, 두 입술과 입술은 빈틈도 없이 맞닿는다.

심장과 심장으로부터 야생의 말과 같이 거칠게 뛰고 솟치던 정열은, 그리하여 흐를 바를 찾음으로써, 순간에 포근히 순화(醇化)가 된다.

병아리는 알에서 까놓으면 바로 모이를 쫄 줄 안다. 미리서 배운 것은 아니다.

승재 같은 숫보기 무대[558]가 다들리면 포옹을 할 줄 알고 키스를 할 줄 아는 것도 언제 구경인들 했을까마는, 그러니 알에서 갓 나온 병아리가 이내메[559]를 쪼아 먹는 재주와 다름이 없는 그런 재줄 게다.

그러나 저러나 아무리 젊은 것들이라고, 현관에 서서 그러다니 부전스럽기도[560] 하다.

안에는 물론 저희 둘 외에 아무도 없으니까 단출해서 좋다 하겠지만, 혹시 밖에서 누가 문이나 드르릉 열고 들어서든지 했으면 피차 무색할 노릇이 아니냔 말이다.

하기야 계봉이의 모친 유 씨가 그런 걸 목도했다면 대단히 만족을 했을 것이다. 병원이라는 게 어찌 꼬락서니가 이러냐고 장히 못마땅해서 잔뜩 이맛살을 찌푸리기는 했겠지만…….

그리고 또 초봉이가 보았더라도 기뻐했을 것이다. 가령 그 둘이 모르게 돌아서서 저 혼자 눈물을 흘릴 값에, 동생 계봉이가 승재 그 사람을 사랑하게 된 것을, 또 승재 그 사람이 동생 계봉이를 사랑하게 된 것을 진정으로 기뻐하지 않질 못했을 것이고, 부랴부랴 서둘러서 결혼 예식을 치르도록 두루 마련도 했을 것이다.

2 [561]

암만해도 계집아이란 다르다. 계봉이는 모로 비스듬히 외면을 하고 서서 저고리 고름을 야긋야긋 씹는다. 귀밑때기가 아직도 알아보게 붉다.

오히려 사내 꼭지라서 승재가 부끄럼을 타지 않는다.

"절러루 들어가지? 응?"

"몰랏!"

"저거!"

승재는 신발장 안에 새로 그득히 사둔 끌신을 한 켤레 꺼내다가 계봉이 앞에 놓아주고서 어깨를 가만히 짚는다.

"자아, 구두 벗구 이거 신구서……."

"몰라 몰라! 나는 갈래."

"저거! 누가 메랬나?"

"해해해."

계봉이는 구두를 마룻바닥에다가 훌렁훌렁 벗어 내던지고 끌신을 꿰는 둥 마는 둥, 쪼루루 복도를 달려 진찰실 앞에 가 서더니 해뜩 돌려다보면서,

"여기?"

한다.

"응."

궁상맞게 눈을 끔쩍 고개를 꾸뻑 그렇다고 대답을 하면서 승재는 계봉이가 야단스럽게 벗어 내던진 구두를 집어 한편으로 가지런히 놓는다.

계봉이는 진찰실로 들어서다가 천천히 따라오고 있는 승재를 또 해뜩 돌려다보더니 문을 타악 닫아버린다.

승재가 문을 열래도 안에서 계봉이가 꼭 잡고 안 놓는다.

"문 열어요, 잉? 나두 들어가게……."

"안 돼, 못 들어온다누!"

"거 야단났게?…… 그럼 어떡허나?"

"잘못했다구 그래야지……."

"잘못?"

"응."

"무얼 잘못했나?"

"저어……."

"응."

"저어…… 몰라 몰라!"

"저거!…… 그럼 자, 잘못했습니다 - ."

"하하하하."

승재는 문이 열리는 대로 진찰실 안으로 들어선다.

네댓 평이나 됨직한 방인데, 차리기는 다 제대로 차려놓았다.

검정 양탄자를 덮은 진찰 침대 책장 기구장 치료탁 문서탁 세면대 가스…… 다 제자리에 놓이고, 아직 손도 대지 않은 새것들이다.

계봉이는 문서탁 앞에 의사 몫으로 놓인 회전의자에 걸터앉아 두 발을 대롱대롱한다.

승재는 멀찍이 있는 걸상을 끌고 와서 탁자 모서리로 계봉이 옆에 다가앉는다.

둘이는 서로…… 말끄러미 들여다본다. 무엇이 우스운지는 제 자신들도 모르면서 자꾸 싱긋벙긋 웃는다. 만족하고 행복된 마음의 소치리라.

"그래……?"

"응……."

둘이는 아무 뜻도 없는 말을 이윽고 한마디씩 하고 나서는 또 마주 보고 웃는다.

"보지 말아요! 자꾸만……."

저도 보면서 계봉이는 예쁜 지천을 한다.

"보면 못쓰나?"

"응."
"거 야단났게?…… 헤-."
"하하아."
"좀 점잖어진 줄 알았더니 입때두 장난꾸러기루구먼?"
"몰랏!"
"인제는 죄꼼 점잖어야지?"
"왜?"
"어른이 될 테니깐……."
"어른이?"
"응…… 오늘 절반은 됐구……."
"하하하…… 그리구……?"
"그리구 인제, 응?"
"응."
"그리구 인제, 우리 저어……."
더듬으면서 승재는 탁자 위에서 철필대를 가지고 노는 계봉이의 손을 꼭 덮어 쥔다.
"……이제 결혼하면, 헤-."
"겨얼혼?"
말을 그대로 받아 되뇌면서 잡힌 손을 슬며시 잡아당기는 계봉이의 얼굴은 더 장난꾸러기같이 빈들빈들하기는 해도 결코 장난이 아닌 참된 기색이 완연히 드러난다.
"누가 결혼한댔수?"
승재의 눈만 끄먹거리는 얼굴을 빼꼼 들여다보고 있다가 지성으로 묻는다.
승재는 그만 데수기를 긁고 싶은 상호다.
"그럼 이게 오늘 아까…… 장난으루 그랬나?"
승재가 비실비실 떠듬떠듬하는 것을, 계봉이는 냉큼 받아
"장난?…… 누가 또 장난이랬수?"

쏘면서 양미간을 찌푸린다. 그러나 그럴수록 어쩐 내평인지를 몰라, 얼떨떨한 건 승재다.

결혼이라니까 펄쩍 뛰더니 그럼 시방 이게 연애가 장난이냐니까 더 야단이다. 그럴 법도 있나? 결혼 안 할 연애가 장난이 아니라? 장난 아니라 연애를 하면서 결혼은 안 한다?……

승재는 암만 눈을 끔적거리고 머리를 흔들고 해도 모를 소리요, 도깨비한테 홀린 것 같아 종작을 할 수가 없다.

3

"나 좀 봐요, 응?"

이번에는 계봉이가 저래 승재의 손을 끌어다가 두 손으로 꽈악 쥐고 조물조물한다. 말소리도 은근하다.

"남 서방두…… 아이 참, 남 서방이라구 해서 못써! 무어라구 하나?…… 남 선생……?"

"선생은 무슨 선생!…… 그냥 그대루 남 서방 좋지."

"그래두!…… 오―참, 못써…… 안 돼, 하하하하…… 정말 산지기 같아 안 돼!"

"산지기?"

"하하하! 아따, 아까 아침에 절러루 전화 걸잖었수?"

"응."

"동무들한테 들켰다우…… 그래 누구냐 길래 우리 산지기라구 그랬더니, 하하하하……."

"거 좋군, 산지기……."

"가만있자…… 아이이, 무어라구 불루? 응?"

"승재……."

"승? 재?…… 승재 씨― 그래? 건 더 어색한 거?"

"아따, 부르는 거야 좀 아무려면 어떻나? 되는대루 할 거지, 그렇잖어?"

"그럼 인제 좋은 말 알아낼 때까지 그대루 남 서방이라구 부르께? 응?"

"응, 그게 좋아……."

"그건 그러구…… 자아, 내 이야기 자세 들우? 응?"

"응."

"저어 남 서방이 말이지…… 나 좋아하지요?"

"좋아하느냐구?"

"응, 아따 저어 사랑하는 거……."

"으응, 그래서……?"

"글쎄, 남 서방 날 사랑하지요?"

"건 물어 뭘 하나!"

"그렇지?…… 응, 그리구 나두 남 서방 사랑하구…… 나, 남 서방 사랑하는 줄 알지요?"

"응."

"그렇지?…… 그럼 그만 아니우? 남 서방이 날 사랑하구, 나두 남 서방 사랑하구, 그게 연애 아니우?"

"응."

"그러니깐 그거면 충분하구, 충분하니깐 만족해야 안 하우?…… 결혼은 달러요!"

"어떻게?"

"연애는 정열하구 정열하구가 만나서 하는 게임이구, 그러니까 연애는 아마추어 셈이구…… 그런데 결혼은 프로페셔널, 직업인 셈이구……."

"그럴까! 원……."

"그러니깐 이를테면 학문하구 직업하구처럼 다르지…… 누가 꼭 취직하자구만 공부하나?"

승재는 모를 소리요, 결혼이 약속 안 되는 정열은 암만해도 불안하고 미흡하던 것이다.

앞으로 승재의 소견이 얼마만큼 트일는지 그것은 모르겠으나, 또 계봉이가 장차 어떻게 해서는 둘 사이의 이 '세기의 차이'(世紀의 差異)를 조화라도 시켜 낼는지가 또한 기약하기 어려운 일이나 시방 당장 보기에는 승재의 주제에 계봉이 같은 계집아이라께 도시 과분한가 싶다. 흥이 빠져가지고 앉았는 승재를 방긋방긋 들여다보고 있던 계봉이는 의자에서 발딱 일어서더니 뒤로 돌아가서 두 팔을 어깨 너머로 얹고 등에다 몸을 싣는다.

승재는 양편으로 계봉이의 손을 끌어다가 제 가슴에 포개 잡고 다독다독 한다.

"남 서바앙?"

바로 귓바퀴에서 정다운 억양이 소곤거린다.

"응?"

"노했수?"

"아니……."

"왜 지레 낙심을 하구 그래! 응? 남 서방…… 대답해요!"

"응."

"내가 언제 결혼을 않는다구 그랬수?…… 결혼한단 말을 안 했다구만 그랬지."

"……."

"그러니깐 시방은 이렇게……."

보드라운 볼이 수염 끝 비죽비죽 솟은 승재의 볼을 비비면서, 음성은 한결 콧소리다.

"……이렇게 꼬옥 서루 좋아하구, 좋아하니깐 좋잖우? 그리구 결혼은 이제 두구 봐서. 응? 이 말 잘 들어요. 연애란 건 원칙적으로는 결혼이란 목적지루 발전해나가는 본능을 가졌으니까…… 그러니깐 우리두 무사하게 목적지까지 당도하면 결혼을 하는 것이구 또 중간에 고장이 생겨서 못가는 날이면 결혼을 못 하는 것이구…… 그렇잖우?"

"그거야 물론……."

"거 봐요, 글쎄……. 아 내가 내일이라두 갑자기 죽어버리든지 하면 그것두 결혼 못 하게 되는 거 아니우?"

"흉한 소리를!"

"하하하……. 그리구 또 이 담에라두 내가 남 서방이 싫어나면?…… 꼭 싫어나지 말란 법은 없잖우?…… 응?"

"글쎄……."

"글쎄가 아니야! 글쎄가 아니구, 그러니까 싫어나면 결혼 못 하는 거 아니우?…… 둘 중에 하나가 싫어두 결혼하나?"

"그야 안 되겠지……."

"거 봐요…… 그렇지? 그리구 또……."

"또오?"

승재는 고개를 뒤로 젖히고 눈이 맑게 웃는다. 시무룩했던 것이 적이 가셨다. 실상 알고 보니 그리 대단스런 조건도 아니다 싶은 것이다.

4

서편 유리창 위께로 다 넘은 저녁 햇살이 가물가물 들이비친다.

변화라고 하자면 오직 그것뿐, 방 안은 두 사람을 위해 종시 단출하고 조용하다.

계봉이는 승재가 무엇이 또 있느냐고 고개를 돌려 재우쳐 묻는 눈만 탐탁하여 들여다보다가 웃고 대답을 않는다.

노상 오늘 처음은 아니라도 사심 없고 산중의 깊은 호수 같아 만년 파문이 일지 않으리 싶게 고요한 눈이다.

이 눈이 소중하여 계봉이는 장차 남 서방도 마음이 변해서 나를 마다고 하지 말랄 법이 어디 있느냐는 말을 하기가—실상 또 아무 상관도 없는 것이지만 한갓 아름다운 것에 대하여 계집아이 티를 하느라 로맨스런 본능으로—차마 그 말을 하기가 아까웠던 것이다. 그러했지 눈이 좋대서 사랑이 영원하리라고 믿는 것도 아니요 그뿐더러 아직은 영원한 사랑을 투정할 마음도 준비되어 있질 않다.

"아이 참, 그런데 말이우……."

계봉이는 도로 제자리로 와서 앉으면서 다른 말로 이야기를 돌린다.

"……그새 좀 발육이 된 줄 알았더니 이내 그 대중이우?…… 아이 나는 그게 미워 죽겠어! 꼭……"

"무엇이?"

승재는 언뜻 알아듣지 못하고 끄먹끄먹한다.

"이 짓 말이우, 이 병원…… 글쎄 아무 소용 없대두 무슨 고집으루다가!"

"소용이 없는 줄은 나두 알기는 아는데……."

"알아요? 어이구우, 마구 제법이구려! 하하하…… 그런데 어떻게 그런 걸 다 알았수? 나한테 강을 좀 해봐요."

"별것 있나? 가난한 사람두 하두 많구, 병든 사람두 하두 많어서, 머……."

"안 되겠단 말이지요?"

"응…… 세상이 인간이 통째루 가난병이 든 것 같아! 그놈 가난병 때문에 모두 환장들을 해서 사방에서 더러운 농(膿)이 질질 흐르구……."

"그렇지만 가난한 사람이 가난한 게 어디 그 사람 죈가, 머……."

"죄?"

"누가 글쎄 가난하구 싶어서 가난하냔 말이우!"

"가난한 거야 제가 가난한 건데 어떡허나?"

"글쎄 제가 가난하구 싶어서 가난한 사람이 어디 있수?"

"그거야 사람마다 제가끔 부자루 살구 싶기는 하겠지……."

"부자루 사는 건 몰라두 시방 가난한 사람네가 그다지 가난하던 않을 건데 분배가 공평하질 않아서 그렇다우."

"분배? 분배가 공평하질 않다구?……"

승재는 그 말의 촉감이 선뜻 그럴싸하니 감칠맛이 있어서 연신 고개를 갸웃갸웃 입으로 거푸 뇐다.

그러나 지금의 승재로는 새 책을 표제만 보는 것 같아 그놈이 가진 매력에 잔뜩 구미는 당겨도 읽지 않은 책인지라 그 표제에 알맞은 내용을 오붓이 한 입에 삼키기 좋도록 알아내는 수는 없었다.

사전에서 떨어져 나온 몇 장의 책장처럼 두서도 없고 빈약한 계봉이의 '분배론'은 승재를 입맛이나 나게 했지 머리로 들어간 것은 없고 혼란만 했다.

"선생님이 있어야겠수!"

계봉이는 그 이상 깊이 들어가서 완전히 설명을 할 자신이 없었던 것이다.

"선생님?…… 글쎄…… 나는 이런 생각을 하구 있는데……."

"무얼? 어떻게?"

"큰 화학 실험실을 하나 가지구서……."

"그건 무얼 하게?"

"연구……."

"연구?"

"공기 속에 무진장으루 들어 있는 원소를 잡아 가지구……."

"응."

"아주 값이 헐한 영양물이라든지 옷감이라든지 무엇이구 사람이 생활하는 데 필요한 건 다 만들어내는 그런……."

"내, 원!…… 아, 인조견이 암만 헐해두 헐벗는 사람이 수두룩한 건 못 보우?"

"시방보다 더 헐하게…… 옷 한 벌에 1전이나 2전씩 받을 걸루 만들어내지?"

"그건 공상 이상이니 그만두어요!…… 그만두구 자, 이 짓이 소용없는 줄 알았으면서 왜 또 시작은 했수?"

"그래두 눈으루 보구는 차마 그냥 있을 수가 있어야지!…… 별반 소용이 없구 기껏해야 내 맘 하나 즐겁자는 노릇인 줄 알기는 알면서두……."

"나는 몰라요! 결혼하자면서 날 무얼루 먹여살릴 셈인구?…… 쫄쫄 가난하게 사는 거 나는 싫어! 나두 몰라! 머…….”

계봉이는 응석으로 쌀쌀 어깨를 내두른다. 승재는 굴져서 히죽이 웃는다.

“괜찮어……. 이 병원만 가지구두 그리구 인심 써가면서라두 돈은 벌자면 벌 수 있으니까…… 머, 넉넉해…….”

“나는 몰라! 저 거시기, 우리 집 못 보우? 가난 핑계 대구서 얌체 없이 자식이나 팔아먹구…… 파렴치!……”

계봉이는 입에 소태를 문 듯이 쓰게 내뱉는다.

5

승재는 마침 생각이 나서 올라오던 그 안날 계봉이네 집 가게에 잠깐 들렀었다고－정 주사 내외가 싸움질하던 것은 빼놓고－본 대로 들은 대로 다 이야기를 했다. 그리고 그럭저럭하면 먹고는 살아가겠더라고 제 의견도 붙여 말했다.

그러나 계봉이는 형의 소청으로 제가 부탁 편지를 하기는 했지만 실상, 제 소위 '파렴치'한 저의 집과는 이미 마음으로 절연을 했던 터라, 그네가 잘 산다건 못 산다건 아무 주의도 흥미도 끌리지를 않았고, 제 형 초봉이한테 전갈이나 해줄 거리로 귓결에 대강 들어두던 것이다.

계봉이한테는 차라리, 명님이를 몸값 갚아주고서 데려다가 간호부 수습을 시키겠다고 하는 그 간호부란 소리에 귀가 솔깃하여, 나두 좀…… 하고 샘이 더럭 났다.

이것은 그러나, 승재 옆에 명님이라는 계집아이가 있게 되는 것을, 노상 텃세하고 시새워하고 해서만 그러는 것은 아니다.

집안과 이미 그러해서 마음으로 절연을 한 계봉이는, 그네가 못 살아가고 있으면 말할 것도 없지만, 설혹 잘 살아간다고 하더라도 장차에 그네와 생활의 교섭을 갖는다거나 더욱이 결혼 전에 장성한 계집아이로서의 몸 의탁을 한다거나 할 생각은 조금도 갖고 싶지 않았다.

그러고 보니 비록 총명도 하고 다부져 독립할 자신과 자긍을 가진 계집아이기는 해도, 때로는 고아답게 몸의 허전함과 그 몸의 허전한 데서 우러나는 명일(明日)에의 불안을 느끼지 않을 수가 없었다.

물론 그런 것을 가지고 비관을 하거나 하지를 않고 늘 무엇이 어때서 그럴까 보냐고 싹싹 몽그려버리고 무시를 하기는 하지만 그러나 제 자신 주의를 하고 않고 여부 없이, 20 안팎의 계집아이로 결혼과 생활에 대한 명일에의 불안이 노상 없다는 것은 오히려 빈말일 것이다.

하기야 형 초봉이가 동기간의 참스런 우애로 끔찍이 위해주기는 하나 초봉이 제 자신부터 앞일을 기약할 수 없는 처지니 거기다가 어떠한 기대를 두어둘 형편도 못 되거니와 되고 안 되고 간에 애여 그리할 생각조차 먹질 않는다. 학교를 다니지 않는 것은 고사하고 그대로 몸을 의탁해서 있는 것도 결백치 않다 하여 제 먹을 벌이를 제가 하느라 직업을 가진 것도 그 때문이다.

그런데 지금 가진 직업이라는 게 그다지 육중해서 다 자란 계집아이 하나의 앞뒷일을 안심하고 보장할 수 있는 것이냐 하면 그렇지를 못하고 기껏해야 소일거리 푼수밖에는 안 되는 것이다.

그러니 남과도 달라 일반으로 남들이 그러하듯이 결혼이라는 가장 안전해 보이는 '직업'을 바꿔 일찌감치 몸 감장을 할 유념이나 할 것이지만, 승재가 결혼 소리를 내놓는다고 오히려 지천이다.

계봉이는 결단코, 지레 결혼에로 도피도 하지 않고 가정이나 남한테 구구히 의탁도 하지 않고 다만 혼자서 젊은 기쁨을 자유롭게 생활하고 싶고, 그것을 변하려고도 않는다. 그러므로 그 에너지를 보급받을 방편으로써 직업을 실하게 갖자니까 기술이 그립던 것이다.

"나두 간호부…… 응?"

계봉이는 숫제 손바닥을 내밀고 사탕이라도 조르듯 한다.

"간호부?"

승재는 계봉이가 빙긋빙긋 웃으면서 그러는 것이 장난엣 말인 줄 알고 저도 웃기만 한다.

"왜? 나는 못쓰우?"

"못쓸 건 없지만……."

"그런데 왜?"

"하필 간호부꼬?"

"해해…… 그럼 약제사? 또오, 의사? 더 좋지 머…… 내일부터라두 올 테니 배워줘요, 응?"

"안 돼, 소용없어……."

"왜?"

"인제 얼마 안 있어서 시험이 없어지는데, 머……."

"어쩌나!"

"그래두 우리 계봉이는 걱정 없어."

"정말?"

"그럼!"

"어떻게?"

"어느 의학전문이나 약학전문 들어갈 시험 준비를 하라구……."

계봉이는 좋아서 입이 벌어지다가 말고 한참 승재를 바라보더니

"싫다누!"

해버린다.

"싫다니?"

"싫어!"

"내가 공부시켜줘두 창피한가? 액색한가?"

"그건 아니지만……."

"그런데 왜?…… 응?"

물어도 계봉이는 웃기만 하지 대답을 하려고 않는다.

6

"대체 왜 싫대누?"

"공부시켜주는 의리가 연애나 결혼을 간섭할 테니깐……."

계봉이는 빙긋빙긋 웃으면서 승재의 낯꽃을 본다.

승재는 입이 뚜 나온다.

"쓰잘데없는 소리를!…… 아무렴 내가 머 그만 공부 못 시켜줄 사람일가?…… 내가 공부 좀 시켜준 값으루 결혼 억지루 하잴까?"

"남 서방은 다 그렇다지만 내가 그렇질 못하면 어떡허나?…… 결혼은 할 수가 없는데 결혼으루라두 갚어야 할 의리라면?……"

"혼동할 필요는 없어."

"필요야 없는 줄 알지만 이론보다두 실지가 더 명령적인 걸 어떡허나?"

마침 전등이 힘없이 켜진다. 아직 긷치 않은 광선이다. 그래도 승재는 생각이 들어 벌떡 일어선다.

"자, 그건 숙제루 두어두구서…… 나허구 같이 여기서 위선 저녁이나 먹더라구?"

"글쎄……."

"무얼 대접하나?…… 이런 아가씨를 상밥집[562]으루는 모시구 갈 수 없구…… 헤."

"상밥? 여관두 안 정했수?"

"여관은 별것 있나! 더 지저분하지……. 병원 뒤루 조선집이 한 채 따른 게 있어서 자취를 할까 하구 아직 상밥을 먹구 있지……."

"그 궁상 좀 이제 그만둬요! 자취는 뭐구 상밥은 다 무어야!"

"그렇거들랑 계봉이가 좀 와서 있어주지? 밥두 지어주구……."

"그럴까?…… 재미있을걸!"

"식모나 하나 두구서…… 오래잖아 명님이두 올라오구 할 테니까……."

"하하하, 누가 보면 결혼했다구 그리게?"

“헤, 괜찮아…… 누이라구 그러지?”

“누이라구 했다가 결혼은 어떡허나?”

“어떻나?…… 그런데 웃음엣 말이 아니라, 언니 집에 있기가 마땅찮다면서 내일이라두 오게 하지?……”

“언니 떼어놓구서 나 혼자 나오던 못해요. 그러기루 들었으면 벌써 하숙이라두 잡구 있었게?……”

계봉이는 형 초봉이를 곰곰 생각하고 얼굴을 흐린다.

승재 역시 초봉이라면 한 가드락 감회가 없지 못한지라 묵묵히 뒷짐을 지고서 계봉이가 앉았는 등 뒤로 뚜벅뚜벅 거닌다.

계봉이는 이윽고 있다가, 몸을 돌리면서 승재의 가운 자락을 잡고 끈다.

“저어, 언니두 데리구 같이 오라구 하면 오지만…….”

“언니두?…… 데리구?……”

“왜? 못써?”

“아니, 못쓴다는 게 아니라…….”

“그런데 왜?”

“아니야, 나는 아무래두 괜찮지만…….”

“날 공부시켜주느니 차라리 그렇게 해줬으면 더 아슴찬하지?”

“그런 교환 조건이야 머…….”

건성으로 중얼거리면서 승재는 딴생각을 하느라, 도로 마루청을 오락가락한다.

승재는 초봉이가 그새 경난해[563] 내려온 사정의 자세한 곡절이랄지, 더구나 지금 생사조차 임의로 할 수 없게끔 절박한 형편인 줄은 아직 모르고 있다.

계봉이가 한번 서신으로 대강 경과를 적어 보내주기는 했었으나 지극히 간단한 졸가리뿐이어서 그걸로 깊은 정상을 짐작할 재료는 되지 못했었다.

그래 그저 막연하게 불행하거니 해서 불쌍하다고만 여길 따름이었었고 하지만 종차 기회를 보아 달리 새로운 생애를 개척하도록 권면도 하고 두루 주선도 해주고 하려니, 역시 막연하나마 간절한 성의가 없던 것은 아니다.

그런데 막상 이날에 계봉이와 드디어 마음을 허하여 서로 맞춰놓고 지내게 된 계제이자 공교롭다 할는지 동시에 가서 초봉이를 저희들의 사랑의 울타리 안으로 불러들인다는 문제가 생기고 본즉 승재로서는 더럭 불길스런 생각이 들지 않질 못했다.

만약 셋이서 그렇듯 그룹을 이루었다가 서로서로 새에 감정의 파문이 일던지 하고 보면, 어떻게 할 것이냐는 말이다.

그럴 날이면 일껏 구해주었다는 초봉이한테 도리어 새로운 슬픔과 불행을 갖다가 전장시키게 될 것이니 그것이 걱정이 아닐 수가 없다.

미상불 그러하다. 그러나 좀 더 깊이 캐고 보면 그것도 그것이지만 그와 같은 감정의 알력으로 해서 승재 저와 계봉이와의 사랑에 파탈이 생기지나 않을까 하는 게 보다 더 절박한 불안임을 알 수가 있다.

그러나 거기서 한번 더 그 밑을 헤치고 본다면, 또다시 미묘한 심경의 갈등이 얽히어 있음을 볼 수가 있을 것이다.

7

승재는 초봉이에게 대한 첫사랑의 기억을 완전히 씻어버리지는 못한 자다.

물론 그것은 욕망도 없고 미련도 아닌 한낱 가슴에 찍혀져 있는 영상(映像)일 따름이기는 하다.

하지만 소위 첫사랑의 자취라면 마치 어려서 치른 마마자국 같아 좀처럼 가시질 않는 흠집이다.

흠집일 뿐만 아니라 가령 몸과 마음은 당장 이글이글 달구어진 새 정열의 도가니 속에서 다 같이 녹고 있으면서도 일변 첫사랑의 자취에서는 연연한 옛 회포가 제 홀로 한가로운 초요[564]를 하는 수가 없지 않다.

결국 촌 가장자리에 유령이 나와서 배회하듯 '사랑의 유령'이지 별수 없는 것이다.

그러나 어쨌든 승재는 아직도 망부(亡父)가 아닌 그 사랑의 유령을 가끔 만나 햄릿의 제자 노릇을 일쑤 하곤 했었다.

그럴뿐더러, 그는 제 마음을 미루어, 초봉이도 응당 그러하려니 짐작하고 있다.

이렇듯 제 자신이 저편을 완전히 잊지 못하고 있고 저편에서도 그러한 줄로 여기고 있기 때문에, 만약 초봉이와 한 울안에서 조석 상대의 밀접한 생활을 하고 보면, 정이 서로 다시 얽혀, 마침내 가장 불쾌한 결과를 보고라야 말게 되지나 않을까, 이것을 승재는 저어하던 것이다.

승재는 전에도 시방도 그리고 앞으로도 초봉이에게 대한 동정은 잃지 않을 생각이다.

그러나 이미 뭇 남자의 손에 치어, 정조적으로 순결성을 잃어버린 여자, 초봉이를 갖다가 결혼의 상대로 삼을 의사는 꿈에도 없을 소리다. 하물며 계봉이를 두어두고서야…….

사내 쳐놓고 그만한 결백이야 누구는 없을꼬마는, 승재는 가뜩이나 그게 더한 데다가 일변 소심하기 또한 다시없어 이를테면 지금 해변의 놀란 조개처럼 다뿍 조가비를 오므리는 양이다.

계봉이는 종시 오락가락 서성거리는 승재를 잡아다가 제자리에 앉혀놓고 안존히 이야기를 시작한다.

"우리 언니가 서울로 올라오다가 중로에서 박제호를 만나가지구……."

서두는 이렇게 거기서부터 시초를 냈다.

초봉이는 제가 치르던 전후 풍파를 그동안 여러 차례 두고 동생한테 설파를 했었고, 그래서 계봉이는 그것을 다 그대로 승재에게다 되옮겨 들려주던 것이다.

그리고 작년 가을부터는 직접 제 눈으로 보아온 터라, 장형보의 인물이며 그와 초봉이와의 부자연한 관계며 송희에게 대한 초봉이의 지극한 애정이며 또 요즈음으로 들어서는 바싹 더 절망이 되어 사선에서 헤매는 정상이며 그의 심경 그의 건강, 이런 것은 차라리 초봉이 자신이 이야기할 수 있는 이상으로 요령 있게, 그러나 세밀하게 잘 설명을 할 수가 있었다.

한 시간이나 이야기는 길었다. 그리고 맨 마지막에 가서

"그러니까 아무리 보아두 눈치가, 송희는 내게다가 맽기구서 자기는 죽어버릴 생각인가 봐!…… 그것두 필경은 자기가 편안하자는 게 아니구 장형보 손에서 송희를 빼놓아주자는 요량이겠지만……."

이렇게 목 맺힌 소리로 끝을 맺었다.

이 최후의 말…… 자기가 편안하자는 게 아니요, 형보의 손에서 송희를…… 이라고 한 것은 실상 너무 과한 해석이라 하겠다.

아무튼 그러나—오히려 그것 때문에 더욱—승재는 크나큰 감격과 충동을 받지 않질 못했다. 견우코 미견양(見牛未見羊)[565]의 그 양을 본 심경이라 할는지, 좌우간 해변가의 소심한 조개는 바스티유 함락같이 형세 일변했다.

이야기를 듣는 동안 승재의 거동은 요란스러웠다. 얼굴이 붉으락푸르락했다가 절절히 감동을 했다가 주먹을 부르쥐고 코를 벌심벌심했다가 마루가 꺼지게 한숨을 내쉬었다가…….

그러하다가 마침내 초봉이가 할 수 없이 목숨을 내던져 어머니 된 최후의 사랑을 오로지 하려 한다는 대문에 이르러서는 그만 참지 못해,

"빌어먹을 놈의!……"

볼먹은 소리로 버럭 지르더니 금시로 굵다란 눈물방울이 뚝뚝 떨어져 내렸다.

초봉이의 그렇듯 핍절한 애정에 대한 감격과 아울러 형보에게 대한 의분과 그 두 가지 상극된 감정의 격동을 어찌하지 못했던 것이다.

"그런 놈을 그냥 두구 본담! 마구 죽여 없애든지……."

승재는 흐르다가 남은 눈물을 주먹으로 씻으면서 두런거린다.

계봉이는 같이 흥분하기보다도 든든히 믿음성 있어 보이는 양, 미소를 드러내고 바라보다가 고개를 가로흔든다.

"그래두 육법전서가 다 보호를 해주잖우? 생명을 보호해주구…… 또 재산두 보호해주지…… 수형법(手形法)? 이라더냐 그런 게 있어서, 고리대금을 해

먹두룩 마련이지…… 머, 당당한 시민인걸요…… 천하 악당일 값에!……"

8

승재는 두 팔을 탁자 위에 세워 턱을 괴고 앉아서 앞을 끄윽 바라다본다. 얼굴은 흥분이 가라앉고 차라리 골몰한 생각에 잠겨 미간으로 주름살이 세 개 굵다랗게 팬다.

육법전서가 보호를 해준다고 한 계봉이의 그 말이 방금 승재한테 신선한 자극을 주었던 것이다. 그것이 비록 〈라 마르세유〉처럼 분명하진 못해도 마치 박하(薄荷)를 들이켠 것 같아 아프리만큼 시원했다.

승재는 머릿속이 그놈 박하 기운으로 온통 어얼얼, 화아해서 시원하기는 하나, 어디가 어떻다고 꼭 집어낼 수가 없었다. 지금 이맛살을 찌푸려 가면서 생각하기는 그의 중심을 찾아내자는 것이다.

계봉이는 무얼 저리 생각하는고 싶어, 그대로 두어두고서 저 혼자 손끝으로 탁자 복판을 똑똑, 박자 맞추어 몸을 앞뒤로 가볍게 흔든다.

이윽고 침묵이 계속된 뒤다. 계봉이는 승재의 팔을 잡아당긴다.

"날 좀 봐요!……"

"응?"

승재는 움칫 놀라다가 비로소 정신이 들어 거기 계봉이가 있음을 웃고 반긴다.

"무얼 그렇게 생각해요?"

"머, 별것 아니야…… 헌데 자아 언니를 우선 일러루라두 데려오는 게 좋겠군?……"

누가 만만히 놓아준댔을꼬마는 그런 건 상관없고 승재의 말소리며 얼굴은 자못 강경하다.

가슴에 묻은 불은 기상하나 아직 그를 바르게 어거해[566]나갈 '의사'가 트이지 않아, 종이 자배기 투구에 동강난 나무칼을 휘두르면서 비루먹은 당나귀를 몰아 풍차(風車)로 돌격하는 체세이고 말았다. 초봉이를 빼서내어 괴물 장형보를 퇴치시킴으로써 육법전서에게 분풀이를 할 요량–기껏 그 요량이니 말이다.

"정말?…… 아이 고마워라!"

계봉이는 좋아라고 냉큼 일어서더니 아까처럼 승재의 등 뒤로 가서 목을 싸안는다.

"……우리 착한 도련님, 하하."

"저어 이렇게 하더라구?"

"응, 어떻게?"

"우선 언니더러 그렇게 하자구 상의를 하구서……."

"좋아서 얼른 대답할 거, 머…… 다른 사람두 아니구, 남 서방이 들어서 다 그래준다는데야…… 아이 참! 이거 봐요…… 언니가아 지금두우, 응? 남 서방을 못 잊겠나 봐!"

"괜헌 소리를!"

"아니야, 더러 말말 끝에 남 서방 이야기가 나오구 그런 때면 낯꽃이 여간만 다르지를 않아요! 정말."

"그럴 리가 있나!"

승재는 그렇다면 필경 야단이 아니냐고 잊었던 제 걱정이 도로 나서 혼자 땅이 꺼진다.

"오오, 참……."

계봉이는 갑자기 승재의 어깨를 쌀쌀 잡아 흔든다.

"……그렇다구 괜히 언니허구 둘이서, 도루 어쩌고저쩌고 해가지굴랑, 날 골탕 먹였다만 봐?…… 이잉, 나는 몰라 몰라! 머……."

"뭘…… 계봉이는 나하구 결혼두 할는지 말는지, 그렇다면서?"

"뭐라구?"

보풀스럴 것까지는 없어도 방금 응석하던 음성은 아니다.

계봉이는 승재의 가슴에 들였던 팔을 거두고, 제자리로 와서 앉는다.

승재는 이건 잘못 건드렸나 보다고, 무색해서 히죽히죽 웃는다.

그러나 승재를 빠끔히 들여다보고 있는 계봉이의 얼굴은 하나도 성난 자리는 없다.

장난꾸러기 같은, 또 어떻게 보면 시뻐하는 것 같은 미소가 입가로 드러날 뿐, 아주 천연스럽다.

"정말이우?"

"아니야, 아니야. 오해하지 말어…… 헤헤."

"내 시방이라두 집에 가서 언니 보내주리까?……"

"아니야! 난 계봉이가 무어라나 보느라구 그랬어."

"이거 봐요, 남 서방…… 머 이건 내가 괜히 지덕[567]을 쓰는 것두 아니구 아주 진정으루 하는 말인데…… 나는 죄꼼두 거리낄라 말구서 그렇게 해요……. 언니는 아직까지 남 서방을 못 잊는 게 분명하니까 남 서방두 언니한테 옛 맘이 남았거들랑 다 그렇게 하는 게 좋아요……. 머 아무 걱정두 할라 말아요. 왜 그런고 하니 자아 내 이야기할 테니 잘 들어요. 응?…… 올 오어 나싱!…… 전부가 아니면은 전무(全無)……. 사랑을 전부 다 차지하지 못하느니 조각은 그것마저두 물리치는…… 응? 알지요? 그렇다구 내가 언니를 두구 질투를 하느냐면 털끝만치두 그런 맘은 없어요. 사실 이건 질투 이전이니까……. 나는, 나는 말이지, 여러 군데루 분열된 사랑에서 한몫만 얻느니 치사스러워 차라리 하나두 안 받구 말아요. 사랑일 테거들랑 올 하나두 빗나가지 않은 채루 옹근 애정…… 이거라야만 만족할 수 있는 거지 그렇잖구는 아무것두 다 의의(意義)가 없어요……. 전체의 주장, 이건 자랑스러운 타산이어요, 애정의 타산……."

9

붙일 상 없이 쌀쌀한 것도 아니요, 또 격해서 쏟쳐 오르는 폭백[568]도 아니요 열정은 혀 밑에 넌지시 가누고 고삐를 늦추지 않아 차분하니 마침 듣기 좋은 푸념 소리 같다.

승재는 차라리 마음이 흐뭇해서 넓죽한 코를 연신 벌심벌심 입이 절로 자꾸만 히죽히죽 헤벌어진다. 건드려는 놓고도 이 얼뚱아기의 엉뚱스런 정열이 되레 흡족했던 것이다.

계봉이는 이내 꿈을 꾸는 듯 그 포즈대로 곰곰이 앉아 말을 잇는다.

"……3년! 아니 그 안해 겨울부터니까 그리구 내 나이 열여섯 살이었으니까 햇수로는 4년이겠지……. 허기야 그때는 철두 안 든 어린앨걸 무엇이 무엇인지 알기나 했나! 그저 따르기나 했지……. 그것이 나두 몰래, 남 서방두 모르구, 우리는 씨앗 하나를 뿌렸던 게 아니라구요?…… 그런 뒤루 4년…… 내 키가 자라나구 지각이 들어가구 그러듯이, 그 씨앗두 차차루 차차루 자라서 싹이 트구 떡잎이 벌어지구 속잎이 솟아오르구 그래서 뿌리가 박히구 가지가 뻗구 한 것이 지금은 한 그루 뚜렷한 나무가 됐구……. 그걸 가만히 생각하면 퍽 희한하기두 하지! 신통하지 않아요?"

실상 동의를 구하는 말끝도 아닌 걸 승재는 제 신에 겨워 흥흥, 연신 고개를 끄덕거린다.

"……그런데 말이지요, 애정이란 것은 '에너지 불멸'두 아니요, 또 '불가입성[569]'두 아니니까 그새 동안 내가 남 서방을 잊어버린다든지 혹 잊어버리던 안 했더래두 달리 한 자리 애정을 기른다든지 그럴 기회가 없으랄 법이 없는 것이지만……, 머 그랬다구 그게 배덕의 짓두 아니구요……. 그래 아무튼지간, 내가 시방 남 서방을 온전히 사랑을 하기는 하나 본데……, 또 그렇다가서 그걸 갖다가 무슨 자랑거리로 유세를 하느냐면 절대루 없어요……. 더구나 빚을 준 것이 아닌 걸 숫제 갚아달라구 부둥부둥 조를 며리가 있어요? 졸라서 받는 건 사랑이 아니라 동정이니까……."

"자알 알았어!……"

승재는 슬며시 쥐고 주무르던 계봉이의 손을, 다독다독 다독거려준다.

"……그리구 나두 지금은 계봉이처럼, 응?…… 저 거시기……."

헤벌심 웃는 승재의 얼굴을 짯짯이 보고 있던 계봉이는 딴생각이 나서 입술을 빙긋한다.

역시 기교가 무대요, 사람이 진국인 데는 틀림이 없으나, 그 안면근육의 움직이는 양이 어떻게도 둔한지, 바보스럽기 다시없어 보였다.

그러니 그저 사범과 출신으로 시골 보통학교에서 10년만 속을 썩인 메주같이 생긴 올드미스가 이 사람한테는 꼭 마침감이요, 그런 자리에다가 중매나 세워 눈 딱 감고 장가나 들 잡이지 도시에 연애란 과한 부담이겠다고 이런 생각을 해보면서 혼자 웃던 것이다.

계봉이는 신경도 제 건강과 한가지로 건실하다. 그렇기 때문에 그는 현대적인 지혜를 실한 제 신경으로 휘고 삭이고 해서 총명을 길러간다.

만약 그렇지 않고서 지성에 좀먹은 말초신경적 폐결핵 타입의 영양(令孃)이었다면—(하기야 그렇게 생긴 계집애는 아직은 없고 이 고장의 지드나 발레리의 종자[從者]들이 쓰는 소설 가운데서 더러 구경을 할 따름이지만, 그러니까 가사 말이다)—그렇듯 우둔하고 바보스런 승재의 안면근육은 아예 그만한 풍자나 비판으로는 결말이 나질 않았을 것이다.

분명코 그 아가씨는 템씨나, 또 동물원의 하마(河馬) 같은 걸 구경할 때처럼 승재에게서도 병든 신경의 괴상한 흥분을 맛보았기 아니면 야만이라고 싫증을 내어 대문 밖으로 몰아냈기가 십상이었을 것이다.

그는 그렇다고 계봉이는 그러면 마치 엊그제 갓 시집온 촌색시가 중학교에 다니는 까까중이 새서방의 다 떨어진 고쿠라 양복을 비단치마와 한가지로 양복장 속에다가 소중히 걸어놓듯 그렇게 촌스럽게 승재를 위하고 그가 하는 짓은 방귀도 단내가 나고 이럴 지경이냐 하면 그건 아니다.

그런 둔한 떠받이[570]도 아니요, 또 말초신경적인 병적 감상도 아니요, 계봉이는 극히 노멀하게 비판해서 승재의 부족한 곳을 다 알고 있다.

안팎이 모두 고색이 창연하고 우물우물하고 굼뜨고 무르고 주변성 없고 궁상스럽고 유치하고 그리고 또 연애라니까 단박 결혼 청첩이라도 박으러 나설 쑥[571]이고…… 등속이다.

이러해서 저와는 세기(世紀)가 다른 줄까지도 계봉이는 모르는 게 아니다.

그렇건만 계집아이의 첫사랑이라는 게—첫사랑이 풋사랑이라면서—그게 수월찮이 맹랑하여, 길목버선에 비단 스타킹 격의 무서운 아베크[572]를 창조해 놓았던 것이다.

그야 아무렇든 남들은 흉을 보거나 말거나 저희는 좋아서 희희낙락 대단히 유쾌하다.

10

초봉이의 일 상의를 하느라 이야기는 다시 길어서, 여덟 시가 지난 뒤에야 둘이는 같이서 종로까지 나가기로 자리를 일어섰다. 근처에서 매식이 변변칠 못하니 종로로 나가서 저녁도 먹을 겸, 저녁을 먹고 나서는 그 길로 초봉이를 만나러 가기로…….

초봉이와는 셋이 앉아 미리 당자의 의견도 듣고 상의도 하고 그런 뒤에 형편을 보아, 그 당장이고 혹은 내일이고 승재가 형보를 대면하여 우선 온건하게 담판을 할 것, 그래서 요행 순리로 들으면 좋고, 만약 안 들으면 그때는 달리 무슨 방도로 구처할 것, 이렇게 얼추 이야기가 되었던 것이다.

무름[573]하기란 다시 없는 소리요, 그뿐 아니라 온건히 담판을 하겠다고 승재가 형보한테 선을 뵈다니 긴치 않은 짓이다. 형보가 누구라고 온건한 담판은 말고 백날 제 앞에 꿇어앉아 비선을 해도 들어줄 리 없는 걸, 그러고 완력 다짐을 한댔자 별반 잇속이 없을 것인즉, 그다음에는 몰래 빼다가 숨겨두는 것뿐인데, 그렇다면 승재까지 낯알음을 주어서 장차에 눈 뒤집어쓰고 찾아다닐 형보에게 들킬 위험만 덧들이다니…….

이 계책은 대체로 계봉이의 의견을 승재가 멋모르고 동의한 것이다. 계봉이는 물론 승재보다야 실물적으로 형보라는 인물을 잘 알기 때문에 좀더 진중하고도 다부진 첫 잡도리를 하고 싶기는 했으나, 섬뻑 좋은 꾀가 생각이 나지를 않았었다. 그래서 할 수 없이 우선 그렇게 해보되 약차하면 기운 센 승재가 주먹으로라도 해대려니 하는 아기 같은 안심이었던 것이다.

어깨가 자꾸만 우줄거려지는 것을 진득이 누르고, 승재는 가운을 벗고서 양복 저고리를 바꿔 입는다. 갈데없는 검정 서지의 쓰메에리 양복 그놈이다.

계봉이는 바라보고 섰다가 빙긋 웃는다. 승재도 그 속을 알고 히죽 웃는다.

“저 주젤 언제나 좀 면허우?”

“응, 가만있어. 다아 수가 있으니…….”

승재는 모자를 떼어다 얹고 나서고 계봉이는 그의 어깨에 가 매달리면서

“수는 무슨 수가 있다구!…… 그러지 말구, 응? 이거 봐요.”

“응.”

“선생님 됐으니깐 나한테 턱을 한탁 해요!”

“턱을 하라구?…… 하지, 머.”

“꼬옥?”

“아무렴!”

“내가 시키는 대루?”

“응.”

“옳지 됐어…… 인제 시방 나간 길에 양복점에 들러서 갈라 붙인 새 양복 한 벌 맞춰요, 응?”

“아, 그거?…… 건 글쎄 한 벌 생겼어.”

“생겼어? 저어거!…… 그런데 왜 안 입우?”

“아직 더얼 돼서…… 여기 강씨가, 이거 병원 같이 하는 강 씨가, 고쓰가이 같다구 못쓰겠다구, 헤에…… 그래 축하 겸 자기가 한 벌 선사한다나? 헤.”

“오옳아…… 난두 그럼 무어 선살 해예지? 무얼 허나? 넥타이? 와이샤쓰?”

“괜찮아. 계봉인 아무것두 선사 안 해두 좋아.”

“어이구 왜 그래!”

“그럼 꼭 해야 하나? 그렇거들랑 아무거구 값 헐한 걸루다가 한 가지…….”

“넥타일 할 테야, 아주 훠언한 놈으로……. 하하하하, 넥타이 매구 갈라 붙인 양복 입구, 아이 그렇게 채리구 나선 거 어서 좀 봤으믄! 응? 언제 돼요? 양

복."

"내일 아침 일찍 가져온다구 했는데……."

"낼 아침? 아이 좋아!"

계봉이는 아기처럼 우줄거린다. 승재는 나갈 채비로 유리창을 이놈저놈 단속하고 다닌다.

"그럼 이거 봐요, 낼, 낼이 마침 나두 쉬는 날이구 허니깐, 응?"

"놀러 가자구?"

"응…… 새 양복 싸악 갈아입구, 저어기……."

"저어기가 어딘가?"

"저어기 아무 디나 시외루……."

"거, 좋지!"

"하하, 새 양복 입구 아미 데리구, 5월달 날 좋은 날 시외루 놀러가구, 하하 남서방 큰일났네!"

"큰일? 거 참 큰일은 큰일이군……. 그러구저러구 내일 그렇게 놀러 나가게 될는지 모르겠군."

"왜?"

"오늘 낼이라두 언니 일을 서둘게 되면……."

"그거야 일이 생기믄 못 가는 거지만…… 그러니깐 봐서 낼 아무 일두 없겠으믄 말이지…… 옳아 참, 언니두 데리구 송희두, 송흰 남 서방이 업구 가구, 하하하하."

계봉이는 허리를 잡고 웃고, 승재도 소처럼 웃는다. 조금만 우스워도 많이 웃을 때들이기야 하다.

11

승재는 진찰실 문을 밖으로 잠그느라고 한참 꾸물거리다가 겨우 돌아선다.

"내가 애기를 업구 간다?…… 건 정말루 고쓰카이 같으라구? 헤헤."

실상은 그렇게 하고 나서면 고쓰카이가 아니라 짜장, 초봉이와 짝이 된, 애아비의 시늉이려니 해서, 불길스런 압박감이 드는 것을, 제 딴에는 농담으로 눙치던 것이다.

이렇게 소심하고 인색스런 데다 대면 계봉이는 오히려 대범하여 그런 좀스런 걱정은 않고 농도 인제는 하지 않는다. 그러기 때문에 승재의 그 말을 받아 얼핏

"고쓰카이 같은가? 머……애기 아버지 같지, 하하하."

하면서 이상이다. 계봉이가 이렇게 털어놓는 바람에 승재도 할 수 없이 파탈이 되어

"애기 아버지면 더 야단나게?…… 누구 울라구?"

하고 짐짓 한술 더 뜬다.

"날 울리면 용하지! 난 차라리 우리 송희가 남 서방같이 착한 파파라두 생겼으면 좋겠어!"

"연애를 갖다가 게임이라더니 암만해두 장난을 하나 봐!"

승재는 구두를 꺼내면서 혼자 두런거리고, 계봉이는 지성으로 얼굴을 들여다봐준다.

"왜? 소내기 맞었수? 무얼 자꾸만 쑹얼쑹얼허우?"

"장난하기는 아니야!"

"네에, 단연코 장난이 아닙니다요! 도련님……."

"그럼 무어구?"

"칼모틴[574] '형'이나 수도원 '형'이 아닐 뿐이지요…… 칼모틴형 알아요?…… 실연하구서 칼모틴 신세지는 거…… 또, 수도원형은 수녀(修女) 살이 가는 거."

"대체 알기두 잘은 알구, 말두 묘하게는 만들어댄다! 원 어디서 모두 그렇게 배웠누?"

승재는 어이가 없다고 뻐언히 서서 웃는다.

"하하하…… 그런데 그건 그거구, 따루 말이우…… 따루 말인데, 우리 송희

가 남 서방 같은 좋은 파파가 있다면 정말 좋을 거야!…… 이제 이따가라두 보우마는 고놈이 어떻게 예쁘다구!"

"그런가!"

"인제 가서 봐요! 남 서방두 단박 예뻐서 마구……."

"계봉이두 그 애를 그렇게 예뻐하나?"

"예뻐하기만!…… 아 고놈이 글쎄 생기기두 예쁘디예쁘게 생긴 놈이 게다가 예쁜 짓만 골고루 하는 걸, 안 예뻐허구 어떡허나!"

"그럼 예쁘게두 생기덜 않구 예쁜 짓두 하덜 않구 그랬으면 미워하겠네?"

승재는 아무려나 그 애가 초봉이로 더불어 머지않아 제 생활의 테 안에 들어올 것으로 치고 있는 터라 그 조그마한 집단(集團)의 커다란 세력인 계봉이의 그 애에게 대한 심경이 좌우간 참고가 되지 않을 수도 없던 것이다.

"그거야 묻지 않어두 예쁘게 생기구 예쁜 짓을 하구 하니까 예뻐하지요?…… 우리 병주 총각 못 보우? 생긴 게 찌럭소[575] 같은 도련님이 그 값 하느라구 세상 미운 짓은 다 하구 다니구……. 그러니깐 내가 그 애는 어디 예뻐해요?"

"그건 좀 박절하잖나! 동기간에……."

"딴청을 하네! 동기간의 정은 또 다른 거 아니우? 미워해두 동기간의 정은 있는 것이구, 남의 집 아이면 정은 없어두 예뻐할 수는 있는 것이구……."

"그럼 그 애는?…… 머, 이름이 송희?"

"응, 송희……. 송희는 내가 예뻐두 하구, 정두 들었구…… 두 가지루 다 아……. 그러니깐 글쎄, 그걸 알구서, 언니가 송희를 날만 믿구, 자기는 죽는다는 거 아니우?"

"허어!"

승재는 새삼스럽게 감동을 하면서, 우두커니 섰다가 중얼중얼 혼자 말하듯 중얼거린다.

"쯧쯧!…… 그래, 필경은 그 애를, 자식을 위해서는 내 생명까지두 아깝질 않다! 목숨을 버려가면서라두 자식을! 응, 응…… 거 원, 모성애라께 그렇게 두 철두철미하구 골똘하단 말인가!"

"우리 언니는 사정이 특수하기두 하지만, 그런데 참……."

계봉이는 문득 다른 생각이 나서, 이야기하던 말머리를 돌린다.

"세상에 부모가, 그중에서도 어머니가, 어머니라두 우리 어머니는 예외지만…… 항용 어머니가 자식을 사랑하는 거란 퍽두 끔찍한 건데, 그런데 말이지요, 그런 소중한 모성애가 이 세상의 일반 인간들한테는 과분한 것 같어! 돼지한테 진주라까?"

"건 또 웬 소리?"

승재는 문을 열다가 돌아서서, 계봉이를 찬찬히 들여다본다. 대체 너는 어쩌면 그렇게 당돌한 소리만 골라가면서 하고 있느냔 얼굴이다.

12

"어여 나가요! 가면서 이 얘긴 못 하나?"

계봉이는 제가 문을 드르릉 열고 승재를 밀어낸다.

집안보다도 훨씬 훈훈하여 안김새 푸짐한 밤이 바로 문 밖에서 잡답한 거리로 더불어 두 사람을 맞는다.

이 거리는 이 거리를 끼고서 좌우로 오막살이집이 총총 박힌 애오개 땅 백성들의 바쁘기만 하지 지지리 가난한 생활을 그대로 드러내느라 박정스럽게도 좁은 길목이 메워질 듯 들이 붐빈다.

승재와 계봉이는 단둘이만 조용한 방 안에서 흥분해 있다가 갑자기 분잡한 거리로 나와서 그런지 기분이 헤식어[576] 한동안 말이 없이 걷기만 한다.

"그런데 저어 거시기……."

이윽고 승재가 말을 내더니 그나마 떠듬떠듬 더듬는다.

"……저어 우리 이야기를, 걸, 그, 어떡헐꼬?"

"무얼?"

"이따가 집에 가서 말이야……."

"우리 언니더러 말이지요?…… 우리 이야기 말 아니우!"

"응."

"너무 부전스럽지!…… 더 큰 일이 당장 앞챘는데……."

"글쎄……."

승재도 그걸 생각하던 터라 우기지는 못하고 속만 걸려 한다.

초봉이가 요행 이런 눈치 저런 기맥 몰랐다 하더라도 승재를 마음에 두거나 그럼이 없이 오로지 장형보의 손아귀를 벗어져 나올 그 일념만 가지고서 계봉이와 승재의 권면과 계획을 좇아 거사를 했다면 물론 아무것도 뒤돌아볼 일은 없을 것이다.

그러나 만약 초봉이가 승재와 계봉이와의 어우러진 사실을 몰랐기 때문에 일변 승재의 호의를 잘못 해석을 하고서 그에게 어떤 분명한 여망을 덧들여 갖든지 하고 볼 양이면 사실 또 그러하기도 십상일 것이고 하니 그건 부질없이 희망을 주어놓고 바로 낙망을 시키는 잔인스런 노릇이 아닐 수 없다하여, 아까와 달리 제 걱정 제 사폐[577]는 초탈하고라도 단순히 초봉이만 여겨서의 상량과 원념을 놓지 못하던 것이다.

덩치 큰 손님 자동차 한 대가 염치도 없이 이 좁은 길목으로 비비 뚫고 부둥부둥 들어오는 바람에 승재와 계봉이는 다른 행인들과 같이 가게의 처마 밑으로 길을 비켜서서 아닌 경의(敬意)를 표한다.

문명한 자동차도 분명코 이 거리에서만은 야만스런 폭한이 아닐 수가 없었다.

자동차를 비켜 보내고 막 도로 나서려니까, 이번에는 상점의 꼬마둥인지 조그마한 아이놈이 사람 붐빈 틈을 서커스 하듯 자전거를 타고 달려오다가 휘파람을 쟁그랍게 휘익

"좋구나."

소리를 치면서 해뜩해뜩 달아나고 있다.

승재는 히죽 웃고 계봉이는 고놈이 괘씸하다고 눈을 흘기면서

"저런 것두 '독초'감이야!……"

하다가 그 결에 아까 중판 맨 이야기 끝이 생각이 났다.

"……아이 참, 모성애 그 이야기 내 마저 하께?…… 이거 월사금 단단히 받아야지 안 되겠수! 하하."

"그래 학설을 들어봐서……."

"하하, 학설은 좀 황송합니다마는……. 아무튼 그런데 그 모성애라는 건 퍽 참 거룩하구 그래서 애정 가운데서두 으뜸가는 거 아니우?"

"그렇지……."

"그렇지요?…… 자, 그런데 이번은 아무나 이 세상 인간을 하나 잡아다가 놓구 보거든요? 손쉽게 장형보가 좋겠지. 이 장형보를 놓구 보는데 그 사람두 어려서는 저희 어머니의 사랑을 받구 자랐을 게 아니우? 자식이 암만 병신 천치라두 남의 어머니는 대개 제 자식은 사랑하구 소중해하구 하잖어요? 되레 병신일수록 애처롭다구서 더 사랑을 하는 법이 아니우?"

"그건 사실이야……."

"그러니깐 장형보두 저희 어머니의 살뜰한 사랑을 받었을 건 분명하지요?…… 그런데 그 장형보라는 인간이 시방 무어냐 하면 천하 악인이요, 아무짝에두 쓸데가 없구 그러니 독초, 독초(毒草)라구 할 것밖에 더 있수? 독초…… 그러니깐 내 말은 다른 게 아니구 장형보가 받은 그 모성애가 아깝다는 그거예요……. 큰 공력에 좋은 비료를 빨아먹구 자란 독초…… 그런데 글쎄 이 세상에 장형보말구두 그런 독초가 얼마나 많수? 그러니 가만히 생각하면 소중한 모성애가 아깝잖어요?…… 이건 참 죄루 갈 소리지만 우리 언니가 그렇게두 사랑하는 송희—생명까지 바치자구 드는 송희, 그 애가 아녈 말루 이제 자라서 그런 독초가 안 된다구는 누가 장담을 허우? 사람……."

"계봉이는 단명하겠어!"

승재는 말을 더 못 하게 것지르면서 어느새 당도한 전차 안전지대로 올라선다. 그건 그러나 아기더러 끔찍스런 입을 놀린대서 지천이지, 그의 '육법전

서' 연구에 돌연 광명을 던져 주는 새 어휘—형보 같은 인물을 '독초'라고 지적한—그 어휘를 나무란 것은 아니다.

13

승재와 계봉이는 종로 네거리에서 전차를 내려, 바로 빌딩의 식당으로 올라갔다.

계봉이도 시장은 했지만 승재는 배가 고프다 못해 허리가 꼬부라졌다.

모처럼 둘이 마주 앉아서 먹는 저녁이다.

둘이 다 같이 군산 있을 적에 계봉이가 승재를 찾아와서, 밥을 지어준다는 게 생쌀밥을 해놓고 그래도 그 밥이 맛이 있다고 다꾸앙[578] 쪽을 반찬 삼아 달게 먹곤 하던 그 뒤로는 반년 넘겨 오늘 밤 처음이다.

그런 이야기를 해가면서 둘이는 저녁밥을—한 끼의 저녁밥이기보다 생활의 즐거운 한 토막을 누리었다.

둘이 다 건강한 몸에 시장한 끝이요 또 아무 근심 없이 유쾌한 시간이라 많이 먹었다.

승재는 분명 두 사람 몫은 실히 되게 먹었다.

그리 급히 서둘 것도 없고 천천히 저녁을 마친 뒤에 또 천천히 거리로 나섰다.

배도 불렀다. 연애도 바깥의 넓은 공기에 이제는 낯가림을 않는다. 거리도 야속하게만 마음 바쁘게 하는 애오개는 아니다.

훈훈하되 시원할 필요가 없고 마악 좋은 5월의 밤이라 밤이 또한 좋다. 아홉시가 좀 지났다고는 하나 해가 긴 절기라 아직 초저녁이어서 더욱 좋다. 승재와 계봉이는 저편의 빽빽한 야시를 피해 이쪽 화신 앞으로 건너서서 동관을 바라보고 한가히 걷는다.

제법 박력 있이 창공으로 검게 솟은 빌딩의 압기를 즐기면서 레일을 으깨는 철(鐵)의 포효와 도회지다운 온갖 소음으로 정신 아득한 거리를 유유히 걷고 있는 '연애'는 외계가 그처럼 무겁고 요란하면 할수록 오히려 더 마음 아늑하다. 더구나 불빛 드리운 포도 위로 앞에도 뒤에도 오는 사람과 가는 사람으로 늘비하여 번거롭다면 더할 수 없이 번거롭지마는 마음이 취한 두 사람에게는 어느 전설의 땅을 온 것처럼 꿈속 같았다.

그랬기 때문에 승재나 계봉이나 다 같이 남은 남녀가 짝지어 나섰으면 둘이의 차림새에 그다지 층이 지지 않아 보이는 걸 저희 둘이는 승재의 어설픈 그 몰골로 해서 장히 얼리지 않는 콤비라는 것도 모르고 지금 큰길을 어엿이 걷고 있던 것이다. 항차 남의 눈에 선뜻 뜨이는 계봉이를 데리고 말이다.

동편 파주개에서 북으로 꺾여 올라가 집 문 앞 골목까지 다 와서 계봉이가 팔걸이 시계를 들여다보았을 때에는 아홉 시하고 마침 반이었었다.

계봉이가 앞을 서서 골목 안으로 쑥 들어서다가 외등 환한 대문 앞에 식모와 옆집 행랑 사람 내외와 맞은편 집 마누라와 이렇게 넷이 고개를 모으고 심상치 않게 수군거리고 있는 것을 보았다.

남의 집 드난살이나 행랑 사람들은 저희끼리 모여서서 잡담과 주인네 흉아작[579]을 하는 걸로 낙을 삼고 지내고 그래서 이 집 식모도 그 부류에 빠지질 않으니까 그리 괴이타 할 게 없다면 없기도 하다.

그러나 이 집 식모는 낮으로는 몰라도 밤에는 영 어쩔 수 없는 주인집 심부름이나 아니고는 이렇게 한가한 법이 없다.

저녁밥을 치르고 뒷설거지를 하고 나서 그러니까 여덟 시 그 무렵이면, 벌써 제 방인 행랑방에서 코를 골고 떨어져 세상모른다. 역시 심부름을 시키느라고 뚜드려 깨우기 전에는 제 실명으로, 밖에 나와서 이토록 늦게(!)까지 이야기를 하고 논다께 전고에 없는 일이다.

계봉이는 그래 의아해서 쭈적 멈춰 서는데 인기척을 듣고, 모여 섰던 네 사람이 모두 고개를 돌린다.

과연 기색들이 다르고, 식모는 당황한 얼굴로 일변 반겨하면서 일변 달려오면서 목소리를 짓죽여,

"아이! 작은아씨!"
하는 게 마구 울상이다.

"응! 왜 그래?"

계봉이는 급히 물으면서, 그대로 뛰어 들어가려다가 말고 눈으로 식모를 재촉한다. 사뭇 몸을 이리 둘렀다 저리 둘렀다 어쩔 줄을 몰라한다.

원체 다급하면 뛰지를 못하고 펄신 주저앉아서 엉덩이만 들썩거린다는 것도 근리한 말이다.

계봉이는 정녕코 형 초봉이가 죽은 것이거니…… 단박 이렇게 짐작이 되었던 것이다.

"아이! 어여 글쎄 좀 들어가 보세유…… 안에서 야단이 났나 베유!"

계봉이는 식모가 하는 소리는 집어 내던지듯 우당퉁탕 어느새 대문간을 한 걸음에 안마당으로 뛰어든다. 뛰어를 드는데 그런데 또 의외다.

"언니!"

어떻게도 반갑던지, 그만 눈물이 쏟아지면서 엎드러지듯, 건넌방으로 쫓아 들어간다.

꼭 죽어 누웠으려니 했던 형이, 저렇게 머리 곱게 빗고 새 옷 깨끗이 입고, 열어논 건넌방 앞문 문지방을 짚고 나서지를 않느냔 말이다.

또 송희도 아랫목 한편으로 뉜 채, 고이 자고 있고…….

14

"왜? 누가 어쨌나요?"

승재는 계봉이의 뒤를 따라 들어가다가 말고 잠깐, 거기 모여 서 있는 사람들더러 뉘게라 없이 떼어놓고 묻던 것이다.

계봉이와 마찬가지로 승재도 초봉이게 대한 불길한 예감이 들기는 했으나 그러고도 현장으로 덮어놓고 달려 들어가지 않고서, 위선 밖에서 정황을 물어보고 하는 것이 계봉이보다 침착하게 군 소치더냐 하면 노상 그런 것도 아니요, 오히려 더 당황하여 두서를 차리지 못한 때문이라 함이 옳겠다.

식모가 나서서 말대답을 했어야 할 것이지만, 이 낯선 사내 사람을 경계하느라 비실비실 몸을 사린다.

승재는, 그만두고 이어 그대로 대문 안으로 들어서려는데 그들 중의 단 하나 있던 사내가 그래도 사내라서 텃세하듯

"당신은 누구슈?"

하고 나선다. 그들은 시방 이 이변이 생긴 집에 다시 전에 못 보던 인물이 나타난 것이 새로운 흥미기도 하던 것이다.

승재는 실상 여기서 물어보고 무엇하고 할 게 없는 걸 그랬느니라고 생각이 든 참이라 인제는 대거리하기도 오히려 긴찮아 겨우 고개만 돌린다.

"혹시 관청에서 오시나요?"

그 사내는 가까이 오면서 먼저 같은 시비조가 아니고 말과 음성이 공순해서 묻는다.

관청에서 왔느냐 말은 순사냐는 그네들의 일종 존댓말이다. 검정 양복에 아무튼 민 거나마 누렁 단추를 달았고, 하니 칼만 풀어놓고 정모 대신 여느 사포를 쓴 순사거니 혹시 별순검[580]인지도 몰라…… 이렇게 여긴대도 그들은 저희들이 방금 길 복판에다가 달구지를 놓았다거나, 술 취해 야료를 부렸다거나 하지 않은 이상 순사 아닌 사람을 순사로 에누리해 보았은들, 하나도 본전 밑질 흥정은 아닌 것이다.

승재는 관청 운운의 그 어휘는 몰랐어도, 아무려나 면서기도 채 아닌 것은 사실이니까, 아니라면서 고개를 흔든다.

"네에! 그럼 이 집하구 알음이 있으슈?"

그 사내는 뒷짐을 지고 서면서 제법 이야기를 하잔다.

"네, 한 고향이구……."

"네에, 그렇거들랑 어서 들어가보슈……. 아마 이 집에 사람이 상했다 봅디다!"

"예? 사람이? 사람이 상했어요?"

승재는 맨 처음 제가 짐작했던 것은 어디다 두고, 뒤삐어지게[581] 후덕덕 놀라 들이 허둥지둥 야단이 난다.

단걸음에 안으로 뛰어들어가야 하겠는데 뛰어 들어갈 생각은 생각대로 급한데 그러자 비로소 제가 의사라는 걸 — 의사이기는 하되 청진기 한 개 갖지 못한 걸 깨닫고 놀라, 자 이걸 어떡할꼬, 병원으로 자동차를 몰고 가서 채비를 차려가지고 와야지, 아니 상한 사람은 그새 동안 어떡하라고, 그대로 들어가보아야겠군, 아니 이 사람더러 아무 병원이라도 달려가서 아무 의사든지 청해 오게 할까, 아니 그럴 게 아니라 가만있자 어떡하나 어떡할꼬…….

이렇게 황망해서 얼른 이러지도 못 하고 저러지도 못 하고 둘레둘레 허겁지겁 사뭇 액체라도 지릴 듯이 쩔쩔매기만 하고 있다.

시방 사람이 상했다고 한 그 상했단 소리는 말 뜻대로만 해석해 부상(負傷)인 줄만 알고 있는 것은 물론이다.

그 사내는 남의 속도 몰라주고 늘어지게

"네, 분명 상했어요, 분명……."

하면서 식모를 힐끔 돌아본다.

"…… 이 집 바깥양반이 뭐 분명……."

"네, 바깥양반이…… 네 그이 부인을…… 말이지요?"

승재가 무심결에 묻는 말을 그 사내는 얼른 받아 끊어준다.

"아니지요!…… 이 집 아낙네가, 이 집 바깥양반을……."

"네에!"

"……바깥양반을 궂혔어요!"

"어!"

짧게 지르는 소리도 다 못 맺고 기운이 타악 풀어지면서 승재는 마치 선잠깬 사람처럼 입안엣 말로 중얼중얼 중얼거린다.

"……다친 게 아니구…… 응…… 이 집 부인이 다친 게 아니구…… 바깥양반이……? 바깥양반이…… 죽 죽었……?"

"네! 아마 그랬나 봐요……. 자세는 몰라두 분명 그런가 봅니다……."

승재는 멀거니 눈만 끄먹거리고 서서 생각이다.

가령 초봉이가 자살을 했다든지, 또 처음 알아들은 대로 장형보한테 초봉이가 다쳤다든지 이랬다면은 놀라운 중에도 일변 있음직한 일이라서 한편으로 고개가 끄덕거려질 수도 있을 노릇이다.

그러나 천만 뜻밖이지 초봉이가 장형보를 죽이다니, 도무지 영문을 모를 소리인 것이다.

이윽고 승재가 정신을 차려 안으로 달려 들어가자 바깥에 모인 네 남녀는 하품을 씹으면서 다시금 귀를 긴장시킨다.

내보살(內菩薩) 외야차(外夜叉)

1

조금 돌이켜 여덟 시나 되어서다.

초봉이는 송희가 잠든 새를 타서 잠깐 저자에 다녀오려고, 여러 날째 손도 안 댄 머리를 빗는다 나들이옷을 갈아입는다 하고 있다.

윗목 책상 앞으로 앉아 수형 조각을 뒤적거리던 형보가 아까부터 힐끔힐끔 곁눈질이 잦더니 마침내

"어디 출입이 이다지 바쁘신구?"

하고 참견을 하잔다. 제가 없는 틈에 나다니는 것은 못 막지만, 눈으로 보면 으레껏 말썽을 하려고 들고 더욱이 밤출입이라면 생 비상으로 싫어한다.

"여편네라껀 밤이슬을 자주 맞아서는 못쓰는 법인데!…… 끙."

형보는 초봉이가 대꾸도 안 해주니깐 영락없이 그놈 뱀 모가지를 쳐들어 비위를 긁는다.

초봉이는 뒤 저릴 일이 있어 처음은 속이 뜨끔했으나 새침한 채, 종시 거들떠보지도 않고, 막 나갈 채비로 송희를 한번 더 싸주고 다독거려주고 나서 돌아선다.

형보는 뽀르르 앞문 앞으로 가로막아 앉으면서, 고개를 발딱 젖히고 올려다본다.

"어디 가? 어디?"

"살 게 있어서 나가는데 어쨌다구 안달이야? 안달이……."

"인 줘…… 내가 사다 주께……."

형보는 제가 되레 누그러져 비죽 웃으면서 손바닥을 궁상으로 내민다.

"일 없어!"

"그리지 말구……."

"이게 왜 이 모양이야…… 안 비킬 테냐?"

"어멈을 시키든지……."

"안 비켜?"

초봉이는 등감을 내지르려고 발길을 들먹거리면서 아랫입술을 문다.

"제밀!"

형보는 못 이기는 체 두덜거리면서 비켜 앉는다. 그는 지지 않을 어거지와 자신이 없는 것은 아니다. 그러나 초봉이를 위하여 짐짓 져준다. 되도록이면 제 불편이나 제 성미는 참아가며 억제해가며 마주 극성을 부리지 말아서 그렇게나마 초봉이를 마음 편안하게 해주고 싶은 정성–진실로 거짓 아닌 정성이던 것이다. 그것이 물론 '뱀'의 정성인 데는 갈데없기야 하지만…….

"나는 모르네! 어린년 깨서 울어두?"

"어린애만 울렸다 봐라! 배지[582]를 갈라놀 테니……."

초봉이는 송희를 또 한 번 돌려다보고, 치맛자락을 휩쓸면서 마루로 나간다.

"제밀…… 장형보 배지는 터져두 쌓는다! 아무튼 꼭 20분 안에 다녀와야만 하네?……"

"영영 안 들올걸!"

"흥! 담보물은 어떡허구?"

형보는 입을 삐쭉하면서 아랫목의 송희를 만족히 건너다본다.

–옛날에 한 사람이 있었다. 계집이 젖 먹는 자식을 버리고 간부와 배맞아 도망을 갔다. 어린것은 어미를 찾고 보채다가 꼬치꼬치 말라죽었다. 사내는

어린것의 시체를 ×를 갈라, 소금에 절여서 자반을 만들었다. 그놈을 큼직한 자물쇠 한 개와 얼러, 보따리에 싸서 짊어지고 계집을 찾아 나섰다. 열두 해 만에 드디어 만났다. 사내는 계집의 젖통에 구멍을 푹 뚫고 자식의 자반 시체를 자물쇠로 딸꼭 채워주면서, 옜다, 인제는 젖 실컷 먹어라, 하고 돌아섰다.

형보는 고담을 한다면서, 이 이야기를 그새 몇 번이고 초봉이더러 했었다. 그런 족족 초봉이는 입술이 새파랗게 죽고 듣다못해 귀를 틀어막곤 했다.

그럴라치면 형보는 못 본 체 시침을 떼고 앉았다가 더 큰 소리로

"자식을 업구 도망가지?……"

하고는 그 말을 제가 냉큼 받아 대답이다.

"그랬거들랑 아따, 자식을 산 채루…… …… …… 에미 젖통에다가 자물쇠루 채워주지? 흥……."

초봉이는 이것이 노상 엄포만이 아니요 형보가 그 짓을 족히 할 줄로 알고 있다.

그는 송희를 내버리고 도망할 생각이야 애당초에 먹지를 않지만, 하니 데리고나마 도망함직한 것도 그 때문에 뒤를 내어 생심을 못 하던 것이다.

형보는 초봉이의 그러한 속을 잘 알고 있고 그러니까 그가 도망갈 염려는 않는다.

형보는 일반 사내들이, 제 계집의 나들이—그중에도 밤출입을—덮어놓고 기하는[583] 그런 공통된 '본능' 이외에 또 한 가지의 독특한 기호를 이 '밤의 수캐'는 가지고 있으니 전등불 밑에서는 반드시 초봉이를 지키고 앉았어야만 마음이 푸지고 좋고 하지 그러질 못하면은 공연히 짜증이 나고 짜증이 심하면 광기가 일고 이런다.

그래 시방도 일껏 도량 있이 내보내주기는 하고서도 막상 초봉이가 눈에 안 보이고 보니까는 아니나 다를까 슬그머니 심청이 부풀어 오르기 시작한다. 더구나, 영영 안 들어올걸 하고 쏘아붙이던 소리가 아예 불길스런 암박을 주어, 단단히 심청이 부풀어 올라가고 있다.

2

초봉이는 동관 파주개에서 바로 길 옆의 양약국에 들러 항용 △△△라고 부르는 '염산×××' 한 병을 5백 그램짜리째 통으로 샀다. 교갑도 넉넉 백 개나 샀다. 드디어 사약(死藥)을 장만하던 것이다.

오늘 아침 초봉이는 그렇듯 형보를 갖다가 처치할 생각을 얻었고, 그것은 즉 초봉이 제 자신의 '자살의 서광'(自殺의 曙光)이었었다.

형보 때문에—형보가 징그럽고 무섭고 그리고 정력에 부대끼고 해서 살 수가 없이 된 초봉이다. 그건 마치 차일귀신 이야기와 같다.

차일귀신은 처음 콩알만 하던 것이 주먹만 했다가 강아지만 했다가 송아지만 했다가, 쌀뒤주만 했다가 이렇게 자꾸만 커가다가 마침내 차일처럼 휙 하니 퍼져 사람을 덮어씌우고 잡아먹는다.

초봉이는 시방 그런 차일귀신한테 덮치어, 깜깜한 그 속에서 기력도 희망도 다 잃어버리고, 생명은 각각으로 눌려 찌부러지기만 한다. 방금 숨이 막혀 오고 그러하되 아무리 해도 벗어날 길은 없다.

이렇게 거진 죽어가는 초봉이는 그러므로 생명이란 건 한갓 무서운 고통일 뿐이지 아무것도 아니다. 따라서 해방과 안식이 약속된 죽음이나 동경하지 않질 못한다.

그리하여 마침내 죽음을 자취하자던 초봉인데, 그런데 막상 죽자고를 하고서 본즉은 그것 역시 형보로 연해 또한 뜻대로 할 수가 없게끔 억색한 사정이 앞을 막는다. 송희며 계봉이며 위협이 뒤에 처지므로다.

그렇기 때문에 초봉이가 절박하게 필요한 제 자신의 자살에 방해가 되는 형보를 처치하는 것은, 자살을 할 그 목적을 이루기 위한 한 개의 수단, 진실로 수단이요, 이 수단에 의한 자살이라야만 가장 완전하고 의의 있는 자살일 수가 있던 것이다.

이것이 일시 절망되던 자살이 서광을 발견한 경위다.

독단이요, 운산(運算)은 맞았는데 답(答)은 안 맞는 산술이다. 아마 식(式)이

틀렸나 보다.

계집의 좁은 소견이라 하겠으나 그건 남이 옆에서 보고 하는 소리요 당자는 맞았는지 틀렸는지 알 턱도 없고 상관도 없이 그 답을 가지고서 곧장 제2단으로 넘어 들어간 지 이미 오래다. 오늘 아침에 산술을 풀었는데 지금은 저녁이요, 벌써 사약으로 △△△까지 샀으니 말이다.

물론 이 △△△이라는 약품이 형보의 목숨을—초봉이 제 자신이 자살하는데 쓰일 긴한 도구인 형보의 그 목숨을—처치하기에는 그리 적당치 못한 것인 줄이야 초봉이도 잘 안다. 형보를 궂히자면 사실, 분량이 극히 적어서 저 몰래 먹이기가 편해야 하고 그러하되 효과는 적실하고도 빨리 나타나 주는 걸로, 그러니까 저 '××가리' 같은 맹렬한 극약이라야만 할 터였었다.

초봉이는 그래서 '××가리'를 구하려고, 오늘 종일토록 실상은 그 궁리에 골몰했었다. 그러나 결국 시원하질 못했다.

무서운 극약이라 간대도 사진 못할 것이고 한즉 S의사의 병원에서든지, 또 하다못해 박제호에게 어름어름 접근을 해서든지 몰래 훔쳐내는 수밖에 없는데 그러자니 그게 조만이 없는 노릇[584]이다.

그래서 아무려나 위선 허허실수로 일변 또 마음만이라도 듬직하라고 이 △△△이나마 사다가 두어 보자는 것이다.

△△△이라면, 재작년 송희를 잉태했을 적에 ××를 시키려고 먹어본 경험이 있는 약이라, 얼마큼 효과를 믿기는 한다.

그때에 교갑으로 열 개를 먹고서 거진 다 죽었으니까, 듬뿍 서른 개면 족하리라 했다.

초봉이 저는 그러므로 그놈이면은 좋고, 또 그뿐 아니라 다급하면, 양잿물이 없나, 대들보에 밧줄이 없나, 하니 아무거라도 다 좋다.

도시 문제는 형보다.

교갑으로 서른 개라면 한 주먹이 넘는다. 네댓 번에 저질러야 다 삼켜질지 말지 하다. 그런 걸 제법 형보에게 저 몰래 먹인다는 게 도저히 안 될 말이다.

혹시 좋은 약이라고 살살 돌려서나 먹인다지만 구렁이가 다 된 형본 것을 그리 문문하게 속아 떨어질 이치가 없다.

반년이고 1년이고 두고 고분고분해서 방심을 시킨 뒤에 거사를 한다면 그럴 법은 하지만 대체 그 짓을 어떻게 하고 견디며, 또 하루 한시가 꿈만한 걸[585] 잔뜩 청처짐하고[586] 있기도 못 할 노릇이다.

그러니까, 아무리 해도 이 △△△은 정작이 아니요 여벌감이다.

여벌감이고 정작은 앞으로 달리 서둘러서 '××가리'나 그게 아니면 '×××'이라도 구해 볼 것, 그러나 만약 그도 저도 안 되면 할 수 있나, 뭐 부엌에 날카로운 식칼이 있겠다 하니 그놈으로…… 잠든 틈에 몸을 떨면서도 이렇게 안심은 해두었었다.

3

외보살 내야차(外菩薩 內夜叉)라고 하거니와, 곡절은 어떠했든 시방 저렇듯 애련한 한 계집이 위지왈 남편이라는 인간 하나를 굿히려, 사약을 사서 들고 만인에 섞여 장안의 한복판을 어엿이 걷는 줄이야 당자 저도 실상은 잊었거든 하물며 남이 어찌 짐작인들 할 것인고.

초봉이는 볼일을 보았으니 이내 돌아갔을 테로되, 20분 안에 들어오라던 소리가 미워 어겨서라도 더 충그릴 판이다.

머물러도 송희가 한 시간이나 그 안에는 깨지 않을 테여서 안심이다. 그런데 마침 또, 5월의 밤이 좋으니 이대로 돌아다니고 싶기도 하다.

가벼운 옷으로 스며드는 야기(夜氣)가 무어라고 형용할 수 없이 홋입맛이 당기게 살을 건드려주어 자꾸자꾸 훠얼훨 걸어 다녀야만 배길 것 같다. 자주 바깥바람을 쐬는 사람한테도 매력 있는 밤인 걸 반감금살이를 하는 초봉이게야 반갑지 않을 리가 없던 것이다.

불빛 은은한 포도 위로 사람의 떼가 마치 한가한 물줄기처럼 밀려오고 이짝에서도 밀려가고 수없이 엇갈리는 사이를 초봉이는 호젓하게 종로 네거리로 향해 천천히 걷고 있다.

가도록 황홀한 밤임에는 다름없었다.

그러나 오가는 사람들을 무심코 유심히 보면서 지나치는 동안 초봉이의 마음은 좋은 밤의 매력도 잊어버리고 차차로 어두워오기 시작했다.

보이느니 매양 즐거운 얼굴들이지 저처럼 액색하게 목숨이 발아가는 사람은 하나도 없는 성불렀다.

하다가 필경 공원 앞까지 겨우 와서다.

송희보다 죄꼼 더 클까 한 아기 하나를 양편으로 손을 붙들어 배착배착[587] 걸려 가지고 오면서 서로가름 들여다보고는 웃고 좋아하고 하는 한 쌍의 젊은 부부와 쭈쩍[588] 마주쳤다.

어떻게도 그 거동이 탐탁하고 부럽던지 초봉이는 그대로 땅바닥에 가 펼신 주저앉아 울고 싶은 것을 겨우 지나쳐 보내고 돌아서서 다시 우두커니 바라다본다. 보고 섰는 동안에 생시가 꿈으로 바뀐다. 남자는 승재요 여자는 초봉이 저요 둘 사이에 매달려 배틀거리면서 간지게 걸음마를 하고 가는 아기는 송희요…….

번연한 생시건만 초봉이는 제가 남이 되어 남이 저인 양 넋을 잃고 서서 눈은 환영을 쫓는다.

초봉이는 집에서도 늘 이러한 꿈 아닌 꿈을 먹고 산다. 송희를 사이에 두고 승재와 즐기는 단란한 가정…….

물론 그것은 한갓 꿈이었지 산 여망은 감히 없다. 마치 외로운 과부가 결혼사진을 꺼내놓고 보는 정상과 같이 추억의 세계로 물러갈 수는 있어도 추억을 여기에다 살려놓을 기력은 없음과 일반인 것이다.

일찍이 초봉이는 제호와 살 적만 해도 승재에게 대한 여망을 통히 버리진 않았었다. 흠난 몸이거니 하면 민망은 했어도 그래도 승재가 거두어주기를 은연중 바랐고, 인제 어쩌면 그게 오려니 싶어 저도 모르게 기다렸고, 하던 것이 필경 형보한테 덮이어 심신이 다 같이 시들어버린 후로야 그런 생심을 할 기력을 잃는 동시에, 일변 승재는 저를 다 잊고 이 세상 사람으로 치지도 않겠거니 하여, 아주 단념을 했었다. 그리고서 임의로운 그 꿈을 가졌다.

계봉이가 그때그때의 소식은 들려주었다. 의사 면허를 딴 줄도, 오래잖아 서울다가 개업을 하는 줄도 알았다. 그런 것이 모두 꿈을 윤기 있게 해주는 양식이었었다.

계봉이와 사이가 어떠한고 하고 몇 번 눈치를 떠보았다. 그 둘이 결혼을 했으면 좋을 생각이던 것이다. 하기야 처음에 저와 그랬었고 그랬다가 제가 퇴를 했고 시방은 꿈속의 '그이'로 모시고 있고, 그러면서 그 사람과 동생이 결혼하기를 바라는 것이 일변 마음에 죄스럽지 않은 것은 아니었었다. 그러나 그러고저러고 간에 계봉이의 태도가 범연하여 동무 이상 아무것도 아닌 성싶었고, 해서 더욱 마음 놓고 그 꿈을 즐길 수가 있었다.

아까 계봉이가 승재더러 한 말은 이 눈치를 본 소린데, 의뭉쟁이가 저는 시침을 떼고 형의 속만 뽑아보았던 것이다.

물론 알다가 미처 알지 못한 소리지만, 아무려나 초봉이 저 혼자는 희망 없는 한 조각 빈 꿈일 값에, 만약 승재가 아직까지도 저를 약시약시[589]하고 있는 줄을 안다면 그때는 죽었던 그 희망이 소생되기가 십상일 것이었었다. 뿐 아니라 그의 시들어빠진 인생의 정기도 기운차게 살아날 것이다.

4

사람의 왕래가 밴 공원 앞 한길 한복판에 가서 넋을 놓고 섰던 초봉이는 얼마 만에야 겨우 정신이 들었다.

정신이 들자 막혔던 한숨이 소스라치게 터져 오르면서 이어 기운이 차악 까라진다.

인제는 더 거닐고 무엇하고 할 신명도 안 나고, 일껏 좀 마음 편하게 즐기자 했던 좋은 밤이 그만 쓸데없고 말았다.

처음 요량에는 종로 네거리까지 바람만 밟아가서, 계봉이가 있는 ××백화점에 들러 천천히 한 바퀴 돌아보고, 그러다가 시간이 되어 파하거든 계봉이를 데리고 같이 오려니, 오다가는 아무거나 먹음직한 걸로 밤참이라도 시켜

가지고 오려니, 이랬던 것인데 공교하게 생각지도 않은 마가 붙어 흥이 떨어지매 이것이고 저것이고 다 내키지 않고 지옥 같아도 할 수 없는 노릇이요 차라리 어서 집으로 가서 드러눕고 싶기만 하다.

그래도 미망이 없진 못해 잠깐 망설였으나, 이내 호— 한숨을 한 번 더 내쉬고는 돌아섰던 채, 오던 길을 맥없이 걸어간다.

걸어가면서 생각이다.

'숲 속에 섞여 선 한 그루 조그마한 나무랄까, 풀 언덕에 같이 자란 한 떨기 이름 없는 풀이랄까, 명색도 없거니와 아무 시비도 없는 내가 아니더냐.

우뚝 솟을 것도 없고 번화하게 피어날 머리도 없고 다만 남과 한가지로 남의 틈에 섭슬려 남을 해하지도 말고 남의 해도 입지 말고, 말썽 없이 바스락 소리 없이 살아갈 내가 아니더냐.

내가 언제 우난 행복이며 두드러진 호강을 바랐더냐. 내가 잘되자고 남을 음해했더냐. 부모며 동기간이며 자식한테며 불량한 마음인들 먹었더냐.

마음이 모진 바도 아니요, 신분이 유난스런 것도 아니요, 소리 없는 나무 이름 없는 풀포기가 아니더냐.

그렇건만 그 사나운 풍파며 이 불측한 박해가 어인 것이란 말이냐.

이 약병은 무엇을 하자는 것이냐. 인명을 굿혀서까지 내 목숨을 자결하자는 것이 아니냐.

내가 어쩌니 이렇듯 무서운 독부[590]가 된단 말이냐. 이것이 환장이 아니고 무엇이냐. 이 노릇을 어찌하잔 말이냐. 이러한 것을 일러 운명이란다면 그도 하릴없다 하려니와 아무리 야속한 운명이기로서니 너무도 악착하지 않으냐.

운명…… 운명…… 그래도 이 노릇을 어찌하잔 말이냐.'

소리를 부르짖어 울고 싶은 것이 더운 눈물로 두 볼을 좌르르 흘러내린다. 눈물에 놀라 좌우를 살피니 어둔 동관의 폭만 넓은 길이다.

아무렇게나 소매를 들어 눈물을 씻으면서 얼마 안 남은 길을 종내 시름없이 걸어 올라간다.

희미한 가등에 비춰 보니 손목시계가 여덟 시하고 40분이나 되었다. 그럭저럭한 40분을 넘겨 밖에서 충그린 셈이다. 꼭 20분 안에 다녀오라던 시간보다 곱쟁이[591]가 되었거니 해도 그게 그다지 속이 후련한 것도 모르겠다.

큰길을 다 올라와서 골목으로 들어설 때다.

무심코 마악 들어서는데 갑자기 어린애 우는 소리가 까무러치듯 울려 나왔다.

송희의 울음소린 것은 갈데없고 깜짝 놀라면서 반사적으로 움칫 멈춰 서던 것도 일순간, 꼬꾸라질 듯 쫓아 들어간다.

아이가 제풀로 벌써 잠이 깰 시간도 아니요 또 깼다고 하더라도 울면 칭얼거리고 울었지 저렇게 사뭇 기절해 울 이치도 없다. 분명코 이놈 장가 놈이 내게다가 못 한 앙심풀이를 어린애한테다 하는구나…….

급한 중에도 이런 생각이 퍼뜩퍼뜩, 그러나 몸은 몸대로 바쁘다. 골목이래야 바로 몇 걸음 안 되는 상거[592]요, 길로 난 안방의 서창이 마주 보여, 한데 아이의 울음소리가 어떻게도 다급한지 마음 같아서는 단박 창을 떠받고 뛰어 들어갈 것 같다.

지친 대문을, 안 중문을, 마당을, 마루를, 어떻게 박차고 넘어 뛰고 해 들어왔는지 모른다.

안방 윗미닫이를 벼락 치듯 열어젖히는 순간 아니나 다를까 두 눈이 벌컥 뒤집혀진다.

짐작이야 못 했던 바 아니지만 너무도 분했던 것이다.

5

마치 고깃감으로 사 온 닭의 새끼나 다루듯, 형보는 송희의 두 발목을 한 손으로 움켜 거꾸로 도옹동 쳐들고 섰고, 송희는 새파랗게 다 죽어, 손을 허우적거리면서 숨이 넘어가게 운다.

형보는 초봉이가 나가고, 나간 뒤에 20분이 넘어 30분이 지나 40분이 거진 되어도 들어오질 않으니까, 그놈 불안과 짜증이 차차로 더해가고 해서 지금 어미가 들어오기만 들어오면 아까 나갈 제, 어린애를 울렸다 보아라 배지를 갈라놀 테니…… 하던 앙칼진 그 소리까지 밉살스럽다고 위정 보아란 듯이 새끼를 집어 동댕이를 쳐주려 잔뜩 벼르는 판인데, 이건 또 누가 예쁘다 할까 봐 제가 제풀로 발딱 깨서는 들입다 귀 따갑게 울어대지를 않느냔 말이다.

이첨저첨해서 '밤의 수캐'는 드디어 제 성깔이 나고 말았다.

울기는 이래도 울고 저래도 울고 성화 먹기야 매일반이니, 화풀이 삼아 언제까지고 이렇게 거꾸로 들었다 놓았다 하면서 어미한테다가 기어코 보여줄 심술이었었다. 그랬기 때문에 초봉이가 달려드는 기척을 알고서도 짐짓 그 모양을 한 채로 서서 있었던 것이다.

악이 복받친 초봉이는 기색해가는 아이를 구할 것도 잊어버리고 푸르르 몸을 떨면서 집어삼킬 듯 형보를 노리고 쏜다.

이윽고 형보는 초봉이게로 힐끔 눈을 흘기고는

"배라먹을 것! 사람 귀가 따가워……."

씹어뱉으면서 아이를 저 자던 자리에다가 내던져버린다.

"이잇 천하에!……"

초봉이는 비로소 한마디 부르짖으면서 새끼 샘에 성난 암범같이 사납게 달려들다가 마침 돌아서는 형보를 아랫배를 고누어[593] 꿰어지라고 발길로 내지른다.

역시 암범 같은 모진 그리고 날쌘 일격이었으나 실상 고누던 배가 아니고 어디껜지 발바닥이 칵 막히는데 저편에서는 어이쿠 소리와 연달아 두 손으로 사타구니를 우디고 뱅뱅 두어 바퀴 맴을 돌더니 그대로 나가동그라진다.

엇나간 겨냥이 도리어 좋게 당처를 들이찼던 것이고 당한 형보로 보면 불의의 습격이라 도시에 피할 겨를이 없었던 것이다.

방바닥에 나가동그라진 형보는 두 손으로 ×××께를 움킨 채 악악 소리나 아니나 무령하게 물 먹는 메기처럼 입을 딱딱 벌리면서 보깬다.[594] 눈은 흰 창이 뒤집어지고 방금 숨이 넘어가는 시늉이다.

죽으려고 희번덕거리는 것을 본 초봉이는 가슴이 서늘하면서 몸이 떨렸다.

겁결에 얼핏 물이라도 먹이고 주물러라도 주어, 아니 의사라도 불러대어 살려놓아야지…… 하고 마음 다급해하는데 순간, 마치 뜨거운 물을 좌왁 끼얹는 듯 머릿속이 화끈하니 치달아 오르는 게 있다.

'죽여야지!'

소리는 안 냈어도 보다 더 살기 가득한 포효다.

죽으려고 납뛰는 것을 보고 겁이 나서 살려놓자던 저를 혀 한 번 찰 경황도 없다. 경황이 없기보다도 잊어버렸기가 쉬우리라.

이 순간의 초봉이의 얼굴을 누가 보았다면 벌겋게 상기된 채 씰룩거리는 안면근육이며 모가지의 푸른 핏대며 독기가 딩정딩정 듣는 눈이며, 분명코 육식류(肉食類)의 야수를 연상하고 몸을 떨지 않질 못했을 것이다.

"아이구우 사람 죽는다!"

형보는 그새 아픔이 신간했던지 떠나가게 게목[595]을 지른다.

초봉이는 깜짝 놀라 입술을 깨물면서 달려들어 형보가 우디고 있는 ××× 께를 겨누고 걷어찬다. 정통이 거기라는 것은 형보 제가 처음부터 우디고 있기 때문에 안 것이요 하니 방법은 당자 제 자신이 가르쳐준 셈쯤 되었다.

마음먹고 차는 것이건만 이번에는 곧잘 정통으로 들어가질 않는다. 세 번 걷어찼는데 겨우 한 번 올바로 닿기는 했어도 형보의 손이 가리어 효과가 없고 말았다.

그럴 뿐 아니라 형보는 겨냥 들어오는 데가 거긴 줄 알아채고서 두 손으로 잔뜩 가리고 다리를 꼬아 붙이고 그리고도 몸을 요리조리 가눈다.

이제는 암만 걷어질러야 위로 면나가기 아니면 애먼 볼기짝이나 채고 말지 정통에는 빈틈이 나지 않는다.

6

— 아이구우, 이년이 날 죽이네에!

— 아이구 아야 아이구 아야.

— 아이구우, 이년이 사람 막 죽이네에!

— 아이구 아이구 아이구!

— 아이구우, 날 잡아먹어라.

형보는 초봉이가 한 번씩 발길질을 하는 족족, 발길질이라야 헛나가기 아니면 아프지도 않은 것을 멀쩡하니 뒹굴면서 돼지 생 멱따는 소리로 소리소리 게목을 질러댄다.

××× 차인 것도 이제는 안 아프고 번연히 흉포를 떠느라 엄살이다.

형보는 조금치라도 초봉이에게서 살의(殺意)를 거니채지는 못했다. 그러나 제가 송희를 가지고 한 소행은 있겠다, 한데 초봉이가 전에 없이 미칠 듯 날뛰니까 달리 겁이 슬그머니 났었다.

그새까지는 악이 바치면 등감이나 한번 쥐어박지르고 욕이나 해 퍼붓고 이내 그만두었지 이다지 기승스럽게 대드는 법이 없었던 것이다.

본시 뒤가 무른 형보는, 그래서 생각에 저년이 이번에는 아마 단단히 독이 오른 모양이니 마주 성구거나 잘못 건드렸다가는 제 분에 못 이겨 양잿물이라도 집어 삼킬는지 모른다, 애여 그렇다면 맞서지를 말고 엄살이나 해가면서 제 분이 풀리라고, 때리면 맞는 시늉 걷어차면 차이는 시늉 해주는 게 옳겠다, 차여준대야 맨 처음의 ×××는 멋도 모르고 차인 것, 인제는 제까짓 것 계집년이 참새 다리 같은 걸로 발길질을 골백번 한들 소용 있더냐, 엉덩판이나 허벅다리 좀 차였다고 골병들 리 없고 요렇게 ×××만 잘 싸고 피하면 그만이지…… 하면서 지금 앞뒤 요량 다 된 줄로 따악하니 배짱 내밀고 구렁이 같은 의뭉을 쓰던 것이다.

초봉이는 헛발질에 차차로 기운이 팽겨오는데 형보는 일변 도로 멀쩡해지는 걸 보니 마음이 다뿍 초조해서, 이를 어찌할꼬 싶어 안타까워할 즈음 요행히 꾀 하나가 언뜻 들었다.

그는 여태까지 형보가 누워 있는 몸뚱이와 길이로만 서서 샅을 겨누어 발길질을 하던 것을 그만두는 체 슬쩍 비키다가 와락 옆으로 다가서면서 날쌔게 발꿈치를 들어 칵 내리 제긴다.

"어이쿠! 아이구우."

형보는 ××× 두덩을 한 손만 옮겨다가 우디면서 옳게 아파한다.

"오, 이년! 네가 날 죽이려구 이러지?…… 아이구우, 사람 죽네에!"

형보는 여전히 게목을 지르면서 몸을 요리조리 뭉겨 피하고, 초봉이는 어든 옆을 잃지 않고 따라가면서 제긴다.

그러다가 한번, 정통과는 겨냥이 턱없이 빗나갔고 훨씬 위로 배꼽 밑인 듯한데 칵 내리 제기는 발꿈치가 물씬하면서 모질게

"어익……."

쿠 소리도 미처 못 맺고 자리를 우디려 올라오던 팔도 맥없이 방바닥으로 내려진다. 아까 맨 먼저 ×××를 차이고 나가동그라질 때보다 더한다.

형보고 초봉이고 다 같이 생각지도 알지도 못하는 배꼽 밑의 급처[596]던 것이다.

형보는 흉업게 눈창을 뒤집어쓴 채로 입을 딱 벌린 채로 거진 사족이 빼드러져서 꼼짝도 않는다. 숨도 쉬는 것 같지 않고 입가로 게거품이 피어오른다.

"오냐!"

기운이 버쩍 난 초봉이는 이를 뽀도독 갈아붙이면서 맞창[597]이라도 나라고 형보의 아랫배를 내리 칵칵 제긴다. 하나 둘 세엣 너히…… 수없이 대고 제긴다. 다섯 여어섯 이일곱 여어덟…….

얼마를 그랬는지 정신은 물론 없고, 펄럭펄럭거리면서 발꿈치 방아를 찧는데, 어찌어찌하다가 들여다보니 형보는 네 활개를 쭈욱 뻗고 누워 움칫도 않는다. 숨도 안 쉬고 눈도 많이 감았다.

초봉이는 비로소 형보가 죽은 줄로 알았다. 죽은 줄을 알고 발길질을 멈추고는[598] 허얼헐 가쁜 숨을 쉬면서 발밑에 빼드러진 형보의 시신을 들여다본다.

이 초봉이의 형용은 거기 굴러져 있는 송장 그것보다도 더 흉어운 꼴이다.

긴 머리채가 앞뒤로 흐트러져 얼굴에도 그득 드리웠다. 얼굴에 드리운 머리칼 사이로 시뻘겋게 충혈된 눈이 무섭게 번득인다. 깨문 입술은 피가 검붉다.

매무시[599]가 흘러내려 흰 허리통이 징그럽게 드러났다. 가삐 쉬는 숨길마다, 드러난 그 허리통이 쥐 노는[600] 고깃덩이같이 들석거린다.

7

초봉이는 시방 완전히 통제를 잃어버린 '생리'다.

머리가 눈을 가리거나 매무시가 흘러 허리통이 나온 것쯤 상관도 않거니와, 실상 상관 이전이어서 알기부터 못 하고 있다. 암만 숨이 가빠야 저는 가쁜 줄을 모른다. 송희가 들이울고 뒹굴어도 안 들린다. 동네가 발끈한 것도 모른다.

다 모른다. 모르고 형보가 이렇게 발밑에 나가동그라져 죽은 것, 오로지 그것만이 눈에 보인다.

감각만 그렇듯 외딴 것이 아니라 의식도 또한 중간의 한 토막뿐이다. 그의 의식은 과거와도 뚝 잘리고 미래와도 뚝 끊기어 앞선 일도 뒷일도 죄다 잊어버렸다. 잊어버리고서 역시 형보가 시방—당장 시방—거기 발밑에 나가동그라져 죽은 것, 단지 그것만을 안다. 그것은 흡사 곁가지를 후리고 위아래 동강을 쳐낸 가운데 토막만 갖다가 유리 단지의 알코올에 담가놓은 실험실의 신경이라고나 할는지.

그 끔찍한 모양을 하고 서서 형보의 시신을 끄윽 내려다보던 초봉이는 이윽고 이마와 미간으로 불평스런 구김살이 분명하게 드러난다.

초봉이는 형보를—원망과 증오가 사무친 형보를, 또 이미 죽이잤던 형보를 마침내 죽여놓았고 그래서 시방 이렇게 죽어 빼드러졌고 그러니까 인제는 속이 후련하고 기쁘고 했어야 할 것인데 아직은 그런 생각이 안 나고 형보가 죽은 것이 도리어 안타까웠다.

원수는 이미 목숨이 없다. 죽었으되 저는 죽은 줄을 모른다. 발길로 차고 제기고 해도 아파하지 않는다.

내 생애를 잡쳐주었고 갖추갖추 나를 괴롭히던 원수건만 인제는 원한을 풀

데가 없다. 원수는 저렇듯 편안하다. 저 안락…… 저 무사…….

초봉이는 이게 안타깝고 그래서 불평이던 것이다.

멈추고 섰던 것은 잠깐 동안이요 이어 곧 훨씬 더 모질게 발길질을 해댄다.

칵 칵 배가 꿰어지라고 내리 제긴다. 발을 번갈아가면서 제긴다.

만약 이 형보의 배가 맞창이라도 났으면 이렇게 물씬거리지 말고 내리 구르는 발꿈치가 배창을 꿰뚫고 다시 등짝을 꿰뚫고 딱 방바닥에 가서 야무지게 막히기라도 했으면 그것이 대답인 양 초봉이는 속이 시원해할 것이다.

그러나 암만 기운을 들여서 사납게 제겨야 아파하지도 않고 퍼억 퍽 바람 빠진 고무공처럼 물씬거리기만 한다.

마치 그것은 형보가 살아 있을 제 하던 짓처럼 유들유들한 것과 같았다.

끝끝내 반응이 없고, 그게 답답하다 못해 눈물이 쏟아진다.

눈물에 맥이 탁 풀려, 그대로 주저앉으려다가 말고, 문득 방 안을 휘휘 둘러본다. 아무거나 연장이 아쉬웠던 것이다.

이때에 가령 칼이 눈에 띄었다면 칼을 집어 들고서 형보의 시신을 육회 치듯 난도질을 해놓았을 것이다.

또 몽둥이나 방망이가 있었다면 그놈을 집어 들고서 들이 바수었을 것이고, 시뻘건 화톳불이 있었다면 그놈을 들어다가 이글이글 덮어씌웠을 것이다.

방 안에는 아무것도 만만한 것이 보이지 않으니까 열려 있는 윗미닫이로 고개를 내밀고 마루를 둘러본다.

바로 문치의 쌀뒤주 앞에 가서 시커먼 맷돌이 묵직하게 포개져 놓인 것이 선뜻 눈에 띄었다.

서슴잖고 우르르 나가더니 그놈을 위아래짝 한꺼번에 불끈 안아들고 방으로 달려든다.

여느 때는 한 짝씩만 들마시재도 힘이 부치는 맷돌이다.

번쩍 턱밑까지 높이 쳐들어 올린 맷돌을 형보의 가슴패기를 겨누어 앙칼지게 내리 부딪는다.

'떠그럭.'

'퍽.'

무딘 소리와 한가지로 육중한 맷돌이 등의 곱사혹에 떠받치어 빗밋이 기운 형보의 앙가슴을 으깨고 둔하게 굴러 내린다.

맷돌을 내려뜨리는 바람에 중심을 놓치고 앞으로 형보의 시신 위에 가서 고꾸라질 뻔하다 겨우 몸을 가눈다.

몸을 고쳐 가진 초봉이는 또다시 맷돌을 안아 올리려고 허리를 굽히다가 피 밴 형보의 가슴을 보고서 그대로 멈춘다.

8

맷돌에 으깨어진 가슴에서 엷은 메리야스 위로 자리 넓게 피가 배어 오른다.

팔을 쭉 편 손끝이 바르르 보일락 말락 하게 떨다가 만다. 초봉이가 만일 그것까지 보았다면 아직도 설죽은 것으로 알고서 옳다구나 다시 무슨 거조를 냈겠는데, 실상은 잡아놓은 쇠고기에서 쥐가 노는 것과 다름없는 생명 아닌 경련이었었다.

뒤로 고개를 발딱 젖힌 입 한쪽 귀퉁이에서 검붉은 피가 가느다랗게 한 줄기 흐른다.

초봉이는 굽혔던 허리를 펴면서,

"휘유."

깊이 한숨을 내쉰다. 피의 암시로 하여 다시 한 번 형보의 죽음을 알았고, 그러자 비로소 그대도록 벅차고 조만찮아 했던 거역[601]이 아주 우연하게 이렇듯 수월히 요정이 난 것을 안심하는 한숨이다.

그것은 완연히 초봉이 제 자신의 능력이 아니고 한 개의 기적인 것 같아 경이의 눈으로 이 결과를 내려다보지 않을 수가 없었다.

아닌 게 아니라 오늘 밤 같은 전연 돌발적인 우연한 고패가 아니고서는 아무리 '××가리'나 그런 좋은 약품이 있다고 하더라도 좀처럼 마음 차근차근하게 거사를 해냈을까 싶지가 않다.

초봉이는 차차 온전한 제정신이 들고, 정신이 들면서 맨 처음으로 송희의 우는 소리를 알아들었다.

매우 오랫동안인 것 같으나, 실상 첫번 형보의 ×××를 걷어질러 넘어뜨리던 그 순간부터 쳐서 5분밖에 안 된 시간이다.

초봉이는 얼른 머리카락을 뒤로 걷어 넘기고 허리춤을 추어올리고 그러고 나서 팔을 벌리고 안겨드는 송희를 끌어안으려고 몸을 구부리다가 움칫 놀라 제 손을 끌어당긴다.

이 손이 사람을 죽인 손이거니 하는 생각이 퍼뜩 들면서 사람을 죽인 손으로 소중한 자식을 안기가 송구했던 것이다. 송희는 엄마가 꺼려하는 것이야 상관할 바 없고, 제풀로 안겨들어 벌써 젖꼭지를 문다.

할 수 없는 노릇이고 초봉이는 송희를 젖 물려 안은 채 처네를 내려다가 형보의 시신을 덮어버린다. 이것은 송장에 대한 산 사람의 예절과 공포를 같이한 본능일 게다. 그러나 시방 초봉이의 경우는 그렇다기보다 어린 송희에게 ―아무리 무심한 어린 눈이라고 하더라도 그 눈에―이 끔찍스런 살상의 자취가 보이지 말게 하자는 어머니의 마음일 게다.

초봉이는 이어서 뒷일 수습을 하기 시작한다. 위선 시간을 본다. 9시까지는 아직 15분이나 남았다.

계봉이가 항용 9시 40분 그 어림해서 돌아오곤 하니까 준비는 그동안에 넉넉할 것 같다.

한 손으로는 송희를 안고 한 손만 놀려가면서 바지란바지란, 그러나 어디 놀러 나갈 채비라도 차리는 듯 심상하게 서둔다.

아까 사가지고 온 △△△ 병과 교갑 봉지가 방바닥에 굴러져 있는 것을 집어 건넌방에다 갖다 둔다.

그다음 양복장 아래 서랍에 고스란히 들어 있는 송희의 옷을 그대로 담싹 트렁크에 옮겨 담아 건넌방으로 가져간다.

또 그다음 장롱에서 위아랫막이 안팎 새 옷을 한 벌, 심지어 버선까지 고르게 챙겨 내다가 놓는다.

마지막 방바닥의 너저분한 것을 대강대강 거두어 잡아 치우고는 손탯그릇[602]의 돈지갑을 꺼내서 손에 쥔다.

반지가—백금 반진데 시방, 손에 낀 형보가 해준 놈 말고 전에 박제호가 해준 놈이 또 한 개, 그리고 사파이어 박은 금반지까지 도통 세 개다. 죄다 찾아내고 뽑고 해서 돈지갑에다가 넣는다.

반지를 뽑고 하노라니까 문득 한숨이 소스라쳐 나온다. 지나간 날 군산서 떠나올 그 밤에 역시 고태수가 해준 반지를 뽑던 생각이 나던 것이다.

어쩌면 한 번도 아니요 두 번째나 이 짓을 하다니, 그것이 심술 사나운 운명의 어떤 표적인가 싶었다.

반지 하나 때문에 추억을 자아내어 가슴 하나 가득 여러 가지 회포가 부풀어 오른다.

한참이나 넋을 놓고 우두커니 섰다가 터져 나오는 한숨 끝에 중얼거린다.

"그래두 그때 그날 밤에는 살자고 희망을 가졌었지!"

9

초봉이는 안방을 마지막으로 나오려면서 휘익 한 번 둘러본다. 역시 미진한 게 있다면 얼마든지 있겠으나 시방 이 경황 중에는 어찌할 수 없는 것들이다.

남색 제병 처네를 덮어씌운 형보의 시신 위에 눈이 제풀로 멎는다. 이제는 꼼지락도 않는 송장, 송장이거니 해야 몸이 쭈뼛하거나 무섭지도 않다.

항용 남들처럼 사람을 해하고 난 그 뒤에 오는 것—가령 막연한 공포라든지 순전한 마음의 죄책이라든지 다시 또 그 뒤에 오는 것으로 장차에 받을 법의 형벌이라든지 그런 것은 통히 생각이 나질 않는다.

단지 천행으로 이루어진 이 결과에 대한 만족과 일변 원수의 무사태평함에 대한 시기(嫉妬)와 이 두 가지의 상극된 감정이 서로 반발을 할 따름이다.

이윽고 마루로 나와 미닫이를 닫고 돌아서다가 문득 얼굴을 찡그리면서

"외나무다리서 만난다더니! 저승에두 같이 가야 하나!"
쓰디쓰게 씹어뱉는다.

미상불 징그럽기도 하려니와 창피스런 깐으로는 작히나 하면 이놈의 집구석에서 약을 먹고 죽을 게 아니라 철도 길목이든지 한강이든지 나갔으면 싶었다.

건넌방으로 건너와서 그동안 잠이 든 송희를 아랫목으로 내려 뉜다. 뉘면서 송희의 얼굴을 들여다보노라니 비로소 그제야 설움이 소스라쳐 눈물이 쏟아진다.

설움에 맡겨 언제까지고 울고 싶은 것을 그러나 뒷일이 총총해 못 한다. 흘러넘치는 눈물을 씻으면 흘리면, 계봉이의 경대를 다가놓고 머리를 빗었다. 단장은 했으나 눈물이 자꾸만 망쳐놓는다.

마지막 새 옷을 싸악 갈아입는다. 옷까지 갈아입고 나니까 그래도 조금은 기분이 산뜻한 것 같았다.

유서를 썼다. 비회가 붓보다 앞을 서고 또 쓰기로 들면 얼마든지 장황하겠어서 아주 형식적이요 간단하게 부친 정 주사와 모친 유 씨한테 각각 한 장씩 썼다.

계봉이한테는 송희를 갖추갖추 부탁하느라고 좀 자상했다. 승재와 결혼하는 것이 좋겠다는 말도 했다.

유서 석 장을 각각 봉해가지고 다시 한 봉투에다가 넣어 겉봉을 부주전 상백시[603]라고 썼다.

마침 아홉 시 반이 되어 온다. 인제 한 10분이면 계봉이가 오고, 오면 선 자리에서 송희와 돈지갑과 유서와 트렁크를 내주면서 정거장으로 쫓을 판이다.

모친이 병이 위급하다는 전보가 왔는데, 형보가 의증을 내어 못 내려가게 하니 너 먼저 송희를 데리고 이번 열한 점 차로 내려가면, 몸 가뿐하게 있다가 눈치 보아가면서 오늘 밤에 못 가더라도 내일 아침이고 밤이고 몸을 빼쳐 내려가마고, 이렇게 돌를 요량이던 것이다.

유서의 겉봉을 부친한테 한 것도 그러한 의사가 있기 때문이다.

이것은 미리서 계획했던 것이 아니고, 당장 꾸며 댄 의견인데, 소위 계집의 얕은꾀지만 아무려나 많이 근리하기는 근리했다.

그는 계봉이를 송희와 압령해서[604] 그렇게 시골로 내려 보내놓고 최후의 거사를 해야 망정이지 이 흉악한 살상의 뒤끝을 그 애들한테다가 맡기다께 절대로 불가한 노릇이라 했었다.

사실 그러한 뒷근심이 아니고서야 유서나 머리맡에다 놓아두고 진작 약그릇을 집어 들었을 것이지 위정 계봉이를 기다리고 있을 것도 없던 것이다.

그러나 막상 '필요'가 그러한 연유로 해서 기다린다 하지만 사랑하는 동생을 마지막으로 한 번 더 상면을 하게 되는 것이, 그것이 초봉이에게는 오히려 뜻이 있고 겸하여 커다란 기쁨이 아닐 수 없었다.

유서까지 써놓았고 하니 준비는 다 되었다.

이제는 계봉이가 돌아올 동안에 교갑에다 약이나 재자고 ○○○ 병을 들고 앉으니까 먹고 죽을 사약이 쓴 걸 가리려는 저 자신이 하도 서글퍼 코웃음을 하면서 도로 밀어놓는다.

하고 그것보다는 나머지 10분을 송희의 마지막 엄마 노릇을 할 것이긴 한데 잊어버렸던 걸 깨달았다.

그래 막 책상 앞으로부터 아랫목의 송희에게 돌아앉으려고 하는데 이때 마침 계봉이가 우당퉁탕 황급히 언니를 불러 외치면서 달려들었던 것이다.

달려드는 계봉이는 미처 방으로 들어가지도 못하고 마루로 난 샛문 문턱에 우뚝, 사라질 듯 목안엣 소리로,

"언니!"

부르면서 눈에 눈물이 뚜욱 뚝 형의 얼굴을, 송희를, 트렁크를, △△△ 병을…… 이렇게 휘익 둘러보다가 다시 형을 마주 본다.

서곡(序曲)

상

초봉이는 동생이 하도 황망히 달려들면서 겸하여 사뭇 자지러져 찾는 소리에 저 애가 일 저지른 걸 벌써 다 알고 이러지를 않나 싶어 깜짝 놀랐으나 이어 곧 무슨 그럴 리가 있을까 보냐고 미심은 미심대로 한옆에 젖혀둔 채 얼굴을 천연스럽게 가지려고 했다.

그러나 마루로 뛰어올라 문턱을 디디고 서는 동생의(긴장한 거동이 종시 예사롭질 않았지만 그것보다도) 가뜩 더 간절하게, 언니! 부르는 소리가 어떻게도 정이 넘치는지, 그런데 또 눈에서는 눈물이 글썽글썽 솟아 흐르고……, 초봉이는 제법 침착하자고 마음 도사려 먹었던 것은 그만 홍로[605]에 뿌리는 눈발같이 파그르르 스러지고, 마주 눈물이 방울방울 떨어져 내린다.

그것은 사람이 동태의 동기간 사이에서만 느낄 수 있는 극진한 애정에서 초봉이는 순간 아무것도 다 잊어버리고 아프리만큼 감격을 하고 있는 것이다.

그는 뒷일이야 어찌 되든지 설사 계봉이가 부여잡고 말려서 시방 최후의 요긴한 한 가지 일인 자결을 뜻대로 하질 못하게 될 값에 그렇게라도 이렇게 다시 한 번 동생을 상면하는 것이 크고, 그러므로 기다리고 있었던 게 잘한 노릇이고 하다 싶어 더욱이 기뻐해 마지않는다.

계봉이는 형이 무사히 있음을 보고서 와락 반가움에 지쳐 눈물까지는 나왔어도, 그다음 다른 것은 암만해야 머루 먹은 속같이 얼떨떨하니 가늠을 할 수가 없었다.

가만히 한 발걸음 방 안으로 계봉이는 형의 기색과 동정을 살피면서, 또 한 걸음 떼어놓고는 둘레둘레하다가……

"언니이!"

조르듯 응석을 하듯 다뿍 성화가 난 소리다. 왜 그다지 성화에 겨웠느냐고 물으면 저도 섬뻑 대답은 못 할 테면서 그러나 단단히 걱정스럽기는 걱정스러웠다.

초봉이는 눈에 눈물을 담은 채 아낌없이 웃으면서

"오냐?"

근경 있이 대답을 해준다.

경황 중에도 계봉이는 참으로 아직껏 형의 웃는 입가는 예쁘다고 좋아했다.

잠깐 서로 말이 없이 보고만 섰다.

계봉이는 자꾸만 궁금해 못 하겠는데, 그러면서도 어리뚜웅해서 무슨 소리를 무어라고 물어보고 이야기하고 할지를 몰랐다.

하다가 언뜻 승재와 같이 온 생각이 생각났다.

별반 이 장면의 이 공기에 긴급한 테마는 아니지만, 그렇다고 또 생각이 난 것을 말 않고 가만히 있을 것도 없는 것이고…….

"남 서방두 왔는데……."

초봉이가 호들갑스럽게 놀라는데 마침 뚜벅뚜벅 마당으로 승재가 들어서고 있다.

초봉이는 반사적으로 몸이 앞미닫이께로 와락 쏠리다가 마당 가운데 쭈적 멈춰 서는 승재와 얼굴이 마주치자 꺾이듯 고개가 깊이 떨어진다.

계봉이도 형의 어깨 너머로 내다보고 그러나 불빛이 희미해서 피차에 얼굴의 변화는 세 사람이 다 같이 알아보지 못했다.

승재는 둘레둘레 하고 섰다가 대뜰로 해서 마루로 성큼 올라선다.

건넌방의 아우형제는 시방 승재가 그리로 들어올 줄 기다리고 있는데, 승재는 마루에서 잠깐 머뭇거리더니 쿵쿵 발소리를 내면서 안방께로 가고 있다.

계봉이도 의아했지만 초봉이는 숙였던 고개를 번쩍 소스라치게 놀라

"아이머니 저이가!"

기색할 듯 목소리를 짓누른다.

그러나 승재는 벌써 미닫이를 뒤로 닫고 들어갔고 계봉이는 비로소 번개같이 머리에 떠오르는 게 있어 눈이 휘둥그레지더니 형더러 무슨 말을 할 듯하다 우루루 마루로 달려 나간다.

초봉이는 일순간의 긴장 끝에 어깨를 축 처뜨리고 넋 없이 서서 있고, 계봉이는 한걸음에 마루를 지나 안방 미닫이를 더럭 열어젖힌다.

생각한 바와 같았는데 놀람은 놀람대로 커서,

"악!"

조심스럽게 무거운 부르짖음이 쏠려 오른다.

"문 닫구 절러루 가서 있어요!"

처네를 걷어치우고 형보의 시신을 손목 짚어 맥을 보던 승재가 얼굴을 들지 않은 채 나무라던 것이다.

계봉이는 더 오래 정신없이 섰을 것을 승재의 주의에, 기계적으로 미닫이를 닫고, 역시 기계적으로 한 걸음 두 걸음 건넌방을 향해 걸어온다.

중

동생과 얼굴이 마주치자 초봉이는 힘없이 고개를 떨어뜨린다.

계봉이는 형의 앞에까지 와서 조용히 선다. 말은 없고 형의 숙인 이마를 보던 눈을 책상 위의 약병 △△△으로 돌렸다가 도로 형을 본다. 이때는 놀랐던 기색이 벌써 다 가시고 슬픔이 가득히 얼굴로 갈려들었다.

저 사약(死藥)이 말을 하는 죽음이 아니면 법(法)이 주는 형벌…… 일순간 후에는 반드시 오고야 말 형의 액색한 운명을 시방 계봉이는 독립한 딴 개체(個體)의 것으로가 아니요, 바로 제 살(內體) 속에서 감각하고 있는 것이다.

"언니!"

들이 몸부림이 치일 직전의 무의식한 호흡이겠지, 부르는 소리도 목이 메어 목에서 걸린다.

초봉이는 순순히 고개를 들어 웃으려고 한다. 조용히 단념을 하는 미소, 하니 그것은 웃음이기보다 울음에 가깝겠지만 그거나마 동생의 너무도 절박하게 암담해진 얼굴 앞에서는 이내 스러져버리고 만다. 하고서 방금 울음이 터져오를 듯 입이 비죽비죽한다.

"계봉아!"

"언니!"

계봉이는 와락 쏠려들어 형의 아랫도리를 얼싸안고 접질리고 초봉이는 그대로 주저앉으면서 동생의 어깨에다가 고개를 파묻는다.

두 울음소리가 하나는 높게 하나는 가늘게 서로 뒤섞여 고요히 들린다.

"죄꼼만 더 참덜 않구! 죄꼼만……."

갑자기 계봉이가 얼굴을 쳐들면서 어깨를 쌀쌀, 안타깝게 성화를 한다.

"……죄꼼만 참았으면 남 서방이 나서서 언니를 구해내주구…… 다 그러기루 했는데!…… 죄꼼만 더 참지! 이 일을 어떻게 해! 언니…… 언니!"

계봉이는 도로 형의 무릎에 가 엎드러진다. 폭폭하다 못해 하는 소리요, 말하는 그대로지, 말 이외에 다른 의미는 없던 것이다.

그러나 듣는 초봉이에게는 그렇게 단순하게만 들리진 않았다.

초봉이는 가슴속이 용솟음을 치는 채, 울던 것도 잊어버리고 벙벙하니 앉아 있다. 승재가 나서서 나를 구해내 주고 그러고 다 그러기로 했다고?…… 옳다! 지금도 그러니까 나를 사랑하고, 그래서 다시 거둬주려고!……

이렇게 생각할 때에 초봉이는 금시로 몸에 날개가 돋치는 것 같았다. 그러나 그 다음 순간,

'정말 그랬구나. 그래서 그렇게 온 것이고…… 그런 것을 아뿔싸! 죄꼼만 참았더라면, 한 시간만 참았어도…….'

생각이 이에 미치자 그만 상성이라도 할 듯 후울훌 뛰고 싶게 안타까웠다.

이 정당한 오해는 물론 계봉이의 고의도 아니요 초봉이의 잘못도 아닌 것

이다.

초봉이는 동생의 등 위에 또다시 엎드려 애가 끊이게 운다.

승재가 아직도 나를 사랑하고 있었구나 하면 이다지도 기쁜 노릇은 생후 처음이다. 그러나 지금은 일을 저지른 뒤…… 부질없이 큰 기쁨이 순간의 어긋남으로 해서 내 것이 아니고 말았으니 그는 세상에도 없을 슬픔…….

'그래도 승재가 이제껏 나를 사랑하는 것은 반갑지 않으냐……. 반가우면 무얼 하나. 인제 죽고 말 테면서…… 아니 그래도……. 글쎄……. 어떡허나! 어떡해…….'

이렇게 되풀이를 하는 동안 초봉이는 일이 기쁜지 슬픈지 마침내 분간을 하지 못하고 울기만 하던 것이다.

이윽고 승재가 안방으로부터 건너와서 우두커니 문치에 가 선다.

승재가 건너온 기척을 알고 초봉이가 먼저 일어나서 도사리고 앉아 숙인 얼굴을 두 손으로 싼다. 뒤미처 계봉이도 몸을 일으켜 옆에 서 있는 승재에게 통통 부은 눈을 돌린다. 승재는 그 뜻을 알아차리고 도리질을 한다. 형보는 아주 치명상으로 절명이 되었던 것이다.

승재가 몸주체를 못 하고 서 있는 것을 계봉이가 눈짓을 해서 그 자리에 편안찮이 앉고 세 사람은 초봉이가 따암땀 가늘게 느껴 울 뿐, 다 같이 말이 없이 한동안 잠잠하다.

"언니이?"

침착을 회복하여 곰곰이 생각을 하고 있던 계봉이가 얼마 만에야 목소리를 가다듬어 형을 부르면서 조금 더 다가앉는다. 초봉이는 대답 대신 얼굴의 손만 떼었다가 도로 가린다.

"저어, 응? 언니이……."

"……."

"저어, 응?…… 경찰서루 가서 응? 자현[606]을 허우, 응?…… 그걸 차마……."

말을 채 못 하고서 계봉이는 한숨을 내쉰다. 초봉이는 움칫 놀라 얼굴을 들고 동생을 바라다본다. 무어라고 할 수 없는 착잡한 표정이 퍼뜩퍼뜩 갈려든다.

동생의 말은 선뜻한 반가운 소리였었다.

그러나 야속스런 훈수였었다.

하

"자현?…… 자현을 하다니!……"

우두커니 동생의 얼굴을 건너다보고 앉았던 초봉이의 입에서, 그것은 누구더러 하는 말이라기보다도, 자탄에 겨운 푸념이 쏟아져 나온다.

"……자현을 하면은 징역을 살라구? 사형이라면 차라리 좋지만, 징역을 살다니!…… 이제는 하다 하다 못해서 징역까지 살아? 그 몹쓸 경난을 다 겪구두 남은 고생이 있어서 징역까지 살아?…… 못 하겠다. 나는 기왕 죽자구 하던 노릇이니 죽구 말겠다! 죽구 말지 징역이라니!…… 내가 무얼 잘못했길래? 응? 내가 무얼 잘못했어? 장형보 그까짓 파리 목숨 하나만두 못한 생명…… 파리 목숨이라면 남한테 해나 없지…… 천하에 몹쓸 악당. 그놈을 죽였다구 그게, 그게 죄란 말이냐? 어쩌니 그게 죄냐? 미친개는 때려죽이면 잘했다구 추앙하지? 미친 개보다두 더한 걸 죽였는데 어째서 죄란 말이냐?…… 나는 억울해서 징역 못 살겠다. 왜, 왜 내가 징역을 사니? 인제 두 다리 쭈욱 뻗구서 편안히 죽을 것을, 왜 일부러 고생을 사서 하니? 응? 응?"

가슴을 쥐어뜯고 몸부림을 치게 애달픈 것을 못 하고서 손으로 얼굴을 싸고 운다. 손가락 사이로 눈물이 줄줄이 넘친다.

승재가 눈에 눈물이 가득, 코를 벌심벌심, 황소같이 식식거리고 앉았다.

참혹한 살상에 대한 불쾌했던 인상이 스러지는 반면, 그 살상을 저지른 초봉이의 정상에 오히려 동감이 되면서, 일변 '독초(毒草)'와 독초 그것을 가꾸는 '육법전서'에의 울분이 치달아 오르던 것이다.

그는 지금 가슴에 불이 치미는 깐으로는 단박 ×이라도 뽑아들고 거리로 뛰쳐나갈 것 같은 것을, 그러고서는 어디 가서 누구를 행실을 낼 바를 몰라 그것이 답답했다.

"어떻게 해요! 응?"

계봉이가 고개를 돌리고 조르듯 걱정을 한다. 승재는 그 말은 대답을 못하고,

"빌어먹을 놈의!"

볼먹은 소리로 두런거리면서 주먹으로 눈물을 씻다가, 이번에는 이라도 갈 듯이,

"어디 보자!"

하면서 허공을 눈 부릅뜬다.

"뚱딴지네!"

계봉이는 승재가 밉상이라고 입안엣 말로 쫑알거리면서, 형에게로 바로 다가앉는다.

"언니?"

"계봉아!……"

초봉이는 부지를 못해 동생의 어깨에 얼굴을 묻고 엎드려서 울음소리 섞어 원정을 한다.

"……계봉아! 이 노릇을 어떡허니? 어떡허면 좋을거나? 응?…… 죽자구 해두 죽을 수두 없구…… 살자구 해두 살 수두 없구, 이 노릇을 어떡허면 좋단 말이냐? 에구 계봉아!……"

"언니? 언니?…… 헐 수 있수?…… 정상이 정상이구, 또 자술 했으니깐 형벌이 그다지 중하던 않을 테지…… 기껏 한 10년…… 아니 한 5, 6년밖에 안 될지두 몰라? 그것만 치르고서 나오면 그만 아니우? 그댐에는 다 좋잖우? 송희는 그새 동안 아무 걱정 할라 말구…… 그저 몇 해 동안만…… 그렇지만…… 그렇지만 언니가 그 짓을 어떻게! 징역살이를 어떻게 허나! 아이구 어떻게 해!"

달랜다는 것이 마지막 가서는 같이서 울고 만다.

막혔던 봇둑을 터뜨린 듯 형제가 도로 어우러져 울고 있고, 승재는 고개를 깊이 숙이고 앉았고, 하기를 한 시간이 지나간 뒤다.

초봉이는 불시로 눈물을 거두고 얼굴을 들어 승재에게로 돌린다. 승재도 마침 울음소리 끊긴 데 주의가 가서, 고개를 들다가 초봉이와 눈이 마주친다.

초봉이는 무엇인지 간절함이 어리어 있는 눈동자로, 무엇인지를 승재의 얼굴에서 찾으려는 듯 한참이나 보고 있던 끝에,

"그렇게 하까요? 하라구 하시면 하겠어요! 징역이라두 살구 오겠어요!"

목멘 소리로 애원해 묻는다.

승재는 초봉이의 그 눈이 무엇을 말하며, 하는 그 말이 무엇을 의미하는 것인지를 잘 알 수가 있었다.

알고 나니 고개가 숙여지려고 했으나 그는 시방 이 자리에서 초봉이가 애원하는 그 '명일의 언약'을 거절하는 눈치를 보일 용기는 나질 못했다.

"뒷일은 아무것두 염려 마시구, 다녀오십시오."

승재의 음성은 다정했다. 초봉이는 저도 모르게 한숨을—안도의 한숨을—내쉬면서

"네에."

고즈넉이 대답하고 그제서야 고개를 숙인다. 그 얼굴이 지극히 슬프면서도 그러나 웃을 듯 빛남을 승재는 보지 않지 못했다.

대미(大尾)

정축(丁丑). 팔(八). 이십삼(二三).

송도(松都) 우거(寓居)에서

1 뒷데수기 : '데수기'는 '어깨'의 방언(전라). 여기서는 뒷덜미.
2 합수(合水)치다 : 여러 갈래의 물이 한데 모여 세차게 흐르다.
3 빗밋이 : 비스듬하면서 굴곡이 완만하게
4 섭슬리다 : 함께 섞여 휩쓸리다.
5 양양하다 : 많고 넉넉하다.
6 미두 : 현물 없이 쌀을 팔고 사는 일. 실제 거래를 목적으로 하는 것이 아니고 쌀의 시세를 이용하여 약속으로만 거래하는 일종의 투기 행위. 군산의 미곡취인소(미두장)는 1932년 1월 1일 개장했으며 현재의 100년 광장 앞 도로이다.
7 하바꾼 : 미두꾼이 전락한 형태로, 밑천도 없이 투기하는 사람.
8 배젊다 : 나이가 아주 젊다.
9 당시랗다 : '야무지다'의 방언(전북). 사람의 성질이나 행동, 생김새 따위가 빈틈이 없이 꽤 단단하고 굳세다.
10 따잡히다 : 따져서 엄하게 다잡힘을 당하다.
11 후장의 대판시세 이절 : 일본 오사카 증권거래소 미가(米價)의 오후 시세.
12 맥고모자(麥藁帽子) : 맥고로 만든 모자. 개화기에 젊은 남자들이 주로 썼다. '밀짚모자'로 순화. 맥고모、맥고자.
13 알조 : 알 만한 일.
14 총을 놓다 : 미두에서 남에게 일러준 결과가 맞지 않아서 낭패를 보는 일.
15 장근(將近) : 거의.
16 해거(駭擧) : 괴상하고 얄궂은 짓.
17 구성없다 : 격에 어울리지 않다.
18 잘꾸사니 : 잘코사니. 고소하게 여겨지는 일. 주로 미운 사람이 불행을 당한 경우에 하는 말이다.
19 때 : 교도소.
20 령 : 양. '의향'이나 '의도'의 뜻을 나타내는 말.
21 바다지 : 바다치(ばだち). 일본어로 중매점의 시장 대리인. 여기서는 군산미곡취인소 혹은 군산미두장에 가서 거래를 성사시키는 증권사 직원으로, 미두장의 일을 매개해주고 영리를 얻는다.
22 곱사 : 곱사등. 척추 장애인을 낮잡아 부르는 말.
23 열적다 : 열없다. 좀 겸연쩍고 부끄럽다.
24 점직하다 : 부끄럽고 미안하다.
25 애여 : 아예
26 성구다 : 부아를 돋우다. 성을 내게 하다.

27 낯꽃 : 감정의 변화에 따라 얼굴에 드러나는 표시.
28 입때 : 여태.
29 마코 : 당시 많이 피우던 담배 이름의 하나.
30 낙명(落名) : 명성이나 명예가 떨어짐. 또는 그 명성이나 명예.
31 옹글다 : 물건 따위가 조각나거나 손상되지 아니하고 본디대로 있다.
32 오통(五桶) : '통'은 대게 두 말 들이 통으로 오 통은 한 가마 분량.
33 소불하(少不下) : 적게 잡아도.
34 엿말 : 여섯 말. 한 말은 약 18리터.
35 승벽(勝癖) : 남과 겨루어 지지 않으려고 기를 쓰는 일.
36 뇌사리다 : 뇌까리다. 불쾌하다고 생각되는 상대편의 말이나 행동, 태도에 대하여 불쾌하다는 뜻을 담은 말.
37 조업(祖業) : 조상 때부터 대대로 내려오는 가업.
38 질다 : 재물 따위가 넉넉하게 남다.
39 일광지지(日光之地) : 묏자리 하나만 겨우 쓸 수 있는 땅. 좁은 땅.
40 주변 : 일을 주선하거나 변통함. 또는 그런 재주.
41 생화(生貨) : 먹고살아가는 데 도움이 되는 직업
42 노후물의 처접을 타고 : 늙어서 제구실을 못한다는 대우를 받아서.
43 강심(江心) : 강의 한복판. 또는 그 물속.
44 칠산 바다 : 전남 영광 일대의 앞바다.
45 똑딱선 : 발동기로 움직이는 작은 배.
46 군졸하다 : 있어야 할 것이 없거나 넉넉하지 못하여 어렵다.
47 완구히 : 완연히
48 스실사실 : 흐지부지. 모르는 사이에 슬그머니.
49 밭아버리다 : 바싹 졸아서 말라붙다. 사라지다.
50 담보(擔−) : 맡아서 보증함.
51 증금(証金) : 보증금.
52 궁기(窮氣) : 궁한 기색.
53 액색하다 : 운수가 막히어 생활이나 행색 따위가 군색하다.
54 후장이절(後場二節) : 미두장은 하루에 17절씩(오전 10절, 오후 7절) 열렸다. 후장이절은 오후 두 번째 절을 말한다. 절(節)은 쌀의 가격을 공시해서 정하는 과정.
55 대판시세(大阪時勢) : 당시 '사진시세(寫眞時勢)'라고도 불리며 전화로 쌀의 가격이 결정되면 미두장에 그대로 반영되는 시세.
56 축제(築堤) : 둑을 쌓는 일. 여기서는 쌓아올린 둑.
57 도화(挑禍)를 부르다 : 몸과 마음에 고통을 주는 일을 불러일으키다.
58 갱신 : 몸을 움직임.
59 내평 : 속내.
60 방퉁이꾼 : '바보'를 낮잡아 이르는 말로, 노름판 같은 데서 노름을 하지 않으면서 본패 옆에 붙어 참견하는 사람.
61 싸전가게 : 쌀과 그 밖의 곡식을 파는 가게.

62 생철집 : 함석으로 지붕을 이은 집.
63 납대기 : 모되의 방언. 네 모가 반듯하게 된 되.
64 낟되질 : 되 단위로 곡식을 헤아리는일.
65 상고판 : 상고는 상고(商賈) 즉 상인(商人). 혹은 장시치. 상고판은 상인들이 모이는 시장.
66 육장 : 한 번도 빼지 않고 늘.
67 양박스럽다 : 마음이 좁고 후덕하지 못하다.
68 조를 수는 없는 자리다 : 연재본에는 '조를 수는 자리다'라고 되어 있었다. 오식으로 보인다.
69 셈평 : 생활의 형편.
70 셈조 : 돈 따위로 셈하는 조건.
71 야불야불 : 야들야들하다. 반들반들 윤기가 돌고 보들보들하다.
72 진솔 : 옷이나 버선 따위가 한 번도 빨지 않은 새것 그대로인 것.
73 엄부렁하다 : '엄범부렁하다(실속은 없이 겉만 크다)'의 준말.
74 미거(未擧)하다 : 철이 없고 사리에 어둡다.
75 이녁 : 당신.
76 병론 : 병에 대한 의론.
77 군가락 : 노래나 소리를 할 때에, 원래의 가락과는 아무 관계도 없이 객쩍게 곁들이는 가락.
78 떡심 : 성질이 매우 질긴 사람을 비유적으로 이르는 말.
79 대패밥모자 : 나무를 대팻밥처럼 얇게 깎아 꿰매어 만든 여름 모자.
80 무령하다 : 편안하지 않다.
81 연삽하다 : 성품이 부드럽고 삽삽하다.
82 하장 : 아랫부분.
83 인단(仁丹) : 은단. 향기로운 맛과 시원한 느낌이 나는 작은 알약. 입 안을 시원하게 하려고 할 때, 멀미를 할 때, 체하였을 때, 가슴이 쓰리거나 배가 아플 때 먹는다. 일본 모리시타진탄(森下仁丹)에서 1905년부터 만들어 팔기 시작했다.
84 카올 : 카오루. 은단의 한 종류.
85 옥도정기 : 요오드화칼륨 따위를 알코올에 녹인 용액. 할로겐족 원소의 하나. 광택이 있는 어두운 갈색 결정으로 승화하기 쉬우며, 기체는 자주색을 띠며 독성이 있다.소독에 쓰이거나 진통, 소염 따위에 쓰이는 외용약.
86 벤또(べんとう) : '도시락'의 일본말.
87 도람직하다 : 동글납작한 얼굴에 키가 자그마하고 몸매가 얌전하다.
88 귀인성 : 신분이나 지위가 높고 귀하게 될 타고난 바탕이나 성질.
89 숫두룸하다 : 성질이 까다롭지 아니하여 순하고 무던하다.
90 위정 : '일부러'의 방언(함경).
91 오리지나루 : '오리지널(original)'의 일본식 발음. 여기서는 상표명.
92 헤리오도로프 : 헬리오트로프 꽃에서 추출한 향료.
93 침음(沈吟) : 근심에 잠겨 신음함. 또는 그런 소리.
94 멋스리다 : 말 또는 행동을 아무렇게나 하고 싶은 대로 하다.
95 모피하다(謀避－) : 피하려고 꾀를 내다. 또는 그렇게 하여 피하다.
96 퀄퀄하다 : 많은 양의 액체가 급히 쏟아져 세차게 흐르는 소리가 나다. 거침없이 시원스럽다

는 뜻.

97 치레뽄으루 : 치레를 할 양으로.

98 희학질 : 실없는 말로 농지거리를 하는 짓.

99 조백 있다 : 체계가 있어서 조리가 정연하다

100 우렁잇속 : 품은 생각을 모두 털어놓지 아니하는 의뭉스러운 속마음을 비유적으로 이르는 말.

101 정가 막히다 : 약점을 잡히다.

102 머리 : 까닭이나 필요

103 실직(實直)하다 : 성실하고 정직하다.

104 북새 : 많은 사람이 야단스럽게 부산을 떨며 법석이는 일.

105 밀수(蜜水) : 꿀물.

106 모개지다 : 흩어지지 않고 한 무더기로 모아져 있다.

107 안길 성 : 붙임성이 있어 남에게 호감을 주는 성질.

108 숫지다 : 순박하고 인정이 두텁다.

109 손복(損福)하다 : 복을 일부 또는 전부 잃다.

110 흐무지다 : 흐무뭇하다. 매우 흐뭇하다.

111 우연만하다 : 웬만하다. 그대로 쓸 만하다. 그저 그만하다.

112 연재본에는 장 제목과 번호가 "생활 제일과 12"로 매겨져 있었고, 다음 회는 "신판 홍보전 2"이었다. 따라서 "신판 홍보전 1"로 수정한다.

113 워너니 : '워낙' '원체'의 방언(전라도).

114 일각대문 : 대문간이 따로 없이 양쪽에 기둥을 하나씩 세워서 문짝을 단 대문.

115 따들싹하다 : 잘 덮이거나 가려지지 않아 밑이 조금 떠들려 있다.

116 이짐 : 고집이나 떼.

117 애탄가탄 : 힘에 겨운 일을 이루려고 온갖 힘을 다하는 모양.

118 마새 : 마(魔)가 사이에 끼는 것. 말썽(일을 들추어내어 트집이나 문젯거리를 일으키는 말이나 행동)의 방언(평북).

119 고질고질 : 된 음식을 한꺼번에 많이 입에 넣고 잇달아 씹는 모양.

120 세안 : 한 해가 끝나기 이전.

121 무렴(無廉) : 염치가 없음을 느껴 마음이 부끄럽고 거북함.

122 중판을 매다 : 하던 일을 도중에 그만두다.

123 벰베르크 : 독일의 벰베르크 회사가 구리암모니아법으로 제조한 인조 견사의 상품명.

124 본초 없다 : 염치없다. 체면을 차릴 줄 알거나 부끄러움을 아는 마음이 없다.

125 늘품 : 앞으로 좋게 발전할 품질 또는 가능성.

126 돌씨 : 집안 내림과는 달리 별난 자손을 낮잡아 이르는 말.

127 뚜하다 : 말이 없고 언짢아하는 기색이 있다.

128 직수굿하다 : 저항하지 않고 순종함

129 자리끼 : 밤에 자다가 마시기 위하여 잠자리의 머리맡에 준비하여 두는 물.

130 위아랫막이 : 윗옷과 아래옷을 속되게 이르는 말.

131 쓰메에리 : 깃의 높이가 4센티미터쯤 되게 하여, 목을 둘러 바싹 여미게 지은 양복. 학생복으로 많이 지었다.

132 소프트 : 전이나 천으로 만든 부드러운 중절모자.
133 고패 : 고비. 일이 되어 가는 과정에서 가장 중요한 단계나 대목. 또는 막다른 절정.
134 탁객(濁客) : 성격이 흐리터분하거나 아무 분수도 모르는 사람을 놓으로 이르는 말.
135 행담(行擔) : 길 가는데 가지고 다니는 작은 상자. 흔히 싸리나 버들 따위를 결어 만든다.
136 수응(酬應) : 요구에 응함.
137 풍신 : 사람의 드러나 보이는 겉모양. 풍채.
138 계봉이는 : 연재본에는 '초봉이는'이라고 되어 있으며, 오식으로 보여 수정함.
139 도고(道高)하다 : 도덕적 수양이 높다. 스스로 높은 체하여 교만하다.
140 털팽이 : 실수를 잘 하고 물건을 잘 간수하지 못한 사람을 일컫는 말.
141 오늘이야 계봉이가~ : 연재본에는 '초봉이'로 되어 있음.
142 한밥 : 누에의 마지막 잡힌 밥.
143 편역 : 역성. 옳고 그름에는 관계없이 무조건 한쪽 편을 들어주는 일.
144 회람문고(回覽文庫) : 요즈음의 이동도서관과 같은 제도.
145 새수빠지다 : 이치에 맞지 않고 소갈머리가 없다.
146 공동조계(共同租界) : 공동 거류지. 19세기 후반에 중국의 개항 도시에 있던 여러 외국인의 공동 거주 지역. 중국 정부와 조약、협정을 맺어 설정한 지역으로, 그 지역 안에서 외국인은 자치적 행정권을 행사할 수 있었다.
147 육혈포 : 권총.
148 허위단심 : 허우적거리며 무척 애를 씀.
149 백백교(白白教) : 백도교에서 파생된 동학 계통의 유사 종교의 하나. 1923년 차병간(車秉幹)이 유、불、선의 교리를 통합하여 광명 세계를 이룩한다는 이름 아래 경기도 가평에서 창건.
150 보천교(普天教) : 증산교의 교조 강일순의 제자인 차경석(車京錫)이 1916년에 전라북도 정읍에서 창건한 유사 종교. 처음에는 '보화교(普化教)'라고 하다가 이 이름으로 고쳤는데, 교주가 죽은 뒤에 사교(邪教)로 규정되어 해체되었다.
151 항우 : 연재본에는 항구라고 되어있지만 오자로 보인다.
152 비회(悲懷) : 마음속에 서린 슬픈 시름이나 회포.
153 다직해서 : 기껏 많이 잡아서
154 이백십일 : 입춘날부터 헤아려 210일 되는 날. 양력 9월 1일쯤. 이 무렵이면 태풍이 자주 불어와 농작물이 피해를 입는 일이 많다. 특히 일본의 피해가 크다.
155 동경대진재 : 도교 대지진. 1923년 일본의 간토 평야에서 발생한 대지진.
156 지함 : 땅이 움푹 가라앉아 꺼짐.
157 서두리꾼 : 일을 거들어주는 사람.
158 당한 : 기한이 닥쳐옴. 또는 닥쳐온 기한.
159 타기만만하다 : 게으름이 가득하다.
160 중한 : 청산 거래에서 대금과 현물의 교환을 계약한 달의 말일로 정하는 기한.
161 시테나시 : (내놓을) 물건 없음.
162 선한 : 청산 거래에서 주식을 매매 계약한 뒤, 다음 말일에 인수 인도하는 일.
163 전장요리쓰키(젠바요리쓰키; ぜんばよりつき) 오전 장 개장가.
164 전장도메(젠바도메; ぜんばどめ) 오전 장 종가.

165 후장요리쓰키(고바요리쓰키; ごばよりつき) 오후 장 개장가.

166 5정 : 5전 떨어졌다는 의미를 말하면서 5정(五丁)과 5전(五錢)을 병기함. '5정' '4정'을 애써 병기하는 이유는 에도 시대 이후 상거래 관행을 반영한 것으로 보임. 에도 시대에는 구로쿠센(96전)이라는 화폐 계산 방법이 있었는데 동전 96개를 묶은 뭉치를 100문(文)으로 환산하여 계산함(우수리 없이 2, 3, 4, 6, 8로 나뉘어지기 때문). 그러나 이와 더불어 조센(丁錢)이라는 계산 방법도 병존해서, 동전 100개를 100문으로 통용하는 방식임(오늘날의 십진법과 일치. 따라서 문장 중에 나오는 5정; 5전, 4정; 4전은 동어반복에 지나지 않지만, 당시의 계산 관행상 습관적으로 정, 전을 병용한 듯함).

167 쓰요키(つよき) : 장이 오를 것으로 예상하고 사자 주문을 넣는 사람들. 쓰요키(つよき)는 한자로 적으면 원래 强氣인데, 여기서 작가가 원래 일본어에 없는 强派로 병기한 이유는 强氣있는 부류를 적시하려고 한 것으로 보임.

168 아시 : 아시(あし)는 일본어로 다리(足)이며, 여기서는 아시오다스(あしをだす[足を出す])의 준말. 아시오다스는 거래에서 손해를 보아서 증거금으로도 손실분을 다 충당할 수 없게 되는 것.

169 당좌계 : 당좌계는 기업금융을 말하며, 기업과 금융관계를 가지며 각종 어음, 회사채, 대출, 예적금, 퇴직금관리의 업무를 수행한다.

170 작취(昨醉) : 어제 마신 술.

171 소절수 : 수표. 은행에 당좌 예금을 가진 사람이 소지인에게 일정한 금액을 줄 것을 은행 등에 위탁하는 유가 증권.

172 나리유키 : 成(り)行き注文의 준말. 물품과 수량만 정하고 가격은 정하지 않은 채 그때의 시세로 매매하는 주문.

173 강재 : 이롭거나 유리한 재료.

174 지천 : '지청구'(꾸지람)의 방언(전라).

175 풀기 : 드러나 보이는 활발한 기운.

176 침혹하다 : 무엇을 몹시 좋아하여 정신을 잃고 거기에 빠지다.

177 조지리(ちょう-じり) : 장부 기재의 끝 부분. 수지의 최종적 계산. 결산 결과.

178 행하(行下) : 심부름을 하거나 시중을 든 사람에게 주는 돈이나 물건.

179 백제 : '백주(白晝)에' 준말. 드러내놓고 터무니없게 억지로.

180 을종 : 갑, 을, 병, 정으로 등급을 매길 때의 두 번째 종류.

181 탈잡다 : 흠을 잡아 탓하다. 핑계나 트집을 잡다.

182 거듬거듬 : 대강대강 거둬 나가는 모양.

183 너끔하다 : 누꿈하다. 심하게 퍼져 나가던 기세가 조금 숙어지고 뜸하다.

184 더검더검 : 더한 위에 또 더하는 모양.

185 사방침(四方枕) : 팔꿈치를 괴고 비스듬히 기대어 앉을 수 있게 만든, 네모난 베개. 길이가 한 자쯤 되는 널조각으로 여섯 면이 되게 짜고 겉에는 모양 있게 꾸민 헝겊을 씌운다.

186 빨주리 : '물부리'(담배를 끼워서 빠는 물건)의 방언(전라).

187 병정 : 조방꾸니 노릇을 하는 사람을 비유적으로 이르는 말. 주로 돈 있는 사람을 따라다니며 잔시중을 들고 공술을 얻어먹는다.

188 범포(犯逋) : 국고(國庫)에 낼 돈이나 곡식을 써버림.

189 모가치 : 몫, 몫으로 돌아오는 물건이나 일.
190 수형(手形) 할인 : 어음 할인. 어음에 적힌 금액에서 지불 기일까지의 이자와 수수료를 제한 금액으로 그 어음을 사는 일.
191 납뛰다 : 날뛰다. 어떤 일에 골몰하여 바쁘게 돌아다니다.
192 자포(自逋) : 공금을 사사로이 써버림.
193 둘러빼다 : 돈이나 물건을 변통하여 빼돌리다.
194 되작거리다 : 생각을 이리저리 굴리다. 이러저리 이모저모 살펴보다.
195 족과평생(足過平生) : 한 평생을 넉넉히 지낼 만함.
196 피천 : 매우 적은 액수의 돈.
197 염량 : 선악과 시비를 분별하는 슬기.
198 도깨비 살림 : 재물이 있다가도 어느 결에 갑자기 없어지는 따위의 불안정한 살림살이.
199 들거리 : 장사나 영업의 기초가 되는 돈이나 물건.
200 세사는 여반장이요, 생애는 방안지라 : 세상일은 손바닥 뒤집듯 쉬운 일이고, 인생의 생애는 모눈종이처럼 복잡하다.
201 하도롱 봉투 : 하도롱지(화학 펄프를 사용한 다갈색의 질긴 종이)로 만든 봉투.
202 시춤하다 : 시침하다. 자기가 하고도 아니한 체, 알고도 모르는 체를 하며 태연한 태도로 있다.
203 불이촌 : 불이농장을 경영하던 사람들이 이룬 마을. 불이농장은 당시 전라도를 중심으로 형성된 일인들의 농장.
204 바워내다 : 밀어내다.
205 잇념 : '잇몸'의 방언(전라 충청)
206 경풍하다 : 풍(風)으로 인해 갑자기 의식을 잃고 경련을 일으키다. 어린아이에게 생기며, 병증으로는 급경풍과 만경풍으로 나타난다.
207 추렷하다 : 추레하다. 허술하고 생기가 없다.
208 심청 : '심술'의 방언(전라).
209 골딱지 : '골'의 속된 말. 무엇이 비위에 거슬리거나 하여 벌컥 내는 성.
210 객회(客懷) : 객기에서 느끼는 외롭고 쓸쓸한 느낌.
211 풀머리 : 머리털을 땋거나 걷어 올리지 아니하고 풀어 헤침. 또는 그런 머리 모양.
212 자릿적삼 : 잠자리에 입는 속적삼.
213 시앗 : 남편의 첩.
214 누비처네 : 누벼서 만든 처네. '처네'는 이불 밑에 덧덮는 얇고 작은 이불.
215 제바리 : 생식기가 불완전한 남자.
216 늙발 : 늙은 무렵.
217 보비위 : 남의 비위를 잘 맞추어주는 것. 또는 그런 비위.
218 놉빼꾸 : 화투를 가지고 하는 노름의 하나.
219 상보기 : 화투를 가지고 놀 때 누가 상선인지를 결정하는 방식.
220 실섭(失攝) : 몸조리를 잘 하지 못함.
221 뇌살거리다 : 뇌깔거리다. 아무렇게나 되는대로 마구 지껄이다.
222 손짭손 : 자질구레하고 얄망궂은 손장난.

223 미룩미룩 : 미루적미루적 일을 자꾸 미루어 시간을 끄는 모양.
224 트레머리 : 가르마를 타지 않고 뒤통수 한가운데에 틀어 붙인 여자 머리.
225 뒤받이 : 뒷바라지. 뒤에서 보살피며 도와주는 일.
226 홉 : 땅 넓이의 단위. 1홉은 평의 10분의 1이다.
227 경쟁이 : 재앙을 물리치기 위하여 경(經)을 읽어주는 것을 직업으로 하는 사람.
228 빈취 : 가난한 집 방에서 나는 찌들고 퀴퀴한 냄새.
229 밭다 : 몸에 살이 빠져서 여위다.
230 소지 : 부정(不淨)을 없애고 신에게 소원을 빌기 위하여 흰 종이를 태워 공중으로 올리는 일. 또는 그런 종이.
231 노수(路需) : 노자(路資). 여비.
232 오쟁이를 뜯다 : 서로 헐뜯으며 싸우다.
233 운감(殞感) : 제사 때에 차려놓은 음식을 귀신이 맛봄.
234 상성(喪性)하다 : 본래의 성질을 잃어버리고 전혀 다른 사람처럼 되다.
235 칭원(稱寃) : 원통함을 들어서 말함.
236 부르대다 : 남을 나무라기나 하는 듯이 거친 말로 야단스럽게 떠들어대다.
237 볼먹은 소리 : 볼멘소리. 서운하거나 성이 나서 퉁명스럽게 하는 말투.
238 편작(扁鵲) : 중국 전국 시대의 명의.
239 검온기(檢溫器) : 체온계.
240 설하선염(舌下腺炎) : 혀 밑에 위치한 침샘에 일어나는 염증.
241 일습(一襲) : 옷 그릇 기구 따위의 한 벌.
242 손도 댈 수 없을 것 같았다 : 연재본에는 '손도 일 수 대가 없을 것 같았다'라고 되어 있었다. 오식이다.
243 살앓이 : 살을 앓는 일. 종기를 치름.
244 자배기 : 쪼가리.
245 근경(近頃) : 요즈음의 사정.
246 수나롭다 : 손쉽다. 순하고 편하다.
247 사발시계 : 사발 모양의 둥근 탁상시계.
248 소쇄(掃灑) : 비로 먼지를 쓸고 물을 뿌림.
249 술속 : 술버릇.
250 호가 나다 : 세상에 널리 알려져 있다.
251 어마지두 : 무섭고 놀라워서 정신이 얼떨떨함. 얼떨결.
252 수죄 : 범죄행위를 들추어 세어냄.
253 마스르다 : 짯짯이 훑다.
254 왜장을 치다 : 왜장독장치다. 제 위에 아무도 없는 듯이 혼자서 마구 큰소리를 치다.
255 모산지배(謀算之輩) : 꾀를 내어 이해타산을 일삼는 무리.
256 연재본에는 장 제목과 번호가 "조고만한 사업 8"로 매겨져 있었고, 다음 회는 "천냥만냥 2"였다. 따라서 "천냥만냥 1"로 수정한다.
257 근지 : 대상의 본바탕. 자라온 환경과 경력을 아울러 이르는 말.
258 각지편지 : 등기우편의 일종으로, 돈과 귀중품을 보낼 때 씀.

259 요정(了定)을 짓다 : 결판을 내어 끝마치다.
260 도저하다 : 학식이나 생각, 기술 따위가 아주 깊다.
261 캔버스 위에서 화필(畵筆)이 노는 대로 : 연재본에는 '뎃상 위에서~'라고 되어 있었다. '뎃상(데생)'은 주로 선으로 사물의 형태와 명암을 나타낸 그림을 의미하므로, 이 문맥에서는 '화폭'이나 '캔버스'라고 하는 것이 어울린다. 단행본에 캔버스라고 되어 있으므로 여기에서도 캔버스라고 수정한다.
262 시관(試官) : 조선 시대, 과거 시험에 관계되는 시험관을 통틀어 이르던 말.
263 꼲다 : 잘잘못을 따져서 평가하다.
264 관주(貫珠) : 예전에, 글이나 시문(詩文)을 하나하나 따져보면서 잘된 곳에 치던 동그라미.
265 반지빠르다 : 말이나 행동 따위가 어수룩한 맛이 없이 얄미울 정도로 민첩하고 약삭빠르다.
266 병주는 저녁 순갈을 : 연재본에는 '형주는 저녁 순갈을'이라고 되어 있다. 오식이다.
267 생수 : 생소(生素). 생소갑사(生素甲紗). 천을 짠 후에 삶아서 뽀얗게 처리하지 않은 갑사.
268 깨끼적삼 : 안팎 솔기를 발이 얇고 성긴 깁을 써서 곱솔로 박아 지은 홑저고리.
269 발샅 : 발가락 사이.
270 발명(發明)하다 : 죄나 잘못이 없음을 말하여 밝히다.
271 고착지근하다 : 고탑지근하다. 조금 고리타분하다.
272 카이젤 수염 : 카이저 수염. 양끝을 위로 치켜올린 콧수염.
273 서시렁구웅하다 : 서경 시경의 어떤 대문을 대는 듯이 꾸미어 말머리를 얼렁뚱땅 잡다.
274 조동 : 오냐오냐 떠받들어 버릇없이 자람.
275 청루 : 창기(娼妓)나 창녀들이 있는 집.
276 의표(儀表) : 몸을 가지는 태도, 또는 차린 모습
277 약시(若是) : 이와 같이.
278 냉갈령 : 몹시 매정하고 쌀쌀한 태도.
279 듭신 : 듭씬. 정도에 넘치게 많거나 심한 모양.
280 속치부 : 잊지 않고 마음에 새겨두거나 그렇다고 여김.
281 강잉하다 : 억지로 참다. 또는 마지못하여 그대로 하다.
282 말 짜다 : 일을 세밀하고 깐깐하게 하다.
283 밴조고롬하다 : 반주그레하다. 겉으로 보기에 생김새가 깜찍하게 반반하다.
284 음충맞다 : 성질이 매우 음흉한 데가 있다.
285 꽝우리구멍 : 광주리 구멍.
286 씨근버근 : 숨이 몹시 차서 가쁘게 헐떡거리는 모양.
287 여살피다 : 눈여겨 살펴보다.
288 왜장녀 : 몸이 크고 부끄럼이 없는 여자.
289 얄래지다 : 이성을 알만한 상태의 처녀를 욕하는 여자들의 말.
290 분배를 놓다 : 북새를 놓다. 부산하게 법석이다.
291 흰말 : 흰소리. 터무니없이 떠벌리거나 희떱게 하는 말.
292 치패하다 : 살림이 아주 결딴나다.
293 구누름 : 자조적으로 욕을 해대며 중얼거리는 짓.
294 옴나위하다 : 꼼짝할 만큼의 적은 여유밖에 없어 간신히 움직이다.

295 다마노코시(玉の輿) : 귀인이 타는 가마. 신혼차.

296 언중유언(言中有言) : 말 속에 말이 있다는 뜻으로, 예사로운 말 속에 어떤 풍자나 암시가 들어 있음을 이르는 말.

297 곤달걀 지고 성 밑으로 못 간다 : 이미 다 썩은 달걀을 지고 성 밑으로 가면서도 성벽이 무너져 달걀이 깨질까 두려워 못 간다는 뜻으로, 무슨 일을 지나치게 두려워하며 걱정함을 비유적으로 이르는 말.

298 침척(針尺) : 바느질 자.

299 간구(艱苟)하다 : 가난하고 구차하다.

300 빈차리 : 비쩍 말라 볼품없는 사람. 회초리같이 비쩍 마른 사람.

301 분별 : 어떤 일에 대하여 배려하여 마련함.

302 끄먹끄먹 : 자꾸 눈을 가볍게 감았다 떴다 하는 모양.

303 흐게 빠지다 : 정신이 똑똑하지 못하고 흐릿하거나 느릿느릿하다.

304 다다미방 : 다다미(疊)를 깐 방. 다다미는 일본식 주택에서 짚으로 만든 판에 왕골이나 부들로 만든 돗자리를 붙인, 방바닥에 까는 재료.

305 고쓰카이(こづかい) : 사환(使喚). 관공서에서 허드레 심부름을 하는 사람.

306 기광(氣狂) : 극성스레 마구 날뛰는 행동이나 기세.

307 비쌔다 : 남의 부탁이나 제안에 여간해서 응하지 아니하는 태도를 보이다.

308 50체체 : 50cc를 독일식으로 읽은 발음.

309 초자판 : 유리판.

310 트리파플라빈 : 아크리딘 색소의 일종. 감염증 치료에 사용한다.

311 찝벅거리다 : '집적거리다'의 방언(전남).

312 금자(金子)박이 : 금자로 이름을 박은 책.

313 연재본에 번호가 "외나무다리에서 5"라고 잘못 매겨져 있다. 이 오류가 계속 이어지고, "외나무다리에서 10"부터 바로잡아진다.

314 적악(積惡) : 남에게 악한 짓을 많이 함.

315 오시이레 : 일본식 주택에서 방 한쪽에 붙어 있는 붙박이장.

316 공중 : 공연히.

317 제웅 : 허수아비.

318 리놀륨 : 바닥재의 하나. 리녹신에 나뭇진, 고무질 물질, 코르크 가루 따위를 섞어 삼베 같은 데에 발라서 두꺼운 종이 모양으로 눌러 펴 만든다.

319 오블라토 : 포르투갈어 오블라투(oblato). 녹말로 만든 반투명의 얇은 종이 모양의 물건. 맛이 써서 먹기 어려운 가루약 따위를 먹기 좋게 만드는 데 쓴다.

320 구접지근하다 : 하는 짓이 너절하고 더러운 데가 있다.

321 암상 : 남을 시기하고 샘을 잘 내는 마음. 또는 그런 행동.

322 나쓰미칸(夏蜜柑) : 여름 밀감.

323 앙앙(怏怏)하다 : 매우 마음에 차지 아니하거나 야속하다.

324 아버지한테 대준다고 하는데 내가 어떻게 : 연재본에는 '아버지한테 내가 어떻게'라고 되어 있다. 탈락된 구절이 있는 것으로 보여 수정한다.

325 변(辯) : 한문학에서의 문체의 한 가지. 분별(分別)한다는 뜻으로, 옳고 그름 또는 참되고 거짓

됨을 가리기 위하여 씌어진 글에 붙임.

326 집달리(執達吏) : 집행관의 옛 용어. 재판 결과의 집행 및 법원이 발하는 서류의 송달 사무를 행하는 직원.

327 낫우다 : 병을 고치다.

328 활량 : '한량(閑良)'의 변한 말. 돈 잘 쓰고 잘 노는 사람을 비유적으로 이르는 말.

329 끄은히 : 시침을 뚝 떼고, 천연스럽게.

330 뭇다 : 여러 조각을 한데 붙이거나 이어서 어떠한 물건을 만들다.

331 흉업다 : 말이나 행동 따위가 불쾌할 정도로 흉하다.

332 아사가오(朝顔) : 나팔꽃.

333 치의(致疑) : 의심을 둠.

334 외동서(外同壻) : 첩끼리 서로 부르는 말. 본처와 첩 사이에도 쓴다.

335 야바위 : 협잡의 수단으로 그럴듯하게 꾸미는 일.

336 켯속 : 복잡하게 얽힌 사물의 속사정이나 내용.

337 질정(質定) : 갈피를 잡아서 분명하게 정함.

338 감장 : 제힘으로 일을 처리하여 나감.

339 충그리다 : 꾸물거리거나 머뭇거리다.

340 미상(未詳)하다 : 확실하거나 분명하지 아니하다.

341 가가리(かかり, 係り) : 담당자. 담당 계원.

342 실토정 : 사정이나 심정을 솔직하게 말함.

343 빈지 : 널빈지. 한 짝씩 떼었다 붙였다 하게 만든 문. 가게에서 앞의 문 대신에 씀. 비바람을 막기 위하여 덧댄다.

344 방치 : '다듬잇방망이'의 방언(평안).

345 겉목 : 판소리 창법의 하나. 피상적으로 싱겁게 내는 소리를 가리킨다.

346 다뿍 : 분량이 다소 넘치게 많은 모양.

347 신칙하다 : 단단히 타일러 경계하다.

348 근리(近理)하다 : 이치에 가까워 그럴듯하다.

349 알구들 : 장판이나 바닥재를 깔지 않고 돌판 그대로인 구들장.

350 제병 : 전병만 한 큰 무늬가 있는 비단.

351 사맥(事脈) : 일의 내력과 갈피.

352 경부보(警部補) : 일제강점기 때의 경찰의 계급. 경부(警部)의 아래이며 순사부장보다 위.

353 무주총(無主塚) : 무연분묘. 자손이나 관리해줄 사람이 없는 무덤.

354 그대도록 : 그다지. 별로 그렇게까지.

355 간소롬하다 : 가느스름하다(조금 가늘다)의 방언(경북).

356 서발막대 : 매우 긴 막대를 강조하여 이르는 말(북한어).

357 검부저기 : 먼지나 실밥 따위의 여러 작은 물질이 뒤섞인 검부러기.

358 태전(太田) : 대전(大田).

359 보스톤 : 보스턴 백(boston bag). 바닥은 평평하나 위쪽은 둥근 모양을 한 여행용 가방.

360 시재(時在) : 당장 가지고 있는 돈이나 곡식.

361 옴두꺼비 : '두꺼비'를 달리 이르는 말. 두꺼비의 몸이 옴딱지 붙은 것과 같아 보이는 데서 유

래한다.

362 짓짜다 : 함부로 마구 울거나 눈물을 흘리다.

363 온정(溫井) : 온천욕.

364 헤먹다 : 일이나 행동이 기대나 상황과 맞지 않아 어색하다.

365 포치(porch) : 건물의 입구나 현관에 지붕을 갖추어 잠시 차를 대거나 사람들이 비바람을 피하도록 만든 곳.

366 벙어리 삼신 : 말이 없는 사람을 비유적으로 이르는 말.

367 둔전거리다 : 두리번거리다. 머무적거리다. 우물거리다.

368 거니를 채다 : 낌새를 대강 짐작하여 눈치채다.

369 화식 : 일본의 전통 방식으로 만든 음식이나 식사.

370 근사를 피우다 : 어떤 일에 오랫동안 힘써 은근히 공을 들이다.

371 새채비로 : 새삼스레 다시 한 번 더

372 버큼 : '거품'의 방언(경상, 전라, 충남).

373 압기(壓氣) : 기세를 누름.

374 버엉떼엥하다 : 엄벙뗑하다. 곤란한 처지를 얼렁뚱땅하여 넘기다.

375 자겁(自怯) : 제풀에 겁을 냄.

376 야리다 : 조금 모자라다.

377 조속조속 : 기운 없이 꼬박꼬박 조는 모양.

378 방안장담 : 저 혼자서 큰소리치는 일.

379 졸가리 : 줄거리.

380 알심 : 은근히 동정하는 마음.

381 속새로 : 비밀로. 속으로.

382 세교(世交) : 대대로 맺어 온 친분.

383 기호(嗜好) : 즐기고 좋아함.

384 고패지다 : 한 건물과 직각 방향으로 꺾이다.

385 조략하다 : 아주 간략하여 보잘것없다.

386 모갯돈 : 액수가 많은 돈.

387 공궤(供饋) : 윗사람에게 음식을 드리는 것.

388 알지다 : 실속이 있다.

389 조굿대가리 : 조기의 머리 부분.

390 탐지다 : '탐스럽다'의 방언(전남).

391 허천 : 기갈증을 뜻하는 전라도 방언.

392 비비송곳 : 자루를 두 손바닥으로 비벼서 구멍을 뚫는 송곳. 흔히 자루가 길며 촉이 짧고 네모지다.

393 보풀스럽다 : 보기에 모질고 날카로운 데가 있다.

394 암상떨이 : 남을 시기하고 샘을 잘 내는 짓.

395 교갑(膠匣) : 캡슐. 맛이나 냄새, 색상 따위가 좋지 않은 가루약이나 기름 따위를 넣어서 먹는 데 쓴다.

396 10삭(十朔) : 열 달.

397 추기다 : 남을 부추겨 어떤 일이나 행동에 나서도록 하다.
398 모듬쇠 자식 : 여자가 이 사람 저 사람 상대해서 아버지가 누군지 분간을 할 수 없는 자식.
399 자슷물 : '개숫물(음식 그릇을 씻을 때 쓰는 물)'의 방언(경남).
400 죄다짐 : 죄에 대한 갚음.
401 인치키(いんちき) : 사기 도박, 속임, 협잡, 가짜(물건)를 뜻하는 일본어.
402 아인(ein) 츠바이(zwei) 드라이(drei) : 독일어로 각각 하나(1), 둘(2), 셋(3).
403 오분눈다 : '오붓하다(살림 따위가 옹골지고 포실하다)'의 방언.
404 하나치 쓰나치 세나치 : 성적 대상으로서의 여성을 가리키는 표현. '치(ち)'는 유방을 뜻하는 일본어 '치치(ちち)'에서 온 말이며, '치' 자 앞에 하나, 둘, 셋(앞에서는 독일어로 '아인, 츠바이, 드라이'라고 했음)을 붙여 말장난을 했는데, '두나치'라고 하지 않고 '쓰나치'라고 한 것은 '두(tu)'가 일본어 '쓰(つ, tsu)'로 와전되었기 때문으로 추측된다. 즉, 여자 하나도 충분한데, 둘셋이나 거느리고 있다고 놀리는 말이다.
405 혼몽(昏懜) : 정신이 흐릿하고 가물가물함.
406 소성(蘇醒) : 중병을 치르고 난 뒤에 다시 회복함.
407 약비(弱卑)하다 : 약하고 비천하다
408 개구멍받이 : 남이 대문 밖에 버리고 간 것을 데려와 기른 아이.
409 스코폴라민(scopolamine) : 가짓과 식물에 함유되어 있는 알칼로이드. 부교감신경억제제 · 진통제 · 진정제로 간질 · 알코올중독 · 천식 · 멀미 등에 사용된다.
410 여승 : 흡사하게, 사실과 꼭 같이, 천생(天生).
411 일되다 : 나이에 비하여 발육이 빠르거나 철이 빨리 들다.
412 이간장방(二間長房) : 두 칸이나 되는 긴 방.
413 따로따로 : 어린아이가 따로 서는 법을 익힐 때, 어른이 붙들었던 손을 떼면서 내는 소리.
414 왜목불알 : 광목 바지 속에서 덜렁거리는 불알.
415 지장 : '지중'의 방언(전라). 지중은 아주 썩 귀한.
416 타래버선 : 돌 전후의 어린이가 신는 누비버선의 하나. 양 볼에 수를 놓고 코에 색실로 술을 단다.
417 구느름 : '군말'의 방언(전라).
418 쳇것 : 명색이 그런 사람이나 물건을 낮잡아 이르는 말.
419 든질르다 : '들이지르다'의 방언(전라). 들이닥치며 세게 지르다.
420 사랑땜 : 사랑하면서 여러 가지 일을 겪음.
421 간색(看色) : 여러 가지 물건을 갖춘 것으로 보이려고 조금씩 내어놓은 물건. 여기서는 얼굴 생김새.
422 괴춤 : 고의춤(고의나 바지의 허리를 접어서 여민 사이)의 준말.
423 호소무처(呼訴無處) : 원통한 사정을 호소할 곳이 없음.
424 수형(手形) : 여기서는 일종의 구두 약속.
425 옥구구(一九九) : 옥셈(잘못 생각하여 자기에게 불리하게 계산하는 셈).
426 얌사스럽다 : 얌전한 듯하면서도 간사스럽다.
427 시에미가 오래 살면 자수물 통에 빠져 죽는다 : 시어미가 오래 살면 개숫물 통에 빠져 죽는다. 오랜 시간을 지나는 동안에는 뜻밖의 일도 있을 때가 있다는 말.

428 이대도록 : 이다지. 이러한 정도로. 또는 이렇게까지.
429 옹구바지 : 대님을 맨 윗부분의 바지통이 옹기의 불처럼 축 처진 한복 바지.
430 우축좌축 : 이리 차고 저리 차고 이리저리 거드는 것.
431 거누다 : 가다듬어 차리다
432 조기다 : 써서 없애 치우다.
433 시쁘둥하다 : 마음에 차지 아니하여 아주 시들한 기색이 있다.
434 던테 : '덤터기'의 방언(전라). 남에게 넘겨씌우거나 남에게서 넘겨받은 허물이나 걱정거리.
435 궁량 : 궁리. 마음속으로 이리저리 따져 깊이 생각함. 또는 그런 생각.
436 도리 : 서까래를 받치기 위하여 기둥 위에 건너지르는 나무.
437 간지다 : 붙은 데가 가늘고 약하여 곧 끊어질 듯하다.
438 상지(相持) : 서로 자기의 의견만을 고집하고 양보하지 아니함.
439 저대도록 : 저다지, 저러한 정도로.
440 원정(原情) : 사정을 하소연하는 것.
441 끕끕수 : 잔뜩 겁을 주는 수단의 속어.
442 핍절하다 : 연재본에서는 '핍진한'이라고 되어 있으나 문맥상 '핍절한(진실하여 거짓이 없고 매우 간절한)'이 맞다고 판단된다.
443 홈스펀(homespun) : 양털로 된 굵은 방모사를 써서 손으로 짠 모직물. 또는 그와 비슷하게 기계 방적사로 짠 것. 양복감으로 쓴다.
444 치소(嗤笑) : 빈정거리며 웃음.
445 전중이 : 징역살이 하는 사람을 속되게 이르는 말.
446 아슴찮다 : '고맙다'의 방언(함경). 남이 베풀어준 호의나 도움 따위에 대하여 마음이 흐뭇하고 즐겁다.
447 굴지다 : 마음이 느긋하고 만족스럽다.
448 연맥(緣脈) : 이어져 있는 맥락.
449 부라퀴 : 자신에게 이로운 일이면 기를 쓰고 덤벼드는 사람.
450 쑬쑬하다 : 품질이나 수준, 정도 따위가 웬만하여 기대 이상이다.
451 무릎맞이 : 무릎맞춤. 두 사람의 말이 서로 어긋날 때, 제삼자를 앞에 두고 전에 한 말을 되풀이하여 옳고 그름을 따짐.
452 세리프 : 대사. 상투적인(틀에 박힌) 말.
453 마마손님 : '천연두'를 일상적으로 이르는 말. 여기서는 장형보에 대한 비유.
454 외창 : 외착. 일이 잘못되어 어그러짐.
455 근천스럽다 : 보잘것없고 초라한 데가 있다.
456 문두룸히 : 모나지 않고 평퍼짐하게.
457 광망 : 비치는 빛살.
458 오갈이 들다 : 두려움에 기운을 펴지 못하다.
459 의리부동하다 : 의리에 맞지 않다.
460 원혐(怨嫌) : 못마땅하게 여겨 싫어하고 미워함.
461 체세(體勢) : 몸을 가지는 자세.
462 수각황망(手脚慌忙) : 손발을 어찌할 바를 모른다는 뜻으로, 뜻밖의 일에 놀라고 당황하여 쩔

쩔맴을 비유적으로 이르는 말.

463 기색(氣塞)하다 : 심한 흥분이나 충격으로 호흡이 일시적으로 멎다.

464 입잣 : 입짓. 남의 입에 좋지 않은 뜻으로 오르내림. 어떤 뜻을 전하거나 무엇을 넌지시 알려 주기 위하여 입을 움직이는 짓.

465 가축 : 물품이나 몸 따위를 알뜰히 매만져서 잘 간직하거나 거둠.

466 오복전이 조르듯 : 오복조르듯. 몹시 조르는 모양.

467 여대치다 : 능가하다. 더 낫다.

468 자가사리 : 퉁가릿과의 민물고기.

469 여재수재 : 돈을 주고받음.

470 수양산 그늘이 강동 80리를 간다 : 어떤 한 사람이 크게 되면 그의 친구나 집안이 덕을 입게 된다.

471 끄터리 : 끄트머리(맨 끝이 되는 부분)의 방언(전라).

472 호마는 북풍에 울고 월조라는 새는 남쪽 가지에다만 둥우리를 얽는다 : 胡馬依北風 越鳥巢南枝라는 시구에서 온 말. 오랑캐 땅에서 온 말은 북풍이 불 때마다 고향을 그리워하여 울고, 남쪽 월나라에서 온 새는 남쪽 가지에만 보금자리를 만든다는 뜻으로, 고향을 몹시 그리워하는 모양을 일컬음.

473 증왕(曾往)에는 : 이전에는.

474 천리준총 : 천리준마. 하루에 천 리를 달린다는 아주 훌륭한 말.

475 옴팡장사 : 이익을 보지 못하고 크게 밑지는 장사.

476 푸죽다 : 풀이 죽다. 성하던 기세가 꺾이어 약해지다.

477 오때 : '오정(午正)때'의 준말. 점심때.

478 옥실옥실하다 : 옥시글옥시글하다. 아기자기한 재미 따위가 많다.

479 외람하다 : 하는 행동이나 생각이 분수에 지나치다.

480 마침감 : 마침맞은 사물이나 일.

481 번폐스럽다 : 보기에 번거롭고 폐가 되는 데가 있다.

482 부원군 팔자 : 딸을 잘 둔 덕에 호강하는 팔자.

483 병통 : 탈이 생기는 원인.

484 행뚱행뚱 : 몸피가 굵고 다리가 짧은 사람이 갸우뚱갸우뚱 걷는 모양.

485 자쪽 : '자'의 방언(전남).

486 고디퉁 : 이퉁(고집. 심술).

487 정가를 하다 : 흉보고 지청구하다. 지나간 허물을 들추어 흉보다.

488 씨알머리 : 남의 혈통을 속되게 이르는 말.

489 상한 : 상놈. 신분이 낮은 남자를 낮잡는 뜻으로 이르던 말.

490 양주 : 바깥주인과 안주인이라는 뜻. '부부'를 남이 대접하여 부르는 말.

491 틀거리 : 틀거지. 듬직하고 위엄이 있는 겉모양.

492 벌제위명(伐齊爲名) : 겉으로는 하는 체하고 속으로는 딴짓을 함.

493 실비병원 : 당시 병원 제도의 하나. 실제 비용만 받고 치료를 해주는 싼 병원.

494 고쿠라(小倉) : 두꺼운 무명 직물로, 허리띠나 학생복의 감 따위로 쓰임.

495 치렛감 : 잘 매만져서 모양을 내는 감. 실속보다 더 낫게 꾸며 드러낸 감.

496 드리없이 : 경우에 따라 변하여 일정하지 아니하게.
497 꼴새 : '꼬락서니'의 방언(경북).
498 연재본에는 제목과 번호가 빠져 있으나 앞 회차가 "식욕의 방법론 10"이고 다음 회차가 "식욕의 방법론 12"이다.
499 가슴애피 : 가슴앓이. 가슴속이 이따금 쓰리고 아픈 병. 위염이나 신경쇠약에서 기인한다.
500 역다 : 늘 자신에게만 이롭게 꾀를 부리는 성질이 있다. 어려운 일이나 난처한 일을 잘 피하는 꾀가 많고 눈치가 빠르다.
501 핫것 : 솜을 두어서 만든 옷이나 이불 따위를 통틀어 이르는 말.
502 모를 붓다 : 못자리를 만들어 씨를 뿌리다. 여기서는 그처럼 색주갓집이 많다는 뜻.
503 개칠(改漆) : 한 번 칠한 것을 고쳐 칠함.
504 부둥가리 : '부지깽이'의 방언(경기, 평북).
505 각수(角數) : 돈을 원이나 환 단위로 셀 때, 그 단위 아래에 남는 몇 전이나 몇십 전을 이르는 말.
506 여수(與授) : 주고받음.
507 조색스럽다 : 조화가 되지 않아 어색하다.
508 모본단(模本緞) : 비단의 하나. 본래 중국에서 난 것으로, 짜임이 곱고 윤이 나며 무늬가 아름답다.
509 쌩뚱쌩뚱하다 : 하는 행동이나 말이 상황에 맞지 아니하고 엉뚱하다.
510 가막소 : '감옥'의 방언(전라).
511 연재본에는 회차가 "식욕의 방법론 20"으로 되어 있으나 17이 맞다. 이 오류가 "식욕의 방법론"을 마칠 때까지 계속된다.
512 대끼다 : 두렵고 마음이 불안하다.
513 민며느리 : 장래에 며느리로 삼으려고 성인이 되기 전에 데려다 기르는 계집아이.
514 능장질 : 사정없이 몰아치는 매질.
515 농투산이 : '농투성이(농부를 낮추어 부르는 말)'의 방언(충남).
516 하상(何嘗) : '근본부터 캐어본다면' '따지고 보면'의 뜻으로 부정의 뜻을 가진 말 위에 붙여 쓰는 말.
517 셈들다 : 사물을 분별하는 슬기가 생기다.
518 조행(操行) : 태도와 행실을 아울러 이르는 말.
519 노이예츠 나하츠 : 노이에스 니히츠(Neues nichts)의 오기. 독일어로 '이상 없다'는 뜻.
520 쌔와리다 : 실없는 말을 자꾸 지껄이다.
521 부사견 : 명주로 짠 옷감의 일종.
522 공골시 : 공교롭게도.
523 글루미 선데이(Gloomy Sunday) : 당시 유행하던 노래 제목
524 조만치가 않다 : 일의 상태 등이 예사롭지 않다.
525 감수(減壽) : 수명이 줄어듦.
526 드레다 : '더럽히다'의 방언.
527 방색(防塞) : 들어오지 못하게 막음. 또는 틀어막거나 가려서 막음.
528 환 : 환난(患難), 근심과 재난을 통틀어 이르는 말.

529 전장(傳掌)하다 : 전임자가 후임자에게 맡아보던 일이나 물건을 넘겨서 맡기다.
530 무가내하(無可奈何) : 막무가내. 달리 어찌할 수 없음.
531 시종무관 : 대한제국 때, 임금을 호종하는 일을 맡아보던 무관.
532 '모당'으루 : 모던(modern)한 것으로.
533 강강하다 : 마음이나 의지가 강하고 굳세다.
534 솔성(率性) : 타고난 성질.
535 수밀도(水蜜桃) : 껍질이 얇아 잘 벗겨지며 살과 물이 많고 맛이 단 복숭아.
536 오꼼 : 오뚝 일으켜 세운 모양.
537 허천베기 : 식욕이 매우 왕성하고 음식을 지나치게 탐내는 사람을 비유적으로 이르는 말.
538 도척 : 중국 춘추시대의 큰 도적. 몹시 악한 사람을 비유적으로 이르는 말.
539 술척스럽다 : 흉측스럽다의 방언(전라).
540 긋히다 : 죽게 하다.
541 등감 : 등갑. 등딱지. 여기서는 '사람의 등'을 가리킨다.
542 간유(肝油) : 명태, 대구, 상어 따위 물고기의 간장에서 뽑아낸 지방유.
543 레지 : 영어 register에서 온 말로 계산을 담당하는 여점원.
544 참월하다 : 참람하다. 분수에 넘쳐 너무 지나치다.
545 헤성헤성하다 : 헤싱헤싱하다. 치밀하지 못하고 허전한 느낌이 있다. 듬성듬성하다.
546 국지관(菊池寬) : 기쿠치 간. 당시 일본의 대중소설가.
547 하쿠라이(はくらい, 舶來) : 외래. 외국제를 뜻하는 일본어.
548 서로가름 : 서로 바꾸어 대는 것.
549 노순(路順) : 가야 할 길의 순서.
550 리베(Liebe) : 독일어로 '연인'이라는 뜻.
551 궐씨 : 그 사람. 그 남자.
552 일참(日參) : 나날의 출근.
553 마요이코(迷い子) : 미아.
554 수유(受由) : 말미를 받음. 또는 그 말미.
555 양지(洋紙) : 서양에서 들여온 종이.
556 곰상 : 성질이나 행동이 싹싹하고 부드러움.
557 사개 : 상자 따위의 모퉁이를 끼워 맞추기 위하여 서로 맞물리는 끝을 들쭉날쭉하게 파낸 부분. 또는 그런 짜임새.
558 무대(武大) : 중국 소설 『수호지』와 『금병매』에 나오는 인물의 이름으로, 지지리 못나고 어리석은 사람을 비유적으로 이르는 말.
559 메 : '먹이'를 이르는 말.
560 부전스럽다 : 보기에 남의 사정은 돌보지 아니하고 자기가 하고 싶은 일에만 서두르는 데가 있다.
561 연재본에는 "노동 훈련일기 1"이라고 되어 있으나 2가 맞다. 이 오류가 "노동 훈련일기"를 마칠 때까지 계속된다.
562 상밥집 : 상에 반찬과 밥을 차려서 한 상씩 따로 파는 집.
563 경난(經難)하다 : 어려운 일을 겪다.

564 초요(招搖) : 이리저리 헤매거나 어슬렁어슬렁 걸음.
565 견우코 미견양(見牛未見羊) : 소는 보고 양은 보지 않았다는 뜻으로, 무엇이나 보지 않은 것보다는 직접 눈으로 보고 들은 것에 대하여 한층 더 생각하게 된다는 말.
566 어거(馭車)하다 : 거느리어 바른길로 나가게 하다.
567 지덕 : 지드럭거림. 남을 귀찮게 건드림.
568 폭백(暴白) : 죄나 잘못이 없음을 말하여 밝힘.
569 불가입성(不可入性) : 두 개의 물체가 동시에 같은 공간을 차지하지 못하는 성질. 빈 병을 물속에 거꾸로 넣으면, 공기 때문에 물이 병 안으로 들어가지 못하는 성질 따위를 이른다.
570 떠받이 : 남을 잘 위하고 받드는 일. 또는, 그런 사람.
571 쑥 : 너무 순진하거나 어리석은 사람을 비유적으로 이르는 말.
572 아베크(avec) : 아베크족. '~와 함께'를 뜻하는 프랑스어에서 유래하여, 연인 관계에 있는 한 쌍의 남녀를 이르는 말.
573 무름 : 취소.
574 칼모틴(Calmotin) : 수면제의 한 가지.
575 찌럭소 : 성질이 사나운 황소.
576 헤식다 : 일판이나 술판 따위에서 흥이 깨어져 서먹서먹하다.
577 사폐(事弊) : 일이나 행동에서 나타나는 옳지 못한 경향이나 해로운 현상.
578 다꾸앙 : 단무지.
579 흉아작 : 흉보는 것.
580 별순검 : 대한제국 때에, 제복을 입지 아니하고 비밀 정탐에 종사하던 순검.
581 뒤삐어지다 : 제 때가 지나버려 뒤늦다.
582 배지 : '배(腹)'를 속되게 이르는 말.
583 기(棄)하다 : 싫어하고 피하다.
584 조만이 없는 노릇 : 잘 성취되리라고 기대가 없는 일.
585 꿈만하다 : 어찌하여야 할지 몰라 막막하다.
586 청처짐하다 : 동작이나 상태가 바싹 조이는 맛이 없이 조금 느슨하다.
587 배착배착 : 몸을 한쪽으로 약간 배틀거리거나 가볍게 잘록거리며 걷는 모양새.
588 쭈쩍 : 문득 갑자기.
589 약시약시 : 이러저러.
590 독부(毒婦) : 성품이나 행동이 몹시 악독한 여자.
591 곱쟁이 : '곱절'을 속되게 이르는 말.
592 상거(相距) : 떨어져 있는 두 곳의 거리.
593 고누다 : '겨누다'의 방언(전라).
594 보깨다 : 먹은 것이 소화가 잘 안 되어 속이 답답하고 거북하게 느껴지다. 일이 뜻대로 되지 않아 마음이 번거롭거나 불편하게 되다.
595 게목 : 듣기 싫은 목소리.
596 급처(急處) : 급소.
597 맞창 : 마주 뚫린 구멍.
598 죽은 줄을 알고 발길질을 멈추고는 : 연재본에는 '죽은 줄을 발길질을 멈추고는'이라고 되어

있다. 누락된 구절이 있는 것으로 판단되어 수정한다.

599 매무시 : 옷을 입을 때 매고 여미는 따위의 뒷단속.

600 쥐 놀다 : 힘살이 파르르 떨거나 꿈틀거리다.

601 거역(巨役) : 몹시 힘든 큰일.

602 손탯그릇 : 방 안에서 곁에 두고 쓰는 잡동사니 물건들을 담아두는 그릇.

603 부주전(父主前) 상백시(上白是) : 아버님께 사뢰어 올린다는 뜻.

604 압령(押領)하다 : 물건을 호송하다.

605 홍로(紅爐) : 빨갛게 달아오른 화로.

606 자현(自現) : 예전에, 자기 스스로 범죄 사실을 관아에 고백하던 일.

| 작품해설 |

시대의 희생제의(犧牲祭儀)를 읽어내는 방법

— 채만식의 『탁류(濁流)』론

1. 소설이 아름답다는 환상

채만식의 『탁류(濁流)』를 읽고 나서, 참으로 아름다운 소설이라고 감탄하는 이가 있다면 아마 소도 말도 웃을 것이다. 『탁류』는 어느 모로 보나 아름답지 않다. 아름답기는커녕 답답하고, 안타깝고 환멸을 자아내며, 음험하고 타락한 시대 분위기에 몸서리를 치게 될지도 모른다. 『탁류』를 읽는 데서 촉발되는 이러한 정서를 가치로 인정하고 접근하기 위해서는 방법을 달리할 필요가 있다.

작가는 '죽일놈들'이 득실거리는 시대상을 거침없이 털어놓고 있다. 딸을 팔아 장사 밑천이나 삼을까 눈치나 슬슬 보고 돌아가는 얌통머리 없는 정 주사 내외, 은행에 근무하는 사기꾼이며 호색한인 고태수, 인간 말종 장형보, 딸을 색주가에 팔아야 입에 풀칠을 하는 명임이네 집안, 어느 하나 신선한 구석이라곤 없다. 그래도 좀 낫다는 것이 남승재와 계봉인데 이들에게 희망을 걸 며리가 없다. 남승재는 성실하고 마음 좋기만 했지 세계의 실상을 분석할 만한 지성이 결여되어 있다. 계봉이의 경우 뭘 좀 알기는 해도 크게 기대할 바가 못 된다. 소설적 인물이 되기는 아직 어리고 경박하다.

아름답지 않은 이 소설에 접근하는 데는 방법을 달리하지 않으면 안 된다. 문학이 예술이 되는 조건에 대한 검토가 있어야 한다. 문학이 예술의 한 영역을 차지하고 있으며, 예술이기 때문에 아름다움을 추구한다고 생각한다면 많은 오해가 빚어진다. 문학은 아름다움을 추구한다기보다는 진실을 추구하는 데에 본래의 몫이 있다. 소설이 삶의 진실을 추구하는 문학이라는 점 또한 사실이다. 문학 일반이 그렇지만, 특히 소설은 그 양상이 너무나 다양해서 소설을 정의한 역사는 오류의 역사라고 할 만큼 본질 규정이 어렵다. 소설적 진실이라는 것을 규정하기 어려운 이유는 소설의 그러한 다양성에 있다. 그렇더라도 정리해 말하자면, 소설이 추구하는 진실은 아름다움을 보여주는 데서 촉발되는 정서적 감흥보다는 뼈아픈 인식을 통해서 도달할 수 있는 것이라고 보아야 한다.

소설에서 진실을 구현하는 방법에는 여러 가지가 있다. 세상 돌아가는 모양을 작가의 개입 없이 보여줌으로써 독자들이 진실을 깨닫게 하는 방법은 주로 리얼리즘 소설에서 구사한다. 잡답(雜沓)하게 돌아가는 세상 물정을 작가가 쥐고 흔들면서 조롱하는 것을 보고, 독자는 그 현실을 뒤집어놓고 거기서 진실을 깨닫기도 한다. 이른바 풍자 방식이다. 이런 세상에 살아보았으면 하는 인간의 꿈을 소설에 이끌어들이는 일은 소설의 필요충분조건 가운데 하나이다. 그러나 그 방법은 또한 단일하지 않다. 꿈을 실현하기 위해 악전고투하는 인물을 그리는 방법이 있고, 그 맞은편에 꿈속에서나 실현할 수 있는 세계 자체를 그려 보이는 방법도 있다. 이처럼 소설에서 진실에 도달하기 위한 방법, 혹은 독자에게 진실의 감각(sense of reality)을 일깨울 수 있도록 하는 방법은 말할 수 없을 정도로 열려 있다. 문제는 진실 추구의 '소설적' 방법이 무엇인가 하는 데에 있다.

소설이 곧이곧대로 인생의 진실을 추구하는 것이라면, 그런 진실이야 종교에서도, 도덕에서도, 윤리학에서도, 사회학에서도 다 하는 것이 아닌가. 또 소설보다 그러한 영역에서 한결 잘해내기도 한다. 그렇다면 역사나 철학과 달리 소설이 아니면 이루어낼 수 없는 진실 추구의 방법은 무엇인가. 여기서 우리는 소설이 언어적 소통과 수행의 과정이라는 점을 고려하게 된다.

일상에서 누군가가 진실을 추구한다면 이는 주체의 직접적인 개입을 통해 이루어지는 사회적 실천의 양상이 된다. 그런데 소설에서는 허구적 담론을 통해,

언어적 형상화의 방식으로 진실을 추구한다. 허구적 담론 안에서 이루어지는 진실 추구이기 때문에, 언어적인 형상화 차원에서 이루어지는 작업이기 때문에 주체의 직접적인 개입 없이도 진실을 추구할 수 있다. 달리 말하자면 진실의 대리 체험이 가능하도록 가상 세계를 창조하는 것이다.

소설에서 추구하는 진실은 소설을 읽는 사람의 감동으로 연계된다. 소설에서 느끼는 감동은 지성을 바탕으로 한 것이다. 달리 말하자면 인식을 바탕으로 한 감동이다. 소설의 감동을 정서적인 차원으로 한정하는 것은 소설을 오해하게 만드는 요인이 된다. 이 감동은 아름다움을 느끼는 데서 오는 감동만은 아니다. 소설의 감동은 우아, 비장, 활계, 숭고, 등으로 구분되는 미적 범주와 연관 지어 설명해야 한다.[1] 이들 범주는 소설 독자의 정서에 충격을 가하고, 논리 구조에 새로운 변화를 주게 된다. 소설에서 얻는 감동은 이들이 종합되고 역동적인 작용을 하는 가운데 이루어지는 것이다.

소설이 삶의 진실을 추구하는 것이라는 전제를 승인할 때라야 아름답지 않은 이야기의 참뜻을 깨닫게 된다. 그런데 장편소설에서는 미적 범주가 어느 하나로 간결하게 정리되지 않는다는 데에 곤혹스러움이 있다. 범주 사이에 서로 얽히고 설켜 독특한 빛깔을 만들어내기 때문이다. 이는 삶의 다양성에 가장 가까이 접근하는 문학 양상이 소설이기 때문에 그러하기도 하다. 소설에 어떤 명칭을 관형어로 부여하기 어려운 이유가 여기 있다. 『탁류』는 무슨 소설인가? 하는 질문에 대한 답으로 예상할 수 있는 것은 장편소설, 사회소설, 세태소설, 리얼리즘 소설, 교육소설, 낭만주의 소설 등 몇 가지를 들 수 있을 것이다. 그러나 이들 명칭 가운데 『탁류』의 전체 성격을 모두 포괄할 수 있는 것은 하나도 없다. 그렇다면 미적 범주 가운데 어느 쪽으로 접근하는가 하는 점에서 소설을 바라볼 필요는 있다. 이는 소설에 대한 비평적 전제라 할 수 있는 점이다.

소설을 정의하는 것은 그 자체가 도로에 그칠 공산이 크다. 그러나 소설에 대한 개념적 규정은 어떤 작품을 읽어 나가는 데는 기본적인 참조의 틀이 될 수도

1 조남현, 『소설원론』, 고려원, 1982, 146쪽.

있다. '소설은 작가가 인간 삶의 양상의 허구적 언어로 형상화한 서사문학이다.' 이러한 규정에서 이끌어낼 수 있는 소설에 대한 독서 요점은 다음과 같은 것들이다. 첫째 인간－어떤 사람들이 나오는가, 둘째 삶의 양상－인물들이 어떻게 살아가는가, 셋째 플롯－이야기는 어떻게 짜여가는가, 넷째 언어－어떤 담론 양상을 보이는가, 다섯째 역사 · 사회－작가의 시대적 정황. 이 글에서는 앞의 요소들을 중심으로 하되 『탁류』를 '시대의 희생제의'라는 관점에서 검토하고자 한다.

소설을 인물의 이야기라고 하는 것은 인물이 소설의 뼈대를 구성하는 요소이기 때문이다. 그리고 인물들이 활동하는 것이 결국은 삶의 양상이다. 그리고 인물들이 살아가는 가운데 갈등이 빚어지고 해소되는 과정이 플롯이다. 소설의 언어는 층위가 다양하기 짝이 없는 언어를 문체화한 것이다. 이상의 일을 한 사람은 물론 작가이다. 작가는 구체적인 시대 체험을 지니고 있는 인물이고 세계에 대한 주체적인 판단을 지니고 있는 인물이다. 그러한 점에서 소설에 실증적으로 접근하는 데에 관계되는 많은 문제는 작가와 연관된다고 할 수 있다. 이러한 요소들을 의미의 장으로 이끌어들임으로써 완결성을 지니도록 하는 것은 독자이다.

이상의 요점을 중심으로 독자가 소설에서 얻어낼 수 있는 감동은 주체적인 것이다. 소설에서 이루어지는 삶을 자신의 삶과 연계하고, 소설 바깥의 제반 여건을 자신의 인식 지평으로 수렴함으로써 자신의 인식에 자각적으로 충격을 가하는 것이다. 이를 소설의 감상이라 할 수 있고, 그 과정에서는 선택과 배제가 부단히 이루어짐은 물론 가치 결단을 체험하게 된다. 이러한 가치 결단의 체험은 독자의 감수성과 인식의 지평을 확대하는 데에 기여함은 물론이다. 이러한 과정은 소설을 감상하는 사람이나 연구하는 사람에게 동일하게 적용되는 실천의 국면이다. 이러한 실천의 국면은 사회적 공감을 바탕으로 정당화된다는 점에서 사회적 성격을 띤다. 이 지점에서 앞에 제시한 소설의 규정은 사회 문맥적으로 재의미화된다.

2. 속물적 인간상

어떤 소설을 읽었는가 안 읽었는가 하는 판정은 작중인물의 이름을 기억하는가 하지 못하는가 하는 문제로 단순화되기 십상이다. 물론 소설의 독서를 이렇게 단순화하는 데에 문제가 없는 바는 아니나, 어떤 소설을 읽고 어떤 인물이 나오는지를 한마디도 말할 수 없다면 소설을 읽었다는 근거를 달리 대기가 난감할 것이다. 소설을 읽을 때 우선 인물에 눈이 간다는 점을 사실로 인정하는 것이 솔직한 태도이다.

소설에서 인물에 주의가 집중되는 것은 소설이 인물의 이야기라는 점에서 매우 자연스런 현상이다. 인물의 이야기라는 것은 소설이 인간 삶의 진실을 추구한다는 의미와 다르지 않다. 그런데 흔히 소설의 인물을 이야기하면서 인물의 유형을 따지는 경우를 보게 된다. 분류와 구분이 사물을 이해하는 데에 유용한 인식 장치임은 틀림없다. 그러나 인물을 유형으로 분류하는 데에 소설을 읽는 목적이 있지 않다는 것은 이따금 환기할 필요가 있다. 교과서에서 배운 대로 인물의 유형을 분류하는 데에 몰두하다가 소설을 읽는 재미를 다 놓칠 수 있기 때문이다.

그러니 초봉이가 평면적 인물인지 입체적 인물인지에 따지고 들것이 아니다. 오히려 인물들이 맺어가는 관계망에 주목하는 것이 소설을 이해하는 데에 한결 효과적이다. 소설은 인간을 관계존재로 취급하기 때문이다. 또한 소설의 텍스트 내적인 기능을 중심으로 주동인물이니 반동인물이니 하는 것을 따지는 것도 무리이다. 장형보가 주동인물인지 반동인물인지 하는 문제는 이야기가 지향하는 방향에 따라 달라진다. 부도덕한 인간의 말로를 형상화하는 데는 주동적이지만 초봉이의 행복을 위해서는 반동적이다. 따라서 사회적 삶을 살아가는 현실 인물의 대변인이라고 생각하고 인물을 살펴보는 것이 더 의미 있는 일이다. 이는 텍스트의 분석 이후에 이루어지는 수용의 문제와 연관되는 시각인 것이다. 달리 말하자면 『탁류』의 인간들을 나의 삶과 적극적으로 연관 지어 보는 일에 참여하는 독법이 필요한 것이다.

우선 정 주사네 집안부터 살펴보기로 하자. 정 주사(50세)는 서천에서 살다가 군산으로 이사하여 미두장에서 하바꾼으로 전락한 인물이다. 정 주사는 이름이 정영배인데 소설 전체를 통해 두 번밖에 이름이 언급되지 않는다. 정 주사의 아내 유 씨가 있고, 이들 내외는 슬하에 정초봉(21세), 정계봉(17세) 딸 형제를 두었고, 그 아래로 형주(14세)와 병주(6세)라는 아들 둘이 있다. 그 집에 남승재라는 인물이 하숙하고 있는데 그는 금호의원 조수이다. 정 주사의 딸 초봉이가 점원으로 나가는 양국 제중당의 주인 박제호는 정 주사의 고향 친구이다. 박제호의 아내 윤희는 히스테리를 앓고 있는 여자로 아이가 없다. 이 약국에서 남승재가 약을 주문해다 쓴다.

정 주사의 친구로 탑삭부리 한 참봉이 있고, 부인 김 씨와의 사이에는 자식이 없어 딴살림을 차린 작은마누라를 두고 있다. 그 집에 은행에 다니는 고태수가 하숙하고 있다. 고태수의 친구 겸 하수인인 장형보가 함께 기거한다. 고태수는 김 씨와 정분이 난 사이이다.

이 밖에 고태수가 오입하러 다니는 기생 행화, 남승재가 돌보아주는 명임이, 명임이를 2백 원에 사간 개명옥 여주인 등이 있다. 한 참봉, 박제호, 고태수 등이 식모를 두고 있는데 그들은 소설 속에서 별다른 역할이 없다. 시대의 풍속 한구석을 보여줄 뿐이다. 그리고 고태수의 모친과 남승재의 부모가 두 인물의 내력과 연관지어 설정되기는 하지만 겉으로 나타나지는 않는다.

인물을 이렇게 정리해보았지만 이 자체로서는 소설을 이해하는 데에 큰 도움이 되지 않는다. 가족이나 작은 집단의 구성원으로서 이들 인물들의 성격 특징은 이들이 보여주는 관계 속에서 의미를 드러낸다. 따라서 개개 인물의 성격보다는 인물들을 다시 몇 무리로 구분하여 관계를 추적하는 것이 보다 생산적인 방법이 될 것이다.

이들 가운데 우선 눈에 띄는 것이 세속적인 사람들이라는 점이다. 플로베르가 '비속의 미학'을 수립한 이래,[2] 소설이 본래 속물들의 이야기이기는 하지만, 『탁

2 '비속(卑俗)의 미학(美學)'은 플로베르가 『보바리 부인』에서 구사한 소설의 방법으로, 생활세계의

류』에 나오는 속물들은 유별난 데가 있다. 우선 정 주사 내외가 속물의 대표 격이라고 할 만하다. 초봉이와 남승재는 막연하지만 그런대로 맺어질 수 있는 가능성이 엿보이는 사랑하는 사이이다. 그런데 이들 내외는 준마처럼 등장한 은행원이며 사기꾼인 고태수에게 딸을 여의기로 작정한다. 둘을 맺어주려는 동기라는 것이 참으로 세속적이다. 우선 사윗감 고태수가 생활비를 대주면 곤궁함을 면할 수 있다는 물질적인 유혹이 이들을 부추긴다. 그리고 장사 밑천을 대주겠다는 데에 이들은 고태수를 평가함에 있어서, 춘향전 식으로 구구절절 관주를 달아준다. 전황(錢荒)하고 살아갈 일이 아득한 이들에게 생활비와 장사 밑천이 강력한 유인력을 지닐 수 있다는 것은 개연성이 있다. 문제는 자식을 생각하는 부모가 자식과 돈을 맞바꾸려 한다는 데에 있다. 다소 의심 가는 데가 있었으면서도 뒤를 캐보지 않고 결혼을 허락하는 내외의 결정은 세속적 삶의 표본이다. 한 참봉 내외가 거들기도 하지만 정 주사 내외의 이런 세속적 태도가 시대의 희생제의에 초봉이가 번제물(燔祭物)로 공여되는 단초를 제공하는 것이다. 딸을 팔아 생활을 사고, 딸을 희생제의에 바치고 식구들이 안정을 얻으려는 부모들의 심리는 세속적이고 타락한 것이다.

초봉이도 속물적 성격을 지니기는 마찬가지이다. 이는 인습적 사고로 나타나는데 한마디로 '집안 걱정'을 하다가 신세를 망치는 인물인 것이다. 이는 김소월의 「접동새」에 나오는, 의붓어미 시샘에 죽은 누나가 아홉이나 되는 오랍동생 때문에 밤마다 강가에 와서 우는 그 혼신이 씐 것은 아닌가 싶을 지경으로 집안 걱정에 안달복달이 그칠 날이 없다. 초봉이에 대한 묘사가 살아 있음에도 불구하고 독자가 초봉이의 행동에 대해 분개하지 않을 수 없는 것은 집안에 대한 편집광적 집착 때문이다. 그렇다고 소설 내에서 그러한 집착이 필연적이라는, 그럴 만하다는 정당성이 마련되어 있지도 않다. 미련한 여자라는 생각을 버릴 수 없고, 그렇게 미련한 여자가 당하는 운명은 어쩔 수가 없다고 생각하면 더욱 안타

비속한 일상을 소설로 다룸으로써, 영웅 중심의 역사에서 기록되지 못한 일상생활이 의미를 띠도록 하는 방법이다. 이로써 역사와 달리 소설이 독립선언을 할 수 있게 되었다.

까워지는 것이다. 이는 초봉이의 인습적 사고의 일면이기도 한데, 인습적 사고를 부정할 줄 모르는 것과 세속적 사고의 거리는 그렇게 먼 것이 아니다.

『탁류』라는 제목 자체에서 암시되는 바이기도 하지만 이 작품의 인물들은 타락한 사람들이다. 고태수, 장형보, 박제호 등 초봉이를 농락한 사람들이 타락한 인물을 대표한다. 세속적 사고에 젖어 있는 인물들이 서로 타락을 부채질하는데, 이 타락한 인물들의 특성 가운데 하나는 돈이라는 매개물을 통해 그들의 삶을 버텨나간다는 점이다. 타락을 정당화하는 것이 물론 돈만은 아니다. 초봉이를 농락했다는 점에서 이들은 일단 도덕적으로 타락한 인물들이고, 그러한 타락에 대한 반성이 전혀 없다는 점이 거론되어야 할 것이다. 자신이 결혼할 자격이 없다는 것을 알면서, 곧 죽어야 할 사람이라는 것을 스스로 이야기하는 고태수가 초봉이를 탐내는 것은 도덕적 타락이 심리적으로 전이된 점을 상징한다.[3] 초봉이의 결혼을 전후한 생활은 타락의 연장선상에서 이루어지는 희생제의의 한 대목으로 보아도 무방할 것이다. 초봉이를 겁탈하는 장형보나, 소나기를 두드려 맞은 배추밭 같은 초봉이를 꼬드겨 소실로 삼는 박제호나 도덕적 타락이라는 점에서 차이가 있을 수 없다. 그리고 이러한 타락의 맥락에서 아무 저항이나 이의 제기를 하지 못하는 초봉이는 타락에서 면죄되는 인물이 아니다.

이러한 인물들의 타락이 모두 돈과 연관되어 있다는 점은 음미할 필요가 있는 사항이다. 골드만식으로 소설이 "훼손된 세계에서 타락한 방식으로 진정한 가치를 추구하는 인물의 이야기"라고 할 경우[4] 타락한 방식은 돈을 매체로 하는 삶의 방식을 뜻하다. 즉 소설이 상품화되지 않을 수 없다는 점을 지적한 것이다. 돈이 세상을 움직이는 기본 동력이 되고, 소설이 남에게 이야기를 하기 위해서는 극복하지 않으면 안 되는 중개 작용을 수용할 수밖에 없는 이 모순 속에서, 그러면서도 진정한 가치를 추구하는 면모를 보일 때 독자는 그 인물에게서 암묵적이기는 하지만 진정한 가치가 무엇인가를 함께 모색하게 된다. 그런데 『탁류』에는 그러

3 심리의 전이는 사회학적 관점에서 설명할 수 있을 것으로 본다.

4 L. Goldman, *Pour une sociologie du roman*, tr. A. Sheridan Tavistock Publications, 1975.

한 대립적인 요소가 잘 드러나지 않는다. 이는 인물들의 성격이 과도하게 한 방향으로 치우쳐 있기 때문이다. 페터 지마의 용어로 하자면 단의미적(單意味的) 신화(神話)에 얽매인 채 휘둘리는 인간들이다.[5]

세상에는 '법이 없어도 살 사람'이라는 단순한 사람들이 있는 법이다. 그리고 그들의 삶이 계산 없이 베푼다는 점에서 때로는 감동으로 다가오기도 한다. 이해득실을 계산하는 것 자체가 훼손된 삶의 한 양상이기 때문이다. 『탁류』에 나오는 인물 가운데 단순하기 이를 데 없는 인물이 남승재와 초봉이다. 하나는 알고 둘은 모르는 인물들이다. 이런 사람들이 세속적, 물질적 이해에 눈이 어두워 아귀다툼을 하는 사람들 속에 끼면 결국 자신을 지키지 못하고 희생을 당한다. 남승재가 초봉이에게 뜻이 있으면서도 결국 고태수에게 빼앗기는 것도 성격의 단순성에서 비롯하는 소극성 때문이다. 개명옥에 팔려간 명님이를 구해주겠다는 계획이라든지, 계봉이에게 경제 문제를 이야기 듣고 감탄하는 대목은 세계를 이해하는 방식이 단순하기 짝이 없다는 점을 잘 보여준다. 단순하기 때문에 어떤 일에 열정을 가질 수 있다는 점은 사실이라고 해도, 간특한 계략과 계책으로 가득 찬 세계를 변화시키는 데는 한계가 너무나 뻔한 것이다. 이렇게 본다면 이 개인들은 시대의 특성을 닮은 인간들이라 할 수 있다. 이 인물들은 시대상의 심리적 상관물이라는 의미를 지닌다.

이런 인물을 설정할 수밖에 없는 작가의 고충은, 짐작컨대, 당시 시대상황이 단순하되 적극적인 인물의 설정을 허용하지 않는다는 데 있었을 것이다.[6] 당시는 한글로 글을 쓴다는 것이 목숨을 내놓아야 하는 일과 맞먹는 삼엄한 시대였다. 이러한 상황에서 소설적으로 진실을 드러내는 작품이 가능한가 하는 점은 음미해보아야 한다. 만일 소설을 가지고 역사를 비판한다든지 하는 긴장력을 유지할 수 있다면, 여기서 소설이 언어적 형상화를 추구한다는 원칙 자체가 무의

---

5 Peter Zima, *Lieralische Ästhetik*, 허창운 역, 『문예미학』, 을유문화사, 1993, 426쪽 등 참조.

6 1937년~1938년이라는 상황은 일제가 전시체제로 치달아가던 무렵이다. 『탁류』 연재가 끝나고 『인문평론』이 창간되며, 곧 『국민문학』으로 이름을 바꾸어 부일을 강요하던 시점이다. 이러한 시대적 상황과 작품의 구조 사이에 정합성을 추구하는 일은 다른 작업을 요한다.

미해진다.

소설에서 무지한 사람들을 다루는 방식에는 두 가지가 있다. 하나는 연민이고 다른 하나는 골계이다. 이들은 딱하거나 우습다. 『탁류』에 나오는 무지한 인물들은 연민을 자아내는 인물들이다. 아이가 병이 났는데 굿을 하다 죽이는 먹곰보 부부가 가장 두드러지는 예이다. 무지하기로는 초봉이도 누구 못지않다. 사랑과 돈을 구분하지 못하는 것이나 사랑과 의리를 분간할 줄 모르는 것은 무지라고밖에 할 수 없다. 그리고 자신이 얹혀사는 인물들 즉 박제호나 장형보를 대하는 방식은 무지하기 이를 데 없다. 사랑으로 맺어진 결혼이 아니라 목숨을 연명하기 위한 수단에 불과한 생활에서, 집안을 위한다는 핑계가 없는 것은 아니지만, 노골적으로 돈을 요구한다든지, 심리적 충동을 자극하는 언사를 반복하는 것 등은 무지의 소치라고밖에 할 수 없는 일이다. 남승재의 무지 또한 독자들의 기대를 배반하는 것이다. 『탁류』에서 시대의 '탁류'를 헤쳐나갈 만한 인물로 그나마 기대를 걸 수 있는 인물이 남승재인데 그가 가지고 있는 자식이나 세상 경험으로는 세계의 폭압을 헤쳐나가기는 어림도 없다는 것을 독자가 먼저 거니채는 데서 독자는 실망하지 않을 수 없게 된다.

『탁류』는 세속적이고 타락된 인물들과 단순하고 무지한 인물들이 벌이는 희생제의를 형상화하고 있는 작품이라 할 수 있다. 르네 지라르가 『폭력과 성스러움』에서 설명하는 바와 마찬가지로 이때의 희생제의는 당대 사회가 사회로서 움직여가기 위한 상징적 장치이다.[7] 그런데 문제는 그 사회를 이끌어가는 주체가 희생제의의 번제를 울리는 당사자들과 분리되어 있다는 점이다. 당대의 성스러움을 이념으로 밀고 나가는 주체는 일제이다. 일제의 성스러운 이념을 구현하는 데에 조선의 백성이 제물이 되는 것이다. 그러한 점에서 『탁류』에 나오는 인물은 이중적으로 시대의 제물이다. 민족 전체가 일제의 제물이고, 그 제물들 사이에서 또다시 제물을 선택하여 바치면서 희생제의를 치르는 것이다. 따라서 똑똑하고 똑똑치 못함이라든지 성격의 단순하고 사려 깊음, 지식의 폭넓음이나 좁음

7 René Girard, *La Violence et le sacré*, 김진식 · 박무호 역, 『폭력과 성스러움』, 민음사, 1994.

따위는 문제가 되지를 않는다. 초봉이가 팔자 한탄을 하는 것은 어쩌면 그렇게 점지되어 있는 것이기 때문인지도 모른다.

3. 희생제의적 삶의 방식

'사람의 삶'이라는 말처럼 막연한 것도 달리 없다. 구체적인 개인의 삶은 먹고 자며, 사랑하고, 종족을 번식하고, 일을 하고, 그러다가 죽는 것에 이르기까지 무한으로 수렴하는 스펙트럼 가운데 어느 진폭을 밟게 마련이다. 밥을 먹다가 이 사이에 무엇이 끼었는데 이쑤시개가 없어 기분이 잡치는 것에서부터, 사랑을 결단하고, 혁명을 꿈꾸는 것에 이르기까지 인간의 행위 치고 삶에 포함되지 않는 것이 없다. 그러나 이를 모두 유의미한 삶으로 해석할 도리도 없거니와 그럴 필요도 없다. 어차피 문학은 문학 내로 수렴하는 삶의 스펙트럼 가운데 몇 부분을 선택하고 거기다가 의미를 부여하며, 그 의미의 타당성을 독자에게 묻는 것이기 때문이다. 다만 몇 가지 의미 있는 부분을 골라 그 의미를 언어적으로 재구성해 보는 데서 삶의 의미를 찾아보게 되고, 그것을 독자 자신의 판단과 대비하는 가운데 독자는 작품을 주체적으로 수용하게 된다.

『탁류』에 나오는 사람들이 살아가는 방식의 특징은 다음 몇 가지로 집약할 수 있다.

첫째는 의존적인 삶을 살아간다는 점이 『탁류』의 인물들이 보여주는 삶의 두드러진 양식이다. 심리적인 노예화라 할 수 있는데, 이는 회생제의를 삶의 본질로 착각하는 인물들의 세계인식과 연관되는 점이다. 혹은 자신이 희생제의를 주관하는 인물들이 아니기 때문에, 희생제의의 희생물이 되어 수동적으로 살아간다는 의미가 될 것이다. 정 주사의 몰락 과정이 이를 여실히 보여준다. 스물세 살부터 13년 동안 군 고원 노릇을 하고 일자리를 잃게 되자 빚을 지고, 전장(田庄)을 팔아 빚을 해결하고 군산으로 옮아와 은행, 미두 중매점, 회사 등에 근무를 하다가 직장을 물러나와 미두꾼으로, 하바꾼으로 전락한 것이 그의 인생 역정이다. 이러한 역정에서 정 주사는 마누라의 삯바느질, 하숙치기, 초봉이의 월급 등으로 겨우 생계를 꾸리고 있다. 미두장에서는 자신의 자본이 없기 때문에 하바꾼 밖에는 하지 못한다. 하바꾼이라는 것이 남의 미두 운세에 겨우 빌붙어 푼돈을 얻어 쓰는 것이라면 이는 남에게 의존하는 삶이라 해야 한다. 그리고 초봉이의 불행으로 이어지는 결혼이 정 주사 내외의 의존 심리에 의해 이루어진다는 점은 자신들이 모르는 사이에 시대의 희생제의에 제물이 되기를 선택한 것이나 다름이 없다. 초봉이는 결혼을 집안 문제를 해결하는 하나의 빌미 정도로 생각하고 그 결과 파탄에 이르게 된다. 개인의 뚜렷한 자아 개념을 바탕으로 주체적으로 판단하고 일을 결단하며 그에 대한 책임을 지는 그러한 삶이 아니고 다른 세력에 의존하는 삶을 살아간다는 것 자체가 희생제의의 규칙을 고스란히 따르는 것이라 할 수 있다.

둘째는 생을 낭비하며 살아간다는 점이다. 은행에 근무하면서 남의 돈에 손을 대다가 결국 파산하는 고태수의 삶은 낭비적 삶의 한 전형이다. 끄떡하면 '죽어 버리면 그만'이라고 해대면서, 기생집이나 드나들고, 술이나 마시고, 여탐으로 결혼이나 해보고 하는 그러한 삶은 장 보드리야르의 용어로는 일종의 포틀라치(potlatch)에 해당하는 것이다.[8] 이는 베블런이 말하는 위세지수 호사, 탕진, 무위 가운데 탕진의 예가 된다.[9] 문제는 그러한 위세적 삶의 뒤를 아무도 보장해줄 수 없다는 데에 있다. 박제호 또한 자신의 삶을 탕진하는 방식으로 살아가는데, 초봉이를 데리고 살기 위해 의리와 인간적인 덕을 모두 버리는 데서 그의 삶의 태도가 탕진하는 방식이라는 것을 알 수 있다. 이는 자신의 노력으로 돈을 벌어 잘 쓰는 것과는 성격이 다른 낭비이고 탕진이다. 이러한 욕망은 스스로 장만한 것이라기보다는 남이 만들어준 것이라는 점에서 지라르의 중개 개념으로 설명할 수 있다.[10] 못된 시대를 본받아 행하는 행동인 것이다. 이는 먹고사는 문제 그 자

8 Jean Baudrillard, *Pour une critique de l'économie politique du signe*, 이규현 역, 『기호의 정치경제학 비판』, 문학과지성사, 1992. 13쪽.

9 위의 책, 15쪽.

10 René Girard, *Mensonge romantique et vérité romanesque*, 김윤식 역, 『소설의 이론』, 삼영사, 1977.

체가 생의 모든 조건인 사람들, 딸 명님이를 색주가에 팔아먹는 양 서방네와 대조되면서 두 경우의 근원은 같은 데 있다는 점을 알 수 있게 해 준다.

셋째, 돈이 돈을 벌어오는 경제의 묘리를 이용하여 살아간다는 것은, 그 내막이 자세히 드러나 있는 것은 아니지만 『탁류』의 시각이 현실에 밀착되어 있음을 간파할 수 있는 근거가 된다. 정 주사의 미두, 고태수의 수형 절취, 장형보의 수형 할인 등이 근대 경제구조를 식민지 통치자들이 이용하고 있는 면모라고 할 수 있다. 돈이 돈을 벌어주는 경제구조에서 뼛심 들여 일을 하는 것은 비경제적이다. 오히려 지탄의 대상이 되기까지 한다. 그러한 점에서 이들의 삶은 지극히 합리적인 절차를 밟고 있다고 할 만하다.[11]

이들 삶은 한마디로 주체가 거세된 삶이라고 할 수 있다. 주체를 남에게 양도해놓고 사는 삶은 무엇에 씌어서 사는 삶이다. 그 무엇이 구체화되는 양상은 초봉이에게 있어서는 '집안'이고, 고태수에게 있어서는 '죽어버리면 그만'이라는 것이고, 장형보에게는 '악담'이고, 박제호에게 있어서는 '제기랄 것'이다. 이들을 한 단계 더 추상화하여 올라가면 주체를 주체로 설 수 없게 하는 근원적인 힘으로 식민 통치라는 권력 구도가 자리 잡고 있는 것이다. 그러한 점에서 개인들의 훼손된 삶과 식민지의 구도는 구조적으로 동질성을 지니는 것이라 할 수 있다.

4. 구조의 내포

독자들은 소설을 읽을 때 누가 주인공인지를 따지는 데에 골몰하는 버릇이 있다. 그러나 소설의 주인공을 설정하는 문제는 간단치 않다, 『탁류』의 주인공은 누구인가? 하는 질문에 대한 답이 간단치 않은 것도 마찬가지이다. 이는 『탁류』라는 소설이 무엇을 하는 이야기인가 하는 물음을 다시 불러온다. 즉 이 소설을 읽는 이들이 세우는 '비평적 가정'이 무엇인가 하는 데 따라 주인공은 달리 설정될 수 있는 것이다. 순진무구한 초봉이가 세파에 시달리다가 살인자가 되는 과

11 이러한 양상을 근대성의 문제와 연관지어 설명할 수 있을 것으로 본다.

정을 그린 소설이라고 한다면, 미두 장면은 너무 장황하다, 또 초봉이가 여러 남성을 거치는 동안에 살인 죄인이 된다는 것을 이야기하는 것이라면, 남승재를 중심으로 개명옥 주인 이야기나 명님이 이야기는 여줄가리가 된다. 또 계봉이가 서울로 올라와 생활하는 이야기는 군더더기이다. 홍이섭의 지적처럼 식민지의 몰락을 그리고, 미두를 통한 민족 자본 형성의 근원적 차단이라는 식민정책 비판이라는 시각으로 본다면,[12] 남녀의 외설스런 각종 이야기는 주제에서 너무나 멀다. 이는 장편소설의 경우 이야기가 여러 가닥으로 전개되고 따라서 인물의 역할이 다양한 양상으로 분속되기 때문이다. 따라서 소설의 이야기의 짜임 즉 플롯을 논할 때에는 누가 주인공인가 따지기보다는 인물들의 상호관계가 어떻게 조직되는가, 그리고 그러한 조직의 원리는 무엇인가를 살피는 방법이 효과적이다.

『탁류』는 프리드먼의 분류를 따른다면 운명의 플롯 가운데 환멸의 플롯이라 할 만하다.[13] 초봉이가 여러 남성을 거치면서 살인 죄인이 되는 과정을 중심으로 본다면, 그들이 주인공이라는 뜻이 아니라 소설의 이야기를 엮어 나가는 데에서 차지하는 비중을 고려한다면, 『탁류』의 초봉이는 운명적인 삶을 살고 있다고 할 수 있다. 이는 초봉이의 성격과도 연관되는 것인데, 초봉이는 근대인의 성격 조건을 갖추지 못한 인물이다. 자아 개념이 성숙되어 있지 않고, 집단의 이념(가족이데올로기)에 대한 자신의 대응력이 없으며, 악의 세력에 동질적인 방식으로 대응하는 데서 알 수 있는 바처럼 지적인 깨임이 없다는 점으로 본다면, 초봉이는 운명을 수용한다든지 대결한다든지 하는 것과는 거리가 먼 인물이다. 운명이 조종하는 대로 이끌려갈 따름이다. 그리고 이따금 자신의 운명에 대해 절규를 하지만, 그것은 안에서 성숙한 운명애[14]를 바탕에 깔고 있는 것이 아니라는 점에

12 홍이섭, 「채만식, 〈탁류〉」, 『창작과비평』, 27호, 1973년 봄호, 61쪽.

13 Narman Friedman, *Form and Meaning in Fiction*, Georgia University Press, 1975, p.91. 소설 전체의 이야기를 고려한다면 어느 하나의 플롯으로 규정하기보다는 다층플롯 소설(multiplotted vovel)이라고 보는 것이 타당할 듯하다(p.93).

14 운명애는 니체의 개념으로 amor fati의 번역어이다. 어느 자신의 운명에 대한 순종이나 거역보다

서 본능적 차원의 발악이다. 따라서 초봉이의 삶은 의식인으로서 운명에 도전한다거나 하는 적극적 의미는 지니지 못한다.

이 운명적 삶에 나란히 장치되어 있는 플롯이 헌신의 플롯이다. 이는 남승재를 중심으로 전개되는 플롯이고, 계봉이와 초봉이에게도 다소 전이되어 나타난다. 세상 사람들의 삶은 운명의 소용돌이를 헤어나지 못하고 휘말려 돌아가는 경우가 있는가 하면, 자신의 삶을 엮어가면서 남의 삶을 이끌어주는 경우도 있다. 이러한 역학 관계 속에서 세상은 균형을 유지한다. 이 균형 감각은 삶의 의미를 보다 깊게 해준다. 『탁류』에서 초봉이와 그와 관계를 맺는 사람들의 삶이 왜곡과 타락의 면모를 보여주는 것과는 달리 남승재를 중심으로 이루어지는 일들은 왜곡된 속에서도 한 가닥 희망을 걸 수 있는 이야기로 전개된다. 그래서 운명을 벗어날 수 있는 가능성을 예비한 듯한 이야기로 읽히는 것이다. 한 편의 소설 가운데서 이러한 두 줄기 이야기가 맞물려 있다는 것은 의미 깊은 일이다. 이른바 루카치가 소설론에서 말하는 '구성적 대립성과 충족적 공통성'[15]을 함께 보여줄 수 있기 때문이다. '탁류' 가운데 작은 줄기로 흘러가는 청류 한 줄기를 발견할 수 있는 데서 독자는 일종의 심리적 안정을 취하게 된다. 남승재의 야학이라든지, 의사 면허 획득이라든지, 계봉이와 맺어지는 관계 등이 그것이다.

그러나 『탁류』의 경우는 너무 소박한 대립을 보여준다. 남승재의 행동과 인식의 수준이 높지 못함은 독자들에게 실망을 안겨줄 만하다. 도대체 남승재처럼 어수룩한 인물이 이 험한 '탁류'를 거슬러 흐를 만한 힘이 될 수 있는가 하는 질문을 던질 수 있기 때문이다. 그러나 우리는 여기서 호흡을 다시 가다듬을 필요가 있다. 이 소설이 쓰인 시대가 1937년에서 1938년에 걸쳐 있다는 점을 고려하지 않으면 안 된다. 태평양 전쟁을 일으킨 일본은 1937년 중국을 침략하면서 본격적인 전시체제로 돌입한다. 그 과정에서 한국문학은 한글로 글을 쓸 수 없는 상황에 이르게 된다. 이러한 의식의 냉동상태를 채만식은 「냉동어」에서 소설과

는 운명에 대한 철저한 인식을 바탕으로 삶의 방향을 조율하는 태도라 할 수 있다.

15 René Girard, 『소설의 이론』, 246쪽.

형상화하고 있다. 여기서 우리는 "모든 언술은 말하고자 하는 이해관계(말해야 할 것)와 언술이 생산되는 시장에 고유한 검열 간의 타협의 산물"[16]이라고 하는 부르디외의 설명을 돌아볼 필요가 있다.

초봉이를 중심으로 전개되는 운명적인 플롯과 남승재를 중심으로 전개되는 헌신적 삶의 플롯 사이에는 삶의 디테일이 자리 잡고 있다. 미두를 비롯하여 군산의 도시 변화, 명님이네 집을 통해 보여주는 빈곤한 삶의 양상 등 삶의 디테일이 잘 드러나 있다. 소설에서 이러한 삶의 디테일은 줄거리 못지않게 리얼리티를 형성하는 기능을 한다. 이는 소설이 역사(학)이나 사회학, 혹은 시대의 도덕 등과 같은 추상적인 세계 파악과 현저히 다른 점이다. 『탁류』가 비판적 리얼리즘 계열의 성과로 평가되는 근거도 여기 있다. 즉 타락한 인간들의 살아가는 삶의 세목(細目, details)을 통해 시대를 형상화하고 있는 것이다.

5. 담론과 형상화

우리가 앞에서 소설에 대한 규정을 시도한 바에 따르면, 소설은 작가가 인간 삶의 양상의 허구적 언어로 형상화한 서사문학이다. 이 가운데 허구적 언어의 형상화라는 점은 대체로 작가의 문체적 특이성으로 취급되던 사항이다. 그러나 문학에서 이 사항 즉 언어만큼 본질적인 것이 없다고 보아야 한다. 왜냐하면 소설의 인물도, 삶의 양상도, 플롯도 언어적으로 형상화되지 않은 한 다른 영역의 탐구 대상이 되기 때문이다.

그렇다고 소설을 언어적 구조물로 환원하는 것은 소설에 접근하는 올바른 방향이라고 하기 어렵다. 소설의 언어는 일상 언어를 소설이라는 맥락에서 문체화한 것이기 때문에 소설외적인 텍스트와 텍스트연관성을 지니지 않을 수 없다. 이는 모든 언어적 산물의 운명과도 같은 것이다. 크리스테바의 설명에 따르자면, 독자가 읽는 소설은 표현텍스트(phenotext)이고 그러한 텍스트를 만들어준

16 Pierre Bourdieu, 『상징폭력과 문화재생산』, 새물결, 1994, 68쪽.

원동력이 잠재되어 있는 텍스트, 즉 사회적 맥락과 연계되어 의미의 잠재태로 존재하는 텍스트는 발생텍스트(genotext)이다.[17] 소설은 언어적 형상화를 통해 발생텍스트를 표현텍스트로 전환한 것이다. 이 전환 과정에 작가가 문체화의 주역으로 개입한다. 그러니까 우리가 소설을 읽는 것은 표현텍스트에서 발생텍스트로 차원을 이동해 가는 것이라 할 수 있다.

소설을 언어 측면에서 규정하자면 작가가 독자에게 이야기를 걸어간 말의 얼거리, 즉 담론체이다. 소설은 작가와 독자가 의사소통을 하는 언어적 장치 즉 담론체인 것이다. 그런데 소설이 사람들 살아가는 이야기라는 점에서, 소설의 담론은 또 하나의 담론 구조를 이루게 된다. 소설의 담론은 이중적 혹은 다중적 구조를 이룰 수밖에 없다. 독자는 이 다중적 층위로 되어 있는 담론체 안에서 위로 아래로 자리 이동을 해가면서 자신의 의사를 개입해보기도 하고, 다른 인물의 말에 대한 가치평가를 해보기도 하는 것이다. 이러한 과정에서 이루어지는 소설 담론에 대한 개입은 결국 소설 감상의 단계로 전이된다.

소설의 담론은 이야기를 서술자가 전달하는 데서 시작된다. 서술자는 겉으로 드러나기도 하고 작중인물 가운데 누구 그 역할을 담당하기도 한다. 때로는 작가가 직접 개입해서 이야기를 해석하고 이야기의 방향을 조정하는 경우도 있다. 그리고 작중인물들이 주고받는 말, 어느 사회에서 공적으로 통용되는 격언 속담 혹은 잠언, 다른 사람의 말에 대한 평가를 담당하는 말 등으로 구성된다. 비흐친의 이론을 참조하자면 소설의 언어는 일상 언어 가운데 독특하게 형태화된 언어들이 대거 소설의 언어로 수용되는 것이다. 이는 소설 언어의 다언어성을 보장해주는 점이다.

『탁류』의 경우는 금강(錦江)에 대한 묘사에서 시작된다. 금강 전체를 조망하기 위하여, 서술자는 지도를 들여다보고 금강의 생김새를 묘사한다. 또한 "비행기라도 타고 강줄기를 따라가면서 내려다보면 그럼직할 것"이라는 데서 볼 수 있

17 Julia Kristeva, ed. Leon S.Roudiez, tr. Thomas Gora, Alice Jardine, Leon S.Roudiez, *Desire in Language*, Basil Blackwell, 1980. p.7.

듯이, 서술자에 의해 묘사가 간접화되기도 한다.

묘사와 마찬가지로 작가는 작중 담론을 강력하게 통제하고 있다. 필자는 채만식 소설 전반의 특징을 작가의 강력한 담론 통제력에 있다는 점을 규명한 적이 있다.[18] 이야기에 대한 통제는 언어의 메타적 기능으로 수행된다. 말하는 사람이 이 말은 이러이러한 말이라고 설명하거나, 내 말은 이러저러한 뜻으로 들어야 한다고 설명하는 경우가 있는데, 소설에서 그러한 기능이 수행되는 말은 작가(서술자)의 통제를 받는 말이다.

> 이것이 군산(群山)이라는 항구요, 이야기는 예서부터 실마리가 풀린다.
> 그러나 항구라서 하룻밤 맺은 정을 떼치고 간다는 마도로스의 정담이나, 정든 사람을 태우고 멀리 떠나는 배 꽁무니에, 물결만 남은 바다를 바라보면서 갈매기로 더불어 운다는 여인네의 그런 슬퍼도 달콤한 얘기는 못 된다.

배경을 서술한 다음 이야기의 실마리가 어디서 풀리는가를 직접 설명하고 있다. 배경을 묘사하는 것과 이야기 실마리가 어디서 풀리는가 하는 설명은 차원이 다른 담론이다. 또한 이야기의 성격에 대한 설명이 나타나 있다. 내가 하고자 하는 이야기는 슬퍼도 달코롬한 이야기가 아니다, 따라서 독자들은 그런 이야기를 기대하지 말도록 해달라 하는 당부를 함으로써 독자가 담론에 개입하는 방향을 규정하고 있다. 이러한 양상은 제1장의 제목인 '인간기념물'이라는 데에도 나타난다.

이러한 통제력은 『탁류』가 전지적 서술을 지향하게 한다. 몰락한 정 주사의 삶이 구차하고 빈궁하다는 서술 다름에 정 주사에 대한 설명이 다음과 같이 나온다.

> 입만 가졌지 손발이 없는 사람…… 이것이 정 주사다.
> 진도라고 하는 섬에서 나는 개(珍島犬) 하며 금강산의 만물상이며 삼청동 숲

18 우한용, 『채만식소설 담론의 시학』, 개문사, 1993, 38~41쪽.

속에서 울고 노는 새들이며 이런 산수고 생물이고 간에 천연으로 묘하게 생긴 것이면 '천연기념물(天然紀念物)'이라고 한다.

그럴 바이면 입만 가졌지 수족이 없는 사람 정 주사도 기념물 속에 들기는 드는데 그러나 사람은 사람이니까 '천연기념물'은 못 되고 그러면 '인간기념물'이겠다.

정 주사의 인물 특징을 설명하기 위해 '입만 가졌지 손발이 없는 사람'으로 비유한 다음 거기서 발상을 전환하여 '인간기념물'이라는 명칭을 얻는 데에 이르는 과정을 보여주고 있다. 이는 인간기념물이라는 용어를 이러한 방법과 절차를 따라 만든 것이다, 그럴 법하지 않은가 하는 동의를 독자에게 구하는 것이다. 이는 서술자가 소설에 쓰이는 담론의 성격을 설명하고 있다는 점에서 언어의 메타적 기능을 활용하고 있는 경우에 해당한다. 이는 소설의 언어가 자력으로 운용되기를 바라는 것보다는 서술자 혹은 서술자의 형태로 나타나는 작가의 담론에 대한 통제하에 가동됨을 의미한다. 작가의 소설 담론에 대한 이러한 통제는 '풍자'의 경우에는 대단한 위력을 발휘할 수 있는 반면에 리얼리즘 소설에서는 해석의 폭을 제한한다.

승재가 눈에 눈물이 가득, 코를 벌심벌심, 황소같이 식식거리고 앉았다.

참혹한 살상에 대한 불쾌했던 인상이 스러지는 반면, 그 살상을 저지른 초봉이의 정상에 오히려 동감이 되면서, 일변 '독초(毒草)'와 독초 그것을 가꾸는 '육법전서'에의 울분이 치달아 오르던 것이다.

초봉이가 장형보를 살해한 장면에 계봉이와 함께 나타난 남승재의 심경을 그리고 있는 부분이다. 처음에는 아직 미분화된 감정 상태를 제시하고 있다. 울분이 겉으로 드러나는 양상을 묘사해 보여주고 있는 것이다. 곧 서술자의 시각은 남승재의 심리 가운데로 옮겨간다. 살상이 참혹했다는 것은 누구나 인정할 수 있는 객관성을 띠는 부분이다. 그에 대한 불쾌한 인상이 사라지는 것은 서술자가 남승재의 심리 내면으로 들어가지 않으면 알기 어려운 점이다. 또한 초봉이의 정상에 감동한다는 것은, 그 감동의 내용이 어떤 것인지는 확실하지 않지만, 서술자가 남승재의 심리와 일치되지 않고는 서술할 수 없는 점이다. 그리고 그 다음이 언어의 층위를 비약적으로 뛰어넘는 것인데, 계봉이를 만나 '독초' 이야기를 들은 것을 회상하는 방식으로 되어 있다. 계봉이의 이야기에 나오는 독초란 말이 아무리 신선한 충격으로 다가왔다고 해도 그것을 이 장면에서 다시 돌이켜 생각하는 것은 작가의 담론 통제력이 아니면 자연스럽지 않다. 작가의 이러한 소설언어에 대한 통제력은 『태평천하』에서 그 기능이 여실히 발휘된다.[19]

작중인물의 대화는 사실적인 측면과 작가의 통제가 함께 활용되고 있다. 이는 서로 모순되는 측면이 있는 듯하다. 정 주사가 한 참봉을 만나 초봉이를 고태수에게 시집보내려고 하는 장면에서 이루어지는 대화나, 정 주사가 집안에서 그의 아내와 주고받는 대화는 매우 자연스럽다. 그러나 초봉이가 서울로 올라와 생활하면서 박제호나 장형보와 나누는 대화는 매우 부자연스럽다. 이는 작중인물의 성격을 먼저 규정하고 그 성격의 특징만을 부각하는 방향으로 언어를 조정한 결과라 할 수 있다. 이는 소설이 엽기적 성격을 띠도록 하는 데에 기여한다. 초봉이와 장형보가 주고받는 대화는 정상적인 언어 맥락에서는 기피해야 하는 말만 골라서 이야기를 하는 것처럼 들린다. 그 결과 이 인물들이 지닌 다양한 성격 가운데 원한과 보복 심리만이 강조된다. 칼로 찔러 죽이고 싶다든지, 아드득 깨물어 먹고 싶다든지 하는 대화는 상대방의 엽기적 충동을 자극하고 그 자극이 결국은 자기 자신에게 돌아오도록 구조화되어 있다. 젓먹이를 버리고 달아난 여자를 어떻게 괴롭혔는가 하는 에피소드는 혐오감을 자극한다. 장형보의 왜곡된 심리를 드러내는 데에 효과적이라고는 하지만 형상화 측면에서는 역시 지나치다.

소설 속에 체계가 다른 언어가 섞여 들어온다는 것은 너무나 당연한 일이다. 작중인물이 시를 쓰는 사람이거나 시를 읽는다면 소설 속에 시가 들어와서 부자연스러울 까닭이 없다. 독서인이라면 그가 독서하는 어떤 종류의 책도 다 소설의 언어로 녹아들 수 있다. 『탁류』의 소제목 가운데 다른 체계의 언어를 소설의

19 우한용, 앞의 책, 제3장의 Ⅱ절 참조.

언어로 이끌어들인 예를 볼 수 있다. '신판(新版) 흥보전(興甫傳)'이라든지, '생애(生涯)는 방안지(方眼紙)라!', '식욕(食慾)의 방법론(方法論)', '노동(老童) 훈련일기(訓戀日記)', '외보살(外菩薩) 내야차(內夜叉)' 등이 그러한 예들이다. 이처럼 체계가 다른 언어를 소설 담론에 도입함으로써 언어의 층위를 다양화할 수 있고, 독자들에게는 의식의 공통 기반을 마련해주는 역할을 한다. 이런 이야기는 독자 여러분도 익히 들어서 너무나 잘 알고 있는 것이 아닙니까, 하면서 동의를 구하는 것이다. 이도 작가가 그러한 언어 체계를 꿰뚫고 있어야 한다는 점에서 담론을 통제하는 방식 가운데 하나이다.

소설에 쓰이는 사투리는 민중 언어의 한 양상이라고 할 수 있다. 따라서 그것은 문화적 자생력을 상징하는 것이라고 할 수 있다. 그것은 공식언어인 표준어에 대해 일종의 대항담론(counter discourse)을 형성할 수 있는 기능을 지니고 있기 때문이다.[20] 또한 사투리는 삶의 리얼리티를 일구어내는 데에 긍정적인 기능을 하기도 한다. 『탁류』는 사투리가 충분히 쓰일 수 있는 여건이 조성되어 있다. 정 주사는 본래 충청도 출신이고, 박제호도 정 주사와 고향 친구이다. 그리고 고태수나 남승재는 서울말을 할 수 있는 바탕이 마련되어 있다. 한 참봉이나 기타, 다른 인물들은 전라도 사투리를 구사할 수 있는 인물들이다. 이들 인물의 언어는 완벽한 사투리라기보다는 약간 사투리의 기미만 나타난다. 그런데 작품 가운데 사투리를 그나마 약간 구사하는 것은 기생 행화뿐이다. 영남 사투리를 쓰는 것으로 되어 있는데 다른 인물의 말씨에 비해 두드러지는 경우는 아니다. 결국 『탁류』는 공식언어를 바탕으로 서술되어 있다고 해야 할 것 같다. 이는 작가가 언어를 자유자재로 구사할 수 있는 외적 여건이 갖추어지지 못한 데에 그 원인이 있는 것으로 보인다. 『태평천하』에서는 사투리로만 쓰인 소설이라고 할 만큼 사투리가 압도적인 이미지로 부각된다. 이는 현실을 괄호 치고 텍스트 내적인 세계를 구성하는 데에만 언어의 기능이 한정되기 때문에 현실적 제약을 돌려놓을 수

20 M.K.Bakhtin, *The Dialogic Imagination: Four Essays*, Texas University Press, 1981. 공식언어와 비공식언어의 구획점이 어디인가 하는 점을 고려해야 할 것인데, 이는 다른 작업이 필요하다.

있는 예라고 보아야 할 것이다. 이는 제재, 주제, 방법의 통일을 이룩해낸 예에 해당된다.

소설의 언어는 담론의 양상으로 되어 있다. 다른 문학도 비슷한 점이 있지만, 특히 소설은 양식 자체가 기호론적 실천의 구조로 되어 있다는 점에서 언어의 다중성을 구현할 수 있는 좋은 계기가 된다. 바흐친은 소설의 언어를 바탕으로 대화주의 이론을 전개했고, 소설 담론의 대화성을 소설 평가의 한 표준으로 제시하기도 했다. 나아가서 그것은 삶의 일반 원리로 환원될 수 있는 가능성을 지닌 것이기도 하다. 언어의 대화성이 철학으로 승화할 수 없는 사회 역사적 맥락에서 쓰인 소설이라면, 대화성이 드러날 수 없는 제약 조건 혹은 '검열'에 대한 성찰이 오히려 소설을 잘 읽는 방법이 되는 것일 터이다. 그러한 점에서 『탁류』의 언어가 작가의 강력한 통제력 아래 있고, 단일논리적 사고를 보여준다는 그 자체에 의미를 둘 것이 아니라 왜 소설 담론이 그런 방법으로밖에 형성될 수 없었는가 하는 데에 시각이 주어져야 할 것이다. 소설의 언어는 "구조적으로 볼 때는 기호 체계이지만, 기능적으로 볼 때는 행위 체계"[21]이기 때문이다. 행위 체계는 텍스트 외적 통제에서 자유로울 수 없는 법이다. 그러한 점에서 희생 제의가 담론 차원으로 전이되는 양상이 공식언어의 단일논리성이라 할 수 있다.

6. 『탁류(濁流)』에 자맥질하기와 되새겨 읽기

소설을 읽는 것은 소설 텍스트와 다중적인 관계를 형성하는 작업이다. 소설 읽기는 일차적으로 어떤 인물들이 어떤 일을 하면서 어떤 이야기를 엮는 가운데 살아가는가, 그리고 그러한 이야기는 어떤 언어로 서술되어 있는가 하는 등에 관심이 집중되게 마련이다. 이는 소설을 읽어 나가는 과정에서 자연스럽게 이루어지는 텍스트 지각 행위이다. 그러나 소설 읽기는 여기서 끝나지 않는다.

21 Sigfried J. Schmidt, 『구성주의 문예학』, 차봉희 역, 민음사, 1995, 60쪽.

소설책의 마지막 장을 덮은 다음에도 소설 읽기는 계속된다. 필요에 따라서는 소설을 처음부터 다시 읽기도 하고 기억에 남는 부분으로 다시 돌아가 읽기도 한다. 그리고 책을 읽기 시작하면서 세웠던 비평적 전제가 옳은지를 확인하고 수정을 한다. 이 확인 수정은 읽은 결과를 글로 쓰는 과정에서 지속된다. 이 소설의 작중인물은 나의 삶과 어떤 연관이 있는가, 다른 사람들이 살아가는 방식 가운데에서 이 소설 주인공들이 살아가는 면모를 확인할 수 있는가, 우리 시대에도 이런 이야기는 의미 있는 사항이 될 수 있는가 하는 문제들을 반추하게 된다. 이 반추 과정에서 소설을 읽는 즐거움은 배가(倍加)되고 소설에 대한 이야깃거리도 생겨난다. 이는 구조주의자들이 분석 대상을 일단 자르고 난 다음에 재결합하는 과정과 흡사하다. 또는 크리스테바식으로 말하자면 표현텍스트를 발생텍스트에 조회하는 과정이라고도 설명할 수 있을 것이다.

독서 결과를 반추하는 과정에서, 『탁류』와 연관 지어 다음과 같은 질문을 던질 수 있을 것이다. 초봉이란 인물은 왜 불행의 가시밭길을 계속 걸어야 하는가? 개인의 성격 탓인가, 아니면 다른 원인이 있는가? 초봉이와 연관된 인물들은 하나같이 타락한 인간들인데 그 타락의 원인은 어디에 있는가? 그런 타락은 인물들이 자초한 것인가 아니면 배후에 그런 타락을 강요하는 보이지 않는 힘이 있는 것인가? 우리 시대가 그 시대보다 달라졌다면 무엇이 달라졌는가? 남승재 같은 인물이 왜 독초가 무성한 그 아비규환의 세계를 훨씬 벗어나지 못하는가? 초봉이가 살인범이 되어 '자현'을 한다고 하면 그를 벌할 법은 누가 누구를 위해 만든 법인가? 원수의 법으로 받는 형벌은 처벌의 의미가 있는가? 단지 희생의 강요인가? 이 인물들 가운데 속죄를 받을 수 있는 인물이 있다면 그는 누구인가? 이런 물음들에 대한 명확한 답을 낼 수 있는 사람은 아무도 없다. 여기서 독자는 작가와 작품의 소설외적 텍스트에 눈을 돌리게 된다.

채만식은 「자작안내」라는 글에서 자신은 문학이 역사 진전의 힘을 지녔다는 점을 모가지가 부러져도 주장하는 사람이라고 역설한 바 있다.[22] 그런 채만식이

22 채만식, 「자작안내」, 『채만식 전집』 9권, 창작과비평사, 1987, 520쪽.

왜 이런 피해자 군상만 그렸는가 하는 점은 뜻밖이다. 염상섭의 『삼대(三代)』만 하더라도 사회주의자를 내세워 세계의 총체성을 그리고 있는데 채만식에 그것이 불가능했던 것은 시대의 영향이라고 보지 않으면 안 된다. 『탁류』 연재를 시작하던 1937년 7월 7일 노구교 사건이 터지고 그것이 계기가 되어 중일전쟁이 일어난다. 이후 한국문학은 채만식의 표현대로 작가들이 '냉동어'가 되어 자율 성장을 더해나갈 수 없는 지경에 이르게 된다는 점은 앞에서 잠시 언급하기도 하였다.

『탁류』 당대의 삶은 천황을 위한 희생제의의 끝없는 강요였다. 일본 제국주의가 천황을 위해 올리는 번제에 희생물로 제공되는 인물들이기 때문에 거기서 아무도 벗어날 수 없는 것이다. 만일 채만식의 『탁류』의 희생제의를 묘사하는 데 그치지 않고 더 나아가 그 희생제의의 의미가 무엇인지를 따지는 소설을 썼다면 그 자신이 희생물로 나서지 않을 수 없는 상황이었다는 점은 쉽게 짐작할 수 있다. 물론 소설이 이렇게 왜곡된 세계상을 보여주는 데에 머무르는 것 자체가 소설가의 희생인 셈이기도 하다. 그 시대에 미만되어 있는 '독초'를 고발하고 그 독초를 기르는 '육법전서'에 도사리고 있는 음험한 음모를 적발하는 소설을 쓰고자 나섰다면, 그리하여 채만식이 꿈에도 그렸던 남승재와 계봉이가 잘사는 세상을 꿈꾸었다면[23] 그것은 이미 소설의 범위를 넘어서는 작업이 되고 말았을 것이다. 소설은 역사 전망의 범위를 넘어서지 못하는 것이 일종의 규칙으로 되어 있다.

희생제의가 의미를 띠는 것은 그 집단이 신성한 것을 유지해주는 데에 필요하기 때문이다. 그 집단이 신성함을 유지하기 위해서 상징 행위로서 희생물을 바친다. 그러나 신성한 것 자체가 이미 신성함을 상실하거나 변질된 것일 때, 그 희생의 의미는 폭력 이상이 될 수 없는 법이다. 채만식은 역사의 진전을 믿으면서도 현재 벌어지고 있는 희생제의를 유토피아 개념을 제거한 채로 냉철하게 그리고 있는 것이다. 이점에서 『탁류』에는 작가 채만식의 산문정신이 깃들어 있고,

23 작가 채만식이 「탁류의 계봉」(『동아일보』, 1939.1.7)이라는 글에서, 꿈에 계봉이를 만나 초봉이, 남승재, 송희 들의 소식을 들었다고 할 정도로 작품과 작가가 분리되어 있는 것이 아니다.

이 작품이 고전적 의미를 띨 수 있는 단초도 여기에 잠복되어 있다.

여기서 독자는 우리 시대의 신성함은 무엇인가, 그것은 희생에 값할 만큼 신성함을 오롯이 지켜 나가고 있는가 하는 점을 자신의 삶과 연관 지어 생각해볼 수 있는 것이다. 그럴 때라야 『탁류』가 우리 시대에서 지니는 의미가 살아날 수 있다. 이는 『탁류』의 발생텍스트 차원으로 돌아가 현실에 조회하는 작업이다. 그러한 과정을 거치는 동안 『탁류』의 의미 지평은 전환을 계속하게 된다. 이것이야말로 『탁류』를 읽는 독자의 몫이다.

우한용(서울대학교 국어교육과 명예교수)

■ 참고문헌

송하춘, 『채만식』, 건국대학교 출판부, 1994.
우한용, 『채만식소설 담론의 시학』, 개문사, 1993.
조남현, 『소설원론』, 고려원, 1982.
조동일, 「미적 범주」, 『한국사상대계』, 성대 대동문화연구원, 1973.
홍이섭, 「채만식〈탁류〉」, 『창작과비평』제27호, 1973년 봄호.

루시앙 골드만, 『소설의 사회학을 위하여』 영역본, 타비스톡크 출판사, 1975.
페터 지마, 『문예미학』, 허창운 역, 을유문화사, 1993.
르네 지라르, 『폭력과 성스러움』, 김진식 · 박무호 역, 민음사, 1994.
르네 지라르, 『소설의 이론』, 김윤식 역, 삼영사, 1977.
장 보드리야르, 『기호의 정치경제학 비판』, 이규현 역, 문학과지성사, 1992.
노먼 프리드먼, 『소설의 형태와 의미』, 조지아대학교 출판부, 1975.
피에르 부르디외, 『상징폭력과 문화재생산』, 새물결, 1994.
미하일 바흐친, 『대화적 상상력』, 텍사스대학교 출판부, 1981.

| 작가연보 |

- 1902 6월 17일 전라북도 옥구군 임피면 읍내리에서 아버지 채규섭(蔡圭燮)과 어머니 조우섭(趙又燮) 사이에서 9남매 중 5남으로 태어남.
- 1910 임피보통학교에 입학.
- 1914 임피보통학교 졸업. 서당에서 한문 수학.
- 1918 상경하여 중앙고등보통학교(현 중앙고교)에 입학.
- 1920 은선흥(殷善興)과 결혼.
- 1922 중앙고등보통학교 졸업. 일본 와세다(早稻田)대학 부속 제일고등학원 문과에 입학.
- 1923 와세다대학 본과 영문과에 입학. 이어 가정사정의 악화로 학업을 중단하고 귀국. 처녀작 「과도기」를 탈고.
- 1924 강화에서 잠시 사립학교 교원으로 취업. 장남 무열(武烈) 출생. 이광수의 추천으로 단편 「세 길로」를 『조선문단』에 발표, 문단에 데뷔.
- 1925 『동아일보』 정치부 기자로 입사. 단편 「불효자식」이 추천되어 『조선문단』에 발표.
- 1926 딸 복열(福烈) 출생. 동아일보를 사직하고 낙향. 이후 3년여 동안 실직 인텔리로서의 생활과 조선농민들의 현장을 체험.
- 1928 차남 계열(桂烈) 출생.
- 1929 잡지 『개벽』사에 입사.
- 1932 이갑기와 '동반자작가' 논쟁.
- 1933 잡지의 폐간으로 다시 실직. 첫 장편 「인형의 집을 나와서」(『조선일보』) 연재.
- 1934 『조선일보』 사회부 기자로 입사. 단편 「레디메이드 인생」(『신동아』) 발표.
- 1936 『조선일보』를 사직하고 작품 집필을 위해 개성으로 이사.
- 1937 장편 『탁류』를 『조선일보』에 연재 시작.
- 1938 장편 『천하태평춘』(이후 『태평천하』로 개제)을 『조광』에 연재. 단편 「치숙」을 『동아일보』에 발표
- 1939 첫 작품집 『채만식단편집』(학예사), 장편 『탁류』(박문서관) 출간.

- 1940 개성에서 안양으로 이거. 친일적 경향의 「나의 '꽃과 병정'」 발표하고 조선문인협회 회원으로 활동.
- 1941 서울 동대문 밖 광장리로 이거. 『탁류』 재판이 간행되고, 총독부로부터 3판 발행 금지 처분. 장편 『금의 정열』(영창서관) 출간.
- 1942 둘째 부인과의 사이에서 삼남 병훈(炳焄) 출생.
- 1943 중편집 『배비장』(박문서관), 단편집 『집』(조선출판사) 출간.
- 1944 딸 영실(永實) 출생.
- 1945 부친 채규섭 별세, 장남 무열 병사. 소개령에 따라 향리인 임피로 낙향하여 광복을 맞음.
- 1946 중편집 『허생전』(조선금융조합연합회), 작품집 『제향날』(박문출판사) 출간. 다시 낙향하여 이리의 고현동 중형 집으로 이거.
- 1947 모친 조우섭 별세. 둘째 부인과의 사이에서 4남 영훈(永焄) 출생. 『조선대표작가전집』 제8권(서울타임스), 장편 『아름다운 새벽』(박문출판사) 출간.
- 1948 장편 『태평천하』(동지사), 단편집 『잘난 사람들』(민중서관), 작품집 『당랑의 전설』(을유문화사) 출간. 중편 「민족의 죄인」을 『백민』에 발표.
- 1949 장편 『탁류』(민중서관) 출간.
- 1950 이리시 마동 269에 집을 사서 이거. 지병인 폐환으로 6월 11일 영면. 유택은 전라북도 옥구군 임피면 취산리 선영.

| 작품목록 |

■ 단편소설

「과도기(過渡期)」	『문학사상』	1973. 8~9(유고, 1923년작)
「세 길로」	『조선문단』	1924.12
「불효자식」	『조선문단』	1925.7
「박명(薄命)」	『동아일보』	1925.10.9~16(필명: 화서).
「순녜의 시집살이」	『동아일보』	1926.1.20~26(필명: 화서).
「봉투에 든 돈」	『현대평론』	1927.6(필명: 화서)
「수돌이」	『동광』	1927.6(필명: 화서).
「생명의 유희」	『문학사상』	1975년 1월(유고, 1928년작)
「산적」	『별건곤』	1929.12
「그 뒤로」	『별건곤』	1930.1
「병조와 영복이」	『별건곤』	1930. 1, 3. 5월
「앙탈」	『신소설』	1930.5
「산동(山童)이」	『신소설』	1930.5
「창백한 얼굴들」	『혜성』	1931.10
「화물자동차」	『혜성』	1931.11
「농민의 회계보고」	『동방평론』	1932.7
「팔려간 몸」	『신가정』	1933.8
「레디메이드 인생」	『신동아』	1934.5~7
「보리방아」	『조선일보』	1936.7.4~18(13회 연재 중 중단)
「소복(素服) 입은 영혼」	『신동아』	1936.8
「빈(貧)…… 제1장 제1과」	『신동아』	1936.9(후에 『채만식단편집』(1933)에는 「빈 · 제1장 제2과－젖」으로 제목이 바뀜)
「명일(明日)」	『조광』	1936.10~12

「젖」	『여성』	1937.1 (1936.9 『신동아』에 발표된 「빈…… 제1장 제1과」의 개작)
「얼어죽은 모나리자」	『사해공론』	1936.3~4
「생명」	『백광』	1936.3
「어머니를 찾아서」	『소년』	1936.4~8
「동화」	『여성』	1938.3
「치숙」	『동아일보』	1938.3.7~14
「두 순정」	『농업조선』	1938.6
「쑥국새」	『여성』	1938.7
「이런 처지」	『사해공론』	1938.8
「용동댁의 경우」	『농업조선』	1938.8(『채만식단편집』(1939)에는 「용동댁(龍棟宅)」으로 개제)
「소망(少忘)」	『조광』	1938.10
「황금원(黃金怨)」	『현대문학』	1956. 4(유고,1938)
「정자나무 있는 삽화」	『농업조선』	1939.1~2
「패배자의 무덤」	『문장』	1939.4
「남식(南植)이」	『여성』	1939.7
「반점(斑點)」	『문장』	1939.7
「모색(摸索)」	『문장』	1939.10
「흥보씨(興甫氏)」	『인문평론』	1939.10
「태풍」	『박문』 12집	1939.10(장편 『탁류』에 재수록)
「이런 남매」	『조광』	1939.11
「상경반절기(上京半折記)」	『신사조』	1962년 11월(유고, 1939년작)
「차(車) 안의 풍속」	『신세기』	1940.1~2
「순공(巡公) 있는 일요일」	『문장』	1940.4
「회(懷)」	『조광』	1940.12
「사호일단(四虎一段)」	『문장』	1940. 2
「종로의 주민」	『제향(祭鄕)날』	1946(1941년 탈고)
「해후(邂逅)」	『제향날』	1946(1941년 탈고)
「집」	『춘추』	1941.6

「병이 낫거든―「동화」의 속편으로」	『조광』	1941.7
「차중(車中)에서」	『체신문화』	1961.3(유고, 1941년작)
「향수(鄕愁)」	『야담』	1842.2
「삽화(揷話)」	『집』	1942. 2
「선량하고 싶던 날」	『집』	1943.10.25
「암소를 팔아서」	『집』	1943.10.25
「이상적 신부」	『방송지우』	1944.3
「군신」	『반도의 빛(半島の光)』	1944.3~7
「처자(妻子)」	『자유문학』	1961.7(유고 1945년작)
「실(實)의 공(功)」	『가정생활』	1962. 10(집필 시기 미상, 1945년 추정)
「맹순사(孟巡査)」	『백민』	1946. 3
「역로(歷路)」	『신문학』	1946.6
「미스터 방(方)」	『대조』	1946.7
「논 이야기」	『협동』	1946.10
「흥부전」	『협동』	1947.6~7(미완)
「처자」	『주간서울』	1948.7.26
「낙조(落照)」	『잘난 사람들』	1948. 8.15(탈고)
「도야지」	『문장』	1948.10(속간호)
「민족의 죄인」	『백민』	1948. 10~11
「청류(淸流)」	『현대문학』	1986.11(유고, 미완, 1948년작)
「역사(歷史)―총기 좋은 할머니」	『학풍』	1949.1
「늙은극동선수(極東選手)―「역사」 제2화」	『신천지』	1949.2~3
「아시아의 운명」	『야담』	1949.10(유고)
「소―백수애(白手哀)」		1950(유고, 미완)

■ 중편소설

「정차장(停車場) 근처」	『여성』	1937.3~10
「냉동어(冷凍魚)」	『인문평론』	1940.4~5
「젊은 날의 한 구절」	『여성』	1940. 5. 7~11(미완. 6~9회까지 4회분은 유고로 『채만식전집』(1989)에 수록)
「배비장(裵裨將)」	『반도의 빛』	1942. 2~10
「소년은 자란다」	『월간문학』	1972.9(유고, 1949년 탈고)

■ 장편소설

『인형(人形)의 집을 나와서』	『조선일보』	1933.5.27~11.14
『염마(艶魔)』	『조선일보』	1934.5.16~11.5(필명: 서동산)
『탁류』	『조선일보』	1937.10.12~1938.5.17
『천하태평춘(天下泰平春)』	『조광』	1938.1~9
『금(金)의 정열』	『매일신보』	1939.6.19~11.19일
『아름다운 새벽』	『매일신보』	1942.10~7.10
『어머니』	『조광』	1943.3~10(미완)
『여인전기(女人戰紀)』	『매일신보』	1944.10.5~1945.5.16
『심봉사』	『신시대』	1944.11.~1945.2(장편으로 계획했으나 4회 연재 중 중단)
『옥낭사(玉娘祠)』	『희망』	1955.5~1956.5(유고, 1948년 탈고)
『심봉사』	『협동』	1949.3, 5, 7, 9(미완)

■ 희곡

「가죽버선」	『문학사상』	1973.2(유고, 1927년작)
「낙일(落日)」	『별건곤』	1930.6
「농촌 스케치」	『별건곤』	1930.8

「밥」	『별건곤』	1930.10
「그의 가정풍경(家庭風景)」	『별건곤』	1931.1
「미가(米價) 대폭락(大暴落)」	『별건곤』	1931.2
「스님과 새장사」	『혜성』	1931.3
「우리들의 생활풍경기(基)(일(一))-두부」	『혜성』	1931.5
「야생소년군(野生少年軍)」	『동광』	1931.5
「코떼인 지사(志士)」	『혜성』	1931.8
「사라지는 그림자」	『동광』	1931.9
「간도행(間島行)」	『신동아』	1931.12
「조고마한 기업가」	『신동아』	1931.12
「행랑 들창에서 들리는 소리」	『신동아』	1932.2
「감독(監督)의 안해」	『동광』	1932.3
「낙시질판의 풍파(風波)」	『혜성』	1932.3
「목침 맞은 사또」	『신동아』	1932.5
「부촌(富村)」	『신동아』	1932.7
「조조(曹操)」	『신동아』	1933.3
「잡아먹고 싶은 이야기 · 1-나는 몰라요」, 「잡아먹고 싶은 이야기 · 2-일금(一金) 일 원(一圓) 각수야(也)」	『별건곤』	1933.6
「들창으로 들여다본 이야기」	『별건곤』	1933.7
「다섯 귀머거리」	『신가정』	1934.3
「인테리와 빈대떡」	『신동아』	1934.4
「영웅모집(英雄募集)」	『중앙』	1934.8
「심봉사」	『문장』	1936(검열삭제되어 『한국문학전집』 33권(민중서관, 1960)에 수록
「흘러간 고향」	『조광』	1937.3
「예수나 안 믿었드면」	『조선문학』	1937.5
「제향날」	『조광』	1937.11
「당랑(螳螂)의 전설」	『인문평론』	1940.10

「심봉사」	『전북공론』	1940.10~11

■ 평론

「작자(作者)의 변(辯)」	『조선일보』	1930.5.31,6.3~5
「평론가에 대한 작자로서의 불복(不服)」	『동아일보』	1931.2.14~15, 17, 20~21
「문단소어(文壇小語)」	『중앙일보』	1931.11.30
「현인(玄人) 군과 카프에 약간의 준비적(準備的) 질문(質問)」	『조선중앙일보』	1932.1.31
「현인(玄人) 군의 몽(夢)을 계(啓)함」	『제일선』	1932.7~8
「신인의 통언」	『제일선』	1932.11
「백명(百名)이 한 개를 낳더라도 옳은 프로 작품을」	『조선일보』	1933.1.6
「문단제일선(文壇第一線)」	『제일선』	1933.3
「비평정신과 내용(內容)의 양전(兩全)에」	『조선일보』	1933.10.4
「사이비평론 거부 －창작의 태도와 실제」	『조선일보』	1934.1.11
「문예비평가론(文藝批評家論)」	『조선일보』	1934.2.15~16
「문예시감(文藝時感)」	『조선중앙일보』	1934.5.13~18
「한 작가로서의 항변」	『조선일보』	1934.10.3
「문단의견(文壇意見)」	『조선일보』	1936.1.4
「문예시감(文藝時感)」	『동아일보』	1936.2.13~16, 2.18
「소설 안 쓰는 변명」	『조선일보』	1936.5.26~30
「문단시감(文壇時感)」	『조선중앙일보』	1936.6.20~21, 24~28, 30
「극평(劇評)에 대하여」	『조선일보』	1937.10.24, 10.26
「조선문단(朝鮮文壇) 근상(近狀)」	『조선일보』	1937.9.30, 10.1, 10.3, 10.5
「출판문화의 위기」	『조선일보』	1937.10.24, 10.26

「위장(僞裝)의 과학평론(科學評論)－기실(其實) 리알리슴에 대한 모독(冒瀆)」	『조선일보』	1937.12.1~5, 12.7
「한제(閑題) 수편(數片)」	『동아일보』	1972.8.26, 29(유고, 1937)
「문학과 영화」	『조선일보』	1938.6.16~18, 21
「조선문단(朝鮮文壇)의 황금시대(黃金時代)」	『동아일보』	1938.7.19
「작가의 한계」	『조선일보』	1938.8.4~7, 8.9
「먼저 지성(知性)의 획득을」	『비판』	1938.11
「연극발전책(演劇發展策)－극연좌(劇研座)에의 부탁」	『조광』	1939.1
「모방(模倣)에서 창조(創造)로」	『동아일보』	1939.2.7~8
「삼월 창작개관(創作槪觀)」	『동아일보』	1939.3.7, 3.9~10, 3.14
「장덕조(張德祚) 여사의 진경(進境)」	『조광』	1939.3
「정당한 평가」	『조선문학』	1939.4
「문학작품의 영화화 문제」	『동아일보』	1939.4.6
「작품권(作品權)의 변(變)」	『매일신보』	1940.3.26~28
「삼월의 작품들」	『인문평론』	1940.4
「소설을 잘 씁시다」	『조광』	1940.7
「문학과 해석」	『매일신보』	1940.8.21~24, 26
「문예시평(文藝時評)」	『매일신보』	1940.9.25~28, 30
「시대를 배경(背景)하는 문학(文學)」	『매일신보』	1941.1.5, 10, 13~15
「문학과 전체주의」	『삼천리』	1941.1
「역판(逆版) 그레셤 법칙」	『서울신문』	1948.11.19

■ 콩트

「허허 망신했군」	『신소설』	1930.1
「서울은 무서운 곳」		1932.7
「내 조카가 미쳤소」	『제일선』	1933.3
「언약(言約)」	『여성』	1936.9
「부전(不傳)딱지」	『여성』	1936.11
「어떤 화가의 하루」	『동아일보』	1937.9.18, 21~22
「향연(饗宴)(구고(舊稿)에서) -조춘(早春)의 가두(街頭)에서」	『동아일보』	1938.5.14, 17
「점경(點景)」	『조선일보』	1938.12.28
「유감(遺憾)」	『한성시보』	1945.10

■ 동화

「쥐들은 고양이 목에 방울을 달러 나섰다」	『신가정』	1933.10(필명: 서동산)
「왕치와 소새와 개미와」	『문장』	1941.4
「이상한 선생님」	『어린이나라』	1949.1